VENDETTA

R. J. Ellory est né en 1965. Après avoir connu l'orphelinat et la prison, il devient guitariste dans un groupe de rock, avant de se tourner vers la photographie. *Seul le silence*, son premier roman publié en France, a connu un immense succès.

Paru dans Le Livre de Poche :

SEUL LE SILENCE

ROGER JON ELLORY

Vendetta

TRADUIT DE L'ANGLAIS PAR FABRICE POINTEAU

EDITIONS SONATINE

Titre original :

A QUIET VENDETTA
Publié par Orion, Londres

À mon frère, Guy.
À mon épouse depuis seize ans, et à mon fils de 8 ans.
Je vous dois tout.

NOTE DE L'AUTEUR

Cet ouvrage est une œuvre de fiction.

Bien qu'il aborde des événements historiques et évoque des personnes dont vous reconnaîtrez le nom, il demeure néanmoins une œuvre de fiction. Lorsque des événements réels ont été modifiés, ou une séquence changée, cela n'a été fait que dans le but de faciliter la narration.

La plupart des personnes incluses ici sont depuis longtemps mortes, et peut-être le monde s'en porte-t-il mieux, mais elles ont peuplé ma vie pendant plusieurs semaines et, à leur manière, m'ont donné beaucoup d'elles-mêmes. Certaines d'entre elles étaient drôles, d'autres perturbantes, d'autres purement et simplement folles. Quoi qu'il en soit, elles sont venues puis s'en sont allées, elles ont laissé leur trace, et je les remercie pour leur contribution.

Il a été dit que le tout est toujours plus grand que la somme de ses parties, et il est possible qu'en collant et reliant ces parties les unes aux autres j'aie fait des erreurs. J'en assume la totale responsabilité, mais plaide aussi les circonstances atténuantes : j'avais de mauvaises fréquentations à l'époque.

À l'approche de la mort,
de la mort de l'amour, croyons-nous,
nul repère
qui suffirait à marquer
les différences
de lieu et de condition
. dont nous sommes depuis longtemps
familiers.
Tout semble
comme perçu
au travers d'une eau tremblée.

William Carlos WILLIAMS
Asphodèle, cette fleur verdelette, livre II
(trad. Alain Pailler, Le Seuil, coll. « Points Poésie », 2007)

1

À travers des rues misérables, à travers des allées enfumées où l'odeur âcre de l'alcool brut flotte comme le fantôme de quelque été depuis longtemps évanoui; devant ces devantures cabossées sur lesquelles des copeaux de plâtre et des torsades de peinture sale aux couleurs de mardis gras se détachent telles des dents cassées et des feuilles d'automne; passant parmi la lie de l'humanité qui se rassemble ici et là au milieu des bouteilles enveloppées dans du papier brun et des feux dans des bidons d'acier, cherchant à profiter de la maigre générosité humaine là où elle se manifeste, partageant la bonne humeur et une piquette infâme, sur les trottoirs de ce district...

Chalmette, ici à La Nouvelle-Orléans.

Le son de ce lieu : la cacophonie des interférences, les voix précipitées, le piano cadencé, les radios, les prostituées, les jeunes roulant des hanches au son d'un rap hypnotique.

En tendant l'oreille, on entend les voix querelleuses jaillir des porches ou des perrons, l'innocence déjà meurtrie, défiée, insultée.

Les grappes de bâtiments et d'immeubles d'habitation, coincées entre les rues et les trottoirs comme une préoccupation secondaire, la reprise inopportune d'un thème plus tôt abandonné, filant comme un archipel mal ficelé et négligé, s'étirant jusqu'à Arabi, enjambant la Chef Menteur Highway jusqu'au lac Pontchartrain où les gens semblent s'arrêter simplement parce que c'est là que la terre s'arrête.

Les visiteurs se demandent peut-être ce qui fait ce mélange fétide et malodorant de parfums, de sons, de rythmes humains tandis qu'ils survolent le canal du lac Borgne, le quartier d'affaires du Vieux Carré, les restaurants Ursuline et Tortorici, pour atteindre Gravier Street. Car ici le son des voix est puissant, riche, animé. Une vague d'agitation se propage au hasard, et une poignée de curieux est rassemblée le long d'une rue à sens unique, un couloir bordé d'allées qui descendent vers des parkings d'immeubles.

Sans les gyrophares des voitures de patrouille, la ruelle serait chaude et plongée dans une obscurité épaisse. L'arrière des voitures – ailes chromées et peintures satinées – capture les scintillements kaléidoscopiques, et les yeux écarquillés virent du rouge cerise au bleu saphir à mesure que les voitures de police se positionnent en travers de la rue et bloquent tout passage.

À gauche et à droite se trouvent des hôpitaux, celui des anciens combattants et le centre universitaire, et devant se dresse le pont de South Claiborne Avenue, mais il règne ici, parmi le réseau d'artères et de veines dont le flot s'écoule d'ordinaire sans entraves, une certaine activité et personne ne sait ce qui se passe.

Les agents font reculer les badauds en quête de sensations fortes, les entassant derrière une barrière érigée à la hâte, et lorsqu'une lampe à arc dont le faisceau est suffisamment large pour permettre d'identifier le moindre véhicule garé dans l'allée est fixée au toit d'une voiture, les curieux commencent à comprendre la source de cette soudaine présence policière.

Un chien du voisinage se met à aboyer et, comme en écho, trois ou quatre autres se joignent à lui quelque part sur la droite. Ils hurlent à l'unisson pour des raisons connues d'eux seuls.

Au niveau de la troisième entrée en partant de Claiborne Avenue, une voiture mal garée rompt l'alignement formé par les autres véhicules. Sa position indique qu'elle a été stationnée à la hâte, ou peut-être que son chauffeur se moquait d'être en harmonie avec la perspective et la conformité linéaire ; et bien que le laveur de voitures qui arpente cette allée – entretenant les automobiles, polissant phares et capots pour vingt-cinq cents de pourboire – ait vu cette voiture trois jours d'affilée, il a attendu de regarder à l'intérieur avant d'appeler la police. Muni d'une bonne lampe torche, il a collé son visage au déflecteur arrière gauche et inspecté le luxueux intérieur, prenant soin de ne pas toucher les flancs blancs des pneus avec ses sales godasses trouées. Ce n'était pas une voiture ordinaire. Quelque chose en elle l'avait attiré.

De nouveaux badauds étaient arrivés, et environ une demi-rue plus loin, des gens avaient ouvert les fenêtres et les portes d'une maison où une fête était donnée, laissant s'en échapper de la musique et une odeur de poulet frit et de noix de pécan grillées, et lorsqu'une Buick banalisée arriva et qu'un homme du bureau du légiste en descendit et s'approcha de l'allée, la foule commençait à être conséquente : peut-être vingt-cinq personnes, peut-être trente.

Et la musique – nos syncopes humaines – était aussi bonne ce soir-là que les autres soirs.

L'odeur de poulet rappela à l'homme un endroit, une époque qu'il n'arriva pas à identifier sur le coup, et il se mit alors à pleuvoir paresseusement, une pluie de fin d'été qui ne semblait rien mouiller, le genre de pluie dont personne n'avait envie de se plaindre.

L'été avait été torride, une sorte de douce violence, et tout le monde se souvenait de la puanteur lorsque les collecteurs avaient refoulé l'eau de pluie la dernière semaine de juillet et que celle-ci avait débordé dans les caniveaux. Elle s'était évaporée, les mouches étaient arrivées, et les gosses qui jouaient dans la rue étaient tombés malades. La température avait grimpé jusqu'à trente-deux, puis trente-cinq, et quand elle avait atteint les trente-huit degrés et que les habitants avaient eu les poumons si desséchés qu'ils n'arrivaient plus à respirer, ça avait été un vrai cauchemar, et ils avaient cessé d'aller au travail pour rester chez eux à prendre des douches ou rester allongés par terre, la tête recouverte jusqu'aux yeux de serviettes humides pliées et remplies de glace pilée.

L'homme du bureau du légiste approcha. D'une petite quarantaine d'années, son nom était Jim Emerson ; il aimait collectionner les cartes de base-ball et regarder les films des Marx Brothers, mais il passait le reste de son temps accroupi auprès de cadavres, tentant de tirer des conclusions. Il avait l'air aussi paresseux que la pluie, et on sentait à sa façon de se déplacer qu'il savait qu'il n'était pas le bienvenu. Il ne connaissait rien aux voitures, mais ils effectueraient une recherche le lendemain matin et découvriraient – comme l'avait deviné le laveur de voitures – que ce n'était pas un véhicule ordinaire.

Une Mercury Turnpike Cruiser, construite par Ford sous le nom de XM en 1956, commercialisée en

1957. Moteur V8, deux cent quatre-vingt-dix chevaux à quatre mille six cents tours minute, transmission Merc-O-Matic, trois mètres dix d'empattement, mille neuf cent vingt kilos. Celle-ci était l'un des seize mille modèles construits avec un toit rigide, mais elle arborait des plaques de Louisiane – plaques qui auraient dû se trouver sur une Chrysler Valiant de 1969 qui avait reçu sa dernière contravention pour une infraction mineure à Brookhaven, Mississippi, sept ans plus tôt.

Le laveur de voitures, relâché sans poursuites moins d'une heure et demie après avoir fait sa déposition, avait déclaré avec emphase qu'il avait vu du sang sur la banquette arrière, un sacré paquet de sang tout séché sur le cuir, qui avait coagulé au niveau des coutures, débordé de la banquette et dégouliné par terre. On aurait dit qu'un cochon de lait avait été égorgé là-dedans. La Cruiser comportait beaucoup de verre – lunette arrière rétractable, déflecteurs, vitres conçues pour permettre aux voyageurs d'apprécier un panorama aussi large que possible –, ce qui avait permis au garçon de jeter un bon coup d'œil dans les entrailles de ce machin, parce que ce sont bien des entrailles qu'il avait eu l'impression de voir là-dedans, et il n'était pas si loin de la vérité.

C'étaient les districts de Chalmette et d'Arabi, en bordure du quartier d'affaires français, à La Nouvelle-Orléans, en Louisiane.

C'était un samedi soir humide d'août, et ils mirent un moment à évacuer les trottoirs, déplacer la voiture, et forcer le coffre.

Emerson, le médecin légiste adjoint, vit alors apparaître un véritable carnage, et même le flic qui se tenait à ses côtés – aussi endurci et aguerri fût-il –, même lui sauta son dîner ce soir-là.

Ils forcèrent donc le coffre, découvrirent à l'intérieur un type qui ne devait pas avoir beaucoup plus de 50 ans, et Emerson lança à quiconque voulait bien l'entendre qu'il se trouvait là depuis trois, peut-être quatre jours. La voiture était là depuis trois jours si le garçon ne se trompait pas, et il y avait des sections à l'intérieur du coffre, des bandes de métal nu, auxquelles la peau de l'homme avait adhéré à cause de la chaleur. Emerson avait du pain sur la planche ; il décida finalement de refroidir les bandes de métal à l'aide d'un aérosol, puis décolla la peau au moyen d'un grattoir à peinture. La victime ressemblait à de la chair à saucisse, elle empestait, et le rapport d'autopsie aurait des airs de compte rendu de crash.

Hémorragie cérébrale sévère ; percement des os temporal, sphénoïde et mastoïde ; ruptures de la glande pinéale, du thalamus, de l'hypophyse et du pont provoquées par un pied-de-biche standard (marque générique, disponible dans toutes les bonnes quincailleries pour un prix allant de neuf dollars quatre-vingt-dix-neuf à douze dollars quatre-vingt-dix-neuf en fonction du côté de la ville où vous faisiez vos courses) ; cœur sectionné au niveau de la veine cave inférieure à travers la base des ventricules droit et gauche ; sectionné au niveau des sous-clavières et des artères jugulaire, carotide et pulmonaire. Perte de 70 % de sang minimum. Ecchymoses à l'abdomen et au plexus cœliaque. Lésions aux bras, aux jambes, aux mains, aux épaules. Brûlures de corde et marques provoquées par du ruban adhésif aux poignets, gauche et droit. Fibres de corde attachées à l'adhésif identifiées au spectromètre infrarouge comme provenant d'une corde de nylon standard, elle aussi disponible dans toute bonne quincaillerie. Heure du décès estimée au mercredi 20 août, entre 22 heures et minuit, Bureau de médecine légale du 14ᵉ district de La Nouvelle-Orléans, signé ce jour… devant témoin… etc.

La victime avait été méchamment passée à tabac. Ligotée au niveau des poignets et des chevilles avec une corde en nylon, frappée dans la région de la tête et du cou avec un pied-de-biche, éviscérée, son cœur avait été sectionné mais laissé dans la cavité thoracique, puis elle avait été enveloppée dans un drap ordinaire 60 % polyester, 35 % coton, 5 % viscose, balancée sur la banquette arrière d'une Mercury Turnpike Cruiser de 1957, transportée jusqu'à Gravier Street, placée dans le coffre, puis abandonnée là pendant environ trois jours avant d'être découverte.

Des internes attendaient l'arrivée du corps au bureau du légiste pour l'examiner pendant les deux heures qui précéderaient son transfert au bureau du coroner du comté pour une autopsie complète. De jeunes types au visage frais et qui commençaient pourtant à avoir cette lueur lasse dans les yeux, le genre d'expression qui vous venait quand vous passiez votre vie à récupérer les morts sur les lieux de leur infortune. Ils ne cessaient de se dire : *Ce n'est pas un boulot pour un être humain*, mais peut-être avaient-ils déjà rejoint cette foule heureuse et imbécile des gens qui estimaient que, s'ils n'avaient pas été là pour faire ce qu'ils faisaient, personne ne l'aurait fait à leur place. Il y aurait toujours eu quelqu'un pour prendre leur place, mais eux – dans leur sagesse infinie et très mortelle – ne les voyaient jamais. Peut-être les cherchaient-ils trop.

L'agent de sécurité de la scène de crime était chargé de surveiller le cadavre et de s'assurer qu'il ne serait pas victime de nouveaux outrages, que personne ne marcherait dans le sang versé, que personne ne déplacerait les vêtements déchirés, les fibres, les fragments, ni ne toucherait à l'arme, aux traces de pas, aux taches de boue microscopiques de diverses couleurs qui permettraient d'isoler l'unique fil qui éluciderait toute l'affaire ; égoïstement, avec une sorte de faim intérieure, il serrait ces images et ces visions contre sa poitrine. Tel un enfant protégeant un bocal plein de biscuits, ou de bonbons, ou d'innocence menacée, il cherchait à rendre permanent ce qui était par essence impermanent, et de cette manière perdait de vue la réelle vérité des choses.

Mais ce serait demain, et demain serait un tout autre jour.

Et lorsque l'obscurité laissa prudemment place au matin, les gens qui s'étaient entassés sur les trottoirs avaient oublié l'histoire, oublié peut-être pourquoi ils étaient même venus, car ici – ici plus que nulle part ailleurs – il y avait mieux à penser : les festivals de jazz dans le parc Louis-Armstrong, la procession de Notre-Dame de Guadalupe, le sanctuaire de saint Jude, un incendie dans Crozat près de Hawthorne Hall au-dessus du théâtre Saenger qui avait fait six morts et quelques gamins orphelins, et tué un pompier nommé Robert DeAndre qui un jour avait embrassé une fille avec une araignée tatouée sur la poitrine. La Nouvelle-Orléans, ville du mardi gras, des petites vies, des noms inconnus. Levez-vous. Fermez les yeux et inspirez d'un coup l'odeur de cette majestueuse ville suintante. Sentez le relent d'ammoniaque du centre médical ; sentez la chaleur des côtelettes saignantes brûlant dans l'huile enflammée, les fleurs, la bisque de palourdes, la tarte aux noix de pécan, le laurier et l'origan et le court-bouillon et les pâtes à la carbonara de chez Tortorici, l'essence, l'alcool de contrebande, la piquette concoctée dans des bidons d'essence; les parfums réunis de mille millions de vies entrecroisées, toutes reliées les unes aux autres, mille millions de cœurs battants, tous ici, sous le toit du même ciel où les étoiles sont comme des yeux sombres qui voient tout. Qui voient et se souviennent...

L'image s'évapore, aussi fugace que de la vapeur s'échappant à travers les grilles de métro ou par les cheminées de cuivre noircies saillant des murs noirs de restaurants créoles, vapeur qui s'élevait du sol de la ville tandis que celle-ci crevait de chaleur toute la nuit.

Comme de la vapeur s'échappant du front d'un tueur qui vient de mettre tout son cœur à la tâche...

Dimanche. Une journée vive, lumineuse. La chaleur avait pris de la hauteur comme pour permettre aux gens de respirer. Des enfants torse nu, rassemblés au coin de Carroll et Perdido, s'aspergeaient d'eau au moyen de tuyaux en plastique qui serpentaient paresseusement depuis les porches des maisons à toits de bardeaux bâties en retrait de la rue, derrière un barrage d'hickorys et de chênes noirs. Leurs cris perçants, peut-être plus des cris de soulagement que d'excitation, s'éparpillaient tels des serpentins dans l'atmosphère lourde, enivrante. Et ce vacarme, celui des balbutiements de la vie, fut la première chose que John Verlaine entendit lorsqu'il fut réveillé par la sonnerie stridente et insistante du téléphone; et un coup de fil à cette heure-ci signifiait, en règle générale, que quelque part quelqu'un était mort.

Onze années dans la police de La Nouvelle-Orléans, dont trois et demie aux mœurs et les deux dernières à la criminelle ; célibataire, sain d'esprit mais émotionnellement instable ; la plupart du temps fatigué ; plus rarement souriant.

Il s'habilla à la hâte sans se raser ni se doucher. À coup sûr une vraie saloperie qu'il allait devoir se coltiner. On s'y faisait. Ou peut-être était-ce ce dont on se persuadait.

La chaleur avait été brutale au cours des derniers jours. Elle vous faisait vous ratatiner sur vous-même comme un poing. Difficile de respirer. Mais ce dimanche matin, il faisait plus frais ; l'air s'était quelque peu allégé, et la sensation que des nuages d'orage sous pression risquaient d'exploser à tout moment s'était dissipée.

Verlaine conduisit lentement. Le cadavre était déjà mort. Inutile de se presser.

Il sentait qu'il allait de nouveau pleuvoir, de cette pluie paresseuse de fin d'été dont personne n'avait envie de se plaindre, mais peut-être plus tard, pendant la nuit. Peut-être pendant son sommeil. S'il le trouvait...

Il s'éloigna de son appartement dans Carroll Street, se dirigeant plein nord vers South Loyola Avenue. Les rues semblaient désertes à l'exception de quelques âmes perdues ici et là, et il les regardait, leur progression hésitante, leurs visages rieurs, leur rougeur alcoolisée apparaissant aux portes des bars, puis s'engageant sur le trottoir, dans la rue.

Il roulait sans réfléchir, et quelque part à proximité de l'immeuble De Montluzin, il prit sur la droite et passa devant le théâtre d'État Loew's. Vingt minutes plus tard, il se tenait dans Gravier Street, du côté de Loyola Avenue. Par ici, il y avait des mimosas et des pacaniers aux branches dénuées d'écorce et dont les noix de pécan avaient été dérobées des semaines plus tôt par des voleurs aux mains crasseuses. *Tarte aux noix de pécan*, pensa-t-il, et l'odeur de la cuisine de sa mère lui revint. Il revit sa sœur à travers la fenêtre, la tête enveloppée de flanelle fraîche, ses bras minces comme des brindilles, rougis par le soleil, pelés, tachés de lotion à la calamine et de beurre de cacao, et il se dit : *Si seulement nous pouvions tous revenir en arrière…*

Verlaine détourna les yeux de Gravier Street et regarda au loin sur la gauche – au-delà des glycines qu'il avait toujours vues cramponnées aux murs qui longeaient cette rue, leurs grappes pendantes, pourpres et délicates, chargées d'une odeur douce ; au-delà du bosquet de mimosas dont les têtes cylindriques étaient comme des petites pointes de couleur dans la lueur naissante – en direction de Dumaine et de North Claiborne. Le bourdonnement de la circulation n'était qu'une voix de plus dans l'humidité de ce début de journée. Parmi les chênes noirs et les féviers, le chant des cigales rivalisait avec les cris des enfants qui jouaient à chat sur les trottoirs, dans l'air tendu comme un tambour, qui semblait n'attendre qu'à être respiré.

Il devina à son absence l'emplacement où s'était trouvée la voiture. Tendus autour de l'espace vide, comme une dent manquante, des cordons de scène de crime flottaient dans le vent. Le corps avait été découvert ici, un type battu à mort à coups de marteau. Les agents lui avaient expliqué tout ce qu'ils savaient au téléphone, et ils lui avaient conseillé de venir faire ses propres constatations sur place, après quoi il ferait bien d'aller au bureau du légiste et de parler à Emerson, de jeter un coup d'œil au rapport, puis de se rendre au bureau du coroner du comté pour assister à l'autopsie. Alors, il observa, fit ses propres constatations, prit quelques photos, puis il fit le tour des lieux jusqu'à avoir le sentiment d'en avoir assez vu, et il regagna sa voiture. Il s'assit du côté passager et fuma une cigarette.

Quarante minutes plus tard, il arrivait au bureau du légiste, à l'angle de South Liberty et de Cleveland, derrière le centre médical. La journée avait pris de l'ampleur et promettait un ciel d'un azur clair avant la fin du déjeuner, un milieu d'après-midi dans les trente degrés.

En s'éloignant de sa voiture, Verlaine sentit le soleil lui cogner sur la tête et il longea les devantures des boutiques, tentant de rester à l'ombre des auvents. Sa chemise lui collait au dos sous son costume de coton trop épais, ses pieds transpiraient dans ses chaussures, ses chevilles le démangeaient.

Jim Emerson avait l'air jeune malgré sa petite quarantaine d'années, médecin légiste adjoint, il était très bon dans son boulot. Emerson ajoutait flair et perspicacité à ce qui n'aurait ordinairement été qu'une tâche froide et factuelle. Il était sensible aux gens, même lorsqu'ils étaient rigides, gonflés, fracassés, morts.

Verlaine se tint un moment dans le couloir devant le bureau d'Emerson. *C'est reparti*, pensa-t-il. Il frappa un coup et entra sans attendre.

Emerson se leva de son bureau, tendit la main.

« On ne voit plus que vous, lança-t-il avant de sourire. Vous êtes sur l'affaire du type dans le coffre ?

— Ça y ressemble.

— Un vrai carnage », déclara Emerson, et il jeta un coup d'œil au bureau.

24

Devant lui étaient posées trois ou quatre pages jaunes de carnet, couvertes de notes détaillées. « Nous avons affaire à un chirurgien, poursuivit-il. Un vrai chirurgien. » Il posa les yeux sur Verlaine, sourit une fois de plus, agita la tête d'avant en arrière d'une manière qui ne signifiait ni oui ni non. Il enfonça la main dans sa poche de veste, en sortit un paquet de cigarettes mexicaines qui empestaient, en alluma une.

« Vous avez vu le corps ? demanda-t-il à Verlaine. Nous l'avons envoyé au coroner il y a deux heures.

– J'y vais dans un petit moment. »

Emerson acquiesça d'un air neutre.

« Bon, vous pouvez être sûr que ça va vous gâcher votre déjeuner dominical. » Il retourna s'asseoir à son bureau et parcourut ses notes.

« C'est intéressant.

– Comment ça ?

– La voiture, peut-être, répondit-il avec un haussement d'épaules. Ou le coup du cœur.

– La voiture ?

– Une Mercury Turnpike Cruiser de 1957. Elle est dans l'un des dépôts. Une sacrée bagnole.

– Et la victime était dans le coffre, exact ?

– Ce qui en restait, oui.

– On a un nom ? » demanda Verlaine.

Emerson fit signe que non.

« C'est votre domaine.

– Alors, qu'est-ce que vous pouvez me dire ? »

Verlaine saisit une chaise contre le mur, la tira jusqu'au bureau et s'assit.

« Le type a été massacré. Tabassé à coups de marteau et on lui a arraché son putain de cœur… comme dans ces histoires de trahison, pas vrai ?

25

– C'est juste une rumeur. Une rumeur basée sur une affaire qui s'est déroulée en 1968.

– Une affaire ?

– Ricky Dvore. Vous connaissez ? »

Emerson fit non de la tête.

« Ricky Dvore était un escroc, un dealer, un maquereau, la totale. Il trimballait de l'alcool depuis La Nouvelle-Orléans dans ses propres camions, une gnole qui était distillée quelque part au-delà de Saint Bernard... mais ça s'est développé là-bas depuis. Vous connaissez Evangeline, au sud, au bord du lac Borgne ? »

Emerson acquiesça.

« C'est là-bas qu'il distillait sa gnole et il la transportait dans des camions tout ce qu'il y avait d'ordinaire avec des réservoirs planqués dans les carrosseries. Il a arnaqué un revendeur, un membre d'une de ces familles de cinglés là-bas, et l'un après l'autre, sa femme, ses gosses, ses cousins, ils se sont tous fait tabasser. Sa fille de 3 ans a eu un doigt coupé. Ils l'ont envoyé à Dvore, mais il a continué de jouer au con. Ils ont fini par le tirer de son camion un soir et ils lui ont arraché le cœur et l'ont envoyé à sa femme. Je ne sais pas combien de gens se sont dénoncés, les flics ont reçu un nombre ahurissant de coups de fil bidons et de confessions. Mais c'était sans espoir ; l'affaire a été classée en moins de quinze jours et on en est resté là. Ils n'ont jamais retrouvé le corps de Dvore – je suis certain qu'il a été lesté et balancé quelque part dans un bayou. Ils avaient juste le cœur. C'est de là que vient toute cette légende de cœur arraché en cas de trahison. C'est juste une histoire.

– Bon, notre type a laissé le cœur dans la poitrine.

– Il me semble qu'on devrait s'intéresser à la voiture, dit Verlaine. La voiture, c'est du solide. Peut-être que c'est une diversion, un élément tellement incongru qu'il est censé nous mettre sur la mauvaise voie, mais elle joue un rôle si important que j'en doute. Quand quelqu'un veut nous induire en erreur, il laisse un truc discret, quelque chose sur la scène de crime, un indice mineur, si mineur que seul un expert peut l'identifier. Les types qui font ce genre de chose sont assez malins pour comprendre que les gens qui les recherchent sont tout aussi malins qu'eux. »

Emerson acquiesça.

« Allez au bureau du coroner et jetez vous-même un coup d'œil. Je vais taper ça et le mettre dans le dossier. »

Verlaine se leva, repoussa sa chaise contre le mur.

Il serra la main d'Emerson et se tourna vers la porte pour s'en aller.

« Tenez-moi au courant, lança Emerson au dernier moment.

– Je vous enverrai un e-mail, répondit Verlaine en se retournant.

– Gros malin. »

Verlaine poussa la porte et s'engagea dans le couloir.

Dehors, la chaleur avait augmenté. Il regagna sa voiture en transpirant des litres de sueur.

Le coroner du comté, Michael Cipliano, 53 ans, un vieux de la vieille irascible et usé, n'avait plus d'italien que le nom ; son père venait du Nord, Plaisance, Crémone – même lui avait oublié. Les yeux de Cipliano étaient comme deux petits charbons noirs brillant sur la surface lisse de son visage. Il n'emmerdait personne, n'aimait pas qu'on l'emmerde.

L'atmosphère humide et tendue qui s'accrochait aux murs de la salle d'autopsie défiait la climatisation et pesait comme une chape implacable. Verlaine franchit les portes battantes en caoutchouc et adressa un hochement de tête silencieux à Cipliano. Qui lui rendit la pareille. Il était occupé à arroser au jet ses tables d'autopsie, et le son de l'eau heurtant les surfaces en métal était presque assourdissant dans l'espace confiné de la pièce.

Cipliano acheva de nettoyer la table la plus proche du mur et coupa l'eau.

« Vous êtes ici pour le type au cœur arraché ? »

Verlaine acquiesça.

« Je vous ai tout imprimé, en bon saint patron que je suis. Le papier est là-bas. » Il désigna de la tête un bureau en inox à l'arrière de la pièce. « Mon assistant est malade. Ça l'a pris avant-hier, il pense avoir chopé quelque chose d'un de ces cadavres non identifiés. »

Cipliano désigna deux cadavres par-dessus son épaule, des noyés de toute évidence ; chair bleu gris, doigts et orteils enflés.

« Ils ont été repêchés jeudi, flottant sur le ventre dans le bayou Bienvenue. Tous les deux camés, avec des traces de piqûres sur toute la longueur des bras, à l'aine, entre les orteils, à l'arrière des genoux. Mon assistant s'imagine qu'il y a le choléra ou je sais pas quoi dans le bayou. Dès que ces zigues ont été amenés ici, il s'est cru contaminé. Que des conneries, vraiment que des conneries. »

Cipliano lâcha un rire rauque et secoua la tête.

« Alors, qu'est-ce qu'on a ? » demanda Verlaine tout en se dirigeant vers la table la plus proche.

Il régnait une odeur forte, infecte, fétide, et il avait beau respirer par la bouche, il avait l'impression de sentir son goût sur la langue. Dieu seul savait ce qu'il était en train d'inhaler.

« Ce qu'on a, c'est un sacré bordel, répondit Cipliano. Si ma mère savait où j'ai passé mon dimanche matin, elle se retournerait comme une crêpe dans sa tombe. »

L'absence d'amour entre Cipliano et sa mère, morte depuis cinq ans, n'était un mystère pour personne. La rumeur prétendait qu'il l'avait lui-même autopsiée, juste pour être vraiment sûr qu'elle était bel et bien morte.

« On a fini l'apéritif et le hors-d'œuvre, mais au moins vous arrivez à temps pour le plat de résistance, déclara Cipliano. Celui qui a buté votre inconnu, là, avait quelques connaissances en chirurgie. Pas facile de faire ça, de sectionner proprement le cœur comme ça. C'est pas un boulot de pro, mais il y a un sacré paquet de veines et d'artères reliées à cet organe, et certaines d'entre elles sont aussi épaisses que votre pouce. Un boulot salissant, et franchement inhabituel si vous voulez mon avis. »

La peau du cadavre était grise, son visage, déformé et enflé par la chaleur qu'il avait dû endurer dans le coffre de la voiture. Sur sa poitrine on pouvait voir les incisions que Cipliano avait déjà faites, la cavité à l'intérieur qui avait auparavant renfermé le cœur. Il avait le ventre gonflé, ses vêtements entassés étaient tachés de sang, ses cheveux ressemblaient à des touffes d'herbe emmêlées.

« Un couteau sans dents, expliqua Cipliano. Quelque chose comme un rasoir droit, mais sans l'extrémité plate, ici et là à travers les ventricules gauche et droit à la base, et ici... ici à travers la carotide, nous avons une éraflure, une petite brûlure de friction là où la lame n'a pas immédiatement transpercé le tissu. Les incisions et les dissections sous-clavières sont propres et droites, des coupures nettes, assez précises. Peut-être qu'un scalpel a été utilisé, ou un outil aussi précis qu'un scalpel.

— Est-ce que ça a été fait d'un coup, ou du temps s'est-il écoulé entre l'ouverture de la poitrine et le découpage du cœur? demanda Verlaine.

— Tout d'un coup. Il l'a ligoté, lui a défoncé la tête, l'a ouvert comme une simple enveloppe et a tranché certains organes pour atteindre le cœur. Le cœur a été extrait, puis replacé dans la poitrine. La victime était déjà étendue sur le drap, elle a été enveloppée dedans, balancée dans la voiture, trimballée depuis je ne sais où, puis transférée dans le coffre et abandonnée.

— Tout ça sans traîner, observa Verlaine.

— Comme le lièvre de la fable, répliqua Cipliano.

— Combien de temps pour faire ça, l'opération dans sa totalité?

— Ça dépend. À en juger par sa précision, il est évident que le tueur savait ce qu'il faisait, peut-être vingt minutes, trente au plus. »

Verlaine hocha la tête.

« Il semble que le corps a été bougé, reprit Cipliano, redressé deux ou trois fois, peut-être même calé contre quelque chose. Du sang s'est accumulé en divers endroits. Il a reçu environ trente ou quarante coups de marteau, certains directs, d'autres orientés vers l'avant de la tête. Il a d'abord été ligoté, puis détaché une fois mort.

« — Des empreintes digitales sur le corps ? demanda Verlaine.

— Faut que je fasse une détection à l'iode et un transfert sur plaque d'argent pour être sûr, mais d'après ce que je vois il semblerait qu'il y ait tout un tas de traces de caoutchouc. Le tueur portait des gants de chirurgien, j'en suis quasiment certain.

— Est-ce qu'on peut faire un hélium-cadmium ?

— Bien sûr. »

Verlaine l'aida à préparer le matériel. Ils examinèrent les membres, les points de pression, les zones autour de chaque incision, la chair d'un gris pourpre virant au noir sous le faisceau de lumière. Les traces de gants apparaissaient sous forme de taches brillantes semblables à des marques de transpiration. Il y avait des raies noires aussi fines que des têtes d'aiguilles aux endroits où le couteau avait égratigné la surface de la peau. Verlaine aida à retourner le corps sur le ventre, une housse mortuaire pliée ayant préalablement été enfoncée dans la cavité de la poitrine pour limiter les écoulements. Il n'y avait rien de significatif sur le dos, mais en se baissant pour observer la surface de la peau à l'horizontale, Verlaine remarqua de petites traces légèrement lustrées sur la peau.

« Ultraviolet ? » demanda-t-il.

Cipliano alla chercher une lampe, la brancha et l'alluma. Il plissa fortement ses yeux couleur charbon.

« Bon Dieu de bordel de merde ! » siffla-t-il.

Verlaine tendit la main vers la peau, peut-être pour la toucher, pour sentir les marques, mais Cipliano lui saisit fermement le poignet et retint son geste.

Un motif – un réseau de lignes bleu pâle étincelant sur la peau incolore – était minutieusement dessiné entre les omoplates, le long de la colonne vertébrale, sous la nuque et sur les épaules. Il brillait, il brillait littéralement, comme quelque chose de vivant, quelque chose doté d'une énergie propre.

« Qu'est-ce que c'est que ce bordel ? s'exclama Verlaine.

– Allez chercher l'appareil photo », prononça doucement Cipliano, comme s'il craignait que le son de sa voix ne trouble le motif.

Verlaine acquiesça, alla chercher l'appareil photo sur les étagères au fond de la pièce. Cipliano attrapa une chaise, la plaça près de la table et grimpa dessus. Il inclina dans la mesure du possible l'appareil à l'horizontale et prit plusieurs clichés du corps. Puis il redescendit de la chaise, prit de nouvelles photos des épaules et de la colonne vertébrale.

« Est-ce qu'on peut effectuer des tests ? demanda Verlaine lorsqu'il eut fini.

– Ça s'estompe », répondit doucement Cipliano.

Sur ce, il saisit plusieurs instruments dans une trousse d'urgence, des tampons et des tiges d'analyse, puis, au moyen d'un scalpel, il découpa une bande de peau fine comme un cheveu en haut de l'épaule droite et la plaça entre deux plaques à microscope. Moins de quinze minutes plus tard, Cipliano se retourna, un demi-sourire lui soulevant les coins de la bouche.

« Formule $C_{20} H_{24} N_2 O_2$. Quinine, ou sulfate de quinine pour être précis. Ça émet une fluorescence sous l'ultraviolet, une lueur bleu pâle. Les seuls autres produits que je connaisse qui ont les mêmes propriétés sont la gelée de pétrole étalée sur du papier et certains types de poudres détergentes. Mais ça, aucun doute, c'est de la quinine.

– C'est ce qu'on utilise contre le paludisme, exact?

– C'est ça. Aujourd'hui on la remplace généralement par de la chloroquine ou d'autres produits de synthèse. En cas de surdose ça entraîne ce qu'on appelle le cinchonisme, oreilles qui bourdonnent, vision qui se brouille, ce genre de chose. Un paquet d'anciens des guerres de Corée et du Vietnam en ont pris. Ça se présente la plupart du temps sous forme de comprimés jaune vif, mais ça peut aussi être une solution de sulfate de quinine, ce qui est le cas ici. Ça sert parfois de fébrifuge…

– De quoi?

– Fébrifuge, quelque chose pour combattre la fièvre. »

Verlaine secoua la tête. Il fixait des yeux les lignes à peine visibles dessinées en travers du dos du mort. Elles brillaient comme un feu de Saint-Elme, comme les feux follets qui flottaient au-dessus des marécages lorsque la brume reflétait la lumière dans chaque molécule d'eau, produisant un effet troublant, irréel.

« Je vais développer les photos. Ça nous donnera une meilleure idée de ce que cette configuration signifie. »

Ce mot – configuration – obséda Verlaine tout le temps qu'il resta dans le bureau du coroner, et même un peu plus longtemps à vrai dire.

Il regarda Cipliano passer le corps au crible, à la recherche de fibres, de fils, de cheveux, prélevant des échantillons de sang séché au niveau de chaque lésion. Deux groupes sanguins étaient présents : celui de la victime, A positif, et sans doute celui de l'assassin, AB négatif.

Les cheveux appartenaient tous sans exception au mort et, en grattant sous les ongles, Cipliano trouva les deux mêmes types sanguins, plus un échantillon de peau en état de décomposition trop avancé pour pouvoir être testé, et un fragment de peinture bordeaux qui correspondait à celle de la voiture.

Verlaine s'en alla alors, emportant les transferts d'empreintes que Cipliano avait tirés, et lui demandant de l'appeler lorsque les photos seraient développées. Cipliano lui souhaita une bonne journée et Verlaine franchit les portes battantes pour regagner le couloir éclairé d'une lumière vive.

Dehors, l'atmosphère était lourde et orageuse, le soleil était tapi derrière des nuages maussades. La chaleur qui s'insinuait partout transformait la surface du bitume en mélasse, et Verlaine, en retournant à sa voiture, s'arrêta dans une boutique pour acheter une bouteille d'eau minérale.

Il y avait quelque chose dans l'air ce jour-là, quelque chose qui, lorsqu'on le respirait, était comme une invasion, une agression même. Il resta un moment assis dans sa voiture et fuma une cigarette. Puis il décida de retourner au commissariat et d'attendre le coup de fil de Cipliano.

Le téléphone sonna moins d'une heure après son arrivée. Il repartit sur-le-champ, aussi discrètement que possible, et traversa la ville jusqu'au bureau du coroner.

« Nous avons du neuf sur le motif, déclara Cipliano tandis que Verlaine pénétrait dans la salle d'autopsie. Ça semble être une configuration solaire, une constellation, un peu rudimentaire, mais c'est la seule chose que l'ordinateur trouve. Ça colle plutôt bien et, vu l'angle sous lequel ça a été dessiné, ça ressemble assez à ce qu'on voit en hiver dans cette partie du pays. Peut-être que ça vous dira quelque chose… »

Cipliano désigna l'écran d'ordinateur sur sa droite, Verlaine s'en approcha.

« Cette constellation est celle des Gémeaux, mais ce motif contient les douze étoiles majeures et mineures. Les Gémeaux sont le signe à deux visages, les jumeaux. Ça vous dit quelque chose ? »

Verlaine fit non de la tête. Il regardait fixement le motif affiché sur l'écran.

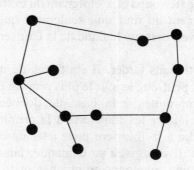

« Alors, les empreintes ont donné quelque chose ? demanda Cipliano.

– Je ne les ai pas encore entrées dans le système.

– Vous pouvez le faire aujourd'hui ?

– Bien sûr.

– Cette affaire commence à m'intéresser, déclara Cipliano. Faites-moi savoir ce que vous trouverez, d'accord ? »

Verlaine hocha la tête et repartit par là où il était arrivé, puis roula une fois de plus jusqu'à l'extrémité de Gravier Street.

L'allée était silencieuse, envahie par les ombres, étrangement fraîche. À mesure qu'il avançait, ces mêmes ombres semblaient avancer avec lui, tournant vers lui leur visage d'ombre, leurs yeux d'ombre. Il se sentait isolé, mais pourtant pas seul.

Il se tint à l'endroit où s'était trouvée la Mercury, là où l'assassin l'avait garée, avait coupé le contact, entendu les craquements du moteur qui refroidissait ; là où il avait peut-être souri, lâché un long soupir de soulagement, peut-être même pris le temps de fumer une cigarette avant de repartir. Mission accomplie.

Verlaine frissonna et, s'éloignant du trottoir, s'approcha lentement du mur qui, seulement quelques jours plus tôt, avait masqué le flanc de la Cruiser.

Il repartit sans tarder. Il était près de midi. C'était dimanche, peut-être le jour le plus propice pour comparer les empreintes à la base de données. Verlaine décida de laisser les transferts à la criminalistique et de se rendre à la fourrière pour jeter un coup d'œil à la Cruiser. Il enregistra sa demande, laissa les transferts dans une enveloppe au guichet, griffonna un mot à l'intention du sergent de service et le punaisa sur la porte de son bureau juste au cas où on viendrait le chercher.

L'heure du déjeuner était passée, et Verlaine n'avait encore rien avalé. Il s'arrêta en route chez un traiteur, s'acheta un sandwich et une bouteille de soda. Il mangea tout en conduisant, plus par nécessité qu'autre chose.

Vingt minutes plus tard : fourrière de La Nouvelle-Orléans, à l'angle de Treme et d'Iberville.

John Verlaine, le visage quadrillé par les ombres du treillis métallique de la clôture, attendait patiemment. L'agent à l'intérieur, un certain Jorge D'Addario, avait clairement expliqué que tant qu'il n'aurait pas reçu quelque chose d'officiel, quelque chose par *écrit*, il ne pouvait pas autoriser Verlaine à entrer. Verlaine s'était mordu la langue, avait téléphoné au sergent de service au commissariat en lui enjoignant de demander au capitaine Moreau d'appeler D'Addario à la fourrière pour officialiser les choses. Il avait fallu vingt minutes pour trouver Moreau. Verlaine retourna à sa voiture. Il buvait le restant de son soda en fumant sa dernière cigarette lorsque D'Addario ouvrit enfin le portail et lui fit signe d'entrer.

Il avança entre les rangées de voitures garées symétriquement, contourna à bonne distance un homme au visage noirci vêtu d'un bleu de travail qui découpait une fine ligne bleue dans le châssis d'une Trans Am avec un chalumeau oxyacétylénique. Des étincelles cuivrées jaillissaient tel un feu d'artifice du 4 Juillet de la flamme aiguisée comme une aiguille. Une demi-douzaine de voitures plus loin, il prit sur la droite et s'engagea dans une nouvelle allée bordée de véhicules – une Camaro SS/Six, une Berlinetta, une Mustang 351 Cleveland derrière laquelle se trouvait une Ford F250 XLT, et sur sa gauche, avant la Cruiser, un GMC Jimmy au toit à moitié arraché qui ressemblait à une boîte de petits pois qu'on aurait ouverte à la perceuse pneumatique.

Verlaine s'arrêta, se tint devant la Mercury Turnpike, observant les mètres de chrome poli, le caisson de roue de secours argenté qui faisait saillie au niveau du coffre, les indentations et les fentes d'aération symétriques, les doubles ailerons et la peinture bordeaux. Décidément pas une voiture ordinaire. Il s'approcha, toucha les longerons concaves qui couraient depuis l'arrière jusqu'aux déflecteurs, se pencha pour balayer du regard la base du véhicule, ses pneus à flancs blancs légèrement couverts de boue sous le châssis chromé surbaissé et les arches qui les recouvraient. Une telle voiture n'était pas à sa place à la fourrière.

Tout en s'approchant de l'arrière du véhicule, Verlaine tira une paire de gants chirurgicaux de ses poches. Il les enfila et ouvrit le coffre. La nuit précédente, un cadavre avait été découvert à l'intérieur ; il s'en dégageait maintenant une odeur de formol, d'antiseptique, mêlée à un relent de pourriture. Il n'eut aucun mal à se représenter le cadavre qu'il avait vu dans la salle d'autopsie entassé dans cet espace. Son estomac se retourna. Il sentit le soda lui refluer dans la gorge tel un bain de bouche bon marché à l'anis.

Il alla chercher son appareil photo dans sa voiture, prit quelques clichés. Il examina la banquette arrière de la Cruiser, vit les épaisses traces de sang séché sur le cuir et sur le tapis. Il les photographia. Il arriva au bout de sa pellicule, la rembobina.

Un quart d'heure plus tard, il quittait la fourrière ; il s'arrêta pour signer le registre des visiteurs à la guérite de D'Addario au niveau du portail, puis il quitta Iberville Street et reprit la direction du commissariat pour voir où en étaient les recherches sur les empreintes.

Verlaine, peut-être juste histoire de tuer un peu le temps, fit un long détour. Il longea le quartier français des affaires, puis North Claiborne en empruntant Saint Louis Street et Basin Street. C'était le Faubourg Treme, la ville des morts. Il y avait deux cimetières, tous deux nommés Saint Louis, mais celui du quartier français était le plus ancien et datait de 1796. Ici gisaient les morts de La Nouvelle-Orléans – les Blancs, les Noirs, les créoles, les Français, les Espagnols, les affranchis – car c'est là que ces misérables finissaient, tous sans exception. Visiblement, la mort n'avait pas de préjugés. Les tombes ne révélaient pas leur couleur, leurs rêves, leurs peurs, leurs espoirs ; elles ne donnaient que leur nom, le moment de leur arrivée et celui de leur départ. Des croix de saint Augustin, de saint Jude, de saint François d'Assise, saint patron des voyageurs et amoureux de la nature, le fondateur de l'ordre des Franciscains qui mendiait pour manger et mourut indigent. Et de l'autre côté, se trouvaient les croyants, les croix grisgris qui marquaient leur passage dans l'autre monde. La reine vaudoue Marie Laveau, paix à son âme. Les cathédrales haïtiennes des âmes.

Il atteignit le croisement de Barrera et Canal Street près de la tour d'observation Trade Mart, se demanda pourquoi il faisait un tel détour et haussa les épaules d'un air indifférent. Il avait maintenant franchi le marché français et le front de rivière du Vieux Carré. Trois bons kilomètres d'entrepôts parsemés de gargotes à palourdes, de clubs de jazz, de bars, de restaurants, de bouis-bouis, de sex-shops, avec en plus un théâtre et les embarcadères d'où partaient les nombreuses visites en bateau du port. Malgré la chaleur, les rues ici étaient bondées. Des groupes de créoles et de Noirs faisaient le pied de grue aux coins des rues et aux carrefours, lançant des plaisanteries arrogantes aux femmes qui passaient, faisant des doigts d'honneur aux *compadres* et aux *amigos*, buvant, riant, parlant avec grandiloquence, tant de grandiloquence, dans cette petite vie médiocre. On pouvait les voir jour après jour, jamais rien de mieux à faire, se persuadant que c'était ça la grande vie, la vraie vie, celle où l'argent brûlait les doigts, où tous ceux qui n'étaient pas là étaient des connards, des abrutis, des blaireaux ; la vie où les prostituées passaient en coup de vent, la main posée sur le bras du client, se dirigeant vers quelque sordide *maison de joie** un peu plus loin dans la rue, derrière le prochain pâté de maisons, et ces types qui ne décollaient pas de leur coin de rue, ces optimistes démerdards, ils se tenaient à carreau car ils savaient que mieux valait ne rien dire, quelle qu'ait été l'allure du client, parce qu'une pute qui vous plantait son talon aiguille dans la gorge, c'était pas cool. Ici, l'air était à jamais chargé d'odeurs de poisson, de sueur, de fumée de cigares bon marché qu'on faisait passer pour des Partagas roulés à la main ; ici, l'existence semblait n'être qu'une succession infinie de rêves sombres et humides, sans autre consolation qu'un peu de lumière du jour entre deux rêves. Le jour, c'était pour baiser, pour compter le fric, pour dormir un peu et boire un peu, histoire de préparer la langue à l'assaut de la nuit. Le jour, c'était une chose que Dieu avait inventée pour que la vie ne soit pas une fête sans fin ; une chose qui, peut-être, permettait aux enseignes lumineuses de se reposer. C'était le genre d'endroits où il y avait des combats de coqs ; le genre d'endroits où la police laissait faire. Dans les guides touristiques, on vous suggérait de ne visiter ces quartiers qu'en groupe, avec un guide officiel, jamais seul.

Verlaine traversa le croisement de Jackson et Tchoupitoulas, là où le pont enjambait la rivière et rejoignait la route 23, où la route 23 croisait la West Bank Expressway, où le monde semblait finir et pourtant

---

* Tous les passages en italique suivis d'un astérisque sont en français dans le texte. *(N.d.T.)*

recommencer avec des couleurs différentes, des sons différents, des sens différents.

Il arriva sans se faire remarquer au commissariat – le lieu était presque désert – et vérifia ce qu'avaient donné les empreintes. Ils n'avaient rien pour le moment et ils en resteraient peut-être là jusqu'à ce que quelqu'un se sorte les doigts du cul lundi matin et se décide enfin à faire ce qu'il était payé pour faire.

Il était 17 heures passées, la fin d'après-midi laissait peu à peu place à un début de soirée plus frais, et Verlaine passa un petit moment assis à son bureau à regarder dehors vers le sud, en direction des cours fédérales et des complexes de bureaux derrière Lafayette Square. En contrebas, la circulation diminuait lentement, et la rue s'emplissait du brouhaha des piétons qui se dirigeaient au ralenti vers le restaurant Maylies, vers le Pavillon, la vie suivant son cours à sa manière curieuse et inimitable. Un homme s'était fait massacrer, il avait connu une fin d'une violence sadique, et son corps mutilé avait été abandonné dans une superbe voiture garée dans une allée aux abords de Gravier Street. Tout le monde était fasciné, horrifié, dégoûté, et pourtant, chacun parvenait à tourner le dos et à s'éloigner, à aller dîner, voir une pièce de théâtre, rencontrer des amis et parler de choses insignifiantes qui retenaient bien plus l'attention. Et puis il y avait les autres – dont Verlaine estimait faire partie, de même qu'Emerson et Cipliano –, ceux qui étaient peut-être aussi cinglés que les assassins vu que leur but dans la vie se limitait à pister, retrouver, respirer le même air que les malades, les déments, les sociopathes, les dérangés. Quelqu'un quelque part avait enlevé un homme, lui avait défoncé le crâne à coups de marteau, lui avait ligoté les mains derrière le dos, ouvert la poitrine, arraché le cœur, puis l'avait ramené en ville dans une voiture et l'avait abandonné. Seul. Cette personne était quelque part, fuyant peut-être les regards, évitant les confrontations ; peut-être qu'elle se planquait dans les bayous et les marécages, après Chalmette et le canal qui reliait le golfe à la rivière, là où la police se rendait avec prudence, quand elle s'y rendait.

Verlaine, déjà las, prit un carnet, le posa en équilibre sur son genou et nota ce qu'il savait. L'heure du décès, quelques constatations sur l'état de la victime, le nom de la voiture. Il dessina de mémoire la constellation des Gémeaux puis observa quelque temps son croquis, sans vraiment penser à grand-chose. Il posa son carnet sur le bureau et décida que ça suffisait pour aujourd'hui. Il rentra chez lui, regarda un peu la télé. Puis il se leva et prit une douche, après quoi, vêtu d'un peignoir, il alla s'asseoir sur une chaise près de la fenêtre de sa chambre.

La chaleur et les événements de la journée l'avaient épuisé. Peu après 22 heures, Verlaine s'étendit sur son lit. Il somnola un moment, la fenêtre grande ouverte, les sons et les odeurs de La Nouvelle-Orléans pénétrant dans la chambre, portés par une brise infime.

Il fallait vivre ici pour comprendre, il fallait être là, dans Lafayette Street, sur le quai de Toulouse, dans le marché français à vous faire ballotter en tous sens tandis que l'odeur fétide de l'humanité et les sons riches de ses rythmes brutaux vous assaillaient…

Voilà ce que vous deviez faire pour comprendre. C'était La Nouvelle-Orléans, la ville facile, la briseuse de cœurs. La Nouvelle-Orléans, où ils enterraient les morts au-dessus du sol, où les guides touristiques recommandaient de marcher en groupe, où tout coulait en douceur, comme dans du beurre, où quand vous jouiez à pile ou face la pièce retombait neuf fois sur dix du bon côté.

C'était le cœur de tout, le rêve américain, et les rêves ne changeaient jamais vraiment, ils s'estompaient juste et étaient oubliés dans le lent glissement frénétique du temps.

Parfois, là-bas, il était plus facile d'étouffer que de respirer.

2

Matin du lundi 25. Verlaine se leva avec la tête comme une pastèque cabossée. Le soleil avait percé de bonne heure, sa chambre était déjà un sauna, l'été infernal que venait de subir La Nouvelle-Orléans semblait reparti pour un tour.

Il se leva, se doucha et se rasa ; il écouta *Mama Roux* et *Jump Sturdy* de Dr. John sur la station KLMZ-Heavy Jazz qui émettait depuis Baton Rouge. Son petit déjeuner consista en deux œufs crus battus dans un verre de lait, deux cigarettes et une demi-tasse de café. À 9 heures, il était sorti, à 9 h 30, il était de nouveau dans le bureau de Cipliano, et déjà la crasse inimitable de la circulation étouffait l'atmosphère.

« Le cœur. » Tels furent les premiers mots que le coroner prononça tandis que Verlaine franchissait la porte. Il avait dit ça la bouche pleine. Cipliano était tout le temps en train de mâchouiller quelque chose. Il avait arrêté de fumer quelques années plus tôt, mais avait toujours besoin d'avoir quelque chose dans la bouche – bâton de réglisse, chewing-gum, cure-dent, n'importe quoi.

« Ce plan avec le cœur. Ça m'a empêché de dormir cette nuit. J'arrive ce matin et je trouve un suicidé, un putain de défenestré qui m'attend comme si j'avais rien de mieux à foutre de ma journée. Jamais le temps de m'ennuyer avec ces abrutis, mais qu'est-ce que je peux y faire, hein ? Enfin bon, le suicidé peut attendre. Comme je disais, cette histoire de cœur me turlupine salement. Ça se faisait il y a quelques années, moins maintenant, mais ça se faisait dans les familles à la campagne, celles qui avaient une distillerie et qui donnaient dans l'alcool de contrebande, vous savez ? Des familles unies, consanguines, tout le monde couchait avec tout le monde, les gamins, les frangines, j'en passe et des meilleures, et les mômes finissaient par tous se ressembler, ils étaient toujours laids, aussi bien physiquement que moralement.

« Bref, comme je disais, il y a eu une série d'incidents à la fin des années 1950 et au début des années 1960, peut-être une demi-douzaine, enfin, un truc comme ça, des mutilations diverses, des mains coupées, des yeux arrachés, des langues entaillées à la pointe pour que le type puisse plus parler correctement. Arracher le cœur, c'était pour les trahisons…

– Comme l'affaire Dvore en 1968 ? intervint Verlaine.

– Exact, comme l'affaire Dvore, mais elle s'est produite bien plus tard. Ça a peut-être été le dernier cas de ce genre. Arracher le cœur, c'était pour les trahisons, et il fallait que ce soit un proche du traître qui fasse le sale boulot, un ami de la famille, un cousin, une maîtresse, quelqu'un de ce genre. Je dis pas que c'est ce qui s'est passé ce coup-ci, mais le fait que le cœur a été découpé ressemble à ce qui se faisait à l'époque. D'ordinaire, on retrouvait que le cœur, le cadavre était lesté de pierres et balancé dans les marécages. Ici, on a affaire au même genre de procédé, sauf que le cœur est replacé à l'intérieur. Et c'est difficile de tirer quoi que ce soit des coups que le type a reçus. Il y en a tellement, et ils ont tous été donnés à des angles différents, comme si l'assassin avait tourné en rond autour du type tout en le tabassant.

« Je suis allé voir la voiture tôt ce matin, et je suppose que le type devait déjà être sur la banquette arrière quand on lui a ouvert la poitrine. Et la façon dont le sang a coulé sur le siège ressemblerait plutôt à des éclaboussures, ce qui me laisse penser qu'il gisait à l'arrière, complètement ouvert et visible de tous, pendant que l'assassin roulait vers Gravier Street. Peut-être qu'il comptait laisser le cadavre à l'arrière, mais que, en s'apercevant que la rue était bien éclairée, il a préféré balancer la victime dans le coffre. Il n'y avait pas d'empreintes, il portait des gants très serrés, peut-être des gants de chirurgien, pas de fibres. Le drap, la corde et le marteau étaient, comme l'indiquait le premier rapport, du matériel standard qu'il a pu se procurer n'importe où. Votre type a les bras puissants et je suppose qu'il doit mesurer environ un mètre quatre-vingts, même si je ne peux pas en être certain. Il… Je dis *il* car on ne voit pas souvent des femmes faire ce genre de chose, et je pars de l'hypothèse que votre type a agi seul. Enfin, bref. On dirait qu'il a soulevé le corps de la banquette et qu'il s'est appuyé contre l'aile arrière car il y a des éraflures qui semblent avoir été provoquées par ces petits rivets qu'on trouve sur les jeans. S'il s'agit bien de rivets, s'ils étaient fixés aux coins supérieurs des poches arrière, et si votre type se tenait droit quand il a porté le corps, alors il mesure un mètre soixante-dix-sept, peut-être un mètre quatre-vingts. Il n'y avait ni cheveux ni fibres hormis celles provenant de la banquette arrière ou du plancher du coffre, rien d'intéressant. Vous avez le groupe sanguin du tueur, pour autant qu'il s'agisse bien de son sang, et c'est à peu près tout ce que vous pourrez tirer de moi. »

Verlaine avait écouté attentivement, hochant la tête de temps à autre tout en tentant de digérer tout ce que Cipliano lui disait.

« Vos empreintes ont donné quelque chose ? demanda ce dernier.

— Je vais aller vérifier maintenant.

— Bon sang, votre équipe, c'est une sacrée bande de feignasses, hein ? »

Verlaine sourit.

« Alors, vous avez des questions pièges à me poser ? reprit Cipliano.

— D'après vous, rituel ou cinglé ? »

Cipliano hésita.

« Là, vous me parlez de psychologie criminelle. Je suis coroner, mais d'après ce que je vois... » Il secoua la tête d'un air dubitatif.

« C'est pas mon domaine. Tout ce que je peux vous donner, c'est une intuition.

— Allez-y.

— Je dirais que vous avez peut-être affaire à un type qui a fait ça pour quelqu'un d'autre...

— Comment ça pour quelqu'un d'autre ? »

Cipliano resta un moment silencieux.

« Il y a une mentalité, un motif psychologique, il y a toujours une motivation derrière ces choses. Quand on tombe sur un tueur en série, il y a toujours un fil conducteur, et ce n'est généralement qu'au troisième ou au quatrième meurtre qu'on le découvre. Alors, on regarde en arrière et on s'aperçoit que ce facteur commun a toujours été là, comme une pensée embryonnaire, quelque chose qui croît, comme si le tueur testait quelque chose, qu'il ajoutait une touche personnelle et prenait son pied à poursuivre son raisonnement. Il devient un peu aventureux, enjolive son idée originale, il la rend vraiment évidente, et c'est alors qu'elle apparaît au grand jour. C'est là qu'on a sa signature. Ici… eh bien, ici, c'est différent. Si vous aviez affaire à un cinglé qui agit seul, il aurait peut-être abandonné la victime à l'endroit où il l'a tuée, ou alors il aurait pu dépecer le corps et éparpiller les morceaux quelque part. Le cinglé veut montrer son crime au monde. Alors qu'ici, le tueur veut que la victime soit vue, mais il commence par la cacher. Il veut que son crime soit connu, mais pas tout de suite… presque comme s'il adressait un message à quelqu'un. »

Cipliano se gratta l'arrière de la tête, avant de reprendre :

« Les véritables psychopathes, les tueurs en série, ils veulent en général que les autres partagent ce qu'ils ont fait, qu'ils les comprennent, les apprécient, qu'ils compatissent. C'est une explication. Le meurtre est l'explication de quelque chose – culpabilité, tristesse, rejet, désespoir, colère, haine, parfois il s'agit juste d'attirer l'attention de papa et maman. Votre type, il a roué de coups la victime parce que c'est ce qu'il voulait, mais je pense que le cœur, c'est une autre paire de manches. Je pense qu'il a sectionné le cœur et l'a laissé dans la poitrine parce qu'il voulait que quelqu'un sache quelque chose. Et puis il y a cette histoire de quinine. Enfin quoi, qu'est-ce que c'est que cette connerie ? »

Verlaine fit signe qu'il n'en savait rien.

« Comprenez-moi bien, j'y connais vraiment pas grand-chose, d'accord ? reprit Cipliano, et il lui fit un grand sourire et un clin d'œil. Tout ce que je viens de vous dire pourrait juste être un ramassis de conneries que je raconte histoire d'avoir l'air malin. Allez vérifier vos empreintes, et dites-moi qui était ce type, OK ? »

Verlaine acquiesça. Il tourna les talons et commença à se diriger vers la porte.

« Hé, John ! » lança Cipliano.

L'inspecteur se retourna.

« Souvenez-vous que, même quand c'est vraiment moche, c'est jamais aussi moche pour vous que pour ces pauvres crétins. »

Verlaine sourit. C'était une bien maigre consolation.

L'image de la constellation dessinée sur le dos de la victime hanta Verlaine tandis qu'il roulait vers le commissariat. C'était une bizarrerie qui pouvait trouver son sens soit dans l'utilisation de la quinine, soit dans la constellation elle-même. Ils y verraient tous plus clair une fois que la victime serait identifiée, tous sauf la victime elle-même, pour qui les lumières s'étaient éteintes pour de bon.

Il se gara sur le parking à l'arrière du commissariat et gravit les marches qui menaient à l'intérieur du bâtiment. Le sergent de service au guichet l'informa que le capitaine serait absent tout le restant de la journée ; il ajouta que quelqu'un lui avait laissé un message.

Verlaine saisit le bout de papier et le retourna.

Toujours. Un simple mot noté de l'écriture nette du sergent de service.

Verlaine regarda le sergent, qui haussa les épaules.

« Ne me demandez pas ce que ça veut dire, déclarat-il. Un type a appelé, il a demandé à vous parler, et je lui ai dit que vous n'étiez pas là. Il est resté un moment silencieux et, quand je lui ai demandé s'il voulait laisser un message, il a juste dit ça. Un seul mot. "Toujours." Et puis il a raccroché avant que j'aie le temps de lui demander son nom.

— Vous pensez à ce que je pense ? demanda Verlaine.

— Si vous voulez aller sur cette voie, libre à vous, John.

— Il me semble que je n'ai pas le choix, pas vrai ? »

Le sergent haussa de nouveau les épaules.

« Vous pouvez appeler le service des empreintes et leur demander s'ils ont identifié mon cadavre retrouvé dans le coffre ? »

Le sergent souleva le combiné et passa l'appel. Il demanda s'ils avaient un nom, puis il acquiesça et tendit le combiné à Verlaine.

« Ils veulent vous parler. »

Verlaine attrapa le combiné.

« Allô ! » Il demeura un moment silencieux, puis : « OK. Tenez-moi au courant si vous avez du neuf. »

Le sergent de service reprit le combiné et le replaça sur son support.

« Classées confidentielles, déclara Verlaine.

— Vos empreintes ?

— Classées confidentielles pour des raisons de sécurité.

— Sans déconner ! Alors, c'est un flic ou quelque chose du genre ?

— Ou un fédéral, ou un militaire, ou un agent de la CIA ou de la NSA, qu'est-ce que j'en sais.

– Bon Dieu, vous vous êtes fourré dans un sacré pétrin, John Verlaine. »

Celui-ci ne répondit rien. Il regarda le sergent puis reprit la direction de la sortie située à l'arrière du bâtiment.

« Vous allez aller à Evangeline ? demanda l'agent. Rendre visite à Toujours pour voir s'il sait quelque chose ? »

Verlaine ralentit et hésita.

« Pour le moment, ça me semble être la seule direction à suivre.

– Comme vous voulez, mais faites gaffe à vous, hein ?

– Appelez-moi sur mon portable s'il y a du neuf sur les empreintes, d'accord ?

– Bien sûr, John, bien sûr. Vous ne pensez pas que vous devriez emmener quelqu'un avec vous ?

– Ça va aller, répondit Verlaine. Ça fait des années que je n'ai pas croisé le chemin de Papa Toujours.

– Ça ne veut pas dire qu'il vous a oublié.

– Merci, répliqua Verlaine. C'est très rassurant. »

Il marcha jusqu'à la sortie et retourna à sa voiture.

La pluie se mit à tomber alors qu'il quittait le parking. Lorsqu'il atteignit le carrefour, c'étaient de véritables torrents qui s'abattaient. Verlaine se déporta sur le bord de la route, s'arrêta sous un arbre et se prépara à attendre que le déluge soit passé. Des pétales de glycine et de magnolia, de mimosa et de prunier mexicain jonchaient les trottoirs tels des confettis, dessinant ici et là des poches de blanc et de crème, de jaune et de bleu lilas.

Lorsque la pluie diminua, il redémarra. Il fit un long détour pour sortir de La Nouvelle-Orléans par le sud-ouest et remarqua une grande pancarte publici-taire hors d'âge qui jaillissait du sol – *Ne roulez pas/À plus de cent/Nous détestons/Perdre un client /BURMA SHAVE.* Plus il roulait, plus la ville semblait se dis-soudre. Les couleurs étaient vagues et profondes, des nuances d'ecchymoses, d'yeux injectés de sang et de chair meurtrie. Evangeline, la petite ville vers laquelle il se dirigeait, était un endroit à quitter, pas à visiter, un endroit où l'on ne voulait pas naître, un endroit qu'il fallait fuir dès qu'on en avait l'âge et la possibilité. Il y avait des rêves, il y avait des cauchemars et, quelque part entre les deux, il y avait la réalité, la véritable exis-tence qu'on découvrait non pas en écoutant mais en regardant, en suivant ces fils aux couleurs étranges, ces lignes vagues qui reliaient les circonstances aux coïn-cidences puis vous plongeaient au cœur de la sauva-gerie humaine sous ses formes les plus impitoyables. Les gens comme l'arracheur de cœur étaient partout : ils faisaient la queue dans les magasins, attendaient le train, allaient au travail, ils n'étaient ni moins humains ni moins réels que nous, et ne montraient jamais leur vrai visage, mais leur imagination était excitée par des scènes de mort et de sacrifice, par le besoin impérieux de mettre en œuvre leurs irrévocables cauchemars déli-rants.

À mesure que Verlaine roulait, les marécages se déployaient, identifiables plus à leurs sons et leurs odeurs que grâce à des éléments visuels, car ici les brous-sailles envahissaient les bords de la route, le bitume était usé et accidenté, brisé ici et là, laissant la place à de petites bandes de végétation. L'air semblait plus lourd, plus difficile à respirer, et le linceul des arbres formait une couverture que le soleil peinait à percer.

La chaleur retenait la pluie, l'évaporant en grande partie avant qu'elle ait atteint le sol, et tout était recouvert d'un voile de brume. Le bruit du moteur était étouffé, et Verlaine, sentant peut-être pour la première fois toute l'importance de sa situation présente, ses possibilités, ses répercussions potentielles, était mal à l'aise. Il ralentit un peu l'allure et commença à traverser lentement ce paysage instable, éternellement changeant, tel un homme envahissant un territoire privé et personnel. Par chance, cette zone ne lui était pas familière, les éminences et les étendues de plantations verdoyantes, les zones où la terre pouvait vous avaler sans effort, vous asphyxier sous une masse de boue et de saleté. Aventurez-vous ici d'un pas incertain, et vos pas vous mèneront silencieusement à votre mort. On n'entendait jamais personne ici ; on avait beau s'époumoner, les cris étaient étouffés par la chaleur, la solidité de l'air, l'atmosphère épaisse. Les gens mouraient ici comme si ça avait été un cimetière mouvant, vivant, et hors de question de récupérer les corps en vue d'un enterrement ou d'une crémation. Une fois que cette terre vous tenait, eh bien, elle vous tenait pour de bon.

Verlaine avait la bouche sèche, un goût amer sur la langue. Il songea aux bars au bord des quais, à de la limonade fraîche, aux oranges de Louisiane sucrées que l'on pouvait se procurer au marché français le long de North Peters et de Decatur.

Il roula près d'une heure et, lorsqu'il sentit la route de terre entamer une descente sous les roues de la voiture, il devina intuitivement qu'il approchait de quelque chose. Il ralentit, se déporta sur la gauche et s'arrêta sous une épaisse masse de branchages qui formaient un surplomb à hauteur de tête. À moins de venir y regarder de près, la voiture, recouverte par la brume et les branches, était presque invisible. Verlaine songea un moment à ce qu'il était en train de faire, se demanda s'il arriverait à retrouver son chemin. Lorsqu'il descendit du véhicule, son cœur était comme un nœud de muscles contractés dans sa poitrine, battant simplement parce que son cerveau le lui dictait. Son pouls était faible, la tête lui tournait, ses mains tremblaient. Il se sentait nauséeux, quelque peu accablé. Il se sentait surveillé.

Il attrapa son pistolet sur le tableau de bord et poursuivit son chemin à pied, prenant soin de bien rester sur la route pour ne pas s'enfoncer dans les marécages.

Verlaine entendit des voix avant d'apercevoir la maison. Des images lui vinrent à l'esprit, étranges et anachroniques, tandis qu'il se faufilait parmi les branchages denses, parmi les doigts crochus des arbres à épines et à fleurs. Il s'arrêta au niveau d'une clôture qui s'étirait à perte de vue de chaque côté. Il se tint immobile, en plein cœur du territoire de la famille Feraud, et son cœur cognait bruyamment.

En s'approchant d'un virage, il trouva un portail ouvert et, l'ayant franchi, s'engagea dans l'allée qui menait à la vaste maison en bois qui avait été, il y avait une éternité de cela, peinte en jaune. Ce n'était pas tant que la demeure s'était délavée au soleil ; elle semblait plutôt avoir absorbé en elle-même la qualité de l'environnement. Elle était ombrageuse et étrangement oppressante, et le jaune vif de sa décoration ancestrale ne collait pas avec son âme sombre. Ici se trouvait le cœur de ce territoire ; ici se trouvait la famille Feraud avec ses nombreux tentacules ; ici se trouvait Papa Toujours, le chef de la dynastie.

Lorsqu'il fut à vingt mètres de la maison, il vit des hommes qui se tenaient le long de la véranda et distingua leurs voix plus clairement, un dialecte français similaire à celui qu'on entendait dans les bars des quais, dans les tripots créoles, dans les arènes de combats de coqs du port, près de Toulouse Street et Bienville Avenue. Ces hommes portaient des carabines et des pistolets à la ceinture ; ils riaient comme des hommes insouciants à la gâchette facile, des hommes sans scrupule, ni remords, ni raison, ni foi en aucune loi hormis la leur. C'étaient des hommes du passé. Ce n'étaient pas les adolescents et les membres de gangs impulsifs qui passaient leur temps à se tirer dessus auxquels Verlaine était habituellement confronté dans le cadre de son travail.

Verlaine sentit ses poils se dresser sur sa nuque, son estomac se nouer, des perles de sueur poindre à la naissance de ses cheveux et lui couler sur le front.

En le voyant approcher, les hommes se turent. Ils se tinrent immobiles, presque au garde-à-vous. Ils savaient qui il était. Il fallait être flic pour débarquer ici vêtu d'une chemise et d'une cravate. Et ils savaient aussi qu'ils avaient intérêt à se tenir à carreau, à moins que ce type ne commence à leur chercher des noises. Tuer un flic ne leur ferait ni chaud ni froid, Verlaine le savait, mais il faudrait qu'il les provoque sérieusement pour qu'ils en arrivent là.

« *Attendez*!* » aboya une voix quelque part sur la droite de Verlaine.

Celui-ci s'arrêta.

Un homme apparut, tout aussi armé que ceux qui se tenaient devant la véranda. Il émergea des arbres d'un pas tranquille et avança vers Verlaine comme s'il avait tout son temps.

« *Vous attendez**, répéta-t-il en s'approchant. Vous êtes de la police, non ? »

Verlaine répondit par un signe de tête affirmatif.

« Qu'est-ce que vous voulez ? demanda-t-il avec un fort accent et d'un ton menaçant.

– Je suis venu voir M. Feraud, répondit Verlaine.

– Vraiment ? »

L'homme sourit. Il se tourna vers la véranda. Son attention sembla un moment retenue par quelque chose, puis il fit face à Verlaine. « C'est lui qui vous a demandé de venir ? »

Verlaine fit signe que non.

« Alors, *peut-être** qu'il n'est pas là.

– Dans ce cas, répondit Verlaine d'un air indifférent, je reviendrai plus tard. »

L'homme acquiesça et baissa les yeux comme s'il se demandait quoi faire.

« *Vous attendez ici**. Je vais voir si M. Feraud est à l'intérieur. »

Verlaine ouvrit la bouche pour le remercier, mais l'homme avait déjà tourné les talons et pris la direction de la maison. Verlaine l'observa tandis qu'il atteignait la véranda, échangeait quelques mots avec un autre homme à la porte, puis pénétrait à l'intérieur.

Il attendit pendant ce qui lui sembla une éternité, debout dans l'allée, une douzaine d'yeux fixés sur lui. Il aurait voulu se retourner et prendre ses jambes à son cou.

Enfin l'homme revint. Il s'adressa à l'un des gardes près de la porte, puis il leva la main.

« *Venez ici* !* » cria-t-il, et Verlaine se mit en marche.

Papa Toujours Feraud était un Louisianais pur jus. Visage strié et usé, des rides comme des ravins qui partaient de ses yeux, de sa bouche, de chaque aile de son nez. Ses yeux ressemblaient à des pierres délavées sur le lit d'une rivière et étaient presque transparents, perçants et hantés. Il était assis dans un profond fauteuil en cuir bleu, jambes croisées, une cigarette dans la main droite. Il portait un costume trois-pièces couleur crème, et tenait dans sa main gauche un panama avec lequel il s'éventait de temps en temps. Ses cheveux étaient d'un bel argent, soigneusement peignés en arrière à l'exception d'un épi rebelle qui saillait au sommet de sa tête, là où il l'avait appuyée contre le fauteuil. Il regarda Verlaine approcher. Ses yeux, quoique distants, indiquaient qu'il en avait trop vu pendant trop longtemps pour laisser passer quoi que ce soit. Une lueur anémique filtrait à travers des fenêtres qui montaient jusqu'au plafond et étaient ornées de rideaux du plus bel organdi. Le vieil homme ne parlait pas, deux hommes se tenaient à ses côtés, aussi immobiles que les statues d'Indiens qu'on trouvait à l'entrée des boutiques de cigares, des hommes qui ne pouvaient être que ses fils.

Verlaine s'immobilisa à trois ou quatre mètres de Feraud. Il inclina la tête avec une certaine déférence. Feraud prononça un mot que Verlaine n'entendit pas et quelqu'un apparut avec une chaise. Verlaine s'assit sans poser de questions, s'éclaircit la gorge, s'apprêtant à parler, mais Feraud le fit taire d'un geste de la main.

« Il y a toujours un prix à payer, déclara le vieil homme, sa voix grondant dans sa poitrine et emplissant la pièce. J'imagine que vous êtes venu me demander quelque chose, mais je dois vous prévenir que le principe de l'échange est de rigueur en mon royaume. Si vous voulez quelque chose de moi, alors vous devez me donner quelque chose en échange. »

Verlaine acquiesça. Il connaissait les règles.

« Quelqu'un a été retrouvé mort dans le coffre d'une voiture, reprit Feraud d'un ton neutre. Vous pensez que je pourrais savoir quelque chose à ce sujet et vous êtes venu me questionner. »

Verlaine acquiesça de nouveau. Il ne demanda pas comment Feraud savait qui il était et ce qui l'amenait ici.

« Et qu'est-ce qui vous fait croire que je pourrais savoir quoi que ce soit sur cette affaire ? demanda Feraud.

— Parce que je sais qui vous êtes et j'en sais assez pour comprendre que rien n'échappe à votre attention », répondit Verlaine.

Feraud fronça les sourcils, tira sur sa cigarette. Il ne recracha pas la fumée par la bouche mais la laissa s'échapper lentement de son nez en minces filets qui obscurcirent son visage pendant une seconde. Il agita légèrement le bord de son panama et la fumée se dispersa rapidement, révélant une fois de plus son visage.

« J'ai reçu un message, poursuivit Verlaine.

— Un message ?

— Il ne comportait qu'un seul mot : Toujours.

— C'est à croire que le monde entier pense que je suis mêlé à tout », observa le vieil homme avec un sourire.

Verlaine sourit avec lui.

« Alors, parlez-moi un peu de votre homme dans ce coffre de voiture, poursuivit Feraud.

— On lui a découpé le cœur, expliqua Verlaine. Découpé, puis replacé dans la poitrine. On lui a fait traverser la ville à l'arrière d'une vieille voiture magnifique, puis on l'a balancé dans le coffre, et nous l'avons retrouvé trois jours plus tard. Pour le moment, nous n'avons que très peu d'indices, mais il y avait une chose. L'assassin lui a dessiné un motif sur le dos, un motif qui ressemble à la constellation des Gémeaux. »

Feraud demeura de marbre. Il resta silencieux quelques secondes, des secondes qui s'étirèrent en minutes. Il régnait dans la pièce une tension fébrile, pleine d'anticipation, oppressante.

« Les Gémeaux, finit-il par répéter.

— C'est exact, répondit Verlaine. Les Gémeaux.

— Le cœur a été enlevé puis replacé dans la poitrine ? »

Verlaine acquiesça.

Feraud se pencha légèrement en avant. Il soupira et ferma un moment les yeux.

« Je crois que vous risquez d'avoir un problème », déclara-t-il doucement, d'une voix qui était presque un murmure.

Verlaine le regarda d'un air interrogateur.

« S'il s'agit de la personne à laquelle je pense… Eh bien, si c'est le cas… » Feraud posa sur Verlaine ses yeux transparents, désormais pénétrants et directs. « Vous avez un sérieux problème, et je crois que je ne peux rien faire pour vous aider.

— Mais… commença Verlaine.

— Je vais vous dire une chose, et puis nous n'en parlerons plus, déclara Feraud sans ménagement. L'homme que vous cherchez n'est pas d'ici. Il a jadis été des nôtres, mais il ne l'est plus, depuis de nombreuses années. Il vient de l'extérieur, et il apportera avec lui une chose suffisamment grande pour nous avaler tous. »

Feraud se pencha en arrière. Il ferma une fois de plus brièvement les yeux.

« Allez-vous-en, reprit-il. Éloignez-vous de tout ça rapidement et sans faire de bruit, et si vous croyez en Dieu, alors priez pour que ce meurtre ait atteint son objectif, quel qu'il ait été. Ne mettez pas votre nez là-dedans, vous comprenez ?

– Vous devez me donner quelque chose, répliqua Verlaine en secouant la tête. Si vous savez quelque chose, vous devez me le dire… »

Feraud le fit taire une fois de plus d'un geste de la main.

« Rien ne m'oblige à vous dire quoi que ce soit, rétorqua-t-il d'une voix teintée d'irritation. Maintenant, vous allez repartir, retourner en ville et vaquer à vos occupations. Ne revenez plus ici et ne me demandez plus rien à ce sujet. Je n'ai rien à voir avec cette affaire et je ne souhaite aucunement être impliqué dans tout ça. »

Feraud se tourna et adressa un geste de la tête en direction de l'homme qui se tenait sur sa droite. L'homme fit un pas en avant et, sans prononcer un mot, fit clairement comprendre à Verlaine que le moment était venu de partir. Confus et désorienté, celui-ci se laissa raccompagner jusqu'à la porte, et une fois sur la véranda, il s'en alla par là où il était arrivé, sentant une fois de plus des yeux qui le transperçaient, son cœur qui cognait, la sueur qui luisait sur son front – il avait la désagréable impression qu'il venait de mettre les pieds dans quelque chose qu'il risquait de·regretter sérieuse-ment.

Il atteignit sa voiture et resta assis un moment en attendant que les battements de son cœur ralentissent.

Il démarra, fit demi-tour, roula trente bonnes minutes avant de s'arrêter. Il sortit et s'appuya contre l'aile du véhicule, tentant de remettre de l'ordre dans ses idées, en vain.

Finalement, il regrimpa dans sa voiture, démarra et regagna la ville.

Des agents du FBI attendaient Verlaine lorsqu'il arriva au commissariat. Berline gris foncé, costumes et cravates sombres, chemises blanches, chaussures impeccables. Ils étaient deux, et ni l'un ni l'autre ne semblaient avoir souri depuis leur adolescence. Ils connaissaient déjà son nom, lui serrèrent la main et se présentèrent respectivement comme les agents Luckman et Gabillard, d'un ton dénué d'humour, qui n'avait rien de chaleureux ni d'amical. Ils étaient là pour le boulot, un point c'est tout, et lorsqu'ils exprimèrent le désir de lui parler « en privé », Verlaine comprit qu'il avait bel et bien mis les pieds là où il n'aurait pas dû et il le regrettait un peu plus chaque minute.

Ils se serrèrent tous les trois dans son bureau exigu. Verlaine leur demanda s'ils voulaient du café ; Luckman et Gabillard déclinèrent son offre.

« Alors, en quoi puis-je vous être utile ? leur demanda-t-il en les examinant tour à tour comme s'il ne voyait aucune différence entre leurs deux visages.

— Un cadavre a été découvert », commença l'agent Gabillard.

Son visage était lisse et serein.

Il semblait singulièrement à l'aise malgré la situation embarrassante.

« Dans le coffre d'une voiture, samedi soir, un cadavre a été découvert. Votre service des empreintes a tenté d'identifier la victime, et c'est la raison de notre présence.

– Les empreintes confidentielles.

– Les empreintes confidentielles », confirma Luckman.

Il se tourna vers Gabillard, qui corrobora d'un hochement de tête.

« L'identité de la victime ne peut pas être divulguée, reprit-il, nous pouvons juste dire que l'homme était employé par une importante personnalité politique et qu'il était à La Nouvelle-Orléans en mission officielle.

– Mission officielle ? demanda Verlaine.

– Il était ici pour assurer la sécurité de quelqu'un, expliqua Gabillard.

– La sécurité d'une importante personnalité politique ?

– Non, celle de sa fille, répondit Luckman.

– Ce type était donc ici pour jouer les baby-sitters auprès de la fille d'un politicien ? » demanda Verlaine en écarquillant les yeux.

Gabillard esquissa un sourire qui sembla lui coûter un effort considérable.

« C'est tout ce que nous pouvons vous dire, répondit-il. Et l'unique raison pour laquelle nous vous le disons est que vous avez des états de service excellents, et nous sommes donc certains que rien de ceci ne franchira les murs de ce bureau. L'homme que vous avez découvert dans le coffre de la voiture s'occupait de la sécurité personnelle de la fille d'une importante personnalité politique, et maintenant qu'il est mort, l'affaire relève de la juridiction fédérale, ce qui signifie que nous n'avons plus besoin de vous, ni pour le meurtre ni pour toute enquête à venir.

– Fédérale ? demanda Verlaine. Alors, elle a dû être enlevée, c'est ça ? Vous ne seriez pas impliqués s'il s'agissait d'un simple meurtre.

– Nous ne pouvons rien ajouter, répliqua Luckman. Tout ce que nous vous demandons pour le moment, c'est de nous communiquer tous les documents, dossiers, notes et rapports qui ont été rédigés jusqu'à présent, et nous parlerons à votre capitaine à son retour pour clarifier la position dans laquelle nous nous trouvons désormais au regard de cette enquête.

– Alors, on laisse tomber ? dit Verlaine en fronçant les sourcils. On laisse tomber toute l'affaire, juste comme ça ?

– Juste comme ça », répondit Gabillard.

Verlaine haussa les épaules. Il ne savait pas s'il devait se sentir frustré ou soulagé.

« Bon, soit. Je ne pense pas que nous ayons grand-chose à ajouter alors. Le légiste et le coroner ont dû rédiger leurs rapports. Vous pouvez les récupérer auprès de leurs bureaux respectifs, et je n'ai pour ma part pas encore rédigé le mien. J'en étais toujours à la case départ. »

Gabillard et Luckman acquiescèrent à l'unisson.

« Nous vous remercions de votre coopération », déclara Gabillard, et il se leva.

Ils échangèrent une nouvelle poignée de main, et Verlaine les raccompagna jusqu'à la sortie principale. Puis, debout sur les marches du commissariat, il regarda la berline grise banalisée démarrer et disparaître dans la rue avant de regagner son bureau.

Il se demandait pourquoi il n'avait rien dit du message qu'il avait reçu, ni de sa visite à Feraud. Peut-être rien de plus que le désir de s'accrocher à quelque chose, de garder quelque chose pour lui.

John Verlaine resta un moment debout, l'esprit vide, puis il se souvint des paroles de Feraud et de la gravité avec laquelle il les avait prononcées : « Éloignez-vous de tout ça rapidement et sans faire de bruit… Ne mettez pas votre nez là-dedans, vous comprenez ? »

Mais Verlaine n'y comprenait franchement pas grand-chose. Ce matin, il s'était réveillé avec un meurtre sur les bras et, maintenant, il n'avait plus rien. L'implication du FBI ne le contrariait pas ; il était du métier depuis suffisamment longtemps pour savoir que, de temps à autre, une affaire pouvait lui être retirée. C'était La Nouvelle-Orléans, le cœur de la Louisiane, et il y avait une chose dont il était certain, aussi certain que deux et deux font quatre : il ne serait jamais à court de travail.

3

Robert Luckman et Frank Gabillard étaient partenaires depuis sept ans. Ils travaillaient à l'antenne du FBI située à Arsenault Street, et croyaient avoir tout vu à eux deux. Sous l'égide du département de la Justice des États-Unis, ils enquêtaient sur les délits fédéraux – espionnage, sabotages, enlèvements, hold-up, trafic de drogue, terrorisme, violation des droits civiques et fraudes à l'encontre du gouvernement. Ils recevaient aussi des alertes lorsque des demandes d'identification d'empreintes classées confidentielles étaient effectuées par n'importe quelle agence des forces de l'ordre en Louisiane. Lorsqu'elle arrivait au siège de la coordination situé à Baton Rouge, la demande d'identification déclenchait un message d'alerte, et un rapport était immédiatement transmis à l'antenne locale. Les empreintes confidentielles concernaient tous les agents ayant accès à des données sensibles au sein des forces de l'ordre ou des services d'intelligence : police, garde nationale, toutes les branches de l'armée, du FBI, de la CIA, de la NSA, du département de la Justice, tous les services du bureau du procureur, du bureau de l'intelligence navale, de la Nasa et autres. Le rapport était ensuite examiné par les agents du FBI concernés, et si l'affaire touchait de près ou de loin à leur territoire, ils avaient le droit de mettre la main sur tous les fichiers, rapports, documents, et de mener toute enquête à venir qui pourrait s'avérer nécessaire. Ils avaient aussi la possibilité d'autoriser la demande d'identification et de laisser la police locale s'occuper de l'affaire.

En cette occasion, ce ne fut pas le cas.

Le mercredi 20 août, dans l'après-midi, une jeune fille de 19 ans nommée Catherine Ducane avait quitté son domicile à Shreveport, Louisiane. Elle n'était pas seule. Un homme de 51 ans nommé Gerard McCahill l'accompagnait avec pour mission de conduire sa voiture, satisfaire à tous ses besoins et s'assurer que la visite qu'elle rendrait à sa mère à La Nouvelle-Orléans se déroulerait sans incident. Son père, Charles Ducane, s'était tenu sur les marches de sa vaste demeure, agitant la main en guise d'au revoir, et lorsque la voiture avait disparu, il était retourné vaquer à ses affaires à l'intérieur. Il ne s'attendait pas à revoir sa fille avant une semaine. Peut-être avait-il été un peu surpris de ne pas recevoir de coup de fil annonçant qu'elle était bien arrivée, mais il connaissait suffisamment sa fille et son ex-femme pour savoir que, entre le shopping et les déjeuners dans les restaurants à la mode, elles ne trouveraient guère de temps pour l'appeler. Lorsque le samedi était arrivé, Charles Ducane était embourbé dans une complication juridique qui dévorait toute son attention ; car c'était un homme important, une figure de proue de la communauté, un meneur d'opinions et une voix sur laquelle il fallait compter : Charles Mason Ducane en était au tiers de son mandat de gouverneur de l'État de Louisiane. Il était divorcé, père d'une fille unique et constamment occupé. Sa fille Catherine passait l'essentiel de l'année avec lui à Shreveport. Charles et son ex-femme, Eve, ne pouvaient guère se sentir – tant et si bien qu'il n'avait pas été surpris d'apprendre qu'elle ne l'avait même pas appelé en ne voyant pas Catherine arriver. Mais Ducane comprenait la famille aussi bien que n'importe quel homme et il savait que l'amertume et la rancœur qu'il y avait entre lui et Eve n'existaient pas dans le monde de sa fille. Sa mère était sa mère, et quel genre d'homme aurait-il été s'il avait empêché Catherine de la voir ?

L'homme qui accompagnait sa fille était un ex-flic, ex-marine, ex-scout d'Amérique de haut grade. Gerard McCahill était ce qu'on faisait de mieux, et ça devait faire une bonne trentaine de fois qu'il emmenait Catherine Ducane à La Nouvelle-Orléans.

Ce voyage-là, cependant, avait été différent.

Les empreintes signalées à Baton Rouge et transmises à la branche du FBI d'Arsenault Street étaient celles de McCahill, et en ce moment même, cet ancien flic, ancien marine et ancien scout de 51 ans n'était plus qu'un ancien être humain gisant sur une table de métal à la morgue. Il n'avait plus de cœur, était barbouillé de sulfate de quinine et avait une étiquette en papier accrochée à l'orteil sur laquelle figurait la mention *Inconnu #3456-9.*

Quant à Catherine Ducane, jeune fille à l'humeur capricieuse, aux goûts délicieusement onéreux, aux réactions maladroites et à l'entêtement acharné, elle avait disparu.

Mlle Ducane, 19 ans, belle, intelligente et archigâtée, avait été kidnappée.

Telle était la situation à laquelle Robert Luckman et Frank Gabillard faisaient face tandis qu'ils revenaient du bureau du légiste avec les rapports de Jim Emerson et traversaient la ville pour rejoindre Michael Cipliano et lui en dévoiler aussi peu que possible. Telle était la situation tandis qu'ils organisaient le transfert du cadavre réduit en bouillie de Gerard McCahill depuis La Nouvelle-Orléans vers Baton Rouge, où il serait inspecté et examiné par les propres équipes scientifiques du FBI.

On était le lundi 25 août, et déjà le monde commençait à s'écrouler.

Car ces hommes, bien qu'originaires de La Nouvelle-Orléans, ne comprenaient que trop bien que cette ville ne ressemblait à aucune autre. Des gamins créoles pouilleux en Nike et shorts crasseux, des grandes gueules qui débitaient des mots qui n'auraient pas dû sortir de la bouche de mômes si jeunes ; l'odeur d'une ville qui marinait dans sa propre sueur ; au-delà des limites de la ville, la vaste étendue d'Evangeline, domaine des Feraud et consorts ; guerre des gangs, descentes de flics et alambics, contrebandiers qui, pour vingt-cinq cents la bouteille, distillaient un tord-boyaux qui aurait décollé la peinture d'une voiture et percé des trous dans une bonne paire de chaussures ; junkies en tous genres, types qui se shootaient aux méthamphétamines comme si demain n'existait pas ; tous ces sons et toutes ces odeurs, et il fallait vivre au milieu de tout ça pour avoir ne serait-ce qu'une petite idée de ce à quoi ça ressemblait. La Nouvelle-Orléans, c'était le mardi gras, c'était trouver des serpents et des croix dans un même cimetière à la Toussaint ; c'était l'esprit du *loa* Damballah Wedo marchant à vos côtés quand vous traversiez la rue ; c'était la souvenance de Pâques, le festival de la Vierge des Miracles, la célébration de saint Jacques le Majeur et du Baron Samedi, c'était tracer des *vévés* sur le sol des sanctuaires pour convoquer les esprits rituels. La belle Nouvelle-Orléans, la majestueuse, la passionnée, la terrifiante. Et vous pouviez assister à des programmes de formation, étudier les profils criminels et les bases de données, vous pouviez aller à la salle de tir et à l'école de police et passer trois examens par an, rien ne prenait en compte les us et coutumes de cet endroit. La Nouvelle-Orléans était La Nouvelle-Orléans, presque un pays à elle seule.

Cipliano sembla soulagé que Luckman et Gabillard le débarrassent de son cadavre anonyme. Ceux-ci l'informèrent qu'un véhicule du FBI arriverait dans l'heure pour récupérer le corps.

« J'ai un putain de défenestré, leur expliqua-t-il tout en mâchonnant un cure-dent. Il a la tête comme une pizza écrasée si vous voyez ce que je veux dire. »

Non, ils ne voyaient pas et ils n'allaient pas faire semblant de voir. Les gens comme Luckman et Gabillard s'occupaient d'affaires sérieuses, pas de la mort insignifiante de junkies suicidaires.

Ils repartirent promptement et discrètement, aussi discrètement que possible pour deux hommes aux impeccables costumes sombres et chemises blanches, et ils regagnèrent les bureaux d'Arsenault Street pour s'atteler à la tâche peu enviable qui les attendait : enquêter sur l'enlèvement de la fille du gouverneur Ducane.

Ils lurent méticuleusement les rapports qu'ils avaient récupérés et apprirent qu'il y avait eu sectionnement de la veine cave à travers la base des ventricules droit et gauche, sectionnement des sous-clavières et des artères jugulaire, carotide et pulmonaire ; une perte de 70 % du sang au minimum, des coups de marteau, des lésions et des abrasions ; ils découvrirent qu'il avait été nécessaire de geler la peau de l'homme pour la décoller du coffre d'une superbe voiture bordeaux dont les ailes portaient des éraflures provoquées par des rivets, et également qu'une constellation avait été dessinée sur le dos de Gerard McCahill, la constellation des Gémeaux, Castor et Pollux, le troisième signe du zodiaque. Ils lurent ces choses et, une fois de plus, s'étonnèrent en silence de la folie absolue des hommes.

« Et maintenant ? demanda Gabillard lorsqu'ils eurent fini.

— Procédure d'enlèvement, répondit Luckman. On ne révèle pas qu'il s'agit de la fille du gouverneur, inutile pour le moment, et on lance une procédure d'enlèvement habituelle.

— Je ne crois pas que ça va plaire à Ducane.

— Rien à branler de ce que pense Ducane. La vérité, c'est qu'on a une procédure d'enlèvement standard et qu'on doit la suivre.

— Soit. Tu veux prévenir Baton Rouge ?

— Si je préviens Baton Rouge, ils vont nous retirer l'enquête et aussi le corps.

— Ça te pose un problème ?

— Aucun problème, répondit Luckman avec un haussement d'épaules. Et toi ?

— Aucun problème », dit Gabillard.

Il saisit le téléphone, appela Baton Rouge et parla à l'agent Leland Fraschetti. Fraschetti, vingt-six ans d'ancienneté, un homme à la tête aussi dure qu'une batte de base-ball, demanda que l'un d'eux accompagne le corps et apporte toute la documentation disponible. Ça, déclara Gabillard, il s'en chargerait volontiers. Il se disait que ça l'occuperait pour le restant de la journée ; à son retour, ce serait l'heure de fermer boutique.

Luckman décida de l'accompagner. Ils retournèrent au bureau de Cipliano et attendirent l'arrivée du véhicule en provenance de Baton Rouge.

À trois kilomètres de là, John Verlaine regardait par la fenêtre et tentait d'effacer de son esprit l'image du cadavre de Gerard McCahill, les étranges lignes brillantes sur sa peau, la sensation de trouble que les récents événements avaient fait naître en lui. *Ce n'est pas un boulot pour un être humain*, se disait-il, tout en se persuadant une fois de plus que s'il n'était pas là, ce boulot, personne ne le ferait à sa place.

Le cadavre semblait passer de main en main, comme un témoin de relais : de Verlaine à Emerson, d'Emerson à Cipliano, de Cipliano à Luckman et Gabillard, et lorsque le corps arriva à Baton Rouge, Luckman agrippant les dossiers et songeant au match qu'il ne louperait pas ce soir-là, Leland Fraschetti les attendait, les yeux écarquillés d'anticipation, prêt à prendre sa place dans cette bizarre succession d'événements. Leland Fraschetti était un homme à l'âme sombre, un cynique, un pessimiste né. Un solitaire et un mari raté, un homme qui regardait Jerry Springer juste pour se rappeler que les gens – *tous* les gens – étaient fondamentalement cinglés. Fraschetti était aussi un homme qui suivait la loi au pied de la lettre et, lorsque Gabillard et Luckman eurent refermé la porte du bureau derrière eux, il étudia attentivement les rapports et résuma ses découvertes, recensant méticuleusement les erreurs commises par la police locale dans sa gestion de l'enquête jusqu'à présent, après quoi il envoya par e-mail ses propositions à la branche de Shreveport, où des agents locaux informaient en temps réel le gouverneur de leurs progrès, comme celui-ci l'avait exigé. La vérité, pour dire les choses sans détour, c'était qu'ils n'avaient rien, mais ça, aussi pessimiste fût-il, Leland Fraschetti aurait été le dernier à l'admettre.

En début de soirée, vingt-sept agents locaux du FBI venus de La Nouvelle-Orléans, de Baton Rouge et de Shreveport étaient affectés à la procédure d'enlèvement standard. Les téléphones du gouverneur Ducane furent placés sur écoute, sa maison, sous surveillance permanente ; la Mercury Turnpike Cruiser avait été transportée à Baton Rouge sur un camion à plateforme et placée dans un abri sécurisé où les équipes de la criminalistique l'examinaient sous toutes les coutures au spectrophotomètre infrarouge, à l'ultraviolet, à la vapeur d'iode. Les plaques minéralogiques provenaient d'une Chrysler Variant de 1969 désormais en ruine qui gisait sur le toit dans une casse de Natchez, Mississippi, et trente-huit sociétés d'entreposage de véhicules – parmi lesquelles Partez tranquille de Jaquier, Garages à louer d'Ardren & Frères, la Société d'entreposage de véhicules (établie en 1953) et Sécurité par les nombres (entreposage de véhicules à combinaison unique) – furent visitées pour s'assurer qu'aucun de leurs propriétaires respectifs ne se rappelait avoir accueilli la Cruiser par le passé. Personne ne se souvenait de rien. Personne, semblait-il, ne voulait se souvenir de quoi que ce soit et, lorsque le mardi 26 arriva, c'est un Leland Fraschetti frustré et découragé qui se tenait dans l'entrebâillement de la porte de son bureau du siège de la coordination du FBI à Baton Rouge. Malgré trois antalgiques, une migraine lui martelait le crâne et menaçait de lui faire exploser les tempes. Des chefs d'unité l'appelaient de Shreveport et de Washington, des agents effectuaient des services doubles et des heures supplémentaires, une équipe spéciale qui devait coûter dans les vingt-trois mille dollars par jour avait été mobilisée, et pourtant, il n'avait toujours rien. Les équipes scientifiques avaient pondu quasiment les mêmes rapports qu'Emerson et Cipliano, et malgré une recherche effectuée dans la base de données du FBI à Quantico, cette affaire ne semblait reliée à aucune autre qui se serait produite par le passé. Ça craignait, ça craignait salement, et Leland – homme à l'humeur noire et au cynisme solitaire – était au cœur de la tourmente, attendant de se noyer.

Ils passèrent le dossier de McCahill au peigne fin, contactèrent son ex-femme, sa petite amie du moment, ses copains de bar, sa mère. Ils fouillèrent son appartement à Shreveport et ne trouvèrent rien qui indiquât qu'il avait de quelque manière que ce soit prévu ce qui allait lui arriver à La Nouvelle-Orléans. Les personnes qui auraient été plus qu'heureuses de contrarier Charles Ducane ne manquaient pas, mais c'était le lot de n'importe quel politicien. Même le retour du Christ aurait provoqué des manifestations et des procès pour harcèlement. Le monde était ainsi.

Le mardi après-midi, Leland Fraschetti envoya un message à toutes les patrouilles concernant la voiture de McCahill. Chaque agent de police de Louisiane serait désormais à sa recherche. Une description et une photo de la fille furent entrées dans le même système, et quatre mille reproductions de son visage furent distribuées parmi les rangs. Mais la vérité, c'était que le ravisseur avait déjà six jours d'avance sur eux. McCahill était mort le mercredi 20 août vers minuit. On était maintenant le mardi 26. Catherine Ducane aurait tout aussi bien pu être à Paris à l'heure qu'il était, et ils n'auraient pas été plus avancés.

Leland Fraschetti ne dormait plus. C'était un homme qui n'avait jamais souffert d'insomnie ; ce n'était pas dans sa nature. Il connaissait sa place dans le grand ordre de l'univers et il connaissait aussi celle des autres. En règle générale, une fois chez lui, il oubliait le travail, mais cette fois, c'était différent. Ça ne tenait pas simplement au fait que Catherine était la fille du gouverneur. Ni aux vociférations des vautours de la presse. Ni au fait que les grosses huiles poussaient des gueulantes jusqu'à Washington, menaçant d'envoyer l'une de leurs propres équipes pour remettre de l'ordre dans ce bordel. C'était quelque chose de complètement différent. Fraschetti, qui n'avait jamais été du genre à faire confiance à des sentiments aussi abstraits ou incertains que l'instinct et l'intuition, *sentait* néanmoins que quelque chose se passait. Il ne croyait pas à une demande de rançon. Il ne pensait pas que le système d'écoute qui avait été installé dans la maison de Charles Ducane enregistrerait la voix électroniquement modifiée d'un ravisseur. Il ne s'imaginait pas qu'un doigt appartenant à une jolie jeune fille de 19 ans serait livré dans une enveloppe matelassée sur le seuil de la demeure de Ducane. Leland, qui ne pouvait attribuer cette certitude à rien d'autre que son instinct, *savait* que ce qui se passait était beaucoup plus important que les indices ne le laissaient penser.

Si vous lui aviez demandé les mobiles, le raisonnement, les motivations qui le poussaient à croire cela (et Dieu sait que Leland se jetait sur *n'importe quelle* occasion d'expliquer de long en large ce genre de chose), il aurait haussé les épaules, fermé un bref instant les yeux, puis il vous aurait regardé dans le blanc des yeux et répondu qu'il n'en savait rien. Il n'en savait rien, mais pourtant il *savait*.

Rien à signaler le mercredi matin. Encore un peu plus de douze heures, et ça ferait quatre jours que le corps avait été découvert et, bien que les flashes spéciaux et les comptes rendus hasardeux dans les journaux et à la télé fussent morts de leur mort naturelle, il demeurait que la fille d'un gouverneur avait apparemment disparu de la surface de la terre. Ducane menaçait déjà de débarquer en personne, mais il en avait été dissuadé par ses conseillers et ses avocats. Sa présence, plus en tant que père que politicien, attiserait la curiosité de la presse, et c'était la dernière chose au monde que voulait le FBI, car non seulement elle générerait les habituels milliers de coups de fil bidons, qu'il faudrait vérifier un par un, mais – ce qui était peut-être encore plus grave – elle ne ferait que mettre l'accent sur le fait que le corps d'enquête le plus puissant du pays n'était arrivé à rien.

Peu après 14 heures, tandis que Leland contemplait une fois de plus un plan détaillé de La Nouvelle-Orléans parsemé de punaises de couleurs vives indiquant le trajet que McCahill et Catherine Ducane avaient suivi en ville, un agent nommé Paul Danziger pénétra dans le bureau et annonça qu'il y avait quelqu'un au téléphone et que Fraschetti ferait bien de prendre l'appel.

Fraschetti lui répondit de s'en occuper lui-même.

Danziger insista.

Fraschetti, à cran, au comble de la frustration, se retourna et saisit sèchement le combiné.

« Allô ! aboya-t-il.

– Agent Leland Fraschetti ? répondit calmement, d'un ton neutre, une voix à l'autre bout du fil.

– Oui. Qui est-ce ?

– Saviez-vous que Ford n'a construit que seize mille Mercury Turnpike Cruiser dotées d'un toit rigide ? »

Les poils se dressèrent sur la nuque de Fraschetti.

« Qui est-ce ? » demanda-t-il de nouveau.

Il contourna le bureau et s'assit, lança un regard interrogateur à Danziger, qui acquiesça, confirmant ainsi qu'ils tentaient en ce moment même de remonter l'origine de l'appel.

« Le plus regrettable, c'est que j'aimais vraiment cette voiture. Je l'aimais énormément, vous savez ? »

La formation de négociateur qu'avait reçue Fraschetti lui revint automatiquement. Ne rien dire de négatif. Rester positif, toujours rassurant.

« J'imagine. C'est vraiment une voiture magnifique.

– Oui, on peut le dire. J'espère que vous et vos collègues en prenez grand soin. On ne sait jamais, je pourrais avoir besoin de la récupérer un jour.

– Oui, nous prenons très grand soin de la voiture, monsieur… ?

– Il est trop tôt pour les noms, Leland. Un peu de patience. »

Fraschetti n'arrivait pas à identifier l'accent de son interlocuteur. Un accent américain, mais avec de légères inflexions… D'où ?

« Alors, comment pouvons-nous vous aider ? demanda Fraschetti.

– Soyez patient, répondit la voix. Il y a une raison à tout cela. Une très bonne raison. Dans quelque temps, peut-être un jour, peut-être deux, tout deviendra clair. Vous voulez récupérer la fille, exact ?

– Bien sûr. Elle va bien ?

– Elle va bien, un peu capricieuse, un peu têtue, mais bon, il n'y a qu'à regarder le milieu d'où elle vient pour deviner qu'elle va vous donner du fil à retordre. »

L'homme lâcha un éclat de rire qui avait quelque chose d'intensément troublant.

76

« Donc, comme je disais, vous voulez récupérer la fille, mais pour cela, vous allez devoir l'échanger contre quelque chose.

– Bien entendu, dit Fraschetti. Bien entendu, nous avions compris dès le début qu'il faudrait procéder à un échange.

– Bien. Alors, je vous contacterai. Je voulais juste vous dire que vous faites du bon travail et, en toute honnêteté, je ne ressentirais pas la même chose si quelqu'un d'autre avait les choses en main. Je garde un œil sur tout ce qui se passe. Je comprends que la situation soit quelque peu stressante, mais inutile de perdre le sommeil. C'est une affaire personnelle, et nous la réglerons d'une manière personnelle.

– OK, je comprends, mais… »

La ligne fut coupée.

Fraschetti attendit une, deux, trois secondes et, l'instant d'après, il se tenait à la porte et demandait en hurlant d'où provenait l'appel.

« Cabine téléphonique, cria Danziger depuis l'autre extrémité du bureau principal. Cabine téléphonique dans Gravier Street… Nous avons deux équipes qui s'y rendent en ce moment même. »

Le même endroit que la voiture, pensa Fraschetti, et il sut, il sut une fois de plus avec certitude, que lorsqu'elles atteindraient Gravier, les deux équipes ne trouveraient absolument rien.

Les unités de Washington arrivèrent peu après 7 heures. Il pleuvait. Leland Fraschetti n'avait pas fermé l'œil depuis près de trente-six heures. Le gouverneur Charles Ducane avait appelé le procureur général en personne, estimant peut-être que, pour ce qui était du système légal et judiciaire, il ne pouvait pas taper beaucoup plus haut, et le procureur général avait personnellement appelé le directeur du FBI pour lui ordonner de se bouger le cul.

« C'est de la fille d'un gouverneur que nous parlons, Bob, avait dit le procureur général, Richard Seidler, au directeur. La fille d'un foutu gouverneur de Louisiane, et tout ce que nous avons, c'est une bande de flics de bac à sable foireux qui arpentent la campagne en attendant que quelqu'un leur annonce que la partie est presque finie. C'est ton cauchemar, Bob, et crois-moi, on ferait bien d'avoir de bonnes nouvelles demain matin sans quoi ça va méchamment chier. »

Le directeur du FBI, Bob Dohring, écouta et accusa réception du message. Il ne répliqua pas de façon hostile ni défiante. En ce qui le concernait, il avait déjà envoyé deux unités à La Nouvelle-Orléans et il n'irait pas plus loin. Le procureur général Richard Seidler pouvait se la coller tout seul dans le cul, ceci dit Dohring supposait qu'il avait la bite trop courte.

Fraschetti fut remercié pour son travail et renvoyé dans ses pénates. Les agents Luckman et Gabillard furent également remerciés et temporairement affectés à un bureau du quartier de Metairie. Stanley Schaeffer et Bill Woodroffe, les chefs d'unité de Washington, rapatrièrent toutes les informations depuis le siège de la coordination du FBI à Baton Rouge et installèrent leur camp à l'antenne de La Nouvelle-Orléans située dans Arsenault Street. Ils réarrangèrent les tables et les chaises. Ils accrochèrent des tableaux blancs et des plans de la ville. Ils écoutèrent l'appel qu'avait reçu Fraschetti encore et encore, jusqu'à ce que chaque homme présent le connaisse *verbatim*. Ils analysèrent toutes les empreintes, aussi bien partielles que totales, prélevées dans et aux alentours de la cabine téléphonique de Gravier Street, et se retrouvèrent avec deux petits délinquants : un type en liberté conditionnelle après avoir passé quatre ans et demi dans le pénitencier de l'État de la Louisiane pour avoir molesté une *pompom girl* de 15 ans nommée Emma-Louise Hennessy et un certain Morris Petri qui, en août 1979, avait envoyé une boîte pleine de matière fécale humaine au gouverneur du Texas. Quant aux autres empreintes, soit elles étaient trop incomplètes pour pouvoir être analysées, soit elles appartenaient à des gens qui n'avaient pas de casier. Aucune personne ne correspondant à leur profil n'avait utilisé ce téléphone. Woodroffe et Schaeffer savaient – avant même d'avoir commencé les analyses – qu'ils ne le faisaient que pour la forme et pour obéir au protocole. Car au bout du compte, si tout se barrait en couille et que la fille mourait ou n'était jamais retrouvée, le moindre manquement à la procédure pourrait leur coûter leur carrière. Ils se creusèrent les méninges jusqu'à 3 heures du matin, et n'en tirèrent qu'une migraine et une overdose de caféine.

Le témoin avait changé de main. Les nouveaux relayeurs étaient frais, hydratés, volontaires, mais la course n'avait pas de ligne de départ apparente, quant à celle d'arrivée, pour autant qu'il y en eût une, elle était invisible.

C'était comme courir sur une piste circulaire, et lorsque les équipes scientifiques produisirent pour la troisième fois les mêmes résultats d'autopsie – mêmes formules chimiques, mêmes groupes sanguins, mêmes échantillons de cheveux, mêmes prélèvements sous les ongles –, ils eurent l'impression d'avoir couru après leur propre queue comme des dératés et de se retrouver une nouvelle fois dans les starting-blocks.

C'était comme ça, une vraie chienlit.

Matin du jeudi 28. Ça faisait maintenant quatre jours et quelques heures que Jim Emerson avait plongé le regard dans l'obscurité du coffre de la Cruiser et s'était gâché l'appétit. La Nouvelle-Orléans vaquait à ses occupations, la presse ne recevait plus le moindre rapport concernant l'enlèvement de Catherine Ducane, et des gens comme Jim Emerson, Michael Cipliano et John Verlaine passaient leurs journées à examiner d'autres cadavres et d'autres casiers judiciaires, d'autres vies humaines ravagées.

Un spécialiste des analyses vocales avait été engagé pour analyser l'enregistrement de l'appel que Fraschetti avait reçu la veille dans l'après-midi. Son nom était Lester Kubis et, bien qu'il ne ressemblât en rien à Gene Hackman, il avait regardé *Conversation secrète* une bonne douzaine de fois. Il croyait que la technologie permettrait un jour d'écouter les sons les plus intimes de la vie des gens et il attendait ce jour avec une hâte immense. Lester passa plusieurs heures dans une petite pièce obscure, coiffé de son grand casque, à écouter la brève section de bande. Après quoi, il suggéra timidement que l'auteur du coup de fil avait passé du temps en Italie, à La Nouvelle-Orléans, à Cuba, et quelque part dans les États du Sud-Est, peut-être en Géorgie ou en Floride. Il estimait l'âge de la personne entre 60 et 70 ans, mais ne pouvait déterminer plus précisément son origine, ni aucune autre caractéristique spécifique qui permettrait de l'identifier. Ces informations s'avéreraient infiniment précieuses lorsqu'ils auraient appréhendé l'auteur du coup de fil, mais ne faisaient guère progresser l'enquête en cours. La fourchette d'âge limitait le champ des recherches, mais avec une population qui avoisinait les deux cent cinquante millions de personnes réparties sur neuf millions de kilomètres carrés, ils en étaient toujours à chercher une molécule dans un stade de base-ball. Le fait que l'appel avait été passé depuis Gravier Street signifiait que son auteur, qui n'était pas nécessairement le ravisseur, était toujours à La Nouvelle-Orléans, même s'il ne fallait jamais que deux heures pour franchir les frontières de l'État. La fille, Woodroffe en était certain, avait été sortie en douce de Louisiane dans les heures qui avaient suivi son enlèvement. Ou alors, elle était déjà morte. Schaeffer était quant à lui sûr qu'il y avait plus d'un homme impliqué : pas facile de soulever le corps de McCahill et de le balancer dans le coffre de la Cruiser tout seul. Mais ils savaient aussi l'un comme l'autre que tout ça n'était qu'hypothèses et suppositions. Schaeffer avait déjà reçu dans la matinée trois appels du chef des opérations à Washington et il savait que là-bas aussi ils étaient à cran. Il était rare d'être affecté à une affaire qui impliquait le directeur du Bureau, Dohring, en personne, et c'était le genre de chose qui pouvait soit propulser votre carrière, soit y mettre un terme. Schaeffer ne savait pas grand-chose du gouverneur Ducane, mais il supposait que, comme tous les gouverneurs, sénateurs et autres membres du Congrès, celui-ci s'imaginerait que le monde entier et toutes ses ressources seraient à sa disposition vingt-quatre heures sur vingt-quatre. Une affaire de ce genre ne serait pas classée. Une affaire de ce genre continuerait d'être l'une des priorités jusqu'à ce qu'elle s'achève, d'une manière ou d'une autre. Et il savait aussi que Ducane ne mettrait pas longtemps à apparaître en personne. Qu'importait sa vie, qu'importaient les pressions, un père était un père, au bout du compte. Schaeffer savait que Ducane avait déjà menacé de débarquer et de botter quelques culs du FBI, mais ses collègues de Washington l'avaient assuré qu'ils faisaient tout leur possible pour retenir le gouverneur à Shreveport.

Vers le milieu de l'après-midi, les esprits s'échauffaient et tout le monde commençait à perdre patience. Woodroffe avait emmené six hommes à Gravier pour passer au crible les environs de la voiture et de la cabine téléphonique, à la recherche de n'importe quel indice supplémentaire qui pourrait les aider à identifier l'auteur de l'appel ou les mobiles du tueur. Schaeffer tenait cour au bureau, où lui et cinq hommes retraçaient par le menu l'enchaînement des événements depuis la découverte du corps de McCahill. Les questions étaient nombreuses, mais ils avaient visiblement épuisé toutes les réponses, et lorsque Woodroffe revint les mains vides en début de soirée, Schaeffer supposa qu'ils étaient dans une impasse.

À 19 h 08, le deuxième appel arriva.

Son auteur demanda nommément à parler à Stanley Schaeffer. Il expliqua à l'agent qui avait répondu que « Stan savait de quoi il s'agissait », mais refusa de s'identifier.

« Bonsoir, agent Schaeffer », furent les premières paroles que ce dernier entendit lorsqu'il attrapa le combiné et s'identifia.

C'était la même voix, indubitablement. Schaeffer l'aurait reconnue même un siècle plus tard.

« Je suppose que vous allez bien ? demanda la voix.

– Ça peut aller », répondit Schaeffer.

Il agita la main pour faire taire le murmure des voix autour de lui et s'assit à son bureau.

Woodroffe leva le pouce pour lui signaler que l'appel était enregistré et que son origine était retracée.

« Je vous appelle d'une cabine téléphonique différente, déclara la voix. Je crois savoir qu'il faut à peu près quarante-trois secondes pour me localiser, je ne vais donc pas perdre mon temps à vous demander comment progresse l'enquête. »

Schaeffer ouvrit la bouche pour répondre mais la voix poursuivit.

« J'ai expliqué à votre collègue Fraschetti qu'un échange serait nécessaire. Je vais maintenant vous faire part de mes termes et conditions et, si vous ne vous y pliez pas, j'abattrai la fille d'une balle dans le front et j'abandonnerai son cadavre dans un lieu public. Compris ?

— Oui, répondit Schaeffer.

— Faites venir Ray Hartmann à La Nouvelle-Orléans. Vous avez vingt-quatre heures pour le trouver et l'amener ici. J'appellerai à 19 heures précises demain soir et il devra être prêt à répondre à mon appel. Pour le moment, c'est tout ce que je vous demande.

— Hartmann, Ray Hartmann. Qui est Ray Hartmann ? »

L'homme se mit à rire doucement.

« Ça fait partie du jeu, agent Schaeffer. Demain soir, 19 heures, et arrangez-vous pour que Ray Hartmann soit là pour prendre mon appel ou Catherine Ducane sera irrémédiablement morte.

— Mais… » commença Schaeffer.

La ligne devint silencieuse.

Woodroffe apparut dans l'embrasure de la porte avant même que Schaeffer ait replacé le combiné sur son support.

« À deux rues à l'est de Gravier, annonça-t-il. Nous avons déjà une unité à trois ou quatre minutes de là. »

Schaeffer se pencha en arrière sur sa chaise et soupira.

« Ils ne trouveront rien, déclara-t-il.

— De quoi ? »

Schaeffer ferma les yeux et secoua la tête.

« Vous ne trouverez rien là-bas.

— Tu crois que je ne le sais pas ? » répliqua Woodroffe d'un air irrité.

Schaeffer agita la main en signe de conciliation. « Je sais, Bill, je sais.

— Alors, qui est ce Ray Hartmann ?

— J'en sais foutre rien », répondit Schaeffer.

Il se leva et alla se remplir un gobelet en carton à la fontaine à eau.

« Je ne sais ni qui il est ni où il est, mais nous avons vingt-quatre heures pour le trouver et le faire venir ici ou la fille est morte.

— Je vais appeler Washington, suggéra Woodroffe.

— Et donne la cassette à Kubis pour voir s'il peut découvrir quoi que ce soit d'autre sur ce type.

— Pas de problème », répondit Woodroffe et il quitta la pièce.

Schaeffer but son eau et se rassit lourdement en soupirant.

Dehors, il commençait à pleuvoir, et à un peu plus de trois kilomètres de l'endroit où se trouvait Stanley Schaeffer, un vieil homme âgé entre 65 et 70 ans observait un flot de berlines grises banalisées envahir une rue non loin de Gravier Street.

Puis, les mains enfoncées dans les poches de son par-dessus, il se retourna et s'éloigna. Tout en marchant, il sifflait une chanson intitulée *Chloe*, un classique de Kahn et Moret popularisé par Spike Jones dans les années 1950, une chanson sur une fille solitaire qui recherchait son amour perdu.

Le vieil homme aurait voulu leur en dire plus, il aurait voulu tout leur dire, mais comme disaient ses amis dans la mère patrie, « une tentation à laquelle on résiste est la vraie mesure du caractère ». Il y avait un temps et un lieu pour tout. Ce lieu était La Nouvelle-Orléans, et le temps serait le lendemain soir lorsque Ray Hartmann serait rentré à la maison.

4

Et lui disait : « Mais tu ne m'as jamais dit exactement
ce que tu ressentais », et elle répliquait : « Même si je te
l'avais dit, tu n'aurais pas écouté, de toute manière », et
il fermait les yeux, poussait un profond soupir et répondait : « Qu'est-ce que tu en aurais su, Carol… dis-moi,
qu'est-ce que tu en aurais su, si j'avais écouté ? », et
puis l'un d'eux – peu importait lequel – mentionnait le
nom de Jess, et à cet instant, les choses se calmaient. De
toute évidence, Jess était peut-être la seule raison qui
faisait que Ray Hartmann et Carol se parlaient encore,
et peut-être était-ce ce qui leur faisait garder espoir
que, d'une manière ou d'une autre, quelque chose pouvait être sauvé de leurs treize années de vie commune.
Après tant d'années à vivre côte à côte, à respirer le
même air, à manger la même chose, à partager le même
lit, une séparation, c'était comme perdre un membre
et, en dépit des heures passées à vaguement tenter de
se convaincre que le membre était malade, qu'il fallait
l'amputer, qu'ils n'auraient jamais pu survivre en le gardant à sa place, la vérité continuait de les hanter : ils ne
se sentiraient jamais aussi bien avec personne d'autre.
Et même si c'était mieux au lit, même si les plaintes
étaient différentes, ils ne pourraient s'empêcher de

comparer et de constater que cette nouvelle personne n'était pas la bonne.

Ainsi allaient toutes leurs conversations ces temps-ci : récriminatoires, amères, pleines de rancœurs, vives et sans détour. Et ils se téléphonaient toujours quand Jessica n'était pas là, parce qu'elle aussi, du haut de ses 12 ans, était un être humain et était attentive à ce qui se passait entre ses parents. Carol Hartmann, qui était séparée de son mari depuis maintenant près de huit mois, appelait toujours quand Jessica était sortie avec des amis ou passait la nuit ailleurs ou lorsqu'elle était à ses répétitions d'orchestre ou à la gym. Et Ray Hartmann – l'homme au cœur brisé qui s'était mis la main en sang en défonçant d'un coup de poing la porte du placard de la cuisine ce soir du 28 décembre – répondait au téléphone et s'asseyait au bord de son lit, il entendait la voix de sa femme et était certain que jamais rien dans sa vie ne lui manquerait plus qu'elle. Trois jours après Noël, nom de Dieu, bourré et odieux et gueulant quelque connerie débile, et Jessica qui pleurait et qui s'était précipitée vers sa mère parce que papa avait encore pété les plombs. Et ce n'était jamais à cause de Jessica, ni à vrai dire à cause de Carol, qu'il avait épousée par une belle matinée de février 1990. C'était à cause du boulot, du stress lié au boulot, de la manière qu'avait le boulot de transformer ce que vous étiez, ce que vous aviez toujours imaginé pouvoir être, et il aurait fallu une femme sacrément exceptionnelle pour pouvoir encaisser les tempêtes que Ray Hartmann faisait souffler, parfois c'était Ray Hartmann l'Ouragan, suffisamment puissant pour abattre les arbres et arracher les toits. Mais pendant treize ans, elle y était arrivée, et même si toutes ces années n'avaient pas été difficiles, elles avaient tout de même eu leurs crises. Ray Hartmann, qui était enclin aux sautes d'humeur, ne savait plus combien de fois sa femme l'avait regardé depuis l'autre côté de la pièce avec une expression incrédule et terrorisée, craignant au fond d'elle-même que cette fois, juste cette fois, il ne fît quelque chose qu'ils regretteraient tous sérieusement. Mais il s'était toujours retenu, jusqu'à cette soirée du 28 décembre, quand il avait foutu en l'air la prétendue harmonie de leur foyer et qu'il s'était mis à brailler comme une sirène de pompiers et, tout d'un coup, il s'était retrouvé là, le sang dégoulinant de son poing et tachant le linoléum, et sa femme et sa fille lui avaient toutes les deux hurlé de sortir de la maison et de ne pas revenir. Meurtries, voilà ce qu'elles avaient l'air d'être ; *spirituellement* meurtries.

Alors, il avait quitté la maison ce soir-là, principalement poussé par la honte et par son éternelle peur de ce dont il était capable, et il avait parcouru sept pâtés de maisons dans la neige jusqu'aux urgences, où on lui avait nettoyé et pansé le poing avant de l'envoyer cuver sur un lit roulant. Quand il s'était réveillé avec un goût de copeaux de cuivre dans la bouche, ce qu'il avait fait lui était revenu en mémoire, et lorsqu'il avait appelé et que personne n'avait répondu, il avait compris que Carol avait emmené Jessica chez sa grand-mère. Il était retourné chez lui pour récupérer quelques affaires. Puis il avait logé trois jours dans une chambre de motel et était resté sobre. Après quoi, il avait loué un appartement dans Little Italy, dans le sud de Manhattan, un trois pièces aux murs gris dont les fenêtres surplombaient le parc Sarah-Roosevelt, et il s'était fait porter pâle au boulot et avait passé quarante-huit heures d'affilée à se demander pourquoi il était un tel connard.

Leur maison, le foyer des Hartmann, se trouvait dans Stuyvesant Town, et quand il lui arrivait de passer en voiture dans la rue où sa femme et sa fille se trouvaient, il ne posait jamais les pieds sur le perron, il n'actionnait pas la sonnette dans l'espoir d'entendre des bruits de pas dans le couloir. Il avait trop honte, se méprisait trop, et il passait à chaque fois trois ou quatre semaines de plus à se flageller avant de trouver le courage d'appeler Carol.

Le premier coup de fil avait été difficile : de longs silences tendus qui s'étaient achevés sur une note amère.

Le deuxième, quinze jours plus tard, avait été légèrement plus chaleureux. Elle lui avait demandé comment il allait, et il avait répondu : « Sobre, sobre depuis le 28 décembre », et elle lui avait souhaité bonne chance, ajoutant qu'elle n'était pas prête pour quoi que ce soit de « compliqué », que Jessica se portait bien, qu'elle l'embrassait, et que la semaine précédente elle avait été choisie pour mener l'équipe de gymnastique pour la fête annuelle.

Au troisième coup de fil, six jours plus tard, Carol avait laissé Ray Hartmann parler à sa fille. « Salut, papa.

— Salut, mon chou.

— Tu vas bien ?

— Bien sûr ma chérie. Ta mère m'a dit que c'est toi qui allais mener l'équipe de gym à la fête annuelle ?

— Oui. Est-ce que tu pourras venir ? »

Ray était demeuré un moment silencieux.

« Papa ?

— Je suis là, Jess, je suis là.

— Alors, tu pourras venir ?

– Je ne sais pas, Jess, je ne sais pas. Ça dépend un peu de ce qu'en dira ta mère. »

Cette fois, ça avait été au tour de Jess d'être silencieuse.

« OK, je lui en parlerai, avait-elle fini par dire.

– D'accord, ma chérie, parle-lui-en. »

Puis Ray avait entendu le son de sa propre voix se briser et il avait craint de fondre en larmes s'il continuait de parler à sa fille, alors il lui avait dit qu'il l'aimait plus que tout au monde et avait demandé à reparler à sa mère.

« Ne va pas à la fête, Ray, avait déclaré Carol d'un ton neutre. Il est trop tôt pour que moi ou Jess te voyions.

– Trop tôt pour toi… mais pour Jess ?

– Ne recommence pas, Ray, ne recommence pas, d'accord ? Faut que j'y aille. Je dois emmener Jess chez le coiffeur. »

Et le coup de fil s'était achevé ainsi, Ray Hartmann avait raccroché et s'était demandé pourquoi – alors que tout se passait visiblement bien – il avait dû se comporter une fois de plus comme un connard.

37 ans, en congé maladie, terré dans cet appartement minable de Little Italy pendant que la femme qu'il avait épousée treize ans plus tôt emmenait sa fille de 12 ans se faire couper les cheveux.

Ce qu'il aurait donné pour l'emmener lui-même.

Tu ne le faisais jamais quand tu étais à la maison, observa une voix intérieure, et il coupa court, car il savait de longue expérience qu'écouter de telles voix était la route qui menait à la folie, et cette route ne passait que par un seul endroit : par le goulot d'une bouteille, et c'était ce genre de conneries qui l'avait mis dans la merde dans laquelle il se trouvait maintenant.

Ray Hartmann était une énigme. Né à La Nouvelle-Orléans le 15 mars 1966. Un frère cadet, Danny, né le 17 septembre 1968, tous les deux aussi proches que devraient l'être deux personnes partageant la même chair et le même sang. Ils allaient partout ensemble, faisaient tout ensemble, Ray était le meneur, et Danny l'admirait, lui pardonnait toutes ses fautes, le regardait avec de grands yeux émerveillés, comme semblent le faire les frères cadets, et ils avaient des ennuis, des rêves de jeunes gamins, ils balançaient des cailloux et des bombes à eau, ils se baignaient à poil et séchaient l'école pour aller attraper des grenouilles dans les marécages… toutes ces choses, et ils vivaient à cent à l'heure, avec frénésie, comme s'ils avaient voulu qu'il ne reste rien le lendemain. C'était toujours Danny et Ray, Ray et Danny, comme une litanie, un mantra de la fraternité.

Puis tout avait pris fin. Le 7 juillet 1980. Danny avait 11 ans, c'était un gamin ardent, enthousiaste, ébloui par la magie de tout, et il était passé sous les roues d'une voiture dans South Loyola. Le type ne s'était pas arrêté et Danny avait eu les jambes écrasées et la tête enfoncée, et plus le moindre souffle ne s'échappait de son minuscule corps brisé quand Ray était arrivé et avait vu que son frère était mort.

Ray, 14 ans, agenouillé sur le trottoir avec le corps de son frère en travers des cuisses, n'avait pas prononcé un mot, pas versé une larme, et même quand les secouristes étaient arrivés et avaient tenté de les séparer ils n'avaient rien pu faire d'autre que les emmener tous les deux, les porter comme s'ils ne faisaient qu'un jusqu'à l'arrière de l'ambulance… Ray et Danny, Danny et Ray, à la vie, à la mort. Pour toujours.

Ils n'avaient pas allumé la sirène, car ils n'avaient pas besoin de sirène quand le passager était mort.

Le père des garçons n'était pas là pour réconforter l'aîné vu que lui aussi était mort, à l'automne 1971, d'un infarctus qui aurait pu terrasser un cheval. Un homme grand, un homme fort, un bagarreur au dire de tous, mais il buvait comme un buffle à une oasis, et Ray avait songé que c'était peut-être de là que venait son penchant pour l'alcool, mais il s'était dit que non, car sa connerie n'avait rien de génétique. Alors, la mère avait tout assumé, ils s'étaient serré les coudes, et elle avait tenu le coup jusqu'à ce que le petit dernier se fasse écraser par une Pontiac Firebird dans South Loyola. Le chauffard avait fini par se faire attraper, il était ivre, et on avait su que c'était lui car il y avait du sang et des cheveux du gamin sur la calandre. La mère s'était accrochée jusqu'à ce que Ray passe sa licence et puis elle aussi était morte, en mai 1987. Causes naturelles, qu'ils avaient dit. Ben voyons. Des causes naturelles comme un cœur brisé et trop de chagrin, et pas suffisamment de vie pour avoir la force de continuer face à une telle adversité. Ce genre de causes naturelles.

Ray s'était engagé dans la garde nationale, où il sauvait à coups de pelle des gens coincés sous des congères et cirait des bottes le week-end ; il s'était mis à picoler trop souvent et s'était fait réformer avant de se tirer une balle ou de descendre quelqu'un. Il avait eu un boulot régulier pendant six mois puis avait déménagé à New York en février 1988. Même maintenant il ne comprenait pas pourquoi il avait choisi New York. Peut-être pour la simple raison que c'était la ville qui lui semblait la plus différente de La Nouvelle-Orléans. Il s'était mis à étudier le droit, à l'étudier chaque heure que Dieu faisait, comme s'il allait y trouver une réponse. Il ne l'avait jamais trouvée, mais il avait trouvé un cabinet qui l'avait embauché en tant que stagiaire et il s'était péniblement frayé son chemin dans le système des tribunaux itinérants, s'était inscrit au barreau, était devenu avocat de l'assistance judiciaire et avait tenté de tirer un sens des erreurs que les gens commettaient trop facilement. C'est alors que la sous-commission judiciaire du Sénat avait lancé les programmes d'intégration, affectant des avocats de l'assistance judiciaire dans les commissariats de police pour que ceux-ci servent de filtre et soulagent les tribunaux. Cette décision avait été motivée par un souci d'économie et, dans une certaine mesure, elle avait fonctionné. Au cours de ce programme, Ray Hartmann avait rencontré Luca Visceglia, l'un des enquêteurs qui avaient permis l'arrestation de Kuklinski. Richard Kuklinski était une star parmi les stars. Recruté par la famille mafieuse Gambino, son audition avait consisté en un test très simple : il avait été emmené en voiture hors de New York, baladé dans des rues ordinaires où marchaient des gens ordinaires, et d'un simple mot, un homme avait été désigné au hasard, un homme qui promenait son chien, qui ne faisait de mal à personne, qui pensait peut-être à un cadeau d'anniversaire qu'il devait acheter, peut-être au dîner de fiançailles de sa fille. La voiture avait ralenti, Kuklinski en était descendu et, après avoir fait une demi-douzaine de pas, il s'était retrouvé face à l'homme, avait levé son arme et l'avait abattu. C'était tout ce que les Gambino attendaient de Kuklinski, et Kuklinski avait été accepté dans le gang.

Kuklinski, qui vivait avec sa femme et sa famille dans une rue calme de Dumont, dans le comté de

Bergen, recevait ses ordres de Roy DeMaio, le chef de la mafia dont le bureau était situé au Gemini Lounge à Brooklyn.

Au cours des trois années qui avaient suivi, les forces spéciales de lutte contre le crime organisé dans le New Jersey avaient concentré leurs efforts sur l'arrestation de Kuklinski. Au début des années 1980, quand Paul Castellano et la famille Gambino avaient été à l'origine d'une collaboration entre les forces spéciales et l'ATF – le bureau chargé de la mise en application des lois sur l'alcool, le tabac et les armes à feu –, Castellano avait mentionné son inquiétude concernant Roy DeMaio. Il craignait que DeMaio ne parle et ne rejoigne « le mauvais camp ». DeMaio se comportait d'une façon de plus en plus paranoïaque, et donc, en 1983, son corps avait été retrouvé dans le coffre d'une voiture. Ça faisait une semaine qu'il y était. Plus tard, bien plus tard, alors que Kuklinski était enfin enfermé dans la prison d'État de Trenton, il avait dit de la mort de DeMaio : « Ça n'aurait pas pu arriver à une personne plus gentille… si quelqu'un devait mourir ce jour-là, c'était le jour parfait pour que ce soit *lui*. »

Les forces spéciales, assistées du FBI, avaient affecté à l'affaire un agent infiltré nommé Dominick Polifrone. En se faisant passer pour un tueur à gages, un associé de New York nommé Dominick Michael Provenzano, il avait réussi à faire parler Kuklinski, et lorsque ce dernier se mettait à parler, il était du genre à aimer le son de sa voix. Ça avait été ces enregistrements qui avaient finalement permis de le coincer, et tandis que la police et les forces spéciales estimaient que Kuklinski avait dû tuer environ quarante personnes, lui-même évaluait son tableau de chasse à plus de cent victimes. C'était un type occupé. Tout comme son jeune frère Joey, qui purgeait déjà perpète à Trenton pour avoir violé et étranglé une gamine de 12 ans, gamine qu'il avait traînée sur deux toits contigus avant de la balancer, avec son chien, sur le trottoir douze mètres plus bas. Peut-être qu'ils avaient ça dans le sang, peut-être – comme le suggéraient les profileurs du FBI – certaines « dynamiques situationnelles » avaient-elles poussé les frères Kuklinski dans cette direction.

Il avait fallu attendre le 4 juin 2002 pour que les procureurs fédéraux et ceux de l'État de New York poursuivent dix-sept membres et associés de la famille criminelle Gambino. Les chefs d'inculpation incluaient le racket, l'extorsion, l'usure, la fraude électronique, le blanchiment d'argent et la corruption de témoin. Et c'était au cours de ce déferlement de violence que Ray Hartmann avait fait son baptême du feu. Luca Visceglia était au cœur des événements, c'était l'un des enquêteurs fédéraux chargés d'interroger les membres des familles criminelles. Ray transcrivait les entretiens, archivait les cassettes, faisait l'inventaire des pièces à conviction, classait photos et vidéos, et il en avait appris un paquet sur ce que ces gens avaient fait et pourquoi ils l'avaient fait. Fasciné par les mobiles sous-jacents de telles actions, il s'était plongé dans des ouvrages tels que *Enquêter sur des crimes* de Stone et DeLuca, *Principes fondamentaux de l'investigation criminelle* de Charles et Gregory O'Hara, et *Enquête criminelle pratique* de Geberth. Quand Visceglia avait été nommé directeur d'enquête adjoint de la sous-commission judiciaire du Sénat sur le crime organisé, on lui avait demandé de choisir son personnel. Il avait sélectionné Ray Hartmann, qui s'était bientôt rendu indispensable.

Le plus ironique, c'est que si le stress lié à son travail allait finir par provoquer sa séparation d'avec sa femme, ça avait été au cours de l'une de ces enquêtes frénétiques qu'il avait rencontré Carol Hill Wiley. Pendant l'été 1989, alors que Visceglia, Hartmann et les trois autres membres de leur équipe étaient installés au bureau du procureur de New York, on leur avait demandé de reclasser tout le matériel lié au triple meurtre de Stefano Giovannetti, Matteo Cognotto et Claudio Rossi. Giovannetti, Cognotto et Rossi étaient eux-mêmes des soldats pour une branche de la famille Genovese. Ils agissaient sous les ordres d'Alessandro Vaccorini, l'un des bras droits de Peter Gotti, et avaient commis à eux trois au moins dix-sept meurtres connus. Ils vivaient ensemble, travaillaient ensemble et ils quittaient ensemble la périphérie de Brooklyn dans une Lincoln Towncar quand des crève-pneus avaient soudain immobilisé leur véhicule. Des témoins situés derrière la barrière qui longeait l'autoroute avaient donné des comptes rendus divers selon lesquels quatre à neuf hommes avaient braqué leurs fusils semi-automatiques vers la voiture et l'avaient transformée en écumoire à spaghettis. Le chauffeur et ses trois passagers avaient été réduits en charpie. Les photos noir et blanc de la scène de crime ne pouvaient rendre compte de ce que les enquêteurs avaient trouvé lorsqu'ils avaient bloqué l'autoroute et s'étaient rendus sur les lieux.

Carol Hill Wiley, une New-Yorkaise de 22 ans, brune, menue, yeux verts, dotée d'un sens de l'humour caustique et d'un sourire à tomber raide, était en mission sous l'égide du programme de formation de la Cour suprême de New York pour les stagiaires juridiques et les secrétaires. Elle avait elle-même étudié le droit et ambitionnait de posséder son propre cabinet à 30 ans, objectif qu'elle aurait poursuivi coûte que coûte si son cœur n'avait été ravi par Ray Hartmann, un homme apparemment réservé et pourtant étrangement fascinant. Hartmann, pour autant qu'elle pût en juger, était bel homme : un mètre soixante-dix-huit ou quatre-vingts, cheveux d'un blond roux et yeux bleus, avec une sorte d'expression dévastée qui indiquait qu'il avait survécu à une expérience douloureuse. Rassemblés par les obligations du devoir, Carol et Ray avaient passé bien des soirées dans le bureau faiblement éclairé situé à l'angle d'Adams et de Tillary dans Brooklyn Heights, juste à l'ombre du bâtiment de la Cour suprême. L'après-midi, ils allaient déjeuner à Cadman Plaza, où – coincés entre les ponts de Manhattan et de Brooklyn sur leur droite et la voie express qui reliait le Queens à Brooklyn sur leur gauche – ils avaient appris à se connaître. Et c'est devant le musée des Transports que Ray Hartmann avait pour la première fois embrassé Carol Hill Wiley par un mardi froid de la fin décembre 1989. Ils s'étaient mariés le 10 février 1990, avaient emménagé dans un appartement proche de Lindsay Park à Williamsburg et y étaient restés jusqu'à ce que Carol tombe enceinte. Puis, alors que Carol venait d'entamer son deuxième trimestre de grossesse, ils avaient acheté un trois pièces dans un petit immeuble de deux étages à Stuyvesant Town, de l'autre côté de l'East River. Malgré le long trajet qu'ils devaient effectuer chaque jour en empruntant le pont de Williamsburg, Ray et Carol Hartmann avaient trouvé une petite compensation dans le fait que Carol avait été intégrée à l'unité de Luca Visceglia. Au moins, ils pouvaient aller au bureau ensemble, travailler ensemble, et le soir, rentrer ensemble à la maison.

Les choses avaient continué ainsi jusqu'à la naissance de Jessica, puis Carol avait décidé, sans la moindre pression de la part de Ray, qu'elle serait plus heureuse à jouer les mères au foyer qu'à examiner des photos de corps démembrés, calcinés, noyés et décapités. Ils vivaient correctement, sans pour autant rouler sur l'or, et personne n'aurait pu dire que le manque d'argent avait contribué à la dissolution de leur mariage. En fait, il aurait peut-être été plus précis d'affirmer que cette dissolution avait été provoquée par une combinaison de facteurs des deux côtés. Ayant quitté son emploi au bureau du procureur, Carol avait progressivement commencé à se dissocier de son travail. Elle avait peu à peu oublié la manière dont les sons, les images et les mots pouvaient vous hanter, où que vous soyez. Ray continuait de travailler et d'affronter cette situation chaque jour, et il était aisé de se laisser envahir par les ténèbres qu'un tel travail impliquait. Carol passait ses journées à s'occuper de Jessica, une enfant remarquablement vive et enthousiaste, et dès que Ray franchissait la porte d'entrée, elle le régalait des nombreux miracles qu'elle avait observés chez leur fille pendant la journée. Ray, oublieux du monde dans lequel vivaient les autres, était souvent absent, sec, brusque et guère intéressé. Il s'était mis à boire, juste un petit verre de scotch pour arrondir les angles en rentrant à la maison, rien qu'un verre avant le dîner, puis c'était devenu un petit verre de scotch et une bière, et puis il avait commencé à s'enfermer dans le salon pour regarder la télé avec un pack de bières posé par terre à ses pieds.

En juillet 1996, il s'en était pris à sa fille de 5 ans. Celle-ci, souhaitant montrer à son père une peinture qu'elle avait faite, n'arrêtait pas de frapper à la porte du salon, et Ray – qui souffrait d'une migraine que ni les antalgiques ni la bière ne parvenaient à faire disparaître – avait brusquement ouvert la porte et gueulé : « Qu'est-ce que tu veux, putain de merde ? »

Jessica, anéantie, en larmes, ne comprenant pas ce qu'elle avait pu faire pour provoquer une telle réaction, s'était précipitée auprès de sa mère. Carol n'avait rien dit. Pas un mot. Mais un quart d'heure plus tard, elle avait mis quelques affaires dans un sac et quitté la maison.

Ray Hartmann était tombé dans l'abîme ; l'abîme des alcooliques où tout n'est plus que reniement, apitoiement sur son sort, autoflagellation, haine de soi et larmes. L'expression sur le visage de Carol avait été aussi saisissante et soudaine qu'une injection d'adrénaline, et elle avait incité Ray Hartmann à se pencher sérieusement sur ce qu'il devenait. Il était en passe de se transformer en quelqu'un que même *lui* n'aimait pas, et c'était dur de faire pire que ça.

Carol et Jess étaient revenues trois jours plus tard, et sept mois après, Ray Hartmann élevait de nouveau la voix. Cette fois, elles étaient parties à la campagne, chez la mère de Carol, et y étaient restées une semaine. Ray s'était rendu à une réunion des Alcooliques anonymes et avait entamé le programme en douze étapes. Il s'était rendu compte qu'il pouvait être la pire ordure, qu'il pouvait même être pire que la pire ordure, et il n'avait pas bu une goutte pendant presque un an.

L'incident qui avait précipité la séparation de Carol et Ray Hartmann s'était produit cinq semaines avant que celle-ci ne parte pour de bon, en décembre 2002. Ray avait travaillé tard, comme c'était généralement le cas lorsqu'une enquête était en préparation pour le bureau du procureur. Visceglia et lui étaient entrés en contact avec l'une des ex d'un prévenu, et celle-ci avait accepté de témoigner. Elle ne se droguait pas, n'avait pas de casier, ne se prostituait pas et ne travaillait pour aucune agence légale ou judiciaire ni pour aucun service de police ou de renseignements. C'était un don du ciel, un témoin parfait et exemplaire. Elle pouvait situer le prévenu en un lieu précis à un moment précis. Aucun doute qu'elle l'enverrait derrière les barreaux. Une myriade d'alibis bidons seraient démontés grâce à ses déclarations. C'était une femme solide, une bonne oratrice, et elle n'avait pas peur.

La veille du jour où Ray Hartmann et Luca Visceglia devaient présenter sa déclaration sous serment au grand jury, une déclaration qui lui aurait valu une protection policière, elle avait été retrouvée dans la chambre d'un motel à proximité de Hunters Point Avenue, près du cimetière Calvary. Cette femme de 39 ans, issue d'un milieu respectable, qui avait reçu une bonne éducation et n'avait jamais touché à un joint de sa vie, avait fait une overdose de cocaïne. Elle avait été retrouvée nue, une main et un pied attachés au cadre du lit, bâillonnée, avec divers *sex toys* éparpillés sur le matelas et un vibro dans le cul. Des prélèvements avaient révélé qu'elle avait eu des rapports vaginaux et anaux avec au moins trois hommes différents. Qui avaient été identifiés grâce à des prélèvements d'ADN et de cheveux. Ils avaient tous trois été interrogés séparément, et chacun avait raconté la même histoire. C'étaient des prostitués, ils avaient reçu un coup de fil au cours duquel on leur avait donné l'adresse du motel et promis mille dollars s'ils s'y rendaient un jour donné à une heure précise. Dans la chambre du motel, ils découvriraient une femme bâillonnée et attachée au lit. Elle aurait une taie d'oreiller sur le visage. Ce qu'elle voulait, c'était qu'ils la baisent, tous les trois, l'un après l'autre, d'abord normalement, puis qu'ils la sodomisent. Elle voulait qu'ils la malmènent un peu, qu'ils la traitent de pute et de salope, ce genre de chose, et lorsqu'ils auraient fini, ils devaient la laisser exactement telle qu'ils l'avaient trouvée. L'argent serait dans le tiroir de la table de chevet. Ces types étaient des prostitués. Ils voyaient et faisaient pire presque chaque jour que Dieu faisait. On était à New York. Ils avaient fait ce qu'on leur avait demandé, pris leur argent, et puis ils étaient repartis. Sans poser de questions, sans attendre de réponses. La personne qui avait organisé cette petite « fête » avait alors dû entrer dans la chambre et administrer la dose mortelle de cocaïne. Rien n'indiquait que la victime ne se l'était pas administrée elle-même ; elle avait après tout une main libre et aurait très facilement pu saisir une poignée de coke dans le petit sac muni d'un fermoir qui était posé sur l'oreiller à côté d'elle. D'ailleurs, il y avait des traces de cocaïne sur sa main, sous ses ongles, autour de sa bouche et de ses narines. C'était faisable. Ça aurait vraiment pu se passer comme ça.

Bref, de quelque manière que cela se soit passé, sa déclaration et son témoignage avaient été invalidés. En ce qui concernait le grand jury, c'était une cocaïnomane qui avait embauché trois prostitués pour se faire enculer dans un motel près du cimetière Calvary. Visceglia était fou de colère. La violence de sa rage devait se mesurer sur l'échelle de Richter. Alors, il était sorti et s'était soûlé. Et Ray Hartmann – conscient que c'était une connerie, en dépit des promesses larmoyantes qu'il avait faites à sa femme et à sa fille – l'avait accompagné. Le premier jeudi de décembre, au petit matin, il avait franchi en titubant la porte d'entrée de son appartement de Stuyvesant Town, aussi bourré qu'il était possible de l'être tout en restant conscient, et il s'était écroulé comme une masse sur le sol de la cuisine. Par chance, il était tombé sur le flanc, et non sur le dos, car peu avant que sa fille de 11 ans ne le découvre, il avait vomi. Et elle l'avait trouvé là, sur le lino, la tête dans une mare de vomi séché, et elle n'avait rien dit, n'avait pas essayé de le réveiller, elle avait juste rebroussé chemin jusqu'à la chambre de sa mère et l'avait réveillée.

Carol Hill Hartmann, prise d'une rage silencieuse, avait rempli un bol d'eau glacée et l'avait renversé sur la forme endormie. Son mari avait à peine remué. Au bout du compte, c'est à coups de pied dans les semelles qu'elle avait dû le réveiller, et quand, à demi conscient, il avait entrouvert un œil chassieux et levé la tête vers elle, il avait bredouillé : « Fous-moi la paix, d'accord ? »

Jessica s'était mise à pleurer. Elle ne savait pas pourquoi, c'était arrivé comme ça, et même si elles n'avaient pas quitté la maison ce jour-là, même si elles n'avaient pas fait leurs bagages pour aller chez la mère de Carol, elles s'étaient entendues pour ne plus adresser la parole à Ray Hartmann pendant quatre jours. Elles avaient tenu parole et, malgré ses supplications, ses implorations, malgré les fleurs et les repas qu'il avait rapportés à la maison, malgré ses promesses de rester sobre jusqu'à la fin des temps, mère et fille avaient tenu bon.

Le lundi matin suivant, Ray Hartmann avait trouvé un mot sur le comptoir de la cuisine. Carol avait déjà emmené Jessica à l'école et il était seul à la maison. Le message était très simple. C'était Carol qui l'avait écrit, mais il avait été contresigné par Jessica.

Ray. Nous t'aimons toutes les deux. Tu es un bon mari et un bon père. Nous ne voulons pas vivre sans toi. Mais si tu te soûles encore une fois, nous t'abandonnerons. Nous avons nos vies, et l'homme que nous connaissons et aimons peut venir avec nous ou se soûler et devenir fou tout seul. À toi de décider. Carol. Jessica.

Lorsqu'il était rentré du travail ce soir-là, elles lui avaient parlé. Elles l'avaient interrogé sur sa journée. Elles avaient discuté entre elles et l'avaient inclus dans leur conversation comme si rien ne s'était passé. Le mot qu'elles avaient écrit se trouvait dans le portefeuille de Ray Hartmann, et il se forçait à le regarder chaque jour pour se rappeler ce qui était important dans sa vie. Il s'y était accroché, il s'y était *réellement* accroché jusqu'à ce que Noël arrive et que son monde professionnel s'écroule une fois de plus.

Noël était une sale période pour Ray Hartmann, ça l'avait toujours été, ça le serait toujours. Noël était une fête familiale et, même s'il s'était arrangé pour éviter le désastre et conserver sa famille, il prenait toujours un coup au moral quand décembre arrivait. Il avait jadis eu un père et une mère, un frère cadet qu'il adorait. Ils avaient été quatre et, maintenant, il n'y avait plus que lui. Pas une semaine ne s'écoulait sans qu'il pense au moins une fois à Danny. Deux gamins émerveillés et espiègles qui erraient dans les rues, jouaient des tours, remplissaient la maison de leurs rires et de leurs cris. Danny resterait à jamais un enfant dans l'esprit de Ray, et ce Noël-là, le Noël où tout s'était écroulé, c'était un enfant qui avait été à l'origine des problèmes.

Ray continuait de tenir sa promesse. Il avait toujours le mot que sa femme et sa fille lui avaient donné et qu'il avait recouvert de scotch pour éviter qu'il ne tombe en morceaux. Mais dès qu'il était question d'enfants, rien n'était plus pareil. Bien souvent, avant la naissance de Jess, il avait parlé à des gens qui avaient des enfants. « Je ferais n'importe quoi pour mes gosses, qu'ils disaient. Mes gosses sont la chose la plus importante dans ma vie. Si quelque chose arrivait à mes gosses, eh bien… » Et il écoutait, avec un certain intérêt peut-être, mais toujours objectif et quelque peu distant. Et quand Jess était arrivée, il avait compris exactement de quoi ils parlaient. Si une balle était tirée, vous vous interposiez pour la prendre à la place du gamin, aucun problème. Vous tueriez pour vos enfants, vous mourriez pour eux, vous respireriez pour eux au besoin, et il était impossible de partager ce genre de sentiment avec une personne qui n'avait pas d'enfants.

Les photos étaient arrivées le lundi 23 décembre. Ray était en congé pour Noël mais Visceglia l'avait rappelé. Le gamin, 7 ans, ne faisait que passer, il marchait dans Schermerhorn Street avec son père. Il tenait à la main un coffret des Power Rangers. Un cadeau de sa grand-mère que son père l'avait autorisé à avoir avant Noël car il avait aidé sa mère à faire le ménage quand sa grand-mère était rentrée chez elle. Le père s'en était tiré avec juste une balle dans la cuisse droite comme souvenir de la boutique de jouets. Le gamin s'en était pris deux en pleine poitrine, qui l'avaient démantibulé comme une poupée de chiffon. Guerre des gangs. *Vendetta* familiale à cause de quelque minable histoire de jeu qui ne devait pas rapporter plus de cinq ou dix mille billets par semaine. Les tireurs avaient manqué leur cible et atteint des passants. Aucun témoin n'avait rien vu. Affaire close avant même d'être ouverte.

Après s'être rendu sur la scène de crime, Ray Hartmann était rentré chez lui avec le cœur brisé. C'était comme si ça avait été lui et Jess. Ou sa propre mère et Danny. Et il avait recommencé à se demander si ce qu'ils faisaient servait vraiment à quelque chose. Bien sûr que oui, mais sur le coup, tout ce qu'il voyait, c'était le cadavre du gamin, le père accablé par la douleur et le chagrin, les juges résignés qui lui disaient qu'ils ne pouvaient rien faire pour lui. Il n'avait pas bu ce jour-là. Il n'avait pas bu le lendemain, ni le surlendemain. La veille de Noël, il avait bu une bière à la maison, et même Carol n'avait pas bronché. Noël s'était bien passé, c'était une journée pour la famille et rien d'autre, et en ouvrant ses cadeaux, Jess avait dit à ses parents qu'elle les aimait plus que tout au monde, et lui avait songé qu'il allait réussir à s'en sortir, à devenir le genre d'homme qu'il voulait être.

Le matin du 28, Carol et lui s'étaient engueulés. Pour rien, vraiment, une bêtise. Elle lui avait demandé de passer l'aspirateur dans le salon. Il avait répondu qu'il le ferait plus tard. Elle lui avait redemandé au bout d'une demi-heure et il avait sèchement répliqué : « J'ai dit que je le ferai plus tard ! » À quoi elle avait répondu : « On est plus tard, Ray... tout ce que je te demande c'est de m'aider dix minutes à remettre de l'ordre dans cette foutue maison ! » Ray avait pris la mouche, ils avaient échangé d'autres mots, puis il était sorti. Il avait juste enfilé ses chaussures et sa veste et il était sorti. Plus tard, en y repensant, il se demanderait s'il n'était pas déjà à cran. Ce matin-là, il avait reçu un e-mail de Visceglia lui demandant s'il pouvait venir passer quelques heures au bureau le lendemain. Il n'avait pas répondu, n'avait pas voulu répondre, même s'il savait qu'il le ferait avant la fin de la journée. Il n'avait pas le choix. Son boulot était ainsi. C'était une vocation, un sacerdoce, pas juste un salaire. Peut-être que c'était ça. Ou peut-être qu'il était toujours affecté par la mort de ce gamin, ce gamin dont il n'arrivait pas à s'ôter le nom de l'esprit. Depuis Noël, il avait passé ses nuits à penser à ses parents, au fait qu'ils n'oublieraient jamais ce Noël. Le père avait emporté le coffret des Power Rangers dans l'ambulance. Il n'avait pas pu ramener son fils à la maison, alors il avait rapporté le cadeau de la grand-mère. L'emballage était tellement déchiré qu'on pouvait voir ce qu'il y avait à l'intérieur et il était zébré par une fine éclaboussure de sang. Ray s'était demandé ce que le père en ferait. Comment garder un truc comme ça ? Que ressentirait la mère du garçon en le voyant ? Et lui, Ray, que dirait-il si elle venait lui demander ce qu'il comptait faire à propos des assassins de son fils ?

Au cours des mois à venir, Ray Hartmann aurait bien souvent l'occasion de repenser à ces événements. Il avait attendu de se calmer avant de rentrer chez lui. C'était un moment rare, il pouvait passer plusieurs jours d'affilée en famille, et il était là à se comporter comme un enfant gâté sous prétexte que Carol lui avait demandé de passer l'aspirateur. Il avait décidé de s'arrêter boire juste une bière dans un bar à trois rues de chez lui. Il avait perdu la notion du temps, discuté avec le barman, regardé la fin d'un match à la télé. Il avait même fait deux parties de billard avec un certain Larry, qui lui avait payé une bière, puis une autre, et ça aurait été franchement grossier de décliner, et puis merde, c'était

Noël, et à quoi servait Noël si on ne pouvait pas s'amuser un peu?

Peu après 1 heure du matin, Ray Hartmann avait franchi la porte de sa maison en trébuchant et rampé le long du couloir. Carol l'attendait. Jessica aussi. Elles étaient toutes deux habillées. Et c'est alors qu'il s'était mis à brailler; qu'il avait levé le poing et défoncé la porte du placard de la cuisine. Et quand Carol était passée devant lui en le bousculant et qu'il s'était cassé la figure, quand sa femme et sa fille s'étaient mises à lui hurler dessus, lui ordonnant de s'en aller et de ne jamais revenir, tout ce qu'il avait réussi à faire, c'était lever sa main amochée et en sang pour tenter de les faire taire. Mais il avait saisi le message, il était parti et il avait parcouru sept pâtés de maisons jusqu'aux urgences pour se faire nettoyer et panser la main. Cette nuit-là avait été la fin d'une chose et le commencement d'une autre. Il avait loué l'appartement à Little Italy, Carol et Jess étaient restées à Stuyvesant Town. Cette nuit avait été celle où Ray Hartmann avait cessé de boire pour de bon. Il n'allait pas aux réunions des Alcooliques anonymes, il n'avait même pas entamé le programme en douze étapes, il avait juste décidé d'arrêter, et c'était peut-être la décision la plus solide et la plus définitive qu'il avait prise de sa vie. Il s'y était implacablement tenu, et au soir du 28 août, alors qu'il était séparé de sa femme et sa fille depuis huit mois jour pour jour, Ray Hartmann n'avait pas retouché à une goutte d'alcool. Il s'était convaincu qu'il y avait un moyen de récupérer sa famille, mais que pour y arriver il devait rester sobre, bosser dur, être honnête et attentionné.

Cet état d'esprit lui avait bien rendu service au boulot, car le boulot était ce dans quoi il s'était plongé à corps perdu, et son bureau, aussi étroit et exigu fût-il, son bureau dont chaque mur était recouvert d'un tableau sur lequel étaient punaisés des photos et des plans et des détails de scènes de crime, était l'endroit où l'on pouvait d'ordinaire le trouver, souvent tard le soir, parfois aux petites heures du matin.

Le matin du vendredi 29 août, il reçut un coup de fil dans ce même bureau.

« Ray ?

– Carol ? demanda-t-il d'un ton surpris, craignant qu'elle n'ait une mauvaise nouvelle à annoncer.

– Comment vas-tu ?

– Ça va, Carol, ça va. Comment va Jess ?

– Bien, Ray, elle va bien. Tu lui manques et c'est pour ça que je t'appelle. »

Ray demeura silencieux. Il avait appris à parler quand on le lui demandait et, le reste du temps, il fermait sa grande gueule d'abruti.

« Samedi en huit, le 6 septembre, tu peux nous retrouver dans le parc de Tompkins Square à midi. On ira déjeuner ensemble et tu pourras voir Jess, d'accord ? »

Ray Hartmann fut une seconde abasourdi.

« Ray ? Tu es là ?

– Oui, bien sûr… oui, je suis là. C'est génial. Merci. Merci, Carol.

– Tu viens à cause de Jess, pas à cause de moi. J'ai besoin de plus de temps. Je suis contente d'avoir pu rester seule, et j'ai réfléchi à beaucoup de choses. Si toi et moi devons nous remettre ensemble, alors nous avons un certain nombre de choses à régler. Pour le moment, tout ce qu'on fait, c'est qu'on gagne un peu de temps pour Jess, tu comprends ?

– Oui, bien sûr, je comprends.

– Alors, sois là, samedi à midi, et si ça se passe bien, peut-être qu'on pourra commencer à discuter de ce qu'on va faire ?

– D'accord, bien sûr, bien sûr.

– Alors, à samedi, OK ?

– OK, Carol… J'y serai. »

Puis elle raccrocha, et Ray Hartmann resta là avec le combiné qui lui grésillait dans l'oreille, les yeux pleins de larmes, une espèce de sourire idiot lui barrant le visage.

Il avait toujours la même tête lorsque Luca Visceglia ouvrit la porte du bureau et se tint face à lui avec une expression que Ray Hartmann n'avait que trop souvent vue.

Annexe administrative B du bureau du procureur de New York, 9 h 16, vendredi 29 août, et derrière Visceglia, se tenaient trois hommes vêtus de costumes sombres, chemises blanches, cravates sombres, qui tous arboraient la même expression : une expression qui indiquait à Hartmann que sa vie et le boulot allaient encore se télescoper, même si à cet instant, réjoui à l'idée que sa femme allait peut-être lui reparler, il n'avait pas la moindre idée de ce qu'ils allaient dire, ni de l'endroit où leurs paroles le mèneraient. Ces gens, quels qu'ils soient, l'avaient trouvé, et beaucoup trop facilement semblait-il ; il était apparemment le seul Ray Hartmann de toute la base de données des employés fédéraux à Washington, et cette base de données n'avait été que la seconde qu'ils avaient consultée.

Une heure plus tard, toutes les couleurs seraient différentes, les sons et les images aussi, et Ray Hartmann longerait Flatbush Avenue dans une berline grise banalisée en direction de l'arsenal de Brooklyn, où l'attendrait un hélicoptère qui le mènerait, lui et trois agents du bureau du FBI de New York, à l'aéroport. Quelques heures plus tard, il serait chez lui, à La Nouvelle-Orléans, et bien que La Nouvelle-Orléans fût le dernier endroit sur terre où il aurait voulu aller, il n'avait pas le choix.

Le monde était venu chercher Ray Hartmann et le monde avait réussi à le trouver.

5

Abusé, désabusé, rejeté, éprouvant une sorte de culpabilité, une sorte de repentir désespéré à cause de la manière dont les événements s'étaient déroulés, Ray Hartmann se tenait près de la fenêtre d'un hôtel.

Laissons les morts en terre, pensait-il. *Accordons-leur le respect qu'ils méritent, qu'ils soient frère, mère ou père, et s'ils n'en méritent aucun, laissons-les au moins reposer en paix.* Pax vobiscum.

Peut-être désirait-il une absolution complète et sans conditions, une absolution qui ne viendrait jamais, mais il comprenait néanmoins que la vie continuerait à l'assaillir de toutes parts et que des sentiments tels que le regret, la déception, voire l'échec, étaient inextricablement liés à la trame de l'existence. La vie était là. Elle était ainsi, et lorsqu'elle prenait un pli qui ne vous plaisait pas, vous vous aperceviez souvent que vous n'aviez d'autre choix que de vous plier également. Nous autres humains sommes faits de corde, de caoutchouc, d'émotions flexibles et, d'une manière ou d'une autre, nous finissons par retrouver notre position initiale. En vieillissant, nous ressentons parfois la tension, la torture des muscles qui n'ont pas servi depuis notre jeunesse, mais même s'ils sont raides, un peu récalcitrants, ils ne sont pas totalement inflexibles. Et s'il est possible que nous ne retrouvions jamais la totalité de notre identité, nous en recouvrons une grande partie, et de cela nous sommes reconnaissants. Nous avons respiré, la vie a respiré en retour et, bien que le goût ait été amer, nous avons inspiré son souffle. Le choix ? Non, nous n'avons aucun choix. Nous avons le pouvoir de décision, mais sommes souvent soumis à une obligation de justice, de rectitude, de devoir. En dépit de nos souffrances, nous avons persévéré.

Le quartier que Ray distinguait de l'autre côté de la fenêtre était riche de passé, les bâtiments tassés les uns contre les autres, un *barrio* plein à craquer de sudistes d'origine espagnole et française, et les vieux, les mères et les pères, leurs mères et leurs pères lorsqu'ils étaient encore en vie, étaient la preuve que la tradition et l'héritage n'avaient rien à voir avec la couleur ou la croyance. Ils s'étaient bâti les leurs, à la sueur de leur front, enfonçant les mains dans cette terre pour y faire pousser une vigne éternelle de croyances et d'idéaux qui ne changeaient pas, qui ne faisaient que croître avec le temps. C'était ici que Ray avait partagé les premières années de sa vie avec son frère, et y revenir déclenchait une tempête d'émotions qui le submergeaient et qu'il ne pouvait fuir. La rue où son père était tombé à genoux comme s'il priait, ses mains agrippant sa poitrine, son expression stupéfaite tandis que les noix de pécan, les avocats et les petites oranges mûres tombaient de son sac et se répandaient sur le trottoir pour finir sous les roues des voitures ; les coins où Ray et Danny traînaient, dans la torpeur des vacances scolaires, fuyant les corvées et les raclées et les gamins plus vieux qui faisaient tournoyer autour de leur poing de longues chaussettes remplies de cailloux comme le vieux flic irlandais armé d'une matraque qui patrouillait dans les parages ; l'allée derrière le bar où Danny et lui allaient se tapir pour attendre en retenant leur souffle que quelque ivrogne sorte en titubant de l'établissement et, quand le type se cassait la figure, ils lui faisaient les poches, lui piquaient sa bouteille, une bouteille pleine d'un liquide qui se fondait à l'air humide et qui leur mettait la tête à l'envers ; tout cela, toutes ces images, à jamais gravées : indélébiles.

Ray Hartmann se souvenait de la fois où il avait neigé sur Dumaine Street. De la neige accrochée aux branches des glycines, des mimosas et des magnolias fatigués, entassée dans le caniveau, retombant des avant-toits des maisons et, transperçant cette blancheur, tels des serpentins de circonstance, les voix des enfants emmitouflés, l'excitation frénétique provoquée par cette bizarrerie de saison, excitation que nous autres – à notre âge, au stade de nos réflexions, avec nos espoirs meurtris et nos rêves cabossés – semblons avoir perdue.

Tout s'arrêtait ici. Carol. Jess. Luca Visceglia et les multiples complications légales avec lesquelles il se débattait chaque jour. Les sons changeaient, les ombres se resserraient autour de lui, la température chutait.

Les agents du FBI ne lui avaient quasiment rien dit, sinon qu'ils avaient besoin de son aide dans une affaire qui pouvait mettre en cause la sécurité nationale. Ils l'avaient conduit de l'aéroport à un hôtel et lui avaient conseillé de se reposer deux heures, sans avoir la moindre idée de ce que cet endroit signifiait réellement pour lui. Ici, à un jet de pierre de l'endroit où il se tenait près de la fenêtre, se trouvait Dumaine : une carte de son passé, une empreinte digitale qu'il avait abandonnée derrière lui, les trottoirs où lui aussi s'était écorché les genoux et où la vie qui vous assaillait de toutes parts et ne vous laissait jamais en paix lui avait semblé âpre, impitoyable.

Après la mort de sa mère, il s'était promis de ne jamais revenir, même s'il comprenait que toutes ses escales, tous ses détours, n'étaient rien d'autre qu'un rejet surnaturel de l'inévitable. Il comprenait que La Nouvelle-Orléans l'écraserait dès qu'il y remettrait les pieds, et cette invasion des sens n'était ni désirée ni la bienvenue.

Ray Hartmann frissonna quand une brise se fraya un chemin par la fenêtre entrouverte et il se dit qu'il détesterait toujours cet endroit, en quelque saison que ce soit – la puanteur fétide de la végétation luxuriante en été, puis, en automne et en hiver, le froid sec, l'angularité spectrale des arbres, les clôtures à piquets qui dessinaient des motifs discontinus à travers la campagne, défiant les ploutocraties autoritaires qui imposaient leur loi, défiant également tout sens de l'esthétique. C'était un pays cruel et vide, dont la seule grâce était peut-être la population elle-même, cette population fidèle aux intentions et aux résolutions des ancêtres qui avaient arraché leur vie à l'étreinte des marécages.

Il regarda vers la gauche, se tourna vers le bosquet de mimosas de l'autre côté de la rue. Par temps clair, grimpés sur une échelle qu'ils allaient chercher au garage, Danny et lui regardaient par-dessus des arbres similaires, au-delà du Mississippi jusqu'au golfe du Mexique, une bande nette de bleu sombre, une ligne traversant la terre, une veine. Ils rêvaient de prendre la mer dans un bateau de papier assez grand pour deux, aux voiles calfatées avec de la cire et du beurre, leurs poches pleines de pièces de cinq et dix cents et de un dollar à l'effigie de Susan B. Anthony gagnées en nettoyant des passages de roues et des enjoliveurs, en lessivant des pare-brise, des vitres et des perrons pour les Rousseau, les Buie, les Jerome. Fuir, fuir ensemble Dumaine, les carrefours où des gamins plus grands leur cherchaient des noises, leur tiraient les cheveux, leur enfonçaient des doigts aiguisés dans le torse en les traitant de tordus, et ils détalaient, courant jusqu'à ce que leur souffle s'échappe de leurs poumons en énormes quintes de toux asthmatiques, s'engageant dans des allées, se cachant dans l'ombre, la réalité du monde cherchant à briser la coquille qu'ils s'étaient construite pour se protéger de l'extérieur. Danny et Ray, Ray et Danny, un écho qui se répétait à l'infini ; un écho de l'enfance.

Le bavardage lointain d'enfants dans la rue…

La sensation vague et indéfinissable que, chaque fois qu'il repense à ces années, il se sent plus jeune.

Et puis plus tard, alors que Danny était depuis longtemps parti, les conversations avec sa mère au retour de l'école, de brèves haltes, comme s'il ne faisait que passer…

« *Salut, maman…*

— *Ray… tu vas rester pour dîner, mon fils ?*

— *J'ai déjà mangé, maman, j'ai mangé en route.* »

Elle parlerait un peu de sa journée, lui raconterait que Mme Koenig l'avait emmenée à la messe, qu'elle avait prié pour eux deux et que ça lui avait fait du bien. Elle évoquerait un spectacle au théâtre Saenger, un dîner au Royal Sonesta, et puis, soudain, elle se rappellerait Mary Rousseau.

« *Tu te souviens de Mary Rousseau, qui habitait à environ une rue d'ici quand vous étiez petits… une jolie petite fille pour qui tu en pinçais ?*

– *Je me souviens, maman, et je n'en pinçais pas pour elle.* »

Il sentirait la pression de la main de sa mère sur la sienne.

L'odeur du salon, du poulet qui cuisait, de la lavande et de la pommade pour les égratignures, les brûlures et les bleus, à jamais synonymes d'enfance, d'initiation, de perte et de l'amour qu'on réapprenait.

Et aussi de fuite, car fuir avait été la toute dernière chose qu'il avait faite.

« *Alors, comment vas-tu, mon fils ?*

– *Ça va, maman, ça va.*

– *Tu es ici pour affaires ?*

– *Bien sûr... seule raison qui puisse me faire revenir.*

– *De vilaines affaires ?*

– *Très vilaines... on ne peut plus vilaines.* »

Elle le regarderait, cette femme menue à l'air fragile, même si rien ne pouvait être plus éloigné de la vérité. Un jour, elle avait été agressée par un adolescent qui en avait après son sac à main. Elle l'avait repoussé à coups de pied dans une allée, l'avait acculé et elle avait hurlé jusqu'à ce que quelqu'un lui vienne en aide. Et même après ça elle avait continué de sortir seule. Elle observait tout de ses yeux d'un bleu pâle délavé, et s'il se passait quelque chose dans un rayon de quatre ou cinq pâtés de maisons, elle pouvait tout vous raconter depuis son fauteuil. Elle pouvait vous donner des noms, des dates, des lieux, vous répéter les mensonges qu'on racontait et vous dire ce qui était réellement arrivé. Certains disaient que si elle était restée veuve après la mort de son mari, c'était parce que pas un homme n'avait les *cojones* de remettre en question son droit à la solitude.

Mais elle n'éprouvait ni tristesse ni regrets ; elle écoutait, conseillait, espérait un jour comprendre tout ce qui lui était arrivé et en tirer un sens.

« *Alors, qu'est-ce que tu fabriques ?*

— *Je réfléchis juste, maman.*

— *Toujours à réfléchir. Tu ne manges pas assez de légumes pour réfléchir autant. Ta peau va devenir pâle et tu vas t'assécher comme une feuille et t'envoler.* »

Il tournerait la tête, regarderait dehors en direction des rues où il avait grandi.

« *Tu n'as qu'à rester et boire une limonade ou quelque chose, d'accord ?*

— *Bien sûr, maman, bien sûr... je vais rester et boire une limonade.* »

Le téléphone sonna, ramenant Ray Hartmann à la réalité, aussi soudainement que s'il avait été attaché à un élastique.

Il cligna deux fois des yeux, inspira profondément, puis il saisit le combiné.

« Monsieur Hartmann ? demanda une voix.

— Oui.

— Nous venons vous chercher.

— OK, OK », répondit-il, puis il reposa le combiné et se rendit dans l'étroite salle de bains pour se laver le visage.

Il était 17 heures tout juste passées, le vendredi 29. Dehors, le temps était à l'orage.

La première chose qui frappa Ray Hartmann lorsqu'il vit les agents Stanley Schaeffer et Bill Woodroffe fut leur apparent manque d'individualité. Ils approchaient tous deux de la cinquantaine, portaient un costume noir, une chemise blanche, une cravate noire, ils avaient les tempes grisonnantes, le front plissé et des yeux anxieux. Ces types passeraient toute leur carrière sapés comme des croque-morts. Les deux fédéraux qui étaient venus chercher Hartmann à New York et qui l'avaient escorté jusqu'au bureau du FBI de La Nouvelle-Orléans l'inscrivirent sur le registre sans prononcer un mot, le guidèrent à travers un dédale de couloirs puis s'arrêtèrent devant une porte.

« C'est ici », déclara l'un des agents, puis ils tournèrent les talons et s'éloignèrent.

Lorsque Hartmann frappa à la porte, c'est Schaeffer qui lui dit d'entrer, l'accueillit, lui serra la main, lui demanda de s'asseoir, mais c'est Woodroffe qui prit la parole.

« Monsieur Hartmann, commença-t-il d'une voix douce. Je comprends que vous devez être troublé par la manière dont vous avez été amené ici. »

Hartmann haussa les épaules. Woodroffe jeta un coup d'œil à Schaeffer, qui opina du chef sans quitter Hartmann des yeux.

« Nous avons un problème. Une situation inhabituelle. Un homme a été assassiné et une jeune fille a été kidnappée, et nous sommes dans l'obligation de faire appel à vos services. »

Woodroffe attendit que Hartmann réponde quelque chose, mais celui-ci n'avait rien à dire.

« L'homme que nous croyons coupable de l'assassinat et de l'enlèvement a spécifiquement requis votre présence et, ce soir, à 19 heures, il téléphonera et demandera à vous parler. Nous pensons qu'il nous fera alors connaître ses exigences.

— Comment s'appelle-t-il ? demanda Hartmann.

– Nous n'en avons aucune idée, répondit Schaeffer.

– Mais il connaissait mon nom ? reprit Hartmann en fronçant les sourcils. Il a spécifiquement requis ma présence ?

– Exact. »

Hartmann secoua la tête d'un air incrédule.

« Et vous pensez que je serai en mesure de vous dire qui il est juste en entendant le son de sa voix au téléphone ?

– Non, monsieur Hartmann, ce n'est pas du tout ce que nous pensons. Nous avons étudié votre dossier, nous savons combien de centaines d'affaires sont passées sur votre bureau au fil des années. Nous n'imaginons pas un instant que vous serez en mesure d'identifier votre interlocuteur au son de sa voix, mais nous ne pouvons nous empêcher de croire qu'il s'agit d'un homme à qui vous avez eu affaire ou que vous avez croisé par le passé.

– Ça serait logique, étant donné qu'il a nommément exigé ma présence.

– Nous voulons donc que vous répondiez au téléphone, que vous lui parliez, expliqua Woodroffe. Peut-être qu'il s'identifiera, peut-être pas, mais ce que nous espérons, c'est qu'il nous donnera ses termes et conditions en vue de la libération de la victime de l'enlèvement.

– Et de qui s'agit-il ? »

Woodroffe jeta un nouveau regard de biais en direction de Schaeffer.

« Vous connaissez Charles Ducane ? demanda ce dernier.

– Bien sûr, le gouverneur Charles Ducane, n'est-ce pas ?

« – La personne qui a été enlevée est sa fille, Catherine.

– Bordel de merde, lâcha Hartmann.

– Bordel de merde, exactement », convint Schaeffer.

Hartmann se pencha en avant et posa les avant-bras sur le bord du bureau. Il regarda Woodroffe et Schaeffer, puis ferma un instant les yeux et soupira.

« Vous savez que je n'ai pas été entraîné à mener des négociations ? demanda Hartmann.

– Nous le savons, répondit Woodroffe, mais nous nous trouvons dans une situation où nous ne pouvons nous tourner que vers vous. Croyez-moi, si nous pouvions éviter de vous impliquer, nous le ferions. Il s'agit d'une affaire fédérale et, bien que vous soyez par nécessité employé par le gouvernement fédéral, nous avons aussi conscience qu'il ne s'agit pas du genre d'affaire qui vous convienne.

– Quoi, fit Hartmann en fronçant les sourcils, vous pensez que je ne suis pas capable de répondre au téléphone ? »

Schaeffer esquissa un sourire froid.

« Non, monsieur Hartmann, nous savons que vous êtes parfaitement capable de répondre au téléphone. Ce que nous voulons dire, c'est que vous êtes enquêteur à la sous-commission judiciaire sur le crime organisé, pas agent de terrain avec des années d'entraînement en négociation.

– Alors que vous, si, et vous supposez qu'en unissant nos forces nous pourrons attraper le type et sauver la fille ? »

Schaeffer et Woodroffe demeurèrent un instant silencieux.

« Une attitude désinvolte ne convient pas à une opération telle que celle-ci, finit par déclarer doucement Schaeffer.

– Désolé », répondit Hartmann tout aussi doucement.

Il se demandait combien de temps durerait le coup de fil, combien de temps il serait obligé de rester après, et s'il y aurait un avion pour New York tard dans la soirée.

« Donc, il va appeler ce soir, reprit-il.

– À 19 heures », confirma Schaeffer.

Hartmann consulta sa montre.

« Ce qui me laisse un peu plus d'une heure à tuer.

– Vous pouvez étudier ceci », suggéra Woodroffe.

Il se leva, marcha jusqu'à un petit bureau dans le coin de la pièce et revint avec plusieurs dossiers qu'il posa devant Hartmann.

« Tous les détails que nous avons pour le moment, des photos de la victime du meurtre, des photos de la fille, des rapports scientifiques et criminalistiques, la routine. Étudiez-les maintenant, comme ça, lorsqu'il appellera, vous aurez une idée de ce à quoi nous avons affaire. »

Woodroffe était resté debout et Schaeffer se leva de sa chaise.

« Nous allons vous laisser un moment. Vous avez besoin de quelque chose ? »

Hartmann leva les yeux.

« Un cendrier. Et si quelqu'un pouvait m'apporter un café. Pas la merde qui sort du distributeur, mais un vrai café avec de la crème.

– Nous allons voir ce que nous pouvons faire, monsieur Hartmann, répondit Schaeffer.

121

« – Merci. »

Hartmann attendit qu'ils aient quitté la pièce avant d'ouvrir le premier dossier et de plonger le regard dans le coffre d'une Mercury Cruiser de 1957 avec un type en charpie à l'intérieur.

C'est la constellation des Gémeaux qui attira son attention, qui l'accrocha comme un hameçon. Elle ne signifiait rien, du moins rien de spécifique, mais le simple fait que l'assassin avait pris le temps de dessiner ça sur le dos de la victime signifiait qu'il avait affaire à quelqu'un d'un peu plus sophistiqué que la crapule habituelle. Et puis il y avait le cœur. Et aussi le fait que la victime de l'enlèvement était la fille de Charles Ducane. Et peut-être est-ce à cet instant, alors qu'il était assis dans ce bureau quelconque face aux photos, aux rapports, aux retranscriptions des deux coups de fil qui avaient été reçus, aux divers détails relatifs à tout ce qui s'était passé depuis la nuit du 20 août, que Ray Hartmann comprit qu'il ne rentrerait peut-être pas ce soir.

Et s'il ne rentrait pas ce soir, alors quand ?

Pourquoi cet homme souhaitait-il lui parler, à lui en particulier, et qu'exigerait-il de lui ? Allait-il devoir rester à La Nouvelle-Orléans ?

Et qu'adviendrait-il de son rendez-vous au parc de Tompkins Square à midi le samedi suivant ?

Ray Hartmann soupira et ferma les yeux. Il se pencha en avant, les coudes posés sur le bureau, appuya son front contre ses doigts joints et, derrière ses paupières, il vit le visage de Carol, les regards qu'elle lui lançait quand il avait fait quelque chose qui la foutait en rogne. Et puis il y avait Jess, sa façon de l'accueillir quand il rentrait à la maison, son large sourire, ses yeux brillants. Tout ce qui comptait pour lui était intimement lié à la vie de deux personnes qu'il ne pouvait pas voir…

Il sursauta lorsque quelqu'un frappa à la porte.

Il rouvrit les yeux et abaissa ses mains.

La porte s'ouvrit et Bill Woodroffe, arborant la même expression que précédemment, entra dans la pièce et adressa un signe de tête à Hartmann.

« Dix minutes, annonça-t-il. Nous allons prendre l'appel dans l'autre pièce, où des agents pourront écouter sur des lignes supplémentaires. »

Hartmann se leva, contourna la table et suivit Woodroffe. Ils longèrent le couloir et prirent la deuxième porte sur la droite. La pièce ressemblait à une salle de contrôle de la Nasa : des rangées d'ordinateurs, des cloisons grises séparant des douzaines de bureaux, des cartes grimpant du sol au plafond sur trois des murs, des alignements infinis d'armoires à classeurs et, au milieu de tout ça, une bonne douzaine d'agents fédéraux, tous en chemise blanche et cravate noire.

« Votre attention ! » hurla Woodroffe par-dessus le murmure des voix.

La pièce devint silencieuse. On aurait entendu une mouche voler.

« Je vous présente l'agent spécial Ray Hartmann de New York. Il fait partie de la sous-commission sur le crime organisé. C'est lui qui va prendre l'appel. »

Woodroffe attendit un moment que ses paroles fassent leur effet.

Hartmann sentait une douzaine de paires d'yeux braquées sur lui.

« Alors, quand le coup de fil arrive, nous procédons en trois étapes. Feshback, Hackey et Levin, vous décrochez sur la ligne un, Landry, Weber et Dugan, sur la ligne deux, et enfin, Cassidy, Saxon et Benedict, sur la ligne trois. Quand les trois équipes auront décroché, M. Hartmann décrochera la ligne quatre ici. Le premier qui fait le moindre bruit une fois que l'appel sera diffusé sur les haut-parleurs se prend deux semaines de mise à pied sans salaire. Il en va de la vie d'une jeune fille, messieurs, compris ? »

Un murmure d'assentiment traversa la pièce.

« Telle sera donc la procédure. Quant à M. Kubis, il retracera l'origine de l'appel et l'enregistrera selon le protocole. Messieurs, à vos postes. »

Woodroffe fit signe à Hartmann de s'asseoir au bureau qui se trouvait devant lui. Hartmann s'exécuta. Il jeta un coup d'œil à l'horloge murale. 18 h 56. Il sentait la tension dans sa gorge et sa poitrine. Il avait les mains moites, des gouttes de sueur perlaient sous ses cheveux. Ce n'était pas ce qu'il avait prévu de faire ce soir.

À 18 h 58, quelqu'un éternua. Woodroffe ordonna à l'homme de sortir.

Il régnait dans la pièce un silence de mort.

Hartmann sentait son cœur cogner dans sa poitrine. Il aurait voulu fermer brièvement les yeux et découvrir en les rouvrant que tout s'était évanoui, que ce n'était rien qu'un étrange rêve sans suite. Mais il n'osa pas fermer les yeux. Il ne devait pas montrer le moindre signe d'agitation. Comme l'avait clairement fait comprendre Woodroffe, la vie d'une jeune fille était en jeu.

18 h 59.

Hartmann leva les yeux vers Woodroffe. Woodroffe lui retourna un regard dénué d'émotion. Il faisait son boulot, point à la ligne. La présence de Hartmann leur resterait naturellement en travers de la gorge. Il avait beau évoluer lui aussi dans le milieu judiciaire, il ne faisait certainement pas partie de la famille.

Il baissa de nouveau les yeux vers le téléphone, impatient de l'entendre sonner. Il voulait savoir. Il voulait entendre la voix de l'homme, l'identifier instantanément, se tourner vers Woodroffe et leur dire exactement où ils le trouveraient et comment sauver la fille…

Il voulait être dans l'avion pour New York et être sûr qu'il verrait Carol et Jess le samedi suivant.

Il inspira profondément.

Le téléphone sonna et Hartmann faillit bondir au plafond.

« Ligne un ! aboya Woodroffe. Ligne deux ! »

Le cœur de Hartmann cognait dans sa poitrine tel un train de marchandises qui déraillait.

« Ligne trois… allez-y ! »

Une pause, une pause qui sembla durer une éternité.

La main de Woodroffe sur son épaule.

Hartmann regardant sa propre main qui s'approchait du combiné devant lui.

« Maintenant », prononça en silence Woodroffe, et Ray Hartmann – homme amer au cœur brisé, plein de regrets et de zones d'ombre, homme qui ne souhaitait qu'une chose : revoir sa femme et sa fille le samedi suivant – souleva le combiné.

« Allô ! dit-il d'une voix faible, presque brisée.

— Monsieur Ray Hartmann, répondit la voix à l'autre bout du fil. Bon retour à La Nouvelle-Orléans… »

6

Plus tard, toutes lumières éteintes. Par la fenêtre, s'élevant de la rue, la faible lueur de La Nouvelle-Orléans scintillait péniblement, au ralenti, dans la fraîcheur du petit matin, et Ray Hartmann se demandait pourquoi il avait choisi cette vie.

Une vie de crimes, si vous voulez; les crimes des autres, mais des crimes tout de même.

Tout comme les flics, les agents du FBI, les coroners et les médecins légistes, tous ceux dont le sort était de ratisser les bas-fonds de l'Amérique, de retourner les pierres, de fouiller dans les recoins obscurs pour découvrir ce qui s'y cachait, lui aussi avait fini – par un hasard heureux ou non – par se trouver chargé de cette mission. Les tueurs, les violeurs en série, les tueurs à gages, les meurtriers, les agresseurs d'enfants, les assassins, les psychopathes, les sociopathes, les coupables, les tourmentés, les torturés et les dépravés. Ici, dans toute sa gloire resplendissante, se trouvait ce que le monde avait de pire à offrir, et Hartmann – qui ne souhaitait désormais rien de plus que la sécurité et la sérénité pour lui et sa famille – marchait une fois de plus au bord de l'abîme, regardant vers le bas, bravant les lois de la gravité, défiant son propre sens de l'équilibre pour voir si cette fois, rien que cette fois, il tomberait.

À New York, dans les bureaux qu'il partageait avec Luca Visceglia et l'équipe, étaient conservés les détails de centaines de milliers de vies anéanties par toute une série de types fous à lier. Même la publication en 1997 par le FBI de quinze mille pages de documents relatifs à la mafia, à la mort de Kennedy, à celle de Jimmy Hoffa, au fonctionnement du syndicat des routiers et au meurtre de leurs associés et acolytes, ne disait pas à quel point le gouvernement et ses nombreuses branches avaient été infectés par la corruption et une malhonnêteté machiavélique. Même Hoover, peut-être le plus habile et fourbe hypocrite de tous, avait un jour commenté : « Je n'ai jamais vu tant de machinations... »

Ray Hartmann avait passé des centaines d'heures plongé dans l'histoire et l'héritage de ces personnes. Il se rappelait parfaitement les conversations sans fin que Visceglia et lui avaient eues dans le petit bureau qu'ils avaient partagé au début. À l'époque, Hartmann pensait connaître les méthodes et les mobiles de ces gens, mais Visceglia lui avait démontré sa naïveté.

« Il n'y a jamais vraiment eu que les familles Gambino et Genovese, lui avait expliqué Visceglia. Elles étaient établies bien des générations avant tout ce à quoi nous avons affaire maintenant. Ces familles criminelles se sont partagé New York comme si la ville leur appartenait... comme si elle leur avait toujours appartenu. »

Visceglia fumait comme un pompier, il buvait trop de café. Il semblait considérer sa place sur terre en philosophe résigné et porter le poids de ce sombre monde sur ses épaules, épaules qui fléchissaient sous la pression, mais qui ne flanchaient jamais.

« Tendu ? » lui avait un jour demandé Hartmann, et Visceglia avait souri avec ironie et hoché la tête comme

si c'était l'euphémisme du siècle avant de répondre :
« Tendu ? Comme le putain de pont de Brooklyn,
Ray… Comme le putain de pont de Brooklyn. »

Hartmann avait saisi le message mais n'avait su quoi
dire. Étant donné le boulot qui les occupait, qu'y avait-
il à dire ?

« Des milliards de dollars, avait poursuivi Visceglia.
Et ces familles possèdent des territoires partout à travers le putain de monde, le tout accumulé en quelques
décennies. C'est parfois difficile à croire, franchement
difficile à croire. Les pertes humaines ne les émeuvent
pas plus que la perte de cinq dollars au poker. Ces
familles sont là depuis toujours… et c'est d'elles que
viennent tous les noms que tu as entendus, des gens
comme Lucky Luciano, Bugsy Siegel, Meyer Lansky
et Al Capone. »

Visceglia secouait la tête et soupirait. Et quand il faisait ça, on avait l'impression qu'il allait se vider et se
volatiliser.

« La famille Genovese, c'est de là que venait Joseph
Valachi, et il leur a foutu à tous un sacré coup quand il
a témoigné à la commission des enquêtes permanentes
du Sénat en septembre et octobre 1963. C'est Valachi
qui a utilisé le terme *Cosa nostra*, "la chose qui nous
appartient", et ce qu'il a raconté à la commission a
foutu une sacrée trouille à tous ceux qui l'ont entendu.
Au bout du compte, ce qu'il avait à dire n'incriminait
personne assez directement pour pouvoir les inculper,
mais ça a été un vrai tournant pour les familles.

– J'ai lu des choses sur le sujet, avait déclaré
Hartmann. Toute cette histoire de loi du silence…

– L'*omerta*. Valachi a violé l'*omerta*… il a été l'un
des rares mafieux à le faire et il a mis à jour un sac de

nœuds qui donnait un meilleur aperçu des luttes de pouvoir et des opérations armées de la mafia que n'importe quel autre témoignage.

– Tu sais pourquoi il a fait ça? avait demandé Hartmann.

– J'ai mon idée, oui », avait répondu Visceglia en hochant la tête.

Hartmann avait arqué un sourcil, attendant la suite. Il était tard, il aurait dû être sur le chemin du retour, mais ce sujet l'intriguait autant qu'il le consternait.

« Valachi a rejoint l'organisation de Salvatore Maranzano à la fin des années 1920 et il a servi sous les ordres de Maranzano jusqu'à ce que celui-ci se fasse assassiner en 1931. Après ça, Valachi a été aux ordres de Vito Genovese au sein de la famille Luciano. Il n'était rien de plus qu'un homme de main, un simple soldat. C'était un tueur à gages, un gros bras, un bookmaker et un dealer de drogue, et il faisait tout ce qu'on lui disait de faire. Il s'est fait pincer en 1959 et il a pris entre quinze et vingt ans pour trafic. Il s'est retrouvé au pénitencier d'Atlanta en Géorgie, et là il a plus ou moins perdu la boule – peut-être à cause de l'emprisonnement, peut-être de la solitude – et il s'est foutu dans le crâne que Vito Genovese l'avait accusé d'être un informateur et avait ordonné sa mort. Il a confondu un autre prisonnier nommé Joe Staupp avec un tueur à gages nommé Joe Beck. Valachi a tué Staupp avec un tuyau d'acier et il s'est pris perpète. Ce n'est qu'à ce stade qu'il a décidé de devenir informateur. Il voulait être placé sous protection fédérale, et c'était pour lui le seul moyen d'y arriver. La seule chose de valeur qu'il possédait était dans sa tête. »

Visceglia avait souri avec une fois encore cet air de philosophe résigné.

« Le plus ironique, avait-il poursuivi, c'est que quand Valachi s'est pointé aux auditions de la commission des enquêtes permanentes du Sénat, il était gardé par pas moins de deux cents *marshals*. Il avait plus de gardes du corps que le putain de Président. La mafia a offert une récompense de cent mille dollars pour sa tête. Mais Valachi a tout de même continué de nommer plus de trois cents membres des familles mafieuses et il a décrit l'histoire et la structure de la mafia avec une multitude de détails jusqu'alors inconnus. Valachi a nommé Lucky Luciano comme la voix la plus importante de la mafia. Il leur a parlé de la conférence de La Havane et a expliqué que, même en exil, Luciano n'avait jamais cessé de contrôler les affaires. Il a balancé Meyer Lansky comme le second de Luciano. La famille a commencé à appeler Valachi Joe Cargo. Ce qui est devenu *cago*, "merde" en italien. »

Visceglia s'était esclaffé et avait allumé une nouvelle cigarette.

« Valachi n'était pas Einstein. C'était juste un gros bras, et l'essentiel de ce qui est sorti de sa bouche pendant ces auditions a été discrédité après coup. Visiblement, sa bande le connaissait suffisamment bien. Ils lui avaient raconté tout un tas de conneries que Valachi avait prises au pied de la lettre. Quoi qu'il en soit, les propos de Joseph Valachi et ses mémoires publiés par la suite ont eu un effet dévastateur sur la mafia. C'est à partir de là que tout a commencé à foutre le camp. Si Valachi ne s'était pas fait pincer et s'il n'avait pas babillé comme un putain de canari, qui sait ce qui serait arrivé ? »

Visceglia avait marqué une pause et secoué la tête.

« La vérité, c'est que, après le témoignage de Valachi, la police de New York a communiqué une statistique très intéressante. Jamais autant de membres des familles de New York, du New Jersey et du Connecticut n'avaient été emprisonnés au cours des trente années qui avaient précédé le témoignage que pendant les trois qui avaient suivi. En ce qui concernait les fédéraux, il avait fait ce qu'il avait fait, bien ou mal, et même si rien de ce qu'il avait dit ne désignait directement qui que ce soit, ça avait permis d'éveiller les consciences du public et des politiques sur ce qui se passait et ce dont ces gens étaient capables.

– Et maintenant ? avait demandé Hartmann.

– Maintenant ? Eh bien, c'est plus ce que c'était. Les choses ne sont plus jamais comme dans le temps... Qu'est-ce que tu veux, hein ? On y pense, et puis on oublie, pas vrai ? »

Hartmann avait éclaté de rire. Visceglia, en dépit des images, des histoires, des vies perdues, des morts auxquelles il avait assisté, en dépit de tout ce qu'il portait sur ses épaules, parvenait à conserver un certain humour pince-sans-rire. Il n'était pas marié, et un jour Hartmann lui avait demandé pourquoi.

« Marié ? Un type comme moi ? Ce ne serait pas juste d'entraîner là-dedans quelqu'un qui n'a rien demandé. »

Hartmann comprenait ce qu'il voulait dire, mais il croyait que – peut-être – il possédait suffisamment de force de caractère pour maintenir un semblant de détachement et d'objectivité. Il croyait pouvoir vivre deux vies, une au travail et une à la maison, et ça n'avait été que plus tard qu'il avait vu combien l'une pouvait insidieusement envahir et perturber l'autre.

Complexe et presque indéchiffrable, incestueuse et népotique, la mafia était une hydre qui avait survécu à toutes les tentatives d'éradication. Elle n'avait pas d'existence tangible. C'était un spectre, une série d'ombres interconnectées et pourtant séparées. Si vous la saisissiez par un bout, elle vous échappait irrévocablement des mains par l'autre. C'était « notre chose », et ceux à qui appartenait cette cause étaient peut-être plus loyaux que n'importe quel corps officiellement reconnu auquel ils étaient confrontés.

Et Hartmann, en dépit des heures passées à lire des dossiers et des transcriptions, en dépit des cassettes qu'il avait écoutées, des rapports sur lesquels il s'était endormi, n'avait jamais vraiment réussi à saisir la signification de cette « famille ». Ces gens semblaient bel et bien être la lie du genre humain, et il s'était souvent demandé s'il ne ferait pas mieux de s'écarter du bord de l'abîme, de faire trois pas en arrière et de tourner le dos à tout ça. Et pourtant, même aux périodes les plus sombres, même lorsqu'il comprenait que le poids qu'il portait sur ses épaules était l'un des principaux facteurs qui le poussaient à boire, et que boire était ce qui ferait irrémédiablement partir sa femme et son enfant, il était néanmoins incapable de détourner les yeux. Son intérêt morbide était devenu une fascination, puis une obsession, puis une addiction.

Et maintenant, il était étendu sur son lit d'hôtel, l'écho de la conversation qu'il avait eue plus tôt dans la soirée résonnant toujours dans sa tête, et quand il réfléchissait à sa situation et à ce qu'elle impliquait, une angoisse noire, quasi insupportable, le saisissait.

« Vous resterez ici jusqu'au bout, lui avait dit Schaeffer d'un ton absolument neutre qui n'autorisait aucune contradiction. Vous êtes un employé du gouvernement fédéral et, en tant que tel, vous travaillez désormais dans notre juridiction. Ce que nous disons a valeur d'ordre, un point c'est tout. La vie d'une jeune fille est en jeu, et pas n'importe quelle jeune fille, la fille d'un des politiciens les plus importants du pays. Charles Ducane est un ami de fac du vice-président, et il est hors de question que l'un de nous dise non au vice-président. Vous comprenez cela, monsieur Hartmann ? »

Ray Hartmann avait acquiescé. Oui, il comprenait, il comprenait qu'il n'avait aucun choix en la matière. Il observait le visage de Schaeffer tandis que celui-ci parlait, tandis que les mots franchissaient ses lèvres, et pourtant tout ce qu'il voyait, c'étaient les visages de sa femme et de sa fille lorsqu'elles arriveraient au parc de Tompkins Square le samedi suivant et que lui n'y serait pas. C'était *tout* ce qu'il voyait. Et il entendait aussi quelque chose, la voix de Jessica demandant : « Où est papa ? Pourquoi il est pas là ? Il a dit qu'il serait là, pas vrai maman ? »

Et Carol serait obligée d'expliquer une fois de plus que papa n'avait pas vraiment le même emploi du temps qu'elles, que papa avait des choses très importantes à faire, que papa voulait venir et qu'il devait y avoir une bonne explication à son absence. Mais en son for intérieur, Carol le maudirait, elle se dirait qu'elle avait été idiote de croire qu'il tiendrait sa promesse, que Ray Hartmann était toujours le raté égocentrique, désorganisé et alcoolique qu'il avait toujours été.

Mais ce n'était pas la vérité. Il n'avait pas toujours été égocentrique, ni désorganisé, et il n'était certainement pas alcoolique. C'était ça qui l'avait poussé à boire, cette vie, ces gens, et maintenant il retombait dans les mêmes travers en dépit du fait qu'il s'était promis que cette année, cette année sans faute, serait celle où il laisserait tomber ce boulot de dingue.

Hartmann se retourna et enfonça son visage dans l'oreiller. La Nouvelle-Orléans était là, dehors, cette même Nouvelle-Orléans qu'il avait quittée en se jurant de ne jamais y revenir. Mais il était revenu et, en revenant, il avait rapporté toutes les valises qu'il pensait avoir laissées derrière lui. Il ne les avait jamais vraiment posées, et leur contenu, ces choses qui l'effrayaient tant qu'il n'osait pas les regarder, avait toujours été là. On ne lâche jamais rien, on se leurre juste en pensant s'en être sorti. Mais comment s'en sortir lorsque ces choses sont, ont toujours été, et seront toujours, une composante intrinsèque de votre personnalité ?

Il sentait une tension dans sa poitrine, avait du mal à respirer. Il se retourna et regarda fixement le plafond, suivant des yeux les marques projetées par les phares des voitures qui tournaient au bout de la rue sous sa fenêtre et s'enfonçaient dans l'obscurité. Dehors, se trouvaient des gens plus simples, aux vies plus simples. Certes, ils mentaient, trichaient, se trahissaient mutuellement et avaient chacun leurs regrets, mais ces choses leur appartenaient ; ils n'étaient pas assez dingues pour porter leurs propres fardeaux plus ceux du reste du monde.

Peut-être que ça ne serait jamais facile. D'ailleurs, personne ne lui avait jamais dit que ça le serait. Mais personne n'avait non plus jamais laissé entendre que ce serait si dur.

Hartmann se redressa, attrapa ses cigarettes et en alluma une. Puis il alluma la télé et laissa les sons et les images se brouiller dans son esprit jusqu'à ne plus avoir la moindre idée de ce qu'il regardait ni pourquoi.

Ça fonctionna une minute, peut-être deux, mais la voix qu'il avait entendue au téléphone ne cessait de lui revenir, comme si elle avait rampé le long de la ligne pour venir lui envahir la tête.

Et les premières paroles qu'il avait entendues, ces paroles qui n'auraient pas pu être pires.

« Monsieur Ray Hartmann... bon retour à La Nouvelle-Orléans... »

Un frisson de peur lui avait parcouru la colonne vertébrale pour venir se loger à la base de sa nuque. Il avait massé ses muscles noués, ouvert la bouche comme pour parler. Puis il avait regardé Schaeffer de biais, et rien n'était sorti. Pas un mot.

« Vous allez bien, monsieur Hartmann ? » avait demandé la voix.

Schaeffer lui avait donné un petit coup à l'épaule pour le faire réagir.

« Aussi bien que possible.

— Je suppose qu'on vous a ramené de force à la maison... Avez-vous réussi à vous persuader que vous étiez chez vous à New York ? »

Hartmann était resté silencieux.

Schaeffer lui avait une fois de plus touché l'épaule, et Hartmann aurait voulu se lever d'un bond et lui écraser le combiné en pleine tronche. Mais il ne l'avait pas fait. Il était resté cloué sur place et avait senti la sueur poindre sur ses paumes.

« Non, je ne me suis persuadé de rien, avait-il répondu.

— Alors, vous et moi avons quelque chose en commun, monsieur Hartmann. En dépit de tout, de toutes ces années, de tous les endroits où je suis allé, je suis comme vous... J'ai toujours La Nouvelle-Orléans dans le sang. »

Hartmann n'avait rien répondu.

« Bref, je suppose que M. Schaeffer et ses agents fédéraux sont occupés à essayer d'identifier l'origine de cet appel. Dites-leur que c'est sans importance. Dites-leur que j'arrive. Je viens pour vous parler, monsieur Hartmann, pour vous raconter des choses.

– Des choses ? »

L'homme à l'autre bout du fil avait ri doucement.

« Vous et moi, nous serons comme Robert Harrison et Howard Rushmore.

– Qui ça ? avait demandé Hartmann en fronçant les sourcils.

– Harrison et Rushmore... ces noms ne vous disent rien ?

– Non. Ils devraient ?

– Robert Harrison et Howard Rushmore, les éditeurs de *Confidential*. Vous savez, le magazine "sans censure et indiscret", le magazine qui "donne les faits et cite les noms". Vous en avez entendu parler ?

– Oui. J'en ai entendu parler.

– C'est ce que nous allons faire, vous et moi. Nous allons passer un peu de temps ensemble, et je vais vous dire des choses que vos collègues fédéraux ne voudront peut-être pas entendre. Et voici le marché. Je viens à vous. Je veux être traité avec dignité et respect. Je vous dirai ce que je veux que vous sachiez. Vous pourrez faire ce qui vous plaira des informations que je vous donnerai et, quand j'en aurai fini, je vous dirai où vous pourrez trouver la jeune fille.

– Catherine Ducane.

– Non, monsieur Hartmann, Marilyn Monroe ! Bien sûr, Catherine Ducane. Il s'agit d'elle, non ?

« – Et elle va bien ?

– Aussi bien que possible étant donné les circonstances, monsieur Hartmann, et je ne vous en dirai
pas plus ce soir. Comme je vous l'ai expliqué, je vais
venir et je vous dirai ce que vous devez savoir.

– Comment vous reconnaîtrai-je quand vous vien-
drez ? »

L'homme s'était esclaffé.

« Oh, vous saurez qui je suis, monsieur Hartmann.
Ça, je peux vous l'assurer, ce sera le dernier de vos
soucis.

– Et quand viendrez-vous ?

– Bientôt, avait répondu l'homme. Très bientôt.

– Et… »

La communication avait soudain été interrompue.
Hartmann avait continué de tenir le combiné contre
son oreille, même si tout ce qu'il entendait, c'était le
bourdonnement de la ligne déconnectée dans les haut-
parleurs installés à travers la pièce.

Il avait frissonné, fermé les yeux, lentement replacé
le combiné sur son support et il s'était tourné vers
Schaeffer.

Kubis était alors apparu dans l'entrebâillement de la
porte, le visage rougi, visiblement au comble de l'agitation.

« À deux rues d'ici ! avait-il hurlé. Le coup de fil a
été passé à deux rues d'ici ! »

Schaeffer s'était mis en mouvement avec une vitesse
surprenante pour un homme de sa taille et il avait quitté
la pièce avec trois agents à sa suite. Mais ils avaient
eu beau sortir du bâtiment en courant, s'élancer au pas
de charge dans Arsenault Street, manquer de se faire
tuer en traversant le carrefour au milieu des voitures et

atteindre en moins de trois minutes la cabine d'où avait été passé le coup de téléphone, ils n'avaient rien trouvé. Et Schaeffer savait qu'il n'y aurait pas d'empreintes. Il savait que la marque de l'oreille de l'homme, qui pouvait être aussi révélatrice qu'une trace d'ADN, aussi unique qu'un scan rétinien ou qu'une empreinte digitale, aurait été essuyée du combiné. Mais il avait tout de même ordonné que la cabine soit sécurisée et que le combiné soit examiné au microscope, même si, au fond de lui, il savait qu'il le faisait juste pour la forme.

Puis il avait regagné le bureau, échangé quelques paroles avec Hartmann. Lui avait donné sa feuille de route et avait ordonné à un agent de veiller à ce que Hartmann ne quitte pas l'hôtel Marriott situé à proximité.

Et c'est là que se trouverait Hartmann, étendu sur le lit, à fumer une cigarette en regardant la télé aux petites heures du samedi 30 août, à une semaine de son rendez-vous avec Carol et Jess. À une semaine de sa première véritable chance de reconstruire sa vie.

C'est comme ça, pensait-il. *C'est comme ça, Ray Hartmann.*

Au bout d'un moment, il couperait le volume et continuerait de regarder les lumières de l'écran osciller sur les murs. Il sentirait la tension dans sa poitrine, une sensation d'étouffement, et il saurait – il saurait avec une certitude absolue – qu'on n'échappait jamais à ces choses, car ces choses venaient toujours de l'intérieur.

Ainsi allait son monde.

7

Samedi, terriblement tôt.

Hartmann traversa le district d'Arabi en voiture, entre le canal du bayou Bienvenue et la route 39, qui longeait le Mississippi jusqu'à Saint Bernard, où elle devenait la route 46 et se dirigeait plein est vers Evangeline. Il quitta la route principale, ralentit, roula un moment vitre baissée et sentit la brise en provenance du lac Borgne au sud. C'était toujours La Nouvelle-Orléans, mais – comme tous les quartiers de la ville – Arabi possédait une saveur et un tempo particuliers. Un chapelet de bars à fruits de mer et de restaurants minables en ruine recroquevillés contre le rivage, là où les magasiniers et les dockers se déchiraient les mains à emballer des caisses et buvaient leurs rêves au goulot de bouteilles sans étiquettes tirées de sous le comptoir pour un demi-dollar pièce. Il y avait aussi des filles par ici, des filles qui marchaient avec leur taille et leurs hanches, pas avec leurs jambes, des filles qui se maquillaient trop et buvaient trop, des délurées qui vacillaient sur des talons précaires et ressemblaient de façon éhontée aux hommes à qui elles accordaient leurs faveurs pour vingt ou trente dollars.

Hartmann continua de rouler. Il pleuvait désormais. Il s'était échappé un petit moment du Marriott pendant que le monde dormait à poings fermés, conscient que la folie qui l'animait serait encore présente au lever du jour.

Il se retrouva à proximité de l'aéroport. Il descendit de voiture et se tint près de la clôture qui séparait les champs des pistes, mains dans les poches, col relevé pour se protéger des rafales de pluie cinglantes qui semblaient lui entailler la peau comme des lames de rasoir. Il regarda un bout de papier humide projeté par le vent en direction de la clôture. Le bout de papier s'accrocha désespérément au grillage pendant un moment puis, telle une pièce sur un échiquier, il se déporta de quelques centimètres sur la gauche – le pion prend le fou – et passa à travers l'interstice comme une fusée, tourbillonnant en direction du tarmac comme s'il était en retard à un rendez-vous qui était une question de vie ou de mort. Un bruit attira l'attention de Hartmann, qui se retourna et vit un avion s'élever de la piste comme une balle argentée. Les nuages l'avalèrent sans effort, et il ne resta plus qu'un mince filament dans son sillage pour rappeler qu'il avait été là.

Il essaya d'allumer une cigarette, mais pas moyen. Il tourna le dos à la piste, se mit à marcher en direction de l'aérogare internationale Moisant. À cet instant, il eut la sensation que la tourmente était derrière lui.

Il aurait pu s'enfuir.

Louer la voiture avait été facile. Un simple coup de fil à la réception. Un numéro de carte bancaire. Quarante-trois minutes plus tard, une voiture apparaissait devant l'entrée de l'hôtel. Il avait grimpé dedans, mis le contact, senti le moteur se mettre en marche lorsqu'il avait enclenché la première et commencé à rouler. Il aurait pu rouler indéfiniment. Prendre la

39 ou la 46 ou n'importe quelle autre route. Et Schaeffer et Woodroffe auraient mis deux ou trois bonnes heures à s'apercevoir de son départ. Ils l'auraient retrouvé. Bien sûr qu'ils l'auraient retrouvé. Le nombre d'endroits où il pouvait aller était limité. Ils l'auraient à coup sûr retrouvé. Aucun doute là-dessus.

Il s'éloigna de l'aérogare et regagna sa voiture. Il resta assis un moment avec le moteur qui tournait au ralenti, se demandant pourquoi déjà il avait décidé de rester. Peut-être pour la fille, Catherine Ducane. Mais sa femme et sa fille n'étaient-elles pas plus importantes que ne le serait jamais Catherine Ducane ? Bien sûr que si. Alors, pourquoi restait-il ? Par devoir ? Par obligation ? Parce que ces gens pouvaient lui faire perdre son boulot, son gagne-pain ? Mais n'était-ce pas ce qu'il avait attendu ? Qu'on ne lui laisse d'autre choix que de se jeter dans le vaste monde et de se trouver autre chose à faire ? Bien sûr que si.

Alors, pourquoi restait-il ?

Il ferma les yeux, se reposa contre l'appuie-tête et poussa un soupir. La vérité, c'était qu'il n'en savait rien.

Une heure plus tard, Ray Hartmann avait regagné sa chambre au Marriott. Il avait ôté ses vêtements mouillés, pris une douche, s'était rhabillé et, lorsqu'il appela le service en chambre pour qu'on lui monte du café, il était près de 6 heures du matin.

Bientôt ils arriveraient, apportant avec eux ce que le monde avait de pire à offrir.

Schaeffer et Woodroffe n'eurent même pas la décence de venir eux-mêmes. Ils envoyèrent un de leurs agents, un jeune type de 22 ou 23 ans qui avait l'air de sortir tout droit de l'école. Chemise blanche repassée, cravate minutieusement nouée, chaussures dans lesquelles Hartmann pouvait voir son reflet. Il avait l'impudence du naïf suffisant, les yeux brillants du gamin qui n'avait encore rien vu. Mais qu'il se tienne au-dessus du corps amoché et sanguinolent d'un gamin de 8 ans, qu'il traverse un fast-food après une fusillade, qu'il sente la puanteur émanant d'un noyé, qu'il entende les gaz qui s'échappaient d'un estomac gonflé pendant que le légiste le tailladait comme une pastèque trop mûre... Qu'il fasse un peu de chemin dans les pompes de Ray Hartmann, et sa hardiesse s'émousserait, ses yeux brillants se terniraient pour laisser place à un sombre cynisme.

« Monsieur Hartmann, ils sont prêts », annonça le gamin.

Hartmann acquiesça et se leva du lit sur lequel il était assis.

Il suivit le gamin jusque devant l'hôtel, où une berline d'un gris sombre attendait tel un animal bien dressé.

« Vous voulez que je conduise ? suggéra Hartmann, à vrai dire juste histoire de voir une lueur d'anxiété et d'incertitude traverser les yeux du gamin.

– Je suis ici pour vous conduire, monsieur Hartmann », répliqua celui-ci.

Hartmann sourit, secoua la tête, et dit :

« Ray... vous pouvez m'appeler Ray. »

Le gamin sourit à son tour, sembla se détendre un peu.

« Moi, c'est Sheldon. Sheldon Ross.

– Eh bien, Sheldon, tirons-nous d'ici et allons trouver le méchant, hein ? »

Hartmann grimpa du côté passager.

« Ceinture », dit Sheldon en prenant place derrière le volant.

Hartmann ne discuta pas. Il attrapa la ceinture derrière son épaule et la boucla. Il était certain que le gamin ne dépasserait pas les soixante à l'heure ; la loi était la loi et, aux yeux de Sheldon Ross, la loi était tout. Pour le moment.

Schaeffer et Woodroffe étaient présents à l'appel lorsque Hartmann arriva. Ils étaient assis dans un bureau qui donnait sur le coin le plus éloigné de la salle principale. L'agent Ross accompagna Hartmann, puis il l'abandonna à la porte et sembla disparaître sans un bruit. Schaeffer leva les yeux, sourit du mieux qu'il put et fit signe à Hartmann d'entrer.

« Donc, nous attendons, commença Schaeffer. Nous attendons que votre interlocuteur décide de se montrer, semble-t-il. »

Hartmann tira une chaise placée contre le mur et s'assit.

« Juste une idée, dit-il, mais je pense que ça ne ferait pas de mal si je discutais avec les gens qui se sont occupés de cette affaire depuis le début. Pour avoir un nouveau point de vue peut-être. »

Woodroffe secoua la tête.

« Je ne vois pas à quoi ça servirait », répliqua-t-il avec le ton défensif de l'agent qui craignait qu'on n'empiète sur ses plates-bandes.

Il n'avait aucune envie que Hartmann découvre quelque chose qui aurait pu leur échapper.

Hartmann haussa les épaules d'un air nonchalant.

« J'avais juste pensé que ce serait mieux que de rester ici à ne rien faire », ajouta-t-il.

Il tourna la tête et regarda distraitement par la petite fenêtre sur sa droite, adoptant l'attitude de celui qui s'en foutait éperdument. La pluie avait cessé un peu plus tôt, mais il y avait de gros cumulonimbus noirs dans le ciel. Il n'aurait su dire s'ils s'approchaient ou s'éloignaient.

Schaeffer se pencha en avant et posa les avant-bras sur la table.

« Je n'y vois pas d'objection. Y a-t-il quelqu'un en particulier à qui vous souhaiteriez parler ? »

Hartmann haussa une nouvelle fois les épaules.

« Je ne sais pas, peut-être au légiste, comment s'appelait-il ?

— Emerson, répondit Woodroffe. Jim Emerson, le légiste adjoint.

— Exact, exact, fit Hartmann. Et puis il y a le coroner et aussi le type de la criminelle.

— Cipliano, Michael Cipliano, et l'inspecteur était John Verlaine.

— Oui, ces trois-là. J'ai pensé que je pourrais au moins parcourir leurs rapports avec eux, histoire de voir s'ils se souviennent d'autre chose. »

Schaeffer se leva et marcha jusqu'à la porte ouverte.

« Agent Ross ! » appela-t-il.

Sheldon Ross traversa la pièce au pas de course et s'arrêta juste devant la porte.

« Trouvez-moi l'assistant légiste Jim Emerson, le coroner Michael Cipliano et John Verlaine de la criminelle. Utilisez toutes les ressources nécessaires et faites-les venir ici.

— À vos ordres », répondit Ross qui pivota sur ses talons et repartit aussi vite qu'il était arrivé.

Schaeffer revint s'asseoir face à Hartmann.

« Alors… avez-vous la moindre idée de qui pourrait être l'homme qui a appelé ?

144

« – Rien ne me vient à l'esprit, non, répondit Hartmann en secouant la tête. Sa voix ne me dit rien, et rien dans ses propos ne me laisse penser que je le connais.

– Mais lui vous connaît, lança Woodroffe.

– Et vous aussi, répliqua Hartmann. Il a l'air d'en savoir sacrément plus sur nous que nous sur lui. »

Un silence gêné s'installa pendant un moment.

Hartmann comprenait ce que ses paroles sous-entendaient : qu'il y avait des fuites dans leur service. Une telle chose était peu probable, très peu probable à dire vrai, mais si ces connards voulaient utiliser la manière forte, il leur rendrait la monnaie de leur pièce.

« Le nom des agents de la plupart des branches des forces de l'ordre est accessible au public », déclara froidement Woodroffe.

Une fois de plus, il semblait sur la défensive. C'était là un homme qui avait peut-être enfreint le protocole trop souvent ou qui s'était pris un savon d'un supérieur. Un homme qui allait devoir être prudent tout le restant de sa vie.

« Certes, répondit Hartmann, mais il a dû exiger ma présence pour une raison précise.

– Aucun doute là-dessus, convint Schaeffer, et s'il vient, ou devrais-je dire, lorsqu'il viendra, peut-être nous la donnera-t-il. »

Hartmann leva les yeux. Ross se tenait dans l'entre-bâillement de la porte.

« Ils seront ici dans une demi-heure, tous les trois », annonça-t-il à Schaeffer et Woodroffe.

Schaeffer acquiesça.

« Bon boulot, Ross. »

Ce dernier se contenta de hocher la tête sans sourire et il quitta une fois de plus la pièce. Hartmann le regarda s'éloigner et éprouva une certaine sympathie, voire de l'empathie, à l'égard du gamin. Un jour, Sheldon Ross se réveillerait et s'apercevrait qu'il était comme eux tous, et Hartmann s'incluait dans ce « eux ». Un jour, il se réveillerait et il découvrirait qu'il aurait beau se frotter les yeux et s'asperger le visage d'eau froide, le monde lui apparaîtrait comme à travers un film gris. Les couleurs seraient plus ternes, moins lumineuses ; chaque son le mettrait sur le qui-vive ; rencontrer des gens deviendrait un jeu de devinettes quant à leurs motifs et leurs intentions, et il devrait se demander s'il était prêt à risquer sa vie, le bien-être de sa famille, en faisant leur connaissance ; toutes ces ombres, ces aspects obscurs, s'insinuaient insidieusement en vous, et puis il était trop tard, ils faisaient autant partie de vous que le son de votre voix, la couleur de vos yeux, que vos secrets les plus sombres.

Il ferma les yeux un moment.

« Fatigué, monsieur Hartmann ? » demanda Woodroffe.

Hartmann rouvrit les yeux et le regarda.

« De la vie ? Oui, je le suis, agent Woodroffe. Pas vous ? »

Emerson et Cipliano allèrent droit au but, comme le faisait la vaste majorité des employés des services criminalistique et scientifique. C'étaient des chercheurs, des médecins, des légistes avec trois diplômes de Harvard et un appétit insatiable pour les faits. Les preuves physiques étaient irréfutables. L'état du corps, le motif sur le dos, les marques de couteau et de papier adhésif, les brûlures de corde et les coups de marteau. Toutes ces choses avaient été étudiées aussi minutieusement que possible, et les documents avaient été tapés, copiés, classés et numérotés.

Verlaine, en revanche, c'était une autre histoire, et Hartmann reconnaissait en l'inspecteur un peu de lui-même.

« Asseyez-vous, inspecteur », commença Hartmann.

Verlaine ôta son manteau et le posa sur le dossier de la chaise avant d'y prendre lui-même place.

« Il y a du café ici ? demanda Verlaine. On peut fumer ?

— Je peux vous avoir du café, répondit Hartmann, et oui, vous pouvez fumer. »

Il ramassa le cendrier qui se trouvait sous sa propre chaise et le posa sur la table devant Verlaine. Puis il sortit et revint quelques instants plus tard avec une tasse de café. Woodroffe avait été suffisamment coopératif pour se procurer une cafetière et du café à peu près décent.

« Intrigant, hein ? déclara Verlaine.

— En effet.

— Alors, quelle est votre position là-dedans ? »

Toujours à jouer l'inspecteur, pensa Hartmann. *Ce type interroge probablement tous les parents aux réunions parents-élèves de ses propres gamins.*

« Ma position ?

— Oui, fit Verlaine avec un sourire. Vous n'êtes pas agent fédéral, n'est-ce pas ?

— Non, je ne suis pas agent fédéral.

— Alors, quelle est votre position dans ce cirque ? »

Hartmann sourit. Il appréciait l'honnêteté cynique de Verlaine. Il aurait pu travailler avec un type comme ça à New York.

« Ma position, inspecteur, c'est que je suis officiellement employé au sein d'une juridiction fédérale. Je travaille pour le directeur adjoint de la sous-commission judiciaire du Sénat sur le crime organisé.

— Vous devez avoir un sacré bureau, observa Verlaine avec un sourire.

— Comment ça ? demanda Hartmann en fronçant les sourcils.

— Eh bien, avec un tel intitulé, il doit falloir une sacrée porte pour y mettre le panneau. »

Hartmann lâcha un éclat de rire. Cet homme cachait quelque chose. L'humour était toujours la dernière ligne de défense. Il alluma une cigarette et laissa le silence s'installer.

« Donc, vous êtes allé là-bas ? demanda-t-il enfin.

— Où ? À Gravier ? Bien sûr que j'y suis allé.

— Et à la fourrière aussi. Vous avez vu la voiture, n'est-ce pas ?

— Superbe voiture, vraiment superbe. Jamais vu une voiture pareille, et je n'en reverrai sans doute jamais. »

Hartmann acquiesça. Il observait les yeux de Verlaine. La question suivante était importante. Les yeux étaient la clé. Les gens regardaient toujours sur la droite quand ils se souvenaient de quelque chose et sur la gauche quand ils inventaient ou mentaient.

« Donc, vous avez tout mis dans votre rapport, ou du moins vous avez relayé tout ce que vous saviez aux fédéraux… De qui s'agissait-il ? Luckman et Gabillard, c'est ça ? »

Verlaine sourit.

« Bien sûr », répondit-il et il regarda sur la gauche.

Au tour de Hartmann de sourire.

« Alors, qu'est-ce qu'il y avait d'autre ?

— D'autre ? demanda Verlaine avec un air sincèrement surpris.

– Autre chose. Vous savez, le petit truc qu'on dissimule toujours aux fédéraux, juste histoire d'avoir un avantage au cas où l'affaire atterrirait de nouveau sur notre bureau ? Vous êtes un vieux de la vieille, inspecteur. Vous savez exactement de quoi je parle.

– Ça n'a rien donné, répondit Verlaine avec un haussement d'épaules.

– Vous voulez bien me laisser en juger par moi-même ?

– C'était juste un message.

– Un message ?

– Quelqu'un a appelé le commissariat et m'a laissé un message. »

Hartmann se pencha en avant.

« Quelqu'un a appelé et m'a laissé un message qui tenait en un seul mot », ajouta Verlaine.

Hartmann arqua les sourcils d'un air interrogateur.

« Toujours, déclara Verlaine d'un ton neutre.

– Toujours ?

– Exact. Toujours. C'était le message. Juste cet unique mot.

– Et ça signifiait quelque chose pour vous ? »

Verlaine s'adossa à sa chaise. Il tira une nouvelle cigarette du paquet sur la table et l'alluma.

« La rumeur prétend que vous êtes originaire de La Nouvelle-Orléans.

– Les choses circulent vite.

– Même si La Nouvelle-Orléans a l'air d'une grande ville, elle n'est pas assez grande pour y perdre un secret.

– Donc ?

– Donc, vous êtes de La Nouvelle-Orléans, et tous les gens d'ici ont croisé un jour le chemin des Feraud.

– Toujours Feraud, déclara Hartmann.

— En personne. Papa Toujours. J'ai pensé que c'était ce que le message voulait dire.

— Vous avez suivi la piste ?

— Vous voulez dire, est-ce que je suis allé le voir ? Bien sûr que oui.

— Et qu'est-ce qu'il avait à dire ?

— Il a affirmé que j'avais un problème, un sérieux problème. Il a dit qu'il ne pouvait rien faire pour moi.

— Autre chose ? demanda Hartmann.

— Un peu. Il a dit que l'homme que je cherchais n'était pas d'ici, mais qu'il avait jadis été l'un des nôtres, mais plus maintenant, plus depuis de nombreuses années. Il a dit qu'il venait de l'extérieur et qu'il apporterait avec lui une chose suffisamment grande pour nous avaler tous. Ce sont ses paroles exactes, quelque chose qui nous avalerait tous. »

Hartmann ne répondit rien. La tension dans la pièce était palpable.

« Et puis il m'a conseillé de m'éloigner de tout ça. Il a dit que si je croyais en Dieu, alors je ferais bien de prier pour que ce meurtre ait atteint son objectif. » Verlaine secoua la tête et soupira.

« Toujours Feraud a dit que je ferais mieux de ne pas mettre mon nez là-dedans.

— Et vous n'avez pas rapporté ça à Luckman ou à Gabillard ?

— À quoi ça aurait bien pu servir ? »

Hartmann secoua la tête d'un air résigné. Il savait exactement ce qui se serait passé. Luckman et Gabillard auraient fait une descente dans le domaine de Feraud et, s'ils étaient parvenus à franchir les obstacles et à voir Feraud en personne, ils n'auraient alors rien appris de plus. Rien au monde n'aurait pu pousser Feraud à collaborer avec le FBI.

« Il vous a dit de vous éloigner, répéta Hartmann.

– Oui. C'est ce qu'il a dit. Il m'a conseillé de ne pas mettre mon nez dans cette histoire, de ne plus jamais remettre les pieds chez lui et de ne plus rien lui demander à ce sujet. Il a affirmé ne rien avoir à faire avec tout ça et ne pas vouloir être impliqué.

– Et il n'a rien dit sur Catherine Ducane ? Il n'a pas évoqué l'enlèvement ?

– Il n'a rien dit, non, mais ça ne signifie pas qu'il ne sache rien, pas vrai ? Il connaît la musique. Il se contente de répondre aux questions. Il ne dit rien tant qu'on ne le lui demande pas.

– Et vous en êtes resté là ?

– Pour sûr. On n'abuse pas de l'hospitalité de Feraud, vous le savez bien.

– Alors, qu'est-ce que vous en dites ? demanda Hartmann.

– Entre nous ?

– Oui, entre nous.

– J'en dis que la personne qui a laissé le message tient la fille, d'accord ?

– Oui, Catherine Ducane.

– Et à l'heure qu'il est, elle est soit cachée quelque part, soit morte. »

Hartmann acquiesça en signe d'assentiment.

« Je pense que ça doit être une affaire personnelle entre le ravisseur et Charles Ducane. On ne devient pas un homme comme lui sans croiser sur sa route des gens dangereux. Si ce n'était pas une affaire personnelle, il y aurait eu une demande de rançon ou peut-être un coup de fil pour nous dire où trouver le corps.

– Savez-vous quoi que ce soit de spécifique sur Ducane ? demanda Hartmann.

– Pas plus que tous les gens qui vivent à La Nouvelle-Orléans et qui entendent les rumeurs. »

Hartmann réfléchit un moment. Lui aussi avait entendu dire des choses sur Ducane, mais il voulait entendre le point de vue de quelqu'un d'autre.

« Comme ?

– Les licences pour les maisons de jeu, les pots-de-vin, les caisses noires de campagne, toutes les saloperies qui vont avec la fonction. On ne devient pas gouverneur sans graisser quelques pattes ni faire taire quelques langues, vous savez ? Je ne me suis jamais penché sur son cas, je n'en ai jamais éprouvé le besoin, ni le désir à vrai dire, mais il a de toute évidence salement fait chier quelqu'un à un moment et, maintenant, il paye les pots cassés.

– De toute évidence, convint Hartmann.

– Bon, vous attendez autre chose de moi ? demanda Verlaine.

– Je ne crois pas.

– Et tout ça ne sortira pas d'ici, d'accord ?

– Qu'est-ce que ça changerait pour vous ? » demanda Hartmann avec un haussement d'épaules.

Verlaine sourit avec ironie.

« J'ai de la famille ici à La Nouvelle-Orléans, et de l'autre côté j'ai les fédés et allez savoir qui d'autre au cul. Si vous m'entraînez plus avant dans cette affaire, vous mettez en danger soit ma réputation professionnelle, soit ma vie. Vous savez comment c'est, monsieur Hartmann.

– Oui, je le sais, et non, ça ne sortira pas d'ici… »

Un bruit à l'extérieur. Un brouhaha soudain de voix. Hartmann se leva alors même que quelqu'un frappait sèchement à la porte et l'ouvrait.

Stanley Schaeffer apparut, le visage rougi, les yeux écarquillés.

« Quelqu'un pour vous ! annonça-t-il d'un ton impérieux.

— Quelqu'un pour moi ? demanda Hartmann en fronçant les sourcils.

— Le type du téléphone, nous pensons que c'est le type du téléphone. »

Verlaine observa Hartmann. Son visage était grave.

Hartmann se leva et suivit presque au pas de course Schaeffer.

8

Ils étaient trois, se ressemblaient tous, avaient tous le même air confus, anxieux, tendu, et la main sur leur pistolet, même si aucun n'avait dégainé, car ils ne savaient pas trop à quoi ils avaient affaire. L'un de ces trois agents était Sheldon Ross et, lorsqu'il se retourna et vit Hartmann faire irruption par la porte située au bout du hall d'entrée, une lueur de soulagement, brève mais évidente, traversa ses yeux.

Pendant une poignée de secondes, pas plus de six ou sept, tout le monde resta silencieux et immobile. Trois agents entouraient l'homme et, à l'autre bout du hall, Hartmann se tenait à côté de Schaeffer et, lorsqu'il se tourna vers ce dernier, il devina dans son expression la même incrédulité que celle qu'il éprouvait lui-même.

L'homme qui était entré dans le hall du bâtiment du FBI devait avoir au moins entre 60 et 65 ans. Il était impeccablement vêtu : pardessus, costume trois-pièces, chemise blanche, cravate d'un bordeaux intense, chaussures en cuir verni, gants de cuir, écharpe de cachemire noire autour du cou. Son visage était un enchevêtrement de lignes symétriques – plis, rides, pattes-d'oie, comme un origami déplié – et, sous ses sourcils fournis, ses yeux d'un vert terriblement perçant, presque émeraude, étaient fiévreux et étrangement possédés.

Le vieil homme brisa le silence, et les mots qui franchirent ses lèvres furent prononcés avec les mêmes inflexions reconnaissables entre mille que Hartmann avait écoutées au téléphone et aussi de nombreuses fois sur les cassettes qui avaient été enregistrées.

« Monsieur Hartmann, dit-il. Et monsieur Schaeffer. » Il marqua une pause et sourit, puis, se tournant vers les trois jeunes agents qui lui faisaient face : « Messieurs, je vous en prie, ne vous sentez pas obligés de dégainer vos pistolets. Je suis ici de mon plein gré et je vous assure que je suis tout à fait désarmé. »

Hartmann sentait son cœur cogner dans sa poitrine. Il avait la gorge nouée, comme si quelqu'un la serrait et ne l'aurait pour rien au monde lâchée.

L'homme fit un pas en avant, et les trois agents – bien qu'ils fussent armés – reculèrent simultanément d'un pas.

« Mon nom, reprit l'homme, est Ernesto Perez. » Il leur fit un grand sourire candide. « Et je suis venu vous parler de la jeune fille. »

Schaeffer fut le premier à s'élancer, et deux autres agents suivirent immédiatement le mouvement. Hartmann n'aurait su dire qui avait poussé le premier cri, mais d'autres se succédèrent aussitôt comme par contagion. Schaeffer bouscula les agents qui se trouvaient devant lui et, avant que Hartmann ait le temps de réagir, il avait dégainé un pistolet et le braquait directement entre les yeux de Perez.

« À terre ! » ordonna-t-il.

Ce fut un tohu-bohu instantané, comme si tout à coup deux fois plus de monde s'était trouvé dans le hall. Schaeffer avait pris les choses en main et il se tourna brièvement vers Hartmann. Il était blême, écarquillait de grands yeux, et la frustration et la pression qu'il avait éprouvées depuis que cette affaire avait commencé étaient tout entières condensées dans ce coup d'œil fugace.

Perez lança à Schaeffer un regard implacable. Il leva lentement la main droite, puis la gauche ; puis il regarda Hartmann avec dans les yeux une incrédulité résignée face à un tel comportement.

« À terre ! » ordonna une fois de plus Schaeffer.

Ils étaient alors trois ou quatre à braquer leur arme, et Perez s'agenouilla lentement.

« Les mains derrière la tête ! Mettez vos mains derrière votre putain de tête ! »

Hartmann fit un pas en arrière et baissa les yeux vers le sol. Il se sentait étrangement mal à l'aise, presque embarrassé et, lorsqu'il releva les yeux, il vit que Perez le regardait fixement.

Il tenta de détourner le regard mais n'y parvint pas. Il se sentait paralysé, cloué sur place, et lorsque Ross s'avança et menotta Perez, le monde sembla ralentir, comme pour s'assurer que ce moment durerait une éternité. Hartmann ressentait la tension fébrile de tous les agents présents et avait conscience de l'énorme pression qu'une telle confrontation engendrait. Il ferma les yeux une seconde, priant de tout son cœur pour qu'un mouvement soudain ne déclenche pas une réaction – une main tremblante, un instant de nervosité, un ravisseur mort…

Au bout d'un moment, tout devint silencieux.

Perez, levant la tête, sourit ostensiblement à Stanley Schaeffer.

« Je suis venu de mon plein gré, agent Schaeffer », déclara-t-il calmement.

Les deux agents qui se tenaient sur la droite de Schaeffer étaient clairement secoués et à cran. Hartmann espérait que l'un d'eux n'appuierait pas sur la détente de son pistolet dans un moment d'agitation et d'incertitude.

« Je ne crois pas que tout ceci soit nécessaire », poursuivit Perez.

Sa voix, ses mains, ses yeux, tout en lui dénotait une grande tranquillité. Il semblait aussi paisible agenouillé au sol que lorsqu'il était apparu quelques minutes plus tôt.

« C'est un costume de qualité, dit Perez avec un regard amusé. Un costume de très bonne qualité, et c'est franchement dommage de le salir en m'agenouillant par terre. »

Schaeffer se tourna vers Hartmann.

Ce dernier était immobile, silencieux. Il pensait à John Verlaine, qu'il avait laissé dans le bureau, et se demandait où il était, s'il était parvenu à quitter le bâtiment dans la confusion provoquée par l'arrivée de Perez.

« Il semble que nous soyons dans une impasse, déclara Perez en secouant la tête. Tant que je serai par terre, nous n'arriverons à rien. Si vous me laissez me relever et que vous m'ôtez ces menottes tout à fait superflues, je vous dirai ce que vous attendez. »

Schaeffer se tourna une fois de plus vers Hartmann. Mais celui-ci ignorait ce qu'on attendait de lui ; il n'avait ici aucune autorité. C'était Schaeffer qui était en charge de l'enquête et c'était lui qui avait jugé nécessaire de mettre Perez à genoux et de lui passer les menottes.

« Levez-vous lentement », balbutia Schaeffer d'une voix légèrement chevrotante, comme s'il était troublé par cet homme, bien qu'il fût menotté et presque à plat ventre.

Perez acquiesça sans un mot. Il se leva lentement et, tandis qu'il se redressait, les hommes derrière lui, qui avaient été si prompts à dégainer leur arme et à le mettre en joue, reculèrent d'un air embarrassé. L'un d'eux baissa son pistolet, et les autres firent rapidement de même.

Hartmann observait, quelque peu stupéfait par l'aisance avec laquelle Perez semblait avoir pris le contrôle de la situation.

Le vieil homme se tint face à Schaeffer avec les mains derrière la tête, et Schaeffer fit signe à Ross de lui ôter ses menottes. Perez baissa les mains et se massa les poignets l'un après l'autre. Il remercia Schaeffer d'un hochement de tête et lui adressa un sourire courtois.

Schaeffer se tourna encore vers Hartmann, qui hésita une seconde, puis s'approcha, le cœur battant à tout rompre dans sa poitrine, la gorge aussi serrée que si on l'avait garrottée.

Plus tard, avec la sagacité et la pertinence que le recul confère aux réflexions, Ray Hartmann se rappellerait la tension de ce moment, la manière dont le vieil homme s'était approché pour le saluer, le mouvement de recul collectif des agents, et le sentiment qu'il avait eu en ouvrant la bouche pour parler que tout ce qui s'était produit jusqu'alors, tout ce qui les avait menés jusqu'à cet instant, était parfaitement insignifiant. Cet homme qui disait s'appeler Ernesto Perez était apparu sans tambour ni trompette, sans escorte armée, sans sirènes hurlantes ni gyrophares clignotants ; il était apparu dans le hall du bâtiment du FBI de La Nouvelle-Orléans, lui, peut-être l'homme le plus recherché du pays, il était venu de son plein gré, sans exigences ni garantie. Il s'était présenté calmement et poliment, et avait pourtant réussi à attirer l'attention de tous les hommes présents grâce à son charisme et à sa présence indubitables.

Ernesto Perez, ou qui que fût cet homme, était arrivé avant eux, et durant les quelques instants qu'il avait fallu à tout le monde pour comprendre ce qu'il disait, la terre avait semblé s'arrêter de tourner.

Hartmann fut le premier à réagir :

« Monsieur Perez… merci d'être venu. »

Perez sourit. Il fit un pas en avant et inclina courtoisement la tête. Il ôta lentement son pardessus et son écharpe, puis – sans paraître le moins du monde présomptueux – les tendit à Sheldon Ross. Ross se retourna et lança un coup d'œil à Hartmann, qui acquiesça, et le jeune agent saisit les vêtements.

Perez fit un nouveau pas en avant.

« Arrêtez-vous là ! » ordonna Schaeffer en levant la main.

Perez regarda Hartmann avec une expression légèrement perplexe.

« C'est bon », dit Hartmann.

Il passa devant Schaeffer, traversa la pièce jusqu'à l'endroit où se tenait Perez. Les deux hommes échangèrent une poignée de main, puis ils restèrent un moment immobiles.

« Il semblerait que nous ayons beaucoup de choses à nous dire, monsieur Perez, commença Hartmann.

– Il semblerait en effet, monsieur Hartmann. »

Il y eut un moment de silence. Hartmann regardait le vieil homme et ne voyait en lui que la personne qui risquait de lui faire perdre une fois de plus sa famille. Sans lui, il serait encore à New York et n'aurait d'autre souci que d'arriver à l'heure au parc de Tompkins Square…

« J'ai une proposition », déclara Perez de but en blanc.

Hartmann perdit le fil de ses pensées. Perez sourit. Il semblait contrôler la situation sans le moindre effort.

« Mais peut-être n'est-ce pas tant une proposition que la présentation d'un fait irréfutable. J'ai la fille. Elle est dans un endroit sûr. Je peux vous assurer que peu importe le nombre d'agents fédéraux que vous enverrez à sa recherche, vous ne la trouverez jamais. »

De la poche intérieure de sa veste il tira une photo couleur. Catherine Ducane – les traits tirés, visiblement épuisée, debout devant un mur uniformément blanc, entre ses mains un exemplaire du *New Orleans Herald* daté de la veille. Le fait qu'il s'agissait du *Herald* ne signifiait rien ; on pouvait acheter ce journal partout en Louisiane et aussi dans quelques États voisins.

Hartmann resta silencieux, observant le moindre mouvement de l'homme, son langage corporel, la manière dont ses tournures de phrases mettaient l'accent sur certains points. En l'observant, il devinait deux choses : premièrement, qu'il serait en effet absolument impossible de découvrir Catherine Ducane sans les indications de cet homme, deuxièmement, et c'était peut-être là l'essentiel, qu'il n'avait absolument pas peur. Soit il avait déjà fait ça, soit il se foutait éperdument de son propre bien-être.

Hartmann sentait la présence de Schaeffer à ses côtés. Il percevait ses pensées, ses sensations, la myriade d'émotions qui le traversaient, son anxiété à l'idée qu'il allait devoir expliquer la situation à ses supérieurs à Washington. Mais il savait aussi qu'au fond de lui Schaeffer considérait Ernesto Perez comme un inférieur, comme le genre d'homme qu'il valait mieux voir mort.

Hartmann s'efforça de garder le silence, de ne rien dire, ne rien faire. Perez avait l'habitude de contrôler les choses et il se contenterait de réagir à la moindre provocation en rendant leur entreprise encore plus dangereuse.

« Mes termes, pour autant qu'on puisse parler de termes, sont simples, quoique peut-être un peu inhabituels », reprit Perez. Il semblait détendu, paisible. « J'ai des choses à dire, beaucoup de choses, d'où ma requête que M. Hartmann soit présent. »

Hartmann leva les yeux en entendant son nom.

Perez sourit et acquiesça une fois de plus.

« Peut-être ai-je le sentiment d'avoir une dette envers vous, monsieur Hartmann.

— Envers moi ? demanda Hartmann en fronçant les sourcils.

— En effet. Nous nous sommes déjà croisés, indirectement, jamais face à face, mais dans une certaine mesure nos vies ont été connectées il y a quelque temps. »

Hartmann secoua la tête. Rien chez cet homme ne réveillait le moindre souvenir.

Perez sourit. Ses yeux étaient sombres et intenses. Il semblait évoquer des souvenirs qui lui tenaient à cœur.

Hartmann serra les poings, se mordit la langue, ne dit rien.

Perez baissa la tête, puis leva une fois de plus les yeux et dévisagea les hommes qui le regardaient.

« Je crois que c'est Pinochet, oui, c'est Pinochet qui a dit que parfois la démocratie devait baigner dans le sang. » Il secoua la tête et se tourna une fois de plus vers Hartmann. « Mais c'est du passé, et nous devons parler du présent. Comme j'ai dit, je pense avoir une dette envers vous à cause d'une petite affaire, et c'est pourquoi j'ai demandé à ce que vous soyez ici. Il y a de nombreuses choses dont je souhaite vous parler, et M. Hartmann sera présent pour les entendre. Lorsque j'en aurai fini, lorsque j'aurai dit tout ce que j'ai à dire, alors je vous dirai où se trouve la jeune fille et elle pourra retrouver son père. Est-ce compris ? »

Un silence s'installa, qui ne dura pas plus de dix ou quinze secondes mais sembla s'étirer indéfiniment tandis que chaque homme présent attendait que quelqu'un dise quelque chose.

« Avons-nous le choix ? » finit par demander Hartmann.

Perez secoua lentement la tête et sourit.

« Si la vie de Catherine Ducane a la moindre importance, alors non, monsieur Hartmann, vous n'avez pas le choix.

— Et si nous nous plions à vos souhaits, si nous vous laissons le temps de dire ce que vous avez à dire, quelle garantie pouvez-vous nous donner que Catherine Ducane sera retrouvée vivante ?

— Aucune garantie, monsieur Hartmann. Aucune garantie, excepté ma parole.

— Et une fois que nous l'aurons récupérée, que demanderez-vous pour vous-même ? »

Perez demeura quelque temps silencieux. Il examina une fois de plus les visages qui l'observaient, comme s'il mémorisait tout, prenait des photos de son environnement, des gens présents, pour pouvoir les regarder plus tard. Hartmann sentait que c'était à la fois le commencement et la fin de quelque chose pour Ernesto Perez.

« Pour moi-même ? interrogea-t-il. J'affronterai la justice que l'on jugera appropriée à un homme dans ma position.

— Vous vous rendrez ? demanda Hartmann d'un air soupçonneux.

— Un homme comme moi ne se rend jamais, monsieur Hartmann, et c'est peut-être en cela que vous et moi avons quelque chose en commun. Non, je ne me rendrai pas, je renoncerai simplement à ma possibilité de choisir mon propre sort. »

Hartmann ne répondit rien. Il se tourna vers Schaeffer, qui avait l'air totalement sidéré. Il avait des choses à dire, des questions à poser, mais curieusement la connexion entre son esprit et sa bouche ne semblait plus se faire.

« Soit, déclara Hartmann. Il semblerait que vous ne nous laissiez pas le choix.

— En effet, répliqua Perez. Je vous demanderai de bien vouloir me loger à l'abri dans un hôtel proche. Nos entretiens se dérouleront soit là-bas, soit ici, à vous de voir. Vous pourrez m'escorter d'un bâtiment à l'autre sous garde armée. Vous pouvez me placer en état d'arrestation et me mettre sous surveillance vingt-quatre heures sur vingt-quatre, mais je vous demanderai de m'accorder suffisamment de temps pour dormir et de me nourrir convenablement. Vous pouvez enregistrer nos conversations ou les faire transcrire par une tierce personne qui sera présente dans la pièce, encore une fois, libre à vous. Je ne pose aucune condition quant à la confidentialité ou la conservation de ce que je vais vous dire et je fais confiance à M. Hartmann pour décider si des mesures devront être prises ou non à l'encontre de personnes dont je pourrais divulguer le nom. Tel sera le cadre de nos entretiens. »

Perez se tourna vers Sheldon Ross et tendit la main. Le jeune agent interrogea Hartmann du regard, qui acquiesça, et Ross rendit son manteau et son écharpe à Perez.

« Si on y allait ? » demanda Perez à Hartmann.

Ce dernier tourna les talons et se mit en route, suivi par Perez, puis par les fédéraux qui avancèrent comme un seul homme, lentement, en file indienne, tels des écoliers franchissant un carrefour.

Ils traversèrent le bureau principal et pénétrèrent dans la pièce du fond, où Ray Hartmann et Ernesto Perez s'assirent l'un en face de l'autre.

« Peut-être pourrais-je avoir une tasse de café fort, sans sucre mais avec beaucoup de crème, et aussi un verre d'eau, monsieur Schaeffer ? demanda Perez. Et pendant que vous y êtes, vous pourriez peut-être demander à l'un de vos agents d'installer le matériel d'enregistrement nécessaire ? »

Schaeffer fit un signe de tête affirmatif, et il s'éloigna, sans même s'offusquer que Perez lui donne des ordres.

Quelques minutes plus tard, Lester Kubis apparut à la porte, portant une boîte dont il tira des micros et des câbles. Il travailla avec rapidité et efficacité et, moins de dix minutes plus tard, il leur fit signe que tout était prêt depuis un bureau situé à six mètres de la porte et sur lequel se trouvait un gros magnétophone à bande et d'autres câbles reliés à un PC qui enregistrerait directement les discussions sur CD.

Schaeffer revint avec du café pour Perez et Hartmann, ainsi qu'un verre d'eau et un cendrier propre.

« Donc, dit-il en s'arrêtant dans l'entrebâillement de la porte, je suis là si vous avez besoin d'autre chose.

— Merci, monsieur Schaeffer », répondit calmement Perez, et il tendit la main droite et poussa doucement la porte.

Hartmann examina le vieil homme ; son visage ridé, ses yeux intenses, ses sourcils fournis. Celui-ci lui retourna son regard et sourit.

« Nous y voici donc, monsieur Hartmann, dit-il, d'une voix dont le timbre et le rythme semblaient à la fois tranquilles et directs. Êtes-vous prêt ?

— Je suis prêt. À quoi, je n'en sais rien, mais je suis prêt.

— Bien. J'ai beaucoup de choses à dire et peu de temps pour les dire, alors soyez attentif. C'est tout ce que je vous demande.

— Vous avez toute mon attention », répliqua Hartmann.

Il aurait voulu lui demander ce qu'il voulait dire. Combien d'informations avait-il à communiquer et, surtout, de combien de temps disposait-il ? Il voulait le savoir, non pas parce qu'il se souciait de la vie de Catherine Ducane ou parce qu'il craignait le courroux de son père, mais à cause de Carol et Jess, du fait qu'il ne serait peut-être pas à New York samedi à cause de cet homme…

« OK », fit Perez avec un sourire. Il se pencha en arrière sur sa chaise et, avant de parler, saisit son verre et but une gorgée d'eau. « Donc… commençons. »

Hartmann leva la main. Perez inclina la tête sur la droite et le regarda d'un air interrogateur.

« J'ai une chose à vous demander, dit Hartmann.

– Tout ce que vous voulez, monsieur Hartmann.

– C'est juste... Eh bien, vous avez dit que vous aviez une dette envers moi, que nous nous étions déjà croisés...

– Plus tard, coupa calmement Perez avec un sourire. Ce n'est pas important pour le moment, monsieur Hartmann. Ce qui est important, c'est la vie de la jeune fille, et le fait que tant que cette question n'aura pas été résolue – ce qui pourra être soit simple, soit compliqué – vous et moi partagerons la compagnie l'un de l'autre. Je ne souhaite aucunement prolonger inutilement cette situation et je suis tout à fait certain que vous avez des soucis autrement plus importants que le bien-être de la fille du gouverneur. Vous avez votre propre famille, ai-je cru comprendre ? »

Hartmann écarquilla de grands yeux.

« Vous avez votre propre famille à retrouver, et je peux imaginer que toute cette affaire a déjà constitué pour vous un désagrément. »

Hartmann ne répondit rien. Il pensa une fois de plus à sa femme et à sa fille, à leur rendez-vous, se demandant s'il arriverait à temps. Il éprouva une fois encore de l'agacement à l'idée qu'on l'avait amené à La Nouvelle-Orléans, que maintenant il était coincé, et tout ça à cause de l'homme qui lui faisait face.

« Vous êtes un homme dévoué et patient, monsieur Hartmann. Je comprends la nature de votre travail, et le degré d'implication nécessaire pour continuer à passer vos journées à faire le genre de chose que vous faites. Peut-être vous et moi nous ressemblons-nous plus que vous ne l'imaginez.

– Nous ressembler ? s'écria Hartmann avec une pointe d'hostilité envers cet homme qui avait le culot d'établir une comparaison entre eux. Comment osez-vous imaginer que nous nous ressemblons ? »

Perez se pencha en arrière et sourit, détendu, prenant son temps.

« Les choses que nous voyons, les choses que nous savons, le type de personnes qui peuplent nos vies. Ce sont les mêmes gens, vous savez. Vous et moi marchons chacun d'un côté opposé d'une même voie et, même si vous envisagez les choses sous une perspective différente, nous regardons néanmoins la même chose.

– Je ne… commença Hartmann, sentant la colère monter en lui.

– Vous ne quoi ? » demanda Perez d'un ton parfaitement sûr de lui que Hartmann trouva non seulement troublant, mais exaspérant au plus haut point.

Perez avait peut-être en effet vu les mêmes choses que lui, il avait même pu être directement ou indirectement impliqué dans des affaires qu'il avait traitées, mais ici, dans la situation présente, c'était Perez qui dictait sa loi. En dépit du fait qu'il s'était rendu coupable de l'un des crimes fédéraux les plus graves auxquels Hartmann ait été mêlé, il avait réussi à débarquer ici et à prendre les choses en main. Il avait l'avantage ; il le savait et il était prêt à parier tout ce qu'il avait sur ses cartes. Et indépendamment du sang-froid qu'il affichait, Perez pouvait toujours empêcher Hartmann de voir sa famille à la fin de la semaine. Et pour ça, rien que pour ça, Hartmann ne pouvait éprouver que de la colère, voire de la haine.

« Vous ne pensez pas que nous partageons une nature et un point de vue similaires, monsieur Hartmann ? demanda Perez. Je peux pourtant vous assurer ici et maintenant que la ligne est ténue entre la voie que vous avez choisie et la mienne. Un homme de foi parlerait peut-être de concept dualiste pour expliquer que nous avons en nous autant de mal que de bien et que ce que nous devenons dépend uniquement des événements et des circonstances de notre vie, mais je peux vous assurer qu'il n'y a aucune différence lorsqu'il s'agit de points de vue éthiques et moraux. »

Hartmann secoua la tête. Il ne comprenait rien à ce que Perez racontait ; peut-être son exaspération faisait-elle qu'il ne voulait même pas chercher à le comprendre.

« En fonction des individus, il n'y a aucune différence entre le bien et le mal. Ce que je peux considérer comme juste dépend entièrement de ce qui me semble être la position la plus constructive à adopter. Le fait que vous ne soyez pas d'accord avec cette position ne vous donne pas plus raison qu'à moi. Le plafond de l'un est le plancher de l'autre. Je crois que c'est une expression courante aux États-Unis d'Amérique.

– Mais la loi ? demanda Hartmann. Ce que vous avez fait est une violation de la loi. »

Il entendait la pointe de colère dans sa voix, cette même pointe de colère qui ressortait quand il buvait, quand des circonstances inacceptables envahissaient sa vie et le bouleversaient.

« De quelle loi parlez-vous, monsieur Hartmann ?

– De la loi du peuple.

– Et de quel peuple parlez-vous ? Certainement pas de moi. Je n'ai jamais été d'accord pour que de telles lois soient instaurées. Avez-vous été consulté ? Votre gouvernement a-t-il jamais pris le temps de vous demander ce qui vous semblait être la bonne ou la mauvaise chose à faire dans une situation donnée ?

– Non, bien sûr que non… mais nous parlons de grands principes établis depuis des siècles sur ce qui est généralement considéré comme un bon ou un mauvais comportement. Ces lois visent toutes à protéger la survie dans une situation donnée.

– La survie de qui? demanda Perez. Et si tel est le cas, comment se fait-il que la loi soit majoritairement considérée comme une perverse parodie de justice? Demandez à n'importe qui dans la rue, et l'on vous dira que la police et les tribunaux sont corrompus, qu'ils obéissent à des intérêts particuliers, à des chicaneries juridiques, au népotisme et au vice. Demandez à l'individu lambda s'il croit qu'il y a une justice dans votre société démocratique et pacifique, et il vous rira au nez. »

Hartmann n'avait rien à répondre. Malgré sa colère et son agitation, il savait que Perez disait vrai.

« Alors, que nous reste-t-il, monsieur Hartmann? Il reste vous et moi, ni plus ni moins. Je suis ici pour vider mon sac, pour être écouté, et lorsque j'en aurai fini je vous dirai ce que vous voulez savoir sur la fille. C'est le marché, et je n'ai rien d'autre à proposer. »

Hartmann acquiesça. Perez avait apparemment orchestré ce scénario, attiré Hartmann sans lui demander son avis, et ce n'était pas la peine de chercher midi à quatorze heures. C'était une situation en noir et blanc, sans nuance de gris au milieu.

« Donc, une fois de plus, reprit Perez. Puis-je commencer? »

Hartmann fit un signe de tête affirmatif et se laissa aller en arrière sur sa chaise.

« Très bien », dit calmement Perez, et il se mit à parler.

9

Et je vous raconte donc ces choses, non parce que je les juge importantes, bien qu'elles le soient dans une certaine mesure, mais parce que je suis fatigué, je me fais vieux et j'ai le sentiment que c'est peut-être la dernière fois que ma voix sera entendue. Ces choses remontent à bien des années, au début du siècle dernier, et la manière dont elles ont commencé a peut-être contribué à la manière dont elles se sont achevées. La cause et l'effet, non ?

Ces paroles de ma mère. Ma mère. Le son de sa voix résonne encore dans mes oreilles. C'est elle qui m'a parlé de la terre de mon père et de son père avant lui, qui m'a expliqué comment cette terre avait produit un peuple déterminé et brave face à la mort. La mort faisait partie intégrante de leur vie, disait-elle, et c'est cet héritage qui a fait de moi ce que je suis. De cela je suis certain, mais pour comprendre tout ce que je vais vous dire, il est nécessaire que nous retracions les pas de personnes qui ont existé bien avant ma naissance.

Un jour, lorsque j'étais enfant, elle s'est assise près de moi et m'a raconté cette histoire pour m'aider à mieux comprendre la passion et la violence qui habitaient mon père. J'ai écouté le son de sa voix, et lorsqu'elle marquait une pause, j'entendais son cœur battre en posant la tête contre sa poitrine. Je sentais la brise du dehors pénétrer par la fenêtre, la chaleur de l'air, et je me disais que personne ne pouvait se sentir plus en sécurité que moi.

« C'était un jour comme un autre, a-t-elle expliqué, et pourtant – presque comme si l'histoire avait ouvert une blessure – le sang des hommes allait couler avant le coucher du soleil. Des voix allaient s'élever, des familles seraient ruinées, et dans ce chaos quelque chose commencerait qui influencerait et dirigerait en grande partie la vie de ton père. Ton père, Ernesto. Il vient de ce peuple dont je parle, et c'est pourquoi c'est un homme ferme et résolu. »

Elle a marqué une pause et m'a caressé la tête tandis que j'écoutais son cœur.

« *¡ Hijos de puta !* qu'ils hurlaient, a-t-elle repris. *¡ Hijos de puta !* Et ces mots s'étaient mêlés pour n'en former qu'un seul, un unique mot chargé de haine, de venin, de désespoir, d'angoisse et aussi d'une effroyable frustration et d'un sentiment d'impuissance abjecte, car ils savaient – chacun d'entre eux savait – que malgré leurs cris répétés, malgré la puissance de leur voix collective et le courage qu'ils étaient parvenus à rassembler pour se réunir en une foule dépenaillée et échevelée, ils ne pourraient échapper à l'inévitable.

« Il y avait des hommes à cheval, Ernesto… Des hommes à cheval et armés. De la fumée s'élevait des étroites cabanes en bois entassées le long des arbres comme des enfants recroquevillés pour se tenir chaud.

« Cela se passait dans un endroit nommé Mayarí, à Cuba, près de Birán, dans la province d'Oriente. Des fermiers immigrants travaillaient là-bas, et l'un d'eux, un homme nommé Ruz, était originaire de Galice, en

Espagne. Il était venu à Cuba pour la promesse d'un avenir meilleur. Il faisait pousser de la canne à sucre, la récoltait, la vendait pour un maigre profit et il a vu les hommes du gouvernement mater les instigateurs d'une manifestation et mettre le feu à leur maison.

« En février 1926, Ruz se tenait au bord de sa terre et priait un Dieu en l'existence duquel il croyait à peine et il espérait que sa foi retiendrait les hommes du gouvernement de brûler aussi sa propriété. Il semble que ses prières aient été entendues, car une heure plus tard les hommes du gouvernement ont rassemblé leurs chevaux et se sont éloignés vers l'horizon, laissant derrière eux des familles sans ressources, des familles qui ne savaient rien des manifestations et qui, si elles avaient su, n'auraient pas eu la force d'élever la voix. Mais quand il avait fallu sauver leur maison, eh bien, elles l'avaient trouvée, cette force, mais ça n'avait servi à rien. À rien du tout.

« En rentrant chez lui, Ruz a trouvé sa femme qui l'attendait. Elle avait le visage marqué par l'inquiétude, et lorsqu'il l'a attirée à lui, lorsqu'il a doucement posé les mains sur son ventre, lorsqu'il lui a dit que rien, rien dans ce monde ni dans aucun autre, ne leur ferait de mal à elle ou à leur enfant, elle a su qu'elle n'aurait pu épouser meilleur homme.

« Car Ruz était un homme bon, un homme d'honneur, de principes, et au mois d'août il a vu sa femme donner naissance à un fils, un enfant qu'ils ont regardé grandir, un enfant nommé Fidel Castro Ruz qui travaillait avec son père dans la plantation de canne à sucre et qui, à 6 ans, a convaincu ses parents de l'envoyer à l'école. Après en avoir parlé à voix basse pendant que Fidel Castro Ruz dormait, ses parents sont convenus que sans éducation un enfant n'avait pas d'avenir. Alors, ils l'ont envoyé – cet enfant brave, intelligent, innocent – au Colegio Lasalle à Santiago, puis au Colegio Dolores et, au fil des années, pendant l'arrivée au pouvoir d'Hitler, la victoire de Franco sur les républicains en Catalogne, l'invasion de la Tchécoslovaquie par les nazis, l'enfant Ruz a étudié consciencieusement. »

Ma mère a marqué une pause. J'ai levé les yeux vers elle, vers son visage brillant et plein de passion, mais d'une passion si différente de celle de mon père. Car ma mère était passionnée par la vie, par notre bien-être, alors que mon père était effrayant, violent, colérique. C'était comme s'il portait tous les fardeaux de la terre sur ses épaules et que le poids de ces fardeaux le tuait.

« C'était un bon élève, a poursuivi ma mère. Il semblait vouloir tout connaître. Il a travaillé dur pendant ces années où la guerre faisait rage en Europe. En janvier 1939, Franco est entré dans Barcelone. Il était allié aux Maures du général Yagüe, et les troupes nationalistes sont arrivées du Nord et ont acculé les républicains. En mars, Franco avait pris Madrid et mis un terme à la guerre d'Espagne. Six mois plus tard, l'Allemagne et la Russie envahissaient la Pologne et, en moins de quarante-huit heures, la guerre avait éclaté. Hitler a envahi le Danemark, la Norvège, la France, Trotski s'est fait assassiner à Mexico, les Japonais ont attaqué Pearl Harbor... et Fidel Castro Ruz, qui était maintenant un jeune homme de 16 ans et étudiait chez les Jésuites au Colegio Belén, observait l'agitation du monde. C'était comme si un ouragan était né au cœur de l'Europe et qu'il avait entraîné le reste du monde dans son étrange folie. Castro a survécu à tout ça et il a fini par rendre Cuba à son peuple. C'est un homme important, Ernesto, un homme sur lequel tu devrais te renseigner. Tu as en toi tout ce qu'il faut pour être aussi puissant et sage que Fidel Castro Ruz. »

Ma mère s'est interrompue et m'a attiré tout contre elle.

« Et toi ? Tu étais déjà né à l'époque, Ernesto Cabrera Perez. Mais pas à Cuba, bien que ce soit le pays natal de ton père, et que Fidel Castro et toi partagiez le même anniversaire, le 13 août. Tu avais 5 ans et tu ne savais rien de ce qui se passait à l'autre bout du monde. Tu étais ici en Amérique, à La Nouvelle-Orléans, en Louisiane… »

Elle a alors détourné le regard et souri, comme si ce souvenir de moi lorsque j'étais petit lui procurait confort et consolation. Je buvais chacune de ses paroles. Elle venait d'une famille pauvre, mais comme elle était intelligente et perspicace, elle avait lu tout ce qui lui était tombé sous la main et écouté ses propres parents lorsqu'ils lui parlaient du monde. De temps à autre elle me recommandait de prêter attention à tout ce qui m'entourait, d'apprendre à lire, de dévorer chaque livre comme elle l'avait fait et de reconnaître que la vie devait être comprise. Elle voulait que je survive. Elle voulait que j'échappe au monde qui était le sien et que je fasse quelque chose de ma vie.

Mon père était boxeur, c'était un bagarreur né, un homme qui, pour une raison ou une autre, avait quitté Cuba pour les lumières tapageuses et les promesses criardes et creuses du Nouveau Monde. Mon père, l'Ouragan de La Havane. Un homme au physique et au tempérament puissants. Sa femme, ma mère, était une fille du Sud, une Hispano-Américaine issue d'un milieu des plus pauvres. Et j'étais ballotté entre eux deux – entre mon père à la fureur virile effrénée, et elle, la fille du Sud rêveuse aux cheveux noirs et aux yeux émeraude aussi tentatrice que Dalila. J'étais enfant unique et peut-être en ai-je souffert. Quand la violence explosait, j'en étais la seule et unique victime. Mais s'il y avait des démonstrations d'affection et de compassion, alors j'étais encore là, et entre ces furieuses sautes d'exubérance émotionnelle, la première chose que j'ai comprise de la vie a été que rien n'est certain sauf l'incertitude elle-même. En un instant, mon père pouvait piquer une colère effroyable, faisant voler ses poings meurtris et nous mettant à terre ma mère et moi. Il buvait, il buvait comme un homme du désert et, quand il gagnait un combat, quand il rapportait à la maison des poignées de dollars tachés de sueur, nous savions que ces mêmes dollars disparaîtraient dans le goulot d'une bouteille de whisky bon marché ou entre les jambes de quelque prostituée de 17 ans.

Ce n'est que plus tard que j'ai vu ces filles telles qu'elles étaient. Elles étaient différentes de toutes les autres. Elles avaient cet air consanguin et de larges bouches, mâchaient du chewing-gum, marchaient en se tortillant telles des créoles illégitimes et, lorsqu'elles parlaient, elles parlaient avec leurs jambes, leurs hanches amples, leurs poitrines gonflées. Elles se comportaient vulgairement, croyant peut-être que c'était ainsi qu'elles étaient censées se comporter et, quand elles passaient devant vous, baissant les yeux sous d'épaisses franges brunes, vous deviniez à leur expression ce qu'elles pensaient de vous. Elles vous dévoraient des yeux, vous aspiraient entièrement avec leurs lèvres arrogantes et vaniteuses, vous faisaient basculer sur leurs larges épaules chaloupées et vous persuadaient que coucher avec elles dans des draps moites de sueur serait ce qui vous rapprocherait le plus du paradis. Peut-être avaient-elles été enfantées en enfer, enfantées par des frères et des cousins, et abusées avant même de savoir faire la différence entre un homme et une femme.

Cette ville du Sud en bordure du lac Borgne s'appelait Evangeline. C'était une petite ville délabrée qui obéissait à ses propres lois, des lois figées, marquées au fer rouge, et il aurait fallu plus d'hommes qu'il n'y en avait pour les changer. Ses habitants étaient opiniâtres, pleins de ressentiment envers les étrangers ; ils gardaient leurs secrets pour eux tels des cadeaux non désirés, des choses dont ils auraient voulu se débarrasser sans pouvoir le faire. Ils portaient une myriade de fardeaux et, alors même que je n'étais qu'un petit gamin effrayé, je le lisais dans leurs visages fissurés, dans leurs cheveux décolorés par le soleil, dans leurs mains usées, dans leurs cœurs ouverts. Cet endroit a été le commencement et la fin de ma vie ; c'est là que j'ai découvert tout ce qui avait un sens – la peur, la haine, le pouvoir et la douleur. L'amour et la trahison aussi, car l'amour et la trahison allaient main dans la main : amis de cœur, frères de sang, échos de l'âme. Mon père, l'Ouragan, ne couchait pas avec ces femmes parce qu'il n'aimait pas ma mère ; il l'aimait du seul amour qu'il connaissait. Il l'aimait suffisamment pour la battre quand elle l'envoyait promener, pour la serrer ensuite dans ses bras tandis que son œil virait au bleu, pour envelopper de la glace dans une serviette et l'appliquer sur son visage enflé, pour apaiser ses larmes, murmurer ses douces platitudes, puis la convaincre à force de belles paroles de prendre sa bite dans sa bouche, d'insuffler suffisamment de vie en lui pour qu'il puisse la retourner sur le flanc et la pénétrer, la tenir brutalement par les épaules et la plaquer au sol pendant qu'il se vidait de sa rage de la meilleure manière qu'il connaissait. Et elle hurlait son nom et versait des larmes lorsqu'il lui faisait mal, mais elle était suffisamment aveugle pour croire que désormais il l'aimerait comme l'aurait aimée l'homme qu'elle voulait, et non celui qu'elle avait épousé.

Plus tard, je repenserais à mon père. Plus tard, je rêverais. Même enfant je rêvais, mais pas de barbe à papa ni de fêtes foraines, pas d'une enfance qui aurait été un épisode chaleureux et protégé avant l'âge adulte... Non, rien de tel. Je rêvais de mon père et du jour où j'assisterais à sa perte.

Mon père continuait de combattre, exposant sa folie destructrice aux yeux de tous presque chaque vendredi et samedi soir, et lorsque j'avais 8 ans, alors que j'apprenais que Roosevelt était mort et que la Seconde Guerre mondiale s'écroulait enfin sous le poids de sa propre démence, je l'accompagnais aux tournois brutaux et sadiques organisés dans des arrière-cours et des parkings, derrière des bars louches et des salles de billard où, pour vingt-cinq dollars par combat, des hommes adultes se massacraient à coups de poing. Je n'avais pas le choix. Mon père voulait que je l'accompagne, et j'obéissais. Et la seule fois où ma mère a exprimé un vague désaccord, il s'est contenté de lever la main et l'a réduite au silence. Elle n'a plus jamais protesté.

Ainsi, tandis que Fidel Castro Ruz obtenait son diplôme de droit au Colegio Belén et allait poursuivre ses études à l'université de La Havane, je plissais des yeux à peine entrouverts pour regarder à travers le grillage qui délimitait l'arrière-cour de quelque bar clandestin en ruine, je plissais les yeux, grimaçais et m'efforçais de continuer de regarder tandis que mon père rougi par l'alcool abattait à plusieurs reprises ses poings calleux et bruns sur la tête de quelque pauvre adversaire. Il était l'Ouragan, l'Ouragan de La Havane, et personne, pas un seul homme, ne tenait seul sur ses jambes après un combat contre lui. En trois occasions – une fois à 9 ans, la deuxième à 11, et la troisième à 21 –, je l'ai vu battre des hommes à mort, et une fois que la mort était confirmée, de l'argent changeait de main, le corps était fermement emballé dans un sac en toile de jute, puis des hommes au visage sombre et vêtus de manteaux de cuir soulevaient le cadavre et le chargeaient à l'arrière d'une camionnette à plateau. J'ai entendu dire que ces corps étaient dépecés à la scie et balancés morceau par morceau dans le lac Borgne. Là, les poissons, les serpents et les alligators effaçaient toute preuve de l'existence de ces hommes. Leurs noms demeuraient tus, leurs visages, oubliés, leurs prières, ignorées. Un jour, j'ai interrogé mon père à leur sujet, et il s'est tourné vers moi et a soufflé quelque bravade chargée de whisky qui incluait la phrase *corner el coco*. Je ne comprenais guère l'espagnol à l'époque, et je ne savais pas ce qu'il voulait dire par « manger sa tête ». J'ai demandé à ma mère, qui m'a expliqué qu'il ne voulait pas qu'on lui pose de questions ni qu'on le harcèle.

Plus tard, je me dirais que le plus triste dans la mort de mon père, ça avait été sa vie.

Plus tard, je me dirais beaucoup de choses, mais lorsque j'étais enfant, grandissant dans une petite maison d'*adobe* délabrée de quatre pièces à la périphérie d'Evangeline, l'odeur aigre du lac Borgne éternellement présente dans mes narines, je croyais que le monde n'était rien qu'un foutu cauchemar surgi de l'imagination sombre d'un Dieu fou.

Ma vie était une suite de cahots et de paragraphes hésitants, elle provenait des tréfonds du cœur où l'amour et la douleur partageaient le même lit. Me comprendre, à la fois en tant qu'enfant et en tant qu'homme, c'est comprendre des choses sur soi-même auxquelles on ne peut supporter de faire face. On fuit de telles révélations, car les voir, c'est renoncer à l'ignorance, et renoncer à l'ignorance, c'est savoir que tout est possible. Nous avons tous nos côtés sombres ; nous sommes tous capables d'actes inhumains et dégradants ; nous avons tous dans les yeux une lumière sombre qui, lorsqu'elle s'allume, peut inciter au meurtre, à la trahison, à l'infidélité, à la haine. Nous avons tous arpenté les bords de l'abîme et, bien que certains d'entre nous aient perdu l'équilibre, rares sont ceux qui – vitaux et nécessaires – sont tombés dans ses ténèbres.

Peut-être étais-je l'un de ces enfants, l'un de ces enfants qui marchent, regardent, tendent les bras vers la promesse de l'invisible, pour finir par perdre l'équilibre, cherchant à respirer l'air au-dessus d'eux, sentant leur poitrine se serrer alors que la peur surgit dans leur corps fragile, puis qui sentent avec certitude que tout est perdu à l'instant où leurs pieds se dérobent sous eux et qu'ils se mettent à tomber…

Et je suis tombé, très bas, mais même maintenant – après tant d'années – je n'ai pas encore atteint les ultimes profondeurs.

Je suis né dans la pauvreté et j'ai grandi dans l'ombre des bagarres alcoolisées de deux personnes qui, croyais-je, auraient dû s'aimer plus que tout. J'étais un enfant non désiré, ma mère comme mon père estimant jusqu'au tout dernier instant qu'un avortement aurait été préférable, et bien qu'elle n'ait pas manqué d'essayer – elle à genoux, lui agenouillé derrière elle et la tenant par les épaules, la soutenant de toute sa force, à coups de lavement au Lysol, à coups de pointe en bois d'oranger, à coups de prières *in nomine patris et filii et spiritus sancti Marie mère de Dieu comme j'ai mal... Seigneur pardonnez-moi... Ô Dieu, regardez tout ce sang...* –, je suis tout de même né.

Là, sur les draps sales et ensanglantés, dans la carcasse bondée et défoncée d'une caravane Ford aux fenêtres fissurées et bordées d'une crasse et d'une graisse centenaires, caravane qui penchait sur la gauche, du côté où les pneus s'étaient affaissés, cédant finalement au délabrement car lutter contre le passage du temps était inutile, je suis né.

Et j'ai grandi parmi les hurlements, dans des caravanes défoncées, dans des cahutes en papier goudronné, jusqu'à cette maison cabossée faite d'*adobe* et de planches, cette maison religieusement sale de Zachary Road. Et plus tard, alors que ma mère était à peine capable de regagner la petite chambre ombragée, il m'arrivait de la porter, avec diligence, avec prudence, conscient que si je trébuchais, si je perdais l'équilibre, alors elle tomberait avec moi et se briserait telle une poupée de porcelaine.

Ces choses sont ma vie, mes souvenirs, mon passé. Tel a été le parcours que j'ai suivi, un pied suivant patiemment l'autre, ralentissant parfois pour me demander si j'aurais pu avancer d'une autre manière, emprunter un autre chemin, avant de m'apercevoir que je ne le saurais jamais, et que de toute manière, il était inutile de me poser une telle question puisque je ne l'emprunterais jamais. J'avais fait mon choix. J'avais fait mon lit. J'allais maintenant m'y étendre, jusqu'à la mort.

Le monde passait à côté de moi sans que je le remarque. Gandhi se faisait assassiner, Truman devenait président des États-Unis, les Coréens du Nord envahissaient le Sud, Fidel Castro passait son diplôme à la faculté de droit de l'université de La Havane et devenait avocat dans la ville où était né mon père. Ce dernier parlait de la vie qui aurait pu être la sienne. Il me citait des noms comme Sugar Ray Robinson et Jake LaMotta, « le Taureau du Bronx », parlait de Randolph Turpin et Joe Louis, de Rocky Marciano et d'une douzaine d'autres dont je ne me souviens plus maintenant.

Il me parlait aussi de son pays natal, le Cuba qu'il avait laissé derrière lui. Il me racontait des histoires sur Castro, m'expliquait qu'il avait eu l'intention de se présenter aux élections législatives de 1952, mais que le général Fulgencio Batista avait renversé le gouvernement du président Carlos Prio Socarrâs lors d'un coup d'État. Castro avait intenté un recours en justice, accusant le dictateur Batista d'avoir violé la Constitution cubaine, mais la cour avait rejeté sa requête et, avant l'automne 1953, Castro et cent soixante loyaux partisans avaient lancé une attaque armée contre la caserne de Moncada dans la province d'Oriente. Cette attaque, ainsi qu'une autre contre la garnison de Bayamo, avait échoué. La moitié des hommes de Castro avaient été tués et Castro et son frère Raúl faits prisonniers.

J'écoutais ces choses, je les écoutais d'une oreille distraite, car je ne me souciais pas de mon père et encore moins de l'histoire de son pays. J'étais américain, jusqu'au bout des ongles. Je n'étais pas plus cubain qu'Eisenhower, ou du moins était-ce ce que je croyais.

Mais j'avais la violence dans le sang, semblait-il. Peut-être était-ce héréditaire, un virus que mon père m'avait transmis et, même si bien des années plus tard je remarquerais un motif, une série de petits événements insignifiants annonçant ce qui allait arriver, c'est un événement précis qui a au bout du compte dicté le cours de ma vie.

C'était le mois de septembre 1952. J'étais seul à la maison. Mon père était dans un bar, ivre, pariant le peu d'argent qu'il avait sur la raclée insensée qu'il comptait infliger à quelqu'un, ma mère faisait des courses au marché, lorsque l'homme s'est présenté chez nous. Le représentant de commerce. Il se tenait sur le perron, affublé d'un pantalon à carreaux jaunes, d'une chemise à manches courtes, d'une cravate qui lui pendouillait sur le ventre, tenant son chapeau à la main.

« Bonjour, m'a-t-il lancé lorsque je suis apparu dans l'ombre du couloir. Mon nom est Carryl Chevron. Je sais qu'on dirait un nom de femme, mais c'en est pas un, pour sûr que c'est pas un nom de femme. Tes parents sont à la maison ? »

J'ai fait signe que non. J'avais 15 ans et j'étais là, portant un short et des chaussures, torse nu, la tête enveloppée dans une serviette humide. Le printemps avait été une horreur, l'été encore pire et, même s'il laissait lentement place à l'automne, la chaleur demeurait accablante.

« Je cherche des gens qui voudraient apprendre », a déclaré Carryl Chevron. Il a tourné la tête vers la route comme s'il cherchait quelque chose. Ses yeux étaient luisants comme la lune. Je me suis passé la main sous le nez, appuyé au montant de la porte sur le perron ombragé de la maison déglinguée. « Je cherche des gens qui se laisseraient tenter par un peu de sagesse, tu vois ce que je veux dire ? »

Il a incliné la tête, ses yeux brillaient, il avait sur le visage une lueur que je n'avais vue que sur celui de mon père quand il était assis dans son fauteuil, une bouteille à la main. Quelque part un chien s'est mis à aboyer. J'ai lancé un coup d'œil dans la direction d'où provenait le son, mais je savais déjà que ce que cet homme disait m'intéressait.

Je me suis de nouveau tourné vers lui et il a souri.

« C'est vraiment de l'or dans votre dent ? » ai-je demandé tout en plongeant le regard dans l'ombre de sa bouche.

Carryl Chevron – un homme qui avait passé l'essentiel de sa vie à dire aux gens qu'il n'avait pas un prénom de fille, qui avait émotionnellement souffert de cette malédiction parentale sans jamais avoir la sagesse ni le bon sens d'en changer – a soudain éclaté d'un rire brusque, puis il a hoché la tête en rougissant.

« Ça oui, bien sûr que c'est de l'or. Tu crois que quelqu'un comme moi, quelqu'un qui transporte la sagesse à travers le monde, aurait autre chose que de l'or et des diamants dans ses dents ? »

Il s'est alors penché en avant et, de la main qui ne lui servait pas à s'appuyer au montant de la porte, il a retroussé sa lèvre et m'a montré une canine en or étincelant au centre de laquelle une petite pointe transparente semblait briller du même éclat que ses yeux.

« Or et diamant, est-il parvenu à articuler en ne bougeant que la moitié de sa bouche. Or et diamant véritables, et de la véritable sagesse juste là, à l'arrière de ma voiture. Tu veux voir ?

– Voir ? ai-je demandé. Voir quoi ?

– Mes 'cyclopédies, mes 'cyclopédies, jeune homme. Des livres si remplis de sagesse et de savoir que tu n'auras jamais besoin de regarder ailleurs qu'entre les couvertures de cuir, juste là, empilés comme de bons petits soldats à l'arrière de mon vé'cule. Tu veux voir ?

– Vous vendez des livres ? » ai-je demandé et, pendant un instant, j'ai vu le visage de ma mère et entendu le son de sa voix lorsqu'elle me suppliait de lire, d'apprendre, d'absorber tout ce que le monde avait à offrir.

L'homme a fait un pas en arrière avec une expression soudain stupéfaite, voire offensée.

« Des livres ! qu'il s'est exclamé. Des livres ? Tu appelles ces volumes de génie des livres ? Mon garçon, tu sors d'où ?

– De Zachary Road, à Evangeline… Pourquoi, d'où sortez-vous ? »

Chevron s'est contenté de sourire.

« Je vais aller en chercher un, qu'il a dit. Je vais aller en chercher un et je vais te montrer. »

Il a regagné la route terreuse, marché jusqu'à sa voiture et tiré de la banquette arrière un carton qu'il a soulevé et posé en équilibre sur le bord de l'aile. Du carton il a sorti un grand livre noir qui semblait peser plusieurs kilos et, à l'instant où je l'ai vu, du haut de mes 15 ans, j'ai su que c'était de ce genre de chose que les gens tiraient leur intelligence. J'ai observé Carryl Chevron tandis qu'il revenait sur le perron avec ce livre et, même si je savais à peine lire et parvenais tout juste à écrire mon nom – et encore, avec des lettres à l'envers –, je savais qu'il me fallait ces livres. Il me les fallait absolument. Je me disais que c'était ce qu'aurait voulu ma mère. Elle serait fière si je parvenais à les obtenir.

« Tiens, a dit Chevron. Volume un. De Aardvark à Cantaloupe en passant par Aix-la-Chapelle. Abaque, Acapulco, la mer Adriatique, les Appalaches, Athlétisme, Milton Babbitt, la tapisserie de Bayeux, le congrès de Berlin, Boccherini, Cadix, Catherine de Médicis, les Cherokees, la Chine… tout, tout ce qu'un jeune homme comme toi pourra jamais désirer savoir. » Il s'est penché en avant, a tendu le livre ouvert, et j'ai senti l'odeur du papier sec, l'arôme du cuir neuf, j'ai aperçu les gravures, les photos, toute la sagesse qu'il contenait. « Tout, a murmuré Chevron, et tout ça pourrait être à toi. »

Et moi qui me tenais là avec mes bras maigrichons et mon torse nu, une serviette humide enroulée autour de la tête comme un turban, j'ai tendu la main pour toucher le savoir qui semblait émaner de ces pages. Le livre s'est refermé sèchement et immédiatement éloigné.

« Achète… ou bien reste idiot pour le restant de tes jours. La sagesse n'a pas de prix, jeune homme, mais cette sagesse, qui t'est apportée depuis le cœur du monde, tu peux l'avoir pour une bouchée de pain. Rien que pour *toi*, jeune homme. »

J'entendais ce que l'homme disait, et dans un sens, ses paroles auraient pu sortir de la bouche de ma mère. Le monde était là pour être compris, m'avait-elle dit, et cet homme semblait avoir apporté ce monde à ma porte.

Chevron, tenant fermement le livre entre ses mains, s'est penché vers moi.

« Tu sais où tes parents gardent l'argent, hein ? Tu sais combien ils seraient furax s'ils apprenaient que je suis venu ici pour offrir de telles choses et qu'ils avaient raté la chance de leur vie ? Où sont-ils ? Au travail ?

– Ils sont sortis, ai-je répondu. Ils ne seront pas de retour avant un moment, je suppose. »

Je ne pouvais détacher mes yeux du livre que Chevron tenait entre ses mains. Il m'attirait comme un aimant.

« Mon père a de l'argent, mais je ne pense pas que des livres l'intéresseraient, ai-je ajouté, et déjà je me demandais que faire, comment me débrouiller pour que ces livres m'appartiennent.

– Ah, a-t-il soupiré, comme s'il comprenait une chose que nous étions les deux seuls à pouvoir comprendre. Nous savons, pas vrai ? Jeune homme… nous savons ce qu'il y a dans ces livres même si personne d'autre n'a assez de jugeote pour le voir. Ça pourra être notre petit secret, notre petit secret, juste entre toi et moi. Peut-être que tu pourrais aller chercher un peu d'argent et, après, nous ferons affaire, OK ? Toi et moi, nous pouvons faire affaire, et puis je m'en irai, et quand tes parents reviendront, ils te seront reconnaissants d'avoir su saisir l'opportunité que je te propose. »

J'ai hésité un moment, dévisagé Carryl Chevron d'un œil, puis baissé le regard vers le livre qu'il tenait entre ses mains. J'entendais les rouages de mon cerveau fonctionner à plein régime ; je ne savais pas quoi, mais il *fallait* que je fasse quelque chose.

« Il y en a combien ? ai-je demandé.

– Neuf. Neuf livres en tout. Tous exactement comme celui-ci, juste là, dans le carton à l'arrière de ma voiture. »

J'ai encore hésité, non pas parce que je doutais de ce que je voulais, mais parce que je n'étais pas certain de la manière de l'obtenir.

« OK, ai-je fini par dire, apportez-les. Je vais aller chercher de l'argent, mais vous ne devez en parler à personne, d'accord ? Vous ne dites à personne que vous êtes venu ici et que vous m'avez donné les livres. »

Chevron a souri. Un rêve, qu'il pensait, encore un rêve ; le bon endroit, le bon moment, encore un abruti de gamin qui savait où l'argent était planqué et qui se laissait pigeonner.

Il est retourné à sa voiture et en a sorti le carton. Il est revenu d'un pas lourd, sa chemise bon marché frottant contre ses épaules et ses coudes, une rivière de sueur dégoulinant sur son torse. Mais, en de tels moments, il s'en fichait, en de tels moments, ça valait le coup. Le voyage avait été lucratif. Une semaine dans ce territoire paumé, et ce serait sa cinquième vente : une à un vieux bonhomme qui semblait trop miro pour lire et qui n'avait pas été foutu de faire la différence entre un billet de dix dollars et un billet de cent, le reste à des gamins comme celui-ci, des gamins assez grands pour savoir où l'argent était planqué et assez jeunes pour tomber sous le charme sans se soucier des conséquences. Faire vite, refiler la camelote, reprendre la route, se perdre dans un autre vieux bled poussiéreux où personne ne saurait qui il était et où on ne le reverrait jamais. Il serait de retour à La Nouvelle-Orléans dans trois ou quatre jours, aurait quitté l'État dans la semaine : les doigts dans le nez.

Il a atteint le perron, est resté planté là un moment, puis il a poussé la porte grillagée et l'a franchie avant qu'elle ne revienne claquer contre le montant. Une fois dans l'obscurité fraîche de l'entrée, il a plissé les narines à cause des relents d'alcool, de pisse et de sueur. Il était toujours sidéré de voir que des gens pouvaient vivre comme ça. Il a posé le carton de livres par terre – juste un poids mort grâce auquel il gagnait sa croûte en ce qui le concernait – et attendu le gamin.

« Hé ! » ai-je appelé depuis l'arrière de la maison. J'avais déjà décidé qu'il était impossible que je n'aie pas ces livres. Grâce à eux, grâce à tout ce qu'ils renfermaient, je pourrais devenir le garçon que ma mère voulait que je sois et, alors – un jour –, je serais un homme comme Fidel Castro Ruz, un homme qui servirait à quelque chose. « L'argent est ici... venez le chercher. »

Chevron s'est engagé dans le petit couloir qui menait à l'arrière de la maison. *La cuisine*, qu'il pensait. *Toujours la cuisine, dans une bouilloire, dans une chaussette à l'intérieur d'une casserole planquée au fond d'un placard. Bon Dieu, je ferais un sacré cambrioleur. Ces gens sont si prévisibles.*

Dans la cuisine, en effet, c'est là qu'il m'a trouvé occupé à farfouiller dans un tiroir.

« Venez m'aider, ai-je dit. Hé, peut-être que vous voulez une bière ou quelque chose ?

– Eh bien, c'est très gentil de ta part, jeune homme, mais faut vraiment que je file, j'ai un paquet de gens à voir avant de quitter cette ville. »

Chevron entendait le baratin jaillir de sa propre bouche, il s'entendait causer comme un vrai péquenaud et, ce soir, il serait terré dans une taverne au bord de la ·

route, une délurée qui aurait pu sucer le chrome d'une boule de caravane s'occupant de son entrejambe, il aurait à la main une bouteille de quelque chose de frais et doux et il rigolerait intérieurement en pensant à son petit numéro si éculé que c'en était devenu barbant.

Il a traversé la pièce et s'est posté à une trentaine de centimètres derrière moi, attendant que l'argent montre son joli minois.

« À votre guise, ai-je dit. Bon, combien vous voulez ? Vous voulez tout ?

– Ça ira, qu'il a répondu. Donne-moi tout ce qu'il y a là-dedans, aboule les billets et on va s'entendre comme larrons en foire.

– Je crois que tout est ici. »

Je me suis alors retourné, et Chevron était là, une main tendue devant lui, ses yeux brillant d'avidité. La puissance de mon étreinte lorsque j'ai saisi son poignet l'a surpris, et la force qui l'a soudain attiré en avant vers les couteaux de cuisine que je tenais à la main, jusqu'à ce que son ventre couvert de coton bon marché rencontre lesdits couteaux, a semblé le surprendre encore plus que la douleur.

La chemise s'est facilement perforée, de même que ses entrailles, et de son ventre, imbibant sa cravate harponnée et l'avant de son pantalon, a jailli une rivière de sang qui n'était pas sans rappeler un cochon égorgé.

Je me suis mis à tourner les couteaux, et de sa bouche grande ouverte ornée d'or et de diamant a fusé un son désespéré, une sorte de gargouillement, comme si ses poumons tentaient de s'échapper par sa gorge torturée, se logeant quelque part contre sa trachée, contre son palais. Ce gargouillement était accompagné de sang, dont je sentais l'amertume terreuse, et lorsque ses yeux exorbités se sont baissés, il a vu mon visage, un visage d'enfant, d'une pâleur de mort, et je me suis appuyé contre lui, souriant, puis j'ai disparu de son champ de vision à l'instant où ses yeux se sont révulsés.

Il a titubé en arrière jusqu'à heurter le bord de la table, qui a vacillé mais pas basculé, et lorsque j'ai lâché son poignet, il est resté planté là, chancelant. Tout s'emmêlait dans sa tête – les couleurs, les sons, la sensation d'éclatement dans le bas de ses entrailles – et formait quelque chose d'indéfinissable. Je suis sûr qu'il a senti sa vessie se vider, senti l'écoulement chaud tracer une ligne étroite et rapide sur sa jambe. Puis il est tombé à genoux, son visage désormais plus bas que le mien, et les couteaux sont sortis de sa chair, la déchirant telles les dents de quelque énorme rouage mécanique, et se sont éparpillés sur le linoléum sale tandis qu'il se vidait de son sang. Il s'est affaissé en chien de fusil, ses entrailles entortillées et agglutinées, ses mains raclant frénétiquement le sol gras... Je me suis alors écarté, j'ai ramassé l'un des couteaux, attrapé une poignée de cheveux à l'arrière de sa tête et tiré de toutes mes forces jusqu'à sentir la tension des muscles de sa nuque, puis, d'un seul geste, un geste si habile qu'il semblait naturel, je lui ai tranché la gorge d'une oreille à l'autre.

Ça a été mon premier meurtre. Mon premier véritable être humain, et sentir cette explosion soudaine de chaleur entre mes doigts, sur mon poignet, mon avant-bras, entendre le gargouillement de la vie qui quittait cet homme, a été une expérience irréelle, une expérience profonde, perturbante.

Une expérience presque parfaite.

Peut-être étais-je mon père. Pendant un bref moment, je m'étais comporté comme lui et, maintenant, j'étais là à observer ce qui était arrivé. J'ai regardé cet homme étrange qui gisait sur le sol de la cuisine, puis je me suis agenouillé à côté de lui. J'ai touché son visage – ses joues, ses lèvres, ses paupières, son nez. J'ai senti l'humidité de la sueur sur son front, la raideur de ses cheveux, les plis grossiers et mal rasés de la peau au-dessus de sa gorge tailladée.

Il flottait une odeur, une odeur terrienne, comme de la rouille et du maïs humide, comme… comme si quelqu'un était mort. C'était ça, l'odeur. Unique. Reconnaissable entre toutes. Une fois que vous l'inhaliez, ça ne pouvait être rien d'autre. Je pensais que, peut-être, cet instant serait décisif, que, à partir de maintenant, je serais l'homme que ma mère voulait que je sois, que je prendrais ces livres et les lirais, que j'étudierais et apprendrais tout ce qu'il y avait à savoir sur le monde, et que grâce à ces connaissances je gagnerais en certitudes, en assurance, et que je deviendrais quelque chose. *Quelqu'un.*

Les choses avaient changé. J'avais changé. Même si je ne savais pas alors à quel point le meurtre d'un représentant de commerce me changerait. Durant ces secondes où je suis resté agenouillé près du corps qui refroidissait lentement, je me disais que tout ce que j'avais fait, c'était concevoir un moyen d'obtenir une chose dont j'aurais été autrement privé. Voilà comment je rationalisais et justifiais mon acte. Mais il n'y avait pas que ça, loin de là, et ce n'est que plus tard que j'ai compris l'ombre insidieuse qu'un tel acte projetterait sur ma vie entière. En voulant plaire à ma mère, j'étais devenu mon père. Juste l'espace d'un instant, certes, mais j'étais tout de même devenu lui. En voulant la seule chose vraie dans la vie, j'étais devenu la seule chose que je ne pourrais jamais espérer comprendre. J'étais paniqué, rempli d'appréhension, confus, comme déséquilibré, mais je pensais en même temps avoir accompli une chose dont ma mère aurait été fière. Mon père tuait sans le moindre mobile. J'avais tué quelqu'un pour une bonne raison, une très bonne raison, et grâce à ce savoir que j'allais désormais posséder, je deviendrais la personne qu'elle souhaitait que je sois.

Peut-être. Peut-être pas. Je n'étais alors qu'un enfant, je voyais les choses avec des yeux et un esprit d'enfant. J'avais accompli un acte que je ne comprenais pas totalement, mais je l'avais accompli, et j'étais donc quelqu'un.

J'ai commencé par me laver les mains, puis j'ai sorti les livres deux par deux du carton posé par terre et les ai portés jusqu'à ma petite chambre. Je les ai empilés sur une couverture, ai replié la couverture par-dessus, puis je les ai poussés contre le mur sous mon lit.

Je suis retourné à la cuisine et ai éprouvé pendant un moment une sorte de doux agacement. Comment un acte si bref pouvait-il tout dégueulasser comme ça?

J'ai sorti tout l'argent que Carryl Chevron avait dans sa veste, les billets ayant été par chance épargnés par le sang. Puis j'ai attrapé des chiffons dans le placard sous l'évier, les ai mouillés sous le robinet, et je me suis mis à nettoyer le linoléum depuis la porte jusqu'au corps qui gisait face contre terre. Après avoir nettoyé partout autour du cadavre, j'ai regagné ma chambre. J'ai ôté un drap du lit, l'ai apporté à la cuisine et étalé sur le sol. J'ai fait rouler Chevron sur le flanc jusqu'à ce qu'il soit à peu près au milieu du drap, puis j'ai replié les bords du tissu sur ses jambes et ses bras, sur son torse et son stupide visage inexpressif. J'ai fermement noué les deux extrémités du drap, puis ai tiré le corps depuis la cuisine jusqu'à la porte de la maison. Il était lourd, avançait centimètre par centimètre, et l'effort m'arrachait des ahanements. Mais je me persuadais que ça valait la peine de déployer toute cette énergie surhumaine pour traîner sa carcasse jusqu'à la porte. J'agissais rapidement, presque mécaniquement, et quasiment sans la moindre émotion. Ce qui était fait était fait. On ne pouvait rien y changer. Inutile d'avoir peur ou de perdre mes moyens.

J'ai pris les clés de Chevron et marché jusqu'à sa voiture. J'ai ouvert la portière, desserré le frein à main, démarré le moteur, puis j'ai approché le véhicule de la maison en marche arrière. Je l'ai immobilisé à trois ou quatre pas de l'endroit où gisait le corps. Il pesait remarquablement lourd pour moi, mais lorsque j'ai réussi à faire passer la partie supérieure de son corps par-dessus le rebord du coffre, il a basculé tout entier dedans.

J'ai alors roulé vers l'est pendant environ un kilomètre et demi et garé la voiture au bord d'une route étroite et déserte qui s'enfonçait vers les marécages au-delà du lac Borgne et des intersections du canal, territoire qui m'était familier. Je me suis accordé un moment de répit. J'étais accablé de chaleur. J'ai même allumé la radio pour écouter un peu de musique créole sur une station qui émettait depuis le district de Chalmette. Après environ une demi-heure passée à ne penser à rien, l'idée m'est venue. Je savais que c'était le meilleur moyen – ne penser à rien du tout, attendre que l'idée s'implante au cœur de mon esprit et la laisser croître d'elle-même. Elle a germé et fleuri comme de la glycine dans l'humidité vague et suffocante. J'ai passé la marche arrière et laissé la voiture s'enfoncer parmi les hickorys et les chênes noirs. Au bout de cent mètres, alors que les pneus déchiquetaient les broussailles sauvages putréfiées, les recrachant sous le châssis tels de bons gros morceaux de chique brune, j'ai coupé le moteur. J'ai attrapé un cric sur la banquette arrière et, au prix d'un effort quasi herculéen, j'ai soulevé l'arrière de la voiture de trente bons centimètres. Le coffre était alors à hauteur de mon torse et j'ai eu quelques difficultés à en tirer le corps de Chevron, mais j'y suis parvenu, transpirant furieusement, mes doigts adhérant les uns aux autres à cause du sang, mes cheveux collant à mon visage comme de la peinture. J'ai laissé retomber le corps, ôté le drap, puis poussé le cadavre du pied sous les roues arrière, la tête directement sous celle de droite, la taille et les cuisses sous celle de gauche. J'ai reculé d'un pas, donné un coup de pied dans le cric et j'ai entendu le craquement des os tandis que les lourds pneus de caoutchouc broyaient l'enveloppe mortelle de Carryl Chevron. Je me suis essuyé les mains sur le drap, que j'ai balancé dans le coffre, puis, après être remonté dans la voiture, j'ai allumé une fois de plus le contact et effectué plusieurs allers-retours sur le corps pour faire bonne mesure. J'ai remonté les vitres, verrouillé les portes et suis retourné à l'endroit où le corps écrabouillé de Chevron gisait à demi enterré dans la terre meuble au milieu des arbres. J'ai saisi ses mains l'une après l'autre et, au moyen du cric, lui ai écrasé les doigts sur une pierre pour que ses empreintes digitales ne permettent aucune identification. J'ai fait de même avec sa mâchoire et le bas de son visage. Puis, tenant entre mes mains le cric, la pierre, le drap, ainsi que ma chemise, j'ai marché jusqu'à ce que la terre détrempée commence à m'aspirer les pieds. J'ai alors enfoncé ces objets sous la surface et senti le sol les dévorer avidement. Je les ai regardés disparaître, la boue les recouvrant au ralenti comme du pétrole, puis j'ai repris la direction de la route en courant. Comme un enfant qui se rendrait à une fête d'anniversaire.

Je me suis arrêté près du corps méconnaissable de Carryl Chevron – arnaqueur de 47 ans, né à Anamosa, recalé au lycée, renvoyé sans honneur de l'armée pour vol, un homme qui avait survécu à deux femmes, trois ulcères et à un prétendu problème cardiaque qui s'était avéré n'être qu'une monstrueuse brûlure d'estomac – et j'ai souri.

Tout cela était nouveau pour moi – tuer, me débarrasser du corps, les petits instants de panique terrifiante, l'ingéniosité, la tromperie : une expérience parfaite. J'ai donné un dernier coup de pied dans la tête défoncée, un jet de matière d'un rouge grisâtre a jailli avec colère à la pointe de ma chaussure, puis je suis retourné à la voiture. Tout cela avait une certaine magie, une certaine puissance, une beauté et une simplicité qui n'avaient d'égales que celles des étoiles que je distinguais à travers l'étroite fenêtre de ma chambre par une claire nuit d'hiver.

Ça a été mon péché premier et originel ; je l'avais commis dans le but de devenir une personne dont ma mère serait fière, mais ce faisant, peut-être avais-je laissé mon père infecter et habiter mon âme.

Carryl Chevron n'a jamais été retrouvé, ni porté disparu, ni peut-être – à dire vrai – jamais même regretté. Peut-être quelque délurée en talons hauts avec trop de fard et pas assez de classe l'attendait-elle toujours dans quelque taverne poussiéreuse près de la frontière de l'État. Et peut-être quelques gamins qui ont acheté ses livres lui en veulent-ils encore pour les raclées qu'ils ont reçues.

Qui sait ? Et qu'est-ce que ça peut foutre ?

J'ai conduit la voiture plus avant dans les zones marécageuses, puis je l'ai regardée s'enfoncer sans effort, silencieusement, gracieusement, à jamais, dans les marécages.

J'avais mes livres, j'ai appris à les lire et les ai dévorés comme si ma vie en dépendait. Des volumes difficilement acquis, regorgeant de savoir, dans lesquels j'ai découvert le cœur, son fonctionnement, la sous-clavière et la veine cave, et aussi de Vinci, Einstein, Michel-Ange, Dillinger, Capone : les nombreux génies que le monde nous avait offerts puis avidement repris. Ils étaient à moi seul, ma seule vraie possession, et je les vénérais et les traitais avec soin, car ils m'avaient coûté cher, à moi ainsi qu'à l'homme qui les avait apportés. Et ni mon père – trop ivre ou trop meurtri pour voir la plupart du temps ce qu'il avait sous le nez – ni ma mère – trop intimidée et effacée en sa présence – n'ont jamais songé à me demander comment je me les étais procurés. Je les conservais à l'abri, sous mon lit, et dévorais chaque mot de chaque page, puis je recommençais depuis le début.

Ces nuits, fraîches et douces, le ciel dégagé, saupoudré d'étoiles et de constellations que je pouvais identifier et nommer, la chaleur atténuée par la brise qui venait du nord de la rivière, et je me sentais vivant, impatient...

Je sentais qu'il y avait tant de choses que je voulais – que je *devais* – savoir.

Plus tard, bien plus tard, alors que des années se seraient écoulées et que j'aurais appris bien des choses sur le monde, je me ferais les réflexions suivantes.

Peut-être que si j'avais été quelqu'un, si j'avais *vraiment* été quelqu'un, alors ces événements ne se seraient pas produits.

Peut-être que si j'avais combattu au Vietnam et étais rentré en héros, la poitrine couverte de médailles, les filles de chez Montalvo se jetant dans mes bras comme si je pouvais les envelopper toutes d'un seul geste. Avec une cicatrice sur la joue, au-dessus de l'œil peut-être – visible, mais pas au point d'être laide.

Peut-être que si j'avais marché dans la boue et le sang et la merde de Da Nang ou Quang Nai ou Quy Nhon, portant un sac à dos plein de rations alimentaires, de jus de fruits déshydratés, de comprimés de sel, de munitions, de porte-bonheur, plus un gilet pare-balles fermement enroulé entre mon fardeau et ma colonne vertébrale. Le genre de chose dont on pouvait toujours sentir le poids les yeux fermés.

Peut-être que si j'avais été là pour porter quelque camarade blessé, enfoncé jusqu'aux cuisses dans un déluge cauchemardesque de napalm, la végétation se ratatinant autour de moi, tombant, me dissolvant, titubant à bout de souffle, brûlant, mes cheveux roussis collés à mon cuir chevelu, mes bras ensanglantés par la sueur rouge de ma charge.

Peut-être que si j'avais parcouru cent kilomètres jusqu'aux lignes arrière, jusqu'aux tentes médicales qui se dressaient blanches, propres, emplies d'une odeur d'anesthésiant et de morphine, où des étudiants en médecine novices au visage juvénile détournaient les yeux du carnage, où je devais ligaturer et suturer et juguler l'abondant écoulement de sang jaillissant d'un ventre éviscéré, d'une vilaine blessure, d'un œil manquant, d'une fracture saillant à la surface de la peau comme un tapecul se détachant sur un ciel d'hiver…

Peut-être que si j'avais perdu un doigt. Un orteil. Un lobe d'oreille.

Peut-être que si j'avais pu porter un tee-shirt orné de la légende SI VOUS N'Y ÉTIEZ PAS FERMEZ VOTRE GUEULE, tout en sachant que moi j'y étais, que je pouvais parler, que j'étais en droit de dire aux gens comment c'était – la nuit, la peur, l'image d'un gris spectral des soldats se déplaçant, leur symétrie, leur identité se fondant à mesure que la boue et le sang et la merde de la guerre les transformaient en une grande machine qui avançait au ralenti, respirait, une grande machine ahurie qui ne posait pas de questions.

Peut-être alors, et seulement alors, aurais-je pu avoir quelque chose à dire.

Et je ne me serais pas senti vide.

Moi qui aurais voulu que les gens m'appellent « Chef » ou « Soldat de ligne » ou « Doc » – ou quelque autre surnom bien mérité dont les gens, en l'entendant, auraient demandé l'origine et auraient alors compris quel être humain profond et parfait j'étais, plein de défauts, certes, mais brave, intrépide, expérimenté et riche d'une chose que peu d'autres possédaient – en un sens je n'étais rien, et j'avais pourtant si peur de n'être rien que je m'imaginais que tout ce que je voulais, je pouvais le prendre aux autres.

Et c'est ce que j'ai fait.

Je me revois assis au fond du seul restaurant d'Evangeline, Montalvo, gobant des M&M's, les faisant claquer contre la voûte de mon palais et les sentant heurter mes dents, les mâchant, découvrant l'éclat de bonbon coincé contre ma gencive… il était tard, le restaurant fermerait bientôt, et le cuistot au visage doux, le cuistot mi-créole mi-irlandais dont je ne me rappelais jamais le nom, me jetterait dehors, dans la nuit profonde, me souhaitant bonne chance, s'esclaffant dans son mauvais américain dont les inflexions ne ressemblaient à aucun autre accent. Il roulait, il roulait littéralement, sur le linoléum gras, s'essuyant les mains sur un torchon gras, passant le revers de sa main grasse sur la partie inférieure de son visage gras, et il dégageait une odeur d'oignons frits et d'œufs frits, de frites et de tabac. Une odeur de graillon en feu. Une odeur unique qu'aucun être humain ne devrait avoir, mais lui l'avait, et il l'assumait sans effort, car cette odeur faisait partie de lui dans tout ce qu'il disait, faisait, pensait.

Mais pour le moment j'étais en sécurité, au fond du restaurant, à regarder les trois ou quatre jeunes habitués qui dansaient au son du juke-box, les deux filles aux bouches larges qui faisaient claquer des bulles de chewing-gum à la menthe poivrée, leurs jupes exubérantes couvrant des cuisses fermes et brunes, leurs chaussures plates et leurs queues-de-cheval et leurs élastiques, les montres d'homme qu'elles portaient au poignet, et moi qui me demandais ce que ça ferait de baiser l'une d'elles, ce que ça ferait de dissoudre ma langue dans cet arôme de menthe poivrée, ou peut-être de les baiser toutes les deux ensemble, de laisser mes mains s'égarer sous ces jupes tournoyantes, de toucher cet endroit qu'elles considéraient comme le cœur de leur vie.

Pour le moment, elles étaient en sécurité.

Je me disais que si j'avais lu des romans, j'aurais pu parler. Mais je ne lisais pas de romans, simplement des faits dans des encyclopédies.

Et parler de telles choses n'aurait rendu que trop évident le fait que je n'avais pas de vie.

Peut-être que si j'avais lu ces ouvrages qui étaient cités dans mes volumes – des livres intitulés *Pilote de guerre, Petit déjeuner chez Tiffany, Au dieu inconnu, Narcisse et Goldmund, Les Séquestrés d'Altona, Morts sans sépulture, Une mort très douce* –, des titres comme ceux-là, alors peut-être…

Et si j'avais aussi connu le nom de leurs auteurs, il n'aurait fait aucun doute que je les aurais lus. Mais je n'aurais pas mentionné les titres, juste le nom des personnages, et les autres m'auraient écouté, et ils auraient su que je savais de quoi je parlais au ton de ma voix, à l'expression de mes yeux, à ma manière d'esquisser un demi-sourire en imaginant des pensées qui n'appartenaient qu'à moi.

Peut-être alors, et seulement alors, aurais-je pu avoir quelque chose à dire.

Mais je ne savais rien, et il me semblait que je ne saurais jamais rien.

Alors, je tuais des choses.

Que pouvais-je faire d'autre ?

J'observais les filles aux cuisses fermes, aux jupes tourbillonnantes, elles qui m'avaient regardé avec arrogance, qui s'étaient mutuellement mises au défi de *parler au type bizarre assis dans le coin avec ses M&M's* quand elles avaient commencé à venir ici il y avait une éternité de cela. Une ou deux filles avaient fini par oser, et j'avais été timide et aimable, j'avais rougi et elles avaient gloussé, mais maintenant qu'elles étaient plus vieilles, elles s'en fichaient, elles me trouvaient juste bizarre et elles dansaient de plus belle avec leurs cuisses et leurs jupes et leur haleine de menthe poivrée.

Je les détestais à cause de leur douce peau brune. Je me demandais quel goût aurait leur transpiration à même la peau. Des perles de sueur qui ressemblaient à de la condensation sur les parois de verre de bouteilles fraîches. À de la pluie sur une vitre.

J'étais assis seul, là, chez Montalvo, et l'unique personne qui ne me trouvait pas bizarre, c'était peut-être ce cinglé de cuistot métis sans nom qui avait une odeur qu'aucun être humain n'aurait dû avoir.

Il se moquait que je n'aie rien à dire, car je payais mon Coca, je gobais mes M&M's, je restais assis, je regardais, je respirais, j'existais.

Je ne parlais pas.

Quand je songeais à dire quelque chose, tout ce qui me venait, c'était : « Eh-bien-heu-j'ai-disons-tué-quelque-chose-un-jour… », mais étant donné que ce n'était pas vraiment le genre de politesses que les gens attendaient, je me taisais.

Et, à ce titre, je n'avais rien à dire.

Peut-être que si je m'étais fait pincer…

Peut-être alors, et alors seulement, aurais-je eu quelque chose à dire.

Parfois, je me lançais des challenges, je me mettais au défi d'aller voir l'une de ces filles, l'une de ces tornades adolescentes à la peau ferme, et de lui demander son nom. Je dirais « Salut, moi, c'est Bill », ou « Doc » ou « Soldat de ligne » ou « Troupier », et je la sentirais qui rougirait un peu, puis elle sourirait et répondrait : « Moi, c'est Carol ou Janie ou Holly-Beth », et elle me demanderait comment ça se faisait que je m'appe-

lais comme ça. Je hausserais les épaules d'un air évasif, comme si ça n'avait pas vraiment d'importance,
et je répondrais que c'était la guerre, « ça remonte à
un bout de temps, chérie, un bout de temps et tu n'as
pas envie d'en entendre parler ». Et alors, nous dan-
serions, elle m'offrirait un chewing-gum, passerait
peut-être quelques disques que j'aimais bien, et après,
alors que je la ramènerais chez elle, elle me demanderait une fois de plus pourquoi j'avais un tel nom, et
je lui expliquerais par petites phrases chargées d'émotion, et pendant les silences qui entrecouperaient mes
paroles, elle sentirait la profondeur, la force, la puissance du sang-froid qu'il m'avait fallu pour revenir à
un tel endroit et toujours être capable de sourire, de
rire, de dire « Salut » et de danser chez Montalvo avec
une fille comme elle.

Elle tomberait amoureuse, et je sentirais la pression
de sa main dans la mienne, le frottement de son épaule
contre le côté de ma poitrine lorsqu'elle se pencherait
pour me caresser la joue, embrasser mon visage, me
demander si, peut-être, éventuellement, je pourrais
envisager de la revoir...

Et je répondrais : « Bien sûr chérie, bien sûr » et je
sentirais son cœur bondir dans sa poitrine.

Ou peut-être pas. Peut-être que j'aurais une bouteille de Coca à la main et que, au moment où la fille
m'attirerait à elle, je briserais le cul de la bouteille
contre le mur et je me retournerais pour faire face à
Bobby-Sue ou Marquita ou Sherise ou Kimberley, et je
m'écrierais : « Tiens, un petit quelque chose de froid
et dur pour te remercier de ta compagnie... », et je lui
planterais le verre dans le plexus solaire, à travers le
nerf vague, et je sentirais le nerf se serrer et se contrac-

ter, danser comme un poulet sans tête sur la terre battue derrière une caravane déglinguée, je le sentirais se refermer sur les tessons brisés comme la main d'un morveux affamé, le sang cognant, s'écoulant par l'ouverture, luisant sur mes mains, les réchauffant, en emplissant les pores, sinuant dans les étroits sillons de mes empreintes pour les remplir...

Et alors j'inclinerais la fille contre le mur, je la sodomiserais, puis je me passerais un coup de peigne et je rentrerais à la maison.

Peut-être alors, et alors seulement, aurais-je quelque chose à dire.

Avant Carryl Chevron, j'avais tué un chien. Avant ça, j'avais placé un chat dans un poulailler au milieu de trois poulets et je les avais regardés détaler comme des dératés. Avant ça, j'avais tué d'autres choses, mais je ne me rappelle plus quoi.

Au fond, nous étions tous des enfants, et certains d'entre nous ne semblaient jamais être rien d'autre. Je comprenais cela, comme je comprends aujourd'hui bien des choses, et je vois désormais que la profondeur de ma compréhension est bien plus grande que je ne l'imagine. Je sais que tout vient du cœur, et je sais que si vous n'écoutez pas ce qu'il a à vous dire, alors il vous tuera.

Le temps s'écoulait comme une obscurité silencieuse, mais ponctuée de sons et de bruits que même aujourd'hui je ne peux me résoudre à me rappeler.

Eisenhower était investi président.

Fidel Castro Ruz était emprisonné après un coup d'État manqué.

Rocky Marciano conservait son titre de champion du monde des poids lourds en mettant K.-O. Jersey Joe Walcott. Mon père était un ivrogne. Un menteur. Un raté.

J'avais 16 ans, La Nouvelle-Orléans coulait dans mon sang.

Saint Jacques le Majeur, Ougou Feray, l'esprit africain de la guerre et de l'acier. Le rythme impétueux des tambours, des chants, des gens versant du vin rouge, du riz et des haricots, de la viande, du rhum et des boissons sans alcool dans un bassin, puis ces mêmes personnes se tordant dans la boue et partageant leurs pouvoirs exceptionnels en touchant les spectateurs. Serpent et croix dans le même cimetière à la Toussaint, et l'invocation de l'esprit le plus puissant de tous, le *loa* Damballah Wedo, le festival animé de Vyèj Mirak, la Vierge des Miracles, et sa contrepartie vaudoue Ezili, la déesse de l'amour. Laver un taureau, appliquer du parfum, le vêtir d'une cape, puis le tuer en récupérant son sang dans une gourde qu'on passait à ceux qui étaient possédés par le *loa*. Ils buvaient pour nourrir l'esprit. Sacrifiant des pigeons blancs au *loa* Petro, un esprit qui se nourrissait d'oiseaux et de porcs, de chèvres et de taureaux, parfois de cadavres arrachés à des tombes. Le jour des morts, le Baron Samedi, *loa* des morts.

J'avais 16 ans. J'étais presque un homme, mais je n'arrivais toujours pas à encaisser les raclées que mon père distribuait. Pas seulement à moi, mais à ma mère – cette femme à l'espoir gracieux, ingénu, silencieux.

C'était la fin de 1953.

Lorsque j'y repense, les images se fondent les unes avec les autres, les visages se ressemblent tous, les voix ont un ton et un timbre similaires, et je peine à replacer les événements dans leur ordre chronologique. Je pense à Cuba, la terre natale de mon père, aux choses qui s'y sont produites, et je m'aperçois alors qu'elles sont arrivées plus tard, bien plus tard. Mon propre passé est un défi à ma mémoire, ce qui m'effraie, car oublier mon passé, c'est oublier qui je suis, comment je suis devenu une telle personne, et oublier ces choses, c'est remettre en question ses raisons de vivre.

Peut-être la chose la plus triste dans ma mort sera-t-elle ma vie.

Certains d'entre nous vivent pour se souvenir ; d'autres vivent pour oublier ; certains d'entre nous, même aujourd'hui, nous font croire que nous travaillons dans un but qui nous dépasse. Laissez-moi vous dire, c'est un mensonge. Ce n'est pas compliqué, c'est même presque trop simple pour le croire. Comme la foi. La foi en quoi ? La foi en Dieu ? La plus grande chose qu'ait accomplie Dieu a été de faire croire au monde qu'il existait. Regardez un homme dans les yeux au moment de sa mort et vous verrez qu'il n'y a rien. Juste une obscurité dans laquelle se reflète votre visage. C'est aussi simple que ça.

Je vais maintenant vous raconter la mort de ma mère. Bien qu'elle ne soit survenue que quatre ans plus tard, je vais vous la raconter maintenant.

1954, le maccarthysme, l'occupation de Hanoi par le Viêt-minh et le commencement même de la guerre du Vietnam, la libération de Castro et de son frère Raúl lors de l'amnistie générale de mai 1955.

Le départ de Castro pour le Mexique où il organisera avec les exilés le mouvement révolutionnaire du 26 juillet, avant de mener quatre-vingt-deux hommes jusqu'à la côte nord de la province d'Oriente, débarquant à Playa de las Coloradas en décembre 1956, quatre-vingt-deux hommes dont seuls douze survivront et se retireront dans les montagnes de la sierra Maestra, continuant de mener une guérilla contre le gouvernement Batista. Puis ces douze hommes en devenant huit cents et remportant victoire après victoire contre le dictateur dans la folie brûlante de la révolution et du sang versé qui marquerait autant l'histoire que tout ce qui avait pu se passer en Europe…

Jusqu'à la défaite finale de Batista et sa fuite vers la République dominicaine le 1er janvier 1959 et, nous étions alors là – mon père et moi – à La Havane, lorsque Castro est entré victorieux dans la ville. Et les gens croyaient, ils croyaient *réellement* que les choses seraient désormais différentes.

Et tout ce que je me disais, c'était que ma mère aurait dû être avec nous. Mais elle était morte à l'époque, et nous avions fui l'Amérique, ma terre natale, pour gagner le pays natal de mon père.

Je vais donc vous raconter cette nuit – la nuit du vendredi 19 décembre 1958 – et vous pourrez vous demander si ce qui est arrivé à mon père n'était pas que justice.

Lorsque les hommes sont arrivés pour traîner le corps hors de la cour, je me souviens d'avoir pensé : « Que va devenir sa femme ? Que vont devenir ses enfants ? »

Car je savais que tous ces hommes avaient femme et enfants, tout comme mon propre père. Tout comme l'Ouragan de La Havane.

Moins d'une semaine avant Noël, et la femme et les enfants du mort seraient à la maison, attendant son retour. Mais ce soir, il ne rentrerait pas en titubant, le visage rougi, les poings en sang, son maillot de corps trempé de sueur. Ce soir, trois hommes le traîneraient hors d'une cour, soulèveraient son corps avec autant de grâce et de respect que si ça avait été un quartier de bœuf, ils l'enfermeraient dans un gros sac déchiré et le balanceraient à l'arrière d'une camionnette à plateau. Et ces hommes aux mains calleuses et aux visages durs, ces hommes qui n'avaient pas plus d'âme qu'une pierre, pas plus de pitié ni de scrupules qu'un lézard se prélassant sur un rocher délavé par le soleil, s'en iraient dans cette camionnette, et pour dix dollars, peut-être moins, ils déshabilleraient le corps et brûleraient ses vêtements, ils tailleraient dans la chair et le laisseraient un peu saigner, puis ils le jetteraient dans les marécages où les alligators escamoteraient rapidement tout ce qui pouvait être identifié.

Et mon père, l'Ouragan, était rentré à la maison en titubant, son propre maillot de corps éclaboussé du sang du mort, il avait franchi la porte soûl comme un cochon, défiant quiconque de se mettre en travers de son chemin, de lui dire qu'il n'était pas le maître dans sa propre maison, et ma mère, effrayée, l'avait imploré de ne pas la tenir si brutalement, de ne pas être si en colère, si violent, si insatiable…

Et moi, accroupi derrière la porte de ma chambre, les larmes aux yeux en entendant ma mère hurler, je l'avais écoutée réciter toutes les prières qui lui venaient à l'esprit et, en entendant sa voix, je savais que ses prières ne feraient qu'accroître la fureur de mon père, et je sentais que quelque part dans cette folie quelque chose devait avoir un sens.

Mais je ne voyais pas lequel – et je ne le vois toujours pas.

Et alors le silence.

Un silence qui semblait couler comme du sang sous la porte de leur chambre et avancer sans bruit vers moi, accompagné d'une ombre froide qui ne pouvait signifier qu'une chose.

Ce silence a semblé durer une éternité, peut-être plus, et je savais que quelque chose ne tournait pas rond.

Vraiment pas rond.

Un hurlement plaintif a alors retenti tandis que mon père se précipitait hors de la chambre, titubait dans le couloir comme si quelqu'un avait pris possession de son âme et la tordait dans tous les sens.

Le vide de ses yeux, la pâleur de sa peau tirée, couverte de sueur, la façon dont il ne cessait de serrer puis desserrer les poings. Des poings de boxeur. Des poings de tueur. Et j'attendais qu'il ouvre ma porte, baisse les yeux vers moi, et je verrais dans ses yeux une lueur que j'avais vue une heure plus tôt alors qu'il se tenait au-dessus d'un cadavre roué de coups, mais aussi autre chose, une chose bien pire, une chose comme de la culpabilité, du regret, de la honte et aussi de l'horreur, du désespoir, de la folie, le tout mêlé en une émotion indescriptible qui dirait tout ce qu'il y avait à dire sans qu'il fût besoin de prononcer un mot.

Je me suis levé et suis passé devant lui en courant.

J'ai filé dans le couloir et me suis rué dans la chambre de ma mère.

Je l'ai vue nue, nue comme au premier jour, et en voyant le vide noir de ses yeux, la manière dont sa tête était repliée à un angle des plus étranges, j'ai compris…

J'ai compris qu'il l'avait tuée.

Quelque chose est monté en moi. Outre la haine et la panique, outre l'écœurement et l'hystérie, j'éprouvais une sensation proche d'un instinct de survie primaire. Et je savais que quoi qu'il se soit passé ici, je devais fuir. Un meurtre avait été commis, ma brute de père avait assassiné ma mère et, en dépit des sentiments qu'il m'inspirait à cet instant, j'étais certain que rester ici serait la fin de ma vie.

Peut-être, obscurément, était-ce ce que j'avais attendu ; un événement suffisamment terrible pour me faire partir.

J'ai fait un pas en avant.

J'ai baissé les yeux vers elle.

Et alors même que je fixais du regard son visage froid et sans vie, j'ai entendu sa voix.

J'ai entendu les chansons qu'elle me chantait quand j'étais bébé.

Je me suis retourné vers mon père, qui me tournait le dos. Son corps, quoique raide, tremblait de manière incontrôlable, il avait les poings serrés, chaque muscle de son corps était tendu, étiré, douloureux, et je savais que je devais partir. Partir et l'emmener avec moi.

Je suis sorti de la maison en courant. La rue était déserte. Je suis retourné à l'intérieur, toujours au pas de course, sans comprendre pourquoi j'étais sorti.

Je lui ai hurlé quelque chose et il m'a regardé avec des yeux de vieillard. Un homme faible et vaincu. J'ai gagné ma chambre à la hâte et rassemblé quelques affaires que j'ai fourrées dans un sac en toile de jute ; je suis allé chercher dans la cuisine les quelques provisions qui restaient, les ai enveloppées dans un torchon et enfoncées dans le sac, puis j'ai attrapé une chemise et forcé mon père à l'enfiler, je l'ai boutonnée jusqu'au col, après quoi, je l'ai traîné dehors, comme si nos deux corps n'en faisaient plus qu'un, jusqu'au bord de la route et je l'ai laissé planté là, décharné et muet.

Je suis retourné dans la maison et, après m'être tenu une minute de plus au-dessus de la forme morte de ma mère, après m'être agenouillé et avoir touché son visage, après m'être penché tout près d'elle et lui avoir murmuré que je l'aimais, j'ai regagné la cuisine. J'ai saisi une lampe à pétrole et vidé son contenu sur le sol et la table, dans le couloir et dans l'entrée, puis j'ai aspergé le corps de ma mère du peu de pétrole qui restait. J'ai reculé, fermé les yeux, et alors j'ai tiré une boîte d'allumettes de ma poche et en ai craqué une. Je suis resté là un moment, respirant l'odeur de soufre, de pétrole, de mort, puis j'ai lâché l'allumette et me suis enfui en courant.

Nous avions déjà parcouru quatre cents mètres lorsque nous avons vu les flammes s'élever vers le ciel.

Nous avons continué de courir, malgré mon envie constante de rebrousser chemin, d'éteindre les flammes et de sortir le corps calciné de ma mère des ruines, de dire au monde ce qui s'était passé, et de demander le pardon et un sanctuaire à un Dieu auquel je ne croyais pas. Mais ni moi ni mon père qui courait à côté de moi ne nous sommes arrêtés et, étrangement, j'ai songé que nous n'avions jamais été, et ne serions plus jamais, si proches l'un de l'autre.

C'était le mois de décembre 1958, une semaine avant Noël, et nous nous sommes dirigés vers l'est, vers le Mississippi, et quand nous l'avons atteint nous avons continué vers l'est jusqu'à l'Alabama, sachant pertinemment que si nous nous arrêtions notre destinée nous échapperait des mains.

Nous avons marché dix-sept jours, nous arrêtant uniquement pour nous étendre en bordure de quelque champ et grappiller quelques heures de repos agité, partager les quelques bouchées de nourriture qui restaient avant de repartir et affronter une nouvelle journée de voyage.

La Floride : Pensacola, le cap San Blas, la baie d'Apalachee ; la Floride, d'où l'on pouvait voir l'île de Cuba, l'archipel des Keys, le détroit et les lumières de La Havane depuis la pointe du cap Sable. Et nous savions que nous n'étions qu'à une poignée de kilomètres de la terre natale de mon père.

Nous sommes restés cachés trois jours d'affilée. Mon père ne disait rien. Chaque nuit, je m'éloignais furtivement et marchais jusqu'à la plage. Je discutais avec des gens qui parlaient un mauvais espagnol, des gens qui ne cessaient de m'expliquer qu'ils ne pouvaient rien pour moi, jusqu'à ce que, enfin, la troisième nuit, je tombe sur un pêcheur qui a accepté de nous emmener.

Je ne vous dirai pas comment je me suis acquitté de notre droit de passage, mais j'ai fermé les yeux et payé le prix, et je crois porter encore aujourd'hui les cicatrices de mes propres ongles dans la chair de mes paumes.

Mais nous sommes partis, cheveux au vent, l'air marin telle une absolution, et je regardais mon père agripper les rebords de la petite embarcation, les yeux écarquillés, le visage hanté, un homme anéanti.

C'était ma mère.

Sa vie et sa mort.

J'avais 21 ans, et dans un sens je croyais ma vie parvenue à son terme. Un chapitre s'était définitivement clos, et s'il m'est arrivé de croire que je me remettrais de ce qui était arrivé, s'il m'est arrivé de croire que je me distancierais des événements de mon enfance, du meurtre que j'avais commis et de celui dont j'avais été témoin, alors je me suis trompé.

Mon âme était perdue ; mon sort était scellé et irrévocablement tracé ; le monde et sa folie m'avaient défié, et j'avais succombé.

Si le diable existait, alors je l'avais accepté à mes côtés, mon *compadre*, mon frère de sang, mon ami.

J'avais commencé par suivre les traces de mon père, puis je l'avais aidé à échapper à la justice après le meurtre de ma mère.

Mon esprit était hanté par les ténèbres, et où que je pose les yeux, tout n'était que ténèbres.

Ce qui était autrefois en moi entachait désormais tout le reste.

Nous avons accosté à Cárdenas. J'apportais avec moi une ombre que je porte encore à ce jour.

10

De tout ce qu'il avait appris, Hartmann était certain d'une chose : il n'était pas possible d'envisager raisonnablement un acte déraisonnable.

Peut-être dans quelque recoin sombre et ombrageux de son esprit pouvait-il dans une certaine mesure comprendre les actes commis – le meurtre de la mère de Perez, l'incendie du corps, la fuite à Cárdenas à Cuba, même la mort du représentant de commerce –, mais il ne comprenait absolument pas l'homme qui les avait commis. Hartmann ne croyait pas que le mal était héréditaire, mais comme il l'avait étudié plus tôt, comme il l'avait appris dans des livres de Stone et DeLuca, de O'Hara et Geberth, il croyait qu'il existait bel et bien des « dynamiques situationnelles ». C'était le domaine des profileurs criminels, et il se retrouvait perdu et sans ancrage, plongé tête la première dans une chose qu'il n'aurait jamais imaginée.

« Vous m'avez l'air quelque peu pensif, monsieur Hartmann, observa calmement Perez, et il se pencha en avant, tira une cigarette du paquet posé sur la table et l'alluma.

– Pensif ? » demanda Hartmann en écho.

Perez sourit. Il tira sur sa cigarette puis exhala deux minces filets de fumée par les narines.

Cet homme ressemble à un dragon, pensa Hartmann. *Un dragon sans âme.*

« Vous avez du mal à comprendre ces choses ? demanda Perez.

— Oui, peut-être, répondit Hartmann. J'ai lu des milliers de pages, vu des centaines et des centaines de photos représentant les horreurs que peuvent commettre les hommes, mais je crois que je ne comprends toujours pas mieux leurs mobiles ni leurs raisons.

— La survie, déclara Perez d'un ton neutre. On en revient toujours à ce principe fondamental de survie.

— Je ne peux pas être d'accord avec ça, répliqua Hartmann en secouant la tête.

— Je vois, fit Perez. Je vois. »

Hartmann se pencha en avant.

« Vous pensez vraiment que tout ce qui a été commis l'a été au nom de la survie ?

— Oui.

— Comment ça ? Comment la survie pourrait-elle justifier le meurtre ?

— Tout simplement, monsieur Hartmann, parce que, bien souvent, c'est soit vous, soit eux. Et rares sont ceux qui, confrontés à une telle situation, accepteraient de se sacrifier. »

Hartmann regarda Perez, droit dans les yeux, et il songea que cet homme était plus animal qu'être humain.

« Mais que faites-vous des tueurs qui se font payer... de ces personnes qui tuent des inconnus pour de l'argent ?

— Ou pour du savoir ? surenchérit Perez, faisant peut-être allusion à la mort de Carryl Chevron.

— Ou pour du savoir, oui.

– Le savoir est la survie. L'argent est la survie. La vérité, c'est que le mobile ne peut jamais être réellement apprécié par autrui. Le mobile est une chose personnelle, peut-être aussi unique que le tueur lui-même. Il tue pour une raison qu'il est le seul à comprendre, et cette raison peut toujours être expliquée par ce que le tueur considère comme le meilleur moyen de survivre sur le moment. Il est possible que plus tard, rétrospectivement, il envisage la situation sous un angle différent et considère qu'il a mal agi, mais sur le coup, je peux vous garantir qu'il ne cherchait qu'à assurer sa survie ou celle de ceux qui ont gagné sa loyauté. »

Hartmann secouait la tête. Il n'arrivait pas à fournir un effort d'imagination suffisant pour accepter ce que disait Perez. À vrai dire, il était horrifié par cet homme et il ne souhaitait rien plus que quitter cette pièce une bonne fois pour toutes.

Il leva les yeux, s'attendant presque à ce que Perez reprenne son récit, mais celui-ci avait fini de parler. Hartmann savait que chaque mot qu'il avait prononcé avait été enregistré par Kubis de l'autre côté de la porte. Lester Kubis était là avec un casque sur la tête et, derrière lui, se tenaient Stanley Schaeffer et Bill Woodroffe, le front en sueur, écoutant chaque mot que Perez prononçait avec l'espoir vain qu'il leur donnerait quelque indication sur l'endroit où se trouvait Catherine Ducane.

Mais Perez ne leur avait rien donné que lui-même, lui-même tout entier. Hartmann ne doutait pas qu'il disait la vérité et il soupçonnait déjà que comprendre les motivations de cet homme ne serait pas facile. Il ne pouvait que conjecturer sur les liens qui unissaient Ernesto Perez à Charles Ducane, mais les allées du pouvoir étaient pavées des victimes de tels hommes. Les réponses viendraient avec le temps, évidemment, mais Hartmann avait conscience que du temps, il n'en avait que très peu. Une semaine plus tard, le samedi 6 septembre à midi, il était censé voir sa femme et sa fille. Ce rendez-vous serait jugé sans importance comparé à l'affaire qui l'occupait en ce moment. Ses problèmes personnels n'intéressaient ni Schaeffer ni Woodroffe et encore moins le procureur général Richard Seidler, le directeur du FBI Bob Dohring ou le gouverneur Charles Ducane. Leur seul souci, à juste titre, c'était de retrouver Catherine Ducane en bonne santé.

Plus tard, étendu sur son lit à l'hôtel Marriott, Hartmann fermerait les yeux et se rappellerait l'homme à qui il avait fait face pendant près de deux heures. Ernesto Perez, un vieil homme, un homme qui avait dès sa plus tendre enfance été confronté à la nature destructrice et à la violence de son père. Perez était en ce moment même sous bonne garde à l'hôtel Royal Sonesta, dont les quatre étages inférieurs avaient été vidés de leurs clients par le FBI. Le Sonesta abritait désormais plus de cinquante agents du Bureau, et la suite au dernier étage de l'hôtel où logeait Perez était gardée par douze hommes armés. Il avait demandé une chaîne hi-fi, des CD de Schubert, Chostakovitch, Ravel, Louis Prima et Frank Sinatra ainsi que des chemises propres et des vêtements de nuit ; et pour son dîner, il avait commandé du marlin frais, des pommes de terre à la viennoise, une salade verte et une bouteille de cabernet-sauvignon. Ses demandes avaient été satisfaites car, durant le bref intervalle où il serait l'hôte du FBI et non du système pénitentiaire fédéral, Ernesto Perez obtiendrait tout le confort qu'il désirait et verrait tous ses souhaits exaucés. Et lorsqu'ils auraient retrouvé la fille – morte ou vive –, la fête serait terminée. Hartmann était certain que Perez en était conscient et il était donc sûr qu'il essaierait d'en tirer tous les avantages possibles. Cet homme, quel qu'il fût, n'était pas né de la dernière pluie et il savait ce que le FBI pouvait lui procurer.

Schaeffer et Woodroffe retrouvèrent Hartmann après que Perez eut été emmené sous bonne escorte.

« Qu'est-ce que vous en dites ? demanda Schaeffer.

– De quoi ? »

Schaeffer roula des yeux et se tourna d'un air découragé vers Woodroffe.

« Des chances des foutus New York Knicks cette saison, Hartmann… de quoi est-ce que vous croyez que je parle ?

– De Perez ou de la fille ?

– OK, de Perez, répondit Schaeffer. Commençons par Perez. »

Hartmann resta un moment silencieux.

« Je pense qu'il sait exactement ce qu'il fait. Je crois qu'il a tout planifié dans les moindres détails. Je crois que, jour après jour, il ne nous dira que ce qu'il voudra nous dire, qu'il ne nous donnera que des bribes et que ce sera à nous de nous décarcasser pour avoir une image d'ensemble. Ses mobiles ? Aucune idée. Peut-être ne les comprendrons-nous que lorsqu'il nous aura donné la dernière pièce du puzzle. Pour le moment, c'est lui qui a la main. Il a une chose que nous voulons et il sait que nous nous plierons à tous ses désirs pour l'obtenir.

– C'est également ce que je pense, acquiesça Woodroffe. J'ai des gens qui se penchent déjà sur son cas. Nous avons ses empreintes. Nous savons à quoi il ressemble. Ils vont passer au crible tous les dossiers et tous les documents en notre possession. Ils vont interroger toutes les bases de données du FBI. Des retranscriptions de ce qu'il nous dit vont être transmises à nos meilleurs éléments et, s'il y a quelque chose à découvrir, ils le trouveront. »

Hartmann n'était pas certain qu'il y aurait quoi que ce soit à découvrir. Il était persuadé que Perez savait exactement ce qu'il disait et qu'il était bien décidé à les faire courir jusqu'au dernier moment. L'espace d'une seconde, il envisagea même la possibilité que la fille soit déjà morte.

« Donc, nous ne connaissons pas son mobile, et il est probable que nous ne le connaîtrons pas tant qu'il ne nous l'aura pas dit, déclara Schaeffer. Tant que nous n'avons rien à nous mettre sous la dent, la seule chose que nous pouvons faire, c'est suivre le protocole à la lettre. Nous avons suffisamment de ressources pour suivre les pistes qui pourraient se présenter, qu'elles soient réalistes ou non. Si quoi que ce soit se présente ailleurs, nous en tiendrons compte, mais pour le moment, notre tâche principale est de faire parler cet homme, de l'empêcher autant que possible de dévier du sujet qui nous intéresse... »

Hartmann sourit d'un air ironique.

« Je crois qu'il a l'intention de nous raconter toute sa vie. C'est sa biographie non écrite, une opportunité unique de nous dire tout ce qu'il a fait, tous les endroits où il est allé et tout ce qu'il sait sur les autres. Ça ne me surprendrait pas qu'on rencontre le gouverneur Charles Ducane à un moment ou un autre de son récit. »

Les deux agents du FBI demeurèrent un moment silencieux, puis Woodroffe se pencha en avant, posa les mains sur le bureau et déclara de l'air le plus sérieux du monde :

« Je n'ai pas besoin de vous préciser que tout ce que vous entendrez dans ce bureau ou ailleurs dans ce bâtiment tombe sous la juridiction du FBI. Pas un mot, pas un seul mot ne sort d'ici, vous comprenez ? »

Hartmann leva la main.

« Je ne suis pas un enfant, agent Woodroffe…

— J'en suis bien conscient, monsieur Hartmann, reprit Woodroffe avec un sourire, mais je sais aussi que vous avez eu des problèmes par le passé, quelques difficultés dans la manière dont vous avez géré vos affaires personnelles, et nous n'ignorons pas que vous avez été inscrit chez les Alcooliques anonymes, ce qui vous a valu quelques sérieux soucis avec votre femme et votre fille. »

Hartmann était fou de rage. Il ouvrit la bouche pour parler, mais Woodroffe l'interrompit d'un geste de la main.

« Ce ne sont pas nos affaires, poursuivit-il. Nous savons que vous accomplissez depuis très longtemps votre travail de manière exemplaire et nous savons aussi que vous êtes ici à la demande spécifique de Perez et que nous ne pouvons rien y faire. Tout ce que nous disons, c'est qu'il s'agit d'une affaire de la plus haute importance et que nous avons besoin que tout le monde soit du même côté et chasse le même lièvre. »

Hartmann soupira intérieurement. Il ne voulait pas être là. Il ne voulait pas avoir cette conversation avec ces gens. Mais son instinct naturel le poussait à s'en faire pour Catherine Ducane en tant qu'être humain, et il sentait qu'il relevait en quelque sorte de sa responsabilité et de son devoir de rester jusqu'au bout. Il ferait donc ce qu'on lui avait demandé, aussi vite que possible, car chaque jour qui s'écoulait le rapprochait de la possible résolution des « soucis avec sa femme et sa fille » auxquels Woodroffe avait fait allusion.

Ce n'était pas un jeu, c'était la vraie vie – avec ses aspérités, ses angles coupants et ainsi de suite. Hartmann n'avait aucune intention de s'élever contre ces gens, ni de les laisser dicter sa vie plus qu'il n'était absolument nécessaire.

« Vous n'aurez aucun problème avec moi, répliqua-t-il en se retenant de bondir par-dessus la table pour réduire Woodroffe en bouillie. Je suis ici avec un but précis et, lorsque j'en aurai fini, je disparaîtrai et vous n'entendrez plus jamais parler de moi. Maintenant, si ça ne vous ennuie pas, je suis fatigué et j'aimerais retourner à mon hôtel, car je suppose que nous serons tous réunis ici demain matin pour le deuxième chapitre de cette fascinante histoire.

– Changez de ton ! » lança Schaeffer.

Hartmann acquiesça. Il ne leur dit pas : « Allez vous faire mettre par tous les trous. » Il se retint de leur demander : « Pour qui vous vous prenez, bande de cons ? » Il se mordit la langue, garda son calme et se leva lentement. Il éprouvait une sorte de fierté douce et silencieuse à savoir que, lorsque tout serait terminé, il n'aurait plus jamais à parler à ces gens.

Et sur ce il partit, parcourant à pied le trajet qui séparait les bureaux du FBI dans Arsenault Street de l'hôtel Marriott. Là-bas, aucun agent fédéral armé ne le surveillerait. Il trouverait juste une chambre d'hôtel fonctionnelle, un lit confortable, une télé qu'il pourrait regarder sans le son tandis que le jour déclinerait autour de lui.

Il pensa à Carol et à Jess. Au samedi 6 septembre. À Ernesto Cabrera Perez et à la manière dont un tel homme devait voir le monde. Avec des yeux différents et des émotions différentes. Aussi poli, cultivé et érudit qu'il ait pu sembler, il était aussi cinglé que les autres malades qui peuplaient la vie de Hartmann. Mais c'était la vie qu'il avait choisie et c'était la vie qu'il vivait.

Son sommeil fut rempli d'images, anguleuses et troubles. Il rêva que c'était Jess qui avait été enlevée par cet homme, Carol qui avait été retrouvée dans le coffre de la Mercury Turnpike Cruiser dans Gravier Street juste une semaine plus tôt. Il rêva toutes sortes de choses et, lorsque la réception l'appela pour le réveiller peu après 8 heures, il eut l'impression de ne pas avoir fermé l'œil.

Il descendit pour le petit déjeuner et trouva Sheldon Ross qui l'attendait.

« Prenez votre temps, monsieur Hartmann, dit Ross. Ils vont emmener Perez au bureau vers 10 heures.

— Alors, venez prendre un café avec moi », proposa Hartmann.

Ross s'assit avec lui et but un café sans dire un mot de ce qui les réunissait ici.

« Vous êtes marié ? » demanda Hartmann.

Ross fit signe que non.

« Il y a une raison particulière à ça ?

— Je n'ai jamais pris le temps de m'occuper de cet aspect précis de ma vie.

— Vous devriez, suggéra Hartmann avant de se beurrer un toast.

— Faut être une fille spéciale pour vouloir être mariée au FBI, observa Ross.

– M'en parlez pas, répliqua Hartmann avec un sourire.

– Vous êtes marié, exact ?

– Marié, et j'essaie de le rester.

– Les pressions liées au boulot ?

– Indirectement, oui, répondit Hartmann. Surtout la pression liée au fait d'être un connard la moitié du temps. »

Ross s'esclaffa.

« C'est bien que vous arriviez à être honnête à ce sujet, mais à ce que je vois, c'est à double tranchant.

– Bien sûr, mais comme vous avez dit, faut être quelqu'un de spécial pour vouloir passer sa vie avec quelqu'un qui fait ce qu'on fait. »

Hartmann posa les yeux sur Ross.

« Vous vivez avec quelqu'un ou vous vivez seul ?

– Je vis chez ma mère.

– Et votre père ?

– Un bail qu'il est mort.

– Désolé. »

Ross balaya les condoléances d'un geste de la main.

« Alors, vous rentrez chez vous et vous racontez à votre mère tout ce que vous avez vu pendant la journée ? »

Ross éclata de rire.

« Elle ferait une putain d'attaque cardiaque !

– Exactement. Alors, si vous êtes avec une femme, quelqu'un qui est encore plus proche de vous que votre mère, et que vous ajoutez des enfants par-dessus le marché, vous avez une situation quasi intenable.

– Donc, c'est sans espoir pour moi ? demanda Ross.

– Peut-être que vous pourriez épouser une fille du FBI, répliqua Hartmann en souriant.

– Quelle horreur, dit Ross. Vous avez vu le genre de filles qui s'engagent ? Elles ne ressemblent pas franchement à Meg Ryan. »

Hartmann s'esclaffa et mangea son toast.

Une demi-heure plus tard, ils marchaient ensemble en direction d'Arsenault Street.

Woodroffe et Schaeffer les attendaient. Après les bonjours de rigueur, ils menèrent une fois de plus Hartmann au petit bureau du fond où il s'était entretenu la veille avec Perez.

Une petite cafetière avait été installée, de même qu'un chariot à roulettes sur lequel étaient posés des cigarettes, un cendrier, des tasses et des soucoupes propres, un sachet de bonbons et une boîte de cigares cubains.

« Tout ce que notre homme veut, il l'a, hein ? » avait fait remarquer Hartmann, et Schaeffer avait acquiescé et répliqué : « Jusqu'à ce qu'on le coffre pour l'enlèvement de la fille, et alors il aura droit à une boîte à chaussures dans un bâtiment en béton armé gris et deux heures de soleil par jour. »

Hartmann s'assit. Il attendit patiemment. Il devina l'arrivée de Perez en voyant la bonne douzaine d'agents du FBI qui l'escortaient, tous plus empruntés et nerveux les uns que les autres.

Perez apparut à la porte du petit bureau et Hartmann se leva instinctivement.

Perez tendit une main que Hartmann serra.

« Vous avez bien dormi, monsieur Perez ? demanda Hartmann, qui éprouvait à la fois une certaine appréhension en présence de cet homme, mais aussi un dédain considérable.

– Comme un bébé », répondit Perez en s'asseyant.

Hartmann s'assit à son tour, saisit un paquet de cigarettes sur le chariot, en offrit une à Perez, en prit une lui-même et les alluma toutes les deux. Il ressentait un étrange conflit d'émotions – la nécessité d'être poli, de traiter cet homme avec un certain respect et, en même temps, de la haine pour ce qu'il avait fait, ce qu'il représentait, et pour le fait que, à lui seul, il mettait en danger la seule réelle chance qu'avait Hartmann de sauver son mariage. Il observa attentivement Perez, mais ne vit rien dans ses yeux, pas la moindre lueur d'humanité.

« J'ai une question », commença Hartmann.

Perez lui fit signe de la poser.

« Pourquoi suis-je ici ? »

Perez sourit, puis il se mit à rire.

« Parce que je vous ai demandé de venir, monsieur Hartmann, et pour le moment, c'est moi qui ai tous les atouts en main. C'est moi qui suis à la barre, et je sais que j'obtiendrai tout ce que je demanderai.

– Mais pourquoi moi ? Pourquoi pas quelqu'un d'autre ? »

Perez poussa un soupir et se pencha en arrière.

« Avez-vous jamais lu Shakespeare, monsieur Hartmann ?

– Pas vraiment.

– Vous devriez, autant que possible. Le fait est que Shakespeare a affirmé qu'il y avait sept âges de la vie et, apparemment, tout comme il y a sept âges de la vie, il n'y a que sept histoires vraies.

– Je ne saisis pas, répliqua Hartmann en fronçant les sourcils.

– Sept histoires, et tout ce que vous lisez, tous les films que vous voyez, tout ce qui arrive dans la vie est l'une de ces sept histoires. L'amour et la vengeance, la trahison, ce genre de chose. Il n'y en a que sept, et chacune de ces sept histoires figure dans chacune des pièces de Shakespeare.

— Et quel est le rapport ? demanda Hartmann.

— Le rapport, comme vous dites, monsieur Hartmann, c'est que tout ce que vous pourriez vouloir savoir sur moi, sur la raison de ma présence ici, sur ce qui est arrivé à Catherine Ducane et pourquoi c'est vous que j'ai choisi pour venir m'écouter ici... toutes ces réponses peuvent être trouvées dans les écrits de William Shakespeare. Maintenant, servez-nous un café et commençons, d'accord ? »

Hartmann laissa passer un moment et regarda directement Perez. Il avait vu juste. Il n'y avait pas la moindre étincelle d'humanité dans les yeux de cet homme C'était un tueur, ni plus ni moins qu'un tueur. Hartmann se rappela ce qui avait été fait à Gerard McCahill ; il se rappela les paroles de Cipliano : « Difficile de tirer quoi que ce soit des coups que le type a reçus. Il y en a tellement, et ils ont tous été donnés à des angles différents, comme si l'assassin avait tourné en rond autour du type tout en le tabassant. » Il s'imagina Ernesto Perez à l'œuvre, tournant autour d'un homme ligoté et bâillonné, marteau à la main, faisant impitoyablement pleuvoir les coups sur sa victime sans défense jusqu'à ce que le choc et la perte de sang mettent un terme à sa vie. Il frissonna intérieurement.

« Vous n'allez rien nous donner, n'est-ce pas, monsieur Perez ? demanda-t-il.

— Au contraire, monsieur Hartmann, répliqua Perez avec un sourire, je vais tout vous donner.

— Mais la fille. Vous n'allez rien nous donner à son sujet.

– Chaque chose en son temps.

– Et vous pouvez nous assurer qu'elle se porte bien, et qu'aucun mal ne lui sera fait ? »

Perez détourna les yeux. Son visage était implacable, et Hartmann songea qu'un tel homme avait dû passer la plus grande partie de sa vie à ne rien montrer à tous ceux qui l'entouraient. Un tel homme pouvait patienter sur un quai de métro, faire la queue dans un café, attendre patiemment son tour à la caisse d'un supermarché, et personne n'aurait la moindre idée de qui il était.

« Je ne peux rien vous garantir, monsieur Hartmann. À l'instant où nous parlons, Catherine Ducane est peut-être en train de s'étrangler avec les cordes qui servent à la ligoter. Elle a peut-être tenté de se libérer et s'est étouffée. Son temps est compté, et chaque fois que vous tentez de me soutirer des informations vous contribuez indirectement à sa perte. C'est la règle de trois, monsieur Hartmann.

– La quoi ?

– La règle de trois. Trois minutes sans air, trois jours sans eau, trois semaines sans nourriture. Catherine Ducane est entre mes mains depuis le mercredi 20… ce qui fait déjà près d'une semaine et demie. »

Entre ses mains, pensa Hartmann. *C'est ainsi qu'il la considère, elle est entre ses mains.* Hartmann ferma un moment les yeux. Il tenta de ne plus penser à elle, de ne pas songer à la frustration de tous les agents fédéraux qui étaient désormais directement ou indirectement impliqués dans cette histoire. Il tenta de toutes ses forces de se concentrer, mais en dépit de ses efforts il ne parvint pas à s'ôter de la tête l'image d'une jeune fille affamée, effrayée, ligotée à une chaise. Il était persuadé que cet homme finirait par la tuer.

« Alors, ne perdons plus de temps, monsieur Hartmann, déclara Perez d'un ton neutre. Si nous reprenions notre discussion ?

– D'accord, répondit Hartmann. Reprenons notre discussion. »

Il servit du café, posa les deux tasses et un cendrier sur la table et, lorsque Ernesto Perez se remit à parler, Ray Hartmann se pencha sur la gauche et ferma doucement la porte.

11

¡ Lo Cubana, esta aquí ! – Le vrai Cuba, c'est ici !
La Havane.
Stalinisme et palmiers.
La façade effritée du colonialisme espagnol.

Barrio di Colón, les vestiges en ruine du quartier chaud sous la dictature de Batista.

San Isidro, jadis splendide, majestueuse, imposante, désormais délabrée et désespérée, s'étalant autour du quartier de la gare comme un vieux manteau abandonné.

Plus tard, bien plus tard, un garçon est devenu comme un frère pour moi, et nous nous remémorions cette époque.

« Tu te souviens de janvier 1959 ? demandait-il. Quand il y a eu la grève générale et que La Havane a été paralysée ? Batista était président à l'époque, et sa police secrète combattait les rebelles dans la rue. C'est alors que les guérilleros de Castro sont descendus des montagnes pour envahir les rues et prendre la ville. Il n'y avait plus personne pour les combattre, plus personne. Tu te souviens de cette époque, Ernesto ? »

Il souriait, et ce sourire renfermait le souvenir de quelque chose qui ferait à jamais partie de nos vies.

« Quand Castro a choisi Manuel Urrutia comme président après la fuite de Batista et qu'il a mis le nouveau gouvernement en place à l'université d'Oriente à Santiago de Cuba ? Ils ont nommé Castro délégué du président pour les forces armées et José Rubido chef de l'armée. Et Castro ? Il a traversé toute l'île vers La Havane tel un César conquérant ! On faisait la fête partout sur son passage et, ce soir-là, où nous avons appris que ceux qui s'étaient élevés contre Castro dans la province de Las Villas, le colonel Lumpay et le commandant Mirabel, avaient été exécutés. »

Le garçon souriait de nouveau.

« J'ai assisté à leur exécution, Ernesto... Je les ai vus implorer pour qu'on leur laisse la vie sauve, mais Castro était comme un roi revenu dans sa patrie et il n'accordait aucune clémence. Il a donné la charge de La Havane à Che Guevara, et nous avons pris les rues d'assaut, par milliers, brûlant les drapeaux et incendiant les bâtiments, et il y avait des hommes qui buvaient du vin et qui chantaient et qui baisaient les femmes dans la rue. Nous avons longé la Calzada de Zapata, hurlant à tue-tête, et aussi l'Avenida Salvador Allende, et nous avons traversé le parc Coppelia jusqu'au cimetière Christophe Colomb... »

Je riais avec lui. Je me souvenais de tout ça. J'y étais moi aussi. Ernesto Cabrera Perez. Nous étions parmi eux, moi et mon fantôme de père, pris dans le tourbillon de la révolution, de la passion, des fusillades.

Mon père avait 46 ans, mais il en paraissait 60 ou 70. L'Ouragan de La Havane était de retour chez lui, dans cette ville dont il tirait fierté et gloriole, mais comparé à ce lieu, à son ancienneté, son histoire, son importance, il n'était jamais que ce qu'il avait toujours été : un boxeur, un bagarreur imbibé de whisky, un fou belliqueux qui n'était ni assez sensé ni assez sain d'esprit pour avoir un métier parallèlement à ses coups d'éclat du vendredi soir. Il était même encore moins que ça – plus faible, plus abattu, moins solide que je ne me l'étais jamais imaginé, et le poids de sa culpabilité était tel que le peu de forces qui lui restait ne lui permettrait pas de le supporter longtemps. Il avait tué sa propre femme. Dans un accès de sauvagerie sexuelle insatiable, il avait brisé le cou de sa propre femme en la poussant de force contre le mur. Voilà ce qu'il était, ni plus ni moins, et il ne serait jamais que ça : un vieillard stupide, vieux avant l'âge, qui dans un instant de folie alcoolique avait tué la seule personne qui l'avait jamais aimé. Qui l'avait aimé non pour ce qu'il était, mais pour ce qu'elle espérait qu'il deviendrait. Au bout du compte, elle s'était trompée, car il n'était rien devenu, et c'est avec ce rien, cette carcasse vide qu'était mon père, que j'arpentais les rues de la vieille Havane, que je longeais la Calle Obispo jusqu'à la Plaza de Armas et, tandis que nous marchions, il murmurait de sa voix rauque et fatiguée : *No es fácil... no es fácil...* Ce n'est pas facile... ce n'est pas facile.

« Je sais, père, je sais », répondais-je et, sous leur faux air compatissant, mes paroles portaient en elles un sombre désir de vengeance.

Les Siciliens – bien, bien des années plus tard – m'ont expliqué la vengeance. *Quando fai i piani per la vendetta, scava due tombe – una per la tua vittima e una per te stesso*, qu'ils disaient. Si tu cherches la vengeance, creuse deux tombes... une pour ta victime et une pour toi. Et ils esquissaient un sourire dans lequel je devinais une connaissance ancestraie de la noirceur de l'homme et des ombres qu'il porte en lui.

Mais durant ces premières semaines, tandis que nous nous acclimations et que je découvrais la patrie de mon père, tandis que Cuba faisait naître en moi le sentiment que, où que je sois né, où que j'aie grandi, cet endroit – ce tumulte d'humanité passionné, ardent, suintant, qui s'étendait d'ouest en est, tel un signe de ponctuation entre l'Atlantique et les Caraïbes, le golfe du Mexique, le détroit de Floride, le canal du Vent – représentait bien plus que ce que j'avais jamais cru ou imaginé.

Tant de romance, tant de fiction ! Des noms comme Sancti Spiritus, Santiago de Cuba, le tout à un jet de pierre d'Haïti et de la Jamaïque, de Porto Rico et des Bahamas ; le carnaval de saint Jacques l'apôtre, la foi afro-catholique de Santería et la rumba et la salsa et le cha-cha-cha ; les journées de farniente sur les îles au large de Cayo Largo ; et c'était là qu'Hemingway avait vécu, Chez papa, à Finca Vigía, maison léguée après sa mort au peuple de Cuba pour que soient perpétués les rêves de celui qui fut son fils pendant près de vingt ans.

Et ce ne serait que plus tard, bien plus tard, alors que je serais depuis longtemps rentré aux États-Unis, que je regarderais en arrière et comprendrais que Cuba avait toujours été dans mon cœur et mon âme, et que si j'y étais resté, toutes les choses terribles qui allaient survenir ne se seraient peut-être jamais produites. Mais il était alors trop tard, et j'observerais ma vie avec les yeux d'un vieil homme, pas ceux du jeune homme que j'étais à l'époque, celui qui arpentait ces rues en songeant qu'elles n'étaient qu'un refuge temporaire, car la justice rattraperait inévitablement son père.

Mais pas de la manière que j'imaginais alors.

Et pas de ma propre main.

Car ma main ne servait alors guère qu'à le guider, à lui indiquer où s'allonger dans la pièce sombre que nous louions pour un simple dollar américain par semaine – cette même main qui agrippait le rebord de la fenêtre tandis que je regardais dehors en direction des lumières de Floride, songeant que si seulement je pouvais y retourner seul, si seulement je pouvais trouver mon chemin, alors quelque chose m'attendrait qui donnerait du sens à tout.

Mais ça ne s'est pas produit, et ça ne se produirait pas avant de nombreuses années. Au nouvel an 1959, je n'étais rien que le gardien de mon père, et tandis qu'il était étendu sur son matelas à marmonner des paroles inintelligibles auxquelles se mêlait le nom de ma mère, tandis que son esprit se dissolvait lentement dans les ultimes ténèbres de la culpabilité, je savais que je devais fuir cette vie coûte que coûte.

J'avais les yeux ouverts, le cœur ardent, et cela faisait déjà longtemps que j'avais compris que la liberté s'achetait avec des dollars, qu'ils soient durement gagnés ou non. Il n'y avait qu'une issue, et cette issue avait un prix.

Je vais maintenant vous dire une chose : dans les années 1950, la vie était différente. Il me semblait qu'un homme était un homme et une fille, une fille. Il n'y avait pas ces histoires d'amour libre, et on ne voyait pas des hommes se tenir la main en public. Si un type voulait se faire sodomiser, il le faisait dans l'intimité de sa maison, ou peut-être qu'il louait une chambre d'hôtel pour une heure. À l'époque, je me disais que ces gens étaient fêlés, pas des illuminés dangereux, mais des types un peu trop bouchés pour comprendre que deux et deux faisaient quatre. Je n'ai peut-être pas l'air d'être du genre à dire la vérité, mais je vais vous faire une révélation : quand je dis quelque chose, vous pouvez le prendre pour argent comptant, et je vais vous raconter ce qui s'est passé en 1959 avec les pervers et les prostitués et la promesse d'un dollar.

La chambre que je louais pour mon père et moi se trouvait à la périphérie de la vieille Havane, *La Habana Vieja*, et derrière la Plaza de la Catedral, il y avait une rue qui s'appelait Empedrado. Nous partagions la maison avec six ou sept familles, certaines avec des gamins qui ne m'arrivaient pas au genou et d'autres avec des bébés qui pleuraient toute la nuit quand la chaleur était accablante, ou quand ils étaient affamés ou assoiffés, ou quand ils avaient attrapé le croup, et ils pleuraient tous en même temps.

J'ai rencontré un garçon là-bas ; il avait 17 ans, ou peut-être 18 ou 19, mais il fumait des cigarettes comme s'il faisait ça depuis mille ans. Son nom de famille était Cienfuegos, son prénom, Ruben, et Ruben Cienfuegos et moi sommes devenus aussi proches que deux frères. C'est avec lui que je discutais de la révolution, de Castro renversant Batista et rendant Cuba à son peuple. C'est lui qui m'a appris à fumer des cigarettes, qui m'a montré des photos de filles aux lèvres écartées et aux jambes plus écartées encore qui m'excitaient tellement que je me serais tapé n'importe quoi, et quand il m'a parlé de sa cousine, une fille de 16 ans nommée Sabina, quand il m'a dit qu'elle coucherait avec moi pour deux dollars, j'y suis allé tel un agneau allant à l'abattoir. Un matelas étroit dans le coin d'une pièce sombre, et Sabina – les cheveux les plus longs que j'avais jamais vus, de grands yeux vifs et avides, mais aussi pleins d'une prudence de bête sauvage – baissant mon pantalon et me massant la queue jusqu'à ce que ça me fasse mal, me prenant par la main et m'étendant sur le matelas, soulevant sa jupe, s'asseyant à califourchon sur moi, puis s'abaissant jusqu'à ce que j'aie la sensation que j'allais disparaître complètement entre ses cuisses brunes et musclées, et roulant au-dessus de moi telle une vague à la fois terrible et magique et profonde, puis, plus tard, prenant mes deux dollars américains et les coinçant dans l'élastique de sa culotte avant de se pencher pour embrasser mon visage, disant qu'elle sentait ma chaleur en elle, et éclatant de rire avant de m'expliquer que ce qui venait de se passer était aussi nécessaire et vital qu'être baptisé par le pape en personne au Vatican, ajoutant que si j'étais resté plus longtemps en elle j'aurais bien pu la noyer. Puis elle m'a raccompagné en bas de l'escalier où Ruben attendait, cigarette à la main, souriant d'un air satisfait... En me parlant de ces choses et en promettant qu'elles se produiraient, puis en m'amenant à l'endroit où elles s'étaient en effet produites, eh bien, Ruben Cienfuegos était peut-être devenu la personne la plus importante de ma vie.

Et elle, cette fille dont je n'oublierais jamais le nom bien que je ne l'aie rencontrée qu'une fois, est restée à jamais gravée dans mon âme et dans mon cœur. Au cours des années qui ont suivi, il m'est arrivé de repenser à Sabina et de m'imaginer qu'elle aussi pensait à moi. Dans un sens, ce moment passé avec elle était aussi important que celui où je m'étais tenu au-dessus du cadavre de Carryl Chevron il y avait si longtemps de cela. Un moment décisif. Un moment qui témoignerait de ma vie, qui serait la preuve que j'avais arpenté cette terre, que, au moins une fois, peut-être deux, j'avais véritablement été *quelqu'un*.

J'ai souvent pensé à elle, mais sans jamais prononcer son nom, car parler d'elle aurait brisé le charme et dévoilé au monde une partie de moi. Qui j'étais n'appartenait qu'à moi, et je voulais que cela reste ainsi.

C'est Ruben qui m'a parlé des Italiens et de l'hôtel Nacional. Il m'a raconté qu'un homme noir nommé Nat King Cole – qui n'était pas un vrai roi et ne possédait pas de royaume – y avait chanté pour les Italiens sans toutefois pouvoir passer la nuit à l'hôtel sous prétexte qu'il était « négroïde », et que les Italiens étaient arrivés à Cuba après avoir été forcés de fuir la Floride parce qu'ils avaient tué un paquet de monde et volé un paquet d'argent, et que la police n'avait pas pu les en empêcher. Cuba avait été leur salut, Cuba était leur nouvelle patrie, et dans leurs appartements à dix mille dollars, ils buvaient du café Folger et fumaient des cigares Cohiba, Montecristo, Bolivar, Partagas.

« Là-haut, qu'il m'a dit, près de l'endroit où ils habitent, tu trouveras les petits oiseaux.

– Les petits oiseaux ?

– Oui, Ernesto, a répondu Ruben avec un sourire, les petits oiseaux… les tapettes, les pédés, les homos, des jeunes hommes qui se font enculer pour un dollar et un paquet de clopes. »

J'ai fermé les yeux et pensé à cette nuit où j'avais attendu que la marée monte, où je m'étais enfoncé les ongles dans les paumes et avais payé le prix de notre passage. Je savais de quoi parlait Ruben Cienfuegos, ce qui m'inspirait haine et dégoût à l'égard de ceux qui soutenaient un commerce aussi abominable.

« Les types riches, ceux qui ont tous les dollars, ils vont là-bas. Certains sont italiens, d'autres sont des hommes d'affaires cubains avec un penchant pour ce genre de pratiques. » Ruben a souri, cligné de l'œil et allumé une nouvelle cigarette. « Et j'ai une idée, mon petit Ernesto », a-t-il ajouté bien que j'aie été son aîné d'un an ou deux, puis il a souri en me faisant un clin d'œil et il m'a dévoilé son plan.

Trois nuits plus tard, vêtu d'une chemise blanche propre que Ruben avait empruntée à un cousin du côté de sa mère nommé Araujo Limonta, d'un pantalon en coton épais fraîchement repassé et de chaussures de toile similaires à celles que portaient les marins qui hantaient les bars de l'Avenida Carlos Manuel de Céspedes, je me suis posté, le cœur battant et une cigarette américaine à la main, près de l'angle de la rue Jésus Pergerino. Je suis patiemment resté là tandis que les voitures passaient, certaines ralentissant lorsqu'elles longeaient le trottoir, et j'ai attendu pendant ce qui m'a semblé une éternité. Plus tard, Ruben m'a expliqué qu'il ne s'était pas écoulé plus de dix minutes avant qu'une voiture ne s'arrête devant moi, qu'une vitre ne se baisse et qu'un homme aux cheveux gras avec une dent en or comme Carryl Chevron ne se penche dehors pour me demander combien.

« Deux dollars », ai-je répondu, car c'était ce que Ruben Cienfuegos m'avait conseillé de dire.

L'homme à la dent en or et aux cheveux gras a souri et opiné du chef, puis il a passé la main par la vitre et m'a fait signe d'approcher. Je suis monté dans la voiture comme Ruben m'avait recommandé de le faire, serrant les dents, mon cœur cognant si fort que j'avais l'impression qu'il allait exploser dans ma poitrine, la sueur perlant à la naissance de mes cheveux et me démangeant. Je suis resté silencieux tandis que l'homme allait garer sa voiture une demi-rue plus loin dans une zone d'ombre entre deux réverbères. Ruben avait dit qu'il attendrait. Il avait dit qu'il savait où l'homme m'emmènerait et, tout en me disant ça, il m'avait expliqué que je devais rester naturel, me comporter comme si j'avais déjà fait ça mille fois, car il serait là – mon sauveur, mon bienfaiteur – pour s'assurer qu'il ne m'arriverait aucun mal.

L'homme aux cheveux gras a posé sa main gauche sur mon genou.

J'ai tressailli, incapable de me retenir.

La main aux doigts boudinés, dont l'un était orné d'un simple anneau avec une pierre bleue, a commencé à tracer une ligne depuis mon genou jusqu'à mon entre-jambe. Je sentais la pression sur ma jambe, le poids de ses sales intentions, et j'ai fermé les yeux tandis que cette même main s'enfonçait entre mes jambes et commençait à me masser, tout comme l'avait fait Sabina, sauf que cette fois, c'était différent, cette fois, ça me rendait malade.

Je ne sais pas avec quoi Ruben l'a frappé, mais il ne l'a pas loupé. Je ne l'ai même pas vu arriver. Une ombre a jailli de l'autre côté de la vitre ouverte et s'est abattue sur l'arrière de la tête de l'homme.

Son regard concupiscent s'est transformé en une expression de choc – mais juste l'espace d'une seconde, car il a basculé en arrière, sa tête a roulé sur son épaule et il s'est effondré sur le tableau de bord.

J'ai bondi par la portière du côté passager comme si j'avais été propulsé par un siège éjectable. J'ai atterri sur la route, à quatre pattes, j'avais envie de vomir mais ne suis parvenu qu'à m'étrangler en toussant. Mon instinct me disait de traîner le type aux cheveux gras et à la dent en or hors de la voiture et de le rouer de coups, fort, vite, de lui donner des coups de pied dans la tête pour qu'il ne se réveille jamais, mais Ruben était déjà à côté de moi pour me soulever et me soutenir, pour me faire rire en désignant la forme inconsciente de l'homme dans son costume bien taillé, dans sa voiture hors de prix, cet homme dont l'ignoble sourire de pervers avait été effacé par un bon coup sur la tête.

« Vite ! » a lancé Ruben, et nous avons tous les deux grimpé dans la voiture.

Nous avons pris la bague de l'homme, son portefeuille et même ses chaussures. Sa ceinture en cuir, ses clés, ses cigarettes et une demi-bouteille de whisky que nous avons trouvée sous le siège du conducteur. Puis nous avons pris la fuite en courant, riant comme des écolières, et nous avons continué de courir – longeant San Miguel, traversant Gonzalez, Padre Valera et Campanario – jusqu'à ce que mes poumons soient sur le point d'imploser.

Plus tard ce soir-là, tandis que nous fumions les cigarettes de l'homme, tandis que nous buvions son whisky, comptant une fois de plus les soixante-sept dollars américains que nous avions trouvés enfoncés au fond de son portefeuille, j'ai compris que tout ce que j'avais jamais voulu avoir, je pouvais me le procurer grâce à la violence.

Bien des années auparavant – en décidant de tuer un homme pour une encyclopédie, en décidant de faire une chose qui rendrait ma mère fière de moi mais qui m'avait en fait transformé en un reflet de mon père –, j'avais effectué mon premier pas sur une route solitaire. Des gens comme Ruben m'accompagneraient un moment, mais même Ruben Cienfuegos, avec son grand sourire et son rire exubérant, avec sa hardiesse nourrie au whisky ce soir-là dans *La Habana Vieja*, n'était pas de ceux qui étaient prêts à faire le nécessaire pas supplémentaire. J'aurais pu tuer cet homme, le traîner hors de sa voiture et le passer à tabac tout comme mon père avait passé à tabac tant d'hommes autrefois. Mais mon père n'avait jamais tué que par passion, poussé par la furie de son sport, alors que moi, j'avais tué un homme pour obtenir quelque chose. J'étais alors persuadé que j'avais ça dans le sang, et que deux semaines ne s'écouleraient pas avant que mon sang ne se remette à bouillonner, avant que je ne m'aperçoive que ce que je faisais n'était pas simplement une question de capacité, mais plutôt une question de *nécessité*. Je pouvais tuer, alors je le faisais, et plus je tuais, plus ça devenait nécessaire. C'était comme si un virus s'était emparé de moi, mais un virus qui provenait de mon esprit, de mon cœur, de mon âme, pas de mes cellules ni de mes nerfs ni de mon cerveau. Il était en moi, peut-être l'avait-il toujours été, et il lui suffisait d'une simple provocation, d'un cas de *force majeure**, pour se déclencher. Et Cuba – ses lumières, sa chaleur, sa promesse, ses émotions – semblait n'avoir aucune peine à le provoquer.

C'est à La Havane que je suis devenu un homme. Que je suis devenu moi-même un ouragan. Il me semblait que chaque vie que je prenais était une sorte de revanche contre les mauvais traitements que Dieu m'avait infligés. Je n'étais pas naïf au point de me considérer comme pitoyable ou de me chercher quelque justification, mais je n'étais pas non plus ignorant au point de ne pas comprendre que je possédais une chose précieuse. Il y avait des hommes qui paieraient pour ce que je pouvais faire. Il faut être un être rare pour donner la mort, puis rentrer chez soi sans trembler, le cœur paisible, pour prendre juste le temps d'évaluer la qualité de l'acte commis, son professionnalisme. Ça a commencé à ressembler à une vocation, à une mission, et j'ai suivi cette vocation avec un naturel qui n'a fait qu'accroître mon excitation.

Ernesto Cabrera Perez était un tueur par nature et par choix.

J'ai fait mon choix. Je l'ai assumé. Il me convenait, et je lui convenais.

J'ai commencé à exercer mes talents pendant la première semaine de février 1960.

Cette nouvelle année a marqué le commencement de ma vraie vie. Au cours de ces mois, tandis que Cuba se crispait sous ses douleurs croissantes, tandis que La Havane se rétablissait sous le nouveau régime, Ruben Cienfuegos et moi vivions comme si demain n'existait pas. À force de vols, de tromperies, d'escroqueries, nous nous procurions des dollars américains par centaines, dont la majeure partie finissait entre les jambes de prostituées, dans le goulot de bouteilles ou dans des combats de coqs sanglants en milieu d'après-midi et des concours de pelote basque le soir. Nous nous prenions pour des hommes ; nous croyions que c'était ainsi que se comportaient les *vrais* hommes et nous n'éprouvions guère de responsabilité pour nos actes, et encore moins de scrupules.

Castro était Premier ministre de Cuba, *el Comandante en Jefe*, et, fidèle à sa vision du communisme, il avait fait fermer les casinos de Batista. Il percevait clairement les ravages de l'hédonisme dans sa patrie et, à la veille de sa prise de pouvoir, ses concitoyens avaient pris d'assaut les luxueux hôtels qui avaient jadis accueilli les touristes et rempli les poches de la famille Batista et de ses acolytes mafieux. Dans le centre de La Havane, les habitants, pris d'une rage frénétique, s'étaient rués aux portes des casinos et des hôtels et étaient entrés de force dans les halls climatisés ornés de somptueux tapis pour tout mettre sens dessus dessous. Ils avaient trouvé des tables de jeu, des bars et des machines à sous, dont dix mille avaient été contrôlées par le beau-frère de Batista. Les palais financés par l'argent de la mafia avaient été ravagés. L'armée et la police étaient restées dans leurs casernes, les officiers supérieurs sachant pertinemment que leurs soldats n'auraient fait que se joindre à la foule, et personne n'avait cherché à empêcher la mise à sac des hôtels et des maisons de jeu.

Dans son premier décret en tant que nouveau dictateur, Castro avait interdit le jeu. Mais alors même que le décret était voté, alors même que les navires qui autrefois amenaient les touristes de Floride et de la péninsule des Keys restaient à quai, vides et inutilisés, Castro savait qu'il ne pouvait gagner cette bataille. Car cet argent, l'argent illégalement prélevé dans ces antres du vice, avait constitué la manne qui avait permis à Cuba de rester en vie. Castro savait aussi que les seules personnes capables de faire fonctionner à profit les casinos et les hôtels appartenaient au syndicat, et il avait donc retiré son décret et autorisé le jeu. Mais les établissements étaient désormais gérés et surveillés par l'État. Et là où Batista avait fait payer deux cent cinquante mille dollars par licence, sans compter les dessous-de-table, le régime de Castro prélevait un droit de vingt-cinq mille dollars, plus 20 % des profits de chaque casino. Comme il était illégal pour quiconque n'ayant pas la nationalité cubaine d'être croupier, les Américains venaient travailler en tant que « formateurs officiels ». Castro avait fait appel à des agences de publicité pour promouvoir le faste de La Havane ; les hôtels avaient été reconstruits et restaurés après les ravages causés par le peuple à la veille de sa prise de pouvoir ; les touristes étaient revenus par milliers et, avec eux, un revenu annuel dont on disait qu'il dépassait les cinquante millions de dollars.

Un peu plus de vingt ans auparavant, une autre série d'événements avait abouti à la venue à La Havane de l'une des figures les plus influentes de l'histoire du crime organisé. En janvier 1936, un procureur spécial du gouvernement nommé Thomas E. Dewey avait lancé une série de raids sur les bordels de New York. Ces raids s'étaient poursuivis jusqu'au mois de mars, lorsque quatre-vingt-dix chefs d'accusation avaient été retenus contre Charles « Lucky » Luciano. Celui-ci avait fui New York pour se réfugier dans un tripot de Hot Springs, Arkansas, où il avait été arrêté. Après son extradition à New York, son procès avait commencé le 13 mai 1936. Le 7 juin de cette même année, un jury le reconnaissait coupable de proxénétisme et le condamnait à purger de trente à cinquante ans de réclusion dans la prison de Dannemora dans l'État de New York. Mais le 7 mai 1945, un appel à la clémence était adressé au désormais gouverneur Thomas Dewey, qui consentait alors à une remise de peine. Et le 3 janvier 1946, Dewey annonçait la libération de Luciano, mais aussi son extradition vers sa Sicile natale. Luciano avait été relâché de la prison de Great Meadows et mené à Ellis Island. Il avait ensuite embarqué à bord du navire *Lama*

Keene qui, deux semaines plus tard, atteignait Gênes. Entre février et octobre, Luciano avait quitté Lercara Friddi, sa ville natale, pour Palerme, d'où il avait gagné Naples, puis Rome. S'y étant procuré deux passeports, il avait effectué en cargo la traversée jusqu'à Caracas au Venezuela. De là, il s'était rendu à Mexico, où il avait affrété un avion privé pour se rendre à La Havane. Il n'était désormais plus qu'à cent cinquante kilomètres de la Floride, la dernière étape sur le chemin censé le ramener aux États-Unis.

À La Havane, Luciano avait été rejoint par son ami d'enfance et allié Meyer Lansky, puis emmené à l'hôtel Nacional. C'est dans ce même hôtel que Luciano et Lansky avaient organisé ce qui serait plus tard connu sous le nom de conférence de La Havane durant la troisième semaine de décembre 1946. Luciano avait emménagé dans une somptueuse et extravagante maison de la banlieue de Miramar tandis que Lansky faisait la navette entre Miami et La Havane pour le tenir informé des arrangements en vue de la conférence.

À la veille de Noël, la conférence avait été interrompue. Les épouses et les petites amies avaient débarqué et une fête en l'honneur de Frank Sinatra – une star montante arrivée avec les frères Fischetti – avait été organisée.

Les casinos de La Havane prospéraient, même sous le régime de Castro, et Meyer Lansky, l'homme que Batista avait employé pour que Cuba devienne le royaume du jeu où l'Amérique perdrait ses millions durement gagnés, faisait maintenant profiter Castro de ces mêmes millions. Il avait nettoyé les clubs Sans Souci et Montmartre, fait pression sur des figures majeures comme Norman Rothman, les forçant à s'acheter une conduite, il avait fait déporter des directeurs de casinos américains véreux et mis en place les sabots à six jeux pour la distribution de cartes au black-jack, pratique qui avantageait nettement les casinos et empêchait aussi bien joueurs que croupiers de tricher.

Les Italiens avaient le jeu dans le sang, ils étaient de loin ceux qui réussissaient le mieux dans le métier, et leur empressement à payer les officiels du gouvernement en échange du droit de faire fonctionner leurs établissements était légendaire. Lansky avait amené avec lui la crème de la crème de Vegas, Reno et New York. Son bras droit était son propre frère, Jake, qui avait été propulsé directeur de salle au casino de l'hôtel Nacional. Santo Trafficante était venu de Floride et avait reçu un intéressement dans le Sans Souci, le Comodoro et le Capri. Joseph Silesi et l'acteur George Raft avaient acheté des parts du business, de même que Fat the Butch du comté de Westchester à New York et Thomas Jefferson McGinty de Cleveland. Comme l'opposition était nulle, les tactiques musclées employées sur le continent n'étaient pas nécessaires. Les touristes n'avaient à craindre ni dés pipés, ni jeux truqués, ni aimants fixés sous les tables de roulette. Tout était aussi irréprochable que possible et, grâce à ses années d'expérience, le syndicat avait fait de Cuba l'endroit à la mode. Des surveillants de table, des croupiers et des arbitres avaient été ramenés des États-Unis pour former les employés cubains aux règles du métier. Si la dénonciation du jeu de Castro avait à une époque forcé les touristes à se rabattre sur l'hôtel La Concha à San Juan ou l'hôtel Arawak en Jamaïque, son retournement de veste les avait fait revenir une fois de plus, et c'est dans ce monde que Ruben et moi avons, sans le savoir, mis les pieds au début de 1960.

Nous nous adonnions toujours à notre arnaque, notre arnaque du « petit oiseau » à l'intention des hommes d'affaires homosexuels et des Cubains à voile et à vapeur, et tandis que Fidel Castro Ruz cherchait à gagner la faveur de l'URSS, tandis qu'il proposait des accords en vue d'acheter du pétrole russe et générait des frictions avec les États-Unis en saisissant des biens américains en échange de compensations insuffisantes, Ruben et moi étions occupés à faire notre trou et à tirer avantage de la situation.

C'était un vendredi soir, le 5 février, et Ruben avait eu l'idée d'aller sur le parking situé à l'arrière du Nacional pour tâter le terrain. C'était un nouveau ter-ritoire, mais il avait entendu dire que là-bas les clients étaient prêts à payer vingt dollars d'avance pour se faire vider les couilles par un jeune étalon cubain. S'ils pro-posaient tout cet argent pour une pipe, affirmait Ruben, alors combien de pognon trimballaient-ils dans leurs poches ?

J'avais 22 ans, n'en paraissais pas plus de 18 ou 19. Je portais un pantalon de lin blanc, une chemise ivoire trop grande et des chaussures bateau en toile, et tandis que je m'éloignais de la voiture pour aller me poster contre la balustrade qui séparait le parking de l'allée, tandis que j'allumais ma cigarette et écartais les cheveux de mes yeux, je devinais que rares étaient les vieux qui auraient pu me résister. C'était un numéro, du cinéma, un masque que je montrais au monde, et je le portais à merveille. Comme un professionnel.

La voiture qui s'est arrêtée à mon niveau était une Mercury Turnpike Cruiser d'un bordeaux profond et, à la manière dont la peinture satinée brillait, dont les longerons et les moyeux chromés reflétaient le million de lumières du Nacional derrière moi, j'ai su que je jouais dans la cour des grands.

Le conducteur n'était pas cubain. Ses manières, sa voix, ses habits – tout en lui me disait qu'il était italien. Il m'a fait un large sourire. Un clin d'œil. Il m'a lancé un « Salut », avant de me demander si j'attendais quelqu'un en particulier, s'il pouvait m'emmener faire un tour quelque part.

« De quel genre de tour vous parlez ? lui ai-je demandé.

– N'importe quel genre de tour qui pourrait t'intéresser.

– Le genre qui peut rapporter vingt dollars ?

– Peut-être », a répondu l'homme.

Nouveau sourire, nouveau clin d'œil. J'ai contourné la voiture par l'arrière et suis monté du côté passager.

« Je connais un petit endroit », a-t-il dit, puis il a posé une main sur mon genou.

Je me suis plaqué contre le siège et j'ai senti à l'arrière de ma ceinture la poignée de mon couteau. J'ai souri intérieurement. Ce n'était pas un homme imposant. Il n'était pas assez élégant pour être un grand caïd de la mafia, mais était suffisamment bien habillé pour trimballer un beau rouleau de billets histoire de s'amuser en ville.

« On va où ? ai-je demandé.

– Tu verras quand on y sera », a-t-il répondu, et j'ai vu ses mains se crisper sur le volant.

Il portait une alliance, un simple anneau d'or, et je me suis demandé où était sa femme, ce que faisaient ses enfants au même instant, et aussi comment ces enfoirés de pervers faisaient pour croire qu'ils ne se feraient pas pincer un soir.

Nous n'avons pas roulé plus de cinq ou six minutes, puis nous avons tourné à gauche pour nous engager dans l'allée d'un motel en bordure de la route. Je sentais la tension dans chacun de mes muscles, chacun de mes nerfs, je sentais mes mollets et l'arrière de mes épaules se contracter. J'avais peur, je ne peux pas le nier, mais j'étais également excité. Je n'aurais su dire combien de fois nous avions mené à bien cette arnaque, et l'expérience m'avait prouvé que je pouvais le faire seul. Ruben était quelque part à proximité du Nacional ; il m'attendrait là-bas, attendrait que je revienne avec tous les dollars que je pourrais piquer à ce type, et après nous irions faire la fête. La peur était de mon côté. C'était aussi simple que ça. Ces types avaient peur de la découverte, peur qu'on dise quelque chose, qu'on apprenne qui ils étaient, et c'était cette peur qui les faisait non seulement céder quand ils voyaient un jeune homme avec un couteau, mais aussi se taire sur ce qui s'était passé. Où pouvaient-ils aller ? À qui pouvaient-ils raconter ça ? À la police ? À leurs contacts dans la mafia ? Ça m'aurait étonné.

L'homme a immobilisé la voiture derrière un bungalow. Il a coupé le moteur, saisi les clés et les a enfoncées dans sa poche de veste et, avant de sortir, il a tendu un étui à cigarettes en or. J'ai pris une cigarette, l'homme l'a allumée, puis il s'en est allumé une. Je l'ai suivi de la voiture au bungalow. Il a ouvert la porte, fait un pas de côté pour me laisser entrer, puis il m'a suivi à l'intérieur. La pièce était décorée avec simplicité, les lumières étaient tamisées, devant moi se trouvaient un lit double, une commode surmontée d'un miroir ovale, et sur la droite, il y avait un fauteuil profond qui faisait face à une petite table sur laquelle était posée une télé.

L'homme a ôté sa veste.

« Comment veux-tu que je t'appelle ? a-t-il demandé.

— Comme vous voulez, ai-je répondu avec un haussement d'épaules indifférent.

— Francisco, a-t-il déclaré d'une voix neutre. Je vais t'appeler Francisco. »

J'ai acquiescé, mais au fond de moi je souriais. Je pensais aux cinq minutes qui allaient suivre et peut-être aux cinq minutes d'après, à la somme d'argent avec laquelle je m'enfuirais de ce bungalow et à la nuit qui suivrait.

« Et comment puis-je vous appeler ? ai-je demandé.

— Tu peux m'appeler papa », a-t-il doucement répondu en souriant.

À cet instant, j'ai eu la nausée. Je ne pouvais même pas imaginer quel genre de taré il fallait être pour demander une chose pareille. Je voulais le poignarder en plein cœur ici et maintenant. Le forcer à s'agenouiller par terre et à me supplier avant de lui planter mon couteau dans l'œil. Le faire payer pour toutes les fois où il avait déjà dû faire ça.

Et alors, j'ai pensé à mon père, à l'expression sur son visage quand il rentrait en titubant après avoir combattu toute la soirée, aux yeux éteints, noirs et dénués d'émotion avec lesquels il regardait ma mère. Ils étaient tous les mêmes. Quel que soit leur nom, quelle que soit leur nationalité – peu importait. Ces animaux étaient tous les mêmes.

L'homme a envoyé promener ses chaussures, déboutonné le haut de son pantalon et l'a laissé tomber au sol. Il était là, en chaussettes et en caleçon, puis il a desserré sa cravate et ôté sa chemise.

J'observais son visage. Il avait la même expression vide que mon père. L'expression qui terrifiait tant ma mère.

Je distinguais son début d'érection et, lorsqu'il a baissé son caleçon et l'a laissé tomber à ses chevilles, lorsqu'il a commencé à se masturber jusqu'à ce que son sexe soit dressé, lorsqu'il m'a regardé en souriant et qu'il a ouvert la bouche pour dire : « Viens voir papa, Francisco… viens t'occuper de papa », j'ai eu toutes les peines du monde à faire un pas en avant.

J'éprouvais un écœurement absolu – de l'écœurement, de la colère, de la haine pour lui et tous ceux de son espèce. J'ai lentement passé la main derrière mon dos, senti la poignée du couteau entre mes doigts et, à cet instant, tandis qu'il posait la main sur mon épaule, tandis que je sentais la pression qu'il appliquait pour que je m'agenouille et qu'il puisse me mettre de force sa bite dans la bouche, j'ai repensé à cette nuit sur la plage en Floride, au prix que j'avais dû payer pour mon passage à La Havane.

J'ai agi vite, si vite qu'il n'a rien vu venir, et j'ai tiré en un clin d'œil le couteau que je serrais fermement dans la main droite et le lui ai enfoncé dans les couilles.

Ses yeux se sont soudain écarquillés sous l'effet de la surprise, son corps s'est instinctivement arqué et raidi, et il est allé s'écraser contre la commode avant de tomber par terre tout en tentant de s'écarter de moi. Je sentais ses mains agripper ma taille, mes épaules, le haut de mes jambes, puis je les ai senties qui se desserraient tandis que je tirais le couteau et le lui enfonçais cette fois dans le côté du cou. Il a tenté de hurler. Sa bouche était pleine du goût du sang, ses narines pleines d'une odeur de sueur. Il n'arrivait plus à respirer à mesure que sa gorge se remplissait, n'arrivait plus à réfléchir, et la torsion incessante de l'acier dans son cou faisait jaillir des jets gris et écarlates qui lui éclaboussaient les yeux. Il se débattait, agitant les jambes, battant l'air de ses bras, mais je le tenais à la gorge et j'ai accentué la pression jusqu'à ce qu'il sache qu'il allait étouffer.

Des images défilaient devant ses yeux, comme si elles cherchaient à pénétrer en lui. Son souffle s'est coupé, il a tenté de dire quelque chose, suffoquant, les yeux saturés de larmes, de douleur, de couleurs, des sons lui hurlant dans les oreilles à mesure que s'égrenaient les secondes hallucinantes de violence implacable. Il ne pouvait pas bouger et j'ai senti qu'il comprenait que son corps l'abandonnait et, à cet instant de relâchement nerveux, je l'ai plaqué au sol.

Je lui ai une fois de plus transpercé la gorge, mon couteau décrivant un arc rapide et silencieux. Il a senti la chaleur humide de son dernier souffle s'élever au fond de sa gorge, dans sa poitrine, senti son cœur rassembler le peu de vie qui restait en lui et l'offrir au monde, à cet endroit, ce bungalow sombre et caverneux, aux étranges yeux fous qui l'assaillaient de tous côtés.

Un frisson violent a parcouru son corps, qui s'est mis à trembler en convulsions rapides, sa gorge projetant des tramées rouges irrégulières sur sa poitrine, sur la moquette, sur son ventre, sur l'avant de la commode. J'ai baissé les yeux tandis que, secoué par des spasmes, labourant l'air de ses mains, arquant son corps sur la moquette imbibée de sang, il s'abandonnait à contrecœur à la mort.

J'ai plaqué les mains sur mes oreilles, me suis mordu la lèvre jusqu'à sentir moi aussi le goût du sang, et alors il s'est affaissé.

Immobile et silencieux.

Comme s'il s'était complètement vidé.

Sa main a décrit un grand arc et est venue cogner contre mon genou. Elle est restée posée là, sur ma jambe en sueur, et pendant quelques instants je me suis contenté de la regarder, les doigts ensanglantés, recourbés d'un air accusateur, pointant dans ma direction, la tension de la peau, les ongles manucurés et brillants, les lignes de la paume – ligne de cœur, ligne d'amour, ligne de vie...

J'ai bougé la jambe et la main est retombée sans bruit sur la moquette.

Quelque part un chien a aboyé, puis des phares ont balayé la pièce alors qu'une voiture passait sur la route, illuminant tout pendant une fraction de seconde puis disparaissant dans la nuit.

Je n'entendais plus que ma respiration difficile, un son qui cherchait à s'échapper de ma poitrine tandis que j'observais ce que j'avais fait.

La condensation laissait des traînées d'eau à l'intérieur des fenêtres. Il flottait une odeur de cigare, vieille et amère, un fort relent d'alcool bon marché, de piquette distillée dans des jerrycans et des bidons d'essence, le vestige éthylique de longues nuits agitées par des haut-le-cœur, à vomir dans le néant, de longues nuits pleines de cette stupide sagesse aveugle qui consiste à croire que la vie commence au fond d'une bouteille ou entre les cuisses d'une prostituée. Je me rappellerais cette odeur près de quatre décennies plus tard, par une chaude nuit dans le district de Chalmette, au cœur de La Nouvelle-Orléans.

J'avais l'impression de flotter, d'avoir quitté mon corps et de regarder le sol depuis le ciel. Là-haut, il y avait le savoir : Aix-la-Chapelle à Cantaloupe, Cantara à Équation du temps, Équateur à Heraclite, Héraldique à Kansas, Kant à Marciano, Marconi à Ordovicien, Oregon à Rameau, Ramsès à Thé, Théories unifiées à Zurich. Là-haut, il y avait la sagesse, le cœur de tout. Qui étais-je vraiment ? Une créature condamnée par Dieu ? Certainement pas. J'étais plutôt le Dieu qui condamnait.

Je me suis penché en arrière et ai pris une profonde inspiration. J'ai fermé les yeux puis me suis ressaisi. Ce que j'avais fait était juste là, devant moi. Les marques indélébiles de mon acte maculaient la moquette, la commode, le mur arrière du bungalow. J'ai pensé à tous ceux qui étaient venus ici avant moi et me suis demandé si justice avait été rendue.

J'ai souri.

Œil pour œil.

C'était *moi* qui avais fait ça. *Moi* qui avais rendu ça possible. N'étais-je pas désormais quelqu'un ? Sûrement, si ; j'étais ce que tant d'autres ne pouvaient être. J'étais Ernesto Cabrera Perez, un homme capable de tuer d'autres hommes, un homme dangereux. Quelqu'un d'exceptionnel.

J'ai de nouveau inspiré profondément, me suis senti un instant étourdi, légèrement nauséeux. J'ai regardé le sang qui séchait sur mes mains, tendant ma peau, et lorsque j'ai serré les poings j'ai cru l'entendre craquer et se fendre sur mes doigts. J'ai retourné mes mains. Ces mains qui avaient porté ma mère lorsqu'elle n'arrivait plus à marcher seule. Ces mains qui m'avaient défendu de la violence des poings de mon père.

J'avais peur. Je me demandais ce que j'avais en moi qui me rendait capable d'accomplir de tels actes.

J'ai regardé dans le vide et, lorsque j'ai fermé les yeux, mon étourdissement et ma désorientation n'ont fait qu'empirer. J'ai rouvert les yeux en frissonnant. Ce que j'avais en moi, je ne voulais pas le savoir.

Je me suis levé, déshabillé et me suis précipité dans la petite salle de bains pour laver le sang de mes mains.

J'ai passé la chemise et le costume de l'homme, enfilé ses chaussures, puis j'ai rassemblé mes vêtements et les ai roulés en boule. Dans la poche intérieure de sa veste j'ai trouvé les clés de sa voiture. Dans l'autre poche se trouvait un rouleau de billets de banque qui devait approcher les mille dollars américains. J'ai baissé une fois de plus les yeux vers l'homme et, dans un geste gratuit, j'ai levé le pied droit et lui ai violemment écrasé le visage.

Après quoi, j'ai tourné les talons et regagné la porte du bungalow, avant de me retourner une dernière fois.

« Bonne nuit, papa », ai-je murmuré, et je me suis enfoncé dans la nuit.

J'ai grimpé dans la voiture, mis le contact et pris la direction de la ville, une ville que seuls connaissaient ceux qui y habitaient, une ville qui ignorait tout de ce que j'avais fait et qui l'ignorerait pendant encore quelques heures.

Et ces heures se sont écoulées dans une brume de luxure alcoolisée, de passion enflammée. Riches de près de mille dollars, Ruben Cienfuegos et moi avons arpenté les bas-fonds de *La Habana Vieja*, où nous avons trouvé des filles qui faisaient des choses incroyables pour moins de dix dollars *americanos*. Nous avons bu comme des assoiffés et, lorsque la lueur meurtrie et cireuse du matin est péniblement apparue à l'horizon, lorsque la couleur est revenue éclairer les bouges monochromes des quartiers les plus sombres de la ville, nous avons regagné en titubant, à moitié aveugles et incohérents, notre immeuble où j'ai trouvé mon père endormi comme une souche. Je me rappelle l'avoir enjambé, l'avoir entendu bredouiller quelque chose d'inintelligible et m'être dit que ce serait si facile de m'agenouiller sur sa poitrine, de serrer son cou entre mes mains, et de lui faire rendre son dernier souffle pathétique en châtiment de ce qu'il avait fait à ma mère. Et je me suis tenu au-dessus de lui pendant un moment, les murs vacillant autour de moi, avant de me raviser. Le tuer alors aurait été trop facile, car la péni- tence qu'il s'infligeait, l'accablement de cet homme qui n'était plus que l'ombre de lui-même, était bien pire. J'ai décidé de le laisser souffrir encore un peu et suis allé m'étendre sur mon matelas à l'autre bout de la pièce.

À mon réveil, l'après-midi touchait à sa fin. J'ai songé à aller chercher Ruben pour une nouvelle escapade dans notre paradis hédoniste, mais je suis resté un moment chez moi à discuter avec mon père. Je lui ai donné un peu d'argent en lui disant d'aller se laver, de s'acheter quelques vêtements neufs, de se dégoter une prostituée de 17 ans et de se laisser aller à ses vices. Il a suivi mes conseils, toujours aussi pathétique et obséquieux, et de la fenêtre de notre chambre je l'ai regardé s'éloigner de notre immeuble et gagner le bout de la rue d'un pas hésitant. Je me suis raclé la gorge et ai craché derrière lui avant de tourner la tête de dégoût. L'idée que c'était lui qui m'avait mis au monde m'était insupportable. Je valais mieux que lui. J'étais Ernesto Cabrera Perez, le fils de ma mère et de personne d'autre.

Comme le soleil déclinait derrière la ligne d'hori- zon, j'ai quitté ma chambre et descendu l'escalier qui menait à celle de Ruben. J'ai cogné à la porte, attendu un moment avant de remarquer que celle-ci n'était pas fermée à clé. Je suis entré. Les lumières étaient éteintes et, sur le matelas où je m'attendais à trouver Ruben étendu, il n'y avait que des draps froissés et tachés de sueur.

Peut-être qu'il était passé chez moi et que, me voyant endormi, il était sorti. Mais je savais où le trouver. À une rue de là, de l'autre côté du carrefour, il y avait un bar à la façade étroite où nous avions l'habitude de nous retrouver. Je m'y suis rendu tranquillement, goûtant la sensation de liberté que me procuraient tous les dollars dans ma poche. J'en avais assez pour vivre la grande vie pendant encore toute une semaine. Pas le moindre souci. Pas besoin de penser.

Ne voyant pas trace de Ruben au bar, j'ai été perplexe. Où avait-il bien pu aller ? J'ai demandé à un ou deux vieux s'ils l'avaient vu.

« Il avait beaucoup de dollars, m'a répondu l'un d'eux. Il était ici il y a un moment, une heure, peut-être deux, et puis il est parti. Il n'a pas dit où il allait. Je n'ai pas demandé. Ce que vous autres fabriquez ne me regarde pas. »

J'ai quitté le bar et marché en direction du centre-ville. Peut-être qu'il s'était soûlé et était parti s'amuser tout seul. Ça ne me dérangeait pas vraiment. Ruben pouvait se débrouiller tout seul. J'ai songé à retourner chercher la voiture, la Mercury Cruiser dans laquelle j'avais quitté le motel la nuit précédente, et à aller parader dans la vieille ville, lever quelques filles, peut-être rouler jusqu'à la côte et me les taper sur la plage. Mais je me suis ravisé. C'était une voiture voyante, qui ne ressemblait à aucune autre dans les parages, et je ne voulais pas attirer l'attention sur moi.

J'ai erré pendant trois heures dans la vieille Havane. J'ai payé une prostituée pour qu'elle me taille une pipe dans une ruelle, mais j'étais si fatigué et repu d'alcool que mon corps n'a pas répondu. Je lui ai quand même donné son argent, et elle m'a dit de venir la voir la prochaine fois que je serais dans le coin. J'ai répondu que je le ferais, mais à peine s'était-elle éloignée que j'aurais été incapable de reconnaître son visage. Après un moment, elles finissaient par se ressembler toutes.

Il était près de minuit lorsque j'ai repris le chemin de la maison. J'étais en colère, frustré ; irrité que Ruben soit sorti sans moi, mais aussi, dans un sens, soulagé. J'avais besoin de sommeil. Je me sentais empoisonné par le whisky et la bière bon marché. Je n'avais rien mangé depuis mon réveil et mon corps me faisait un mal de chien.

Il m'a fallu près d'une heure pour regagner l'immeuble. Il n'y avait pas de lumière à la fenêtre, mon père n'était de toute évidence pas rentré, et comme je montais l'escalier vers ma chambre, j'ai songé à passer chez Ruben pour voir s'il était rentré cuver son vin.

Les lumières étaient éteintes, la porte, toujours ouverte, et lorsque je l'ai poussée en grand et ai pénétré dans la pièce, j'ai su que quelque chose ne tournait pas rond.

J'ai été soudain aveuglé par une lumière dirigée en plein sur mon visage : Elle était si puissante qu'elle faisait presque mal et, avant que j'aie pu crier, dire quelque chose, j'ai senti des mains sur mes épaules. Une terreur absolue s'est emparée de moi. On m'a forcé à m'agenouiller et, alors même que je rouvrais les yeux, on m'enfonçait la tête dans un sac de toile grossier et on m'attachait quelque chose autour du cou. Puis on m'a ligoté les mains, si fermement que je sentais le sang s'accumuler au niveau de mes poignets. J'avais les pieds libres et, avant que j'aie pu les bouger ou tenter de me lever, j'ai senti la pression d'un objet solide sur mon front.

Le déclic du chien, presque assourdissant.

Une voix incontestablement italienne.

« Tu es Ernesto Perez ? »

Je n'ai rien répondu. J'ai senti l'urine tremper mon pantalon. Je voyais la même obscurité que celle que j'avais vue dans la chambre du motel. Je voyais ce qu'il y avait en moi, et ça me terrifiait.

J'ai entendu, quelque part sur ma droite, des bruits de lutte. Une voix étouffée, quelqu'un réprimant un hurlement de douleur, puis un bref silence.

« Tu es Ernesto Perez ? » a demandé de nouveau la voix.

J'ai acquiescé.

« Tu as tué un homme dans un motel hier soir », a déclaré la voix d'un ton neutre.

Je suis resté immobile, silencieux. J'avais perdu toute sensation dans les mains. Je sentais les veines de mon cou se gonfler et battre.

« Tu as tué un très bon ami à moi hier soir, et maintenant nous allons venger sa mort. »

J'ai senti le canon du pistolet s'enfoncer dans mon front. Je voulais hurler, me débattre par tous les moyens, mais avec mes mains attachées et les hommes derrière moi qui me maintenaient les chevilles, aucun mouvement n'était possible.

« Debout ! » a ordonné la voix.

On m'a remis debout sans ménagement.

Je sentais toujours la lumière éblouissante pointée sur mon visage malgré le sac au-dessus de ma tête.

La lumière s'est déportée sur la gauche, le sac a été sèchement arraché et je me suis retrouvé face à un homme armé d'un pistolet qui était désormais braqué sur mon ventre.

J'ai senti mes entrailles se nouer et ai dû fournir un effort surhumain pour ne pas hurler.

J'ai regardé sur la gauche, et là, sur une chaise, bâillonné et ligoté tel un animal prêt pour l'abattoir, j'ai vu Ruben Cienfuegos. Il était dans un sale état. Ses yeux étaient si gonflés qu'il pouvait à peine les ouvrir, ses cheveux collés par le sang, sa chemise avait été arrachée autour de ses épaules et il avait la peau couverte de brûlures de cigarette.

Je me suis tourné vers l'homme qui me faisait face, incontestablement un Italien. Il avait l'âge de mon père, mais ses yeux étaient plus sombres et, lorsqu'il a souri et acquiescé, son expression avait quelque chose de réellement inquiétant.

« Connais-tu cet homme ? » a-t-il demandé en jetant un coup d'œil en direction de Ruben.

J'ai fait non de la tête.

L'homme a souri, levé son pistolet et l'a pointé directement entre mes yeux. J'entendais presque la tension dans les muscles de ses doigts tandis qu'il accentuait la pression sur la détente.

« Connais-tu cet homme ? »

J'ai une nouvelle fois fait signe que non. Même si j'avais voulu parler, j'en aurais été incapable. J'avais la gorge nouée, comme si quelqu'un la serrait implacablement, et tandis que j'essayais de respirer j'éprouvais une peur si violente que j'avais l'impression que mon cœur allait cesser de battre.

« Alors, on dirait que l'un de vous ment, a repris l'Italien avec un haussement d'épaules. Lui prétend te connaître. Il dit que tu t'appelles Ernesto Perez et tu ne le nies pas. Comment se fait-il qu'il connaisse ton nom ? »

J'ai secoué la tête en signe d'ignorance et regardé l'homme au pistolet droit dans les yeux.

« Je… je n'en sais rien », ai-je bégayé. J'essayais d'avoir l'air sûr de moi. Comme un homme qui dirait la vérité. « Il ment. »

Ruben Cienfuegos a lâché un gémissement plaintif et s'est mis à secouer la tête.

J'ai essayé de me retourner, de regarder par-dessus mon épaule, conscient que deux hommes se tenaient derrière moi. Puis j'ai fait face à l'Italien. Il avait des yeux de requin, des yeux morts et sans reflet. Et je savais que cette expression sombre, dénuée de lumière, serait la dernière chose que je verrais.

J'ai alors décidé de mourir. J'ai décidé de mourir et, si je ne mourais pas, alors cet instant serait une catharsis. Si je me tirais de ce mauvais pas, alors ce serait la preuve que je n'avais pas toujours mal agi. Ce serait la confirmation de la direction qu'avait prise ma vie et, dans le cas contraire… eh bien, dans le cas contraire, je n'aurais plus à m'en soucier.

J'ai décidé de ne pas avoir peur.

J'ai pensé à ma mère, à la fierté qu'elle aurait éprouvée de me voir fort.

J'ai décidé de ne pas avoir peur et, si cet homme aux yeux morts me tuait, alors je retrouverais ma mère et lui dirais que tout n'avait pas été en vain.

Vivre ou revoir ma mère ; tel était mon choix.

« L'un de vous ment, a repris l'homme. Tu admets que ton nom est Ernesto Perez ?

– Oui. Je suis Ernesto Perez.

– Et lui ? a-t-il demandé en désignant Ruben avec son pistolet.

– Je ne l'ai jamais vu. »

Ruben a émis un nouveau gémissement. Je sentais sa douleur, mais plus je la sentais, moins elle me touchait. Ma faculté à éprouver de la compassion s'était volatilisée. Et c'est alors que je me suis rendu compte que si j'étais confronté à ma propre mort, celle des autres devenait totalement insignifiante. C'est à ce moment que j'ai perdu le peu de conscience et de compassion qui avait pu me rester.

« Donc, si tu n'as jamais vu cette personne, sa mort ne signifiera rien pour toi ? »

J'ai regardé l'homme sans ciller. Mon visage était absolument impassible.

« Rien du tout, ai-je doucement répondu, puis j'ai souri.

– Et l'homme qui a été tué hier soir dans un motel ? Il affirme que tu es coupable de son meurtre, qu'il n'était pas là et que c'est toi qui l'as tué. »

J'ai secoué la tête.

« S'il n'y était pas, qu'est-ce qu'il en sait ? ai-je rétorqué.

– Tu prétends qu'il ment ?

– Oui », ai-je répondu.

J'ai senti mon cœur ralentir. Le sang qui battait dans mon cou, la tension que j'éprouvais au fond de moi, tout a commencé à s'adoucir, et j'ai songé que je n'avais jamais aussi bien menti de ma vie.

« Et toi… tu vas rester là à laisser un autre homme salir ton nom ? Tu vas laisser un homme te traiter d'assassin sans rien faire ? »

J'ai regardé fixement l'Italien.

« Je me vengerai le moment venu. »

L'Italien a rejeté la tête en arrière et éclaté d'un rire sonore.

« *Quando fai i piani per la vendetta*, a-t-il dit, et les deux hommes derrière moi ont également éclaté de rire. Tu vas te venger maintenant, a-t-il repris, ou bien vous mourrez tous les deux ici même dans cette pièce. »

Je me suis tourné vers Ruben et j'ai vu qu'il s'efforçait de croiser mon regard malgré son visage enflé.

« Tu venges la mort de mon ami et tu laves ton nom en le tuant, a déclaré l'Italien. Tu prouves que tu es un homme, mon petit ami cubain, et tu sauves ta vie. » Il a souri une fois de plus.

« Marché conclu ?

— Marché conclu », ai-je répondu, et j'ai jeté un nouveau coup d'œil en direction de Ruben.

L'Italien a fait un pas en arrière, baissé son pistolet, et il est allé se poster sur le côté de la pièce. Les deux hommes derrière moi m'ont détaché les mains et je me suis retrouvé là, le cœur martelant ma poitrine, de la sueur coulant sur tout mon corps, mes mains tremblant violemment à mesure que le sang les irriguait de nouveau et leur rendait leurs sensations.

L'Italien a fait un signe de la tête. L'un des hommes s'est avancé et m'a tendu un démonte-pneu.

« Il y a deux cent six os dans le corps humain, a déclaré l'Italien. Je veux t'entendre les casser tous. »

Plus tard, bien plus tard, assis sur le sol de ma chambre, l'Italien m'a dit son nom.

« Giancarlo Ceriano », a-t-il déclaré.

Il a allumé deux cigarettes, m'en a tendu une. Je l'ai alors regardé, regardé pour la première fois sans voir ma propre mort dans ses yeux. Il était impeccablement vêtu, tout en lui était précis, parfait, taillé sur mesure. Ses mains étaient manucurées, ses cheveux, lisses, chacun de ses mouvements était à la fois gracieux et incontestablement masculin. Ceriano avait quelque chose de sauvage, il semblait mi-homme, mi-animal, tout en étant élégant, perspicace et très intelligent.

« Je sais que tu as tué l'homme dans la chambre du motel, a-t-il poursuivi. Ne me demande pas comment je le sais, et ne le nie pas. Tu m'offenserais grandement en me mentant maintenant. » Il m'a regardé de ses yeux éteints et froids. « J'ai raison, non ?

– Vous avez raison. »

Ceriano a hoché la tête et souri.

« Son nom était Pietro Silvino. Il travaillait pour un homme nommé Trafficante. Tu as entendu parler de Trafficante ? »

J'ai fait signe que non.

« Trafficante est un homme très important, un très bon ami à moi. Il possède des parts dans certains casinos ici, le Sans Souci, le Comodoro et le Capri. Il croit à la famille, il croit à l'honneur et à l'intégrité, et ça lui briserait le cœur d'apprendre que son ami, un membre de sa famille, un homme avec une femme et trois beaux enfants, payait des garçons pour avoir des rapports sexuels… tu comprends ?

– Je comprends. »

Ceriano a fait tomber la cendre de sa cigarette par terre.

« Dans un sens, tu as épargné beaucoup de peine à la famille de Don Trafficante en tuant Silvino avant que tout ne soit découvert et, même si je ne peux en aucune manière cautionner ton acte, j'ai été impressionné par ton sang-froid face à la mort. Tu es courageux, mon petit ami cubain. J'ai été impressionné par ton numéro, et j'aurais peut-être du travail qui pourrait t'intéresser.

– Du travail ?

– Nous sommes des étrangers ici. Nous détonnons. Les gens savent qui nous sommes et ce que nous faisons. Nous ne parlons pas votre langue et ne comprenons pas bien vos coutumes et vos rituels. Mais un natif d'ici…

– Je viens de La Nouvelle-Orléans, ai-je expliqué. Je suis américain et je suis né à La Nouvelle-Orléans. »

Ceriano a écarquillé de grands yeux et a souri. Puis il s'est mis à rire.

« De La Nouvelle-Orléans ? a-t-il demandé d'un ton surpris.

– Oui. Mon père est cubain, mais ma mère était américaine. Il est parti là-bas et il l'a épousée. Je suis né là-bas, mais nous sommes venus ici récemment après la mort de ma mère.

– Je suis désolé pour ta mère, Ernesto Perez.

– Moi aussi.

– Alors, à La Nouvelle-Orléans, a-t-il repris, tu as entendu parler de Louis Prima ? »

J'ai fait signe que non.

« Louis Prima est né à Storyville, en Louisiane. Il joue avec Sam Butera et son orchestre, les Witnesses. Tu sais… *Buona Sera, Lazy River, Banana Split For My Baby*… et comment s'appelait l'autre ? » Ceriano s'est tourné vers l'un de ses hommes de main. « Ah, a-t-il lâché avant de se mettre à chanter avec un grand sourire : *I eat antipasta twice just because she is so nice…*

Angelina… Angelina, the waitress at the pizzeria…
Angelina zooma zooma, Angelina zooma zooma[1] … »

J'ai souri à mon tour. Ce type avait l'air complètement allumé.

« Enfin, bref, a-t-il repris avec un geste nonchalant
de la main. Comme ça tu es américain, hein ?

– Oui.

– Mais tu parles comme un Cubain.

– Oui.

– Alors, pour nous, tu seras cubain, tu comprends ?

– Je comprends.

– Et tu travailleras pour nous ici, à La Havane. Nous
te paierons bien et nous te protégerons et, si tu nous
rends service, nous t'autoriserons peut-être à garder la
superbe voiture de Pietro Silvino, d'accord ?

– D'accord », ai-je répondu.

Je me disais que je n'avais pas le choix, mais, surtout, j'étais persuadé qu'on m'offrait enfin la chance
d'accomplir ma vocation, de trouver ma place dans le
monde, de retourner en Amérique avec suffisamment
d'argent et de pouvoir m'imposer. Je me rappelais une
pancarte que j'avais vue au-dessus de l'école Alvarez.
Sin educación no hay revolución posible. Sans éducation, aucune révolution n'est possible.

On me proposait une éducation. On me proposait
d'entrer dans un monde dont je n'aurais même pas osé
rêver.

On me proposait une échappatoire et, avec de telles
personnes autour de moi, je ne prévoyais ni répercussions, ni conséquences, ni obstacles.

---

1. « Je reprends deux fois des *antipasti* juste parce qu'elle est si
jolie… Angelina… Angelina, la serveuse de la pizzeria… Angelina
zooma zooma, Angelina zooma zooma. » *(N.d.T.)*

C'était le rêve américain, ses côtés les plus sombres, certes, ses bas-fonds obscurs, mais un rêve tout de même, et je désirais tant ce rêve que j'en sentais le goût sur ma langue.

En repartant ce soir-là, Giancarlo Ceriano et ses hommes de main ont emporté les restes brisés de mon frère de sang, Ruben Cienfuegos. Où ils l'ont emmené et ce qu'ils ont fait de son corps dévasté, je l'ignore. Je n'ai pas posé de questions. J'avais déjà appris qu'avec ce genre d'hommes on répondait aux questions, on ne les posait pas. Ils m'effrayaient, mais je m'apercevais que je les respectais plus que n'importe qui d'autre. Je voyais bien leur brutalité, leur passion, leur apparente capacité à se débarrasser comme si de rien n'était des vivants comme des morts. Mais leur monde était un monde différent, un monde plus vaste, un monde de violence et d'amour, de famille et de fortune.

En partant, Don Ceriano a déclaré :

« Nous dirons à Don Trafficante et à la famille de Pietro Silvino qu'il a été assassiné par un voleur cubain. Nous leur dirons aussi que c'est toi qui l'as identifié et tué. Tu te feras un nom, un petit nom, mon petit ami cubain, mais un nom tout de même. Nous reviendrons te voir et nous parlerons affaires ensemble, tu comprends ?

– Je comprends », ai-je répondu, et je me disais – peut-être pour la première fois de ma vie – que je m'étais engagé dans quelque chose qui *pouvait* être compris.

Je n'ai pas fermé l'œil cette nuit-là. Étendu sur mon matelas, je voyais par la fenêtre les étoiles ponctuer l'obscurité du ciel.

Des cercles tournaient dans mon esprit et, à l'intérieur de chaque cercle, il y avait une ombre et, derrière chaque ombre, le visage de ma mère. Elle ne disait rien ; elle me regardait simplement d'un air émerveillé et plein de respect.

« Je suis devenu quelqu'un », lui murmurais-je et, même si elle ne répondait pas, je savais – je savais au fond de moi – que c'était tout ce qu'elle avait toujours voulu pour moi.

12

« Cet homme n'existe pas, déclara de but en blanc Schaeffer. Nous avons pour le moment utilisé toutes les ressources à notre disposition, cherché dans toutes les bases de données auxquelles nous avons accès et, techniquement, cet Ernesto Cabrera Perez n'existe pas. Aucune personne de ce nom n'a jamais mis les pieds aux États-Unis. Il n'y a pas de numéro de Sécurité sociale, pas de passeport, pas de permis de travail ni de visa… absolument rien. »

Woodroffe, le visage impassible, s'assit en silence à côté de Schaeffer.

« La mort de Silvino, en revanche, ça, c'est vérifiable », reprit Schaeffer, comme s'il s'agissait d'un prix de consolation.

Hartmann s'adossa à sa chaise et croisa les mains derrière sa tête. Il sentait poindre un début de migraine et essayait de se concentrer pour le faire disparaître. Il ne pensait pas y parvenir. L'après-midi touchait à sa fin, et Perez avait parlé presque sans interruption. Ils avaient fait une pause-déjeuner vers 13 heures et, entre deux questions, Perez avait émis des commentaires sur la qualité de leur repas.

Plus tard, après la fin de son monologue, il avait été une fois de plus escorté au Royal Sonesta par ses deux douzaines de gardes du corps.

« Mais je ne vois pas le rapport avec Shakespeare », déclara Schaeffer.

Hartmann haussa les épaules d'un air indifférent.

« Je suppose qu'il cherche juste à nous montrer qu'il n'est pas ignorant, dit-il. Dieu sait ce qu'il a pu vouloir dire, mais vous pouvez être certain que ça va occuper vos collègues du siège à Quantico pour le restant de la semaine. »

Schaeffer sourit. Hartmann fut surpris de découvrir qu'il avait le sens de l'humour.

« Et maintenant ? demanda Hartmann.

— Bon Dieu, qu'est-ce que j'en sais ? Si on prenait le reste de la journée, pour aller voir un film ou quelque chose ? J'ai Dieu sait combien d'agents à ma disposition et je ne sais pas où les envoyer. La totalité des sénateurs et la moitié du putain de Congrès me harcèlent au téléphone toutes les heures. Je leur explique ce qu'on fait. Je leur dis qu'on écoute ce type, qu'on analyse chacune de ses paroles à la recherche du moindre tuyau sur l'endroit où il pourrait garder la fille. J'ai des agents qui passent en revue les registres de cartes grises pour essayer de trouver une trace de cette voiture et savoir où elle a été pendant toutes ces années. Merde, j'ai des gens qui analysent toutes les empreintes digitales de chaque cabine téléphonique qu'il a utilisée, d'autres qui passent ses vêtements et ses chaussures au crible à la recherche de fibres et d'échantillons de poussière. Je fais absolument tout ce que je peux et, à l'heure où nous parlons, j'ai que dalle.

— Faut que je sorte, j'ai besoin d'air frais, déclara Hartmann en se levant. C'est OK ?

– Bien sûr, répondit Schaeffer. Demandez un *pager* à Kubis pour qu'on puisse vous appeler au besoin. Je ne vois pas trop ce que vous pouvez faire d'ici demain. »

Schaeffer s'écarta de la porte pour le laisser passer. Hartmann alla voir Lester Kubis, qui lui donna un *pager* et vérifia qu'il fonctionnait.

Hartmann salua Ross d'un geste de la tête en partant et, lorsqu'il franchit la porte et se retrouva dans Arsenault Street, il fut surpris par la limpidité du ciel bleu et la chaleur du soleil. Il y avait une nette différence entre ici et New York, une différence qui lui avait dans une certaine mesure manqué, même s'il avait conscience de tout ce que La Nouvelle-Orléans représentait. Il pensa à Danny, ce qui le ramena à Jess, puis à Carol et à leur rendez-vous de samedi. Pour le moment, ce n'était pas un problème. Cette affaire pouvait s'achever le lendemain, peut-être le surlendemain, et il décida de ne pas s'en faire jusqu'à vendredi soir. On était dimanche soir. Il lui restait cinq jours pour entendre ce que Perez avait à dire.

Ray Hartmann marcha sans but, juste histoire de se dégourdir les jambes. Il tourna à gauche au bout d'Arsenault et se dirigea vers le centre-ville. Il regardait les façades de bâtiments qu'il n'avait pas vus depuis le début de 1988, près de quinze ans plus tôt. *Ça a changé*, pensa-t-il. *Mais plus les choses changent, plus elles restent les mêmes.*

Il continua de marcher, tentant de ne penser à rien de particulier, et sans avoir prémédité son coup, il se retrouva devant le commissariat où travaillait Verlaine. Il gravit les marches et franchit les doubles portes. Tout était calme à l'intérieur. Tout semblait immobile. Le sergent de service ne leva même pas le nez de sa paperasse, et Hartmann dut marcher jusqu'au guichet et s'éclaircir la voix pour attirer son attention.

Le sergent, que son badge couleur cuivre identifiait comme un certain Walter Gerritty, leva la tête, jeta un coup d'œil par-dessus ses lunettes à monture d'écaille et arqua les sourcils d'un air interrogateur.

« Je cherche John Verlaine, annonça Hartmann.

– Et je suppose que vous n'êtes pas le seul, répliqua Gerritty. Qui êtes-vous ?

– Ray Hartmann… enquêteur spécial Ray Hartmann. »

Gerritty acquiesça avec componction.

« Ce qui signifie que vous êtes quelqu'un de spécial, ou que vous enquêtez sur des choses spéciales ? »

Hartmann sourit ; ce type était un malin.

« Les deux, naturellement, répondit Hartmann.

– Ça me va », fit Gerritty et il attrapa le téléphone posé au bord de son bureau.

Il composa un numéro, attendit une seconde, puis annonça : « Vous avez un problème qui vous attend dans le hall. » Il raccrocha sans attendre de réponse. « Il sera là dans un moment. »

Gerritty retourna à sa paperasse.

Hartmann s'écarta d'un pas du guichet. L'agent regarda une nouvelle fois par-dessus ses lunettes et le dévisagea.

« Un problème ? » demanda-t-il.

Hartmann fit signe que non.

« Bien », dit Gerritty et il baissa une fois de plus la tête et se mit à écrire sur la feuille posée devant lui.

Verlaine apparut une minute plus tard, peut-être moins. Gerritty le regarda descendre l'escalier.

« Je suppose que ça doit être un mari jaloux, non ? demanda-t-il à Verlaine.

– Vous êtes un connard de premier ordre, Gerritty, observa celui-ci avec un sourire.

– Faut bien être quelque chose, répliqua Gerritty, et je fais de mon mieux pour être à la hauteur. »

Verlaine se tourna vers Hartmann. Il sembla avoir un moment d'hésitation, puis il atteignit le bas des marches et se dirigea main tendue vers Hartmann.

« Monsieur Hartmann. Ravi de vous voir. »

Hartmann lui serra la main.

« Moi de même, dit-il. Je me demandais si vous auriez un moment de libre. Si vous êtes occupé, nous pourrions nous voir plus tard.

– Pas de problème. Je finis mon service dans un peu moins d'une heure.

– Je croyais que vous aviez fini votre service une demi-heure après être arrivé, lança Gerritty.

– Gros malin, rétorqua Verlaine, puis il se retourna et s'engagea dans l'escalier. Suivez-moi, dit-il à l'intention de Hartmann. Mon bureau est à l'étage. »

Hartmann suivit Verlaine jusqu'en haut des marches, puis ils tournèrent à gauche. Trois portes plus loin, ils pénétrèrent dans une pièce étroite dotée d'une petite fenêtre. Il y avait à peine assez de place pour le bureau et deux chaises. Contre le mur se dressait un meuble de rangement avec trois tiroirs, positionné de telle sorte qu'il empêchait l'ouverture complète de la porte.

« Ils m'ont refilé le plus petit bureau de tout le bâtiment... Un jour, j'espère être promu et avoir le placard à balais. »

Hartmann sourit et s'assit.

« Vous voulez du café ou quelque chose ? demanda Verlaine.

– Il est bon ?

– Dégueulasse… on dirait de la pisse de raton laveur avec de la mélasse.

– Une autre fois si ça ne vous ennuie pas », dit Hartmann.

Verlaine contourna son bureau et s'assit face à Hartmann. Une brise fraîche s'insinuait par la fenêtre entrouverte telle une intruse. Le soir approchait, ce dont Hartmann était heureux. La nuit, il y avait moins de souvenirs, moins de choses qu'il reconnaissait. Une fois la nuit tombée, il pourrait se retirer du monde, regagner sa chambre d'hôtel et regarder la télé en faisant comme s'il était de retour à New York.

« Alors, que puis-je pour vous ? demanda Verlaine.

– Je ne suis pas sûr que vous puissiez quoi que ce soit de spécifique, répondit Hartmann. Nous tenons le type, vous savez ?

– C'est ce que j'ai cru comprendre. Comment est-il ?

– Vieux. La soixantaine bien sonnée, il adore s'entendre parler. J'ai passé près de deux jours à l'écouter et je n'ai toujours pas la moindre idée de pourquoi il a enlevé la fille ni de l'endroit où elle est.

– Et vous avez la moitié du FBI qui vous colle comme une sangsue.

– M'en parlez pas.

– Pourquoi vous ? demanda Verlaine. Vous avez un lien avec ce type ?

– Aucune idée, répondit Hartmann en secouant la tête, vraiment aucune idée.

– Et je suppose que ça vous fait super plaisir.

– Vous pouvez le dire.

– Alors, qu'est-ce qui se passe maintenant ?

– Entre nous ?

– Pas un mot ne franchira cette porte.

– Il est ici… il a l'air de vouloir nous raconter sa vie. Nous écoutons, nous prenons des notes, nous enregistrons, nous avons trois douzaines de profileurs criminels qui suent sang et eau à Quantico, Dieu sait combien d'agents ici qui ratissent une zone de plus en plus large, et nous prenons les choses comme elles viennent.

– Alors, pourquoi venir me voir ? Vous vous sentez seul à La Nouvelle-Orléans ? »

Hartmann sourit et secoua la tête.

« Vous avez été le premier sur l'affaire. Ça fait quelques années que vous êtes ici, exact ?

– Ici à La Nouvelle-Orléans, ou dans la police ?

– Dans la police.

– Onze ans, répondit Verlaine. Onze ans en tout, trois et demi aux mœurs, les deux dernières années à la criminelle.

– Vous n'êtes pas marié ?

– Non, et je ne l'ai jamais été. J'ai un frère et une sœur, mais ils ne sont pas franchement sociables… La fin d'une putain de dynastie, voilà ce que je suis. »

Hartmann se tourna vers la fenêtre et regarda le bâtiment de la cour fédérale, au sud, derrière Lafayette Square.

« La chose que je n'arrive pas à m'ôter de la tête, c'est le rapport avec Feraud, dit-il. Je ne peux pas m'empêcher de croire que Feraud en sait beaucoup plus que ce qu'il veut bien dire.

– Je n'en doute pas, consentit Verlaine.

– Et qu'est-ce qu'il a dit quand vous êtes allé le voir ? Je sais que vous me l'avez déjà dit, mais dites-le-moi une fois de plus. »

Verlaine ouvrit le tiroir de droite de son bureau. Il en tira un carnet et parcourut plusieurs pages jusqu'à trouver celle qu'il cherchait.

« J'ai pris des notes, expliqua-t-il. Balancez-moi aux fédéraux si vous voulez, mais il y a quelque chose dans ce qu'a dit Feraud qui m'a vraiment turlupiné. Pourquoi, je n'en sais rien, mais après vous en avoir parlé, j'ai éprouvé le besoin de me rappeler clairement ce qu'il avait dit, alors je l'ai noté du mieux que j'ai pu. » Verlaine se pencha en arrière et s'éclaircit la voix. « Il a dit que j'avais un problème. Il a dit que j'avais un sérieux problème et qu'il ne pouvait rien faire pour m'aider. Il a dit que l'homme que je cherchais ne venait pas d'ici, je suppose qu'il parlait de La Nouvelle-Orléans, qu'il avait jadis été l'un des nôtres, mais qu'il ne l'était plus depuis de nombreuses années. Feraud a affirmé que cet homme venait de l'extérieur et qu'il apporterait avec lui une chose suffisamment grande pour nous avaler tous. »

Verlaine leva les yeux vers Hartmann. Ce dernier resta silencieux.

« Feraud a ajouté que je ferais mieux de m'éloigner et de pas mettre mon nez là-dedans.

— Et il n'a pas parlé de l'enlèvement, ni de la constellation des Gémeaux… il n'a pas évoqué ces sujets ?

— Je n'ai pas demandé, répondit Verlaine en secouant la tête, et il n'a rien dit de lui-même. Feraud n'est pas le genre d'homme à qui on arrache des réponses.

— Je n'ai pas mis les pieds ici depuis quinze ans, mais je connais la réputation du bonhomme.

— Ça s'est arrêté là. Il a dit ce qu'il avait à dire et je suis reparti. »

Hartmann se pencha en avant et regarda Verlaine droit dans les yeux.

« Je veux retourner le voir. »

Verlaine éclata soudain d'un rire forcé.

« Vous déconnez, pas vrai ?

– Je veux aller là-bas et lui parler… je veux découvrir ce qu'il sait. Je veux voir s'il connaît cet homme, voir si on pourrait le pousser à nous en dire un peu plus.

– Et compromettre la totalité de l'enquête fédérale ?

– Ça, oui… j'y ai songé, mais quoi qu'il en soit, il est pour le moment la seule personne qui semble comprendre un tant soit peu qui est cet homme et ce qu'il a pu faire.

– Je respecte vos *cojones*, mais pas la peine de chercher à me mêler à ça, déclara Verlaine, visiblement nerveux, agité.

– Je n'arriverai pas à m'approcher de lui sans vous, répliqua Hartmann.

– Alors, vous ne vous approcherez pas de lui, rétorqua Verlaine, parce que je peux vous assurer que vous ne m'entraînerez pas là-dedans. C'est une enquête fédérale, nom de Dieu ! Vous avez vu combien d'agents ont débarqué ici ? Il s'agit de Catherine Ducane, la fille du gouverneur de Louisiane, et vous voulez aller faire quelque chose qui pourrait faire capoter toute l'opération ? »

Hartmann secoua lentement la tête.

« Il n'y a pas d'opération. Ils ont un sacré paquet d'hommes et de moyens. Ils ont des radios, des magnétophones, des experts en reconnaissance vocale, des profileurs criminels, mais le fait est qu'ils n'ont pas le moindre plan. Ils attendent, dans l'espoir que Perez dira quelque chose qui leur fournira un indice sur l'endroit où se trouve la fille. »

Verlaine demeura un moment silencieux.

« C'est ça, son nom… au vieux ? Perez ?

– Ernesto Perez, acquiesça Hartmann.

– Qu'est-ce que c'est? Espagnol ou mexicain ou quelque chose du genre?

– Cubain… il est originaire de Cuba.

– Mafia? »

Hartmann jeta un coup d'œil en direction de la fenêtre. Il en disait trop et il le savait.

« Indirectement, oui… des liens avec la mafia à Cuba.

– Et il est juste là à vous déballer toute sa vie, comme s'il écrivait son autobiographie?

– Oui, ça y ressemble, répondit Hartmann. Il jacasse comme une pie.

– Et pour le moment il ne vous a rien dit des mobiles de l'enlèvement ni de l'endroit où il a caché la fille?

– Ni si elle est toujours en vie, ajouta Hartmann. Il m'a défié quand je lui ai parlé. Il a évoqué une certaine règle de trois.

– Air, eau, nourriture, exact?

– Exact. Il a laissé entendre qu'elle n'avait pas de nourriture et que, chaque fois que je perdais du temps à lui parler, je mettais directement sa vie en danger.

– Vous le croyez? Vous pensez qu'il la retient quelque part et qu'elle est en train de mourir de faim?

– Allez savoir… Je ne sais plus que croire. Il sait ce qu'il fait et il est de toute évidence très organisé. En dépit de tous les moyens déployés par le gouvernement fédéral, nous ne sommes toujours pas plus avancés.

– Cette affaire signifie quelque chose pour vous », déclara Verlaine après un bref moment de silence.

Ce n'était pas une question, plutôt une simple affirmation. Hartmann regarda Verlaine en fronçant les sourcils d'un air interrogateur.

« Quelque chose de personnel, reprit Verlaine. J'ai le sentiment que cette affaire vous touche personnellement.

— Si c'est personnel, ça ne regarde personne d'autre, rétorqua Hartmann.

— Je comprends, fit le policier en souriant, mais ce que vous me demandez de faire me touche aussi personnellement.

— Vous... comment ça ?

— Le fait que j'aie peut-être envie de vivre encore un peu. Feraud n'est pas le genre d'homme qu'on contrarie. Ce n'est pas le genre d'homme qu'on ignore. Il m'a demandé de ne pas me mêler à ça, de ne pas y mettre mon nez et de ne plus jamais lui en reparler.

— Et vous allez faire ce qu'il dit ? » demanda Hartmann d'un ton plein de défi.

Verlaine sourit et secoua la tête.

« Ne jouez pas au con avec moi... répliqua-t-il. Si vous voulez embobiner quelqu'un, faites-le avec les fédés. J'ai mieux à foutre que de me mêler de ce qui ne me regarde pas. »

Hartmann ne savait que répondre. Il regardait l'homme qui lui faisait face, le seul homme qui aurait peut-être pu être son allié, et il s'apercevait que s'il voulait que celui-ci l'aide à se tirer de cette situation dans laquelle il était empêtré, il allait devoir dire la vérité.

« Vous voulez savoir pourquoi je veux trouver une issue à cette affaire ?

— Allez-y, et si vous arrivez à me convaincre, j'envisagerai peut-être de vous donner un coup de main. »

Hartmann se sentait sur le point de craquer. Il s'apercevait qu'il était épuisé, au bout du rouleau, et que, malgré tout ce qui était arrivé, tout ce qu'il avait entendu de la bouche de Perez, la seule chose qui le préoccupait était de savoir ce qui se passerait s'il manquait son rendez-vous du samedi avec Carol et Jess.

Aussi, comprenant qu'il n'avait pas d'autre solution, expliqua-t-il la situation à Verlaine.

Celui-ci l'écouta, sans l'interrompre, sans poser de questions, et lorsque Hartmann eut fini, Verlaine s'adossa à sa chaise et croisa les bras derrière sa tête.

« Donc, vous êtes dans la merde jusqu'au cou et vous avez besoin que je vous tire d'affaire ?

– Dans la merde à cause de cet enlèvement, consentit Hartmann, à cause de mes soucis avec ma femme et ma fille, à cause de mon putain de boulot et de tout ce qui a un peu d'importance à mes yeux. Je dois rester jusqu'à ce que cette affaire soit réglée. Je dois rester, mais d'un côté, je ne dois rien précipiter, et de l'autre, ce qui se passe avec ma femme et ma fille me préoccupe sacrément plus que le sort de Catherine Ducane. Je veux que cette affaire soit résolue, je veux retrouver cette fille en bonne santé, mais il faut que je retourne à New York et que je voie ma femme avant qu'elle ne fasse définitivement une croix sur moi. »

Verlaine demeura un moment silencieux. Il regardait le mur au-dessus de la tête de Hartmann et semblait complètement perdu. Hartmann sentait son cœur battre dans sa poitrine. Verlaine secoua lentement la tête et posa les yeux sur Hartmann.

« Si je me fais buter à cause de vous, je serai tellement furax que vous en reviendrez pas. »

Hartmann sourit.

« Vous êtes avant tout un flic, John Verlaine, et je sais que même si vous avez peut-être envie de m'aider, ce que vous voulez par-dessus tout, c'est mettre la main sur ces salopards, pas vrai ?

– Pas juste leur mettre la main dessus, répliqua-t-il avec un sourire. J'espère bien avoir aussi l'occasion de buter quelques-uns de ces enfoirés. »

Hartmann s'esclaffa.

« Alors, vous allez le faire ? demanda-t-il.

– Malgré mon intuition, malgré la certitude que c'est une erreur et que j'enfreins tous les putains de règlements… oui, je vais le faire. »

Hartmann, au lieu d'éprouver du soulagement, se sentit tenaillé par une sorte de peur. Qu'est-ce qu'il fabriquait ? Qu'est-ce qu'il s'imaginait qui allait se passer quand il irait voir Antoine Feraud ? Il se rappela le motif de sa décision, et même si ça ne diminuait en rien son appréhension, ça lui permit au moins de se concentrer sur ses objectifs. Son intention était de régler cette affaire au plus vite, de trouver la fille, d'envoyer le ravisseur derrière les barreaux, de mettre les voiles pour New York et de sauver ce qui pouvait l'être de son mariage et de sa vie.

« Demain soir ? demanda Hartmann.

– Demain soir, acquiesça Verlaine.

– Quelle heure ?

– Venez à 18 heures… on verra ce qu'on peut faire. »

Plus tard, à l'hôtel Marriott, Hartmann regardait la télé. Il avait monté le volume histoire de noyer ses pensées. Il savait bien qu'il ne pouvait pas prévoir toutes les conséquences de ses actes, mais il croyait à l'équilibre inhérent de l'univers : il lui suffisait d'aborder une chose avec de bonnes intentions pour que le vent tourne en sa faveur. S'il avait suffisamment cru à l'existence de Dieu, il aurait prié. Mais il avait beaucoup trop fréquenté les bas-fonds de l'humanité pour considérer qu'il y avait là-haut quelqu'un qui assumerait la moindre responsabilité pour ce qui se passait ici-bas.

Quelques heures passèrent, et alors que minuit sonnait, Hartmann s'endormit tout habillé. Il rêva de Carol et Jess, de Danny et lui courant à travers les rues de La Nouvelle-Orléans ; il rêva qu'il prenait la mer dans un bateau de papier assez grand pour deux, un bateau aux voiles calfatées avec de la cire et du beurre, leurs poches pleines de pièces de cinq et dix cents et de pièces d'un dollar à l'effigie de Susan B. Anthony...

Il rêva de ces choses, mais dans les recoins obscurs de son esprit, il voyait aussi un homme gisant dans une mare de sang dans le bungalow d'un motel de La Havane.

Lundi matin, le premier jour de septembre. L'automne naissant, et bientôt le vent serait froid, les feuilles jauniraient, et l'hiver gagnerait progressivement jusqu'à cette partie du pays.

Hartmann arriva au bureau du FBI avec une bonne demi-heure d'avance. La tension était si forte qu'on pouvait presque la percevoir depuis la rue. Ils avaient tous conscience du fait qu'ils étaient réunis simplement parce que Perez avait enlevé Catherine Ducane et ils savaient pertinemment qu'il leur faisait peut-être perdre leur temps. La fille pouvait être déjà morte.

« Nous avons du neuf sur ce Pietro Silvino », annonça Schaeffer.

Hartmann était pour sa part déjà convaincu que Perez ne leur exposait ni plus ni moins que les faits tels qu'il les connaissait. Il se disait que le vieil homme était ici pour sa propre catharsis, pour purifier et absoudre sa conscience. Il ne voyait pas à quoi mentir aurait pu lui servir.

« Retrouvé mort dans une chambre de motel à La Havane en février 1960, poursuivit Schaeffer. Personne n'a jamais été inculpé ni condamné pour ce meurtre. »

Woodroffe acquiesça lentement.

« J'ai l'impression qu'il va y en avoir un paquet d'autres du même genre, déclara-t-il. Il a commencé depuis le début et nous allons devoir l'écouter jusqu'au bout avant d'avoir la moindre idée de ce qu'il a fait de Catherine Ducane.

– Et tout ça pour quoi ? s'écria Schaeffer, visiblement furieux. Pour découvrir que la fille est morte dans la demi-heure qui a suivi son enlèvement ?

– Tu ne peux pas te dire ça », répliqua Woodroffe.

Mais Hartmann devina au ton de sa voix que Woodroffe aussi se l'était dit. Ils étaient tous passés par là. C'était inévitable. Ils ne savaient absolument pas à qui ils avaient affaire et n'avaient aucune idée de la tournure que prendraient les événements.

« Je vais vous dire quelque chose… », commença Hartmann avant d'être interrompu par une soudaine agitation derrière eux. Ils regardèrent à travers l'espace sans cloison du bureau et aperçurent les premiers agents du FBI chargés d'escorter Perez. « Bon, on va voir ce qu'il a à raconter aujourd'hui », déclara Hartmann, avant de se retourner et de se diriger vers le petit bureau à l'arrière du bâtiment.

Perez avait la mine sombre lorsqu'il s'assit. Il regarda Hartmann sans prononcer un mot, saisit un gobelet de polystyrène et un pichet sur le chariot et se servit de l'eau. Il but lentement comme pour étancher sa soif, puis il posa le gobelet sur la table et se pencha en arrière.

« Les choses sont différentes maintenant, commença-t-il. Quand vous vivez cette vie, vous agissez dans le feu de l'action, et ce n'est que lorsque vous en parlez que vous éprouvez quelque chose. Je n'avais jamais parlé de ces choses jusqu'alors et, maintenant que je les entends, je commence à comprendre que j'aurais pu faire tant de choix, emprunter tant de directions.

— N'en va-t-il pas de même pour nous tous ? » demanda Hartmann, pensant à la fois à son propre frère, à Carol et à Jess.

Perez sourit. Il prit une profonde inspiration puis soupira lentement.

« Je crois que je suis fatigué. Je crois que je suis vieux et fatigué, et que je serai soulagé quand tout ça se terminera.

— Nous pourrions y mettre un terme maintenant, suggéra Hartmann. Vous pourriez nous dire où vous avez caché Catherine Ducane et, après, vous auriez tout le temps que vous voulez pour vous confesser. »

Perez s'esclaffa.

« Me confesser ? Croyez-vous que c'est ce que je fais, monsieur Hartmann ? Vous croyez que je suis venu me confesser à vous comme à un prêtre ? » Il secoua la tête. « Ce n'est pas moi le pénitent, monsieur Hartmann. Je ne suis pas venu pour raconter au monde mes propres péchés, mais ceux des autres.

— Je ne comprends pas, monsieur Perez, répliqua Hartmann en plissant les yeux d'un air interrogateur.

— Bientôt, monsieur Hartmann, bientôt. Chaque chose en son temps.

— Mais ne voulez-vous pas nous dire de combien de temps nous disposons ?

— Vous disposerez du temps que je serai prêt à vous accorder, répliqua Perez.

— C'est tout ce que vous avez à dire ?

282

– C'est tout.

– Vous comprenez l'importance de la vie de cette jeune fille ?

– C'est mon seul moyen de pression, monsieur Hartmann, répondit Perez en souriant. Si j'avais enlevé une serveuse de restaurant, vous et moi ne serions pas dans cette pièce. Je sais qui est Catherine Ducane. Je n'ai pas agi au hasard… »

Perez s'interrompit.

Hartmann leva les yeux.

« Elle est bien cachée, monsieur Hartmann. Vous la trouverez quand je l'aurai décidé. Là où elle est, personne ne l'entendra, même si elle hurle de toutes ses forces sans s'arrêter. Et si elle fait ça, elle n'arrivera qu'à s'épuiser et à diminuer son espérance de vie. La route est longue, monsieur Hartmann, et la jeune fille arrive déjà au bout. Nous jouerons donc ce jeu à ma manière. Nous suivrons mes règles… et peut-être, simplement peut-être, la jeune Ducane reverra-t-elle la lumière du jour. » Perez marqua une pause, puis il leva les yeux et sourit. « Alors, si nous reprenions ? »

Hartmann acquiesça et il referma une fois de plus la porte.

13

Miami est un bruit : un rugissement perpétuel coincé au bord de la côte de Floride entre la baie de Biscayne et Hialeah ; entre Coral Gables au sud et Fort Lauderdale au nord ; partout l'odeur des marécages – nauséabonds, gonflés et fétides en été, craquelés, monotones et impitoyables en hiver.

Miami est une promesse et une trahison automatique ; une catastrophe en bord de mer ; perchée sur une bande de terre pointée tel un doigt accusateur vers quelque chose qui n'y est pour rien. Ne l'a jamais été. Ne le sera jamais.

Miami est un signe de ponctuation crasseux sur une péninsule d'infortune ; un appendice.

Et désormais, de tous les lieux possibles et imaginables, c'était là que je vivais.

J'avais laissé derrière moi Cuba et les tribulations d'un pays toujours en lutte avec sa conscience. L'année 1960 s'était écoulée et, en regardant en arrière, je voyais des événements qui allaient laisser des cicatrices sur l'histoire d'un peuple. Castro hésitant entre la promesse d'un Occident hédoniste et riche et l'idéologie politique soviétique. Il avait saisi des propriétés américaines et conclu de nouveaux accords avec le gouvernement soviétique. Il avait accepté d'acheter du pétrole soviétique, alors même que John Fitzgerald Kennedy assumait la présidence des États-Unis en janvier 1961 et ratifiait la cessation des relations diplomatiques avec Cuba. Le 16 avril 1961, Fidel Castro Ruz proclamait Cuba État socialiste. Trois jours plus tard, soutenus par des fonds de la CIA et une aide militaire américaine, mille trois cents exilés cubains envahissaient une zone côtière du sud de Cuba appelée la baie des Cochons. Khrouchtchev promettait à Castro toute l'aide nécessaire. Le gouvernement américain avait supposé que le peuple de Cuba se rebellerait et reprendrait le pouvoir à Castro, qu'il organiserait un coup d'État, mais il s'était trompé. La population cubaine soutenait Castro sans poser de questions. Les envahisseurs étaient capturés et condamnés chacun à trente ans d'emprisonnement.

Après quoi, les États-Unis, dans leur infinie sagesse, étaient allés dilapider leurs dollars durement·gagnés en supportant militairement le Sud-Vietnam.

En février 1962, Kennedy imposait un embargo commercial total sur Cuba. Deux mois plus tard, Castro offrait de libérer cent soixante-dix-neuf des envahisseurs de la baie des Cochons contre une rançon de soixante-deux millions de dollars. Kennedy envoyait des marines au Laos. Sonny Liston mettait Floyd Patterson K.-O. en deux minutes et six secondes.

En octobre, on découvrait que Cuba permettait aux Soviétiques d'installer des sites de lancement de missiles longue portée sur son territoire, à cent cinquante kilomètres du continent américain. Un blocus de Cuba était mis en place, que JFK entendait bien maintenir jusqu'à ce que Khrouchtchev accepte d'enlever ses missiles. Castro annonçait son adhésion à la philosophie marxiste-léniniste ; il nationalisait l'industrie, confisquait les propriétés appartenant à des étrangers, collectivisait l'agriculture et mettait en place des politiques censées bénéficier à l'homme du peuple. De nombreuses personnes des classes moyennes fuyaient Cuba et établissaient une vaste communauté anticastriste à Miami même.

Le 28 octobre, après treize jours durant lesquels le monde entier avait retenu son souffle, Khrouchtchev annonçait que tous les sites de lancement de missiles de l'île seraient démantelés et rapatriés en URSS. Le 2 novembre, Kennedy levait le blocus sur Cuba.

En décembre, les États-Unis payaient une rançon de cinquante-trois millions de dollars et les envahisseurs de la baie des Cochons étaient libérés.

J'avais observé les événements des mois passés depuis une maison du centre-ville de Miami. J'avais 25 ans et, même si j'y avais été attentif, ces péripéties n'étaient guère plus que des interférences qui ponctuaient la bande-son de ma vie.

Et cette vie était désormais bien à moi. J'étais arrivé ici sans tambour ni trompette. Dans une certaine mesure, j'étais moi-même un appendice, un ajout à une chose tellement plus grande que moi, et même si j'étais impliqué dans les activités qui avaient lieu à Miami, j'avais toujours conscience de ma différence. Ces gens – des gens avec des noms comme Maurizio, Alberto, Giorgio et Federico qui semblaient tous avoir des surnoms comme Jimmy l'Aspirine (parce qu'il débarrassait Don Ceriano de ses « maux de tête »), Johnny le Crampon et Maxie la Claque Rosenbloom – faisaient partie d'un gang nommé l'équipe de natation d'Alcatraz. Ils buvaient abondamment, riaient plus encore, parlaient dans un mélange d'italien et d'américain, et semblaient sans cesse s'exclamer *Chi se ne frega* – qu'est-ce que ça peut foutre ! – et j'étais en effet persuadé qu'ils se foutaient de tout, qu'ils s'en étaient toujours foutus et qu'ils s'en foutraient toujours.

Je suis arrivé en mars 1962. En janvier, Lucky Luciano, un homme dont j'avais entendu le nom un nombre incalculable de fois, était mort. Dans une certaine mesure, sa mort a joué un rôle dans le retour de Don Ceriano aux États-Unis, car il y avait des « affaires de famille » visiblement urgentes à régler. Son retour a été accueilli avec grand enthousiasme, et les personnes qui l'attendaient lorsque nous sommes arrivés dans une magnifique demeure de trois étages du centre-ville de Miami ne m'ont pas posé de questions. J'ai été accepté sans problème, et les deux ou trois fois où Don Ceriano a été interrogé à mon sujet, il s'est contenté de répondre : « C'est mon ami Ernesto. Ernesto s'est occupé de choses pour moi, des choses très importantes, et sa loyauté est indiscutable. » C'était visiblement suffisant, car on m'a offert une chambre dans cette maison, maison où j'allais vivre avec Don Ceriano et les membres de sa famille pendant un peu plus de six ans. Don Ceriano m'a autorisé à garder la voiture, la Mercury Cruiser qui avait appartenu à Pietro Silvino, et j'avais de l'argent à ma disposition chaque fois que j'en avais besoin. Je me sentais à la fois comme un membre de cette famille et comme un étranger. Je n'avais pas peur, peut-être étais-je juste un peu intimidé par les gens que je rencontrais, par leur apparent charisme, et je faisais tout mon possible pour trouver ma place dans ce groupe où j'avais été accepté. Une fois encore, c'était juste une question d'instinct de conservation et de survie. J'avais quitté Cuba, j'étais arrivé en Amérique ; je ne possédais rien d'autre que ce que Don Ceriano et les siens m'offraient. Peut-être m'étais-je fait une place. Le monde vaquait à ses occupations, et je suivais le mouvement.

Les « choses importantes » dont je m'étais occupé avaient été plutôt simples. Don Ceriano me communiquait un nom, parfois il me montrait une photo, et je me mettais en route. Je ne revenais pas tant que l'homme en question n'était pas mort, peu importait le temps que ça prenait. Entre la mort de Pietro Silvino et mon départ de Cuba, je me suis occupé de onze « choses importantes ». Chacune d'entre elles a été unique, particulière, et la dernière a été mon père.

Tuer son propre père est une véritable expérience spirituelle : ça revient nécessairement à tuer une petite partie de soi, mais c'est en même temps un exorcisme. Il est des tueurs à qui j'ai parlé qui prétendent porter en eux le visage des morts, comme si une petite partie de leur esprit avait pénétré en eux au moment de leur mort et ne les avait plus jamais quittés. Si je ferme les yeux et me concentre suffisamment, je peux me souvenir du visage de mes victimes. Peut-être que si je regarde assez longtemps dans un miroir je peux voir leur reflet dans mes yeux, mais je n'y mettrais pas ma main à couper. Je suis sûr que l'imagination y est pour quelque chose, mais je crois aussi qu'il y a un fond de vérité dans ce qu'on m'a dit. Nous portons les visages des morts en nous, mais pour ma part, c'est le visage de mon père qui me hante le plus.

Lorsqu'il est mort, il avait 46 ans. Je lui avais dégoté un travail dans une des plus petites boîtes de nuit de la vieille Havane, un club qui appartenait au beau-frère de Don Ceriano, un joueur agressif au regard fou nommé Enzio Scribani. Scribani avait épousé la plus jeune sœur de Don Ceriano trois ou quatre ans auparavant et, en dépit de son immoralité et de ses perversions sexuelles légendaires, son appartenance à la famille n'était jamais remise en cause. Mais plus tard, six ou sept ans après mon départ de La Havane, la sœur de Don Ceriano, Lucia, une belle fille à l'air innocent, a tué son mari en lui enfonçant une paire de ciseaux dans l'œil droit. Puis elle s'est suicidée.

Mon père, dont la réputation d'Ouragan de La Havane était encore à peu près intacte, était employé comme videur au Starboard Club, un établissement de deuxième ordre fréquenté par les figurants et les seconds rôles du grand théâtre de la mafia à La Havane. On y flirtait avec les hôtesses, on y jouait quelques maigres centaines de dollars, ou alors on allait derrière les rideaux du fond, où des ménagères cubaines éreintées dansaient et se dessapaient pour dix ou quinze dollars. C'était réellement un établissement miteux et, bien qu'il en ait été le propriétaire, Enzio Scribani semblait mettre un point d'honneur à y mettre les pieds aussi rarement que possible.

Mon père faisait son boulot. Il fichait dehors les Cubains ivres ; il protégeait les danseuses du courroux de leurs frères, amants et autres maris ; il escortait les coursiers chargés de porter l'argent du club à la banque ; il faisait profil bas, ne se plaignait pas, il prenait ses dollars à la fin de la semaine et les buvait avant le lundi. Grâce à l'argent que je gagnais en travaillant à La Havane pour Don Ceriano, j'avais loué un appartement de cinq pièces près de Bernaza, non loin des ruines du vieux rempart. Mon père y disposait d'une chambre où il cuvait son vin jusqu'à ce qu'il soit l'heure de se lever pour retourner au travail. Je ne le voyais guère, ce qui me convenait parfaitement. Il parlait peu, mais lorsqu'il le faisait, c'était toujours d'un air contrit, et plus les mois s'écoulaient, moins ce qu'il avait à dire m'intéressait, et plus j'étais décidé à le mettre dehors au plus tôt. Je ne le détestais pas. La haine était une émotion trop forte pour quelqu'un envers qui je n'éprouvais rien. Moins que rien. Je m'imaginais souvent que, en tentant de mettre à la porte quelque indésirable au Starboard, il se retrouverait impliqué dans une bagarre qui lui vaudrait de se prendre une balle, ou un coup de couteau ou de se faire battre à mort. Mais un tel événement ne s'est jamais produit. C'était comme si en renonçant à son arrogance et à sa vanité, mon père avait aussi renoncé à son droit d'être impliqué dans la moindre chose d'importance.

À la fin du mois d'août 1961, alors que je venais d'accomplir une mission pour Don Ceriano et de régler vite fait bien fait un autre petit problème, j'ai reçu chez moi la visite de Giorgio Vaccorini. Je le connaissais sous le nom de Max, ou Maxie, d'après le boxeur Maxie la Claque Rosenbloom. Il avait acquis ce surnom un soir que le chasseur de l'hôtel Nacional avait tenté de lui prendre ses clés pour aller garer sa voiture. Giorgio, ivre et incohérent, avait cru que le gamin cherchait à le voler et il lui avait brisé le cou d'une claque. Une simple claque, et l'adolescent était mort. L'affaire avait été close en moins d'une demi-heure lorsque dix mille dollars avaient été livrés au chef de la police cubaine. Maxie est donc venu me voir en fin d'après-midi. Il avait l'air tendu, et il m'a demandé de m'asseoir comme s'il avait une mauvaise nouvelle à m'annoncer.

« Un petit problème », a-t-il commencé, avant d'adopter un air grave. Et quand ces types avaient l'air grave, c'est que c'était grave. « Ton père, a-t-il poursuivi. Il semblerait qu'il y ait un problème avec ton père. »

Je me suis adossé à ma chaise et ai croisé les jambes. J'ai cherché du regard mes cigarettes, mais ne les ai pas trouvées.

« Il est allé à la banque avec le coursier ce matin, a repris Maxie à voix basse, d'un ton un peu hésitant. Ils transportaient une somme ordinaire, peut-être cinq ou six mille dollars, et ils sont allés à la banque comme d'habitude. »

J'attendais patiemment qu'il explique quel était le problème.

« On dirait qu'ils ne sont jamais arrivés à la banque, Ernesto. Ni le coursier ni ton père, et nous en sommes venus à penser qu'ils s'étaient peut-être fait la malle avec l'argent. »

J'ai acquiescé d'un air compréhensif.

« Il y a environ une heure, nous avons retrouvé le coursier. Tu connais Anselmo, le jeune type avec une balafre, là… »

Maxie a levé la main et désigné une zone au-dessus de son œil gauche. Je connaissais Anselmo ; j'avais un jour baisé sa sœur.

« Nous avons retrouvé Anselmo avec la gorge tranchée dans une allée à deux ou trois pâtés de maisons du Starboard. Il n'y avait aucune trace de ton père. Ni de l'argent. Alors, Don Ceriano… Don Ceriano m'a demandé de venir te parler pour voir si tu pourrais retrouver ton père et régler le problème, tu sais ? »

J'ai de nouveau acquiescé.

« C'est pour te dire ça que je suis venu, a repris Maxie en se levant d'un air gêné. Pour voir si tu peux le retrouver et découvrir ce qui s'est passé aujourd'hui, OK ?

– OK, Maxie, ai-je répondu en souriant, je vais régler ça. Dis à Don Ceriano que ce problème, quel qu'il ait été, n'est plus un problème. »

Maxie m'a retourné mon sourire. Il semblait soulagé de s'en aller. Je l'ai raccompagné jusqu'à la porte, j'ai posé la main sur son épaule tandis qu'il s'engageait sur le palier et je l'ai senti qui se crispait. J'en ai pris note. Même Maxie la Claque, un homme qui avait collé une baffe à un gamin et lui avait cassé le cou, avait un peu peur du Cubain. Ça m'a fait plaisir, c'était une fois de plus la confirmation que j'étais devenu quelqu'un.

J'ai attendu jusqu'à ce que Maxie ait disparu, puis j'ai attrapé mon manteau et mes cigarettes. J'ai quitté l'appartement et me suis mis en route vers les bistrots de la vieille Havane où je savais que mon père se planquait.

Lorsque je l'ai trouvé, trois heures plus tard, il faisait nuit. Le ciel était noir, presque sans étoiles.

En me voyant traverser le vieux rade délabré proche de la mer, il a fondu en larmes. Je ne ressentais rien. J'étais en mission, un point c'est tout, et je n'avais pas de temps à perdre avec ses pleurnicheries.

« L'argent ? ai-je demandé en me glissant sur la banquette à côté de lui.

– Ils l'ont volé, a-t-il bafouillé. Ils ont volé l'argent et tué le gamin... J'ai essayé, Ernesto, j'ai essayé de les en empêcher, mais ils étaient trois et ils ont agi vite... »

J'ai levé la main pour l'interrompre.

« Ernesto… ils ont surgi de nulle part, à trois, et je n'ai rien pu faire…

— Tu étais censé protéger le coursier, ai-je déclaré d'un ton neutre. C'est ton travail, père. Ils t'ont envoyé avec le coursier pour le protéger, pour t'assurer que l'argent arrivait à la banque, qu'il ne se produirait rien en route.

— Je sais, je sais, je sais, a-t-il gémi, croisant les mains comme s'il priait. Je sais pourquoi ils m'ont envoyé, et j'ai toujours fait mon travail, j'ai toujours protégé le gamin et il n'est jamais rien arrivé…

— Tu as l'argent ici ? »

Mon père a écarquillé des yeux stupéfaits.

« L'argent ? Tu crois que c'est moi qui ai pris l'argent ? Tu crois que je tuerais quelqu'un pour de l'argent ? Je suis ton père, Ernesto, tu sais que je ne ferais jamais rien de tel.

— Oui, je te connais, père. Je sais que tu n'as pas besoin d'argent pour tuer quelqu'un. »

Il est resté silencieux. Il ne pouvait rien répondre à ça. Toutes ces dernières années, la mort de ma mère, sa femme, avait flotté entre nous comme un fantôme. Elle avait toujours été là, de façon plus ou moins implicite, *toujours*.

« Tu dois leur dire… tu dois leur dire ce qui s'est passé. Tu dois leur faire comprendre que je n'ai ni volé l'argent ni tué le garçon. Ce n'est pas moi, Ernesto, je n'aurais pas pu…

— À toi de leur dire, père. Tu dois cesser de fuir. Plus tu te cacheras, plus ils croiront que c'est toi qui as pris l'argent. Si tu viens avec moi maintenant et que tu leur expliques ce qui s'est passé, comment ces hommes vous ont attaqués et ont tué Anselmo, je te soutiendrai, je leur ferai comprendre que tu ne pouvais rien faire. »

Mon père a acquiescé, esquissé un sourire. Il a commencé à se lever et m'a agrippé par le bras.

« Tu es mon fils, a-t-il dit doucement. Je n'oublierai jamais ce que tu as fait pour moi. Tu m'as amené ici, tu m'as trouvé du travail, et je m'en souviendrai pour le restant de mes jours. »

Mon père, l'Ouragan de La Havane, n'a pas eu besoin de se souvenir bien longtemps de sa dette envers moi. Une petite vingtaine de minutes plus tard, il gisait mort dans une allée à deux pâtés de maisons du Starboard Club. Il n'a pas posé de questions lorsque j'ai tourné à droite et l'ai entraîné dans une allée dont il devait savoir que c'était un cul-de-sac. Il n'a pas crié lorsque je l'ai frappé derrière la tête et qu'il s'est affalé par terre. Il est resté là un moment, abasourdi et sans voix, et il avait dans les yeux une telle résignation que j'ai su qu'il avait compris que sa mort était imminente.

J'ai attrapé une brique par terre et, tout en posant un genou sur sa poitrine, je l'ai soulevée au-dessus de ma tête.

« Pour ta femme, ai-je déclaré doucement. Pour ta femme, ma mère, tu aurais dû payer depuis long-temps. »

Il a fermé les yeux. Pas un bruit. Pas une larme. Rien.

Je crois que mon père était mort après le premier coup. Le coin de la brique avait en grande partie détruit le côté droit de son visage. Il n'a pas dû sentir les coups suivants portés à sa tête et à son cou. C'était comme tuer un chien. Moins qu'un chien.

Trois jours plus tard, on découvrait qu'Anselmo Gamba et mon père étaient tombés dans une embuscade sur le chemin de la banque. Les voleurs étaient trois frères cubains – Osmany, Valdés et Vicente Torres. On ne m'a pas demandé de leur régler leur compte, car tuer trois petits truands cubains n'était pas considéré à la hauteur de mes talents, mais quelqu'un s'en est chargé à ma place, l'argent a été récupéré et, un mois et demi plus tard, un bidon d'essence était repêché dans le canal d'Entrada avec trois têtes et six mains à l'intérieur.

C'est Don Ceriano qui m'a informé que mon père n'avait pas menti, qu'ils s'étaient bel et bien fait dépouiller sur le chemin de la banque.

« Je t'ai chargé de cette affaire pour des raisons qui me sont propres, a-t-il expliqué. J'ai envoyé Maxie te voir pour que tu nous aides à retrouver ton père et à découvrir ce qui s'était passé. »

Je n'ai rien répondu.

« Je me demandais ce que tu ferais quand tu l'aurais retrouvé, a-t-il continué. Je voulais savoir quelle mesure tu prendrais. »

Une fois encore je n'ai rien dit. Je me demandais où il voulait en venir.

« Et tu as tué ton propre père », a déclaré Don Ceriano.

J'ai acquiescé.

« Tu n'as rien à dire, Ernesto ?

– Que voulez-vous que je dise, Don Ceriano ? »

Il a semblé à la fois surpris et perplexe.

« Tu as tué ton propre père, Ernesto, et tu n'as rien à dire ?

– Je vais dire trois choses, Don Ceriano », ai-je déclaré avec un sourire.

Don Ceriano a haussé les sourcils d'un air interrogateur.

« *Primo*, mon père a assassiné sa propre femme, ma mère. *Secundo*, son châtiment était mérité et ça faisait bien longtemps qu'il aurait dû payer, ai-je expliqué avant de marquer une pause.

– Et la troisième chose ?

– Nous n'en parlerons plus car ça ne mérite pas que nous y accordions la moindre importance.

– Comme tu voudras, Ernesto, comme tu voudras. »

Nous n'en avons plus reparlé. Pas un mot n'a jamais franchi les lèvres de Don Ceriano, ni celles d'aucun des hommes avec qui nous travaillions à La Havane. Et le meurtre de mon père a été aussi vite oublié que son existence.

Durant les mois suivants, j'allais apprendre que les liens entre la Floride et Cuba étaient plus nombreux que je ne le croyais. De la bouche de Don Ceriano, mais aussi lors de conversations entre les membres de sa famille et les visiteurs de la maison de Miami. L'argent de la mafia était transféré en Floride depuis les années 1930 et investi dans des entreprises telles que le champ de courses Tropical Park à Coral Gables ou le tripot Colonial Inn de Meyer Lansky. Durant les années 1940, l'hôtel Wofford avait servi de base à Lansky et Frank Costello, ce dernier étant étroitement lié à un certain Richard Nixon, qui allait devenir président des États-Unis. Le plus ironique, c'est que quelques années plus tard, durant l'enquête sur le Watergate, il serait prouvé qu'une compagnie immobilière nommée la Keyes Realty Company avait servi d'intermédiaire entre le crime organisé et les officiels du comté de Miami-Wade. En 1948, la Keyes Realty avait cédé une propriété à un groupe d'investissement appartenant à la mafia cubaine nommé ANSAN. Plus tard, cette même propriété était devenue la possession du fonds de pension du syndicat des routiers et de la Miami National Bank de Meyer Lansky. Après quoi, en 1967, la propriété avait été cédée à Richard Nixon. Il avait ensuite été découvert que l'un des cambrioleurs du Watergate, un exilé cubain, était le vice-président de la Keyes Realty Company. Lou Poller, l'un des fidèles complices de Meyer Lansky, avait pris le contrôle de la Miami National Bank en 1958, banque qui servait au blanchiment d'argent, souvent lors d'achats d'immeubles, d'appartements, d'hôtels, de motels et de sociétés de mobile homes. La maison dans laquelle j'ai vécu durant ces six années à Miami appartenait à la Keyes Realty, et c'est là que nombre des hommes de Don Ceriano venaient parler affaires et discuter de qui devait « se faire poinçonner son billet » ou recevoir « une lettre tapée sur la machine à écrire de Chicago », en d'autres termes, se faire descendre.

J'ai de nouveau entendu parler de Santo Trafficante Junior. Son nom avait été mentionné à Cuba, mais je n'avais pas saisi alors qu'il était né en Floride. Trafficante avait géré le Sans Souci et le casino Internacional à La Havane, et il avait des intérêts et de l'influence dans le Riviera, le Tropicana, le Sevilla Biltmore, l'hôtel-casino Capri et le Havana Hilton. À Tampa, il contrôlait le restaurant Columbia et les bars Nebraska, Tangerine et Sands. Trafficante avait fui pour La Havane en 1957 lorsque des mandats avaient été émis pour l'arrêter et l'interroger. Au début de 1958, il avait été interrogé par la police nationale cubaine à propos de la réunion d'Appalachin, à laquelle il avait nié avoir assisté. Il était toujours recherché à New York pour son implication supposée dans le meurtre d'Albert Anastasia, mais la police nationale cubaine le soupçonnait d'avoir manipulé les résultats de la loterie, la *bolita*, au profit d'agents cubains travaillant pour Fidel Castro.

Quelles qu'aient pu être les allégations à son encontre, Don Ceriano m'en a suffisamment dit pour me faire comprendre que Santo Trafficante Junior avait supervisé toutes les opérations liées à la mafia en Floride depuis la mort de son père en août 1954. Dès 1948 et 1949, Trafficante avait été de mèche avec Frank Zarate, le principal prévenu dans une affaire dévoilée par le Bureau fédéral des narcotiques, qui avait collaboré avec les douanes américaines et la police de New York pour stopper l'importation de cocaïne péruvienne aux États-Unis *via* Cuba. En dépit de cette affaire, Trafficante avait obtenu un permis de résident du département cubain de l'Immigration en 1957. Dans une note d'un agent du Bureau des narcotiques nommé Eugene Marshall datée de juillet 1961, il était clairement établi que des agents de Castro basés à Tampa et Miami plaçaient de petits paris sur la *bolita* par l'intermédiaire de l'organisation de Trafficante. Trafficante lui-même avait été vu plusieurs fois en compagnie d'un homme nommé Oscar Echemendia. Ce dernier était non seulement l'un des actionnaires de la boîte de nuit Tropicana à La Havane, mais aussi l'un des principaux opérateurs de la *bolita* dans le comté de Dade, à Miami. La rumeur affirmait que, après la prise de pouvoir de Castro, après qu'il avait évincé le crime organisé des casinos et des hôtels de Cuba, il avait gardé Santo Trafficante Junior en prison par pure haine à son égard. Ce qui ne cessait d'amuser les familles à Miami, car elles savaient que Trafficante travaillait comme agent pour Castro et qu'il avait grandement contribué à permettre le retour de la mafia à Cuba.

Il existait donc une connexion entre la Floride et Cuba, ce qui m'a valu d'être accepté en tant que membre de leur famille. Ceriano était un personnage important, un poids lourd, et je travaillais pour lui. Je fréquentais une organisation nommée Les Américano-Cubains de Miami ; je relayais des informations glanées auprès d'employés de Radio Marti, une station sponsorisée par le gouvernement américain, et j'ai bientôt été capable de prononcer les mots *Chi se ne frega* avec autant de conviction que tous les autres. J'étais jeune, plein de bonne volonté, je pouvais porter un costume de soie italien avec autant de panache et de style que n'importe qui et j'étais sans scrupules. Je croyais en ces gens, je croyais en leurs mobiles, et si j'étais instruit que quelqu'un devait être expédié dans l'autre monde, j'exécutais mes ordres avec ponctualité et professionnalisme. À mes yeux, c'était un travail qui devait être fait. Je ne posais pas de questions. Je n'avais pas besoin de réponses. Dans un sens, je ne manquais de rien.

Il y avait eu un temps, peut-être durant mon enfance, où j'avais éprouvé le désir pressant de devenir *quelqu'un*. Au milieu de ces gens, ces cinglés de Siciliens et de Génois au sang chaud, j'étais enfin quelqu'un. Je pensais être arrivé, ne plus avoir de but dans la vie, et étant donné ma capacité naturelle à accomplir des actes que personne d'autre n'était prêt à commettre, j'étais respecté et apprécié comme seuls l'étaient d'ordinaire les membres de la famille de sang.

J'étais Ernesto Cabrera Perez, fils adoptif de Don Giancarlo Ceriano, lui-même soldat à la solde de Santo Trafficante Junior, le chef de la mafia de Miami. Il y avait là des gens qui émergeraient au fil des années. C'était une époque de tensions et de subterfuges politiques. L'anticastrisme était virulent dans certaines factions des familles et, à Miami, de riches exilés cubains collaboraient avec Sam Giancana pour mettre Castro hors de Cuba. D'après le peu que je sais, la CIA comme le FBI finançaient activement de tels mouvements. Un homme nommé Robert Maheu, apparemment un ancien de la CIA, avait employé Sam Giancana pour former des escadrons chargés d'assassiner Castro, et Giancana avait confié la responsabilité de l'opération à son lieutenant de Los Angeles, Johnny Roselli. Des années plus tard, en 1978, lorsque la commission d'enquête de la Chambre des représentants a interrogé Roselli, celui-ci a affirmé que ses équipes avaient également été formées en vue de l'assassinat de Kennedy. Ce n'était qu'en partie vrai. Kennedy, c'était une autre histoire, une histoire qui ne ferait surface que plus d'un an plus tard. La commission d'enquête n'a jamais réussi à tirer plus de détails de Roselli. Et son corps a été retrouvé flottant dans un bidon d'essence au large des côtes de Floride. Sam Giancana a été abattu à Chicago. Il y avait trois équipes différentes d'assassins à Dallas le jour où Kennedy a été tué, et Roselli n'en connaissait qu'une. Les deux autres provenaient des services de renseignements américains, et ceux qui ont établi les rapports pour la commission Warren, ceux qui ont établi les implications légales de toutes les enquêtes ultérieures, en savaient bien plus sur ce qui s'est passé qu'ils ne l'ont dit. Ils avaient leur propre *Cosa nostra*, et ils l'ont bouclée et ont tout gardé pour eux, jusqu'à ce jour.

Je ne comprenais rien à la politique et je n'avais pas la prétention d'y comprendre quoi que ce soit. Je savais que des gens rendaient visite à Santo Trafficante, que celui-ci envoyait des messages à Don Ceriano, et que certains de ces messages parvenaient jusqu'à moi afin que je résolve des problèmes de la manière que je connaissais le mieux. Les liens entre Miami et New York étaient étroits, avec Los Angeles aussi, mais lorsque j'ai appris que Don Ceriano avait l'intention de s'intéresser aux casinos et aux clubs de La Nouvelle-Orléans, j'ai senti qu'une partie de mon passé risquait de refaire surface. Je croyais avoir coupé les ponts, mais – par loyauté et allégeance envers ceux qui m'avaient fait quitter La Havane – j'ai été forcé de retourner chez moi, dans ma ville natale, là où tout avait commencé.

C'était peu après le meurtre de Marilyn Monroe, en août 1962. Cette dernière, qui avait été retrouvée morte dans sa maison de Hollywood après avoir fait une overdose de Nembutal, était une victime de guerre, semblait-il. Les préférences sexuelles de JFK n'étaient pas inconnues au sein de la mafia, car il avait eu une liaison avec Judith Exner, une fille qui avait aussi couché avec Sam Giancana, le parrain le plus influent de la pègre de Chicago. Exner avait été présentée à Kennedy et Giancana par Frank Sinatra, qui avait chanté pour des gens tels qu'Albert Anastasia, Joseph Bonanno, Frank Costello et Santo Trafficante la veille de Noël 1946 durant une interruption de la tristement célèbre conférence de La Havane, conférence qui avait valu à Bugsy Siegel de se retrouver avec un contrat sur sa tête suite au détournement de plusieurs millions de dollars au Flamingo de Las Vegas. Outre Judith Exner, il était notoire que Kennedy avait eu une liaison avec Mary Pinchot Meyer, un fait attesté dans les mémoires de l'assistante à la Maison-Blanche, Barbara Gamarekian. Meyer avait fini morte quelques mois seulement après Kennedy, et certainement pas de causes naturelles. Il y avait aussi Marion Fahnestock, connue à l'époque sous le nom de Mimi Beardsley, une fille de 18 ans qui était allée interviewer Jackie Kennedy à la Maison-Blanche pour un journal de lycée. Après sa rencontre avec Kennedy, elle avait rapidement obtenu un poste de stagiaire à la Maison-Blanche et avait dès lors entretenu une liaison avec l'homme le plus puissant du monde, et ce jusqu'à quelques jours avant son assassinat. Mais Marilyn, c'était une autre histoire. Stagiaires, secrétaires, assistantes juridiques, personnel interne de la Maison-Blanche – on pouvait les faire taire ou acheter leur silence. Mais Marilyn Monroe ? Marilyn devait mourir et elle est morte. Le 5 août 1962, un peu plus d'un an avant que Kennedy ne se fasse exploser la cervelle à Dealey Plaza, Marilyn a été obligée de prendre quelques comprimés de plus que ce dont elle avait vraiment besoin pour trouver le sommeil. Don Ceriano connaissait les détails. Je l'ai un jour interrogé à ce sujet, et il m'a répondu : « Tu en sais assez pour savoir qu'elle est morte. » Il n'a rien ajouté, et je n'ai plus posé de questions.

C'est à la fin de ce même mois qu'on m'a demandé d'aller voir un homme nommé Feraud à La Nouvelle-Orléans. Je n'y avais pas mis les pieds depuis près de quatre ans, et Don Ceriano a vu à mon expression que je ne souhaitais pas y aller.

Il m'a demandé pourquoi.

« J'ai mes raisons, ai-je répondu.

– Des raisons suffisamment valables pour t'empê-cher de faire une chose que j'ai besoin que tu fasses ?

– Aucune raison ne sera suffisamment valable pour ça, mais je peux vous demander juste une fois s'il serait possible d'envoyer quelqu'un d'autre. »

Don Ceriano s'est penché en avant. Il a posé les coudes sur ses genoux et joint les mains.

« Cet homme, cet Antoine Feraud, c'est un homme très puissant. Il a beaucoup d'influence et d'importance à La Nouvelle-Orléans. La Nouvelle-Orléans ressemble à La Havane du bon vieux temps, c'est une ville de jeux, une ville pleine de prostitution, de drogue et de poten-tiel. Nous devons établir un accord de coopération avec ces gens et, en signe de bonne volonté, je veux que tu ailles voir cet homme et que tu fasses quelque chose pour lui, tu comprends ?

– J'ai demandé, et vous avez répondu.

– Tu es un homme bon, Ernesto, un véritable ami. Je ne te demanderais pas ça si j'avais quelqu'un d'autre en qui je pouvais avoir autant confiance, mais je n'ai personne. Et je ne suis pas prêt à mettre en péril les affaires qui nous attendent en envoyant quelqu'un qui risquerait de faire une bêtise.

– Avec votre bénédiction j'irai, et je ferai ce qu'on me demandera », ai-je répondu.

Ceriano s'est levé. Il a posé sa main à plat sur ma tête.

« Si seulement mes fils avaient ton envergure et ton talent », a-t-il murmuré avant de se pencher et de m'embrasser sur la joue.

Je me suis levé à mon tour et l'ai saisi par les épaules.

« Je serai avec toi », a-t-il doucement ajouté, et j'étais certain qu'il le serait – ne serait-ce qu'en esprit – car il était plus un père pour moi que l'Ouragan de La Havane ne l'avait jamais été.

La Louisiane s'est rappelée à moi comme un cancer, autrefois bénin, aujourd'hui malin.

La Louisiane s'est rappelée à moi comme un cauche-mar que je croyais avoir oublié.

Fut un temps où des hommes de loi arpentaient ces chemins : les douaniers conduisant leurs voitures le long des routes sinueuses, parmi les marécages, les bayous, les canaux entrecroisés qui traçaient de fines lignes entre les marais et les affluents stagnants. Fut un temps où ils venaient avec leurs belles idées de la ville et se battaient pour ce qui leur semblait équitable et juste. Ils trouvaient des distilleries, les dynamitaient, arrêtaient les hommes de la famille et les traduisaient en justice devant les juges itinérants qui arpentaient ces zones, dispensant la loi et prodiguant leurs conseils juri-diques. Les familles se vengeaient de la seule manière qu'elles connaissaient, œil pour œil, dent pour dent, tuant, estropiant, renvoyant à la ville les douaniers bles-sés. Ces méthodes s'étaient perpétuées de nombreuses années, jusqu'à ce que des statisticiens en col blanc armés de crayons bien taillés prouvent que ces missions étaient stériles. Ils perdaient autant d'hommes qu'ils en arrêtaient. La foi en la loi changeait, la vie semblait se concentrer autour des territoires familiaux, et les gens ne s'intéressaient plus à ce qui se passait au-delà de leurs limites. La police n'avait pas tant concédé la défaite qu'adopté une attitude passive. Cette situation avait perduré, plus par habitude que par une décision consciente, et les territoires étaient restés à part, les lois qui s'appliquaient à leurs membres étant pour ainsi dire contraires à toutes celles connues et appliquées ailleurs.

J'ai pénétré dans cette contrée avec le genre de respect qu'on réserve d'ordinaire aux morts, même si je comprenais aussi que les morts ne se rendaient compte de rien et ne méritaient donc aucun respect. Don Ceriano m'avait parlé d'Antoine Feraud. Papa Toujours, comme il l'appelait, car tel était le nom qu'on lui donnait dans le coin. Ici, la loi, c'était Feraud qui la dictait, et son autorité était quasi autocratique. Ses partisans, m'avait expliqué Don Ceriano, le suivaient révérencieusement. Les autres oscillaient dangereusement entre sa compassion et sa justice brutale et indifférente.

Un pont enjambait un petit affluent près des limites des terres de Feraud. Sa propriété s'étendait sur un bon kilomètre et demi depuis la maison coloniale qui appartenait à la famille depuis de nombreuses générations, et des gardes étaient postés tout autour, sauf à l'endroit où elle jouxtait les marécages. Le pont était constamment surveillé par deux de ses hommes, grands, invariablement laids, armés de carabines ou de fusils à pompe sans jamais être menacés de détention illégale. La police savait, elle comprenait qu'un homme cherche à protéger sa terre et sa famille, et des concessions avaient été accordées.

Nous étions en 1962, mais ici le temps s'était arrêté quelque part dans les années 1930.

Un après-midi, alors qu'une pluie imminente assombrissait le ciel comme si c'était déjà le soir, je me suis approché du pont avec un sentiment de désespoir croissant. Je ne voulais pas être là, mais je n'avais pas le choix. Retourner chez Don Ceriano sans avoir accompli ma mission aurait été une trahison. Il y avait un travail à faire et, pour prouver sa bonne volonté, c'est moi que Ceriano avait envoyé. Je ferais donc ce que j'avais à faire, mais j'avais peur. C'était ma terre natale, le pays où j'avais vu ma mère mourir, et même si mon père avait payé pour ses crimes, même si j'avais rendu justice, je gardais toujours le souvenir de cet endroit dans le recoin le plus obscur de mon cœur.

J'ai été accueilli au pont par les hommes de Feraud. Ils parlaient dans un mauvais français de La Nouvelle-Orléans et m'ont indiqué le chemin de la maison. J'ai longé la berge recouverte de broussailles gonflées et fétides qui infestaient cette terre comme des plaies galopantes. Peut-être l'eau était-elle croupie, stagnante et visqueuse ; peut-être la densité du feuillage l'empêchait-elle de recevoir assez de lumière ; peut-être la terre manquait-elle d'azote et de minéraux, car les arbres par ici étaient tordus et noueux, et les branches qui lorgnaient sur le sentier creusé par les pas ressemblaient à des doigts arthrosiques qui vous faisaient signe, vous arrachant des paroles rudes et des actions plus rudes encore. Lorsque l'obscurité se glissait parmi ces bosquets et ces talus, les ombres se resserrant autour de votre visage, de vos mains, l'humidité devenant étouffante, la visibilité n'excédant pas trois ou cinq mètres, nul homme ne pouvait échapper à un sentiment de malaise. Des années auparavant, j'avais marché près de ce territoire. Des années auparavant, j'avais emmené un homme mort dans une voiture et lui avais écrasé la tête sous les roues. Je me rappelais ce trajet, la condensation qui traçait de fines lignes sur les vitres, l'odeur des marécages, l'intensité de cette expérience...

J'ai continué de marcher en direction de la maison de Feraud et marqué une pause au bout d'une large allée cabossée dont la boue séchée était sillonnée d'ornières creusées par le passage des voitures. Je suis resté immobile, les mains dans les poches de mon manteau, plein d'appréhension, l'estomac noué, puis j'ai repris ma marche, sentant les battements de mon cœur s'accélérer à chaque pas. Ce n'était pas la perspective de rencontrer Feraud qui m'effrayait, ni ce qu'il allait me demander de faire, mais le fait que ce territoire – après toutes ces années – continuait d'éveiller en moi des sentiments que je n'arrivais pas à comprendre.

Devant la large façade de la maison était garée une berline couleur crème. Sa portière arrière était ouverte de mon côté et un vieil homme fumait un long cigare à l'intérieur. Sur la véranda dotée d'une balustrade en bois un hamac balançait doucement. Deux enfants à la peau mate étaient assis dedans et me regardaient approcher sans un mot.

L'homme à l'arrière de la voiture me regardait également, tirant de temps à autre sur son cigare et exhalant un fin voile de fumée argentée dans l'atmosphère assombrie. Une brise venue du lac Borgne faisait s'agiter les arbres, le chant des cigales ponctuait le silence statique avec une régularité qui ne semblait pas naturelle.

L'écho creux de mes pas sur les planches à l'avant de la maison, le grincement de la porte grillagée tandis que je l'ouvrais, son treillis métallique projetant un fin motif à carreaux sur ma peau, la sueur perlant sur mon front : une tension nerveuse logée au fond de mes tripes telle une immonde bête endormie.

Il flottait dans la maison une odeur de noix de pécan grillées, d'oranges fraîchement pressées et, sous ces vagues arômes, un relent doux-amer d'alcool et de fumée de cigare, un vestige de vieux cuir et de bois, le fantôme des marécages envahissant chaque pièce, chaque hall et chaque couloir.

J'ai sorti la main gauche de ma poche et me suis tenu là, silencieux. En entendant des bruits de pas approcher depuis le fond de la maison j'ai instinctivement reculé.

Un domestique, un créole sans âge dont le visage ressemblait à du cuir délavé et gondolé, est apparu à la porte près de l'escalier. Un large sourire a fendu le bas de son visage.

« Monsieur Perez », a-t-il articulé. Sa voix semblait une douleur jaillie du plus profond de ses os. « M. Feraud vous attend… Par ici. »

Le vieil homme a tourné les talons et rebroussé chemin. Je l'ai suivi, l'écho de mes pas se démultipliant à travers le vaste intérieur de la maison.

Il m'a semblé que nous avons marché plusieurs minutes, puis une porte est soudain apparue sur le côté du couloir, et j'ai attendu que le vieil homme l'ouvre et me fasse signe d'entrer.

Feraud se tenait là, immobile. Il regardait par les fenêtres qui s'élevaient jusqu'au plafond et semblaient s'étirer sur toute la largeur de la pièce, puis il s'est retourné, lentement, pivotant sur lui-même jusqu'à me faire complètement face.

Il a souri. Il ne devait pas avoir plus de 40 ou 45 ans, mais sa peau parcheminée était sillonnée de rides qui semblaient dire qu'il en avait vécu mille. Don Ceriano m'avait informé que cet homme était responsable de bien des meurtres – des gens tués par balle, pendus, étranglés, noyés dans les bayous – et en le regardant dans les yeux je me suis imaginé qu'il avait bien pu être à l'origine des combats auxquels avait participé mon père ; qu'un homme comme lui devait avoir suffisamment d'argent et d'influence non seulement pour arranger de telles rencontres, mais aussi pour s'occuper des malheureux boxeurs qui y laissaient leur peau.

« On mesure la stature d'un homme aux mythes qui l'entourent, m'avait dit Don Ceriano avant mon départ. Et si certaines rumeurs ont été exagérées, nombre d'entre elles tirent leur origine d'histoires vraies. À 13 ans, Feraud a tué son propre père – il lui a tranché la gorge avec un rasoir à main, lui a coupé la langue et l'a envoyée à sa mère dans une boîte en nacre fabriquée par ses soins. Une fois son père réduit au silence, Antoine Feraud est devenu un petit Napoléon. De nombreux hommes refusaient de lui prêter allégeance, plus à cause du dégoût que leur inspirait son impitoyable manque de respect envers ses aïeux qu'à cause de son âge, mais il a fait quelques exemples et les opinions se sont retournées. On reconnaissait à Feraud une qualité implacable. Si vous aviez sa faveur, vous étiez protégé. Si vous le contrariiez, vous suiviez le conseil de ceux qui le connaissaient : vous quittiez le comté, l'État, voire le pays, ou alors vous vous suicidiez. À 20 ans, Feraud était crédité de plus de vingt suicides, des gens qui s'étaient apparemment donné la mort après se l'être mis à dos. Mieux valait mourir vite d'une balle dans la tête qu'endurer le châtiment de Feraud. Il méprisait les lois, et ses paroles avaient valeur d'ordre. Il a créé un territoire et, au sein de ce territoire, tout était à lui et à lui seul. »

« Monsieur Perez, *venez ici** », a commandé Feraud d'une voix riche et profonde qui a résonné dans l'immense pièce.

Je me suis avancé, plein d'appréhension, et me suis approché de lui. Il dégageait une odeur de citron, de quelque vague épice entêtante, de fumée et de vieil armagnac.

« Vous êtes envoyé par mon ami Don Ceriano, a-t-il déclaré. *Il dit que vous avez un cœur de fer*.* »

Feraud a fait un pas en arrière, il a levé les mains et m'a saisi les épaules. Je ne pouvais plus bouger, j'arrivais à peine à respirer, et il m'a alors doucement guidé vers un fauteuil à haut dossier placé devant la fenêtre. Il a pris place dans celui d'à côté, se baissant lentement, tirant sur les plis de son pantalon avant de s'asseoir.

« J'ai entendu parler de Don Ceriano, a-t-il repris. C'est un homme puissant, un homme de caractère et de vertu. Il a de l'ambition et des rêves, ce qui est une bonne chose. Un homme qui n'a pas de rêves est une coquille vide. Il croit que nous pouvons travailler ensemble, servir chacun les intérêts de l'autre, et je suis enclin à en convenir. Afin d'entamer ce qui je pense sera une relation mutuellement bénéfique, il m'a offert vos services pour une petite affaire qui doit être réglée. *Comprenez-vous ?** »

J'ai fait signe que oui. Je n'étais pas là pour Feraud mais pour Don Ceriano. Je n'avais pas besoin de comprendre quoi que ce soit hormis les détails de ce qu'on attendait de moi.

« Très bien. Nous allons dîner ici. Vous resterez avec nous, et demain nous discuterons de cette affaire et nous verrons ce qu'il convient de faire. »

L'après-midi du lendemain touchait à sa fin lorsque Feraud a envoyé Innocent, le vieux créole, me chercher dans ma chambre. Je l'ai une fois de plus suivi à travers les couloirs de la vaste maison jusqu'à une pièce où

Feraud, debout, discutait avec un autre homme. Il avait peut-être le même âge que moi, dans les 25 ans, mais toute similarité entre nous s'arrêtait là. Il était natif de Louisiane – pas la Louisiane de mes parents, mais celle des vieilles fortunes de La Nouvelle-Orléans où l'on ne se privait de rien et où l'on ignorait tout de notions telles que le manque.

Antoine Feraud m'a présenté l'homme comme Ducane, Charles Ducane, et lorsque je lui ai serré la main, il m'a donné cette impression de confiance matérielle de celui dont la famille a suffisamment d'argent pour éloigner tous les soucis. Il était bel homme, peut-être un peu plus grand que moi ; les cheveux bruns, des traits presque aquilins. Il m'a semblé être le genre d'homme qui sait que tout peut s'obtenir par l'argent ou par la violence et, pourtant, j'ai deviné à son visage qu'il ne comprenait ni l'un ni l'autre. Sa beauté devait lui attirer l'attention des femmes, mais le manque de compassion qu'elle cachait finirait par les éloigner de lui. Sa position et ses relations devaient lui valoir des associés et des « amis », mais ces gens ne lui seraient loyaux que tant que sa position leur serait personnellement utile. J'étais là pour régler un problème et, tandis que la plupart des hommes m'auraient considéré comme dangereux ou du moins comme quelqu'un dont il fallait se méfier, ce Charles Ducane ne semblait rien remarquer. Ce n'est qu'en l'observant que je l'ai percé à jour. Il avait des manières quelque peu gauches et, lorsqu'il parlait, il semblait chercher l'approbation de Feraud à chaque parole qu'il prononçait. Feraud était le diable, et cet homme, ce jeune homme sans expérience, était peut-être son acolyte. Je supposais qu'il devait y avoir un arrangement entre eux, que Feraud orchestrait l'exécution de quelque tâche nécessaire, et que Ducane lui en serait toujours redevable. Charles Ducane voulait par-dessus tout être pris pour quelqu'un d'important, quelqu'un de spécial, mais je me disais en vérité que ce qui se passait était seulement et exclusivement dû au bon vouloir d'Antoine Feraud. Un pacte faustien avait été signé, et même si Ducane semblait avoir son mot à dire, c'était Feraud qui tirait les ficelles.

Nous avons pris place tous les trois – le chef du clan Feraud, son ami issu d'une vieille famille riche de La Nouvelle-Orléans et moi, le Cubain-Américain fou – dans une pièce qui n'était pas sans rappeler celle où j'avais rencontré pour la première fois Feraud. Feraud et moi n'avons presque rien dit durant tout l'échange, et Ducane m'a parlé comme si nous étions proches, l'avions toujours été et le resterions pour le restant de notre vie. Il faisait comme si j'étais entré dans son monde, comme si l'on m'avait accordé une audience avec Lucifer et que je devais lui en être reconnaissant. Mais c'était en fait Charles Ducane qui, sans le savoir, parlait à Satan.

« La politique est machiavélique, a-t-il commencé, et s'il est parfois possible de passer l'éponge sur une offense territoriale, cette fois-ci, il ne nous est pas possible d'accorder notre pardon. Ma famille gère de nombreuses affaires, de nombreux intérêts à travers tout l'État et, derrière ces intérêts, il y a des gens dont le nom ne doit jamais être dévoilé ni souillé, et dont les poches doivent être remplies de suffisamment de dollars pour qu'ils n'en désirent pas plus. Vous comprenez, monsieur Perez ? »

J'ai acquiescé. Je n'avais pas besoin d'une explication de texte, juste d'un nom, d'un endroit et de la manière dont le travail devait être effectué.

« Mon père dirige une usine de conserves. Il y a là-bas un directeur, un homme sans grande conséquence, mais son frère est à la tête du syndicat des ouvriers, et ces ouvriers sont indociles et agités. Ce qui, en soi, n'a guère d'importance, sauf que la société doit être vendue et, s'il y a le moindre signe de troubles parmi les rangs, le marché pourrait tourner au vinaigre. Ce syndicaliste est la voix des ouvriers, il est leur meneur, et il lui suffirait de quelques mots pour que ces hommes se rebellent et que la vente tombe à l'eau. Le syndicat ne nous intéresse pas. Ils pourront se battre entre eux jusqu'à la fin des temps une fois que l'usine aura été vendue, mais pour les deux semaines à venir nous ne voulons rien que du silence, de l'obéissance et du travail. »

Charles Ducane, un jeune homme à qui son père avait peut-être demandé de « régler un petit problème », se pencha en arrière dans son profond fauteuil en cuir et poussa un soupir.

« Nous ne toucherons pas au syndicaliste. Il est trop visible. Nous lui avons parlé, mais il a la tête dure comme un roc. Comme il n'a ni femme ni enfants, la personne qui est la plus proche de lui est son frère, le directeur. Ce soir, peu après 21 heures, celui-ci emmènera une jeune femme dans un motel proche de l'autoroute, à peut-être quatre ou cinq kilomètres d'ici, et il y passera la nuit. Nous voulons qu'un message soit envoyé au syndicaliste, un message sans ambiguïté, et nous nous moquons de la manière dont vous procéderez. Aucun lien avec moi ou ma famille ne doit être fait. Ça devra avoir l'air d'être l'œuvre d'un fou, d'un vagabond ou peut-être d'un voleur opportuniste, et nous ferons en sorte que le message soit reçu cinq sur cinq. Nous voulons un message clair et qui ne puisse pas être remonté jusqu'à nous, vous comprenez, monsieur Perez?

– Le nom du motel?

– Le Shell Beach », a répondu Ducane.

Il est resté un moment silencieux, puis il a tiré une photo noir et blanc de la poche intérieure de sa veste. Il me l'a tendue. J'ai examiné le visage de l'homme, puis ai rendu la photo à Ducane.

Ce dernier s'est tourné en souriant vers Feraud, qui a acquiescé tel le pape accordant son indulgence.

J'ai alors cru comprendre ce qui se passait. Ducane, peut-être sa famille, avait besoin que cet homme se fasse tuer. Ils ne pouvaient le faire eux-mêmes car le risque aurait été trop grand, mais, surtout, un tel acte semblait devoir être approuvé par Feraud. Ducane, aussi important qu'il se soit cru, avait été envoyé ici en tant que négociateur. Je me demandais quel prix ces gens avaient dû payer pour que cette exécution leur soit accordée.

« Vous avez d'autres questions? a demandé Feraud en se tournant vers moi.

– Considérez que c'est chose faite. »

Ducane a souri et s'est levé. Il a serré la main d'Antoine Feraud, puis la mienne. Il a prononcé quelques mots en français que je n'ai pas compris, et Feraud a éclaté de rire.

Il m'a une fois de plus fixé droit dans les yeux et, à cet instant, j'ai décelé une peur manifeste dans son regard, puis il s'est dirigé vers la porte. Innocent est apparu et l'a escorté jusqu'à l'avant de la maison.

« Il s'agit d'une affaire importante, a déclaré Feraud après que Ducane eut disparu.

– Je comprends.

314

– Vous ne voulez pas connaître les détails, Ernesto Perez ? » m'a demandé Feraud avec un sourire.

J'ai froncé les sourcils d'un air interrogateur. « Le pourquoi et le comment de cette histoire à laquelle nous sommes mêlés, a-t-il poursuivi.

– Je demande quand j'ai besoin de demander et, quand je n'en ai pas besoin, je garde mes pensées pour moi.

– Et vous avez bien raison, a approuvé Feraud. Maintenant, nous allons manger, après quoi vous réglerez ce problème. Ensuite, vous retournerez voir Don Ceriano et vous lui direz que lui et moi ferons affaire ensemble. »

L'atmosphère était lourde, une odeur de végétation épaississait l'air. J'étais seul. Le ciel était bas entre les épaisses branches d'arbres qui se chevauchaient, et je distinguais ici et là les étoiles qui m'observaient en silence.

Sur ma gauche, l'autoroute filait en ligne droite vers Chalmette et le district d'Arabi, et j'entendais de temps à autre le faible vrombissement de quelque voyageur. Depuis l'endroit où je me trouvais, étendu dans la boue, l'eau peu profonde me collant à la peau, je distinguais le vague spectre de lumières au loin. Je suis resté allongé quelque temps avant de me relever lentement et de me déshabiller totalement. Je ne faisais plus qu'un avec ce qui m'entourait ; j'étais véritablement, parfaitement invisible. Je me suis tenu immobile dans la chaleur épaisse de la nuit, puis, m'éloignant de la route, j'ai disparu dans le silence et l'obscurité des marécages. Parfois, je m'enfonçais sous l'eau, marchant sur le lit de quelque rivière stagnante, puis je refaisais surface, mes cheveux plaqués sur mon crâne, mes yeux d'un blanc étincelant sur mon visage noirci. Autour de moi, les arbres étiraient leurs racines à travers la terre meuble et indifférente, plongeant précautionneusement leurs doigts noueux dans l'eau infestée de mauvaises herbes comme pour en tester la température et, partout, dans chaque souffle, flottait une odeur de décomposition, l'odeur puissante d'une contrée mourante – des troncs ancestraux, couverts de vase, qui se désagrégeaient sur le sol, et du fumier de leur tombe puante naîtrait une nouvelle terre. Le sol était couvert de cette pulpe amniotique, de cette vie qui tentait de s'échapper, il flottait une puanteur capiteuse et débilitante, une extase, comme fumer quelque chose de mort.

Je m'arrêtais parfois pour m'agenouiller, sentant les broussailles entre mes jambes, je me penchais en arrière, tête inclinée, et fermais les yeux. Je percevais un relent de brûlé, de gas-oil, d'essence, de cordite, de bois. Je sentais l'odeur de l'essence sur ma peau, je voyais les couleurs se répandre sur mes bras, ma poitrine. J'imaginais mon visage dans de profondes teintes arc-en-ciel, noir au niveau du nez et du menton, et, derrière ce masque, l'effrayante dureté de mes yeux blancs. Je montrais les dents et me demandais si je ressemblais à un cauchemar. Je souriais, m'accroupissais, regagnais l'eau en rampant et me laissais couler sous la vase.

J'ai marché un kilomètre et demi, peut-être plus, et au-dessus de moi, les étoiles ne cessaient de me regarder. Elles témoignaient, elles comprenaient, mais elles ne jugeaient pas. Elles nous voyaient tous, nous autres enfants, car comparés à elles, nous allions et venions en un clin d'œil, et si je comprenais cela, je comprenais que nous n'étions véritablement rien. Rien n'avait d'importance. Rien n'avait le moindre sens comparé à ça. Rien ne voulait plus rien dire.

La fatigue me gagnant, je me suis étendu au bord de quelque affluent gonflé, l'eau fétide et puante giclant en travers de ma poitrine. J'ai fermé les yeux et me suis reposé. Après environ une heure, je me suis relevé et ai repris la direction de la grande route.

Il y avait des lumières devant moi. Quelque chose s'est animé en moi, une sorte d'excitation, quelque chose d'indéfinissable, et je me suis enfoncé entre les arbres pour observer. Une voiture a quitté la route et glissé en silence jusqu'à la cour formée par de petits bungalows disposés en demi-cercle. Un motel. De la lumière aux fenêtres de l'un des bungalows. Des gens. Mon cœur battait magnifiquement, comme il n'avait jamais battu, et j'ai compris que j'étais aimé des étoiles, de la terre, de tout, car c'est ce que j'étais, n'est-ce pas ? J'*étais* tout.

Je me suis laissé tomber à quatre pattes et, quittant ma cachette parmi les bois humides et nauséabonds, j'ai commencé à ramper à travers les broussailles en direction des lumières. Je ne faisais qu'un avec l'obscurité. J'étais invisible, silencieux, inconnu. J'étais tout et rien. Mes pensées étaient vides et légères, elles tournaient en cercles invisibles dans un esprit infini et empathique. Des fantômes, vous voyez. Je hantais le monde.

J'ai atteint le bord de la route. Je me suis accroupi en silence. J'ai retenu mon souffle. Il n'y avait rien, rien que moi et les lumières, et j'ai glissé sur la surface de la route, mes pieds ne semblant jamais toucher le sol. J'étais parfait. Plus que parfait. J'*étais* quelqu'un.

Il y avait douze bungalows, cinq avec de la lumière, sept sans. J'étais à portée de voix du premier mais je n'ai rien dit. Il n'y avait rien à dire.

Dans ma main, je tenais un couteau que je n'avais cessé de serrer sans m'en rendre compte, comme si ça avait été une extension naturelle de mon bras. Sa lame était noire de boue et de crasse et, tout en l'essuyant entre mes doigts, je l'ai fait tourner sous la lumière de l'enseigne au néon. Il a scintillé magnifiquement, reflétant des couleurs d'arc-en-ciel – indigo, violet, bleu, de nouveau indigo.

Je me suis coulé à travers les ombres qui bordaient les murs du premier bungalow, j'ai atteint la porte de derrière et, tout en m'accroupissant, j'ai jeté un coup d'œil par la fenêtre.

Des inconnus.

Je me suis écarté, me glissant une fois de plus entre les bungalows comme si j'étais moi-même une ombre.

Je les ai trouvés dans le quatrième bungalow éclairé.

J'ai contourné à pas de loup la maison basse et me suis appuyé au mur. J'ai inséré la lame de mon couteau entre le pêne et la gâche de la porte de derrière. J'ai entendu le cliquetis du métal. La porte s'est entrouverte sans bruit et je suis entré dans la pièce, glissant comme l'air, comme un feu au ralenti.

La femme était endormie sur le lit, ses cheveux blonds décolorés étalés sur l'oreiller. Sa main avait glissé hors des couvertures et pendait au bord du matelas comme si elle s'était détachée de son corps.

Dans l'air flottait une odeur de sexe, un relent d'alcool mêlé à une puanteur brute de sueur. Je me suis penché en avant tandis que la femme poussait un soupir. J'ai entendu l'homme. Il parlait tout seul, marmonnant des paroles incompréhensibles tout en observant la femme depuis la porte de la salle de bains. J'ai attendu qu'il éteigne la lumière, qu'il ôte son peignoir et se glisse sous les draps à ses côtés. Elle s'est tournée vers lui, vers moi, et, dans la lueur dansante de l'enseigne au néon de l'autre côté des fins rideaux, j'ai distingué son mascara étalé, ses cheveux ébouriffés dont les racines sombres au niveau du cuir chevelu trahissaient sa vraie couleur.

J'ai observé ces personnes de rien du tout, songeant au nom de l'homme, à son âge, à l'endroit d'où il venait, à celui où il était censé se trouver. Ces gens ne signifiaient rien, ils ne disaient rien d'important et, pourtant, ils s'écoutaient parler comme si leur voix était la seule qui comptait dans l'univers. Ils avaient été observés, depuis le tout début, par les étoiles. Ils ne comprenaient pas. Mais moi, si.

Je me suis penché en arrière et j'ai souri. J'ai saisi mon sexe en érection de ma main gauche tout en serrant le couteau dans ma main droite puis, rampant à travers la pièce, je me suis approché du bord du lit. Je me suis étendu par terre, juste à côté de l'homme. S'il avait tendu le bras, il aurait pu me toucher, mais il n'a rien entendu. Je me suis levé lentement, telle une plante poussant à même la moquette, et j'ai alors soulevé le couteau et l'ai tenu à trente centimètres au-dessus de son cœur. J'ai appuyé de tout mon poids, sentant le couteau percer la peau, puis, avec une force que je ne me soupçonnais pas, j'ai enfoncé la lame dans toute sa longueur. Je l'ai sentie glisser à travers la chair, le cartilage, les muscles, puis buter contre la cage thoracique.

L'homme a lâché un son imperceptible.

La femme ne s'est pas réveillée.

J'ai froncé les sourcils, me demandant ce qu'elle avait bien pu boire avant de se coucher. L'homme était mort. Le sang formait sur sa poitrine un petit ruisseau noir qui, dans la semi-pénombre, ressemblait à du pétrole brut. J'y ai trempé le bout de mes doigts puis, me penchant doucement en avant, j'ai dessiné une croix sur le front de la femme. Elle a remué et murmuré quelque chose. J'ai posé un doigt sur ses lèvres. Elle a encore murmuré quelque chose qui ressemblait à un nom mais que je n'ai pas clairement entendu.

« Quoi ? ai-je chuchoté. Qu'est-ce que tu dis, chérie ? »

Elle a murmuré une fois de plus, un soupir quasi inaudible.

J'ai poussé l'homme jusqu'au bord du lit et l'ai fait rouler par terre sans un bruit, puis je me suis étendu à sa place sur le drap tiède, sur le matelas imprégné de la chaleur de son corps. Le lit était moite et j'ai senti l'odeur âpre de ce qui s'était passé avant mon arrivée. J'ai passé la main sur le ventre de la femme, sur sa poitrine généreuse et lourde, sur son nombril, entre ses jambes. J'ai caressé ses poils pubiens, elle a souri dans son sommeil, a légèrement entrouvert la bouche, battu des cils et, lorsqu'elle a parlé, j'ai senti mon cœur cogner dans ma poitrine. J'avais la gorge nouée par l'émotion et l'intensité du moment.

Je me suis collé contre elle, conscient de la boue séchée sur ma peau, de l'odeur de marécages que je dégageais, de la sueur qui avait suinté de mes pores tandis que je parcourais des kilomètres jusqu'à cet endroit.

J'ai songé à l'homme mort étendu par terre à côté de nous. Aux mobiles que Feraud et Ducane avaient de le faire assassiner. Les mobiles étaient sans conséquence. Les mobiles appartenaient à l'histoire.

Peut-être mes pensées l'ont-elles réveillée. Des pensées étrangères. Ou bien les sensations nouvelles qu'elle a éprouvées lorsqu'elle a tendu la main pour me toucher, me caresser le ventre, les jambes, s'attendant à trouver ce qui l'avait fait grimper aux rideaux plus tôt, haletante, hurlant de plaisir…

Elle a ouvert les yeux.

Moi aussi.

Elle avait les yeux ensommeillés, injectés de sang, le regard vague.

Les miens étaient durs, d'un blanc brillant sur le noir de mon visage. Je ressemblais à un cauchemar.

Elle a ouvert la bouche pour hurler, mais je lui ai maintenu la mâchoire d'une main avant de lui empoigner le bas de la gorge et de lui grimper dessus. Je sentais la pression de mon érection contre son ventre. Elle se débattait, elle était lourde, presque forte, et j'ai mis un moment avant de réussir à m'insérer en elle. Je l'ai pénétrée brutalement. Elle a eu mal. Elle a ouvert de grands yeux, et tandis que je la prenais sauvagement et qu'elle se débattait pour respirer, elle a compris à l'expression de mes yeux qu'elle allait mourir. Je continuais de lui serrer implacablement la gorge. Et elle a soudain semblé se résigner, comme si le silence s'était emparé d'elle. Je savais qu'elle était en vie mais il n'y avait plus la moindre résistance en elle. J'ai continué de la baiser encore et encore, et j'ai alors senti le moment où la vie l'abandonnait. J'ai lâché sa gorge. Elle est restée immobile et silencieuse. Puis je l'ai pénétrée une fois de plus et l'ai embrassée violemment sur la bouche tandis que je jouissais.

Je suis resté un moment étendu. Rien ne pressait. Tout semblait pouvoir attendre. J'ai entortillé ses boucles décolorées autour de mes doigts. Elle avait les yeux ouverts. Je les ai fermés. Puis j'ai embrassé ses paupières. Sa bouche aussi était ouverte, comme si elle cherchait vainement à respirer. Je me suis collé contre elle, sentant sa chaleur décliner, sa chair douce devenir froide et rigide et, au bout d'une heure, peut-être plus, je me suis levé tel un arbre anguleux et ai gagné pieds nus la salle de bains.

J'ai pris une douche, frotté la crasse sur ma peau, utilisé un shampooing d'une bouteille sur laquelle était écrit *Avec les compliments du motel Shell Beach* et une savonnette couleur ivoire qui dégageait une odeur d'enfance et de salle de bains propre. Puis je me suis tenu sous le jet d'eau, le visage levé vers le plafond, les yeux fermés, à fredonner une chanson de mon enfance.

Je me suis essuyé avec des serviettes propres avant d'enfiler lentement les vêtements de l'homme, comme je l'avais fait après la mort de Pietro Silvino. Ils étaient trop grands. J'ai replié le revers du pantalon, déboutonné la chemise au niveau du cou et ignoré sa cravate. Comme ses chaussures étaient également deux ou trois tailles trop grandes, je les ai bourrées avec les bas de soie de la femme. Sa veste était large aux épaules, ample à la taille et, lorsque je me suis tenu face au petit miroir moucheté de taches cuivrées, j'avais l'air d'un enfant portant les habits de son père.

Bon sang, nous étions tous des enfants sous les étoiles.

J'ai souri.

Plus rien n'avait d'importance.

Je me suis tenu une minute dans l'entrebâillement de la porte du bungalow. J'ai senti l'air lourd, l'atmosphère terreuse et âpre et, lorsque j'ai inspiré, c'est le monde entier qui s'est engouffré en moi.

J'ai tiré le briquet de l'homme de la poche de sa veste et regagné le lit. La minuscule flamme qui a commencé à consumer le bord du drap en direction de la femme qui gisait bras et jambes écartés ressemblait à un fantôme. J'ai continué de regarder jusqu'à ce que le crépitement du coton qui brûlait soit audible dans le silence. Puis je me suis penché sur le côté et ai mis le feu au bas du rideau. Le bungalow n'était constitué que de bois, de peinture et de feutre. Il brûlerait bien par une nuit aussi chaude et lourde que celle-là.

J'ai fermé les yeux.

Le passé était le passé.

Maintenant, c'était ça l'avenir.

Je rêvais mes rêves, je vivais mes cauchemars et, parfois, je choisissais de laisser mes victimes les habiter quelque temps.

J'ai quitté le bungalow sans me retourner et pris la direction de la grande route, les étoiles au-dessus de moi, les oreilles emplies de silence.

La nouvelle m'avait devancé auprès de Don Ceriano. Il m'a accueilli tel un fils depuis longtemps absent. Nous avons abondamment bu et discuté. Après quoi, j'ai dormi presque toute la journée et, à mon réveil, Don Ceriano m'a informé qu'Antoine Feraud et lui travaillaient ensemble exactement comme il l'avait prévu.

« Quoi que tu aies fait, a-t-il dit, c'était ce qu'il fallait, et je t'en remercie. » Don Ceriano a souri et m'a saisi l'épaule. « Même si je crois que tu as peut-être fait un peu peur à ces gens. »

Je lui ai lancé un regard interrogateur.

« Il est possible qu'ils n'aient pas l'habitude que les problèmes soient réglés aussi promptement et facilement. Je crois qu'Antoine Feraud et son ami... comment s'appelait-il ?

– Ducane, ai-je répondu, Charles Ducane.

– Oui, oui... je crois qu'ils ont un peu peur que tu ne leur rendes visite en pleine nuit s'ils te contrarient, hein ? »

Il a éclaté d'un rire sonore. « Maintenant, ils connaissent ton nom et ils ne feront rien pour se mettre Ernesto à dos. »

Je n'ai plus entendu parler d'Antoine Feraud, du moins pas directement, pendant quelque temps. Je faisais ce qu'on me demandait de faire. Je logeais avec Don Ceriano dans la maison de Miami, d'où j'observais le monde traverser une nouvelle année.

Je me rappelle très clairement l'automne 1963. Je me rappelle les conversations qui s'étiraient jusqu'au petit matin. Je me rappelle les noms de Luciano et Lansky, de Robert Maheu, Sam Giancana et Johnny Roselli. Je me rappelle m'être dit qu'il y avait des choses en dehors de ces murs qui étaient plus importantes que nous tous réunis.

En septembre de cette même année, un homme nommé Joseph Valachi a dévoilé les noms clés du crime organisé à la commission du Sénat. Don Ceriano m'a parlé du père de JFK, m'expliquant qu'il avait été lié aux familles, que c'était leur argent qui avait installé JFK à la Maison-Blanche contre la promesse de concessions et de passe-droits à New York, à Vegas, en

Floride et dans d'autres fiefs des familles. Cependant, une fois au pouvoir, Kennedy s'était rétracté et, assisté de son frère Bobby, il avait annoncé son intention de mettre fin aux commerces illégaux et autres rackets des familles à travers le pays.

« Nous devons faire quelque chose », m'a dit un jour Don Ceriano.

C'était peu après le témoignage de Valachi, et j'ai soupçonné au ton de sa voix que des mesures avaient déjà été prises.

Le 22 novembre, j'ai compris lesquelles. Je supposais que les familles s'étaient non seulement associées aux riches exilés cubains, mais aussi aux gros conglomérats qui finançaient la guerre du Vietnam. Le plus ironique, du moins à mes yeux, c'est que le seul procès criminel lié à l'assassinat de Kennedy se soit tenu à La Nouvelle-Orléans. Celui de Clay Shaw, sous la houlette du procureur Garrison.

Je n'ai pas posé de questions. L'identité et les mobiles de l'assassin de Kennedy n'avaient aucune importance pour moi.

Le 24 novembre, Jack Ruby, un homme que je connaissais personnellement puisqu'il était venu chez Don Ceriano à plusieurs reprises rien qu'au cours des trois derniers mois, abattait Lee Harvey Oswald en direct à la télévision.

« Huit balles, m'a par la suite expliqué Don Ceriano. Ils ont trouvé huit balles en tout à Dealey Plaza, et pas une seule ne correspond à la carabine dont Oswald est censé s'être servi. »

Et sur ce, il a éclaté de rire et prononcé quelque chose en italien, avant d'ajouter : « *Chi se ne frega !* » et de s'esclaffer encore.

Au cours des années suivantes, c'était comme si je me tenais en retrait et regardais le monde sombrer dans la folie. J'étais à Miami. Il faisait beau, les filles étaient belles, et j'avais tout l'argent dont j'avais besoin. De temps en temps, Don Ceriano me convoquait pour me donner un nom, une photo, et je retournais alors dans le monde pour faire ce qu'on me demandait de faire. C'étaient parfois des Italiens, d'autres fois des Américains ou même des Cubains et des Mexicains. Miami était une ville cosmopolite, et je n'avais aucun préjugé lorsqu'il s'agissait de tuer un homme.

Au début de 1965, j'ai de nouveau entendu parler de Che Guevara. Il avait quitté Cuba pour former des groupes de guérilleros en Amérique latine. Quelques mois plus tard, je verrais la photo de son cadavre. Il ressemblait à n'importe quel homme. Castro conservait son emprise sur Cuba, mais je m'en fichais. Cuba n'était pas mon pays, et je pensais ne jamais y retourner. L'Amérique était une drogue, et j'étais accro.

J'avais 29 ans lorsque Richard Nixon a annoncé sa candidature à la présidence. Le même jour, j'ai tué un homme nommé Chester Wintergreen. Je l'ai étranglé avec du fil de fer dans une allée derrière une salle de billard. Je ne me rappelle plus pourquoi il est mort, et ça n'a plus aucune importance.

En mars, Robert Kennedy, l'homme qui avait orchestré le revirement de son propre père à l'égard des chefs des familles, a lui aussi annoncé sa candidature à la présidence.

Don Ceriano m'a parlé de cet homme, m'informant qu'il avait été le premier ministre de la Justice à avoir sérieusement tenté de compromettre la mainmise des familles sur le crime organisé et les syndicats de travailleurs. Il a évoqué un certain Harry Anslinger, qu'il appelait « *Asslicker* », lèche-cul, un ancien commissaire du département des Narcotiques persuadé que Robert Kennedy s'acharnerait sur les familles jusqu'à leur anéantissement.

« *Asslicker* parle de Robert Kennedy comme s'il était fou, disait Don Ceriano. Il prétend qu'il organise ces réunions et que, alors que les anciens ministres de la Justice estimaient avoir fait leur boulot après s'être contentés d'attirer l'attention sur les familles, lui passe la liste en revue, qu'il cite un à un les noms de chaque figure importante du crime organisé et demande aux officiels concernés quels progrès ils ont fait pour les faire tomber. *Asslicker* ne voit pas les choses du même œil que Hoover. Hoover suivait toujours la ligne du parti et disait à la presse et au gouvernement que la mafia n'existait pas, mais après la conférence d'Appalachin, en 1957, il a dû changer de discours. »

Robert Kennedy a gagné la première primaire en Indiana et la deuxième dans le Nebraska. En juin, après des réunions similaires dans des salles similaires face à des assistances similaires à celles de l'automne 1963, Robert Kennedy se faisait abattre dans l'hôtel Ambassador de Los Angeles après avoir gagné la primaire californienne du parti démocrate. L'ère Kennedy était finie, celle de Nixon allait commencer, et Don Ceriano – et avec lui Jimmy l'Aspirine, Maxie la Claque, Vaccorini, et d'autres qui avaient rejoint l'équipe de natation d'Alcatraz –, eh bien, Don Ceriano a décidé que l'heure du changement était venue.

« Nous allons à Vegas, m'a-t-il annoncé en juillet 1968, là où l'argent tombe du ciel, où les filles sont éternellement belles, et où les gens comme nous ne peuvent pas enfreindre les règles vu que c'est nous qui les avons mises en place. Et s'il y en a que ça dérange, eh bien, *chi se ne fiega*, parce que nous avons Ernesto pour leur régler leur compte, pas vrai ? »

J'ai acquiescé en souriant, éprouvant une douce sensation d'importance.

Nous n'y sommes pas allés en voiture. Nous nous sommes rendus à l'aéroport de Tampa et avons pris l'avion. La voiture, la Mercury Turnpike Cruiser qui avait autrefois appartenu à Pietro Silvino, a été mise à l'abri dans un hangar appartenant à la famille. Elle y resterait aussi longtemps que nécessaire. Je ne me doutais alors pas que je ne la reverrais pas avant trente ans.

J'aurais suivi Don Ceriano jusqu'au bout du monde, et Las Vegas… eh bien, Las Vegas n'était qu'à la moitié du chemin.

14

Au début, ils ne parlèrent que de Charles Ducane, du fait que l'actuel gouverneur de Louisiane avait peut-être ordonné l'assassinat sauvage de deux personnes des années auparavant.

Puis Schaeffer insista auprès de Woodroffe et Hartmann pour que rien de ce qu'ils avaient entendu ne sorte du bureau du FBI, tout en mettant en doute la véracité des informations données par Perez.

« Ce type est un tueur... pas seulement un tueur, mais un psychopathe, une putain de machine à tuer homophobe, lança Schaeffer avec dans la voix plus de venin et de colère que Hartmann n'en avait jamais entendu auparavant.

— Mais il sait de quoi il cause, remarqua Woodroffe. Il sait que Ducane...

— Et il sait qui a tué Kennedy, surenchérit Hartmann, histoire d'ajouter du piment à la discussion.

— Ah, allez vous faire foutre ! » rétorqua sèchement Schaeffer.

Tout le monde était à cran, à bout de nerfs, et il semblait qu'un mot aurait suffi à provoquer une explosion.

« Et pourquoi pas ? reprit Woodroffe. Quelqu'un sait qui a tué Kennedy... pourquoi pas lui ?

. – Oui, ajouta Hartmann. Perez sait qui a tué John F. Kennedy. »

Schaeffer se leva de sa chaise.

« Assez ! coupa-t-il. Ça suffit. Ce qui nous inté-resse, c'est le présent, les faits… c'est l'enlèvement de Catherine Ducane. Nous ne nous occupons que de ce qui est directement lié à ce qui lui est arrivé. »

Hartmann et Woodroffe échangèrent un regard, puis ils se tournèrent vers Schaeffer. Tous trois étaient taci-tement certains d'une chose : Ducane était aussi impli-qué dans cette affaire que Perez lui-même, et, à moins que quelqu'un de très haut placé ne s'interpose, il y aurait une enquête approfondie sur Ducane une fois sa fille libérée…

Ils le savaient. Mais personne ne prononça un mot à ce sujet. C'était inutile.

« Je ne veux plus entendre parler de Charles Ducane ni de ce qu'il a pu faire ou non, ni des histoires dans lesquelles il a pu tremper il y a je ne sais combien de temps, déclara Schaeffer, et je vous préviens que je ne veux plus entendre un seul mot sur John Kennedy ni sur cette foutue Marilyn Monroe, ni sur qui que ce soit d'autre d'ailleurs, pigé ? »

Il lança un regard noir à Hartmann et Woodroffe. Ni l'un ni l'autre n'osèrent le défier.

« Maintenant, est-ce que l'un de vous deux veut bien appeler Kubis ? » demanda Schaeffer, dents et poings serrés.

Woodroffe se leva et quitta la pièce.

Quelques instants plus tard, Kubis se tenait près du bureau.

« Exactement, fit Schaeffer, qu'est-ce qu'il a dit exac-tement ? »

Kubis baissa les yeux vers la liasse de papiers qu'il tenait à la main et il s'éclaircit la gorge.

« La route est longue, monsieur Hartmann, et la jeune fille arrive déjà au bout. Nous jouerons donc ce jeu à ma manière. Nous suivrons mes règles… et peut-être, simplement peut-être, la jeune Ducane reverra-t-elle la lumière du jour », lut Kubis.

Schaeffer se tourna vers la salle commune derrière lui et hurla le nom de Sheldon Ross.

Celui-ci apparut un instant plus tard.

« Ross, apportez-moi un plan de La Nouvelle-Orléans, quelque chose qui couvre toutes les routes et autoroutes. Et je veux vraiment chaque route et chaque foutue autoroute de la ville et de la périphérie. »

Ross acquiesça et disparut.

« Tu penses qu'il nous a donné un indice ? demanda Woodroffe.

— Qu'est-ce que j'en sais. Perez ne m'a pas l'air d'être le genre de personne à parler en l'air. Il a dit qu'on n'entendrait pas la fille même si elle hurlait, il a ajouté que la route était longue et qu'elle était déjà au bout, et que si nous suivions ses règles elle reverrait peut-être la lumière du jour.

— Enterrée ? demanda Hartmann. Vous pensez qu'il l'a cachée dans un souterrain ?

— Ça pourrait juste être une façon de parler, remarqua Woodroffe.

— On va vérifier, rétorqua Schaeffer. Quoi que ce soit, on va vérifier. »

Ross revint avec à la main un plan qu'il tendit à Schaeffer. Ce dernier l'étala devant eux, tira un stylo de sa poche de chemise et se mit à examiner le réseau de lignes.

« Qu'est-ce qui vous fait croire qu'elle est en Louisiane ? » demanda Hartmann.

Schaeffer ignora sa question d'un air dédaigneux. Il avait quelque chose en tête et n'avait pas l'intention de s'en laisser détourner.

« Note ça », ordonna-t-il à Woodroffe.

Celui-ci saisit une feuille, un stylo et attendit que Schaeffer se remette à parler.

« Depuis l'endroit où nous nous trouvons, nous allons vers le nord, dit Schaeffer. Nous avons la route 18 qui traverse le milieu de la ville puis devient Pontchartrain Boulevard et continue jusqu'à Lakeshore West. En coupant vers l'ouest, nous avons la route 10 en direction de Metairie. Au sud-est, nous avons la voie express Pontchartrain qui traverse la rivière au pont de Greater New Orleans puis continue jusqu'à Algiers et McDonnoghville. À l'est, nous avons Florida Avenue. Au sud, Claiborne Avenue, qui remonte vers Carrollton, mais nous devons tenir compte de tout le district de l'université jusqu'au parc Audubon. Ce qui nous fait en tout cinq zones. » Schaeffer leva les yeux vers Woodroffe. « C'est noté ? »

Woodroffe acquiesça.

« De combien d'agents disposons-nous en tout ?

— Cinquante, peut-être soixante au maximum, répondit Woodroffe.

— Répartis-les de façon égale, dix ou douze hommes par unité. Divise chaque groupe en deux. Coupe chacune des cinq zones en deux parties égales et recense chaque route et autoroute, chaque chemin ou sentier en direction du Mississippi ou du lac Pontchartrain ou d'ailleurs. Demande aux hommes de suivre chacune de ces routes, de vérifier chaque maison vide, chaque motel, chaque aire d'autoroute, tout ce qui pourrait être considéré comme le bout de la route, pour ainsi dire. Et dis-leur de jeter un coup d'œil aux caves, aux remises, à tout ce qui pourrait mener à un souterrain.

– Vous pensez vraiment… » commença Hartmann, mais il s'interrompit lorsque Schaeffer leva la main pour le mettre en garde.

Une tension silencieuse s'installa et Schaeffer regarda Hartmann, puis Woodroffe.

« Oui, monsieur Hartmann. Quelle qu'ait été votre question, la réponse est oui. Ce n'est pas vous qui recevez les coups de fil du directeur du FBI, qui ne manque jamais une occasion de me rappeler que le gouverneur Ducane l'appelle toutes les heures. Ce n'est pas vous qui remplissez les rapports à la fin de chaque service de six heures pour expliquer dans le détail ce que nous faisons. Pas ce que nous envisageons de faire, mais ce que nous faisons effectivement. Si vous voulez répondre à ses appels, si vous voulez vous expliquer, alors soit, revenez me voir avec une meilleure idée. Il me semble que dans cette situation, soit nous attendons que Perez nous dise quelque chose, soit nous faisons preuve d'initiative. » Schaeffer les dévisagea tour à tour une fois de plus, puis il ajouta :

« Alors, des questions, ou est-ce que nous prenons des mesures effectives ?

– On va faire comme tu as dit », répondit Woodroffe, et il se leva de sa chaise.

Hartmann hocha la tête et s'adossa à sa chaise.

« Bien. Fini de glander », déclara Schaeffer. Il se leva à son tour et, avant de quitter la table, regarda Hartmann.

« Vous ne pouvez pas faire grand-chose pour nous, dit-il. Si j'étais vous, je retournerais à l'hôtel et je n'en bougerais pas.

– Peut-être que vous devriez demander plus de monde. Soixante hommes, ça ne fait pas lourd pour couvrir le genre de territoire dont vous parlez.

– J'ai ce que j'ai, répliqua Schaeffer. S'ils m'en envoient plus, alors tant mieux. Mais pour le moment, je dois faire avec les moyens du bord. »

Hartmann acquiesça. Il était désolé pour ce type. Il se leva lentement et remercia silencieusement Dieu de ne pas être dans les chaussures de Schaeffer.

« Si vous avez besoin de moi, si je peux faire quoi que ce soit, vous savez où je suis.

– Merci, monsieur Hartmann. »

Schaeffer se retourna et s'éloigna. Hartmann entendait déjà le brouhaha des voix dans les couloirs tandis que Woodroffe organisait le briefing qui allait avoir lieu.

Il s'en alla aussi discrètement que possible. Il partit à pied, marcha jusqu'au carrefour et tourna à droite. Personne, pour autant qu'il sache, n'avait vu de quel côté il allait, ce qui l'arrangeait.

Il atteignit le commissariat de Verlaine à 18 h 05. L'air du soir était lourd d'humidité ; un orage approchait. Une large bande menaçante de nuages d'un gris-vert s'étirait à l'horizon. L'atmosphère était à l'image de l'état d'esprit de Hartmann. Il avait écouté Perez lui raconter des choses qu'il avait faites ici. Il connaissait le motel Shell Beach, situé à pas plus de deux ou trois kilomètres de l'endroit où il se tenait en ce moment même, et l'idée que cet homme avait fréquenté ce pays une poignée d'années avant sa naissance, alors que sa mère était en vie et habitait à proximité, le troublait profondément. Peut-être Perez l'avait-il choisi parce qu'ils étaient tous deux nés ici, parce qu'ils comprenaient tous deux quelque chose de la nature de la Louisiane, car cet État était un pays à part. Tout ce qui avait été bâti ici pouvait aussitôt être aspiré par la terre infecte si tel était le désir de la Louisiane.

Verlaine attendait dans le hall.

Hartmann voulut parler mais l'inspecteur secoua la tête pour le faire taire. Verlaine traversa le hall pour le rejoindre, ils sortirent du bâtiment et descendirent les marches à l'extérieur. Ce n'est que lorsqu'ils eurent atteint le trottoir qu'il parla.

« Tout ça, ça reste entre vous et moi, déclara-t-il doucement. Vous n'êtes jamais venu ici, et nous ne sommes jamais allés là-bas, compris ? »

Hartmann fit signe qu'il comprenait.

Verlaine lui attrapa le bras, lui fit traverser la rue à la hâte et le mena à l'endroit où était garée sa voiture, une demi-rue plus loin. Il grimpa à l'intérieur, lâcha le bras de Hartmann pour permettre à celui-ci de monter du côté passager, puis il mit le contact et démarra. Il regarda à deux reprises par-dessus son épaule, comme pour s'assurer qu'on ne les suivait pas.

« Vous avez votre audience avec Feraud, déclara Verlaine, mais j'ai dû payer un tribut.

– Un tribut ?

– J'ai dû faire discrètement disparaître quelque chose, vous saisissez ? » répondit-il d'une voix tendue et effrayée.

Hartmann comprit ce qui s'était passé : Verlaine avait effectué un échange de bons procédés avec Feraud.

« Mieux vaut que je ne sache rien, dit-il.

– Ça, c'est sûr », répliqua Verlaine, et il quitta l'autoroute principale pour s'engager sur une bretelle qui les mènerait vers le territoire de Feraud.

Presque aussitôt, Hartmann sentit la présence de Feraud. *Une odeur de morgue*, pensa-t-il. *Une odeur de cadavres, gonflés et fétides, et vous avez beau laisser la clim allumée toute la nuit, c'est une odeur à laquelle vous ne pouvez échapper. Et même quand vous partez, elle a imprégné vos vêtements.*

Lorsqu'ils furent à quatre cents mètres de la maison de Feraud, Hartmann éprouva une envie irrépressible de faire marche arrière, de dire à Verlaine qu'il s'était trompé, qu'il ne voulait pas y aller, qu'il avait décidé que ce n'était pas une bonne idée de faire quoi que ce soit qui mette en péril l'enquête fédérale. Mais les mots ne lui vinrent pas… et plus tard, il songerait que, même s'il ressentait tout ça, il savait aussi, au fond de lui, qu'il était prêt à presque tout pour mettre un terme à cette histoire.

Il resta donc silencieux, Verlaine continua de conduire et, bientôt, ils s'arrêtèrent sur le bord de la route couverte d'ornières boueuses qui longeait la propriété de Feraud.

« Vous êtes prêt ? demanda Verlaine.

— Non, répondit Hartmann en secouant la tête, et je crois que je ne le serai jamais.

— Pareil pour moi. »

Hartmann ouvrit la portière et descendit du véhicule. Les nuages qu'il avait vus à l'horizon étaient désormais directement au-dessus d'eux. L'atmosphère suffocante qui accompagnait l'odeur, la sensation que tout se resserrait autour de lui pour l'étouffer lui arrachèrent un frisson. Cet endroit avait le pouvoir d'envahir les sens, d'envahir l'esprit et le cœur. Cet endroit réveillait des images et des sons et des souvenirs qu'il avait cru disparus, mais il s'était trompé, et il savait que la Louisiane et tout ce qu'elle représentait ferait éternellement partie de lui. Comme une empreinte sur son âme. C'était son passé, et Hartmann avait beau chercher à le distancer, il ne le sèmerait jamais. Il avait même toujours une longueur de retard, car de quelque côté qu'il se tourne, son passé était là à l'attendre.

« À vous l'honneur, dit Hartmann. Feraud vous connaît.

– Quelle chance j'ai », ironisa Verlaine d'un ton dénué d'humour.

Une fois de plus, Hartmann s'aperçut que son compagnon était aussi effrayé que lui.

Ils empruntèrent le sentier et coupèrent à travers les arbres. La lumière était faible, dense et inhospitalière, et Hartmann n'arrivait pas à s'ôter de la tête l'image de Perez se faufilant à travers ces mêmes broussailles pour se rendre au motel Shell Beach.

« Parfois, je m'enfonçais sous l'eau, marchant sur le lit de quelque rivière stagnante, puis je refaisais surface, mes cheveux plaqués sur mon crâne, mes yeux d'un blanc étincelant sur mon visage noirci… une extase comme fumer quelque chose de mort. »

Hartmann ressentit un accès de nausée et se plaqua la main sur la bouche. Il croyait ne jamais avoir eu aussi peur de sa vie.

Et soudain la maison de Feraud, une vaste demeure coloniale, se dressa devant eux. Il n'y avait qu'une seule fenêtre éclairée, au rez-de-chaussée, et sur la véranda, un groupe d'hommes discutaient en fumant. Ils portaient des carabines et parlaient à voix basse dans un français créole guttural, mais à la vue de Verlaine et Hartmann, ils se turent.

Observés par une demi-douzaine de paires d'yeux, ils avancèrent jusqu'à la maison.

Aucun des hommes ne prononçait un mot, ce qui, dans un sens, était pire qu'essuyer leurs provocations. Ça voulait dire qu'ils étaient attendus. C'était aussi simple que ça : Verlaine et lui étaient attendus.

L'un des hommes s'approcha et tendit la main.

« Mon pistolet », dit doucement Verlaine en se tournant vers Hartmann, qui ne songea même pas à exprimer la moindre objection.

Verlaine détacha le fermoir de son holster à l'arrière de sa ceinture. Il tendit son 9 mm et attendit patiemment les prochaines instructions.

Un autre homme s'approcha et les fouilla, puis il se retourna et acquiesça.

L'homme qui tenait le pistolet de Verlaine fit un pas en avant et ouvrit la porte de la maison. D'un geste rapide de la tête il leur fit signe d'entrer.

Plus moyen de faire marche arrière, pensa Hartmann, et il pénétra dans la maison à la suite de Verlaine.

Ils attendirent quelques minutes qui semblèrent durer une éternité. Le tic-tac d'une horloge invisible résonnait dans la maison apparemment vide tel un battement de cœur. Tout n'était que bois sombre et tapis épais, et Hartmann avait l'impression que même le son de sa respiration était démultiplié.

Enfin, alors que Hartmann se disait qu'il ne pourrait supporter cette tension une seconde de plus, un bruit de pas retentit. Au même instant, le ciel au-dessus d'eux sembla se gonfler et gronder. Le tonnerre éclatait quelque part, à peut-être un ou deux kilomètres de l'endroit où ils se tenaient. Bientôt, la pluie arriverait, les éclairs illumineraient la campagne avoisinante de leurs vifs éclats monochromes, les silhouettes austères

et blanches des arbres se détacheraient tels des sque-
lettes sur la noirceur de l'horizon.

Un créole apparut, la cinquantaine, les tempes grisonnantes, et il se tint un moment au bout du couloir qui
partait du vestibule.

Hartmann se souvint que Perez avait parlé d'un vieil
homme nommé Innocent, un homme qui devait maintenant être mort depuis de nombreuses années. Peut-être
s'agissait-il de son fils. Peut-être ce genre d'emploi se
transmettait-il de façon héréditaire.

« Venez », commanda l'homme et, bien que sa voix
fût à peine un murmure, elle porta à travers le bâtiment
et résonna dans les oreilles de Hartmann comme s'il
s'était tenu juste à côté de lui.

L'atmosphère de la maison le fit frissonner.

Ils suivirent l'homme jusqu'à une pièce dont
Hartmann supposa qu'elle devait se trouver à l'avant de
la bâtisse. C'était d'ici que provenait l'unique lumière
de la maison et cette lumière, diffusée depuis le coin de
la pièce, l'éclairait à peine assez pour qu'ils puissent
distinguer Feraud.

Mais il était là, ça ne faisait aucun doute. Hartmann
sentait sa présence.

Ses yeux s'acclimatèrent à l'obscurité, et il distingua
alors une volute fantomatique qui s'élevait d'une chaise
à haut dossier. De la fumée de cigarette, un panache de
fumée de cigarette qui s'élevait en arabesques vers le
plafond.

Le créole désigna la chaise d'un geste de la tête, puis
il tourna les talons et quitta la pièce.

« Messieurs », commença Feraud d'une voix d'outre-
tombe.

Verlaine prit les devants, marchant lentement en
direction de la fenêtre, talonné de près par Hartmann.

Lorsqu'ils atteignirent le bout de la pièce, Hartmann vit que deux chaises avaient été placées contre le mur, de toute évidence pour leur audience avec Feraud. Cet homme était comme le pape de Lucifer.

Verlaine s'assit en premier, Hartmann l'imita et, lorsqu'il leva les yeux, il fut stupéfait par l'apparence du vieil homme qui lui faisait face. La peau de Feraud était presque translucide, aussi fine que du papier, et jaunie. Ses cheveux, du moins le peu qu'il en restait, étaient fins et frêles, comme des fils de coton humide collés à son crâne. Les rides de son visage donnaient l'impression d'un homme qui aurait souffert de brûlures, les crevasses profondes et irrégulières faisant presque mal à voir.

« Je vous ai demandé de ne pas revenir », déclara Feraud tout en laissant échapper de la fumée par le nez et la bouche.

Verlaine acquiesça et se tourna vers Hartmann, mais celui-ci était comme ensorcelé par Feraud.

« Avez-vous fait ce que je vous ai demandé ? demanda Feraud.

— Oui, répondit Verlaine. L'affaire sera classée.

— Œil pour œil.

— Voici Ray Hartmann », commença Verlaine.

Feraud leva la main et sourit.

« Je sais qui il est, monsieur Verlaine. Je sais parfaitement qui est Ray Hartmann. »

Il braqua ses yeux sur Hartmann, des yeux telles de petites pierres sombres enfoncées dans son visage. « Vous êtes de retour à la maison, ai-je cru comprendre. »

C'était la deuxième fois qu'on lui disait ça. La première, il s'agissait de Perez, au téléphone, alors que Hartmann se trouvait dans les bureaux du FBI.

« Ça ne vous quitte pas, n'est-ce pas, monsieur Hartmann ? »

Celui-ci fronça les sourcils d'un air interrogateur.

« La Nouvelle-Orléans… les sons et les odeurs, les couleurs, les gens, la langue. Un endroit à part, hein ? »

Hartmann acquiesça. L'homme exprimait des pensées qu'il venait juste d'avoir. Il avait l'impression que Feraud voyait à travers lui, qu'il avait la capacité de lire ses pensées à travers sa peau, qu'il savait ce qu'il ressentait à l'instant même. Antoine Feraud et Ernesto Perez étaient peut-être plus comme des frères que Danny et lui ne l'avaient jamais été.

« Vous êtes donc venu avec votre nom ironique pour découvrir ce que je sais », reprit Feraud.

Hartmann secoua la tête avec l'air de ne pas comprendre de quoi parlait le vieil homme.

« Hartmann, dit Feraud. *Heart-man*, l'homme-cœur… votre nom. Et vous êtes venu ici pour découvrir notre arracheur de cœur. »

Feraud s'esclaffa à son propre jeu de mots. Hartmann avait envie de vomir.

« Et qu'est-ce qui vous fait croire que j'en sais plus que ce que j'ai déjà dit à M. Verlaine ? »

Hartmann prit son courage à deux mains.

« Nous avons parlé à M. Perez… Ernesto Perez. Vous vous souvenez de lui, monsieur Feraud ?

– Peut-être, peut-être pas, répondit-il avec un sourire. Je suis un très vieil homme. J'ai rencontré un nombre de gens considérable au cours de ma vie, et on ne peut pas s'attendre à ce que je me souvienne de chacun d'eux.

– Mais je pense que vous vous souvenez de celui-là, monsieur Feraud… car il est venu ici il y a de nombreuses années et il a fait des choses pour vous et Charles Ducane qu'il serait difficile d'oublier. »

Feraud inclina la tête, comme s'il admettait que Hartmann disait vrai.

« Et que croyez-vous que je puisse vous dire ? demanda Feraud.

— Pourquoi il est revenu, répondit Hartmann. Pourquoi il a fait ça… pourquoi il a enlevé la fille de Charles Ducane, ce qu'il en a fait.

— Je ne sais pas ce qu'il en a fait. Pourquoi il a fait ça ? C'est une question beaucoup plus simple.

— Et la réponse ? demanda Hartmann.

— La réponse, vous devrez l'obtenir de M. Perez.

— M. Perez prend son temps pour y arriver, et je ne suis pas sûr que nous disposions de tout ce temps.

— Je suis certain que si M. Perez ressemble un tant soit peu à l'homme que vous imaginez, il sait exactement ce qu'il fait et ce qui va se passer, répondit Feraud avec un sourire. Peut-être M. Perez a-t-il déjà tué la jeune fille… peut-être a-t-il déjà jeté son corps dans les marais et attend-il le bon moment, peut-être veut-il voir combien de temps il pourra vous tenir en haleine avant de vous dire ce qu'il a fait. J'ai cru comprendre qu'il a déjà tué quelqu'un d'autre, un homme retrouvé dans un coffre de voiture il y a quelques jours.

— Oui, c'est exact… enfin, d'après ce que nous savons, c'est Perez qui a tué cet homme.

— Ne le sous-estimez pas, monsieur Hartmann. C'est tout ce que je peux et veux bien vous dire. Il y a un homme dangereux à La Nouvelle-Orléans, et je suis sûr que si sa réputation est méritée, il est capable de bien plus que simplement tuer un homme.

— Et vous n'êtes pas disposé à nous aider ? » demanda Hartmann.

Feraud écarta la question de la main comme si elle n'avait pas la moindre pertinence.

« Et pour quelle raison ? Quelle raison pourrais-je bien avoir de ne pas vouloir vous aider, vous et vos agents fédéraux ?

— Parce que Perez a lui aussi pu venir ici et demander une audience avec vous ? » suggéra Hartmann.

Feraud se mit à rire.

« Cet homme ne s'approcherait pas à cent mètres de moi.

— Tout le monde peut se faire tuer, monsieur Feraud... absolument tout le monde, même le président des États-Unis peut se faire tuer si l'assassin est prêt à prendre tous les risques pour arriver à ses fins.

— Je suis certain, monsieur Hartmann, que si votre M. Perez avait dans l'idée de me tuer il aurait tenté sa chance avant de se rendre. Je crois savoir que vous le tenez bien à l'abri en ville, qu'il est gardé à tout instant par un nombre conséquent d'agents fédéraux. Il aurait commencé par venir me trouver ici, mais il aurait dû affronter mes hommes avant de m'atteindre. Et les chances que M. Perez y parvienne relèvent du rêve, pas de la réalité.

— Donc, vous n'êtes pas disposé à nous divulguer plus d'informations, monsieur Feraud ?

— Divulguer plus d'informations, monsieur Hartmann ? Vous parlez comme si vous pensiez que j'en sais plus que ce que je vous dis.

— J'en suis convaincu.

— Soyez convaincu, rétorqua Feraud. Soyez convaincu autant qu'il vous plaira. Vous avez tout à fait le droit de croire ce que vous voulez... Maintenant, si vous le voulez bien, je suis très fatigué. Je suis un vieil homme, je ne sais rien de plus sur ce Perez et, même si j'en savais plus, j'imagine que vous seriez le dernier homme sur terre avec qui je voudrais partager de telles informations.

– Et Ducane ? » demanda Hartmann.

Feraud se tourna et fit face à Hartmann. Il cligna lentement des yeux, comme un lézard, puis il cloua Hartmann sur place d'un regard implacable.

« Et Ducane quoi ?

– Vos liens avec lui, déclara Hartmann d'un ton neutre. Le fait que vous vous connaissez depuis de nombreuses années, que vous avez conclu certains arrangements… que certaines faveurs ont été accordées.

– Vous supposez beaucoup de choses, monsieur Hartmann, répliqua Feraud.

– Je ne suppose rien du tout, monsieur Feraud. Je ne fais que répéter certaines choses que j'ai apprises lors de mes conversations avec M. Perez.

– Et vous croyez tout ce qu'il vous dit ?

– Je crois une chose jusqu'à ce qu'on la mette en doute ou qu'on prouve qu'elle est fausse.

– C'est une attitude très crédule, monsieur Hartmann… qui ne fera que provoquer votre perte si vous l'appliquez à Ernesto Perez.

– Et Charles Ducane ? »

Feraud secoua la tête.

« Je n'ai rien à ajouter.

– Vous croyez que je peux lui faire confiance, monsieur Feraud ? Vous le connaissez, vous le connaissez depuis si longtemps… vous êtes probablement plus à même d'émettre un jugement sur la loyauté et l'honnêteté de Charles Ducane que n'importe qui d'autre, n'est-ce pas ? »

Feraud sourit et acquiesça, puis il leva la main droite et posa son index sur ses lèvres.

« Nous avions un accord, intervint soudain Verlaine. Nous étions convenus que je m'occuperais de cette chose que vous m'avez demandée, au péril de mon emploi, et que, en échange, vous nous parleriez. »

Feraud écarta son doigt de sa bouche. Son sourire s'estompa rapidement.

« À quoi jouez-vous maintenant, monsieur Verlaine ? Nous sommes en train de parler, non ? J'ai dit que je vous parlerais et j'ai comme toujours tenu parole. Maintenant, une fois de plus, si ça ne vous ennuie pas, j'aimerais me reposer. »

Le tonnerre gronda au-dessus de la maison. Quelque part sur sa droite, Hartmann entendit un bruit de pas et, lorsqu'il se retourna, il vit le créole qui se tenait là, attendant leur départ.

« Je n'oublierai pas que vous avez manqué à votre promesse, monsieur Feraud », déclara Verlaine.

Feraud le regarda de ses yeux froids, durs, impitoyables.

« Faites attention, monsieur Verlaine… faites attention ou je pourrais décider de ne pas vous oublier. »

Hartmann sentit la chair de poule lui monter le long du dos et se loger à la base de sa nuque. Il avait les mains moites, était en sueur, et il n'avait qu'une envie, quitter cette maison, regagner la voiture et rentrer en ville sans se retourner.

Ils repartirent par là où ils étaient arrivés, le créole ouvrant le chemin, et lorsqu'ils furent sur la véranda, Verlaine récupéra son pistolet.

Ils marchèrent sans un mot, et ce n'est que lorsqu'ils atteignirent finalement la petite route où était garée la voiture que Verlaine se décida à parler.

« Plus jamais », dit-il d'une voix qui était presque un murmure.

Hartmann ouvrit la portière du côté passager et grimpa dans le véhicule.

Verlaine mit le contact et démarra.

« Ce type me fait vraiment flipper », reprit Verlaine d'une voix rauque.

Hartmann remarqua qu'il serrait le volant de toutes ses forces. Les jointures de ses doigts étaient blanches et tendues.

« Pas le genre d'homme que j'aimerais me mettre à dos, convint Hartmann.

– C'est le problème. Je crois que c'est ce que je viens de faire.

– Il ne fera rien. Un avertissement, ce n'est pas une menace.

– J'espère que non », répondit Verlaine.

Ils atteignirent l'autoroute et virent les lumières de La Nouvelle-Orléans devant eux.

Ils ne prononcèrent plus un mot jusqu'à ce que Verlaine se gare à deux pâtés de maisons de l'hôtel de Hartmann. Il n'avait pas envie qu'un agent fédéral les voie ensemble.

« Si vous avez besoin d'autres services, dit Verlaine, vous pouvez oublier tout de suite.

– Merci pour votre aide », répondit Hartmann avec un sourire.

Il tendit le bras et saisit la main de Verlaine sur le volant.

« Rentrez chez vous. Sifflez-vous deux whiskys et allez vous pieuter. Oubliez tout ça… ce n'est pas votre problème, OK ?

– Putain, Dieu merci. »

Hartmann descendit de voiture et regarda Verlaine s'éloigner. Il tourna à droite et environ une minute plus tard il atteignit le Marriott. Il jeta un coup d'œil à sa montre. Il était un peu moins de 21 heures, et il avait l'impression de ne pas avoir dormi depuis trois semaines.

Une fois dans sa chambre, il se déshabilla et prit une douche. Il appela le service en chambre et commanda du café, alluma la radio, l'écouta distraitement, puis il s'étendit sur le lit en songeant qu'il aurait voulu que rien de tout ça n'arrive.

C'est alors que l'orage éclata – soudain, violent – et le son de la pluie se déversant du ciel et martelant le toit de l'hôtel était presque assourdissant. Hartmann se retourna et enfonça la tête sous l'oreiller. Mais le bruit était toujours là, incessant et implacable. Le claquement des éclairs et, en dessous, le roulement fantastique du tonnerre gagnant en puissance jusqu'à ce que le ciel semble tout entier chargé de sa force et de son mouvement.

Le vacarme empêchait Hartmann de réfléchir correctement, ce qui était une bonne chose. Il se souvenait d'orages similaires dans sa petite enfance, lorsque Danny et lui se recroquevillaient sous les couvertures. Leur père leur expliquait alors que Dieu était en colère, mais pas après eux, et qu'ils n'avaient donc rien à craindre, et leur mère leur lançait depuis le palier que les grands garçons n'avaient pas peur de l'orage. Hartmann ferma les yeux, se coupa de tout ce qui l'entourait et parvint à oublier brièvement la tournure qu'avait prise sa vie.

Vingt minutes plus tard, il dormait – paisiblement, d'un sommeil bienvenu –, et il ne se réveilla que lorsque le téléphone sonna le lendemain matin.

C'était le mardi 2 septembre, et il ne lui restait que quatre jours avant que sa vie ne rencontre un nouveau tournant.

Il se leva aussitôt, se doucha et s'habilla, mais il avait l'esprit ailleurs et ne parvenait pas à trouver le moindre point d'ancrage, et ce n'est que lorsque Sheldon Ross vint le chercher qu'il prit conscience qu'il retournait au bureau du FBI.

Un nouveau jour, une nouvelle poignée d'heures à passer dans la pièce exiguë et étouffante.

À écouter de nouvelles horreurs de la bouche d'Ernesto Cabrera Perez.

À son arrivée, il remarqua immédiatement que le lieu était désert comparé aux jours précédents. Schaeffer était présent, de même que Woodroffe, mais, à part eux, il ne vit que deux ou trois agents.

Sur chaque mur du bureau principal Schaeffer avait fixé une photo noir et blanc de Catherine Ducane. La photo la montrait âgée de 14 ou 15 ans. Une jolie jeune fille, mais à l'air innocent et vulnérable.

« On dirait la fille de mon frère », déclara Woodroffe, et Hartmann sursauta nerveusement.

Il était perdu dans ses pensées et songeait que, au même âge, Jess lui ressemblerait peut-être beaucoup. Peut-être était-ce l'intention de Schaeffer : faire en sorte qu'elle leur reste constamment présente à l'esprit. Ils recherchaient quelqu'un, une personne réelle, une adolescente effrayée et confuse qui n'avait aucune idée de la raison pour laquelle elle avait été enlevée.

Hartmann ne dit rien. Il rejoignit Schaeffer qui l'attendait. Il lut dans ses yeux des questions qu'il était inutile d'exprimer à voix haute.

« Rien pour le moment, déclara Schaeffer en secouant la tête. J'ai soixante hommes qui parcourent des centaines de kilomètres et ça ne donne rien. »

Hartmann se contenta d'acquiescer et il s'assit à la table proche du petit bureau où Perez et lui prendraient place.

Perez les manipulait, tel un grand maître des échecs. Tout ce qu'ils faisaient, il l'avait prévu, il avait pris en considération chaque éventualité, et – en toute honnêteté – Hartmann se disait que quoi qu'ils fassent, quelles que soient les mesures prises par Schaeffer, ils seraient coincés là tant que Perez n'aurait pas complètement vidé son sac.

L'homme arriva alors, et Hartmann se retourna pour le voir traverser le bureau sans cloisons, flanqué de deux agents. Il n'irait nulle part, ils le savaient tous, et ce pour la simple et bonne raison que c'est ce qu'il avait décidé.

Hartmann se leva. Il salua Perez d'un hochement de tête tandis que celui-ci passait devant lui. Perez sourit, pénétra dans la pièce étroite, et Hartmann lui emboîta le pas.

Une fois assis, Perez croisa les doigts et ferma les yeux. Il sembla inspirer profondément, puis expirer, comme s'il accomplissait quelque rituel.

« Monsieur Perez ? » demanda Hartmann.

Perez ouvrit les yeux, tel un lézard se prélassant au soleil, et Hartmann crut les entendre produire un petit claquement sec.

« Monsieur Hartmann », murmura Perez.

Hartmann sentit un frisson le parcourir. Il y avait quelque chose d'extrêmement déstabilisant dans la présence de cet homme.

« Je réfléchissais, reprit Perez. J'envisageais la possibilité que nous manquions de temps. »

Hartmann lui lança un regard interrogateur.

« Il semblerait que plus je vous en dis sur ma vie, plus il y a de choses à dire. Je songeais ne serait-ce qu'hier soir à un autre aspect pouvant expliquer comment toutes ces choses sont arrivées et, bien que je n'aie jamais eu l'intention de vous en parler, ça me semble désormais nécessaire pour comprendre pleinement la situation dans laquelle nous nous trouvons.

– Je vous écoute, répondit Hartmann, mais je dois vous demander de faire aussi vite que possible. Cet exercice n'aurait aucun sens si la jeune fille mourait. »

Perez se mit à rire.

« Pas du tout, monsieur Hartmann. Elle sera en vie tant que je vous dirai qu'elle est en vie. Elle pourrait déjà être morte. La beauté de la situation est que je suis le seul à savoir où elle est... même Catherine Ducane elle-même n'a aucune idée de l'endroit où elle est emprisonnée. Tant que je ne vous aurai pas dit où la trouver, vous devrez m'écouter.

– Alors, allez-y », dit Hartmann.

Il serra les poings sous la table, hors du champ de vision de Perez, s'efforçant de ne pas perdre patience. Il était fatigué. Et il savait que Schaeffer et Woodroffe et les cinquante ou soixante agents affectés à cette affaire l'étaient aussi. Ils étaient tous là, tous sans exception, à cause de cet homme, et cet homme – cet animal – s'amusait avec eux.

« Parlez, reprit Hartmann. Dites-moi ce que vous voulez que j'entende et qu'on en finisse, d'accord ?

– Vous êtes fatigué, monsieur Hartmann, n'est-ce pas ?

– Je suis fatigué, oui, monsieur Perez. Vous n'avez pas idée à quel point je suis crevé. Je suis ici parce que vous avez insisté pour que j'y sois. Je suis disposé à vous entendre, et même si tout ce que vous m'avez dit jusqu'à présent ne m'inspire que du dégoût, je suis néanmoins obligé par devoir et par loyauté de continuer cette plaisanterie.

– Comme vous y allez ! répliqua Perez. Dégoût ? Devoir ? Loyauté ? Ce sont des mots forts, monsieur Hartmann. J'aimerais que vous gardiez les pieds sur terre tant que je n'aurai pas fini... Je pense que c'est vraiment le moins que je puisse vous demander, étant donné ce que j'ai fait pour vous.

– Pour moi ? demanda Hartmann d'un ton incrédule. Qu'avez-vous fait pour moi ? Qu'est-ce que vous me chantez ?

– Votre perception de vous-même, répondit Perez. Je sens déjà que la façon dont vous vous voyez a changé. Vous comprenez enfin que vous êtes la seule et unique personne responsable de la situation dans laquelle vous vous trouvez. Vous avez connu des périodes troubles, monsieur Hartmann, et à défaut d'autre chose ma présence ici vous a aidé à mettre les choses en perspective. »

Hartmann secoua la tête. Il n'en revenait pas d'entendre ça et, pourtant, il sentait qu'il y avait un fond de vérité dans ce que disait cet homme.

Voyait-il les choses différemment ? Et si oui, était-ce à cause de Perez ?

« Si vous le dites », répondit Hartmann, simplement parce qu'il ne trouvait rien d'autre à dire. Il ne comptait pas se laisser embobiner par cet homme. Il l'écouterait. Il ferait ce qu'il fallait pour aider à localiser Catherine

Ducane, après quoi, il rentrerait chez lui et ferait son possible pour réparer le champ de bataille qu'était sa vie.

« Alors, parlez-moi. Je veux entendre ce que vous avez à dire, monsieur Perez... sincèrement.

— Très bien. Puisque vous le demandez, et poliment qui plus est, je vais vous parler.

— Soit », dit Hartmann, et il referma la porte derrière lui.

15

Las Vegas était la terre promise.

Un ancien bled paumé au milieu du désert – stations-service, aires pour routiers, quelques tripots branlants dotés de machines à sous et des gargotes où le plat du jour était le genre de barbaque que vous n'auriez pas donnée à un chien – dans lequel Meyer Lansky avait vu une chance en or en train d'être gâchée. Il n'avait eu de cesse de harceler Bugsy Siegel pour que celui-ci prenne conscience des possibilités, qu'il s'ouvre l'esprit et laisse libre cours à son imagination – les jeux légalisés, le territoire vierge – et finalement, en 1941, Siegel avait demandé à un lieutenant de confiance, Moe Sedway, d'aller voir de quoi parlait Lansky.

Après la fin de la guerre, Siegel, qui était beaucoup plus intéressé par son style de vie de play-boy à Hollywood, était finalement allé voir par lui-même et s'était fait une idée de ce que Lansky avait conçu. Las Vegas et les six millions de dollars déversés par Siegel non seulement dans la construction du Flamingo mais aussi sur ses propres comptes bancaires en Suisse étaient devenus l'œuvre de sa vie, tout en provoquant sa mort.

Meyer Lansky, qui n'était pas homme à capituler, avait pris le contrôle du Flamingo et, moins d'un an plus tard, l'établissement était bénéficiaire. Las Vegas était devenue la poule aux œufs d'or. Les officiels locaux avaient imposé des règles draconiennes pour écarter les familles, en vain. Lansky contrôlait le Thunderbird; Moe Dalitz et la pègre de Cleveland géraient le Desert Inn; le Sands était contrôlé conjointement par Lansky, Joe Adonis, Frank Costello et Doc Stacher. George Raft, l'acteur hollywoodien, était entré dans l'affaire, et même Frank Sinatra avait acheté une participation de 9 %. Les frères Fischetti – ceux-là mêmes qui avaient amené Sinatra pour qu'il donne un spectacle durant la conférence de La Havane à Noël 1946 – contrôlaient le Sahara et le Riviera, avec Tony Accardo et Sam Giancana. Le grand patron de la Nouvelle Angleterre, Raymond Patriarca, s'en était mêlé et avait pris possession du Dunes.

Et puis il y avait eu le Caesar's Palace, financé par Accardo, Giancana, Patriarca, Jerry Catena du gang de Vito Genovese et Vincent « Jimmy les Yeux Bleus » Alo. Les conversations avec Don Ceriano ne manquaient jamais d'inclure le légendaire Jimmy Hoffa, le chef du syndicat des routiers, un homme qui avait organisé l'investissement de dix millions dans le Palace et de quarante millions supplémentaires dans de nombreuses autres boîtes de Vegas. L'argent arrivait sous forme de prêts, mais ces prêts étaient pour ainsi dire permanents et personne n'a jamais songé à rembourser un centime. Personne ne songeait non plus aux centaines de milliers de vieux routiers qui n'ont jamais touché les chèques de retraite qu'on leur avait promis.

Je suis allé au Caesar's peu après l'arrivée de l'équipe de natation d'Alcatraz à Vegas. C'était énorme et extravagant, un endroit dont les hôtes, quelques décennies plus tôt, auraient pu voyager à bord du *Titanic*. Je n'avais jamais rien vu de tel. Les hôtels que nous fréquentions à La Havane, des endroits comme le Nacional et le Riviera, paraissaient dérisoires en comparaison. J'ai marché pieds nus sur une moquette qui m'arrivait presque aux chevilles. J'ai pris un bain dans une baignoire dans laquelle j'aurais facilement pu me noyer. J'ai dormi dans un lit large comme un terrain de football et, quand j'ai appelé le service en chambre, ils sont arrivés en quelques minutes. Las Vegas semblait être tout ce que je n'aurais jamais osé imaginer et, même si je ne suis pas resté plus de quarante-huit heures au Caesar's, j'ai eu le sentiment d'être – enfin – véritablement parvenu.

Lorsque les affaires de Don Ceriano à l'hôtel ont été réglées, le gang et moi avons tous emménagé à la périphérie de la ville, dans une maison d'Alvarado Street. Don Ceriano est arrivé le lendemain matin et nous a tous réunis.

« Les gens d'ici, a-t-il commencé, ne sont pas comme ceux de Miami. Ici, c'est du sérieux. On reçoit des ordres et on fait exactement ce qu'on nous demande. S'il y a un boulot à faire, on le fait, sans poser de question, sans attendre de réponse. » Il a souri et s'est penché en arrière sur sa chaise. « On n'est pas des petits joueurs, on ne l'a jamais été et on ne le sera jamais, mais ce territoire a été durement gagné. Beaucoup de sang a été versé pour créer Las Vegas et ce sang appartenait à des hommes comme nous, des hommes meilleurs que nous à vrai dire, alors on garde nos mains dans nos poches et on fait gaffe où on met les pieds si on veut rester en vie. Vous me comprenez ? »

Les hommes rassemblés ont répondu en chœur par l'affirmative.

« Ici, il est question de politique et de pots-de-vin et de personnes haut placées qui tiennent à le rester. Ils ne veulent pas mettre les mains dans la merde. C'est là qu'on intervient, et si on fait ce qu'on nous demande, on ne sera jamais à court d'argent ni de filles ni de respect. L'essentiel, c'est de savoir où on se situe, et si on n'est pas tout en bas de l'échelle, vous pouvez être sûrs qu'on n'est pas non plus les cadors tout en haut. »

Sur l'échelle, notre boulot, c'était de jouer les gros bras, les hommes de main, les types qui recevaient un coup de fil au petit matin nous commandant d'aller au Sands, d'entrer discrètement par la porte de la cuisine, de tourner à gauche, à gauche encore, et là, dans la chambre froide, nous trouvions quelque pauvre abruti qui pensait pouvoir faire sauter la banque avec une main pleine de têtes, qui croyait pouvoir attirer le regard du croupier avec une jolie fille à cigarette et glisser un valet là où il n'aurait pas dû être ; notre boulot, c'était de réduire en bouillie les pouces du pauvre crétin puis de lui coller la raclée de sa vie histoire que lui et ses acolytes reçoivent le message cinq sur cinq ; notre boulot, c'était d'aller chercher dans le désert à 3 heures du matin une remorque bourrée d'alcool et de cigarettes volées, de la garer derrière un bordel de seconde zone, de décharger les cartons dans un hangar, de repartir en douce et de balancer la remorque dans un ravin près de Devil's Eyelid avant de parcourir à pied les six kilomètres jusqu'à la maison pendant que le soleil se levait et que la chaleur devenait telle que nos chemises nous collaient au dos comme une seconde peau.

Notre boulot, c'était ce genre de chose, et même s'il y avait toujours un risque, même s'il y avait toujours moyen de se marrer, il y avait des moments où je me disais que j'étais destiné à beaucoup mieux. Je me suis donc adressé à Carlo Evangelisti, et c'est ainsi que je me suis retrouvé impliqué dans la mort de Don Ceriano et que j'ai obtenu une audience avec le cousin de Giancana, Fabio Calligaris.

Début 1970. À six mois de mon trente-quatrième anniversaire. J'étais adulte mais demeurais un gamin à bien des égards. J'observais les gens autour de moi, je les observais attentivement, je les voyais se marier, avoir des enfants, puis plaquer leur femme et se taper quelque pouffiasse de seconde zone qui vendait des clopes sur un plateau dans l'un des petits casinos. Ça ne m'a jamais paru très logique, mais bon, je ne sais pas si c'était censé l'être. Je ne comprenais pas qu'un homme puisse avoir une famille et faire ce genre de chose. Avoir une femme et des enfants était la dernière de mes priorités à l'époque, mais depuis mon père, et la manière dont il traitait ma mère, je n'avais jamais vraiment compris l'apparente absence de loyauté dont faisaient preuve les gens. J'en ai parlé à Don Ceriano. Il m'a pris à l'écart et m'a dit doucement : « Il y a des choses qu'on voit et d'autres qu'on ne voit pas. De la même manière, il y a des choses qu'on entend, et tout autant qu'on n'entend pas. Un homme sage sait à quoi s'en tenir, Ernesto », et nous n'en avons plus jamais reparlé.

Le business était varié mais marchait bien. Il y avait des jeunes types qui prenaient les coups à ma place. Certains jours, j'envoyais un homme récupérer de l'argent, un autre faire respecter les termes d'un accord. Et je passais pour ma part l'essentiel de mon temps avec

Don Ceriano. J'étais son bras droit, je l'écoutais, je lui parlais, j'en apprenais toujours plus sur la manière dont fonctionnait le monde. Cette année-là, je n'ai été qu'une seule fois directement impliqué dans la mort d'un homme. À un bon kilomètre et demi de la maison, derrière le croisement qui divisait en deux ce quartier de la ville, nous gérions une boutique de paris dans un entrepôt d'usine. L'entrepôt, qui abritait une entreprise bidon d'exportation de jus d'orange congelé, dissimulait en fait un bon business qui devait rapporter dans les cinq millions par an. Il appartenait à l'un des cousins de Maxie la Claque, un certain Roberto Albarelli. Un type obèse, énorme, et ça me faisait sourire de le voir se traîner à travers la cour en insultant les Portoricains et les Nègres qui travaillaient là. Cet abruti était un brave type, même s'il ressemblait à un sac plein de merde fermé au niveau du cou et sur le point d'exploser au milieu. La rumeur disait que, quand il baisait sa femme, elle devait lui grimper dessus, sinon la pauvre fille aurait étouffé.

Un week-end, Maxie, moi et deux autres types de l'équipe de natation d'Alcatraz sommes allés là-bas pour placer quelques paris et récupérer de l'argent pour Don Ceriano. Nous avons trouvé Roberto qui transpirait comme un porc un jour de barbecue, dans la caravane qui lui faisait office de bureau sur le parking de derrière. À cette époque, j'étais assez vieux pour parler quand Maxie n'avait pas envie de le faire, la conversation s'est donc déroulée entre moi et le gros tas.

« Bon sang, c'est aussi poisseux que dans un bain turc ici, Roberto. Qu'est-ce que tu fous ?

– J'ai des soucis, qu'il a commencé, et en entendant sa voix se perdre dans les aigus, j'ai su que quelque chose le turlupinait sérieusement.

– Des soucis ? Quel genre de soucis ?

– Je me suis fait plumer par un enfoiré de Portoricain de huit mille billets », a expliqué Roberto.

Maxie m'a tiré une chaise et je me suis assis en face du gros.

« Huit mille billets ? Qu'est-ce que tu racontes ? Quel enfoiré de Portoricain ?

– L'enfoiré de Portoricain qui m'a plumé de huit mille billets ce matin, a répondu Roberto. Cet enfoiré de Portoricain-là.

– Holà, du calme, vas-y mollo, Roberto. Qu'est-ce que tu nous chantes ? »

Il a pris plusieurs inspirations profondes, puis il a murmuré tout bas quelque prière en italien. Sa chemise était noire au niveau des aisselles et il dégageait une odeur aigre comme une pastèque trop mûre.

« Il a parié sur une pouliche qu'avait rien à foutre sur un champ de courses, a-t-il repris. C'était juste un paquet d'os à peine bon à faire un sac à main. J'ai pris les mille dollars et je savais que c'était du tout cuit… cet abruti de Portoricain y connaissait que dalle aux canassons. Enfin, bref, j'ai pris le foutu pari, OK ? J'ai pris le foutu pari à la con et sa rosse est arrivée juste devant un poney qui avait perdu son cavalier en route. Je savais que c'était du tout cuit. Une part pour Don Ceriano, une part pour moi, et tout le monde est content. Mais cet enfoiré de Portoricain revient avec son ticket et réclame un paiement à huit contre un pour avoir trouvé le gagnant. Je lui dis qu'il raconte des conneries et qu'il débloque, et alors trois de ses connards de copains portoricains déboulent, et ils sont armés, l'un d'eux a un tuyau de plomb et je sais pas quoi d'autre. Il me montre le ticket, et même ma grand-mère aveugle, paix à son âme, *amen*, aurait pu voir qu'ils avaient gratté le nom de la rosse et écrit le nom du vainqueur à la place. »

J'observais attentivement Roberto. Il faisait partie de la famille, indiscutablement, mais il avait la réputation de maquiller ses mensonges sous un fond de vérité. Il savait pertinemment qu'un mensonge ne ferait pas long feu dans les parages, mais ça ne l'aurait pas empêché de prélever quelques milliers de billets sur les gains des courses. D'après ce que je voyais, il disait la vérité, et je posais déjà mentalement des questions prématurées.

« Alors, ces connards ont exigé huit mille billets, et merde, j'avais pas envie de mourir, Ernesto, j'avais vraiment pas envie de mourir aujourd'hui, alors qu'est-ce que je pouvais faire ? Ils étaient quatre et j'étais seul, et tu sais que je ne suis pas très rapide ces temps-ci, et ils étaient armés et ils avaient un foutu tuyau de plomb, et je voyais bien dans leurs yeux qu'ils en avaient rien à foutre de me buter et prendre tout ce que j'avais. »

Roberto s'est alors mis à pleurnicher, tremblotant comme un gros tas de gélatine. Je lui ai fermement saisi l'épaule, l'ai forcé à me regarder dans les yeux et lui ai demandé de me jurer que ce qu'il disait était la vérité.

« Sur la tête de ma mère et de toute ma famille, qu'il a répondu. C'est la putain de vérité, Ernesto… ces enfoirés de Portoricains nous ont piqué huit mille dollars à Don Ceriano et à moi, et je sais pas ce que je vais faire.

— Où sont-ils, Roberto ?

— Qui ? a-t-il demandé, visiblement surpris.

— Ces foutus Portoricains, de qui tu crois que je parle ? Bon sang, merde, Roberto, parfois tu es le pire abruti que la terre ait porté.

– Au bowling de Southside, tu connais ?

– Non, je ne connais pas, Roberto, ai-je répliqué en secouant la tête. Quel putain de bowling ?

– Près de la Septième et de Stinson…

– Je connais l'endroit dont il parle, a déclaré Maxie doucement.

– Alors, je vais y aller, Roberto, je vais trouver des Portoricains qui mènent la grande vie avec huit mille billets et je vais régler cette affaire. Mais je te préviens une bonne fois pour toutes… si je vais là-bas et que je m'aperçois que tu t'es foutu de ma gueule, alors je reviendrai te couper la queue et je te la ferai bouffer, tu saisis ?

– C'est vrai ! Tout est vrai ! » s'est écrié Roberto avant de se remettre à pleurnicher.

Je me suis levé. J'ai regardé Maxie.

« Tu m'accompagnes, et toi aussi », ai-je ajouté en désignant un autre membre de l'équipe. Puis je me suis tourné vers Roberto. « Un des garçons va rester ici pour te tenir compagnie jusqu'à notre retour, d'accord ? Si tu tentes le moindre coup tordu, il te défonce ta putain de tête, pigé ? »

Roberto a fait signe que oui, opinant du chef entre deux sanglots.

Maxie, moi et le jeune type – un gamin à la vilaine peau et aux dents tordues nommé Marco qui avait je ne sais quel lien avec Johnny le Crampon – avons regagné la voiture et pris la direction du sud. Maxie a conduit, il connaissait le chemin, et vingt-cinq minutes plus tard nous nous sommes garés devant un bowling délabré au côté duquel un petit restaurant à l'air cradingue était attaché comme une tumeur maligne. À l'extérieur se tenait un adolescent qui devait avoir 15 ou 16 ans au plus, de toute évidence totalement défoncé après avoir fumé quelque infecte saloperie que ces crétins fumaient constamment.

J'ai fait un signe de tête à Marco. Il est descendu de voiture et a marché droit vers le gamin. Quelques mots. Le gamin a acquiescé et s'est assis par terre. Il a remonté les genoux jusqu'à sa poitrine et passé les bras autour de ses jambes, puis il a baissé la tête jusqu'à ce que son menton touche sa poitrine, et il est resté là tel un Mexicain assoupi devant un bordel de troisième ordre.

Maxie et moi sommes descendus de l'avant de la voiture. Il tenait une batte de base-ball, un bon bout de bois bien solide avec un clou de dix centimètres planté à une extrémité. Il suffisait de le voir arriver comme ça pour pisser dans son froc et réaffirmer sa foi dans le petit Jésus. Je souriais intérieurement. Je me sentais bourré d'adrénaline.

La porte n'était pas verrouillée. Maxie et moi sommes entrés en silence. Nous avons entendu des voix dès que nous nous sommes trouvés à l'intérieur, ainsi que le grondement d'une boule de bowling roulant sur la piste, le fracas des quilles lorsque la boule a atteint sa cible, les clameurs triomphantes de trois ou quatre abrutis de Portoricains qui croyaient avoir touché le gros lot en dépouillant Roberto Albarelli de quelque huit mille dollars.

Ils ont d'abord vu Maxie. Celui qui était le plus près de nous ne pouvait pas avoir plus de 20 ans. L'espace d'une seconde, il a eu l'air de quelqu'un à qui on aurait demandé de se couper la bite, puis il s'est mis à nous brailler dessus en espagnol. Le deuxième Portoricain s'est approché derrière lui. Il avait l'air furieux, salement furieux, et alors le troisième est arrivé et a porté la main vers l'arrière de son pantalon pour attraper ce qui ne pouvait être que son flingue.

Maxie était costaud, aussi costaud que Joe Louis, mais quand il se décidait à courir, il filait comme l'un de ces Nègres qui courent comme des lièvres, tout en os et en muscles et sans un gramme de graisse.

Il a foncé sur le premier type et l'a écarté, *idem* avec le deuxième, puis il a projeté sa batte et a planté le clou de dix centimètres dans le haut du bras du type qui s'apprêtait à sortir son arme.

Je ne me rappelle pas avoir jamais entendu un cri comparable, ni avant ni après. Plus tard, je me suis dit que ça devait être l'acoustique des lieux, car le son qui a jailli de sa bouche ressemblait au cri d'un étrange oiseau préhistorique. Il s'est effondré comme une masse et est resté un moment étendu par terre. Maxie l'a poussé à coups de pied sur la piste de bowling, et le type n'a pas bougé. Je ne sais pas s'il était tombé dans les pommes ou s'il avait la trouille de sa vie, mais dans un cas comme dans l'autre, ça m'allait.

Je me suis approché du plus grand des Portoricains. J'avais un 9 mm à la main, que je tenais négligemment sur le côté tout en faisant en sorte qu'ils le voient.

« Huit mille dollars », ai-je dit.

Le plus grand m'a regardé d'un air bizarre. Je lui ai tiré dans le pied gauche. Il est tombé en silence, sans même émettre un son, et si son pied n'avait pas été là à s'agiter sur la surface lisse du sol il aurait pu passer totalement inaperçu.

« Huit mille dollars, s'il vous plaît… et ne me forcez pas à vous le demander une fois de plus ou je vous fais un putain de trou dans la tête. »

Le plus petit a esquissé un geste. Maxie l'a attrapé par la nuque avant qu'il ait pu faire un pas.

« Ça te dirait de faire une boule ou deux ? ai-je demandé à Maxie.

— Pour sûr, qu'il a répondu avec un large sourire, ça fait des années que j'ai pas joué à ce truc.

— Alors, mets-lui la tête ici. »

Maxie a traîné le gamin par terre et lui a enfoncé la tête dans le conduit par lequel les boules revenaient. Je l'entendais qui hurlait. Ses cris résonnaient dans le conduit comme s'il me téléphonait depuis l'autre bout du monde.

La première boule que Maxie a lancée a filé comme une fusée sur la piste et elle aurait réduit les quilles en morceaux s'il avait visé juste.

« Un lancer de merde », ai-je dit, et Maxie s'est esclaffé.

J'ai entendu la boule basculer au bout de la piste et tomber sur la rampe de retour. J'ai écouté tandis qu'elle était projetée vers le haut et revenait de plus en plus vite.

Le gamin a hurlé. Il savait ce qui l'attendait.

La boule a heurté le sommet de son crâne avec un bruit comparable à celui de la batte de base-ball de Maxie percutant un quartier de bœuf. Le gamin est devenu silencieux.

Je me suis tourné vers le type qui s'était pris une balle dans le pied. Il écarquillait de grands yeux et était aussi pâle qu'une nonne en hiver.

« Tente encore ta chance », ai-je dit à Maxie, et il a lancé une nouvelle boule sur la piste.

En plein dans le mille. *Strike.*

Les quilles se sont éparpillées comme des gosses effrayés, toutes sans exception.

« Enculé ! » a crié Maxie avant d'esquisser une petite danse en bondissant d'un pied sur l'autre.

Nous avons attendu. Nous nous sommes tus. La boule est retombée au bout de la piste et a commencé à revenir.

Un craquement humide a retenti lorsqu'elle est entrée en contact avec le crâne du jeune type. Son corps s'est complètement relâché. Je l'ai tiré du conduit et l'ai laissé glisser par terre. Le sommet de sa tête n'était guère plus que de la bouillie jusqu'à l'arête de son nez. L'un de ses yeux était sorti de son orbite et pendouillait contre sa joue ensanglantée.

Je me suis retourné et ai baissé les yeux vers le gamin qui était par terre.

« Huit mille dollars, s'il vous plaît », ai-je demandé calmement.

Le gamin a levé la main et désigné un sac posé sur les sièges derrière nous. Maxie est allé l'ouvrir. Il a souri. Acquiescé. Il a soulevé le sac de la main gauche et a alors fait un pas en arrière, puis un autre et, de sa main droite, il a brandi sa batte de base-ball bien au-dessus de son épaule et l'a abattue comme le marteau de Thor. Le clou de dix centimètres s'est planté dans le front du gamin. Ses yeux ont sailli dans leurs orbites comme s'ils avaient été montés sur ressorts, et le gamin s'est retrouvé accroché à la batte. Maxie est parvenu à dégager le clou en le tordant sur le côté. Le gamin s'est écroulé par terre et a roulé sur le flanc.

J'ai regardé Maxie. Maxie m'a regardé.

« Je suppose que le gros est hors de cause, a-t-il doucement déclaré.

– Je suppose », ai-je répondu.

Nous sommes repartis aussi discrètement que nous étions arrivés. Dehors, l'adolescent était toujours assis avec la tête sur les genoux. Il avait un bleu sur la nuque, juste au-dessus des épaules. Marco lui avait plus que probablement écrasé la nuque du pied et brisé son putain de cou.

Une fois notre mission accomplie, nous sommes retournés voir Albarelli et lui avons rendu l'argent. Il m'aurait sucé si je le lui avais demandé. Je lui ai dit que tout ça devait rester entre nous. Notre boulot, c'était de nous occuper des mauvaises nouvelles, mais nous ne faisions jamais remonter l'information. Albarelli n'aurait de toute manière rien dit, ça aurait flingué sa réputation, mais il y avait malgré tout une forme et un protocole à respecter. Don Ceriano ignorait ce qu'il n'avait pas besoin de savoir. Comme il me l'avait dit lui-même : « Il y a des choses qu'on voit et d'autres qu'on ne voit pas. De la même manière, il y a des choses qu'on entend, et tout autant qu'on n'entend pas. Un homme sage sait à quoi s'en tenir. »

C'était le business, le genre de business qui exigeait qu'on y remette un peu d'ordre de temps en temps, et moi et Maxie et Johnny le Crampon, nous tous qui constituions l'équipe de natation d'Alcatraz, eh bien, nous étions là pour nous occuper de ces choses, et c'est ce que nous faisions.

Deux ans plus tard, l'ironie a voulu qu'un fantôme de Miami revienne nous hanter. En juin 1972, cinq hommes étaient arrêtés dans le complexe du Watergate à Washington : James McCord, le coordinateur de la sécurité du comité républicain pour la réélection de Nixon, un autre homme de main de la CIA, et trois Cubains. J'ai repensé à l'hôtel Wofford, la base de Lansky et Costello dans les années 1940, et aux liens étroits qui avaient uni Costello à Nixon. L'un des cambrioleurs du Watergate, un exilé cubain, était vice-président de la Keyes Realty Company, la boîte qui avait servi d'intermédiaire entre les familles et les officiels du comté de Miami-Dade. Quand les choses ont viré au vinaigre pour l'administration Nixon, Don Ceriano en savait plus sur ce qui se passait à Washington que la plupart des types qui y travaillaient. C'est lui qui m'a parlé de l'informateur de la Maison-Blanche, le type qu'on a par la suite appelé « Gorge profonde ».

« Un grand ponte du FBI, m'a-t-il expliqué. C'est lui qui a refilé les tuyaux à ces deux pisse-copie de Washington. Bon sang, s'ils n'avaient pas autant merdé avec Kennedy, ils auraient buté Nixon au lieu de se taper toutes ces complications judiciaires qu'ils ont dû se farcir. »

Une deuxième ironie – qui me toucherait de beaucoup plus près – serait que la disgrâce de Nixon jouerait un rôle déterminant dans la mort de Don Giancarlo Ceriano près de deux ans plus tard.

Nixon s'est accroché tout ce temps. Il a lutté de la seule manière qu'il connaissait. Il était complètement cinglé, mais comme il était politicien, on ne s'attendait pas à grand-chose d'autre.

Don Ceriano conservait sa maison en bon ordre. Il travaillait dur. Il collectait l'argent dû à la famille et honorait ses engagements. Mais Chicago s'est rappelée à notre bon souvenir, comme toujours. L'histoire à Chicago remontait à Capone, m'a expliqué Don Ceriano, et quand Capone s'est fait emprisonner pour évasion fiscale, c'est Frank Nitti qui a pris sa place. Nitti gérait les affaires comme la commission nationale de la *Cosa nostra* le souhaitait, discrètement mais avec poigne, et jusqu'à ce que lui et une poignée d'autres se retrouvent mis en examen pour le racket des studios de Hollywood, il était considéré comme l'un des meilleurs. Plutôt que d'affronter un procès, Frank Nitti s'est tiré une balle dans la tête, et Tony Accardo a pris la tête de la pègre de Chicago. Grâce à Accardo, les familles se sont enrichies dans le Sud. Elles se sont installées à Vegas et Reno. Tout était soumis à un impôt qui allait à Chicago, et en 1957, Accardo a décidé de laisser sa place à Sam Giancana. Giancana était l'opposé de Frank Nitti. C'était un homme extravagant, avec un mode de vie dispendieux, et il a conservé le pouvoir jusqu'à ce qu'il soit emprisonné pendant un an en 1966. À sa libération, il a repris son poste, et malgré l'animosité éprouvée à son égard au sein des familles, il est resté en place. L'ironie de l'histoire, c'est qu'environ un an plus tard, alors que j'avais depuis longtemps emménagé à New York, Sam Giancana s'est pris huit balles. Et il s'est fait descendre dans la cave de sa propre maison, comme si le simple fait de l'assassiner n'était pas assez insultant et ignominieux comme ça.

C'était le nouvel an 1974. Noël s'était bien passé. Les trois sœurs de Don Ceriano et leurs familles étaient venues à Vegas pour passer un peu de temps avec lui. Elles avaient amené avec elles onze enfants, dont le plus jeune n'avait pas plus de 18 mois, et dont l'aînée était une jolie jeune fille de 19 ans nommée Amelia. Durant ces deux ou trois semaines, peut-être même depuis Thanksgiving, les choses avaient été calmes. L'année 1973 avait été bonne pour Don Ceriano. Il avait envoyé huit millions et demi de dollars aux patrons, et ceux-ci étaient contents de lui. Outre le Flamingo et le Caesar's Palace, Don Ceriano surveillait des douzaines de casinos et de bars plus petits, de bordels et de boîtes de paris. Ces endroits permettaient de mettre du beurre dans les épinards. Au début de la deuxième semaine de janvier, alors que nous commencions à nous remettre au travail, une rumeur est arrivée de Chicago qui affirmait que Sam Giancana voulait sa part du gâteau à Vegas. La rumeur est parvenue aux oreilles de Don Ceriano et, lorsqu'il l'a évoquée, il a utilisé des mots méprisants et condescendants.

« Giancana… un putain de play-boy, qu'il disait. Rien qu'un gros tas de merde dans un costume à cinq cents dollars. Si ce connard croit pouvoir venir ici et s'imposer par la force, il peut aller se faire voir chez les Grecs, vous voyez ce que je veux dire ? »

Mais en dépit de ces belles paroles et de ces fanfaronnades, Giancana était un homme très puissant. Chicago, tout ce que Capone et Nitti avaient établi avant lui, était l'une des préoccupations principales de la famille. Quand Giancana voulait quelque chose, il l'obtenait généralement et, à la troisième semaine de cette nouvelle année, il a envoyé son bras droit, Carlo Evangelisti, et son propre cousin, Fabio Calligaris, discuter avec Don Ceriano.

Je me souviens de leur arrivée. Je me souviens de la limousine qui s'est garée dans Alvarado Street. Je me souviens de leur allure lorsqu'ils sont descendus du véhicule et se sont dirigés vers la maison. Ils étaient venus avec la bénédiction de quelqu'un, ça je le savais, et quels que soient les désirs de Don Ceriano, le fait était que, lorsqu'il s'agissait des décisions de la famille, il était un simple lieutenant et non un général.

Calligaris, Evangelisti et Don Ceriano se sont réunis dans la pièce principale de la maison. Je leur ai apporté des cocktails à base de whisky et des cendriers. Je me rappelle la façon de parler de Fabio Calligaris, de sa voix traînante et sinistre, et lorsqu'il m'a regardé ses yeux m'ont inspiré à la fois du respect et de la crainte. Peut-être ai-je vu en lui un reflet de moi-même. Peut-être que, pour la première fois depuis bien des années, je reconnaissais un peu ce que j'étais devenu, tout en me rendant compte que je ne représentais rien pour ces gens. Je n'étais pas de la famille ; je n'avais pas les liens du sang ; je n'étais même pas italien.

À un moment, ils se sont interrompus pour manger, et comme il se levait de sa chaise, Calligaris m'a regardé en souriant. Puis il s'est tourné vers Don Ceriano et a demandé : « Don Ceriano… qui est cet homme ? »

Don Ceriano s'est tourné vers moi. Il a tendu la main, je me suis approché de lui, et il a passé son bras autour de mes épaules et m'a étreint fermement.

« Cet homme, Don Calligaris, c'est Ernesto Cabrera Perez.

– Ah, fit Calligaris. Le Cubain. » Il a remarqué ma surprise et a souri d'un air entendu. « Nous avons un ami commun, Ernesto Perez… un ami nommé Antoine Feraud qui vit en Louisiane. »

Ma surprise n'en a été que plus grande.

Calligaris a tendu la main. J'ai fait de même. Il a saisi ma main et l'a serrée fermement.

« Connaître M. Feraud, c'est connaître la moitié du monde, a-t-il dit avant d'éclater de rire. C'est une force avec laquelle il faut compter, tout au moins pour ce qui concerne les États du Sud. Il a un ou deux politiciens dans sa poche, et le fait d'avoir gagné sa confiance nous sera d'une grande utilité… peut-être même de plus en plus au fil du temps. » Calligaris a marqué une pause ; il m'a scruté de la tête aux pieds pendant un moment. « J'ai cru comprendre que vous étiez un homme d'action et de peu de mots. »

Je n'ai rien répondu. Calligaris s'est esclaffé.

« Je vois que c'est de toute évidence vrai », a-t-il observé. Don Ceriano et lui se sont regardés en souriant. « Bien, allons manger, nous reprendrons notre conversation plus tard. »

J'ai pris congé et regagné la cuisine. Je suis resté assis là parmi les gens qui s'activaient et portaient les plats dans la salle à manger. J'avais la bouche affreusement sèche. J'éprouvais une tension brûlante dans la poitrine. Il y avait des gens qui connaissaient mon nom, qui savaient ce que j'avais fait, et j'aurais pu les croiser dans la rue, m'asseoir à côté d'eux dans un bar, je ne les aurais pas reconnus. Cette idée m'effrayait, et comme la peur ne m'était plus un sentiment familier, je repenserais à cet instant pendant de nombreuses années. Ce moment a marqué un changement pour moi, un changement de direction, un changement de mode de vie, mais ce n'est que plus tard que je me suis rendu compte de son importance. Sur le coup, pendant ce bref laps de temps, j'ai attendu en silence dans la cuisine pendant que Don Ceriano, Fabio Calligaris et Carlo Evangelisti, peut-être les trois hommes les plus puissants que j'avais jamais rencontrés, mangeaient leurs *antipasti* à trois mètres de moi à peine.

Cette nuit-là, alors que l'obscurité enveloppait les murs de ma chambre et que le bruit incessant de la circulation de Las Vegas n'était rien qu'un murmure, j'ai regardé en arrière et me suis demandé ce que j'étais devenu. J'ai repensé à ma mère, à sa mort cruelle et inutile, et aussi à mon père, l'Ouragan de La Havane, et à la manière dont il m'avait regardé dans cette allée lorsqu'il avait compris que la mort lui serait donnée de la main de son propre fils. Lui, je ne l'ai pas pleuré. Cela m'était impossible. Mais pour elle, pour tout ce qu'elle était avant de rencontrer mon père, pour ce qu'elle serait devenue si elle n'avait pas choisi de l'épouser... pour elle, j'ai versé une larme. Il était question de famille. Toujours la famille. Il était question de sang, de loyauté, de la force d'une promesse. Ces gens, ces Italiens, ne faisaient pas partie de ma famille. J'étais le dernier représentant de ma lignée, et ma mort serait aussi la mort de tout ce que ma mère avait espéré pour moi. C'est peut-être alors que j'ai commencé à envisager de fonder une famille, une famille qui serait synonyme de force, de passion, qui me rendrait fier d'avoir créé un prolongement de ma propre existence. Voilà à quoi je pensais en m'endormant, et même si le lendemain annoncerait un changement que je n'aurais jamais pu imaginer, la graine était plantée. Et elle allait pousser, – et plus elle pousserait, plus elle se ferait envahissante. C'est pour ça que j'ai laissé se produire les événements des semaines suivantes, car je ne croyais pas un instant trouver un jour ce que je cherchais dans cette maison d'Alvarado Street.

Maintenant, rétrospectivement, il me semble que je me rappelle le lendemain de plus en plus clairement, comme si le recul me donnait l'avantage de la perspective. Parfois, Don Ceriano disait : « Ernesto, tu en dis trop peu et tu réfléchis trop », mais en vérité, je réfléchissais rarement, voire pas du tout. Je n'étais pas alors – et ne le serais jamais – un homme porté sur l'introspection. Peut-être ma vie ne m'autorisait-elle pas le luxe de la contemplation, car songer aux choses que j'avais faites, aux gens que j'avais tués, au chemin que j'avais choisi, aurait été trop douloureux. Maintenant que je suis plus vieux, et peut-être un peu plus sage, il me semble que j'aurais peut-être pu faire des choix différents. Mais certainement pas le meurtre de mon père, car même avec le bénéfice de l'âge et de la sagesse, je sais qu'il n'y avait pas d'autre issue. Je n'aurais pas pu rester planté là et laisser un autre le tuer. Justice n'aurait pas été faite. Cet homme coupable de la mort de ma mère, coupable de l'avoir torturée pendant des années, je devais le tuer de mes mains. Et les autres ? Eh bien, j'étais un bon soldat, un membre de la famille italienne, mais peut-être juste quelque lointain cousin consanguin à qui on ne faisait appel que pour se charger des basses besognes. Je ne sais pas, et ça m'est désormais égal. Lorsque j'ai été assez vieux pour voir la vérité en face, il était trop tard pour y faire quoi que ce soit. Les choses étaient ainsi. C'était le passé, et je ne pouvais rien y changer.

Ce jour-là, le lendemain de l'arrivée de Fabio Calligaris et de Carlo Evangelisti, a marqué un tournant. En descendant le matin à la table du petit déjeuner, j'ai perçu dans la pièce une présence que je n'avais jamais perçue auparavant. C'était la présence de la mort. La mort s'accompagne d'une ombre. Elle attend, elle s'attarde un moment, puis elle prend soudain ce qu'elle est venue chercher, le plus souvent en silence, sans rien laisser derrière elle. Don Giancarlo Ceriano, un homme qui avait été mon père depuis 1960 et la mort de Don Pietro Silvino, un homme qui m'avait enseigné le fonctionnement du monde pendant près de quinze ans, était entouré de l'ombre de la mort.

« Ernesto… bien dormi ? a-t-il demandé.

– Oui, Don Ceriano… bien dormi.

– Alors, aujourd'hui est un grand jour, a-t-il poursuivi avec un sourire, un grand jour pour l'avenir. »

Il a beurré un croûton de *ciabatta* et entrepris de le tremper dans un bol de café. Don Ceriano était peut-être un homme pressé ; souvent il parcourait le journal tout en mangeant, tirant de temps à autre sur une cigarette qui brûlait dans un cendrier sur sa droite, regardant la télé allumée devant lui, discutant avec quelqu'un des détails de quelque aspect de leur travail. Il pouvait faire toutes ces choses simultanément, comme s'il n'avait pas le temps de les accomplir l'une après l'autre. Lorsque j'étais plus jeune, je pensais qu'il avait un cerveau aussi grand que l'Amérique ; ce n'est que plus tard que j'ai compris que c'était le seul moyen qu'il avait de couvrir le son de sa conscience.

« Mes amis Don Carlo et Don Fabio vont bientôt revenir. Nous allons une fois de plus passer en revue les divers intérêts que la famille de Chicago possède dans nos affaires à Las Vegas. Ce sera pour nous une bonne année, je pense, une très bonne année. »

Je n'avais aucun appétit. Je me suis versé une tasse de café, allumé une cigarette et j'ai écouté patiemment tandis que Don Ceriano m'expliquait que tout serait plus simple lorsque les hommes de Sam Giancana seraient là pour nous aider à gérer les affaires. Je n'en croyais pas un mot. Je ne saurais dire pourquoi, mais les paroles de Don Ceriano, des paroles qui lui avaient été dictées par Don Calligaris et Don Evangelisti, semblaient transparentes. Elles semblaient voiler l'atmosphère de la pièce, ou peut-être portaient-elles en elles l'ombre de la mort. Je savais ce qui allait se passer, je n'ai pas cherché à comprendre comment, mais je le savais au plus profond de moi. Et j'ai aussitôt compris que j'accomplirais tout ce qui serait nécessaire pour préserver ma propre vie. Je souhaitais non seulement survivre pour moi, mais aussi pour honorer le souvenir de ma mère. Si je mourais, alors il ne resterait rien d'elle. Rien du tout. Et je ne pouvais pas laisser cela se produire. Alors, j'ai décidé – en dépit de mes convictions et de ma loyauté, de ma conscience et de mon honneur – que je sortirais vivant de ce jour, quoi qu'il arrive à Don Ceriano. Il n'était pas de ma famille. J'étais ma propre famille. Moi et le souvenir de ma mère.

Plus tard, au bout d'une heure peut-être, Don Calligaris et Don Evangelisti sont revenus, les bras chargés de boîtes de cigares, de bouteilles de vieil armagnac et de fleurs pour la maison de Don Ceriano. Bientôt des effluves de fumée, d'alcool et d'été ont envahi la demeure. Je me suis rendu dans la cuisine et suis resté là à ne rien faire, éprouvant un sentiment de malaise et d'appréhension, et il n'a pas fallu longtemps avant que Don Ceriano entre dans la pièce, ivre alors qu'il n'était pas encore midi, et m'annonce qu'il irait visiter avec Fabio et Carlo quelques-uns de nos établissements et casinos. Calligaris est arrivé à sa suite moins d'une seconde plus tard. Il a insisté pour que je les accompagne, et une fois de plus, sa voix traînante et sinistre et ses yeux qui semblaient inspirer peur et respect ne me laissaient d'autre choix que de me plier à ses désirs.

Nous avons pris la voiture de Don Ceriano. Don Ceriano au volant, Carlo Evangelisti à ses côtés, Don Calligaris et moi à l'arrière. Nous avons roulé pendant ce qui m'a semblé une éternité, mais comme les rues m'étaient toujours familières, nous ne pouvions pas avoir parcouru beaucoup de chemin. Don Ceriano n'arrêtait pas de parler. J'aurais voulu lui dire de la boucler, lui faire comprendre qu'il allait avoir besoin de toute son énergie pour lutter contre ce qui allait inévitablement arriver, et chaque fois qu'il me posait une question, je parvenais à peine à prononcer un murmure d'approbation ou de dénégation.

« Encore une fois, tu réfléchis trop et tu ne parles pas assez », m'a-t-il lancé, à quoi Don Calligaris a rétorqué : « Il me semble que nombre de nos hommes feraient bien d'adopter la même attitude », et ils ont tous éclaté de rire, alors même qu'une chose terrible était sur le point de se produire, et Don Ceriano semblait être le seul à ne pas la voir. Peut-être était-il aveuglé par la cupidité, par la promesse de fortune, de réputation, de reconnaissance par la famille. Quelle qu'ait été la raison, il était aveugle, et j'avais déjà intérieurement fait mon deuil car je savais que je ne pouvais rien faire pour le sauver.

Don Ceriano était mort à l'instant où il s'était réveillé ce matin-là, ou peut-être même avant, lors d'un bref échange de paroles qui avait eu lieu entre ses visiteurs de Chicago la nuit précédente. Ce n'est que plus tard que j'ai compris les semaines et les mois qui ont préludé à sa mort. Ce n'est que plus tard que j'ai compris que la décision avait été prise par quelqu'un qu'il n'avait même jamais rencontré.

Nous nous sommes arrêtés derrière un entrepôt du centre-ville. Nous étions près du désert. Le soleil était au zénith, l'air, chaud et sec, et l'atmosphère était chargée d'une tension fébrile.

« Ici, nous pouvons faire subir n'importe quel traitement à une voiture, a expliqué Don Ceriano. Nous avons une équipe qui peut voler des voitures sur commande, les désosser et effacer les numéros du châssis, changer les plaques et les papiers en quelques heures. Environ six à douze véhicules passent par ici chaque semaine, et nombre d'entre eux finissent dans le Midwest et les États du Nord. »

Il était enjoué, fier même, confortablement assis à la place du conducteur, vitre ouverte, tenant à la main l'un des cigares hors de prix qui avaient été livrés le matin même.

Et c'est à cet instant, alors qu'il portait le cigare à ses lèvres, que Don Fabio Calligaris lui a soudain passé un fil de fer autour de la tête et a tiré en arrière de toutes ses forces. Le poignet droit de Don Ceriano était coincé entre le fil de fer et sa gorge, et j'ai regardé avec un sentiment d'horreur à la fois abject et distant le fil de fer lui cisailler la chair et le cigare qu'il tenait s'écraser contre son visage.

Alors même que mon instinct me poussait à intervenir, à faire quelque chose pour aider Don Ceriano, j'ai jeté un coup d'œil sur ma gauche et vu Don Evangelisti qui me regardait. Ses yeux me défiaient de bouger. À sa posture, à la façon dont il était adossé à la banquette arrière, j'ai compris qu'il tenait un pistolet directement braqué sur quelque partie de mon corps.

Tout sembla sombrer dans une vague irréalité. Je ressentais l'impuissance de Don Ceriano. J'éprouvais le besoin de l'aider. J'avais conscience de ma loyauté envers lui, des accords que nous avions passés, mais aussi du besoin de préserver ma propre vie et le souvenir de ma famille.

« Ah, merde, merde, merde ! » s'écriait Don Calligaris, et Don Ceriano s'est alors mis à se débattre et à hurler.

Don Calligaris s'est penché en arrière et a placé la semelle de son pied droit contre le dossier du siège conducteur. Il a serré les poings et s'est mis à tirer le fil de fer par à-coups. Les hurlements de Don Ceriano ont redoublé. Du sang jaillissait de l'entaille dans son poignet, entaille qui semblait s'approfondir à chaque secousse soudaine.

Je regardais, horrifié, incapable de bouger. Tout en moi me disait de faire quelque chose, n'importe quoi, mais j'étais comme paralysé.

Don Ceriano, les yeux écarquillés, la bouche ouverte – hurlant à mesure que la douleur augmentait –, m'a regardé.

Je lui ai retourné son regard – impassible, n'éprouvant rien.

Je ne pensais plus au pistolet que Don Evangelisti tenait. Je ne me souciais plus de ce qui risquait de se produire si je réagissais. Tout ce que je savais, c'est que le moment de ma mort n'était pas arrivé. C'était impossible.

« Nom de Dieu, ferme ta gueule ! » braillait Evangelisti, comme si Don Ceriano avait le choix, et c'est à cet instant, alors que le sang giclait de son poignet, que les muscles du visage de Fabio Calligaris se crispaient, qu'une panique soudaine apparaissait sur le visage de l'homme assis à côté de Don Ceriano, que j'ai su que je devais intervenir.

J'ai regardé sur ma gauche. Ça, je m'en souviens. J'ai regardé sur ma gauche à travers la vitre, en direction du désert, de l'horizon vide, et je me suis demandé si ça pouvait aussi être la fin de ma vie.

Ma mère m'a retourné mon regard. Je devais survivre, ne serait-ce que pour elle. C'était décidé. Et la décision poussant à l'action, j'ai serré les poings, puis je me suis penché en avant, plaçant mon corps devant Don Calligaris, et je me suis mis à marteler du poing droit la tempe de Don Ceriano.

Celui-ci a cessé de hurler pendant une fraction de seconde.

Il m'a regardé par-dessus son épaule. Et c'est alors qu'il a compris que je n'allais pas l'aider, que j'avais pris la décision de le laisser crever dans cette voiture.

Il s'est remis à brailler.

J'ai poussé Don Calligaris sur le côté, le forçant à relâcher la pression qu'il exerçait sur le fil de fer, puis je me suis glissé tant bien que mal entre les deux sièges avant et ai saisi Don Ceriano à la gorge. Une fois de plus ses cris ont cessé. Je lui ai fait baisser les bras, qui faisaient obstruction au fil de fer, et me suis laissé retomber sur la banquette arrière.

Calligaris m'a regardé pendant un bref instant, puis il s'est remis à tirer de toutes ses forces sur le fil de fer. Je l'ai entendu qui entaillait la chair du cou de Don Ceriano. J'ai entendu son souffle tenter de s'échapper à travers le flot soudain de sang, ses pieds cogner contre les pédales et, au bout de quelques secondes, il s'est effondré en arrière.

Don Ceriano était mort. Lui dont on avait parlé des semaines auparavant à New York ; lui dont l'arrêt de mort avait été signé, scellé et délivré avant Noël ; lui dont le nom avait déjà été rayé du souvenir de la commission nationale de la *Cosa nostra*, lui était mort.

Don Ceriano, la tête rejetée en arrière contre l'appuie-tête, a continué de se vider de son sang pendant que

Fabio Calligaris et Carlo Evangelisti fermaient les yeux et repreniaient leur souffle.

Je n'ai rien dit. Pas un mot.

Après quelques minutes, Don Calligaris a ouvert la portière et est descendu de voiture. Je l'ai suivi et nous avons marché dix ou quinze bons mètres. Don Evangelisti nous a emboîté le pas, mais il s'est alors retourné et a rapidement pris la direction de l'entrepôt. J'ai entendu un moteur vrombir quelque part, un gros moteur Diesel, et un large tracteur équipé d'une pelleteuse est apparu à l'arrière de l'entrepôt. Nous l'avons tous trois regardé traverser la poussière en grondant et s'approcher de la voiture. Au bout d'une minute ou deux, le tracteur avait soulevé la voiture comme si elle était en papier, puis, après avoir pivoté lentement, progressant lourdement telle une énorme créature préhistorique avec une proie entre ses mâchoires, il a rebroussé chemin en direction du broyeur de voitures qui attendait patiemment de l'autre côté du parking.

Je l'ai regardé s'éloigner. Mon cœur battait au ralenti. Ainsi allaient la vie et la mort à Las Vegas, une histoire de famille.

Don Calligaris s'est approché de moi et m'a offert une cigarette. Il l'a allumée pour moi, et, de son regard implacable, il m'a cloué sur place. Puis il m'a souri froidement.

« Qu'est-ce que tu viens de voir ici, Ernesto Cabrera Perez ?

– Ici ? ai-je demandé en secouant la tête. Je n'ai rien vu ici, Don Calligaris. »

Et alors, tandis qu'il portait la cigarette à ses lèvres, j'ai vu le sang sur ses mains. J'ai baissé les yeux et vu que j'en avais aussi sur les miennes. Et il y avait du sang sur le costume à cinq cents dollars de Carlo Evangelisti. Le sang de Don Giancarlo Ceriano.

« Tu n'as rien vu ici, a déclaré Don Calligaris d'un ton neutre.

– Il n'y avait rien à voir. »

Il a acquiescé et baissé les yeux vers le sol.

« Tu as déjà vu New York, Ernesto ? »

J'ai haussé les épaules en guise de réponse.

« Non ? a-t-il demandé.

– Non, je n'ai jamais vu New York, ai-je répondu en haussant de nouveau les épaules et en secouant la tête.

– Il pourrait y avoir de la place à New York pour un homme comme toi, un homme qui voit peu et parle encore moins.

– Possible.

– Un homme comme toi pourrait gagner de l'argent à New York, avoir de l'influence… passer du bon temps à vrai dire. »

Il s'est mis à rire comme s'il se rappelait une expérience personnelle.

J'ai regardé en direction de Don Evangelisti. Lui aussi souriait.

« Vous n'êtes pas de Chicago, n'est-ce pas ? ai-je demandé.

– Non, nous ne sommes pas de Chicago, a répondu Don Calligaris.

– Vous ne travaillez pas pour Sam Giancana et vous n'êtes pas son cousin ? »

Calligaris a souri.

« Sam Giancana est un connard, un cireur de pompes dans un costume à cinq cents dollars. Sam Giancana sera mort avant la fin de l'année. Non, nous ne travaillons pas pour lui, et non, je ne suis pas son cousin. Nous travaillons pour des gens autrement plus puissants que Sam Giancana, et tu peux venir travailler avec nous si tu veux. »

Je suis resté un moment silencieux. Maintenant que Don Ceriano était mort, il n'y avait plus rien pour moi ici. J'étais un exécutant, j'appartenais au gang des hommes de main, et pour autant que je sache, Maxie la Claque, Johnny le Crampon et le reste de l'équipe de natation d'Alcatraz étaient quelque part à Vegas, aussi morts que Don Ceriano.

« Il n'y a rien ici pour moi, ai-je déclaré. Je peux aller à New York. »

Ils ont tous les deux souri. Don Evangelisti a dit quelque chose en italien, et ils ont éclaté de rire.

Don Calligaris s'est approché de moi. Il a tendu sa main éclaboussée de sang et je l'ai serrée.

« Bienvenue dans le monde réel, Ernesto Perez », a-t-il doucement déclaré, puis il m'a lâché la main, s'est mis à marcher, et je l'ai suivi jusqu'à l'entrepôt où une voiture nous attendait.

J'ai regardé en arrière tandis que nous nous éloignions et j'ai vu le tracteur lâcher la voiture de Don Ceriano dans le broyeur. J'ai fermé les yeux et prononcé une prière pour son âme damnée.

Puis je me suis retourné et ai regardé devant moi, car je devais regarder devant moi, et si New York était ma destination, eh bien, soit.

J'avais 36 ans. J'étais seul. Je n'appartenais plus à cette famille. Je prenais ce qu'on me donnait et ne semblais pas avoir d'autre choix.

Lorsque j'ai embarqué à bord de l'avion, tenant à la main une simple valise qui contenait tous mes biens, j'avais pris mes distances avec tout ce qui s'était passé jusqu'à présent et étais prêt à repartir de zéro.

Il fallait procéder ainsi, car regarder en arrière, c'était voir le passé, et le passé était trop douloureux.

New York m'attirait ; et c'est le cœur plein d'espoir que je me suis envolé de Las Vegas.

16

« Nous avons le représentant de commerce… nous n'avons pas de corps, mais nous avons une confession », déclara Woodroffe.

Hartmann, Woodroffe et Schaeffer étaient assis dans le bureau principal ; c'était le début de soirée, une heure environ après que Perez avait été escorté jusqu'au Royal Sonesta.

Hartmann avait un mal de tête phénoménal. Il buvait trop de café, fumait trop de cigarettes ; il avait l'impression d'être pris au piège dans un cauchemar qui serait le produit de sa propre imagination.

« Nous avons les meurtres de Gerard McCahill, de Pietro Silvino, des deux clients du motel Shell Beach et de ce Chester Wintergreen, qui que ce type ait pu être. Il y a aussi les trois Portoricains et Giancarlo Ceriano à Vegas. Nous pensons pouvoir vérifier au moins six de ces meurtres et nous n'avons pas la moindre raison de douter de la culpabilité de Perez. »

Hartmann regarda Schaeffer par-dessus la table. Ce dernier avait la mine sombre, l'air fatigué et à bout, et Hartmann songea qu'il n'y avait rien à faire pour l'aider. Ils étaient tous trois dans la même galère, plongés dans l'univers tordu de Perez, mais ils savaient aussi que la manière dont les choses se termineraient dépendait d'eux.

« Alors ? » demanda Hartmann.

Woodroffe regarda Schaeffer ; Schaeffer acquiesça et Woodroffe se tourna vers Hartmann.

« Les hommes que nous avons envoyés sur le terrain n'ont toujours rien trouvé. »

Hartmann baissa les yeux.

« Peut-être qu'elle n'est même plus à La Nouvelle-Orléans », suggéra-t-il.

Il supposait que tous avaient envisagé cette possibilité depuis le début. Perez avait plusieurs jours d'avance sur eux et il aurait pu faire traverser la moitié du pays à la fille sans qu'ils n'en sachent rien.

« Nous avons donc l'autorisation de conclure un marché avec lui », déclara Woodroffe.

Mais il n'eut pas le temps d'expliquer son raisonnement que Hartmann esquissait un sourire. Le sourire d'un homme qui lui aussi était fatigué et à bout.

« Dohring, le directeur du FBI, et Richard Seidler, le procureur général, nous autorisent à conclure un marché avec Perez, poursuivit Woodroffe. Et nous voulons que vous alliez au Sonesta pour discuter avec lui et voir s'il est disposé à négocier.

– Et qu'avez-vous à proposer ? » demanda Hartmann.

Une fois de plus, Woodroffe jeta un coup d'œil en direction de Schaeffer.

« Il y a au moins six meurtres, répondit Schaeffer. Six meurtres que Perez a confessés et que nous pouvons corroborer par des preuves et, en échange d'informations sur le lieu de détention de la fille et de sa libération saine et sauve… » Schaeffer baissa les yeux vers ses mains. Il marqua une brève pause puis leva de nouveau les yeux. « En échange de la fille, il n'y aura pas de poursuites.

– Pas de poursuites ? s'exclama Hartmann, stupéfait.

– Eh bien, pas en ce qui concerne les services de justice américains. Il sera extradé vers Cuba, et si le gouvernement cubain veut donner suite à je ne sais quels crimes commis sur son territoire, alors, c'est son affaire. Mais nous ne serions pas disposés... enfin, disons juste que nous éviterions de coopérer s'il fallait leur transmettre la moindre information.

– Et si elle est déjà morte ? demanda Hartmann. Si elle est déjà morte et que ce n'était pas juste un enlèvement, mais un septième meurtre que vous pourriez corroborer ?

– C'est un risque que nous sommes prêts à courir, répondit Schaeffer.

– Nous ? fit Hartmann d'un ton légèrement accusateur. Vous ne voulez pas plutôt dire vous, ou Dohring et Seidler et derrière eux Charles Ducane, qui leur met la pression grâce à ses relations politiques ? »

Woodroffe se pencha en avant et posa les mains à plat sur la table.

« Nous partons de l'hypothèse que la fille est toujours vivante, déclara-t-il. Nous avons simplement reçu l'autorisation de faire cette proposition à Perez et, étant donné que c'est vous qu'il a choisi pour l'écouter, c'est vous que nous choisissons pour aller le voir et lui annoncer ce que nous sommes disposés à faire.

– Vous perdez votre temps, rétorqua Hartmann, et je pense honnêtement que tout ce que vous arriverez à faire, c'est le foutre en rogne. Vous ne voyez pas qu'il

ne s'agit pas de la fille ? Qu'il ne s'agit pas de l'enlèvement et encore moins du meurtre de Gerard McCahill
ou de Dieu sait qui. Il s'agit de la vie de Perez... il
s'agit des choses qu'il a faites et des gens qui lui ont
commandé de les faire...

— Ah, bon Dieu, Hartmann, vous dites des conneries ! répliqua sèchement Woodroffe.

— Vraiment ? fit Hartmann. Vous croyez réellement comprendre ce qui se passe dans la tête de cet
homme ?

— Non... mais je suppose que vous oui », railla
Schaeffer.

Hartmann soupira ; ils tournaient en rond et cette
confrontation ne mènerait à rien.

« En effet, répondit-il. Du moins un peu.

— Alors, je vous en prie, éclairez-nous, demanda
Schaeffer, car pour le moment, il me semble que nous
n'en savons pas plus sur ce qui est arrivé à Catherine
Ducane que samedi dernier.

— Il s'agit du fait d'être quelqu'un, répondit
Hartmann. Du fait d'être un moins-que-rien, puis de
devenir quelqu'un, puis de s'apercevoir qu'on n'est de
nouveau rien du tout.

— Je vous demande pardon ? fit Woodroffe.

— Ernesto Perez était un moins-que-rien... un gosse
déglingué avec un père cinglé et, un jour, son père tue
sa mère et il doit quitter les États-Unis. Alors, il prend
la direction de Cuba et, là, il rencontre des gens avec
de l'argent, des gens qui veulent qu'il soit tel qu'il est,
et il commet certains actes, il se fait de l'argent, une
réputation, et les gens le craignent, mais je pense qu'il a
maintenant été excommunié. Il s'est retrouvé dans une
situation où les gens qui étaient censés être ses amis, sa

387

famille si vous voulez… eh bien, ils lui ont tourné le dos et il se retrouve seul.

– Qu'est-ce que c'est que ces conneries ? demanda Woodroffe. Vous êtes profileur criminel diplômé tout à coup ?

– C'est mon instinct, répondit Hartmann. J'ai passé je ne sais combien d'heures à écouter cet homme me raconter sa vie, et même s'il est certain qu'il y a un paquet de choses que nous ignorons, nous pouvons aussi émettre un paquet de suppositions. Ce que je vois, ce que je déduis de ce qu'il nous a dit jusqu'à présent, c'est qu'il en est venu à prendre conscience qu'il a été un pion entre les mains d'hommes plus puissants et que, maintenant, pour une raison que nous ignorons, il est possible qu'il ait eu besoin de quelque chose et que ces hommes aient refusé de l'aider.

– Conjecturez tant que vous voulez, répliqua Woodroffe, mais le fait est que nous suivons un protocole, et que ce protocole est établi par les hautes autorités, et que ces hautes autorités nous ordonnent de faire une proposition et de voir si un marché peut être conclu. »

Hartmann ne répondit rien.

« Nous avons besoin que vous appuyiez notre démarche, reprit Schaeffer. Nous avons besoin que vous soyez de notre côté. Nous avons quelque chose à faire…

– Alors, faites-le vous-mêmes », lança Hartmann.

Schaeffer poussa un profond soupir. Il ferma les yeux et pencha la tête en arrière. Puis il reprit la parole sans bouger la tête et Hartmann devina l'étendue de sa frustration.

« Nous avons besoin que vous vous en chargiez, dit-il lentement. Nous avons besoin que vous mettiez de côté vos doutes et vos réserves et que vous alliez parler à ce fêlé. Nous avons besoin que vous fassiez de votre mieux, et qui sait… ça ne donnera peut-être rien, mais pour le moment, tout ce que vous dites, tout ce que nous disons tous, ce ne sont que des suppositions et des conjectures. Peut-être que Perez acceptera le marché, peut-être pas…

— Il ne sera pas intéressé, objecta Hartmann.

— Et pourquoi en êtes-vous si sûr ? demanda Woodroffe.

— Parce que c'est un criminel et un psychopathe. C'est un vieil homme qui a passé toute sa vie à tuer, depuis son adolescence. Nous ne savions rien de lui. Il aurait pu rester tranquillement là où il était, et aucun de nous n'en aurait jamais rien su. Il a enlevé la fille pour une raison. Il ne s'est pas juste rendu histoire de se confesser et de se sentir mieux. Il n'est pas là pour soulager sa conscience, il cherche délibérément à accomplir une chose dont nous ne savons rien. Il a une idée en tête, un mobile, et aussi cinglé soit-il, ça reste un mobile, pas vrai ? Il fait ça pour une raison précise, et pas simplement parce qu'il aime s'entendre parler, et vous pouvez être certains qu'il n'est pas là pour marchander une réduction de peine. Il s'agit de choses que nous n'aurions jamais sues. Il n'a jamais mis les pieds en prison… pourquoi est-ce qu'il viendrait se jeter dans la gueule du loup ? »

Woodroffe secoua la tête et se tourna vers Schaeffer.

« Il a raison. Pourquoi se rendre ? Pourquoi n'est-il pas resté dans son trou en attendant de crever en paix ?

— Parce qu'il est cinglé, et les cinglés commettent constamment des actes cinglés, répliqua Schaeffer. Il n'est pas possible d'envisager raisonnablement des actes déraisonnables. »

Hartmann arqua les sourcils. Il se rappelait s'être lui-même dit exactement la même chose.

« Alors, tu proposes quoi ? demanda Woodroffe à Schaeffer.

— Nous n'avons pas le choix. On nous a demandé de faire une proposition à cet homme, et c'est ce que nous allons faire. Nous allons faire de notre mieux. Hartmann va aller au Royal Sonesta et, avec une centaine d'agents fédéraux présents, il s'enfermera dans une pièce avec Ernesto Perez et lui demandera s'il est prêt à faire un échange contre la fille. On verra ce que Perez répondra, et s'il nous dit d'aller nous faire foutre, alors la situation ne sera pas pire qu'elle ne l'est en ce moment.

— Bon point, remarqua Woodroffe. Monsieur Hartmann ?

— C'est vous qui êtes responsables ici... répondit-il avec un haussement d'épaules. Je suis juste l'ancien alcoolique qui a foutu sa vie en l'air puis qui s'est retrouvé ici contre son gré et qui ne souhaite rien tant que rentrer chez lui. Mais ne vous en prenez pas à moi s'il est tellement furax qu'il décide de ne jamais nous dire où est la fille.

— C'est un risque que nous allons devoir courir, déclara Woodroffe.

— D'accord, convint Schaeffer. Ce n'est pas moi qui vais appeler le directeur du FBI pour lui dire de se coller sa proposition au cul.

— Comme vous le sentez, les gars, dit Hartmann, et il se leva. Mais pas ce soir.

— Comment ça, pas ce soir ? demanda Schaeffer en fronçant les sourcils.

— J'ai une migraine monstrueuse. Je n'ai pas bien dormi la nuit dernière. Je ne suis pas dans le meilleur état d'esprit pour négocier un marché en échange de la vie de Catherine Ducane. Vous voulez que je le fasse, alors vous allez devoir me laisser un peu les mains libres. J'ai besoin de temps pour y réfléchir, pour voir de quelle manière lui présenter les choses. Je pense que c'est une putain de perte de temps pour tout le monde, mais je comprends aussi que ça ne coûte pas grand-chose d'essayer. J'ai plus de raisons de ne pas être ici que vous ne pouvez l'imaginer, et la dernière chose que je veux, c'est foutre en l'air ma seule chance de partir d'ici dès que possible en me lançant là-dedans avec le mauvais état d'esprit.

— Je suis d'accord avec Hartmann, déclara Wood-roffe.

— Tu veux appeler Bob Dohring et lui dire qu'on ne le fait pas tout de suite ? Si on ne le fait pas tout de suite, alors on le fait quand ?

— Demain, répondit Hartmann.

— Chaque jour qui passe est une journée de moins à vivre pour Catherine Ducane. Vous comprenez ça, n'est-ce pas ?

— Je le comprends, acquiesça Hartmann, bien sûr que je le comprends, mais si elle est morte, alors un jour de plus ne fera pas la moindre différence, et si elle est vivante, alors c'est que Perez la veut vivante, et dans ce cas, elle le restera jusqu'à ce qu'il soit arrivé au bout de ce qu'il a décidé de nous dire.

— Alors, qu'est-ce qu'on dit à Dohring ? demanda Schaeffer. Vous avez une idée brillante à suggérer ?

— Dites-lui que Perez refuse de nous parler jusqu'à demain. Dites-lui qu'il veut tout nous raconter sur New York avant de discuter d'autre chose. Dites-lui ce qui vous chante. Je me tire. Cet endroit me rend dingue, et la dernière chose que je vais faire aujourd'hui, c'est aller au Royal Sonesta pour négocier avec Ernesto Perez. Et si Dohring ne marche pas, dites-lui que je laisse tomber à moins qu'il ne nous accorde un peu de flexibilité... et il peut venir essayer son charme sur Perez, il verra ce que ça donnera, OK ?

– Vous avez bu ? demanda Woodroffe. Est-ce que cette histoire vous affecte à tel point que vous avez replongé, monsieur Hartmann ? »

Hartmann ferma les yeux et serra les poings. Il dut fournir un effort surhumain pour se retenir de bondir par-dessus la table et de flanquer une raclée à Woodroffe.

« Non, monsieur Woodroffe, je n'ai pas bu... hormis la saloperie de café empoisonné que vous autres êtes parvenus à concocter.

– C'est bon, intervint Schaeffer, je vais m'occuper de Dohring. Il y a du vrai dans ce que vous dites. Retournez au Marriott. Reposez-vous. Nous écouterons Perez demain, puis nous lui ferons notre proposition. C'est entendu ? »

Hartmann acquiesça. Woodroffe émit un grognement évasif. Schaeffer se leva.

« Alors, c'est réglé. Demain, nous écouterons ce qu'il a à dire, et quand il aura fini, M. Hartmann ira au Sonesta et lui parlera en tête à tête. »

Hartmann remercia Schaeffer d'un hochement de tête puis il traversa la pièce en direction de la sortie. Lorsqu'il atteignit la porte, il jeta un coup d'œil en arrière et vit Woodroffe et Schaeffer qui se tenaient debout en silence, les yeux dans le vide, chacun perdu dans ses pensées. Peut-être qu'eux aussi avaient une famille, songea Hartmann, et l'espace d'une seconde il s'aperçut qu'il n'avait pas prêté la moindre attention à ce qu'ils pouvaient endurer à cause de cette affaire. Mais le fait était qu'ils avaient choisi cette vie, ce métier, alors que lui – Ray Hartmann – avait simplement atterri ici par défaut.

Il secoua la tête et franchit la porte. Tandis qu'il marchait, chaque mur semblait lui renvoyer l'image de Catherine Ducane. Ce qui ne manquait pas de troubler Hartmann, de le troubler grandement.

Schaeffer le regarda disparaître dans le couloir, puis il se tourna vers Woodroffe.

« Tu penses qu'il a mordu à l'hameçon ?

– Peut-être, peut-être pas, répondit Woodroffe avec un haussement d'épaules. On dirait.

– Il est important qu'il croie que nous allons vraiment conclure ce marché avec Perez. Sinon, il manquera de conviction au moment de faire la proposition.

– Je crois qu'il fera de son mieux, mais je pense qu'il connaît probablement mieux Perez que nous. Je crois que Perez ne marchera pas… je crois qu'il va nous dire d'aller nous faire foutre.

– Et moi, je crois qu'Ernesto Perez va mourir, répliqua Schaeffer. Qu'il accepte le marché ou non, qu'il nous dise où est la fille ou non, ou même si nous découvrons qu'elle est morte depuis le premier jour… quoi qu'il arrive, il va mourir.

– Je sais, concéda Woodroffe. Je sais.

– Alors, nous faisons comme prévu. Nous laissons Hartmann croire que nous allons conclure un marché. Nous les laissons tous les deux croire que nous allons laisser repartir Perez libre, jusqu'à ce qu'il nous dise où est la fille, et après on le baise, c'est ça ?

— C'est ce qu'on nous a dit de faire, et c'est ce qu'on va faire. »

Schaeffer acquiesça et attrapa sa veste.

« Et Hartmann ? » demanda Woodroffe.

Schaeffer se retourna et regarda son partenaire.

« Quoi, Hartmann ?

— Il ne va pas être heureux de découvrir qu'on a agi dans son dos. »

Schaeffer sembla ricaner d'un air sarcastique.

« Tu crois vraiment que quiconque a quoi que ce soit à foutre que Ray Hartmann soit heureux ou non ? Allez, Bill, ouvre les yeux. Le plan va suivre son cours, peu importe qu'il faille piétiner quelqu'un. Il s'agit de la fille de Ducane, nom de Dieu. Tu crois vraiment que les sentiments de qui que ce soit vont être pris en considération ?

— Je sais, répondit doucement Woodroffe en secouant la tête. C'est bon, on continue quoi qu'il arrive. On comptera les corps plus tard et on nettoiera le champ de bataille.

— C'est toujours comme ça, dit Schaeffer. Toujours.

— Et Ducane ? Quand allons-nous frapper à sa porte pour lui demander des explications ?

— Pas pour le moment, répondit Schaeffer. Ça ne fait pas partie de notre plan, et pour autant que je sache, ça n'en fera jamais partie. Notre boulot, c'est de retrouver la fille, et une fois que nous l'aurons retrouvée, ce qui arrivera à Charles Ducane ne nous regardera pas.

— Qu'est-ce que tu en penses ? demanda Woodroffe.

— De Ducane ?

— De Ducane.

– Je n'en pense rien. Je ne peux pas me permettre d'en penser quoi que ce soit. Si je commence à me demander si Charles Ducane a oui ou non trempé de quelque manière que ce soit dans toutes les saloperies que nous avons entendues, alors je vais devoir avoir des discussions que je ne souhaite pas avoir avec des gens que je ne veux pas rencontrer. Tu comprends ce que je veux dire ?

– C'est clair comme de l'eau de roche.

– Alors, tant que nous ne sommes pas invités, nous n'y allons pas, car je peux t'assurer que nous ne serons pas les bienvenus. »

Il déroula ses manches, enfila sa veste et tint la porte ouverte pour Woodroffe. Ce dernier se leva.

« Un jour tout s'éclaircira, déclara-t-il.

– Qui t'a dit ça ?

– Le saint patron des menteurs, répondit Woodroffe avec un sourire sardonique.

– Alors, ça doit être vrai, dit Schaeffer en souriant à son tour. Dans ce boulot, c'est la seule personne à qui l'on puisse faire confiance. »

Après avoir parcouru deux pâtés de maisons, Hartmann s'arrêta à une cabine téléphonique. Il appela les renseignements pour qu'on le mette en relation avec le commissariat de Verlaine. Lorsque la communication fut établie, il tomba une nouvelle fois sur Gerritty.

« Il est sorti, déclara ce dernier lorsque Hartmann lui demanda de parler à Verlaine. Vous voulez son numéro de portable ? »

Hartmann le nota, raccrocha, composa le numéro et parvint à joindre Verlaine dans sa voiture.

« Où êtes-vous ? demanda Hartmann.

– À environ trois pâtés de maisons du commissariat. Pourquoi ? Vous n'avez pas une nouvelle idée à la con, si ?

– Non, répondit Hartmann. J'aimerais vous demander de faire quelque chose pour moi. Ne vous en faites pas, vous ne risquez rien... il s'agit de quelque chose de personnel.

– Je vous retrouve à l'angle d'Iberville, dit Verlaine. Vous savez où c'est ?

– Oui. »

Hartmann s'y rendit en voiture. Il n'attendit pas plus de trois ou quatre minutes avant de voir la voiture de Verlaine approcher.

Verlaine se gara au bord du trottoir et Hartmann alla le rejoindre. Une fois à l'intérieur du véhicule, il demanda à Verlaine s'il pouvait lui rendre un service.

« Qu'est-ce que vous voulez ? demanda Verlaine.

– Jeudi soir – si nous en sommes toujours au même point jeudi soir –, je veux que vous appeliez ma femme à New York. »

Verlaine demeura silencieux.

« Je veux que vous l'appeliez pour lui expliquer que je suis en mission officielle. De toute évidence, vous ne pouvez pas lui dire où je suis, mais je veux que vous lui disiez que je suis en mission officielle, et que je risque de ne pas être rentré à New York pour samedi.

– D'accord, répondit Verlaine. Je peux l'appeler, mais pourquoi vous ne le faites pas vous-même ? »

Hartmann secoua la tête.

« Disons qu'il est possible qu'elle voie ça comme une tentative de me défiler. Il est fort possible qu'elle ne me croie pas, mais si c'est vous qui l'appelez, ça ajoutera un fond de vraisemblance.

– Des soucis ? demanda Verlaine.

– On peut dire ça.

– Les choses vont s'arranger ?

– J'espère.

– Je vais l'appeler, dit Verlaine. Dites-moi quoi dire, et je lui dirai, d'accord ? »

Hartmann acquiesça et sourit.

« Merci, John… j'apprécie vraiment.

– Pas de problème, Ray. Vous allez bien ?

– Oui, répondit Hartmann, et il saisit la poignée de la portière.

– Vous allez où maintenant ?

– Au Marriott. J'ai un mal de tête d'enfer et j'ai besoin de dormir un peu.

– Bien sûr. Reposez-vous, OK ? »

Hartmann retraversa la rue en direction de son propre véhicule puis reprit lentement la route du Marriott. Une fois dans sa chambre, il demanda qu'on lui monte un sandwich et un verre de lait. Lorsqu'ils arrivèrent, il se demanda s'il aurait la force de manger. Il s'efforça d'avaler près de la moitié du sandwich, ôta ses vêtements et s'écroula comme une masse sur le lit. Il dormit – également comme une masse – et même le téléphone ne parvint pas à le réveiller.

Il se réveilla en revanche lorsque Sheldon Ross, muni d'un passe-partout, pénétra dans la chambre.

Il était 8 heures moins le quart, le matin du mercredi 3 septembre, et Ross attendit patiemment devant la porte pendant que Hartmann prenait une douche et s'habillait.

Ils partirent ensemble, gagnèrent en voiture Arsenault Street, où ils trouvèrent Schaeffer et Woodroffe plantés exactement au même endroit que la veille au soir.

« Vous avez passé la nuit ici ? » demanda Hartmann.

Schaeffer sourit et roula des yeux.

« Je me souviens pas », répondit-il et, avant qu'il ait pu ajouter un mot de plus, des voix retentirent et Ernesto Perez apparut avec son escorte, deux hommes devant, deux hommes derrière, tel un personnage important.

Lorsqu'ils furent de nouveau assis face à face, Hartmann dévisagea Perez en se demandant si ce qu'il avait dit était vrai. Avait-il réellement commencé à réévaluer sa propre vie ? Avait-il commencé à véritablement accepter le fait qu'il était l'unique responsable de la situation dans laquelle il se trouvait ?

Hartmann s'ôta cette idée de la tête. Comment un homme tel que Perez pourrait-il être à l'origine de quoi que ce soit de valable ? C'était un psychopathe sans scrupules, un tueur à gages, un assassin sauvage et sans pitié. Rien en lui ne pouvait inciter à la clémence. Hartmann – bien malgré lui – se demanda s'il pouvait y avoir un vague fond d'humanité chez cet individu, mais il écarta aussitôt cette possibilité.

« Vous allez bien, monsieur Hartmann ? » demanda Perez.

Hartmann acquiesça, tentant de ne penser à rien.

« Vous alliez nous parler de New York.

– En effet, répondit Perez. D'ailleurs j'ai écouté M. Frank Sinatra hier soir dans ma chambre d'hôtel, il chantait sur New York. Aimez-vous Frank Sinatra ?

– Un peu. Ma femme l'aime beaucoup.

– Alors, monsieur Hartmann, déclara Perez avec un sourire, votre femme a un goût exceptionnel. »

Hartmann leva les yeux. Il fut un moment en colère, se sentant presque envahi, comme si le fait que Perez mentionne sa femme était un affront personnel. Mais avant qu'il ait pu dire quoi que ce soit, Perez sourit et leva la main d'un geste presque conciliatoire.

« Assez, monsieur Hartmann... et si nous parlions de New York ? »

Étrangement, Ray Hartmann se sentit soudain parfaitement calme.

« Oui, répondit-il. New York... dites-moi ce qui s'est passé à New York. »

17

« Tu vas rester ici avec ces gens et tu comprendras comment ça se passe », m'a dit Don Calligaris.

J'avais mal à la tête. J'avais fumé trop de cigarettes et bu trop de café fort. Tout ce que ces gens semblaient faire, c'était fumer et boire, manger des plats italiens riches ; pâtes, boulettes de viande, sauces à base de vin rouge et de fines herbes au goût sucré. À mes yeux, leur nourriture avait toujours des airs de bain de sang.

« Cinq familles, et c'est un peu comme se rappeler les noms des joueurs d'une équipe de football ou quelque chose comme ça, a poursuivi Don Calligaris. Cinq et seulement cinq, et chacune d'entre elles a ses noms, ses chefs, ses sous-chefs, autant de noms que tu dois connaître si tu dois les fréquenter et être pris au sérieux. Tu dois penser comme un Italien, tu dois parler la langue, tu dois porter les bons habits et dire les mots qui conviennent. Tu dois t'adresser aux gens de la façon appropriée, sinon ils te prendront pour un pauvre péquenaud. »

New York était froide, déroutante. Je m'étais imaginé que c'était un seul endroit, mais la ville était constituée d'îles, chacune portant un nom différent, et l'endroit où nous nous trouvions – Little Italy, dans un petit restaurant nommé Salvatore, à l'angle d'Elizabeth et de Hester – était un quartier d'une île nommée Manhattan. Les images, les noms, les mots qui m'entouraient étaient tous aussi nouveaux que les gens qui les accompagnaient : Bowery et le Lower East Side, Delancey Street et le pont de Williamsburg, l'East River et la baie de Wallabout – des endroits dont j'avais lu les noms dans mes encyclopédies, des endroits que j'avais imaginés si différents de ce qu'ils étaient en réalité.

J'avais cru que Vegas était le centre du monde, l'endroit où tout commençait et finissait ; New York m'a ôté mes illusions. Comparé à ça, Vegas n'était qu'un petit bled paumé de rien du tout tapi à la limite du désert.

Les bruits et les images me faisaient me sentir minuscule ; ils m'effrayaient un peu ; ils créaient en moi une tension que je n'avais jamais connue auparavant. Des fous erraient dans les rues en demandant de la monnaie. Des hommes s'habillaient en femmes. Les murs étaient recouverts de symboles bruts et criards, et un mot sur deux que j'entendais semblait être *putain* ou *putain de merde* ou *putain d'enculé*. Les gens étaient différents, leurs vêtements, leurs manières, leurs corps. Ils semblaient usés ou abattus, ou meurtris, ou avoir la tête comme une pastèque après s'être empoisonnés toute la nuit à coups d'alcool ou de cocaïne ou de marijuana. J'avais vu ces choses à Vegas, ce n'étaient pas des nouveautés pour moi, mais à New York, tout semblait magnifié et exagéré, comme si, ici, tout se faisait deux fois plus intensément, deux fois plus vite ou deux fois plus longtemps.

« Donc, il y a la famille Gambino, a repris Don Calligaris, interrompant mes pensées. Albert Anastasia a été le patron de 1951 à 1957. Il a été à l'origine d'une chose dont tu as peut-être entendu parler, un petit club nommé *Murder Incorporated*. Après l'assassinat d'Anastasia, Carlo Gambino a repris la famille et il en est le patron depuis 1957. Ensuite, il y a les Genovese, la famille de Lucky Luciano. Après lui, est arrivé Frank Costello, puis Vito Genovese a été le patron jusqu'à 1959. Après Vito, il y a eu un conseil de trois hommes jusqu'à 1972 et, maintenant, la famille Genovese est dirigée par Frank Tieri. La troisième famille, la nôtre, est la famille Lucchese. Une longue histoire, beaucoup de noms, mais tout ce que tu dois savoir, c'est que Tony Corallo en est maintenant le chef. Tu entendras des gens l'appeler Tony l'Esquive, m'a-t-il expliqué en riant. On lui a donné ce nom à cause de toutes les fois où il a réussi à esquiver les fédéraux et les flics et tous ceux qui en avaient après lui. Ensuite, il y a les Colombo, qui sont dirigés par Thomas DiBella. Et enfin, il y a la famille Bonanno. Carmine Galante est à sa tête et, si jamais tu le rencontres, ne le regarde pas dans les yeux ou il te fera exécuter juste pour le putain de frisson. »

Calligaris a bu une gorgée de café. Il a écrasé sa cigarette dans le cendrier et en a allumé une nouvelle.

« Il y a aussi les factions du New Jersey. La famille a toujours été plus puissante à New York et à Philly, mais ils ont établi une organisation à Newark, dans le New Jersey, dont le patron a été jusqu'en 1957 un type nommé Filippo Amari. Nicky Delmore l'a dirigée de 1957 à 1964, et maintenant ils ont Samuel De Cavalcante… »

Je regardais Don Calligaris avec un air hébété. Il s'est remis à rire.

« Bon sang, gamin… je crois que tu ferais mieux d'attraper ce paquet de serviettes en papier et de prendre des foutues notes. Tu as un air complètement ahuri. »

Calligaris a levé la main et attiré l'attention du type derrière le comptoir du restaurant.

« Plus de café », il a commandé, et le type a acquiescé avant de s'éloigner au pas de course.

« Bref, tout ce que tu dois te rappeler, c'est que tu es ici pour qu'on puisse utiliser certains de tes talents spéciaux. » Il s'est fendu d'un large sourire. « Tu t'es taillé une sacrée réputation avec le boulot que tu as fait pour ce vieil abruti de Giancarlo Ceriano. »

J'ai levé les yeux, arqué les sourcils.

« Ce connard pensait pouvoir avoir le beurre et l'argent du beurre, tu sais ? »

J'ai secoué la tête. Calligaris a poussé un soupir.

« Don Ceriano… » Calligaris s'est signé. « Paix à son âme… Don Ceriano n'était peut-être pas né de la dernière pluie, mais il avait reçu des instructions spécifiques sur la façon dont les affaires devaient être gérées à Vegas. Il était seulement censé utiliser certains hommes pour certaines tâches et il était censé verser certains pourcentages à certains officiels à certaines périodes de l'année. C'est comme ça que ça se passe et ça s'est toujours passé ainsi. Don Ceriano était un sous-chef pour les Gambino. Historiquement, les relations ont toujours été bonnes entre les Gambino et les Lucchese, et c'est pour ça qu'on m'a demandé d'aller là-bas et de régler les choses avec Don Ceriano, de m'assurer qu'il comprenait pour qui il travaillait et pourquoi. Bref, nous avons réglé ce petit souci, et maintenant les Gambino et les Lucchese ont des participations dans les affaires à Vegas, et tout va être fait dans les règles de l'art. On ne peut pas gérer un business sans partager quelques dollars avec les bonnes personnes au bon moment, tu sais ? »

Calligaris a marqué une pause pendant que le serveur nous apportait du café. Il a enfoncé la main dans sa poche et en a sorti un billet de vingt dollars.

« Hé, gamin, a-t-il dit. Va acheter un collier ou quelque chose à ta petite amie, hein ? »

Le gamin a pris le billet de vingt, l'a fourré dans la poche de son tablier, puis il a eu l'air un instant abattu avant de répliquer : « Merci, mais je n'ai pas de petite amie en ce moment. »

Calligaris a souri, puis froncé les sourcils.

« Qu'est-ce que tu me chantes ? Pourquoi tu viens me casser les couilles, espèce d'abruti ? Tu veux que j'aille t'en dégoter une de foutue petite amie ou quoi ? Tire-toi d'ici ! »

Le gamin a fait un pas en arrière, une lueur d'angoisse dans les yeux.

« Hé ! a sèchement lancé Calligaris. Rends-moi le foutu billet de vingt, espèce de petit con ! »

Le gamin a vivement tiré le billet de la poche de son tablier et il l'a lancé en direction de la table. Don Calligaris l'a attrapé au vol, puis il s'est levé et s'est dirigé vers le gamin. Il s'apprêtait à lui botter le train quand le gamin a décampé. J'ai regardé avec amusement tandis que le gamin détalait dans le restaurant et disparaissait par une porte à l'arrière.

Don Calligaris s'est rassis.

« Jésus Marie mère de Dieu, qu'est-ce que c'est que ce bordel ? Ce gamin n'est même pas foutu d'être reconnaissant pour un pourboire, faut qu'il vienne jouer les malins avec moi. »

Il a saisi son café, allumé une nouvelle cigarette.

« Enfin, bref, comme je disais, tout ce que tu dois faire, c'est ouvrir les yeux et te boucher les oreilles. Tu travailles pour moi maintenant. Tu reçois l'ordre de flinguer n'importe quel connard, alors tu flingues le connard, pigé? Ici, on fait les choses comme il faut, proprement et simplement… et on ne veut pas de ces trucs bizarres comme ce qui s'est passé à La Nouvelle-Orléans, OK? »

J'ai incliné la tête d'un air interrogateur.

« Cette histoire tordue avec le cœur, tu sais? Je sais plus comment il s'appelait, Devo ou quelque chose du genre, exact? Dvore, c'était ça le nom du bonhomme! Ce type à qui tu as arraché le cœur.

— Je n'ai arraché le cœur de personne, ai-je objecté en secouant la tête.

— Bien sûr que si. Tu es allé là-bas et tu as fait un boulot pour Feraud et son copain politicien. Tu as fait un peu de ménage il y a quelques années. La rumeur prétend que tu as buté ce connard de Dvore parce qu'il faisait chier le monde et que tu lui as arraché le cœur.

— Je n'ai jamais entendu parler de quiconque nommé Dvore, et je n'ai jamais arraché le cœur de personne. J'ai fait un travail pour Feraud parce que Don Ceriano me l'a demandé, mais c'était en 1962, et je n'y suis jamais retourné depuis. »

Calligaris s'est esclaffé.

« Eh ben, merde, gamin… on dirait que quelqu'un a utilisé ton nom en guise de signature. J'avais entendu dire que tu avais descendu ce Dvore pour les Feraud et leur copain politicien, et que, juste histoire de faire passer le message, tu lui avais arraché le cœur.

— Pas moi, Don Calligaris, pas moi.

– Ah, qu'importe… tu devrais voir les choses qu'on m'a collées sur le dos. Ça fait pas de mal, ça aide à bâtir une réputation, pas vrai ? »

J'écoutais Don Calligaris, mais mes pensées étaient en Louisiane. Apparemment, Feraud et son vieux pote plein aux as, Ducane, avaient réglé quelques problèmes et m'avaient mis ça sur le dos. Ça passait mal. C'était comme si quelqu'un avait pris possession de mon corps.

« Qu'est-ce que ça peut foutre, hein ? a lancé Calligaris, interrompant le fil de mes pensées. Y a un boulot à faire, et s'il est dans notre intérêt de dire que c'est quelqu'un d'autre, alors très bien. Je peux pas dire que j'ai pas fait la même chose moi-même deux ou trois fois. »

Don Calligaris a changé de sujet. Il s'est mis à parler des gens que nous verrions, des choses qu'il avait à faire. D'après ce que je comprenais, il semblait que je serais tout le temps avec lui, que je serais censé exécuter ses ordres. Il avait ses assistants, son propre *consigliere*, mais lorsqu'il s'agirait d'appliquer un remède plus définitif, on ferait appel à moi. Ça ne serait vraiment en rien différent de ma relation avec Don Ceriano, et même si j'avais près de quinze ans de métier, même si Don Ceriano m'avait accompagné tout au long du chemin, j'avais l'impression d'avoir coupé les ponts avec cette ancienne vie. La Floride, Vegas, même La Havane et tout ce qui s'y était passé, étaient derrière moi. Je les laissais s'éloigner. S'y accrocher ne semblait avoir aucun sens. Cependant, le fait que Feraud et son ami politicien réglaient leurs affaires en Louisiane et m'attribuaient leurs actes me souciait grandement. À un moment, j'allais devoir m'occuper de ce problème et je m'imaginais que le remède serait définitif.

Don Calligaris vivait dans une maison haute et étroite de Mulberry Street. Un demi-pâté de maisons plus loin, de l'autre côté de la rue, il y avait une deuxième maison, plus petite, où il m'a emmené lorsque nous avons quitté le restaurant. Il m'a présenté à deux personnes, un jeune type nommé Joe Giacalone, le fils d'un homme que Don Calligaris appelait « Tony Jacks », et un second, un peu plus vieux.

« Sammy Dix Cents, a annoncé Don Calligaris, mais on l'appelle juste Dix Cents. Ça vient de sa carte de visite, tu vois ? Il laisse une pièce de dix cents chaque fois qu'il bute quelqu'un, comme si c'était tout ce que valait sa vie. »

Dix Cents s'est levé de sa chaise installée dans la petite pièce à l'avant de la maison. C'était un homme imposant, il me dépassait d'une tête et, lorsqu'il m'a serré la main, j'ai senti qu'il aurait pu me démettre l'épaule sans forcer.

« Joe est juste venu passer un moment ici, a expliqué Dix Cents. Il déboule chaque fois que sa nana lui casse les bonbons, pas vrai, Joe ?

– Va te faire foutre, Dix Cents, a rétorqué Joe. Je viens ici pour me rappeler combien je suis intelligent comparé à un crétin comme toi. »

Dix Cents a éclaté de rire et s'est rassis.

« Tu vas loger ici avec Dix Cents, m'a informé Don Calligaris. Il te mettra au parfum sur ce qui se passe et quand. Ne traite avec personne sauf avec lui et moi, compris ? »

J'ai fait signe que oui.

« Tu as une chambre à l'étage et Dix Cents va t'aider à apporter tes affaires. Repose-toi, fais la sieste, hein ? On donne une fête ce soir au Blue Flame et tu vas pouvoir rencontrer quelques amis. J'ai quelque chose à faire, mais je serai dans les parages si tu as besoin de moi. Adresse-toi à Dix Cents, et s'il ne peut pas t'aider, il peut m'appeler. »

Don Calligaris s'est retourné et m'a saisi par les épaules. Il m'a attiré à lui et embrassé sur les deux joues.

« Bienvenue, Ernesto Perez, et que tu aies buté Ricky Dvore et que tu lui aies arraché le cœur ou non, tu nous seras tout de même utile ici à Manhattan. Amuse-toi tant que tu peux, car on ne sait jamais quelles emmerdes nous attendent au coin de la rue, pas vrai, Dix Cents ?

– Je vous le fais pas dire, patron. »

Don Calligaris s'en est allé, et je suis resté planté dans le salon pendant une minute avec le sentiment qu'un chapitre venait de se fermer et un autre de s'ouvrir.

« Tu vas te poser ou quoi ? » m'a demandé Joe Giacalone.

J'ai acquiescé et me suis assis.

« Hé, sois pas si coincé, gamin, m'a lancé Dix Cents. Tu as une nouvelle famille maintenant et, s'il y a une chose de vraie dans cette famille, c'est qu'on se serre les coudes, pas vrai, Joe ?

– Pour sûr. »

Je me suis laissé aller dans le fauteuil. Dix Cents m'a offert une cigarette, que j'ai acceptée. Joe a allumé la télé, fait défiler les chaînes jusqu'à trouver une retransmission sportive et, au bout de quelques minutes, j'avais cessé de me demander ce que je faisais là et ce qui allait se passer. C'était comme ça. J'avais fait mon choix en une fraction de seconde dans la voiture de Don Ceriano. Ceriano était mort. Pas moi. Ça se passait comme ça dans ce milieu.

Le Blue Flame était une boîte de strip-tease située dans Kenmare Street. La première chose qui m'a frappé a été l'obscurité à l'intérieur. Une large scène parcourait toute la largeur du bâtiment sur la droite et, sur cette scène, trois ou quatre filles arborant des soutiens-gorge à pompons et des culottes pas plus larges que du fil dentaire tournoyaient et roulaient des hanches au son d'une musique pleine de basses qui jaillissait de haut-parleurs disposés sous la scène. Sur la gauche, trois ou quatre longues tables avaient été rassemblées, autour desquelles étaient assis quinze ou vingt hommes portant costume et cravate. Ils buvaient et riaient, avaient le visage rougi, étaient bruyants, chacun tentant de parler plus fort que son voisin.

Dix Cents m'a guidé jusqu'aux tables. Don Calligaris s'est levé à notre approche et d'un geste de la main il a fait taire l'assistance.

« Mesdemoiselles, mesdemoiselles, mesdemoiselles… nous avons un petit nouveau. »

Les hommes ont lancé des hourras.

« Voici Ernesto Perez, l'un des hommes de Don Ceriano, et bien que Don Ceriano ne puisse naturellement pas être des nôtres ce soir, je suis certain qu'il apprécierait que l'un des siens ait enfin ouvert les yeux et soit venu travailler avec nous à Manhattan. »

Une salve d'applaudissements a retenti. J'ai souri et serré des mains. J'ai saisi un verre de bière que quelqu'un me tendait. Je me sentais bien. Je me sentais le bienvenu.

« Ernesto… merde, il va falloir faire quelque chose à propos de ton putain de nom ! s'est exclamé Don Calligaris. Enfin, bref, voici Matteo Rossi, et ici nous avons Michael Luciano, aucun lien de parenté avec l'autre, et Joe Giacalone, tu sais, et voici son père Tony Jacks, et là-bas, c'est Tony Provenzano, Tony Pro pour toi et moi, et à sa droite, il y a Stefano Cagnotto, et à côté de lui, tu as Angelo Cova, et le type maigrichon au fond, c'est le fils de Don Alessandro, Giovanni. Ces gens là-bas, a-t-il dit en désignant l'autre côté de la table. Eh bien, ce ramassis d'andouilles et de bons à rien, c'est juste un paquet de sans-abri que nous avons ramassés dans la rue. »

Don Calligaris s'est esclaffé. Il a levé les mains et serré les poings.

« C'est ta famille, légitime dans certains cas, les autres ne sont qu'une bande de bâtards ! »

Calligaris s'est assis. Il a désigné une chaise à côté de la sienne et je l'ai prise. Quelqu'un m'a tendu une corbeille pleine de pain tranché et, avant que j'aie eu le temps de comprendre ce qui se passait, je me suis retrouvé entouré de plats remplis de boulettes de viande, de salami et d'autres choses que je n'avais jamais vues.

Ils parlaient, ces gens, et leurs paroles étaient comme une énorme cascade de bruit dans mes oreilles. Ils discutaient de « choses » dont ils s'occupaient, de « choses » dont il fallait s'occuper et, à un moment, alors que les filles étaient parties et que la musique avait été baissée, tout le monde s'est mis à écouter religieusement Tony Pro qui, penché en avant, parlait de quelqu'un dont j'avais déjà entendu le nom.

« Un enfoiré, qu'il disait. Ce type est un sacré enfoiré. Un dur à cuire, je le concède, mais on n'a plus besoin de lui maintenant qu'on a Fitzsimmons. Contrairement à Hoffa, Frank Fitzsimmons reste dans le rang, et il me semble que c'est ainsi que les choses devraient être.

– Bien sûr, bien sûr, bien sûr, disait Don Calligaris en secouant la tête, mais qu'est-ce qu'on peut faire, hein ? C'est pas n'importe qui. On ne peut pas descendre quelqu'un comme Jimmy Hoffa et espérer s'en sortir indemne.

– N'importe qui peut se faire descendre, a répliqué Joe Giacalone. C'est Kennedy qui le disait... que n'importe qui pouvait descendre le putain de Président s'il était assez déterminé.

– Bien sûr, n'importe qui peut se faire descendre, a concédé Don Calligaris, mais il y a descendre et descendre, et c'est pas forcément la même chose, hein ? »

Un autre homme assis plus loin, Stefano Cagnotto si je me souviens bien, est intervenu à son tour.

« Alors, c'est quoi la putain de différence... quelqu'un se fait descendre, un autre se fait descendre ? Si le boulot est bien fait, qu'est-ce que ça peut foutre qui c'est ? C'est pas la personne mais la manière qui compte.

– Il a raison, Fabio, a concédé Tony Pro. Ce n'est pas qui on descend qui compte, mais qui fait le boulot et comment il le fait... Hé, Ernesto, t'en penses quoi ?

– Je ne sais pas de qui vous parlez », ai-je répondu en secouant la tête.

J'avais déjà entendu le nom de Jimmy Hoffa, mais j'ignorais quelle était son importance dans le milieu.

Tony Pro a éclaté de rire.

« Hé, Fabio, où tu as dégoté ce gamin ? Tu as été le chercher dans une ferme ? »

Calligaris s'est esclaffé à son tour et s'est tourné vers moi.

« Tu as déjà entendu parler des *Teamsters* ? »

J'ai fait signe que non.

« Une sorte d'organisation de travailleurs… un syndicat pour les routiers et les ouvriers et tout ça. Bordel, j'ai entendu dire que les *Teamsters* avaient même un syndicat pour les prostituées et les strip-teaseuses.

– Sans déconner ? s'est exclamé Tony Pro. Bon Dieu, ce que les temps changent !

– Enfin, bref, a poursuivi Calligaris. Les *Teamsters*, la fraternité internationale des *Teamsters*, c'est une putain d'organisation énorme qui gère les syndicats et les fonds de pension et toutes sortes de trucs. » Il s'est tourné sur sa gauche. « Hé, Matteo, toi qui as beaucoup bossé là-dessus, qu'est-ce qu'on dit des *Teamsters* ? »

Matteo Rossi s'est éclairci la voix.

« On dit qu'ils organisent les désorganisés, qu'ils font entendre la voix des travailleurs dans les allées du pouvoir, qu'ils négocient les contrats qui transforment le rêve américain en réalité pour des millions de gens, qu'ils protègent la santé et la sécurité des travailleurs et qu'ils luttent pour conserver les emplois en Amérique du Nord. »

Une vague d'applaudissements a parcouru l'assistance.

« Il me semble, a déclaré Tony Pro, que quelqu'un devrait s'occuper de la santé et de la putain de sécurité de Jimmy Hoffa. »

Les hommes ont éclaté de rire. La discussion s'est poursuivie un moment, puis de nouveaux plats sont arrivés, le volume de la musique a été monté, et une fille avec des seins gros comme des ballons de basket est venue montrer à la famille comment elle pouvait faire tourner les pompons accrochés à ses tétons dans deux sens opposés.

Nous avons mangé, nous avons bu, et le nom de Jimmy Hoffa n'a plus été prononcé de la soirée. Si j'avais su ce qui allait se passer, j'aurais posé des questions, mais j'étais nouveau, je n'étais pas chez moi, et je ne voulais pas m'aliéner ces gens avant même d'avoir appris à les connaître.

C'est trois jours plus tard que je l'ai vue.

Elle s'appelait Angelina Maria Tiacoli.

Je l'ai vue dans un marché aux fruits de Mott Street, à une rue de Mulberry. Elle portait une robe d'été imprimée, un pardessus fauve, et elle tenait à la main un sac en papier brun rempli d'oranges et de citrons.

Sa chevelure était abondante et sombre, son teint olivâtre et soyeux, et ses yeux, bon Dieu, ses yeux étaient de la couleur d'un café crémeux bien chaud. J'ai retenu mon souffle lorsqu'elle m'a regardé et ai rapidement détourné les yeux. Dix Cents qui m'accompagnait lui a lancé : « Salut, Ange », et elle a souri et légèrement rougi avant de le saluer à son tour.

Je l'ai regardée s'éloigner, incapable de détacher mes yeux d'elle, et Dix Cents m'a donné un coup de coude et conseillé d'arrêter de la lorgner comme ça.

« Qui est-ce ? ai-je demandé.

– Ange. Angelina Tiacoli. Une fille adorable, triste histoire. »

J'ai regardé Dix Cents, qui secouait la tête.

« Va pas te faire des idées à la con, espèce de fêlé de Cubain. Elle est absolument intouchable.

– Intouchable ?

– Bordel, tu m'écoutes pas... si je dis qu'elle est pas pour toi, c'est qu'elle est pas pour toi, OK ?

– OK, mais dis-moi juste qui elle est.

– Tu te souviens de l'autre soir au Blue Flame ? »

J'ai fait un geste affirmatif de la tête.

« Le type au bout, un certain Giovanni Alessandro. »

Ça ne me disait rien, mais bon, il y avait eu tellement de monde, tellement de noms.

« Son père est Don Alessandro. Le grand patron. On déconne pas avec lui. Don Alessandro a un frère… enfin, il *avait* un frère nommé Louis. Louis était barge, véritablement barge, il lui manquait une case, si tu vois ce que je veux dire. Bref, il était marié à une fille, une bonne Italienne, et il l'a cocufiée, tu vois ?

– Cocufiée ?

– Bon Dieu, gamin, tu viens vraiment d'une ferme, hein ? Il l'a cocufiée… tu sais, il est allé se taper une autre nana. Tu sais ce que ça veut dire ?

– Oui, je sais ce que ça veut dire.

– Doux Jésus, putain de génie ! Enfin, bref, le frère de Don Alessandro va se taper une autre nana et cette nana a une gamine… et cette gamine, c'est Angelina. Tout le monde sait qu'elle est pas exactement liée par le sang, mais bon Dieu, c'est une brave fille et elle est sacrément mignonne, alors Don Alessandro s'occupe d'elle.

– Et sa mère ?

– C'est là que ça devient triste. Sa mère était une prostituée ou une strip-teaseuse de je ne sais où, une camée complètement dingue, et un soir, quand Angelina avait 8 ou 9 ans, elle s'est engueulée avec le frère de Don Alessandro et ils ont fini par se tirer dessus. Don Alessandro avait déjà demandé à son frère de ne plus la voir, il s'était engagé à entretenir la gamine pourvu que l'autre arrête juste de se taper la prostituée, mais Louis Alessandro était barge et il a continué de voir la camée pendant des années, et puis ils se sont engueulés et ces deux abrutis ont fini par se tirer dessus, et Angelina s'est retrouvée sans père ni mère, il ne lui restait plus que la femme de son père, qui est même pas sa vraie mère, tu me suis ?

– Oui.

– Bref, la femme de son père, la femme qui aurait dû être sa mère mais qui l'était pas, elle veut rien avoir à voir avec Angelina, alors elle va dire à Don Alessandro qu'il ferait bien de s'occuper de la gamine vu que c'est sa nièce, d'autant qu'elle va s'en aller et recommencer sa vie loin de la famille de cinglés bons à rien de son mari mort. Alors, Don Alessandro lui a donné un peu d'argent, puis il s'est occupé d'Angelina jusqu'à ce qu'elle soit grande, et après il lui a acheté une maison. C'est là qu'elle vit maintenant, toute seule.

– Et comment ça se fait qu'elle soit intouchable ? ai-je demandé.

– Parce que ça se fait pas, tu sais ? La mère de la fille était pas italienne, elle faisait pas partie de la famille… c'était une camée à moitié dingue venue de Dieu sait où qui allait se faire sauter par le premier venu. Maintenant, achète les foutues oranges, nom de Dieu… et puis qu'est-ce que c'est que cette façon de poser des putains de questions ? »

Je l'ai revue une semaine plus tard. Je faisais seul des courses pour Dix Cents. J'ai mis un point d'honneur à lui dire bonjour et, même si elle ne m'a rien répondu, elle m'a regardé une fraction de seconde et, dans cette fraction de seconde, j'ai aperçu l'ombre d'un sourire et, dans l'ombre de ce sourire, j'ai vu la promesse de tout le reste.

Le lendemain, je l'ai revue dans la rue. Elle sortait d'un salon de coiffure dans Hester. Elle portait la même robe d'été imprimée et le même pardessus fauve. Elle serrait un sac à main contre elle comme si elle craignait que quelqu'un ne le lui arrache. Je me suis approché d'elle et, lorsque je me suis trouvé à trois ou quatre mètres, j'ai senti qu'elle avait conscience de ma présence. J'ai ralenti et me suis arrêté sur le trottoir. Elle a également ralenti. Elle a jeté un coup d'œil sur sa droite comme si elle songeait à traverser la rue pour m'éviter, mais elle a hésité, suffisamment longtemps pour que je lève la main et lui sourie.

Elle a tenté de me retourner mon sourire, mais les muscles de son visage ne semblaient pas disposés à lui obéir. Ses mains ne bougeaient pas ; elles serraient fermement le sac, comme si cet objet était la seule chose à laquelle elle pouvait se raccrocher à cet instant.

« Mademoiselle Tiacoli », ai-je dit doucement, car Dix Cents m'avait dit son nom, et je n'aurais pas pu l'oublier, même si l'oublier avait été une question de vie ou de mort.

Elle a de nouveau tenté de sourire, en vain. Elle a entrouvert la bouche comme pour dire quelque chose, mais aucun mot n'en est sorti. Puis elle s'est tournée vers la droite avant de poser les yeux sur moi, et elle est soudain descendue du trottoir et a traversé Hester à la hâte.

Je l'ai regardée partir et l'ai suivie sur une bonne quinzaine de mètres sur le trottoir opposé.

Elle s'est arrêtée soudainement, s'est tournée vers moi. Des voitures passaient entre nous sans que nous les remarquions. Elle a lâché son sac de la main droite et l'a levée, paume face à moi, comme pour m'interdire de m'approcher plus, puis elle s'est remise en route aussi brusquement qu'elle s'était arrêtée, mais plus vite cette fois. Je l'ai laissée partir. Je voulais la suivre mais je l'ai laissée partir. À l'angle de Hester et Elizabeth, elle a jeté un coup d'œil en arrière, pendant juste une fraction de seconde, puis elle a tourné et disparu.

Je suis retourné à la maison les mains vides. Dix Cents m'a traité de « putain d'abruti de Cubain » et m'a renvoyé acheter des cigarettes.

En avril 1974, nous avons déménagé. Apparemment, notre maison avait été repérée par les fédéraux et n'était plus sûre. Don Calligaris est resté dans sa grande demeure étroite de Mulberry, mais Dix Cents et moi avons emménagé dans Baxter, de l'autre côté de Canal Street, à la limite de Chinatown. La maison était plus grande, j'avais trois pièces rien que pour moi, ma propre salle de bains et une petite cuisine où je pouvais me préparer ce que je voulais quand nous ne mangions pas ensemble. J'ai acheté un tourne-disque sur lequel je passais Louis Prima et Al Martino et, quand Dix Cents était sorti, j'attrapais un costume dans la penderie, je le serrais tout contre moi et faisais semblant de danser avec Angelina Maria Tiacoli. Je ne l'avais pas revue depuis le jour où elle était sortie du salon de coiffure de Hester, et je pensais à elle presque chaque nuit, m'imaginant étendu près d'elle dans le demi-jour frais du petit matin, la chaleur de mon corps contre elle, songeant aux mots que nous échangerions, à l'importance que tout revêtirait si elle était avec moi. Je me sentais comme un gamin avec un béguin de cour de récréation, et la passion et l'espoir qui accompagnaient ce sentiment étaient nouveaux pour moi.

En juin, Dix Cents et moi avons dû nous rendre au parc de Tompkins Square pour rencontrer un homme nommé John Delancey. Delancey était employé au tribunal du cinquième district. Il nous a informés qu'une enquête en cours ciblait Don Fabio Calligaris et Tony Provenzano.

« Tony Pro a commandité un meurtre, nous a expliqué John Delancey. Je ne sais pas pourquoi, je ne sais pas de quoi il s'agissait, mais la victime était le frère d'un flic. Le flic s'appelle Albert Young, un sergent au 11e commissariat. Ils ont coupé les couilles du frère et les lui ont enfoncées dans la bouche, nom de Dieu, et le flic a fait tellement de raffut qu'on a fini par l'écouter. »

Dix Cents acquiesçait. Il écoutait attentivement.

« Alors, comment ça se fait que ça retombe sur Calligaris ? a-t-il demandé.

— Parce que ça fait des années que les fédés sont après Calligaris mais qu'ils n'ont rien à se mettre sous la dent. Calligaris est de mèche avec Tony l'Esquive, et Tony est le patron de la famille Lucchese, et s'il arrive quoi que ce soit à Calligaris, alors les fédés supposent que ça fera tomber les Lucchese. Ils veulent faire croire que les Lucchese ont trahi Tony Pro et entamé une nouvelle guerre entre factions rivales.

— Merde ! s'est exclamé Dix Cents en riant, ces gens bossent pour le gouvernement et ils doivent être les pires abrutis que la terre ait jamais portés.

— Peut-être, a consenti Delancey, mais ils ont des micros et la preuve, fabriquée ou non, que Calligaris et Tony Pro se sont trouvés dans la même pièce à planifier le meurtre du frère du flic.

— C'est des conneries, a répliqué Dix Cents, qui avait l'air sur le point de se mettre en colère.

— Je te dis juste les choses telles qu'elles sont, Dix Cents. Tu dois demander à Calligaris de régler son

418

compte au flic, de le faire taire, et après tu devras descendre la taupe qui se planque dans votre famille.

— Tu as un nom ?

— Non, j'ai pas de nom, Dix Cents. Si j'en avais un, je te le donnerais, mais tout ce que je sais, c'est que quelqu'un dans votre camp, un proche de Calligaris, a donné aux fédés ce dont ils ont besoin et qu'ils vont l'utiliser comme témoin. »

Après quoi, une épaisse enveloppe brune est discrètement passée des mains de Dix Cents à celles de Delancey, puis nous avons regagné la voiture.

« Pas un mot de tout ça à qui que ce soit, m'a averti Dix Cents.

— Pas un mot de quoi ? » ai-je demandé.

Dix Cents a souri en me faisant un clin d'œil.

« Je vois qu'on se comprend. »

Trois soirs plus tard, à un carrefour obscur – dans la 12e Rue Est près de Stuyvesant Park –, j'ai repéré le sergent Albert Young du 11e commissariat tandis qu'il sortait d'un magasin et traversait la rue en direction de sa voiture.

Quatre minutes plus tard, le sergent Albert Young du 11e commissariat – deux fois décoré pour son courage, trois fois félicité pas le bureau du maire pour acte de bravoure dépassant le cadre de son devoir, sept fois mis en garde pour usage excessif de la force – était affalé à la place du conducteur avec un trou de calibre .22 derrière l'oreille gauche. Il ne ferait plus de raffut à propos de son frère. Il y avait même des chances pour qu'il le retrouve bientôt au paradis des flics.

Quatre jours plus tard, Don Calligaris est venu chez nous et s'est entretenu avec Dix Cents et moi.

« Vous devez buter la taupe, a-t-il déclaré d'un ton neutre. Nous avons ouvert l'œil après l'assassinat du flic et nous savons qui nous a trahis. Nous l'avons fait suivre et il a rencontré des fédés dans Cooper Square près du Village hier matin. »

Dix Cents s'est penché en avant.

« Si ce nom sort de cette pièce, ça va chier. Vous devez agir vite et discrètement. Envoie Ernesto. Il a fait du bon boulot avec le flic, du très bon boulot, et nous avons besoin de la même chose cette fois-ci. Il faut qu'il ait l'air d'avoir été impliqué dans une sale histoire pour qu'ils ne l'exhibent pas partout comme une espèce de martyr, OK ?

– Qui ? » a demandé Dix Cents.

Calligaris a secoué la tête et poussé un soupir.

« Cagnotto... Stefano Cagnotto, un putain d'enfoiré de merde.

– Ah merde, je l'aimais bien, a lâché Dix Cents.

– Eh bien, maintenant, tu vas plus l'aimer, Dix Cents. Ce connard s'est fait arrêter pour excès de vitesse. Ils ont fouillé sa voiture, trouvé un sac de coke et un 9 mm. Il risquait un an, deux maxi s'il merdait au procès, et il envisage de témoigner et de s'en tirer en nous balançant Tony Pro et moi pour le meurtre du frère du flic. »

Dix Cents s'est tourné vers moi.

« Tu te souviens de lui au Blue Flame ?

– Non, ai-je répondu, mais tu peux me montrer qui c'est... et tu peux être sûr que lui, il se souviendra de moi, hein ?

– Tu es un type bien, Ernesto, a déclaré Calligaris en souriant, et c'est vraiment dommage que tu sois pas du pays, parce que si tu l'étais, ta réussite serait assurée d'ici Noël. »

Don Calligaris s'en est alors allé. Dix Cents et moi sommes restés un moment silencieux, puis il s'est tourné vers moi et a dit : « Le plus tôt sera le mieux, gamin. Voyons où se trouve cet enfoiré et décidons de la façon de procéder, OK ? »

J'ai acquiescé et me suis levé. Puis je lui ai demandé si j'avais le temps de nettoyer mes chaussures avant d'y aller.

Cette nuit-là, dans la chaleur d'un mois de juin à New York, je suis allé me planquer dans la pièce du fond de l'appartement que Stefano Cagnotto louait à Cleveland Place. Le siège de la police se trouvait un pâté de maisons plus loin. Et cette ironie n'était pas pour me déplaire. J'attendais depuis près de deux heures quand j'ai entendu des bruits de pas dans l'escalier en dessous. J'éprouvais une agréable tension dans le ventre. J'avais envie de pisser mais il était trop tard pour bouger.

L'appartement était plongé dans l'obscurité, seul un fin voile de lumière filtrait à travers les rideaux sur ma droite. Je sentais dans ma main le poids d'un 9 mm muni d'un silencieux. Je portais un bon costume à cinq cents dollars, une chemise blanche et une cravate en soie tricotée. Si vous m'aviez vu au Blue Flame avec la bande des Lucchese, vous n'auriez pas fait la différence entre moi et les autres. Je faisais partie de la famille, en dépit de mon sang cubain, j'étais un Lucchese, j'étais quelqu'un, et le fait d'être quelqu'un me faisait me sentir bien.

Stefano Cagnotto n'était pas ivre mort mais il en tenait une belle et, en franchissant à tâtons la porte de l'appartement, il a fait tomber ses clés. Il a juré à deux reprises et s'est mis à les chercher dans l'obscurité. J'ai entendu le cliquetis du métal lorsqu'il les a ramassées. Puis il a verrouillé la porte derrière lui. C'était l'instinct. Dans ce milieu, vous verrouilliez toujours la porte, même si vous ne faisiez que passer pour récupérer votre portefeuille.

Une fois à l'intérieur, il a allumé la lumière. Je l'ai entendu s'asseoir. Puis j'ai entendu ses chaussures glisser sur le sol tandis qu'il les ôtait. Il s'est mis à fredonner une chanson de Sinatra. « *Fly me to the moon, and let me play among the stars…* »

« Bientôt, ai-je pensé, tu vas bientôt y être dans les étoiles, enfoiré. »

Je me suis mis à décrire des cercles avec mes pieds jusqu'à entendre les os de mes chevilles craquer. Je me suis penché en avant sur ma chaise, faisant porter le poids de mon corps sur mes genoux et mes pieds. Je me suis levé prudemment, sans un bruit, et j'ai fait un pas vers la pièce. Lorsque j'ai atteint la porte, Cagnotto était dans la cuisine. J'entendais de l'eau couler.

J'ai retenu mon souffle et attendu qu'il revienne.

Il avait un verre à la main. En me voyant, il a lâché le verre.

« Putain, qu'est-ce que… »

J'ai levé la main.

« Ernesto, a-t-il repris. Bordel de Dieu, Ernesto, tu m'as foutu la trouille de ma vie ! Qu'est-ce que tu fous ici ? »

J'ai écarté la main droite.

Les yeux de Cagnotto se sont fixés sur mon pistolet.

« Ah, bon Dieu, Ernesto, qu'est-ce que c'est que ces conneries ? » Il a baissé les yeux vers le sol. « Regarde ce que tu m'as fait faire », a-t-il dit en désignant le verre brisé à ses pieds. Il a prudemment enjambé les tessons et avancé de deux pas dans la pièce. « Éloigne ton flingue, Ernesto. Tu me fous les jetons. Qu'est-ce que tu fous ici ? Qu'est-ce que tu veux à cette heure de la nuit ?

– Assieds-toi, ai-je dit d'une voix douce, presque compatissante.

– M'asseoir ? Bordel, j'ai pas envie de m'asseoir.

– Assieds-toi, ai-je répété, et j'ai levé le pistolet et l'ai pointé droit sur son ventre.

– Tu déconnes, qu'il a dit. Qui t'a demandé de faire ça ? Est-ce que c'est ce gros con de Dix Cents ? Bon sang, qu'est-ce qu'il croit, que c'est... le putain de 1er avril ? »

J'ai fait un pas en avant et ai levé le pistolet pour qu'il soit au niveau des yeux de Cagnotto.

« Assis ! ai-je ordonné.

– Tu ne viens pas ici me dire ce que je dois faire, espèce de métèque de merde... pour qui tu te prends ? »

Cagnotto serrait fermement les poings. Il a fait un nouveau pas en avant et je me suis rué sur lui sans la moindre hésitation.

Trente secondes plus tard, pas plus, Stefano Cagnotto était assis au bord d'un canapé de cuir italien à deux mille dollars avec une large coupure sur le côté de la tête. Comme il était toujours sonné, ce qui sortait de sa bouche n'avait pas beaucoup de sens. Il était un peu incohérent, mais il n'a eu aucun mal à comprendre ce qui allait se passer quand j'ai posé un sachet de coke devant lui sur la table en verre et lui ai ordonné de s'activer.

Il savait ce qui l'attendait. Il n'a même pas protesté, ni cherché à se justifier. Il s'avérait qu'il avait un certain sens de l'honneur, chose que je pouvais respecter en dépit de la situation.

Au bout de quatre lignes, il a commencé à avoir du mal à se concentrer sur ce qu'il faisait. J'ai posé mon pistolet et l'ai un peu aidé, lui maintenant la tête en arrière pendant qu'il s'enfonçait la cocaïne dans les narines.

Je lui ai ouvert la bouche et y ai balancé un peu de poudre et, quand il a commencé à s'étrangler, j'ai placé mon avant-bras sur sa poitrine et l'ai repoussé contre le canapé. Il s'est alors mis à dégueuler et, chaque fois qu'il avait un haut-le-cœur, je lui baissais la tête pour qu'il ne me vomisse pas dessus. Je ne prenais jamais de coke, ne comptais jamais le faire et je ne savais pas combien ces abrutis pouvaient s'en foutre dans le nez à la fois. J'avais apporté un sachet que Dix Cents s'était procuré pour moi, il y avait peut-être de quoi remplir une tasse en tout, et quand tout a été fini, plus de la moitié de la poudre était partie dans sa gorge ou ses narines.

Je n'ai pas eu besoin d'abattre cet enfoiré. Je n'en avais jamais eu l'intention. Il est mort au bout de dix minutes.

L'enquête des fédés n'a jamais fait surface. Le mois de juin s'est écoulé, puis juillet et août, et je n'en ai plus jamais entendu parler. Don Calligaris m'a juste dit : « Bon boulot, gamin », et ça a été la fin de cette histoire.

Un jour de septembre, j'ai suivi Angelina Maria Tiacoli sur trois pâtés de maisons avant qu'elle ne s'aperçoive que j'étais derrière elle.

Elle semblait folle de rage. Elle a pivoté sur ses talons et s'est dirigée vers moi.

« Qu'est-ce que vous faites ? a-t-elle demandé d'un ton accusateur, la passion et la véhémence dans sa voix trahissant bien plus qu'une simple colère.

– Je vous suis, ai-je répondu.

– Je sais que vous me suivez. »

Elle a fait un pas en arrière et réajusté son manteau. Celui-là était noir, d'une épaisse étoffe laineuse, avec un liseré de soie.

« Mais pourquoi me suivez-vous ?

– Je voulais vous parler. »

Je me sentais brave et audacieux, comme un caïd de bac à sable.

« De quoi ?

– Je voulais savoir si je pouvais vous emmener voir un film ou peut-être manger quelque chose, ou peut-être juste prendre un café. »

Angelina Maria Tiacoli a semblé frappée de stupeur.

« Vous ne pouvez pas me demander ça, a-t-elle répliqué. Vous comprenez que vous ne pouvez pas me suivre dans la rue et me demander ça.

– Comment ça ? ai-je demandé en fronçant les sourcils.

– Savez-vous qui je suis ? a-t-elle demandé.

– Angelina Maria Tiacoli, ai-je répondu.

– Oui, c'est mon nom, mais savez-vous qui était mon père ?

– Bien sûr, oui. Dix Cents me l'a dit.

– Dix Cents ?

– C'est quelqu'un, juste quelqu'un que je connais.

– Et il vous a tout raconté sur moi ?

– Non, pas tout. Je suis sûr qu'il ne sait vraiment pas grand-chose à votre sujet. Il m'a dit votre nom, qui était votre père et, le reste, je l'ai deviné tout seul.

– Le reste ? Quel reste ?

– Ah, vous savez, que vous êtes jolie, et que vous avez l'air d'être le genre de personne que j'aimerais vraiment connaître, et que vous et moi aurions une sacrée allure si on se mettait sur notre trente et un et qu'on allait dans un chouette endroit, comme au restaurant ou au spectacle.

– Et vous avez deviné tout ça tout seul, hein ?

– Bien sûr.

— Eh bien, a-t-elle répliqué, je ne sais pas qui vous êtes, mais si vous avez un ami qui s'appelle Dix Cents, je ne peux qu'imaginer le genre de gens que vous fréquentez, et si vous fréquentez ces gens, alors n'importe lequel d'entre eux pourra tout de suite vous dire que je ne suis pas le genre de personne que les hommes de la famille fréquentent, et je ne suis certainement pas le genre de fille qu'on emmène au restaurant ou au spectacle.

— Pourquoi, ai-je demandé en secouant la tête, quel est votre problème… vous êtes malade ou quelque chose ? Vous avez une maladie en phase terminale ? »

Angelina Tiacoli a eu l'air de quelqu'un qui viendrait de se prendre une gifle.

« Vous êtes vraiment un petit malin, a-t-elle lancé, et elle a fait un pas dans ma direction. Vous avez parlé à vos amis stupides avec leurs noms stupides, et ils vous ont dit que j'étais juste une fille de prostituée et que, peut-être, si vous me suiviez dans la rue, je vous emmènerais chez moi pour coucher avec vous ou je ne sais quoi. C'est ce qui s'est passé ? C'est le genre de conversation que vous avez eue avec votre famille ? »

J'étais sidéré. Je ne savais pas quoi dire. Je cherchais désespérément les mots dans ma tête, en vain. Et quand j'ai ouvert la bouche, rien n'en est sorti.

« Retournez là d'où vous venez et dites à vos amis que si votre satanée famille ne m'avait pas condamnée à cette vie, alors je serais partie depuis longtemps. Dites-leur de ma part, et si vous revenez ici, ou si vous m'arrêtez dans la rue ou me suivez, alors je vous jure que je m'arrangerai pour qu'on vous fasse la peau, espèce de pauvre idiot de malfrat italien. »

Elle m'a fusillé du regard. J'ai ouvert la bouche pour parler.

« Pas un mot de plus, a-t-elle averti, et elle s'est retournée et s'en est allée à la hâte.

– Je... Je ne suis... Je ne suis pas italien », ai-je bégayé, mais le son de ma voix s'est noyé dans le claquement de ses talons sur le bitume, et avant que j'aie pu prononcer un mot de plus, avant que j'aie pu relever la tête ou retrouver suffisamment mes esprits pour faire un pas dans sa direction, elle avait tourné au coin de la rue.

J'ai mis trente secondes à sortir de ma torpeur. Je me suis précipité à ses trousses, mais alors même que je tournais à l'angle de la rue, je savais qu'elle aurait disparu.

J'avais raison. Elle s'était volatilisée. Tout était silencieux.

Je suis resté planté là quelque temps, mon cœur battant à se rompre, puis je me suis difficilement ressaisi et j'ai repris le chemin de la maison.

Noël est passé. Le nouvel an aussi. Je n'ai pas revu Angelina et ai juste cru l'apercevoir furtivement près de la gare routière tandis que je passais en voiture avec Dix Cents et Don Calligaris. Je n'étais pas sûr que ce soit elle, mais le simple fait de voir quelqu'un qui pouvait être elle a suffi à me faire comprendre combien je la désirais. Depuis mon arrivée à New York, je n'avais pas couché avec une seule fille – ni prostituée ni strip-teaseuse, personne – et je me disais que mon abstinence était due au fait que je me réservais pour Angelina. Je voulais être avec elle. Je voulais entendre cette voix qui avait été si pleine de fiel et de colère ; je voulais entendre cette même voix prononcer des mots d'amour et de passion, et me les dire à moi.

Le printemps est arrivé. L'hiver a desserré son emprise sur New York, et le changement de saison s'est accompagné d'un changement d'humeur dans le camp des Lucchese. Il était encore question du syndicat des routiers et de ce Hoffa dont j'avais entendu parler bien des mois auparavant au Blue Flame.

« Faut qu'il parte, faut qu'il dégage, a déclaré Don Calligaris. C'est une petite merde, un rien du tout, un enfoiré arrogant. Juste sous prétexte qu'il était le président du syndicat, il croit que tout le pays lui appartient. Ils l'ont envoyé en taule pour cette histoire de corruption de juré et de fraude, mais ce trou du cul de Nixon l'a gracié et il revient nous emmerder comme un putain de cancer. Bon sang, pourquoi il nous fout pas la paix ? On s'en sort très bien avec Frank Fitzsimmons, merde, c'est un ange comparé à Hoffa. Mais non, Hoffa doit foutre son nez là où on veut pas de lui, et il arrête pas de casser les couilles à tout le monde. Faut s'occuper de ce connard... faut qu'il dégage une bonne fois pour toutes. »

En juillet 1975, il y a eu des réunions, de longues réunions. J'ai vu des gens aller et venir à la maison, et chez Don Calligaris aussi – des gens comme Tony Provenzano et Anthony Giacalone. J'ai appris que Tony Pro était pour le moment vice-président du syndicat des routiers et, chaque fois qu'il parlait de Jimmy Hoffa, on aurait dit qu'il parlait d'une chose dans laquelle il aurait marché sur le trottoir.

« Quand on demande à Frank de fermer les yeux, il fait comme s'il n'avait rien vu, et c'est exactement ce qu'on attend de lui, disait Tony Pro. Nixon a dit à Hoffa de ne pas se mêler des syndicats pendant dix ans, ça faisait partie du marché pour sa grâce. Maintenant, il revient et on a les fédés sur le dos comme pas possible. Ce type… bon Dieu, on arrête pas de lui répéter de rester hors des affaires, mais il est tellement sourdingue que c'est à croire qu'il a pas d'oreilles. »

Le 28 juillet, un lundi, Don Calligaris nous a convoqués Dix Cents et moi. Quand je suis arrivé, la maison de Mulberry était bondée. Il y avait des gens que je connaissais, d'autres que je n'avais jamais vus. Aucun nom n'a été prononcé, mais Dix Cents m'a dit plus tard que le type assis à côté de Joe Giacalone était Charles « Chuckie » O'Brien, un ami très proche de Jimmy Hoffa, quelqu'un que Hoffa appelait son « fils adoptif ».

« Nous allons descendre cet enfoiré, a déclaré Joe Giacalone. Il y a eu un vote et ce putain de raté est un homme mort. Nous en avons tous marre qu'il nous casse les couilles. »

Une réunion devait se tenir dans le Michigan, dans un restaurant appelé le Machus Red Fox, à Bloomfield Township. Hoffa retrouverait Tony Provenzano, Tony Giacalone et un leader syndical de Detroit pour discuter de son intention de briguer la présidence du syndicat. Hoffa voulait savoir si les poids lourds le soutiendraient s'il se présentait contre Frank Fitzsimmons.

Tony Pro et Tony Jacks n'arriveraient jamais. Tony Jacks irait comme à son habitude faire sa gym au Southfield Athletic Club, et Tony Pro serait à Hoboken, dans le New Jersey, occupé à visiter les bureaux locaux du syndicat. Il ferait en sorte de serrer beaucoup de mains et de parler à beaucoup de gens pour que l'on n'oublie pas qu'il était là. Le leader syndical serait retardé et arriverait au Machus Red Fox après 15 heures. Joe Giacalone avait une Mercury bordeaux qu'il prêterait à Chuckie O'Brien. Chuckie arriverait au restaurant et informerait Hoffa que le lieu du rendez-vous avait changé. Hoffa ferait confiance à Chuckie sans hésitation. Il grimperait dans la voiture et laisserait sa propre Pontiac Grand Ville sur le parking du Machus Red Fox. Et il ne sortirait jamais vivant de la Mercury.

Mais il y avait un autre élément qui m'a pris au dépourvu.

« Vous devez comprendre que ça concerne aussi Feraud et ses liens avec Vegas et la famille Lucchese, a déclaré Tony Pro. Nous voulons préserver cet arrangement avec La Nouvelle-Orléans et, croyez-moi, ça nous rapportera beaucoup plus à l'avenir que ce que ça nous rapporte pour le moment, alors vous devez aussi comprendre que nous faisons ça non seulement parce que nous voulons que Frank Fitzsimmons reste président du syndicat, mais aussi pour faire plaisir aux États du Sud. Qui est notre homme là-bas ?

– Ducane… le député Charles Ducane, a répondu Tony Jacks.

– Exact, Ducane. C'est lui la figure principale là-bas en ce moment, c'est lui qui décide des contributions du syndicat, de l'endroit où va l'argent, de qui a quoi. Feraud l'a dans sa poche, et si nous ne faisons pas plaisir à Ducane en faisant ça, nous risquons de perdre tous les financements des États du Sud. Ces types ont des intérêts partout et, si nous les contrarions, alors ça va saigner et ça va être la guerre. C'est une mesure nécessaire pour toutes les personnes concernées, et ça ne peut pas, *ça ne doit pas*, aller de travers.

– C'est pourquoi je vous demande la permission d'envoyer Ernesto », a déclaré Don Calligaris.

Tony Provenzano a dévisagé Calligaris, puis moi.

« Oui… c'est de ça que nous devons parler. Ce Ducane a un de ses hommes, un ancien militaire ou quelque chose du genre. » Il s'est tourné vers Joe Giacalone. « C'est quoi, son putain de nom, déjà ?

— McCahill, je ne sais pas quoi McCahill.

— Exact… Donc Ducane veut envoyer ce gars ici pour régler son compte à Hoffa, mais nous voulons utiliser l'un des nôtres.

— Absolument, a approuvé Don Calligaris. C'est une affaire de famille et ça reste dans la famille. Comme j'ai dit, je veux envoyer Ernesto.

— Et pourquoi ça ? a demandé Tony Pro en arquant les sourcils d'un air interrogateur.

— Ernesto est originaire de La Nouvelle-Orléans, il a travaillé pour Feraud et Ducane par l'intermédiaire de Don Ceriano au début des années 1960. Je veux l'envoyer lui et je veux que Feraud sache qu'on a utilisé un des siens dans cette affaire. Comme ça, ils accepteront que nous n'utilisions pas ce McCahill, pas vrai ?

— Ça me paraît logique, a répondu Tony Provenzano. Ernesto ? »

J'ai acquiescé, sans rien dire.

« Ça lui arrive de parler ? » a demandé Tony Pro avec un sourire.

Calligaris a souri à son tour. Il a posé la main sur mon épaule et l'a serrée.

« Seulement quand il est obligé et seulement avec les gens qu'il aime bien, pas vrai ? »

J'ai souri.

« Merde, je ferais bien d'être sympa avec lui alors, a dit Tony Pro. C'est pas le genre de type dont je voudrais me faire un ennemi. »

Ils ont éclaté de rire. Je me sentais bien. Et c'était une sensation à laquelle je commençais à m'habituer. J'étais quelqu'un. Je comptais. Je pensais aussi à Feraud et à Ducane, des gens dont le nom ressurgissait de temps à autre dans ma vie professionnelle, des gens qui semblaient avoir gagné en importance au fil du temps. Alors que j'avais autrefois pris ce Charles Ducane pour un homme insignifiant et nerveux à la botte d'Antoine Feraud, il semblait désormais avoir la mainmise sur son propre territoire. Il était devenu quelqu'un, exactement comme moi, mais d'une façon nécessairement différente.

« Donc, c'est pour mercredi, a annoncé Tony Jacks. À partir de maintenant, le nom de code, c'est Gémeaux. C'est tout, juste un mot. Je ne veux entendre ni noms, ni dates, ni lieux. Je veux juste entendre un mot quand vous ferez allusion à cette affaire, et ce mot, c'est Gémeaux.

– Qu'est-ce que ça veut dire ? a demandé Tony Pro.

– C'est un putain de signe du zodiaque, espèce d'abruti. Un putain de signe zodiacal, un truc dans les étoiles, et il y a une image avec un type à deux têtes ou un truc à la con de ce genre. C'est juste un putain de mot, OK ?

– Alors, pourquoi celui-là ? a insisté Tony Pro.

– Parce que c'est ce que j'ai décidé, a répliqué Tony Jacks. Et parce que Jimmy Hoffa est un putain d'hypocrite à deux visages et il va les perdre tous les deux mercredi. »

Je me suis donc rendu dans le Michigan et j'ai rencontré Jimmy Hoffa par un mercredi après-midi chaud à Bloomfield Township. C'était un type costaud.

Grosses mains. Grosse voix. Mais il était nerveux. Je crois qu'il savait qu'il allait mourir. Il est monté dans la Mercury quand Chuckie O'Brien s'est pointé au Machus Red Fox, et j'avais beau être assis à l'arrière, il ne m'a pas demandé qui j'étais. Il parlait trop vite, demandait pourquoi le lieu du rendez-vous avait été changé, si Provenzano et Giacalone étaient déjà là, si Chuckie savait s'ils soutiendraient ou non sa candidature à la présidence du syndicat.

Il s'est beaucoup débattu quand je lui ai passé le fil de fer autour du cou depuis la banquette arrière. Il s'est débattu comme Don Ceriano, mais je n'ai rien éprouvé. Chuckie a dû lui maintenir les mains sur les cuisses, ce qui n'a pas été chose facile vu que ce n'était pas un poids plume. Jimmy Hoffa a chèrement vendu sa peau, il a résisté jusqu'au bout, et il y a eu un sacré paquet de sang. Mais c'était juste une question de business cette fois, et il y avait très peu de choses à en dire. Il avait foutu mes employeurs sérieusement en rogne, un point c'est tout. Il avait peut-être été le président du syndicat des routiers, mais l'expression de son regard dans le rétroviseur, l'expression que j'ai vue quand il a rendu son dernier souffle, a été la même que pour tous les autres. Qu'il s'agisse du pape ou d'un leader syndical ou du Christ ressuscité, quand ils voyaient s'éteindre la lumière derrière leurs yeux, ils avaient tous l'air d'instituteurs effrayés.

Je me disais que ça m'arriverait peut-être aussi un jour, mais bon, je verrais bien le moment venu.

Un peu plus de vingt minutes plus tard, je descendais de voiture avec une corde de piano ensanglantée dans ma poche tandis que Jimmy Hoffa, 62 ans, était emmené vers le sud jusqu'à une usine de traitement des graisses où il serait transformé en savon. J'ai regagné le Red Fox à pied, puis j'ai pris un bus jusqu'à Bloomfield. De là, j'ai pris un autre bus jusqu'à la gare. J'ai été de retour à Manhattan le jeudi 31 juillet. Treize jours plus tard, c'était mon trente-septième anniversaire. Don Fabio Calligaris et Tony Provenzano ont organisé une fête en mon honneur au Blue Flame, une fête que je n'oublierai jamais.

C'est Tony Giacalone qui m'a demandé ce que je voulais pour mon anniversaire, et qui m'a expliqué que je pouvais avoir absolument tout ce que je voulais.

« Votre bénédiction, ai-je répondu. La bénédiction de la famille.

— Notre bénédiction pour quoi, Ernesto ?

— Pour épouser une fille, Don Giacalone... voilà ce que je veux pour mon anniversaire.

— Bien sûr, bien sûr... et qui veux-tu épouser ?

— Angelina Maria Tiacoli. »

Ils m'ont accordé leur bénédiction, avec quelques réserves peut-être, mais ils me l'ont accordée, et même si quatre mois se sont écoulés avant que je la revoie, c'est ce jour-là que ma vie a changé de façon irréversible.

Par la suite, bien d'autres choses ont également changé. En août, Nixon concéderait finalement la défaite et démissionnerait, emportant avec lui les innombrables connexions qui reliaient les familles à travers tous les États-Unis. Le 15 octobre de l'année suivante, Gambino mourrait d'une attaque cardiaque en regardant un match des Yankees à la télé dans sa résidence d'été de Long Island. Sa succession serait assurée non par Aniello Dellacroce comme tout le monde le pensait, mais par Paul Castellano, un homme qui ferait bâtir une réplique de la Maison-Blanche au sommet de Todd Hill, sur Staten Island ; un homme qui négocierait une trêve avec la mafia irlandaise de New York et offrirait à ses chefs – Nicky Featherstone et Jimmy Coonan – l'autorisation d'utiliser le nom de Gambino dans leurs affaires en échange de 10 % de leurs bénéfices à Hell's Kitchen dans le West Side ; un homme qui contribuerait éventuellement à l'affaiblissement du pouvoir des familles criminelles italiennes à New York. Carmine Persico renverserait Thomas DiBella à la tête de la famille Colombo en 1978 ; Carmine Galante conserverait son emprise sur la famille Bonnano jusqu'en 1979 lorsqu'il serait assassiné dans le restaurant italien Joe and Mary à Brooklyn, après quoi il serait remplacé par Caesar Bonaventre qui, à simplement 24 ans, serait le plus jeune capo de tous les temps. Mon temps à New York toucherait alors à sa fin ; j'aurais depuis longtemps dépassé le statut de simple tueur à gages qui avait fait ma réputation, et mon apprentissage serait terminé.

Je pensais être venu à New York pour trouver quelque chose. Quoi, je l'ignorais alors, et je n'en suis toujours pas certain. Mais j'ai trouvé une chose à laquelle je ne m'étais jamais attendu et je vais vous en parler un peu maintenant.

Thanksgiving approchait et, bien que Thanksgiving n'ait pas été un événement particulièrement important dans le calendrier italien, c'était tout de même une occasion de manger plus, de boire plus, de faire la fête au Blue Flame et de se charrier les uns les autres.

J'ai emprunté la voiture de Dix Cents, l'ai conduite dans un garage pour la faire nettoyer. Dieu seul sait ce qu'ils ont trouvé dedans, mais comme ils étaient de la famille, ça n'avait aucune espèce d'importance. J'ai garé la voiture à une rue de chez nous pour que Dix Cents, oubliant qu'il me l'avait prêtée, ne s'en serve pas, et j'ai regagné la maison à pied. Je me suis mis sur mon trente et un, comme pour aller à l'église, et j'ai ciré mes chaussures et noué ma cravate. C'était le début de soirée, un samedi, et sur le coup de 19 heures, je suis ressorti d'un pas léger avec deux mille dollars en poche.

Lorsqu'elle a ouvert la porte, elle ne portait rien que des chaussons et une robe d'intérieur. Elle avait les cheveux attachés derrière la tête comme si elle était occupée à faire le ménage et, quand elle m'a vu avec mon costume à mille dollars et mon bouquet à trente-cinq, elle a ouvert de grands yeux. Je n'étais pas un homme spectaculairement beau, enfin, je n'aurais pas pu être mannequin dans les magazines ou Dieu sait quoi, mais j'étais tout à fait présentable et on aurait pu m'emmener n'importe où sans avoir honte.

« Oui ? a-t-elle demandé.

– Il y a un spectacle au Metropolitan Opera, ai-je répondu. Un concert. »

Je lui ai tendu les fleurs. Elle les a regardées comme si je tenais un sac avec un rat mort à l'intérieur.

« Bref, il y a un concert au Metropolitan Opera…

– Vous l'avez déjà dit… Vous feriez bien de vous dépêcher ou vous allez manquer le début.

– J'ai fait des efforts pour me faire beau, ai-je dit en la regardant, alors que vous, vous êtes belle même en chaussons et en robe d'intérieur. Ça vous rend heureuse d'être méchante avec les gens, ou bien est-ce que vous êtes perverse ou atteinte de je ne sais quelle maladie mentale ? »

Elle s'est alors esclaffée, et son rire était plus beau que tout ce qu'on pouvait entendre au Metropolitan.

« Non, je suis perverse, et je ne peux pas m'empêcher d'être méchante, a-t-elle répliqué. Maintenant, allez-vous-en avec vos stupides fleurs. Trouvez-vous une jolie blonde avec des jambes interminables et emmenez-la à l'opéra.

— Je suis venu vous chercher vous. »

Angelina Maria Tiacoli a semblé atterrée.

« Je crois me rappeler vous avoir vu dans la rue. C'était vous, n'est-ce pas ?

— Dans Hester Street, quand vous sortiez du salon de coiffure. »

Angelina a froncé les sourcils, momentanément décontenancée.

« Quoi, vous prenez des notes ?

— Non, je ne prends pas de notes… j'ai juste un don pour me rappeler les choses importantes.

— Et l'endroit où je me fais couper les cheveux est important ?

— Non, pas l'endroit où vous vous faites couper les cheveux… mais le fait que c'était vous, voilà ce qui était important.

— Vous êtes sérieux, n'est-ce pas ?

— Suffisamment sérieux pour demander à Don Giacalone sa bénédiction et celle de la famille.

— Sa bénédiction pour quoi ?

— Pour vous épouser, Angelina Maria Tiacoli… pour vous épouser et faire de vous ma femme.

— Pour m'épouser *et* faire de moi votre femme, vraiment ?

— Oui, vraiment.

— Je vois, a-t-elle dit. Et vous savez qui je suis ?

– J'en sais assez sur vous pour vous inviter à sortir ce soir, mais suffisamment peu pour vous trouver très intéressante.

– Ainsi, je suis intéressante, hein?

– Oui, ai-je répondu. Intéressante et belle, et même quand vous parlez, j'entends dans votre voix une chose qui me laisse croire que je pourrais vous aimer pour le restant de votre vie.

– Vous avez répété avant de venir, ou est-ce que vous avez demandé à un scénariste de Hollywood de vous écrire tout ça? »

J'ai acquiescé.

« Bien joué. J'ai demandé à un scénariste de Hollywood de coucher tout ça sur le papier et je lui ai dit que, s'il n'obéissait pas, j'irais chez lui et je lui tirerais une balle dans le genou. »

Elle a ri. Le courant commençait à passer.

« Donc, vous vous êtes fait tout beau, vous avez acheté des fleurs et vous êtes venu ici sans y être invité pour me demander de vous accompagner au Metropolitan Opera?

– Exact.

– Je ne peux pas venir.

– Pourquoi? ai-je demandé en fronçant les sourcils.

– Parce que je ne peux pas sortir avec vous, ni avec qui que ce soit de votre espèce, vous allez donc devoir vous remettre vite fait et trouver quelqu'un d'autre à harceler. »

Angelina Tiacoli a souri une fois de plus, mais ce n'était pas un sourire chaleureux ni bienveillant, puis elle a brutalement refermé la porte et m'a laissé planté sur le perron.

J'ai attendu une trentaine de secondes jusqu'à entendre le son de ses pas s'éloigner à l'intérieur, puis j'ai fait un pas en arrière, j'ai posé le bouquet contre la porte et je suis rentré à la maison.

Je suis revenu le lendemain après le déjeuner.

« Encore vous ?

– Oui.

– Vous n'allez pas abandonner, hein ? »

J'ai fait non de la tête.

« Comment était le concert ?

– Je n'y suis pas allé.

– Vous voulez que je vous rembourse les billets, c'est ça ?

– Non, je ne veux pas que vous me remboursiez les billets.

– Alors, qu'est-ce que vous voulez exactement ?

– Je veux vous emmener dans un endroit agréable, peut-être au cinéma…

– Ou voir un spectacle au Metropolitan.

– Exact, ai-je dit, un concert au Metropolitan, ou peut-être que nous pourrions juste prendre un café quelque part et discuter un moment.

– Juste un café.

– Oui, si c'est ce que vous voulez.

– Non, ce n'est pas ce que je veux, mais je me dis que si j'accepte de prendre un café avec vous, vous me ficherez peut-être la paix. Est-ce trop espérer ?

– Oui, c'est trop espérer. Si vous prenez un café avec moi, alors je vais vouloir revenir et vous emmener ailleurs la prochaine fois. »

Angelina est restée un moment sans rien dire, puis elle a acquiescé.

« Entendu, a-t-elle dit. Revenez à 16 heures. »

Elle a refermé la porte.

Je suis revenu à l'heure convenue. J'ai frappé à la porte jusqu'à ce qu'une personne dans la maison adjacente se penche à la fenêtre et me demande « d'arrêter ce bordel, connard ».

Soit Angelina était sortie, soit elle se cachait à l'intérieur.

Je n'étais pas furieux, pas sur le coup, jamais ; j'étais juste déterminé.

J'y suis retourné le mardi soir, peu après 19 heures.

Elle a ouvert la porte. Elle était élégamment vêtue : jupe, veste en laine, joli chemisier rose qui lui donnait le teint chaud et appétissant.

« J'étais prête hier soir et vous n'êtes pas venu, a-t-elle dit.

— Je n'ai jamais dit que je viendrais hier soir.

— En effet, vous ne l'avez pas dit, mais étant donné que vous étiez venu la veille et l'avant-veille, je supposais que vous viendriez tous les jours jusqu'à ce que je cède.

— Si vous aviez dit que vous seriez prête hier soir, je serais venu hier soir. Mais vous m'avez fermé la porte au nez, et quand je suis revenu dimanche, vous n'étiez pas là.

— Si, j'étais là, je n'ai juste pas répondu.

— Pourquoi ?

— Je voulais voir à quel point vous étiez persistant.

— Et ?

— Et vous êtes persistant, même si je suis surprise que vous ne soyez pas venu hier.

— Je suis désolé.

— Excuses acceptées, a-t-elle répondu. Alors, où voulez-vous m'emmener ?

— Où voulez-vous aller ?

— Je veux prendre le métro jusqu'à la 6e Avenue, trouver le restaurant le plus cher et manger des choses que je n'ai jamais mangées.

– C'est faisable. »

Elle a marqué une pause, comme si elle songeait à quelque chose, puis elle a acquiescé.

« OK, accordez-moi cinq minutes et je reviens.

– Vous n'allez pas fermer la porte et vous enfermer à double tour ?

– Non, a-t-elle répondu en riant, accordez-moi cinq minutes. »

J'ai attendu cinq minutes. Elle ne revenait pas. Elle m'a laissé poireauter deux minutes de plus, puis j'ai entendu le bruit de ses pas.

Elle a ouvert la porte et est sortie. Elle était superbe ; elle sentait merveilleusement bon – violette ou chèvrefeuille ou je ne sais quoi – et quand je lui ai offert mon bras, elle l'a pris et nous avons marché jusqu'à la voiture. Je lui ai ouvert la portière et l'ai emmenée jusqu'à la station de métro. Je ne lui ai pas demandé pourquoi elle ne voulait pas y aller en voiture. Elle voulait le métro, elle a eu le métro. Si elle m'avait demandé de lui *acheter* le métro, j'aurais trouvé un moyen.

Je l'ai emmenée jusqu'à la 6e Avenue. Nous avons trouvé un restaurant, et je ne sais pas si c'était le plus cher de l'avenue, ça m'était égal, mais j'ai dépensé deux cent onze dollars et laissé un pourboire de cinquante.

Au retour, je ne l'ai pas ramenée en voiture depuis la station de métro jusqu'à chez elle car je souhaitais passer le plus de temps possible avec elle. Nous avons marché, ce qui a pris vingt bonnes minutes, et lorsque, sur le perron, je lui ai dit que je venais de passer la plus belle soirée de ma vie, elle a tendu la main et m'a touché le visage.

Elle ne m'a pas embrassé, mais ça n'était pas un problème. Elle a dit que je pouvais revenir la voir, à quoi j'ai répondu que je le ferais.

Je l'ai vue quotidiennement, en exceptant les deux jours où j'ai dû quitter la ville pour le travail, pendant près de huit mois. Et en juillet 1976, je lui ai demandé de m'épouser.

« Tu veux que je t'épouse ? » a-t-elle demandé.

J'ai fait signe que oui. J'avais la gorge serrée. Je respirais difficilement. Elle produisait sur moi le même effet que Dix Cents sur les personnes qui ne payaient pas leurs dettes.

« Et pourquoi veux-tu m'épouser ?

— Parce que je t'aime, ai-je répondu, et je le pensais.

— Tu m'aimes ?

— Oui.

— Et tu comprends que, si je refuse, alors tu ne pourras plus revenir ici. C'est comme ça que ça se passe… si tu demandes une fille en mariage et qu'elle dit non, alors c'est la fin de l'histoire. Tu sais que, à partir de cet instant, c'est définitivement mort. Tu comprends ça, Ernesto Perez ?

— Je le comprends.

— Alors, demande-moi convenablement. »

J'ai plissé les yeux d'un air interrogateur.

« Comment ça, convenablement ? C'est ce que je viens de faire. J'ai une bague dans la poche de ma veste et tout. »

Angelina a fait la moue et acquiescé d'un air approbateur.

« Tu as une bague ?

— Bien sûr. Tu ne crois pas que je viendrais te demander de m'épouser si je n'en avais pas une.

— Fais-moi voir.

— Hein ?

442

— Fais-moi voir la bague que tu as apportée.

— Tu es sérieuse ? ai-je demandé.

— Bien sûr que je suis sérieuse. »

J'ai secoué la tête. Ça ne se passait pas comme prévu ; ça devenait beaucoup plus compliqué que je ne me l'étais imaginé. J'ai enfoncé la main dans ma poche et en ai tiré la bague. Elle était dans un petit écrin de velours noir.

Je l'ai tendu à Angelina.

Elle l'a saisi, a sorti la bague et l'a tenue à la lumière.

« De vrais diamants ? » a-t-elle demandé.

Je lui ai lancé un regard mauvais. Je commençais à en avoir plein le dos.

« Bien sûr que ce sont de vrais diamants. Tu crois que j'apporterais une merde bon marché pour me fiancer...

— Ton langage, Ernesto.

— Désolé.

— Et tu te l'es procurée légalement ?

— Angelina, pour l'amour de Dieu...

— Je suis forcée de demander, pas vrai ? Je suis forcée de demander. J'ai vécu toute ma vie entourée de gens comme toi. Et je ne crois pas qu'on m'ait donné plus de trois ou quatre choses qui n'avaient pas été volées. Se fiancer, c'est important, et se marier encore plus, et je ne voudrais pas m'engager devant Dieu et la Vierge Marie avec quelque chose qui aurait été volé à quelque pauvre veuve de la 9ᵉ Rue...

— Putain, Angelina...

— Ton langage...

— Rien à branler de mon langage. Rends-moi la putain de bague. Je rentre chez moi. Je reviendrai demain quand tu auras retrouvé ta tête. »

Angelina tenait la bague dans sa main. Elle a refermé son poing autour.

« Mais je croyais que tu étais venu me demander en mariage ?

— Oui. Je suis venu te demander en mariage, mais tu es là à me casser les couilles sans raison.

— Alors, fais-le convenablement.

— C'est ce que je viens de faire, nom de Dieu !

— Un genou par terre, Ernesto Perez… un genou par terre et demande-moi convenablement sans jurer ni blasphémer. »

J'ai poussé un soupir et secoué la tête. J'ai posé un genou sur le perron et levé les yeux vers elle. Puis j'ai ouvert la bouche pour parler.

« Oui, a-t-elle dit avant que j'aie le temps de prononcer un mot.

— Oui quoi ?

— Oui, Ernesto Perez… je vais t'épouser.

— Mais je ne t'ai pas encore demandé !

— Mais je *savais* ce que tu allais demander et je ne voulais pas perdre plus de temps.

— Ah, bon Dieu, Angelina…

— Cesse de jurer, Ernesto, cesse de jurer.

— OK, OK, ça suffit. »

En novembre, j'ai suggéré que le mariage ait lieu en janvier de l'année suivante. Elle a repoussé jusqu'à mai car elle voulait qu'il se déroule en extérieur.

Trois cents personnes sont venues à la fête, qui s'est prolongée pendant deux jours. Nous avons passé notre lune de miel en Californie. Nous sommes allés à Disneyland. Je n'avais pas besoin d'apprendre à l'aimer. Je l'aimais à distance depuis très longtemps. Elle était tout pour moi, et elle le savait. Hormis les enfants, elle était la chose la plus importante de ma vie. Elle me rendait important, voilà ce que je ressentais, et c'était un sentiment que je n'avais jamais cru possible.

En juillet 1976, j'ai entendu dire que Castro s'était autoproclamé chef d'État, président du Conseil d'État et aussi du Conseil des ministres. On évoquait son nom dans les reportages télévisés sur la commission parlementaire présidée par le sénateur Frank Church chargée de faire la lumière sur la prétendue implication de la CIA dans la tentative d'assassinat sur Castro. Tout cela me faisait penser à Cuba, à La Havane, à ma mère et a mon père et à tout ce qui avait depuis longtemps disparu. Mais je ne parlais pas de ces choses à Ange, car c'est ainsi que je l'appelais, et c'est ce qu'elle était.

Dans un sens, elle a été mon salut, dans un autre, ma perte et, sans les enfants, il n'en serait rien resté. Mais ces choses sont arrivées plus tard, beaucoup plus tard, et le moment n'est pas venu d'en parler.

Lorsque nous avons commencé à parler de quitter New York, j'avais 43 ans. Un piètre acteur de série B était devenu président des États-Unis, et Ange Perez était enceinte. Elle ne voulait pas que notre enfant grandisse à New York et, avec la bénédiction de la famille, nous avons songé à déménager en Californie, où le soleil brillait vingt-trois heures par jour, trois cent soixante-trois jours par an. Je ne peux pas dire que nous filions le bonheur parfait ; je ne crois pas que cela soit possible pour un homme avec un métier comme le mien ; mais ce qu'Ange et moi avions créé était si éloigné de la relation qu'avaient mes parents que j'étais heureux.

Je n'imaginais pas, pas une seule seconde, que les choses pouvaient mal tourner, mais avec le recul, je peux honnêtement affirmer que je n'étais pas homme à fonder sa vie sur des hypothèses.

Le chapitre New York s'est refermé. Nous nous sommes envolés en mars 1982, Ange était enceinte de six mois, et même si quinze ans se sont écoulés avant que je revienne à New York, je n'ai plus jamais vu la ville avec les mêmes yeux.

Le monde changeait, je changeais avec lui, et s'il y avait une chose que j'avais apprise, c'était qu'on ne peut jamais revenir en arrière.

18

La tempête ne s'était pas calmée. La pluie s'abattait implacablement et, lorsque Hartmann fut escorté à travers la ville depuis les locaux du FBI jusqu'au Royal Sonesta – un convoi de trois voitures, lui-même ayant pris place dans le véhicule du milieu avec Woodroffe, Schaeffer et Sheldon Ross –, il avait plus l'impression d'être le coupable que le confesseur. Car c'est ce qu'il était, non ? Le confesseur d'Ernesto Perez, un homme dont la vie n'était qu'une inconcevable succession de cauchemars.

« Je n'en reviens pas, n'arrêtait pas de répéter Woodroffe. Le meurtre de Jimmy Hoffa doit être l'un des meurtres non élucidés les plus importants de tous les temps...

– Après celui de Kennedy », observa Ross, commentaire qui lui valut des regards désapprobateurs de la part de Woodroffe et Schaeffer.

Hartmann supposait que la théorie officielle en vigueur au Bureau était que J. Edgar Hoover et la commission Warren avaient eu raison dès le début. C'était, s'imaginait-il, l'un de ces sujets de conversation qui n'étaient jamais abordés. Les gens avaient leur opinion, mais ils la gardaient pour eux et ne la laissaient jamais franchir leurs lèvres.

« Jimmy Hoffa… putain de bordel de Dieu, reprit Woodroffe. Je m'en souviens. Je me souviens de quand ça s'est passé. Je me souviens de toutes les spéculations, des comptes rendus dans les journaux, des théories sur ce qui lui était arrivé.

— Tu devais être adolescent, remarqua Schaeffer.

— Peu importe. Je m'en souviens bien. Et quand j'ai intégré le Bureau et que j'ai commencé à lire des dossiers liés au crime organisé, ce nom apparaissait constamment. C'était la grande question… qu'est-ce qui a bien pu arriver à Jimmy Hoffa ? Je n'en reviens pas que ce soit Perez qui l'ait tué. Et ce Charles Ducane, le putain de gouverneur de Louisiane, était au courant… il l'a même sanctionné…

— Et il allait envoyer Gerard McCahill pour faire le boulot », ajouta Hartmann.

C'était à ses yeux le point le plus important, celui sur lequel tout le monde semblait vouloir fermer les yeux.

« Assez, coupa Schaeffer. Nous n'avons aucune preuve.

— Mais nous savons qu'à peu près tout ce que Perez nous a dit jusqu'à présent a été avéré, rétorqua Woodroffe.

— Supposition, répliqua Schaeffer. Nous ne savons pas si tout ce qu'il a dit est vrai et, pour le moment, nous enquêtons sur Ernesto Perez, pas sur Charles Ducane. Pour ce qui me concerne, Charles Ducane et sa fille sont les victimes, de même que Gerard McCahill, et je ne veux plus entendre un mot de plus sur le sujet.

— Il y a aussi la manière dont le corps de McCahill a été retrouvé, déclara Hartmann.

— Comment ça ?

— Le dessin sur son dos… la constellation des Gémeaux. C'était le nom de code utilisé pour évoquer le meurtre de Hoffa… ils l'appelaient Gémeaux. Je suppose que le dessin a été tracé pour rappeler à Ducane que son implication n'avait pas été oubliée.

– Encore une supposition, dit Schaeffer. Nous ne sommes certains de rien. Tout ce que nous avons, c'est la parole d'un homme, et il est complètement cinglé.

– Et merde, fit Hartmann. Un grand mystère qui s'envole », ce qui sembla tuer net le sujet.

Le silence s'installa pendant un moment. Hartmann regardait par la vitre. Il se représenta mentalement la constellation brillant sur le dos de McCahill, puis il s'imagina Ernesto Perez debout au-dessus du cadavre de Stefano Cagnotto. Ce qui le ramena pendant un bref moment à un motel avec Luca Visceglia, un motel près du cimetière Calvary, la veille du jour où ils devaient présenter une déclaration sous serment. Il savait à quoi ressemblait quelqu'un qu'on avait forcé à faire une overdose.

« Maintenant nous devons trouver la femme », déclara Schaeffer. Il se tourna vers Hartmann qui était assis sur la banquette arrière. « Essayez de voir si vous pouvez lui en faire dire plus sur sa femme. Elle doit bien être quelque part.

– Et le gamin… garçon, fille, enfin, bref, il doit avoir une petite vingtaine d'années, compléta Woodroffe.

– J'ai alerté les services de recherche du FBI, ajouta Schaeffer. Ils vont la retrouver, mais nous n'avons aucune estimation réaliste du temps que ça prendra. Ils vont remonter aussi loin qu'il le faudra. Le fait est qu'il n'y a personne dans ce pays qui ne puisse pas être retrouvé.

– Sauf Perez lui-même, observa Woodroffe, et Schaeffer lui lança un regard qui le fit taire immédiatement.

– Je ne crois pas que nous puissions compter sur un rôle éventuel de la femme de Perez dans tout ça, objecta Hartmann.

– Et qu'est-ce qui vous amène à cette conclusion ? demanda Schaeffer.

– Perez est trop malin pour impliquer sa propre famille. Ça le toucherait de trop près.

– Peu importe, c'est quelque chose, déclara Schaeffer, et dans notre situation nous suivons toutes les pistes, qu'elles nous semblent avoir un lien ou non.

– Ce qui inclut Charles Ducane ? » demanda Hartmann.

Ce n'était qu'une question, mais il savait comment Schaeffer réagirait. Ce dernier se contenta de se retourner et de le regarder. Il avait une expression froide et distante, mais on pouvait deviner derrière de la fatigue et de l'abattement.

« Vous voulez remettre ça sur le tapis ? demanda-t-il à Hartmann.

– Est-ce que je le veux ? Non, bien sûr que non. Je n'ai aucune envie de remettre ça sur le tapis. D'ailleurs, je préférerais laisser tomber tout ça et retourner à New York sur-le-champ.

– On trouve la fille, dit Schaeffer.

– Et après ? »

Schaeffer haussa les sourcils d'un air vague.

« Et après quelqu'un va parler à Ducane ? » demanda Hartmann.

Schaeffer ferma les yeux et soupira.

« Ce n'est pas à moi de décider si quelqu'un ira ou non parler à Ducane, répliqua-t-il.

– Et aucun d'entre nous ne va en assumer la responsabilité, n'est-ce pas ? Vous avez entendu la même chose que moi…

– Assez, coupa Schaeffer en levant la main. Une chose à la fois, je suis la procédure qu'on m'a donnée... et pour le moment la seule chose qui compte, c'est Catherine Ducane.

– Alors, nous allons oublier tout ça une fois que nous aurons retrouvé la fille ?

– Ray, intervint Woodroffe en se penchant en avant, laissez tomber pour l'instant, OK ? On va à notre rendez-vous avec Perez, on fait tout ce qu'on a à faire jusqu'à ce qu'on ait récupéré la fille, et après...

– C'est bon, coupa Hartmann. Je ne dis plus rien. Ce n'est pas mon boulot de décider qui dirige le pays de toute manière. »

Schaeffer ne répondit rien ; il supposait que c'était mieux ainsi. Cette conversation tournait en rond et elle reposait sur un bon nombre d'éléments qu'aucun d'entre eux ne voulait vraiment connaître.

Le trajet fut bref, simplement rendu plus long par la pluie ; les collecteurs d'eaux pluviales débordaient dans les rues, et Hartmann voyait ici et là des gens se hâter sous l'averse, tentant vainement d'échapper au déluge. C'était sans espoir, les cieux s'étaient ouverts en grand, et toute l'eau qu'ils contenaient s'abattait sur La Nouvelle-Orléans. Peut-être Dieu, dans Son infinie sagesse, tentait-Il de nettoyer la ville. Mais ça ne marcherait pas : trop de sang avait été versé sur cette terre pour qu'elle soit autre chose qu'un petit reflet de l'enfer.

Le convoi s'immobilisa devant le Royal Sonesta. Hartmann sortit et se précipita vers l'entrée, où il fut accueilli par trois agents fédéraux. À l'intérieur, il y en avait quatre de plus, tous armés, tous des clones, et Hartmann prit conscience de l'attention et des moyens consacrés à cette opération.

On le plaçait dans une position parfaitement intenable. Il savait, avec une certitude absolue, que Perez n'était pas là pour négocier la vie de la fille. C'était le dernier de ses soucis. Perez n'était pas là pour éviter la prison ou la peine de mort ou quelque condamnation que la société déciderait de lui infliger. Perez était là pour raconter une histoire et faire passer un message. Quel était ce message, personne n'en savait rien. Hartmann s'était résigné à faire de son mieux, et si cela ne suffisait pas, alors ils pouvaient refiler le boulot à quelqu'un d'autre.

L'un des agents prit son pardessus et lui tendit une serviette.

« Temps pourri », dit Hartmann et il entreprit de se sécher les cheveux et la nuque.

L'agent se contenta de le regarder d'un air implacable et ne répondit rien.

Où vont-ils chercher ces types ? se demanda Hartmann. *Peut-être qu'ils ont une usine près de Quantico où ils les fabriquent tous dans le même moule.*

Hartmann rendit la serviette et se recoiffa.

Woodroffe apparut à ses côtés, talonné de près par Schaeffer.

« Vous allez m'équiper d'un micro ? demanda Hartmann.

— Il y a des micros dans tout le putain d'hôtel, répondit Schaeffer. Le bâtiment comporte cinq étages et Perez est tout en haut. Nous sommes forcés d'utiliser les escaliers parce que les ascenseurs ont été immobilisés. Toutes les entrées et sorties des quatre premiers étages sont bloquées. Toutes les fenêtres sont verrouillées de l'intérieur et, au cinquième étage, il doit y avoir environ vingt agents répartis dans les couloirs

452

et les chambres qui flanquent celle de Perez. Dans la chambre de Perez, il y a trois agents qui le surveillent depuis la pièce principale. Perez se sert de la chambre, de la salle de bains adjacente et, parfois, il vient dans le salon pour regarder la télé et jouer aux cartes avec nos hommes. On lui monte ses repas depuis la cuisine au sous-sol, par l'escalier, comme tout le reste.

– Vous lui avez créé une forteresse, déclara Hartmann.

– Eh bien, au moins, on est sûrs qu'il ne va pas sortir… et que personne ne va venir le chercher.

– Et qui pourrait vouloir venir ? » demanda Hartmann en fronçant les sourcils.

Woodroffe jeta un coup d'œil en direction de Schaeffer, celui-ci secoua la tête.

« Aucune idée, monsieur Hartmann, mais ce type nous a réservé assez de surprises jusqu'à présent et nous ne prenons aucun risque.

– Donc, nous montons à pied, dit Hartmann, et il traversa le hall en direction de la cage d'escalier.

– Monsieur Hartmann ? » lança Schaeffer.

Hartmann ralentit le pas, se retourna.

« Je comprends vos réserves et je peux dire que je pense que ça ne donnera rien, mais il y a une fille disparue, une adolescente qui est peut-être toujours en vie et, tant que nous ne saurons pas ce qui lui est arrivé, nous devons faire tout notre possible.

– Je sais, répondit doucement Hartmann. Je le sais aussi bien que toutes les personnes présentes et je vais faire de mon mieux. Mais la vérité, c'est que je pense que ça ne servira à rien… ça ne servira à rien pour elle.

– Faites juste ce que vous pouvez, hein ?

– Bien sûr », répondit Hartmann.

453

Sur ce, il tourna les talons et se mit à gravir l'escalier accompagné de deux des agents qui s'étaient trouvés dans le hall, et ce n'est que lorsqu'il eut atteint le cinquième étage, lorsqu'il fut à un mètre de la porte de Perez, qu'il comprit l'importance de ce qu'il s'apprêtait à faire. Ce qu'il allait dire pourrait retourner Perez contre eux, le rendre réticent à parler et, s'il refusait de parler, il ne finirait jamais le récit de sa vie, ce qui, Hartmann en était convaincu, avait été le mobile de l'enlèvement.

Le désir d'être quelqu'un, la certitude d'y être parvenu, puis la déchirure de n'être plus personne.

Toute cette histoire n'était-elle rien d'autre que le baroud d'honneur d'un vieil homme, aussi fou soit-il, avant que les lumières ne s'éteignent pour de bon ?

Hartmann jeta un coup d'œil à l'agent au visage dénué d'expression qui se tenait à ses côtés.

« Allons-y », dit-il doucement, et l'agent se pencha en avant et frappa à la porte.

De la chambre leur parvenait le son cadencé d'un piano.

Hartmann fronça les sourcils.

Dans la première pièce se trouvaient trois hommes de l'équipe de Schaeffer, tous des vétérans aguerris à en croire leur allure. Celui qui se tenait le plus près de la porte accueillit Hartmann, lui serra la main, se présenta comme Jack Dauncey. Il semblait sincèrement ravi de voir quelqu'un du monde extérieur, peut-être quelqu'un qui n'était pas du FBI.

« Il est à l'intérieur, annonça Dauncey. Nous l'avons prévenu de votre arrivée… vous savez ce qu'il nous a demandé ? »

Hartmann fit non de la tête.

« Si vous restiez souper.

— Un personnage, hein ? dit Hartmann avec un sourire.

— Un personnage ? Il n'y en a pas deux comme lui, monsieur Hartmann. »

Dauncey traversa la pièce, un sourire aux lèvres. Il frappa à la porte et au bout de quelques instants le volume de la musique baissa.

« Entrez ! » ordonna Perez, et Dauncey ouvrit la porte.

La pièce était à la fois aménagée en salon et en chambre. Le lit était repoussé contre le mur de gauche et, sur la droite, il y avait une table, deux chaises, un canapé et une chaîne hi-fi. C'était de là que provenait le piano cadencé.

« Chostakovitch, annonça Perez en se levant et en se dirigeant vers Hartmann. Vous connaissez Chostakovitch ?

— Pas personnellement, non.

— Vous autres défendez l'ignorance avec humour, observa Perez en souriant. Chostakovitch était un compositeur russe. Il est mort il y a longtemps. Ce morceau s'intitule *L'Assaut sur Krasnaya Gorka*, et il a été écrit pour commémorer la prise du palais d'Hiver. C'est beau, non ? Beau, mais aussi très triste. »

Hartmann acquiesça. Il marcha jusqu'à la table et s'assit sur l'une des chaises.

Perez le suivit, s'assit face à lui et, s'il n'y avait pas eu la musique, ils auraient pu se trouver une fois de plus dans le bureau du FBI.

« Peut-être que nous pourrions mener nos entretiens ici à partir de maintenant, suggéra Perez. Ça vous éviterait d'avoir à me faire escorter par tous ces agents

455

fédéraux, dont aucun, je peux vous l'assurer, n'a le moindre sens de l'humour, et nous serions beaucoup plus à l'aise, non ?

— En effet. J'en toucherai un mot à Schaeffer et Woodroffe. »

Perez sourit et attrapa ses cigarettes. Il en offrit une à Hartmann, qui la prit, tira son briquet de la poche de sa veste et l'alluma ainsi que celle de Perez.

« Comment tiennent-ils le coup ? demanda Perez.

— Qui ?

— M. Schaeffer et M. Woodroffe.

— Comment ils tiennent le coup ?

— Oui. Ils doivent éprouver une certaine tension, non ? Ils se sont retrouvés dans ce qui sera peut-être la situation la plus inconfortable de leur carrière. La pression doit être énorme, entre la disparition de la fille et tous ces gens puissants qui ne les lâchent pas et exigent des résultats, des résultats, toujours plus de résultats. J'imagine à peine comment ils se sentent.

— Tendus, répondit Hartmann, comme le pont de Brooklyn.

— Très drôle, monsieur Hartmann, dit Perez en riant. Je vous connaissais très peu avant notre rencontre, mais depuis que nous avons passé du temps ensemble, j'ai appris à vous apprécier.

— Je suis flatté.

— À juste titre... car rares sont les gens de ce monde dont je peux dire que je les apprécie sincèrement. J'ai vu tant de folie dans ma vie, tant d'actes commis sans la moindre raison, que j'en suis venu à croire que les êtres humains étaient tous aussi perdus les uns que les autres.

— Pourquoi moi ? » demanda Hartmann.

Perez se pencha en arrière et fixa Hartmann du regard.

« Cette question vous intrigue. J'ai remarqué qu'elle vous tracassait dès le premier jour. Vous voulez savoir pourquoi je vous ai demandé de venir ici quand j'aurais pu demander à nombre de personnes qui se seraient fait un plaisir de venir ?

– Oui. Pourquoi m'avez-vous choisi ?

– Pour trois raisons, répondit Perez d'une voix neutre. Tout d'abord, et c'est la raison principale, parce que vous êtes de La Nouvelle-Orléans. Vous êtes originaire de Louisiane, comme moi. J'ai du sang cubain, certes, mais indépendamment de ça, je suis né ici, à La Nouvelle-Orléans. La Nouvelle-Orléans, que ça vous plaise ou non, a toujours été ma ville, le lieu dont j'étais originaire. Et il y a dans cette ville quelque chose que seules les personnes qui y sont nées, celles qui y ont passé leur enfance, peuvent vraiment comprendre. Cet endroit ne ressemble à nul autre. Il y a un tel mélange de gens ici, tant de foi et de croyances, de langues et de groupes ethniques, qui rendent cette ville unique. Dans un sens, elle ne possède aucune caractéristique distinctive et elle est donc difficile à définir. C'est un paradoxe, un puzzle, et les gens qui la visitent ne saisissent jamais vraiment ce qui la rend si différente. Soit on l'aime, soit on la déteste, et une fois qu'on a fait son choix, rien ne peut plus nous faire changer d'avis.

– Et vous ? demanda Hartmann. Vous l'aimez ou vous la détestez ? »

Perez s'esclaffa.

« Je suis une anomalie et un anachronisme. Je suis l'exception qui confirme la règle. Cette ville ne m'inspire absolument aucun sentiment. Je ne peux ni l'aimer ni la détester. Mais bon, après avoir vu tout ce que j'ai vu, il n'y a presque plus rien au monde que j'aime ou que je déteste.

— Et la deuxième raison ?

— La famille », répondit Perez d'une voix douce, mais avec une telle intensité et une telle emphase que ce simple mot frappa Hartmann de plein fouet.

« La famille ? » demanda-t-il.

Perez acquiesça. Il se pencha en avant, fit tomber sa cendre dans le cendrier.

« Je ne comprends pas, dit Hartmann en secouant la tête.

— Mais si, répliqua Perez, et peut-être même mieux que n'importe quelle autre personne impliquée dans cette affaire. Vous comprenez la force et le pouvoir de la famille.

— Comment ça ?

— Allons, monsieur Hartmann, vous ne pouvez nier que c'est vrai. Pensez à vos parents. À Danny. »

Hartmann ouvrit de grands yeux.

« Danny ? demanda-t-il. Comment êtes-vous au courant pour Danny ?

— De la même manière que je suis au courant pour Carol et Jessica. »

Hartmann resta sans voix. Il regardait Perez avec incrédulité et dégoût.

« Allons, monsieur Hartmann, ne faites pas comme si vous étiez surpris. Je ne suis pas idiot. On ne vit pas la vie que j'ai vécue en étant idiot. J'ai peut-être fait certaines choses que vous avez du mal à comprendre, mais ça ne fait de moi ni un fou, ni un ignorant, ni un improvisateur. Je suis un homme méthodique et méticuleux. Je suis un planificateur, un penseur. J'ai peut-être travaillé avec mes mains, mais le travail que j'ai accompli a dans l'essentiel été cérébral dans son exécution.

— C'est le mot, observa Hartmann.

— Exécution ? N'y voyez aucun jeu de mots, répliqua Perez. Certaines personnes sont nées avec une vocation, monsieur Hartmann, une vocation comme la politique ou l'art, comme Chostakovitch qui est parvenu à combiner les deux et à avoir quelque chose de valable à dire, et puis il y a ceux qui se retrouvent sur une voie qu'ils n'ont pas choisie.

— Et où vous situeriez-vous ?

— Parmi ces derniers, naturellement », répondit Perez.

Il écrasa sa cigarette et en alluma une autre.

« Les événements ont peut-être conspiré, je n'en suis pas sûr. Peut-être que, quand je mourrai, tout deviendra clair et évident et que je comprendrai tout. Peut-être les événements conspirent-ils pour faire de nous ce que nous sommes, mais encore une fois, je pense parfois que nous possédons inconsciemment le pouvoir d'influencer les événements et les circonstances qui nous entourent et que, de cette manière, nous déterminons, pour l'essentiel, ce qui nous arrive.

— Je ne peux pas dire que j'ai un point de vue aussi philosophique sur la question, observa Hartmann.

— Eh bien, envisagez les choses sous cet angle. »

Perez se pencha en arrière. Il semblait parfaitement détendu.

« Votre situation est un exemple parfait. La mort de votre père, la mort de votre frère cadet, le métier que vous avez exercé pendant l'essentiel de votre vie d'adulte. Ces choses ont-elles contribué à votre problème, ou bien votre problème a-t-il toujours été là, attendant simplement la *force majeure** nécessaire pour faire surface ?

— Mon problème ?

— La boisson, déclara Perez.

— La boisson ? demanda Hartmann, une fois de plus déstabilisé par la quantité de détails que Perez connaissait sur sa vie.

— La boisson, oui. Le problème avec lequel vous vous débattez depuis tant d'années, et l'élément qui a finalement provoqué le départ de votre femme et de votre fille.

— Que viennent faire là-dedans ma femme et ma fille ? demanda Hartmann, à la fois troublé et tendu. Que savez-vous sur elles ? »

Perez secoua la tête et sourit.

« Ne vous en faites pas, monsieur Hartmann. Votre femme et votre fille n'ont absolument rien à voir avec cette histoire. Et je comprends le sentiment de responsabilité que vous éprouvez à leur égard…

— Comme vous envers votre propre femme et votre enfant, monsieur Perez ? lança Hartmann, saisissant la balle au bond.

— Ma femme et mon enfant ? demanda Perez. Nous ne parlons pas de ma femme et de mon enfant, monsieur Hartmann, nous parlons des vôtres.

— Je sais, mais puisque nous en parlons, je trouve le fait que vous ayez une femme et un enfant absolument fascinant. »

Perez fronça les sourcils.

« Votre travail, les choses que vous avez faites… comment pouviez-vous rentrer à la maison et regarder

460

votre femme en face en sachant que quelques heures plus tôt vous aviez assassiné quelqu'un ?

— De la même manière que vous, j'imagine, répondit Perez.

— Moi ? Que voulez-vous dire ? Je n'ai jamais assassiné personne.

— Mais vous lui avez menti et vous l'avez trompée, et vous avez fait semblant d'être ce que vous n'étiez pas. Vous avez fait des promesses que vous avez trahies, j'en suis sûr. C'est la même chose pour toutes les personnes qui ont une ombre, monsieur Hartmann, qu'il s'agisse d'alcoolisme ou de passion du jeu ou d'infidélité. Quelle que soit l'ombre qui les hante, elles mènent une double vie.

— Mais vous assassiniez des gens. Vous partiez avec l'intention de commettre un meurtre et vous le faisiez. Ça n'a d'après moi rien à voir avec un problème de boisson.

— Ça dépend de votre philosophie, répliqua Perez avec un haussement d'épaules, il s'agit de savoir si vous estimez que les événements conspirent pour faire de vous ce que vous êtes, ou si vous êtes quelqu'un qui croit que l'homme a la possibilité de déterminer les événements grâce au pouvoir de son esprit.

— Nous nous écartons du sujet, dit Hartmann, à la fois intrigué et très mal à l'aise.

— En effet, consentit Perez, même si je dois admettre que la famille est un sujet de conversation aussi important à mes yeux qu'aux vôtres.

— Bon, soit, fit Hartmann. Et la fille ? »

Perez leva les yeux.

« *Quoi*, la fille ?

— Elle a une famille. Elle a une mère et un père.

– Et un chat et un chien. Et elle joue du piano, et elle aime discuter avec ses amies de garçons et de mode et de produits de beauté.

– Exact… qu'est-ce qu'elle devient ? Que devient *sa* famille ?

– Quoi, sa famille ?

– Vous prétendez croire en la nécessité et l'importance de la famille. Avez-vous songé à ce qu'ils doivent éprouver ? »

Perez sourit une fois de plus et se pencha en avant. Il posa les mains sur la table et joignit le bout des doigts.

« Monsieur Hartmann, j'ai songé à tout.

– Alors ? »

Perez haussa les sourcils.

« Alors, ce qu'ils éprouvent est-il important ? insista Hartmann.

– D'une importance vitale, oui.

– Et imaginez-vous une chose plus perturbante et plus bouleversante que ce que vous êtes en train de leur faire ? »

Perez se mit à rire, mais son rire ne semblait aucunement malveillant.

« Ça, monsieur Hartmann, c'est précisément le but de l'exercice.

– Bouleverser autant que possible Charles Ducane et son ex-épouse ?

– La femme, fit Perez en agitant la main, Eve, je crois que c'est son nom, ce qu'elle éprouve n'a aucune importance pour moi. Mais Charles Ducane… c'est une tout autre histoire.

– Comment ça ?

– Parce qu'il est aussi coupable que moi et, pourtant, il est là, gouverneur de Louisiane, à trôner dans sa demeure, protégé par le monde entier, alors que je suis ici, coincé dans une petite forteresse, coupé du monde par le FBI, et forcé de justifier mon existence, à vous, un auxiliaire juridique alcoolique qui a honte d'être né à La Nouvelle-Orléans. »

Hartmann attrapa une autre cigarette. Il était temps de changer le ton de la conversation avant que Perez ne se mette en colère.

« Je trouve remarquable que vous soyez responsable de la mort de Jimmy Hoffa.

— Il est mort, il a bien fallu que quelqu'un le tue. Pourquoi pas moi ?

— Avez-vous aussi tué Kennedy ?

— Lequel ?

— Vous les avez abattus tous les deux ? demanda Hartmann avec un sourire.

— Ni l'un ni l'autre, même si je pense que je m'en serais tiré, contrairement à Oswald et Sirhan Sirhan, qui n'y étaient au bout du compte pour rien, quoi qu'en aient dit J. Edgar Hoover et la commission Warren. L'assassinat de Kennedy et le mystère qui entoure sa mort depuis quarante ans doivent constituer le plus spectaculaire et le meilleur exemple de propagande gouvernementale de tous les temps. Adolf Hitler aurait été fier de ce qu'a accompli votre gouvernement. N'a-t-il d'ailleurs pas affirmé que plus le mensonge était énorme, plus on le croyait facilement.

— C'est aussi votre gouvernement, remarqua Hartmann.

— Je suis sélectif... il faut choisir entre la peste et le choléra. Les États-Unis ou Fidel Castro. J'en suis encore à essayer de décider auquel des deux je préfère être allié. »

Hartmann resta un moment silencieux. Il fuma sa cigarette.

Perez rompit le silence.

« Donc, vous n'êtes pas venu ici simplement pour me rendre visite, ni pour dîner ou fumer mes cigarettes, monsieur Hartmann. Je pense que vous êtes venu ici avec une proposition.

— Comment le savez-vous ?

— Le moment est venu pour le procureur général d'abattre ses cartes, et comme je l'ai déjà dit, on ne survit pas à la vie que j'ai vécue en étant idiot. Alors, annoncez la couleur. Que sont-ils disposés à m'offrir ?

— La clémence », répondit Hartmann.

Il était persuadé que la conversation dans son ensemble avait été prédite et déterminée par Perez dès le départ. Hartmann n'avait pas voulu que les choses se passent ainsi, mais la situation lui avait désormais échappé des mains. Il croyait que ses cartes étaient cachées mais il ne s'était pas rendu compte que c'était son adversaire qui les avait choisies pour lui.

« La clémence ? demanda Perez. La grâce ? Vous croyez que c'est ce que je suis venu demander ?

— Non, répondit Hartmann en secouant la tête. Je ne pense pas.

— Je suis venu ici de mon plein gré. Je me suis rendu à vous sans résistance. J'aurais pu continuer de vivre ma vie, j'aurais pu ne rien faire. Si je n'avais pas appelé le FBI, si je n'avais pas parlé à ces gens, si je ne vous avais pas demandé de venir, alors nous ne serions pas en train d'avoir cette conversation. J'aurais pu enlever la fille, j'aurais pu la tuer, et personne ne serait plus avancé.

– Ils vous auraient retrouvé », répliqua Hartmann.

Perez se mit à rire.

« Vous croyez, monsieur Hartmann ? Vous croyez vraiment qu'ils m'auraient retrouvé ? J'ai bientôt 70 ans. Je fais ça depuis près de cinq décennies et demie. C'est moi qui ai tué votre Jimmy Hoffa. Je lui ai passé une corde de piano autour du cou et j'ai tiré si fort que j'ai senti la corde buter contre ses vertèbres J'ai fait toutes ces choses, à travers tout le pays, et ces gens ne connaissaient même pas mon nom. »

Hartmann savait que Perez disait vrai. Il n'avait pas survécu à cette vie en étant stupide. S'il avait voulu tuer Catherine Ducane, il l'aurait fait, et Hartmann supposait que le meurtre n'aurait jamais été élucidé.

« OK, dit-il. Voici le marché… vous nous donnez la fille, vous êtes extradé à Cuba, et le gouvernement fédéral américain ne communiquera aucune information sur votre passé au département de Justice cubain. C'est le marché, à prendre ou à laisser. »

Perez s'appuya au dossier de sa chaise. Il sembla un moment pensif, resta sans rien dire et, lorsqu'il posa les yeux sur Hartmann, il y avait en eux quelque chose de froid et distant que Hartmann n'avait jamais vu jusqu'alors.

« Revenez demain soir, dit Perez. Nous nous rencontrerons dans la matinée comme prévu. Je vous en dirai un peu plus sur moi et ma vie et, quand nous aurons terminé, nous viendrons dîner ici, vous et moi, et je vous donnerai ma réponse. »

Hartmann acquiesça.

« Pouvez-vous nous dire une chose ? » demanda-t-il.

Perez le regarda d'un air interrogateur.

« La fille. Pouvez-vous nous assurer qu'elle est toujours en vie ?

— Non, je ne peux pas, répondit Perez en secouant la tête.

— Elle est morte ?

— Je n'ai pas dit ça.

— Vous ne dites rien.

— C'est exact, je ne dis rien.

— Si elle est morte, tout ça ne rime à rien, remarqua Hartmann.

— Ça ne rime à rien pour ceux qui ne comprennent toujours pas le but de l'opération, répliqua Perez. Maintenant, si ça ne vous ennuie pas, je suis fatigué. J'aimerais me reposer. J'ai un rendez-vous demain matin et, quand je suis fatigué, je ne me concentre pas bien. »

Hartmann acquiesça et se leva.

« Ç'a été un plaisir, monsieur Hartmann, poursuivit Perez. Et je suis sûr que tout s'arrangera pour vous et votre famille.

— Merci, monsieur Perez, même si je ne suis pas certain de pouvoir vous rendre la pareille. »

Perez écarta cette réflexion d'un geste de la main.

« Peu m'importe ce que vous pensez, monsieur Hartmann. Certains d'entre nous sont plus que capables de prendre leurs propres décisions et d'éviter dans la mesure du possible que les circonstances n'influent sur le cours de leur vie. »

Hartmann ne répondit pas. Il n'avait plus rien à ajouter. Il gagna la porte de la chambre et sortit.

Derrière lui le volume de la musique augmenta — *L'Assaut sur Krasnaya Gorka* de Chostakovitch — et Hartmann regarda Dauncey avec une expression quelque peu perplexe.

« Comme j'ai dit, un personnage », observa Dauncey, puis il ouvrit la porte de la suite et Hartmann sortit dans le couloir.

La pluie cessa finalement vers 22 heures. Assis au bord de son lit à l'hôtel Marriott, Hartmann songeait à la zone de guerre délicate et incertaine qu'était sa vie. Carol et Jess n'étaient pas contentes de lui; Schaeffer et Woodroffe, le procureur général Richard Seidler et le directeur du FBI Bob Dohring n'étaient pas non plus contents de lui. Charles Ducane devait désormais connaître son nom et estimer qu'il lui incombait d'assurer le retour de sa fille saine et sauve. Et que penser de Charles Ducane ? Avait-il vraiment trempé dans tout ça ? Le crime organisé ? Le meurtre de Jimmy Hoffa ? Celui des deux personnes au motel Shell Beach à l'automne 1962 ? Charles Ducane était-il aussi impliqué qu'Ernesto Perez ?

Hartmann se déshabilla et prit une douche. Il resta quelque temps sous l'eau presque bouillante. Il pensa à Carol et à Jess, à tout ce qu'il aurait donné pour entendre leurs voix maintenant, pour savoir qu'elles allaient bien, leur dire qu'il était désolé, qu'il était en train de vivre une sorte de catharsis, un exorcisme de la personne qu'il avait été et que, à partir de maintenant, tout serait différent. *Tellement* différent.

Pendant un court moment, Ray Hartmann fut submergé par un sentiment de désespoir et d'abattement. Était-ce ça, sa vie ? La solitude ? Des chambres d'hôtel ? Des enquêtes pour le gouvernement ? Des journées passées à écouter des gens débiter les pires horreurs et à essayer de négocier avec eux ?

Il s'assit sur le sol de la douche. Un déluge d'eau s'abattait sur lui. Il entendait son cœur battre. Il avait peur.

Plus tard, étendu sur le lit, son intense agitation l'empêcha de dormir jusqu'aux petites heures du jeudi matin. Des images étranges lui jaillissaient à l'esprit, des images d'Ernesto Perez tirant un corps d'un marécage sur fond de Chostakovitch.

Puis le matin envahit sa chambre et il se leva, but deux tasses de café noir et, accompagné de Sheldon Ross – qui paraissait maintenant dix ans de plus que la jeune recrue au visage juvénile qu'il avait rencontrée quelques jours plus tôt –, il se rendit au bureau d'Arsenault Street pour entendre ce que ce monde de fous aurait à leur offrir aujourd'hui.

Et ce n'est qu'en franchissant la porte étroite du bureau qu'il ne connaissait que trop qu'il se souvint que Perez avait évoqué trois raisons. Trois raisons de le faire venir à La Nouvelle-Orléans. Perez lui en avait dévoilé deux, et Hartmann – troublé par tout ce qui avait été dit – avait oublié de demander la troisième.

Ce fut la première chose qu'il demanda à Perez lorsqu'ils furent assis.

Perez sourit avec dans le regard une expression entendue.

« Plus tard, répondit-il doucement. Je vous donnerai la dernière raison plus tard… peut-être quand nous aurons fini, monsieur Hartmann. »

Quand nous aurons fini, songea Hartmann. Ça semblait si catégorique, si absolument définitif.

« Alors, si nous partagions un peu la Californie, poursuivit Perez. Car il me semble que le partage est un trait typiquement californien, non ? » Perez sourit de son propre humour et s'enfonça plus profondément sur sa chaise. « Et quand nous aurons fini, nous retournerons à l'hôtel. Nous souperons ensemble et alors je vous donnerai ma réponse à votre proposition. »

Hartmann acquiesça.

Il ferma un moment les yeux et tenta de se représenter le visage de sa fille.

Il essaya de toutes ses forces, mais n'y parvint pas.

19

Ange et moi sommes allés sur la côte Ouest des États-Unis ; en Californie, qui tire son nom d'une île dans le roman espagnol *Las Sergas de Esplandián* de Garcí Ordoñez de Montalvo.

Le pays des contes de fées ; la côte de Big Sur où les montagnes Santa Lucia jaillissent de l'océan ; la côte Nord, accidentée et désolée, les épais voiles de brouillard impénétrables ; le volcan endormi du mont Shasta ; et au-delà, les vastes forêts de séquoias millénaires.

Los Angeles, Les Anges, entourée au nord et à l'est par le désert de Mojave et la Vallée de la Mort, mais malgré la vision et le charme apparent du lieu, malgré la promesse de soleil, de trente kilomètres de sable blanc et de chaleur sur la plage de Santa Monica, nous sommes arrivés dans cette ville en 1982 tels des immigrants et des étrangers.

Personne n'était là pour nous accueillir. Nous avons emménagé dans une maison de trois étages dans Olive Street, près de Pershing Square dans le centre-ville de L. A. Nous avons payé en espèces et loué l'appartement sous le nom de jeune fille d'Angelina et, malgré nos relations à New York, malgré nos visages, nos caractères, nos personnalités, à L. A., nous ne possédions rien. Nous avons été avalés silencieusement, sans effort, par l'immense humanité de ce minuscule microcosme américain.

Trois semaines se sont écoulées avant que je voie notre voisin. Je revenais d'un rendez-vous avec le cousin de Don Fabio Calligaris, qui avait un atelier de démantèlement de voitures volées dans Boyd Street, quand j'ai vu un homme quitter la maison qui jouxtait la mienne. J'ai levé la main, lancé un bonjour, et il s'est retourné et m'a regardé avec une sorte de méfiance et de ressentiment. Il n'a rien répondu et s'est éloigné à la hâte comme si je n'étais pas là, se contentant de jeter un ultime coup d'œil hostile par-dessus son épaule. Je me suis demandé pendant un moment si mes péchés se lisaient sur mon visage. Mais non. Ce n'était pas moi ; c'était Los Angeles qui les rendait comme ça, impitoyablement, irréversiblement.

Nous étions venus ici pour Angelina, pour les enfants aussi.

« Le soleil, qu'elle disait. Le soleil brille ici. Alors qu'il est toujours terne et gris à New York. Et il y avait trop de gens qui me connaissaient là-bas. Je voulais partir, Nesto. Je *devais* partir. »

Je pouvais comprendre ce qu'elle ressentait. J'avais éprouvé la même chose à La Nouvelle-Orléans, peut-être à La Havane, mais la froideur de la ville, l'absence de sentiments et de famille en Californie étaient troublantes.

Le travail ne manquait cependant pas. Par l'intermédiaire du fils de Don Calligaris, j'ai rencontré le frère d'Angelo Cova, Michael. Je n'avais jamais rencontré un homme comme Michael. Il était imposant, par sa stature – il n'était pas sans rappeler Dix Cents –, mais encore plus par sa personnalité. Nous nous sommes rencontrés la première semaine de mai, et il m'a expliqué qu'il y avait des affaires dont je pouvais m'occuper à Los Angeles pour lesquelles New York me serait reconnaissant.

« L. A., c'est *Lucifer's Asshole*, le Trou du cul de Lucifer », a-t-il déclaré. Nous étions dans un petit restaurant derrière Spring Street. La circulation sur la Santa Ana Freeway semblait constamment faire vibrer l'étroit bâtiment. Devant nous, la cour de justice, derrière nous, le tribunal, et au coin de la rue, le bâtiment de la cour d'assises. Je me sentais en quelque sorte acculé, cerné par l'autorité et les institutions fédérales.

« L. A. est ce que Dieu a créé pour que les êtres humains s'adonnent à leur dépravation. Ici, il y a des prostituées qui ressemblent à des bouledogues en train de lécher la pisse au pied des citronniers. Il y a des garçons de 13 ans qui vendent leur cul pour des barbituriques et des amphétamines. Il y a des drogues que tu ne voudrais pas donner à un mourant pour soulager sa douleur. Il y a du jeu, des meurtres, de l'extorsion, toute la merde que tu trouves à New York et à Chicago, mais à L. A., il y a une différence. Ici, tu t'apercevras qu'il manque une chose, et cette chose, c'est un minimum de respect pour la vie humaine.

– Qu'est-ce que tu veux dire ? ai-je demandé.

– Prends la semaine dernière », a répondu Michael Cova.

Il s'est penché en arrière sur sa chaise et a croisé les jambes. Il tenait une petite tasse à café à la main malgré le fait qu'elle était vide.

« La semaine dernière, je suis allé voir un type qui s'occupe de quelques filles. Elles ne sont pas trop moches, un peu abîmées aux entournures, mais avec un petit coup de peinture elles sont à peu près correctes. Le genre de fille dans laquelle on peut fourrer son salami et passer du bon temps, tu vois ? Donc, je vais là-bas pour le voir. Il voulait de l'aide pour s'occuper de connards qui essayaient de s'imposer par la force sur son territoire, et il y avait cette fille, elle ne pouvait pas avoir plus de 21 ans, et elle avait le visage tellement amoché qu'elle n'y voyait plus rien à travers ses yeux fermés. Elle avait les lèvres toutes gonflées comme un punching-ball et elle avait des marques sombres en travers du cou et de la gorge comme si quelque salopard avait essayé de l'étrangler. »

Michael s'est éclairci la gorge.

« J'ai dit à ce type, je lui dis : "Hé… qu'est-ce qui lui est arrivé ?", et il répond : "Oh, fais pas gaffe à cette salope", et je dis : "Putain, qu'est-ce qui s'est passé, mec ? Elle s'est fait frapper par un de ces connards dont tu m'as parlé ?", et il se marre et il fait : "Non, elle a appris une bonne leçon." »

Michael a décroisé les jambes et s'est penché en avant.

« Alors, je dis : "Qu'est-ce que c'est que ces conneries ? Elle a appris une leçon sur quoi ?" et cet abruti, il me répond : "Cette salope a essayé de me cacher du fric, elle a essayé de me cacher quarante billets qu'un richard des beaux quartiers lui avait donnés, alors j'ai dû lui donner une leçon, pas vrai ?" et il s'est mis à rire. »

Michael a secoué la tête et froncé les sourcils d'un air désapprobateur.

« J'étais choqué, mec, je peux te le dire sans problème. Ce connard tabasse cette pauvre fille pour
quarante billets. Apparemment, il n'a jamais pensé à
l'argent qu'il perdrait pendant qu'elle pourrait pas travailler. Et c'est le genre de chose que je vois tous les
jours ici. Un manque de respect élémentaire pour la
vie humaine. C'est comme s'ils avaient tous perdu le
respect de soi et la dignité, et parfois ça me reste sur
l'estomac. »

Michael a posé sa tasse vide sur la table.

« Donc, les choses sont un peu différentes ici et,
même si on voulait pas que tu sois impliqué dans ce
genre de merde, j'ai peur que ça te tombe dessus que tu
le cherches ou non.

— Alors, qu'est-ce que tu veux que je fasse ? ai-je
demandé.

— Un peu de ceci, un peu de cela. Angelo m'a parlé
du genre de boulot que tu faisais pour Fabio Calligaris,
et on s'est dit qu'un peu d'aide était toujours la bienvenue dans ce domaine, tu vois ce que je veux dire ? »

J'ai fait signe que oui ; je voyais ce que Michael
Cova voulait dire.

« Alors, est-ce qu'il y a quelque chose de spécifique ?

— Eh bien, a répondu Michael avec un sourire, cette
petite histoire que je viens de te raconter, je ne te l'ai
pas simplement racontée histoire de tailler une bavette
et de passer le temps. Je te l'ai racontée parce que
le type, le cogneur, tu sais ? Le type qui a tabassé la
fille ? »

J'ai acquiescé ; j'avais deviné la suite.

« Eh bien, il semblerait qu'elle ait pas été la seule à
cacher cinquante billets par-ci par-là. Il semblerait qu'il

soit aussi coupable que n'importe laquelle de ses filles, et faut que nous allions là-bas pour avoir quelques mots avec lui, le genre de mots qu'il comprendra parfaitement et qu'il aura jamais l'occasion de répéter.

– Vous le voulez mort ? »

Michael a eu l'air surpris, puis il s'est mis à rire.

« Merde, Angelo disait vrai à ton sujet. T'y vas pas par quatre chemins, hein ?

– À quoi ça sert ? ai-je demandé en haussant les épaules. Tu le veux mort, alors dis-le. Les belles manières et ce genre de conneries, ce sera pour quand je viendrai chez toi pour un barbecue. »

Michael a laissé tomber ses manières avenantes, et je les ai entendues heurter le sol de l'étroit restaurant près de la Santa Ana Freeway.

« Oui, on le veut mort. Tu peux t'en charger ?

– C'est comme si c'était fait. Vous avez une préférence pour la manière ?

– Comment ça ? a demandé Michael en fronçant les sourcils.

– Il y a autant de manières de buter quelqu'un qu'il y a de personnes sur terre. Parfois, il faut que ce soit rapide et discret, comme si le type disparaissait en vacances et ne revenait jamais, d'autres fois, quelqu'un veut faire un exemple à l'intention de tous ceux qui pourraient avoir la même mauvaise idée… »

Le visage de Michael s'est illuminé.

« C'est ça. T'as pigé. On veut qu'il serve d'exemple à toutes les petites ordures minables qui pourraient se faire une fausse idée de la personne pour qui ils travaillent.

– Quand ? ai-je demandé.

– Quand quoi ?

« – Quand veux-tu que je m'occupe de lui ? »

Michael a secoué la tête.

« Aujourd'hui ?

– OK, ai-je répondu. Aujourd'hui, ça me va. Quelle adresse ? »

Michael m'a donné l'adresse, une maison à l'angle de Miramar et de la 3ᵉ Rue, près de la Harbor Freeway.

Je me suis levé.

« Maintenant ? a-t-il demandé, visiblement surpris.

– Des objections ?

– Je suppose que non, a-t-il répondu en secouant la tête. Mais qu'est-ce qui presse ?

– J'ai une femme enceinte qui m'attend à la maison… J'ai dit que je ne rentrerais pas tard. »

Michael a soudain éclaté d'un rire gras. Il m'a regardé comme s'il s'attendait à ce que je rie aussi. Je n'en ai rien fait.

« Tu es sérieux », a-t-il dit.

J'ai fait signe que oui.

« OK. Ce n'est que justice. Tu as tes obligations.

– Pas de problème, ai-je dit. Tu veux que je t'appelle pour te prévenir quand j'aurai fini ?

– D'accord, Ernesto, appelle-moi.

– Tu seras ici ?

– Je serai plus que probablement à la maison.

– Donne-moi ton numéro. »

Il m'a donné son numéro et je l'ai noté avec l'adresse qu'il m'avait communiquée. Je les ai mémorisés, puis j'ai mis le feu au bout de papier et l'ai laissé se consumer dans le cendrier.

« Et le nom du type ?

– Clarence Hill, a-t-il répondu. Le nom de cet enculé est Clarence Hill. »

J'ai pris un chemin qui évitait les autoroutes principales – Spring Street jusqu'à la 4ᵉ Rue, la 4ᵉ Rue jusqu'à Beaudry en passant sous la Harbor Freeway, et là, au coin de Miramar et de la 3ᵉ Rue, j'ai trouvé la maison.

J'ai reculé et me suis garé à deux rues au sud, je suis descendu de voiture et suis revenu à pied. C'était le début de soirée, le soleil était couché et les lumières à l'intérieur me disaient que les filles étaient au travail.

J'ai gravi les marches à l'avant du bâtiment et frappé à la porte, trois fois avant qu'on ne vienne m'ouvrir et, quand je suis entré, l'odeur des lieux m'a violemment assailli les narines.

« Vous désirez ? m'a demandé un Hispanique laid au visage couvert d'urticaire.

– Je dois voir Clarence. »

L'Hispanique m'a regardé en fronçant les sourcils.

« C'est quoi votre problème ? Vous avez la crève ou quelque chose ? Ne venez pas infecter tout le monde avec votre foutue grippe.

– Je n'ai pas la grippe, ai-je répondu. Mais je ne vais pas respirer par le nez… je n'ai jamais vu un endroit qui puait autant qu'ici. »

Ce qui n'était pas vrai, dès que j'eus franchi la porte, je me suis revu une nuit, franchissant en titubant la porte de la maison où j'avais vécu avec Ruben Cienfuegos, il y avait tant d'années de cela.

L'Hispanique a lâché une sorte de ricanement dédaigneux avant de demander :

« Qu'est-ce que vous lui voulez à Clarence ?

– Faut que je le voie, j'ai quelque chose à livrer de la part de Michael. »

L'Hispanique s'est fendu d'un large sourire.

« Merde alors, vous pouviez pas le dire que vous veniez de la part de Michael ? Je connais Michael, ça fait un sacré bail qu'on est potes. Parfois, moi et Michael, on s'assied et on boit une bière, juste histoire d'être ensemble, vous savez ? »

J'ai acquiescé et souri. Je pouvais imaginer que Michael Cova buvant une bière avec l'Hispanique était aussi probable que moi taillant une bavette avec Capone.

« Alors, où est-il ? »

L'Hispanique a désigné l'escalier de la tête.

« Premier, troisième porte à droite, mais putain, frappez à la porte parce qu'il est plus que probable qu'il soit en train de se faire astiquer le manche si vous voyez ce que je veux dire. »

J'ai secoué la tête, mais j'ai souri pour l'Hispanique. Non seulement Clarence tabassait ses employées, mais en plus il profitait de leurs services à l'œil.

Je suis monté rapidement et en silence et ai longé le palier jusqu'à la porte. J'ai frappé une fois, j'ai entendu une voix à l'intérieur et je suis entré.

Clarence Hill était un gros tas de merde bon à rien. Il était assis dans un profond fauteuil et ne portait rien qu'un caleçon et un tee-shirt cradingue. Dans sa main droite, il tenait une télécommande, dans sa main gauche, une boîte de bière. Par terre, devant lui, étaient posées trois autres boîtes vides.

« Yo ! a-t-il lancé. Je crois que vous avez dû vous tromper de chambre, monsieur. »

J'ai secoué la tête.

« C'est Michael qui m'envoie. »

Clarence a penché la tête sur la droite et m'a regardé en plissant les yeux.

« Je vous ai jamais vu. D'où vous connaissez Michael?

— Nous sommes de la même famille. »

Clarence a fait un large sourire réjoui.

« Alors, bon Dieu, si vous êtes de la famille de Michael, vous êtes de ma famille… Entrez, faites comme chez vous.

— C'est ce que je vais faire », ai-je répondu.

J'ai attrapé le 9 mm que j'avais à la taille de mon pantalon et l'ai braqué droit sur sa tête.

Clarence a lâché simultanément la télécommande et la boîte de bière. Il a ouvert la bouche pour dire quelque chose, quelque chose de bruyant et d'inintéressant à coup sûr, mais j'ai levé la main gauche et posé mon index sur mes lèvres.

« Chut, ai-je fait avant qu'un seul mot ne franchisse ses lèvres tremblantes. Le type en bas… comment il s'appelle?

— L… Lourdes.

— Lourdes? Qu'est-ce que c'est que ce nom à la con?

— Ce… c'est son… son n… nom, a bafouillé Clarence. C'est son nom… Lourdes. »

Je me suis penché en arrière vers la porte et j'ai crié le nom de l'Hispanique.

« Quoi? a beuglé celui-ci depuis le rez-de-chaussée.

— À l'étage, ai-je répondu.

— À l'étage quoi? »

J'ai regardé Clarence, qui a acquiescé.

« L… Lourdes, amène-toi tout de suite! » a hurlé Clarence, comme s'il s'imaginait que coopérer avec moi ferait la moindre différence.

Lourdes a gravi les marches. Je me suis posté derrière la porte et, lorsqu'il est entré, je l'ai poussé violemment et il s'est étalé de tout son long.

« Putain, qu'est-ce… » a-t-il commencé, mais lorsqu'il s'est retourné et m'a vu qui me tenais là avec un 9 mm à la main, il l'a bouclée *illico*.

Dans ma poche intérieure, j'ai saisi un couteau, petit et aiguisé.

« Prends ça, ai-je ordonné, et arrache son tee-shirt à Clarence.

– Qu…

– Fais-le, ai-je commandé d'une voix ferme. Fais ce que je dis tout de suite et sans un bruit et peut-être que l'un de vous sortira d'ici vivant. »

Lourdes a attrapé le couteau. Il a découpé le tee-shirt de Clarence au niveau des épaules et, quelques instants plus tard, il tenait la loque infecte entre ses mains.

« Maintenant, découpe-le en lanières et attache Clarence à cette chaise. »

J'ai désigné une chaise toute simple qui se trouvait sur la gauche, contre le mur.

Inutile de les forcer ; ils coopéraient tous les deux sans dire un mot.

Trois ou quatre minutes plus tard, Clarence Hill, tremblant et suant à grosses gouttes, était ligoté sur une chaise au milieu de la pièce.

« Ôte cette taie d'oreiller et enfonce-la-lui dans la bouche », ai-je commandé.

Les yeux de Clarence étaient écarquillés et blancs ; on aurait dit deux balles de ping-pong posées en équilibre sur son visage gras.

Lourdes a obéi, puis il s'est retrouvé planté là avec le petit couteau aiguisé dans la main, attendant que je dise quelque chose.

« Maintenant coupe-lui la bite. »

Lourdes a lâché le couteau.

Clarence s'est mis à hurler, mais avec le tissu dans sa bouche on l'entendait à peine. Il se débattait sauvagement sur la chaise, luttant de toute sa force contre les liens qui l'entravaient.

« Lourdes... ramasse ce foutu couteau et coupe la bite de ce gros porc ou je viens et je commence par toi. »

Lourdes, le corps raidi par la terreur, s'est penché pour ramasser le couteau. Il l'a attrapé du bout des doigts, m'a regardé. Je lui ai fait signe de continuer.

Clarence est tombé dans les pommes avant que la lame ne l'atteigne. Ce qui était une bonne chose pour lui. Lourdes a fait ce que je lui ai demandé, mais ça lui a pris cinq ou dix bonnes minutes car il s'arrêtait pour vomir toutes les trente secondes. La quantité de sang était hallucinante. Il coulait à flots et imbibait la chaise, formait de petits ruisseaux sur le sol, et bientôt Lourdes n'a plus été qu'une épave baragouinante, agenouillée par terre dans le sang de Clarence, tenant le couteau dans sa main droite, la bite de Clarence dans la gauche.

À un moment, Clarence a semblé reprendre conscience, ses yeux se sont ouverts une fraction de seconde, mais quand il les a baissés vers son entrejambe, il s'est évanoui. Dix minutes, peut-être moins, et Clarence serait mort à cause de la perte de sang, s'il n'avait pas déjà fait une attaque.

« Tu t'en es bien tiré, Lourdes », ai-je déclaré, puis j'ai attrapé l'oreiller, le lui ai collé contre l'arrière de la tête tandis qu'il était agenouillé par terre, et je l'ai abattu.

Lourdes s'est écroulé en avant et, au bout d'un moment, il est devenu impossible de dire quel sang appartenait à qui.

J'ai renfoncé le pistolet sous la ceinture de mon pantalon. J'ai quitté la chambre et doucement refermé la porte derrière moi. J'ai longé le couloir, passant devant une porte derrière laquelle un type gueulait « chérie chérie chérie », et j'ai descendu les marches deux à deux jusqu'au vestibule.

J'ai marqué une pause, respiré par le nez pour me rappeler combien cette pièce puait, puis je suis sorti par la porte de devant avant de bien la refermer derrière moi.

Plus tard, après le dîner, j'ai appelé Michael Cova chez lui.

« C'est fait, ai-je calmement annoncé.

– Déjà ?

– Oui.

– OK, Ernesto, OK. Hé, comment va ta dame ?

– Elle va bien, Michael, merci de poser la question.

– Le bébé est pour quand ?

– Juin… il est prévu pour juin.

– Eh ben, que Dieu vous bénisse tous les deux, hein ?

– Merci, Michael… j'apprécie.

– Pas de quoi. Passe-lui le bonjour.

– Je le ferai, Michael.

– À demain.

– À demain », ai-je répondu, et j'ai raccroché.

« Nesto ? a lancé Angelina depuis le salon.

– Chérie ?

– Viens me masser les pieds, tu veux bien, mon chou ? J'ai mal partout.

– Bien sûr, chérie. Je vais juste fermer la porte à clé. »

J'ai verrouillé la porte et suis allé retrouver ma femme dans le salon.

482

Le 17 juin 1982, à l'hôpital Sainte-Marie-Madeleine, dans Hope Street, près du parc, Angelina Maria Perez a donné naissance à des jumeaux. Un garçon et une fille. Impossible de décrire ce que j'ai ressenti, aussi ne tenterai-je pas de le faire, disons simplement que rien avant ni rien depuis n'a été comparable à ce que j'ai éprouvé dans cette salle d'accouchement.

Nous ignorions qu'elle attendait deux bébés. Je savais qu'elle était grosse, mais grosse comparée à quoi? Je m'étais attendu à un enfant. Nous avons eu le bonheur d'en avoir deux. J'ai compté leurs doigts, leurs orteils. Je les ai portés, un dans chaque bras. J'ai marché en rond en les regardant jusqu'à avoir l'impression que j'allais crouler sous le poids de la joie, de l'émotion, de la fierté, de l'amour.

Mes bébés. Mon sang. *Ma* famille.

À cet instant, je ne songeais pas que je pourrais me retrouver tiraillé dans un conflit entre ma famille d'affaires et ma famille de sang. Je ne doutais de rien. Je ne demandais rien. À cet instant, je croyais que Dieu, quelle qu'ait été la puissance qui existait au-delà des paramètres de ma compréhension, m'avait béni en m'accordant une chose inestimable et inconcevable.

Trois jours plus tard, nous avons ramené Victor et Lucia à la maison. Ils pleuraient, ils avaient tout le temps faim; ils nous réveillaient, implorants, dans le demi-jour frais du petit matin, et nous quittions notre lit avec dans le cœur un sentiment nouveau; un sentiment que nous avions autrefois cru inatteignable.

Pendant six semaines, jusqu'à la fin du mois de juillet, je n'ai cherché à contacter personne, ce dont j'étais, dans un sens, heureux. J'ai reçu un coup de fil de Michael Cova. Il m'a présenté ses meilleurs vœux et ceux de sa famille. Dix fois, peut-être plus, nous avons trouvé à notre réveil, posés sur le perron, des paniers de fruits, des corbeilles d'osier pleines de bocaux de viande séchée et de salami. Et c'est alors que j'ai compris que les gens, quels qu'ils soient, en dépit du sang versé au nom de la cupidité, de la vengeance, de la haine, de la possession, étaient tout de même des êtres humains. Ils respectaient le sang et la famille et les liens qui étaient plus forts que tout le reste. Ils me respectaient et, ce faisant, ils m'accordaient le temps dont j'avais besoin pour être auprès de ma femme et de mes enfants.

Angelina et moi – tels des adolescents emportés par l'enthousiasme du premier amour – trouvions le monde parfait. Chaque jour, le soleil était plus vif que la veille, le ciel plus bleu, l'odeur de l'air plus douce. Angelina ne me demandait pas pourquoi je n'allais pas au travail, et c'est peut-être au cours de ces semaines que j'ai commencé à me demander pourquoi elle ne m'avait jamais interrogé sur ce que je faisais, sur ce métier qui m'éloignait de la maison avant la naissance de nos enfants. J'attribuais cela à son héritage, au fait qu'elle était elle-même née dans ce milieu, que son père, son oncle – tous ces gens qui l'avaient entourée durant son enfance – avaient fait partie du milieu obscur du crime organisé. Plus tard, en la regardant jouer avec Victor et Lucia, en la surprenant à m'observer depuis la porte de la cuisine tandis que je faisais des grimaces pour les faire sourire, j'ai compris qu'elle ne *voulait* pas savoir. Elle ne posait pas de questions car elle connaissait déjà les réponses. Aussi est-elle restée silencieuse lorsque les coups de téléphone ont repris durant la première semaine d'août; silencieuse tandis que je me tenais dans le couloir, parlant à voix basse, expliquant au monde extérieur qu'il me fallait plus de temps : une semaine supplémentaire, peut-être deux.

Après les coups de téléphone, j'allais la retrouver.

« Tout va bien ? » demandait-elle.

J'acquiesçais et souriais, et lui répondais que oui.

« Ils veulent que tu y retournes ?

— Bien sûr, Angelina, bien sûr que oui.

— Et tu vas y aller ?

— Pas encore… j'attends encore un peu. »

Silence pendant un bref moment, puis :

« Ernesto ?

— Oui ?

— Tu as une famille maintenant…

— Angelina… nous en avons déjà parlé. Tous les gens que je connais ont une famille. Tous. Et leur famille est la chose qui compte le plus dans leur vie. Mais ils ont tout de même des choses à faire, les affaires continuent et il faut s'en occuper. Que j'aie maintenant une famille ne change rien au fait que je dois honorer mes engagements.

— Des engagements ? C'est ainsi que tu appelles ça ?

— Oui, Angelina, des engagements. Nous sommes ici parce que des gens nous ont aidés à y venir. Il est de mon devoir de leur rendre la pareille. C'est une chose à long terme, Angelina… tu as fait partie de ce monde encore plus longtemps que moi. Tu sais comment les choses se passent, et on ne peut rien y faire.

— Mais Ernesto…

— Angelina, assez. Sérieusement, assez maintenant. Notre vie est ainsi…

— Mais je ne veux plus de cette vie, Ernesto.

— Je sais, Ange, je sais », et alors je la prenais dans mes bras, elle ne disait plus rien, et j'avais peur de la regarder car je savais qu'elle verrait à travers moi et comprendrait que moi non plus, je ne voulais plus de cette vie.

Le lundi 9 août 1982, le jour même où John Hinckley était interné à vie pour sa tentative d'assassinat à l'encontre du président Ronald Reagan, Samuel Pagliaro, un homme que j'avais connu sous le nom de Dix Cents dans une autre vie, est arrivé à la porte de notre maison et a demandé à me voir.

Je l'ai accueilli chaleureusement. Je ne l'avais pas vu depuis près de cinq mois et j'étais heureux de revoir son visage, heureux qu'il me prenne par les épaules et m'étreigne. Puis il a embrassé Angelina et soulevé mes enfants comme s'ils n'étaient pas plus lourds que des plumes, ne tarissant pas de compliments sur leur beauté, leur regard vif. Ça me faisait plaisir de voir Dix Cents, mais derrière mon accueil, se cachait une sombre prémonition et j'appréhendais la suite.

Plus tard, lorsque nous avons eu fini de manger, il m'a pris à part. Nous nous sommes installés dans le salon à l'avant de la maison tandis qu'Angelina, à l'étage, tentait d'endormir Victor et Lucia.

« Don Calligaris est content de ta bonne fortune, a commencé Dix Cents. Il est très content du travail que tu as accompli ici, et Michael Cova a aussi parlé en ta faveur. Mais cette époque est arrivée à son terme… »

Il m'a regardé avec une lueur d'anxiété dans les yeux. Il me connaissait suffisamment bien pour savoir que je pouvais être capable de violence et de rage. Peut-être craignait-il un peu – en dépit de son gabarit – ma réaction éventuelle.

Je n'ai rien dit et me suis contenté d'acquiescer. Je comprenais assez comment fonctionnaient ces choses pour savoir qu'un mot pouvait suffire pour qu'on me reprenne en un clin d'œil tout ce que j'avais. Ces gens, férocement loyaux envers les leurs, me verraient néanmoins comme un étranger si je décidais de les contrarier. Je n'en avais aucunement l'intention, mais j'avais conscience d'un conflit en moi. Peut-être ce que je ressentais était-il le reflet d'une ancienne période de ma vie. Je n'avais jamais été porté sur l'introspection ; je n'avais jamais remis les choses en question. Mais je pouvais relier ce conflit interne à deux autres événements de ma vie : le meurtre de Don Ceriano, lorsque j'avais dû renier ma loyauté à son égard pour pouvoir survivre ; et le meurtre du représentant en Louisiane. À tant vouloir devenir ce que ma mère voulait que je sois, j'avais fini par ressembler à mon père. Ça n'avait pas été une expérience agréable, mais j'éprouvais la même chose en présence de Dix Cents tandis qu'il me rappelait qui j'avais été, qui j'étais désormais censé être de nouveau.

« Il y a une chose qui doit être faite, a-t-il poursuivi. Une chose dont Don Calligaris estime qu'elle serait tout à fait dans tes cordes, et il m'a demandé de venir te voir pour t'en parler.

– Continue.

– Une injustice a été commise, une grave injustice. Pendant de nombreuses années, les liens entre New York et Los Angeles ont été forts. Don Calligaris a de la famille ici, et ils se sont toujours entraidés. »

Dix Cents a secoué la tête et baissé les yeux vers ses mains posées sur ses cuisses. Il y avait dans ses manières une tension et une gêne qui m'étaient nouvelles.

« Dix Cents ? »

Il a relevé les yeux.

« Dis-moi ce que veut Don Calligaris. »

Dix Cents s'est éclairci la voix. Il a regardé un moment en direction de la fenêtre, en direction du ciel, des lumières de la ville.

« La femme de Don Calligaris a une sœur. Elle est mariée à un Américain. Ils ont une fille, une fille bien, gentille et jolie, et elle est venue ici à Los Angeles pour devenir actrice. Le mois dernier, ils ont appris qu'elle avait été droguée et violée au cours d'une fête à Hollywood, abusée de la pire manière possible... des choses trop atroces pour être décrites. » Dix Cents a marqué une pause, comme s'il avait du mal à raconter ce qui s'était passé. « Les parents de la fille, ils ont parlé à la police, mais les flics savent qui est la mère, ils savent qu'elle est la belle-sœur de Fabio Calligaris, et ils lui ont dit qu'il n'y avait pas de réelle preuve indiquant que leur fille n'était pas consentante. J'ai cru comprendre que ça s'est passé chez un acteur, quelqu'un de connu ici, dont le père est influent dans le milieu. Ce n'est pas l'acteur le coupable, mais un autre homme, un couturier ou quelque chose du genre, et il a commis ces actes, et justice n'a pas été rendue. Don Calligaris veut savoir si tu régleras ce problème en son nom. Il ne veut pas te causer de soucis et te demande juste de voir ce qui te paraîtra juste. Mais il souhaite que ce problème soit réglé, faute de quoi il perdra son honneur dans la famille. Il m'a dit de te montrer les photos de ce qu'ils ont fait à sa nièce, et il te reviendra de juger quelle justice te semblera appropriée. »

J'ai acquiescé et me suis tourné vers la porte entrouverte derrière moi. Je voyais la lumière qui provenait de l'étage et je savais que, à moins de six mètres, ma femme était étendue auprès de mes enfants endormis. Je comprenais le sang, je comprenais la famille et je respectais et aimais suffisamment Don Fabio Calligaris pour m'occuper de cette affaire. Mais mon sens de la responsabilité envers Don Calligaris n'atténuait pas mon conflit intérieur. Comme toujours, je n'avais pas le choix, et plus le temps passerait, plus il deviendrait difficile d'accepter ces situations où l'on ne me laissait aucun choix. Je m'étais mis en congé, certes, mais pour la première fois de ma vie je remettais les choses en question.

La fille avait tellement été tabassée qu'elle devait être à moitié morte. Son visage avait doublé de volume. Elle avait des lacérations sur le haut des bras et sur la poitrine, comme si quelqu'un l'avait fouettée avec un fil de fer. Ses cheveux étaient collés par le sang, l'un de ses yeux était complètement fermé à cause du gonflement de sa joue. Ses fesses étaient également dans un sale état, et elle avait des marques sur le bas du ventre et le haut des cuisses qui ressemblaient à des brûlures provoquées par des cordes.

« Ce sont des photos de la police ? » ai-je demandé.

Dix Cents a répondu par un hochement de tête affirmatif.

« Et comment Don Calligaris se les est-il procurées ?

— Il a des amis dans la police de New York. Il leur a demandé de lui envoyer des copies.

— Et personne ne s'est demandé pourquoi la police de New York pouvait bien en avoir besoin ?

— Son ami a raconté au LAPD qu'il avait entendu parler de l'affaire, qu'il croyait qu'il pouvait y avoir un lien entre cette enquête et une autre non résolue à

New York. Ils n'ont pas posé de questions. Ils les ont envoyées, et Don Calligaris me les a données pour que je te les montre. »

Ni aux femmes ni aux enfants... ne fais jamais de mal ni aux femmes ni aux enfants. Telle est la première pensée qui m'est venue à l'esprit, et là, devant mes yeux, une femme de la famille de mon patron qui avait été quasiment battue à mort par un couturier de Hollywood.

« Son nom ?

— Il se fait appeler Richard Ricardo, a répondu Dix Cents. Ce n'est pas son vrai nom, mais c'est celui qu'il utilise, celui sous lequel on le connaît.

— Et il habite où ?

— Dans un appartement proche de Hollywood Boulevard, au troisième étage d'un bâtiment à l'angle de Wilcox et Selma. Le numéro de l'appartement est 3B. »

Je n'ai pas noté l'adresse. Ma mémoire était bonne pour les petits détails, et avoir sur soi des noms et des adresses n'était jamais une bonne idée.

« Dis à Don Calligaris que ce problème sera promptement résolu, ai-je déclaré.

— Je le ferai, a répondu Dix Cents en se levant, et je sais qu'il t'en sera reconnaissant.

— Tu t'en vas déjà ?

— J'ai beaucoup de choses à faire avant de quitter Los Angeles. Il est tard. Tu dois t'occuper de tes enfants. »

Une fois de plus, la dichotomie de ma vie ; noir et blanc, pas de gris au milieu.

J'ai raccompagné Dix Cents. Je lui ai tenu la main un moment à la porte.

« Nous nous reverrons bientôt, a-t-il dit doucement. Transmets mes meilleurs vœux à ta famille, Ernesto.

– Et les miens à la tienne », ai-je répondu.

Je l'ai regardé descendre les marches, marcher jusqu'au coin de la rue. Il s'est éloigné sans se retourner, sans jeter un coup d'œil par-dessus son épaule, et j'ai doucement refermé la porte et l'ai verrouillée.

Cette nuit-là, je n'ai pas fermé l'œil. Au petit matin, Angelina, sentant peut-être ma nervosité, s'est agitée et réveillée.

Elle est restée un moment silencieuse, puis s'est tournée vers moi et a placé son bras en travers de ma poitrine avant de m'attirer à elle et de m'embrasser sur l'épaule.

« Ton ami, a-t-elle dit. Il a du travail pour toi ?

– Oui. »

Elle n'a pas parlé pendant une minute.

« Sois prudent, a-t-elle finalement dit. Maintenant, tu ne peux plus penser qu'à toi. »

Elle n'a rien ajouté et, lorsque le matin est arrivé, elle n'a pas évoqué Dix Cents, ni l'affaire qu'il avait soumise à mon attention. Elle a préparé le petit déjeuner comme toujours, s'occupant des enfants – alors âgés de sept semaines, innocents et muets, ouvrant de grands yeux émerveillés face à ce nouveau monde dans lequel ils venaient d'entrer – et au fond de mon cœur, j'étais triste pour eux, triste d'être devenu l'homme que j'étais, car je savais ce qu'ils éprouveraient si jamais ils apprenaient la vérité.

Je suis sorti ce soir-là. Il faisait sombre et les enfants dormaient. J'ai expliqué à Angelina que je ne serais absent que quelques heures, et elle m'a serré dans ses

bras un moment avant de m'embrasser sur le front.
« Sois prudent », a-t-elle dit une fois de plus avant de
me regarder m'éloigner. Au coin de la rue, j'ai lancé
un coup d'œil en arrière. Elle se tenait là, sa silhouette
se détachant sur la lumière de la maison, et j'ai ressenti quelque chose au fond de mon cœur, quelque
chose qui aurait dû me faire revenir en arrière, mais je
n'ai pas ralenti ni ne me suis arrêté ni n'ai rebroussé
chemin ; j'ai simplement agité la main et poursuivi ma
route.

J'ai pris le métro jusqu'à Vine, descendu à pied
Hollywood Boulevard et le *Walk of Fame*, tourné à
gauche dans Cahuenga, à droite dans Selma, et là, au
coin de Wilcox, j'ai trouvé le bâtiment dont Dix Cents
avait parlé. J'ai vu des lumières au troisième étage, et
aussi au deuxième, et entendu une musique faible qui
s'échappait par les fenêtres.

Entrer a été un jeu d'enfant. Je suis passé par la sortie dérobée qui servait aux éboueurs et aux représentants. J'ai trouvé un étroit escalier qui semblait monter
jusqu'en haut du bâtiment et l'ai gravi – en silence,
deux marches à la fois – jusqu'au troisième étage.

Je me suis tenu silencieusement derrière la porte en
haut de l'escalier, l'ai entrouverte de quelques centimètres, et la musique est alors devenue plus forte. Elle
provenait de l'appartement qui me faisait face, le 3B, et
je suis resté là quelques minutes à m'assurer qu'il n'y
avait pas d'allées et venues dans le couloir. Lorsque
j'ai été certain que personne ne rejoignait ni ne quittait les appartements supérieurs, j'ai traversé le couloir.
J'ai tiré une fine plaque de métal de la poche intérieure
de ma veste et l'ai glissée entre la porte et la gâche. Je
l'ai abaissée doucement et, procédant par mouvements

infimes et silencieux, j'ai repoussé le pêne dans le verrou, qui s'est débloqué sans difficulté. J'ai tourné la poignée, entrouvert la porte d'un cheveu et écouté. Je n'ai rien entendu que la musique, plus forte désormais, et j'ai alors compris que la personne qui habitait là n'avait aucune chance de m'entendre entrer.

La moquette du couloir était épaisse et sombre. Le long des murs étaient suspendues des photographies en noir et blanc, certaines représentant clairement des paysages urbains anciens, d'autres étaient plus abstraites et aux sujets vagues. J'ai refermé la porte derrière moi, positionné la chaîne de sécurité et actionné le verrou. De toute évidence, Richard Ricardo estimait que, une fois chez lui, il était en sécurité. Rien, mais rien, n'aurait pu être plus éloigné de la vérité.

J'ai avancé sans bruit. Je respirais doucement et, une fois au bout du couloir, je me suis plaqué contre le coin du mur et ai incliné la tête pour regarder dans la pièce principale du loft.

Par une porte entrouverte de l'autre côté de la pièce, j'ai distingué l'extrémité d'un lit. Une silhouette d'homme, apparemment nu, a vivement traversé mon champ de vision et j'ai eu un mouvement de recul. J'ai attendu une seconde avant de regarder de nouveau. Il n'y avait plus personne.

J'ai pénétré dans la pièce principale en longeant le mur, plaquant mon corps contre le plâtre et embrassant du regard la totalité de l'espace, jusqu'à atteindre la porte de la chambre. J'ai entendu des voix, d'abord une, puis une autre, et, le cœur cognant à tout rompre, j'ai tiré mon 9 mm de sous ma ceinture.

La scène qui m'a accueilli lorsque j'ai regardé dans la chambre m'a surpris. Deux hommes étaient là, tous deux nus, dont l'un était étendu et avait les poignets menottés au cadre du lit. Le second était agenouillé entre ses jambes écartées, sa tête montant et descendant à un rythme furieux. Je les ai regardés un moment, repensant à Ruben Cienfuegos et aux hommes que nous avions dépouillés à La Havane, à Pietro Silvino et aux choses qu'il m'avait dites avant que je le tue.

L'homme étendu sur le dos gémissait et se contorsionnait. Le second a continué énergiquement pendant une trentaine de secondes, puis il s'est assis sur son postérieur et a rassemblé les jambes de l'autre avant de lui grimper dessus à califourchon. Il s'est glissé en avant jusqu'à être assis sur le torse de son compagnon, puis, tenant dans sa main le sexe de celui-ci, il a doucement reculé. J'ai regardé tandis que le sexe de l'homme le pénétrait. Ils riaient tous les deux, et l'homme qui était dessus a commencé à s'agiter d'avant en arrière, accélérant doucement son mouvement au fur et à mesure.

Je me suis écarté du mur, j'ai traversé la chambre derrière eux et ai envoyé valser d'un simple coup de pistolet la stéréo qui était posée sur la table. La musique s'est arrêtée net. Les deux hommes aussi.

« Qu'est-ce que… » s'est exclamé l'homme qui était au-dessus. Il s'est retourné, m'a vu avec mon pistolet à la main, et une expression indescriptible est apparue dans ses yeux. « Oh, mon Dieu… oh, mon Dieu », a-t-il bafouillé.

L'homme sous lui était pâle, en état de choc. Pas un mot ne franchissait ses lèvres tandis qu'il gisait là, menotté au cadre du lit, nu comme un ver, sa queue dans le cul d'un autre, aussi terrifié que si la fin du monde était arrivée.

L'homme sur le dessus s'est laissé tomber sur le côté et s'est levé.

« Assis », ai-je ordonné.

Il a obéi.

« Vous voulez de l'argent ? a-t-il commencé à pleurnicher tandis que les larmes lui montaient aux yeux. Nous avons de l'argent ici, beaucoup d'argent... vous pouvez tout prendre...

— Pas d'argent », ai-je répondu, et c'est à cet instant que les deux hommes ont compris ce qui les attendait.

L'homme menotté s'est mis à pleurer et il a remonté les genoux jusqu'à sa poitrine, tentant de tourner son corps pour que je ne le voie pas nu.

« Qu'est-ce que vous voulez ? a demandé l'homme assis.

— Lequel de vous deux est Ricardo ? »

L'homme assis m'a regardé avec horreur.

« C'est... c'est moi, a-t-il répondu d'une voix brisée par la peur.

— Vous êtes à voile et à vapeur alors ? » ai-je dit et j'ai souri.

Il m'a regardé d'un air interrogateur.

« Garçons et filles, tout ce qui vous passe sous la main, exact ?

— Je ne sais pas de quoi vous parlez... qu'est-ce que vous voulez ?

— Un châtiment », ai-je répondu.

J'ai attrapé dans ma poche de veste l'une des photos que Dix Cents m'avait montrées. Je l'ai levée pour qu'il la voie clairement.

Ricardo l'a regardée en silence, puis il a fermé les yeux.

« Comment s'appelle-t-il ? » ai-je demandé en désignant l'homme étendu sur le lit.

Ricardo l'a regardé de biais.

« Son nom ?

– Oui, son nom.

– Leonard... il s'appelle Leonard.

– Eh bien, dis à Leonard qu'il n'est pas une putain d'autruche, et que ce n'est pas parce qu'il ne me regarde pas qu'il est invisible. »

Ricardo a posé la main sur l'épaule de Leonard. Ce dernier a essayé de se dégager. Il a enfoncé le visage plus profondément dans l'oreiller et, bien que le son ait été étouffé, je l'entendais toujours sangloter.

« Ôte-lui ses menottes, Richard », ai-je ordonné.

Ricardo a saisi une clé sur une petite table près du lit et l'a débarrassé de ses menottes. Leonard a tiré sur les draps pour se couvrir.

« Leonard ? »

L'homme n'a pas bougé.

« Leonard... tourne-toi vers moi ou je t'enfonce ce pistolet dans le cul, tellement profond que tu ne vas plus pouvoir t'asseoir jusqu'à dimanche. »

Leonard s'est tourné sur le côté, puis il s'est lentement redressé. Il s'accrochait au drap comme s'il croyait que celui-ci pouvait le protéger d'une balle.

« Peut-être qu'il t'aime pour l'éternité, ai-je déclaré en lui montrant la photo, mais ton ami Richard a avec les femmes des manières qu'elles n'apprécient pas.

– Vous... vous ne comprenez pas... » a commencé Ricardo.

J'ai levé mon pistolet, l'ai pointé droit entre ses yeux et ai fait trois pas en avant jusqu'à ce que le canon touche l'arête de son nez.

« Ferme ta gueule. » De ma main libre, je lui ai montré la photo et ai attendu qu'il la regarde directement. « Tu connais cette fille ? » ai-je demandé.

Ricardo a froncé les sourcils, tentant d'avoir l'air de réfléchir.

« Ce n'est pas un jeu, ai-je repris. Je sais et tu sais, alors ne me fais pas perdre mon temps en me racontant des bobards. Tu connais cette fille ? »

Il a acquiescé, fermé les yeux. Des larmes lui coulaient sur les joues.

« C'est toi qui lui as fait ça ?

— C'est… c'est elle qui voulait… qui voulait que je lui fasse mal… vous devez comprendre que c'est une putain de cinglée. Elle voulait que je lui fasse mal…

— Elle voulait que tu lui fasses mal », ai-je déclaré d'une voix neutre.

Ricardo opinait furieusement.

« Elle voulait que tu la tabasses, que tu la frappes tellement qu'elle n'y verrait plus clair pendant des jours, elle voulait que tu la fouettes avec un cintre et que tu la fasses hurler jusqu'à ce qu'elle perde la voix. C'est ça qu'elle voulait ? »

Leonard regardait la photo par-dessus l'épaule de Ricardo en ouvrant de grands yeux incrédules.

« Ricky… Ricky ? Tu as fait ça à cette fille ? »

Ricardo s'est soudain retourné.

« Ferme-la, Lenny… ferme ta gueule.

— Oui, suis-je intervenu. Ferme ta gueule, Lenny. »

Lenny s'est tu et il a détourné les yeux. Il avait l'air sur le point de vomir. J'ai songé qu'il ne voudrait plus jamais sodomiser Richard Ricardo.

« Il semblerait donc que cette fille en ait eu un peu plus que ce qu'elle demandait… est-ce que je suis proche de la vérité, Ricky ? »

497

Ricardo n'a pas bougé un muscle, pas prononcé un mot. Je lui ai appuyé le canon du pistolet sur le front. Il a grimacé de douleur.

« Est-ce que je suis proche de la vérité ? »

Ricardo a acquiescé.

« Tu es désolé de lui avoir fait ça ?

— Oh, mon Dieu… Oh, doux Jésus, je suis désolé. Je n'ai jamais voulu que ça se passe comme ça… je jure que je ne voulais pas que ça finisse comme ça a fini… c'était une soirée dingue, complètement folle, il y avait tous ces gens et on a trop bu et pris trop de coke, et tout est parti en vrille…

— Chut, ai-je murmuré. Chut, Ricky, c'est bon… vraiment, c'est bon. »

Richard Ricardo a ouvert les yeux et m'a regardé. Il m'implorait du regard de le comprendre, de lui pardonner, de l'épargner.

« Plus jamais, a-t-il marmonné. Plus jamais…

— Ça, c'est sûr », ai-je dit et je l'ai frappé de toutes mes forces sur le sommet du crâne avec mon pistolet.

Il a émis un son indescriptible, comme si tout son corps s'effondrait de l'intérieur – *Nyuuuggghhhh*. Puis il a vacillé sur le côté, a roulé au bord du lit et est tombé par terre. Du sang a commencé à s'écouler de l'entaille sur son crâne et à imbiber la moquette.

Lenny s'est mis à brailler. Je l'ai attrapé par les cheveux, lui ai enfoncé le visage contre le matelas pour étouffer ses cris et je l'ai alors prévenu que, s'il ne fermait pas sa gueule, il allait se prendre une balle dans la nuque. Il a cessé immédiatement.

Je l'ai tiré hors du lit et l'ai balancé par terre près de son ami.

J'avais un oreiller à la main.

J'ai regardé Lenny, son visage sillonné de larmes, ses grands yeux horrifiés.

« C'était quand ton anniversaire ? » ai-je demandé.

Il m'a regardé d'un air effaré.

« Ton anniversaire ? ai-je répété.

— Jan… janvier », a-t-il bafouillé.

J'ai acquiescé, levé l'oreiller, enfoncé le pistolet dedans.

« Le dernier anniversaire de ta putain de vie », ai-je déclaré et j'ai appuyé sur la détente.

Il s'est pris la balle en pleine gorge. Ses mains ont agrippé son cou et il s'est mis à labourer sa propre chair comme s'il espérait pouvoir arracher la balle. Du sang s'est mis à jaillir de la blessure et à gicler sur sa poitrine, sur ses jambes, sur Ricardo, puis il est tombé sur le côté et est resté étendu par terre. Son corps a tremblé un moment et je suis resté là à l'observer jusqu'à ce qu'il cesse.

Ricardo a remué.

Je lui ai asséné un violent coup de pied et il s'est immobilisé. Je me suis penché en avant, lui ai collé l'oreiller contre le côté de la tête et lui ai tiré une balle dans la tempe.

Une heure et demie plus tard, je me tenais dans ma chambre et regardais les formes endormies de ma femme et de mes enfants. Je me suis penché et les ai doucement embrassés – tous les trois tour à tour – sur le front. J'ai retenu mon souffle. Je ne voulais pas faire de bruit et risquer de les réveiller.

J'ai quitté la chambre, suis descendu au rez-de-chaussée. Je me suis lavé les mains et le visage à l'évier de la cuisine, puis j'ai fumé une cigarette dans le noir.

Après quoi, je me suis rendu dans le salon et me suis étendu sur le divan où je me suis endormi. J'ai dormi comme une souche et, lorsque Angelina m'a réveillé, il était 7 heures du matin passées. J'étais encore tout habillé à part ma veste et mes chaussures.

« Viens prendre ton petit déjeuner avec nous », a-t-elle dit doucement.

Elle s'est penchée pour m'embrasser. Je me suis levé, suis resté un moment immobile, puis j'ai passé un bras autour d'elle et l'ai serrée fort.

Dans la cuisine, la télé était allumée sans le son. Je n'ai rien dit lorsque le visage de Richard Ricardo est apparu à l'écran, suivi par celui de son ami Leonard. Je n'ai pas fait un bruit, pas cillé et, lorsque le présentateur est réapparu, j'ai éteint le poste.

J'ai mangé mon petit déjeuner, parlé à mes enfants même si je savais qu'ils ne comprenaient pas un mot de ce que je racontais. J'étais perturbé, anxieux. Je ne me sentais pas bien.

Environ une heure plus tard, après m'être rasé, douché et avoir enfilé une chemise propre et un nouveau costume, j'ai quitté la maison et marché jusqu'à un petit restaurant trois rues plus loin. Je suis resté assis en silence et, une tasse de café posée devant moi et une cigarette à la main, j'ai observé les gens qui passaient devant la vitre et s'en allaient poursuivre leur vie.

Deux de ces vies s'étaient achevées la veille au soir. Deux de ces vies – des gens dont je ne savais rien – s'étaient irrévocablement achevées. Je ne remettais pas mes actes en question, ni leurs mobiles. On m'avait demandé de faire quelque chose, et je m'étais exécuté. Ainsi fonctionnait le monde; le seul monde que je connaissais.

C'est le lendemain que j'ai vu le journal. Il datait de la veille et était innocemment posé sur une chaise au fond du salon de coiffure du cousin de Michael Cova où je m'étais arrêté pour me faire couper les cheveux. Je l'ai soulevé et retourné pour jeter un coup d'œil à la une.

DOUBLE MEURTRE SAUVAGE À HOLLY-WOOD
Le fils du maire adjoint de Los Angeles tué par balle

J'ai eu un moment le souffle coupé.

J'ai regardé les photos des hommes que j'avais tués dans l'appartement.

Hier soir, à Hollywood, le fils du maire adjoint John Alexander a été tué lors d'un double meurtre qui a ébranlé la ville de Los Angeles. Leonard Alexander, 22 ans, a été retrouvé assassiné chez le célèbre couturier Richard Ricardo. Le chef de la police, Karl Erickson, s'est rendu sur les lieux et a fait la déclaration suivante...

Je n'en ai pas lu plus. J'ai refermé le journal et l'ai balancé sur la chaise.

Je me suis levé et ai quitté le salon, j'ai erré quelque temps sans but, puis j'ai rebroussé chemin.

Pour la première fois de ma vie, je m'imaginais que les gens me regardaient.

J'ai trouvé une cabine téléphonique au carrefour suivant et ai appelé New York. Je n'ai eu aucune difficulté à joindre Dix Cents.

« Ernesto ? a-t-il demandé avec une surprise évidente dans la voix.

— Tu as entendu ce qui est arrivé ?

— Oui, oui… il y a un problème ?

— Un problème ? L'autre homme était le fils du maire adjoint de Los Angeles. »

Silence à l'autre bout de la ligne.

« Dix Cents ?

— Je suis là, Ernesto.

— Tu as entendu ce que j'ai dit ?

— Oui, je t'ai entendu… Quel est le problème ? Est-ce que quelqu'un t'a vu sur les lieux ?

— Non, personne ne m'a vu. Bien sûr que non. Mais le gamin était le fils du maire adjoint. Ils ne vont pas laisser passer ça.

— On le sait, on le sait, Ernesto… mais t'en fais pas.

— Ne pas m'en faire ? Qu'est-ce que tu veux dire ?

— On va te faire disparaître et t'envoyer dans un endroit sûr.

— Me faire disparaître ? »

Dix Cents a éclaté de rire.

« Te faire disparaître… oui, disparaître de L. A., pas te faire disparaître pour de bon, nom de Dieu ! T'en fais pas, Don Calligaris comprend la situation et il va pas te laisser tomber.

— Est-ce qu'il est furax pour l'autre type ? »

Dix Cents a ri de nouveau.

« Furax ? Je l'ai jamais vu aussi heureux. Tu sais ce qu'il a dit… "Deux connards pour le prix d'un", voilà ce qu'il a dit. »

Je suis resté un moment silencieux.

« Ernesto ?

– Oui.

– Ça va aller... c'est la première fois que je te vois avoir peur. Tout va bien se passer... on va te tirer de là dès que Don Calligaris aura trouvé où t'envoyer. Tu bouges pas. Tu fais rien, tu dis rien... on va régler ça, OK ?

– OK, OK. Ne me laissez pas tomber.

– Je te donne ma parole, Ernesto. Tu fais autant partie de la famille que n'importe qui d'autre. »

J'ai fermé les yeux, inspiré profondément, j'ai dit « OK », puis j'ai raccroché.

Je suis rentré à la maison tel un homme perdu. Un homme effrayé. Dix Cents avait dit vrai ; c'était une sensation nouvelle et difficile à comprendre.

C'était à cause de ma famille. Il ne s'agissait plus juste de moi, maintenant j'étais un homme responsable, un homme avec une femme et des enfants à sa charge, j'acceptais volontiers cette charge, aucun doute là-dessus, mais elle rendait tout tellement différent.

Ange m'attendait quand je suis arrivé à la maison.

« Les enfants dorment », a-t-elle annoncé, puis elle s'est retournée et s'est rendue dans la cuisine.

Il était évident qu'elle voulait que je la suive, ce que j'ai fait sans poser de question. Je me suis assis à la table pendant qu'elle préparait du café. J'ai fumé une cigarette, chose que je m'étais abstenu de faire à la maison depuis l'arrivée des enfants, mais à cet instant, la nausée et la tension que j'éprouvais étaient telles que je n'ai pas pu m'en empêcher.

Angelina a placé le café sur la table et s'est assise face à moi.

Elle m'a pris la main, l'a tenue pendant un moment, puis elle m'a regardé droit dans les yeux et a souri.

« Quelque chose a changé, n'est-ce pas ? » a-t-elle demandé.

J'ai acquiescé sans dire un mot.

« Je ne vais pas te poser de questions, Ernesto… je te fais confiance, je l'ai toujours fait, et je sais que tu n'aurais pas agi sans une très bonne raison de le faire. Mais je ne suis pas folle et je ne suis pas idiote, et je comprends assez notre famille pour savoir que ce qui s'est passé n'est pas une chose dont tu vas parler. »

J'ai voulu dire quelque chose.

« Non, Ernesto, tu vas écouter ce que j'ai à dire. »

J'ai refermé la bouche et baissé les yeux vers la table.

« Quoi qu'il se soit passé, a-t-elle repris, je veux que tu me dises si ça met en danger la vie de nos enfants.

— Non, Angelina, non.

— Tu ne me mentirais pas, Ernesto, je le sais, mais cette fois, je vais te demander une réponse, et quelle que soit la vérité, je veux savoir. Dis-moi si cette chose va mettre en danger la vie de nos enfants.

— Non, ai-je répondu calmement. Elle ne va pas mettre leur vie en danger.

— OK, a-t-elle dit, et j'ai vu le soulagement dans tout son corps. Donc, qu'est-ce que ça signifie pour nous ?

— Ça signifie que nous allons bientôt devoir déménager, ai-je répondu. Nous allons devoir aller dans une autre ville et tout reconstruire. »

Angelina est restée un moment sans répondre, puis elle a une fois de plus serré ma main. En la regardant, j'ai vu des larmes dans ses yeux.

« Je t'ai épousé parce que je t'aimais, a-t-elle dit. Je savais qui tu étais, j'en savais assez sur les gens pour qui tu travaillais pour savoir à quoi ressemblerait cette vie, et s'il faut déménager, eh bien, soit, mais je vais te demander une chose et je veux que tu me donnes ta parole.

– Demande, Ange, demande.

– Je veux que tu me promettes que rien n'arrivera jamais à Victor et Lucia... c'est la seule chose que je te demande, et je veux ta parole. »

J'ai saisi ses deux mains, les ai tenues un moment, puis j'ai essuyé du doigt les larmes qui lui sillonnaient les joues.

« Je te promets, ai-je dit. Je te promets sur ma vie que rien ne leur arrivera jamais. »

Elle a baissé la tête et, lorsqu'elle l'a relevée, elle souriait.

« Je voulais rester ici, Ernesto... en Californie. Je voulais que nos enfants sentent le soleil sur leur visage et nagent dans l'océan... »

Elle a réprimé ses larmes, s'est tue un moment.

Elle m'a regardé.

Mon cœur était comme un poing serré dans ma poitrine.

« Combien de temps avons-nous ? a-t-elle demandé.

– Je ne sais pas. Ils me préviendront quand ils nous auront trouvé un endroit.

– Pas New York, Ernesto... tout sauf New York.

– OK, ai-je répondu. OK. »

Nous avons attendu trois mois. Les pires de ma vie. Je n'avais rien à faire. On m'avait dit de rester à la maison, d'être un « père de famille », et Dix Cents m'appellerait pour les derniers arrangements une fois que tout serait en place.

À trois reprises, assis à la fenêtre à l'avant de ma maison, j'ai vu des voitures de police passer au ralenti.

J'imaginais qu'ils savaient qui j'étais, où me trouver, et qu'ils attendaient juste que je sorte pour pouvoir me suivre et m'arrêter.

Ils ne l'ont jamais fait. Je ne quittais que très rarement la maison et, lorsque novembre est arrivé, lorsque Dix Cents m'a finalement appelé pour me dire où nous allions, il me semblait que je n'aurais pas pu rester un jour de plus dans cette maison.

Angelina était la patience incarnée. Elle est devenue la mère parfaite, consacrant la moindre once de son attention, la moindre seconde de son temps aux enfants. Je l'observais, j'enviais sa capacité à se perdre entièrement dans ce qu'elle faisait, mais je comprenais aussi que c'était la seule manière qu'elle avait de faire face à la situation que j'avais créée. J'aurais pu lui offrir une vie magnifique, mais je l'avais entraînée dans cette histoire. Je me sentais coupable et je maudissais le jour où j'avais été si empressé de faire plaisir à Don Calligaris. Il avait dit de tuer un homme, mais j'en avais tué deux. J'avais fait une erreur et je payais le prix fort.

« Chicago, a annoncé la voix à l'autre bout du fil. Don Calligaris déménage à Chicago et il transfère avec lui une grande partie de ses activités. Il veut que tu sois là-bas avec lui, tu comprends ?

– Je comprends.

– Tu pars après-demain. Prends un avion pour O'Hare et je te retrouverai là-bas. »

Je n'ai rien répondu.

« Ernesto ?

– Oui ? »

Dix Cents souriait ; je l'entendais dans sa voix.

« Dis à Angelina d'emporter des affaires chaudes pour les gosses… Il fait un froid de canard à Chicago en cette saison. »

Il s'est esclaffé et a raccroché, et je suis resté planté là avec un bourdonnement dans l'oreille et une pierre froide dans le cœur.

20

« Nous n'avons rien sur la femme, déclara Schaeffer. Absolument que dalle.

— Ça fait vingt-quatre heures, répliqua Hartmann. Même vous autres ne pouvez pas vous attendre à des miracles.

— Et maintenant, on a deux gamins à trouver, pas un. Je n'arrive pas à croire que, avec les systèmes de bases de données les plus sophistiqués du monde, on n'arrive pas à trouver la moindre preuve de l'existence de cette femme.

— Mais vous partez d'un nom, objecta Hartmann. Et qui peut être certain que le nom qu'il utilise est bel et bien son vrai nom ? »

Schaeffer ne répondit rien. Il sembla un moment décontenancé. L'efficacité du système de base de données le plus sophistiqué du monde dépendait des informations qu'on y entrait. Si on entrait des conneries, il en ressortait des conneries.

Woodroffe se leva de la table dans le bureau principal. Il était 18 h 55. Perez était retourné au Royal Sonesta peu après 18 heures. Hartmann n'oubliait pas qu'il avait rendez-vous avec lui.

« Donc, nous aurons notre réponse ce soir », dit Schaeffer d'un ton résigné et philosophe.

Même s'ils n'en avaient plus discuté, il ne faisait aucun doute dans l'esprit de Hartmann qu'ils savaient tous pertinemment quelle serait cette réponse. Perez n'était pas intéressé par un échange, ça n'avait jamais été son objectif. C'était aussi simple que ça. Perez était ici pour se faire entendre et, pour le moment, c'était comme si le monde entier l'écoutait.

« Vous vous intéressez à l'implication de Ducane dans ces histoires, n'est-ce pas ? demanda Hartmann, histoire de remuer le couteau dans la plaie.

– Des transcriptions de tout ce que Perez a dit ont été directement transmises au procureur général et au directeur du FBI. C'est leur décision, pas la nôtre. Comme je l'ai déjà dit, et je le répète, nous sommes ici pour retrouver la fille, pas pour nous pencher sur les activités de politiciens corrompus.

– Des politiciens présumés corrompus, précisa Hartmann d'un ton légèrement sarcastique.

– *Présumés* corrompus, exact, acquiesça Schaeffer.

– Vous en pensez quoi ? demanda Hartmann.

– De Ducane ? Ça fait trop longtemps que je suis au FBI pour être surpris par quoi que ce soit, monsieur Hartmann… et c'est tout ce que je vous dirai sur le sujet.

– Alors, qu'est-ce qu'on fait maintenant ? demanda Woodroffe.

– Je vais dîner avec Perez, répondit Hartmann. Je l'écoute me dire que nous pouvons nous coller notre proposition au cul, et puis je retourne à mon hôtel et je dors un peu. J'ai une journée chargée demain. »

Woodroffe secoua la tête en soupirant.

« Alors, finissons-en avec ça », dit Schaeffer et il se leva de sa chaise.

« Filet de bœuf, annonça Perez et il désigna une chaise à la table de sa chambre du Sonesta. Le service est excellent. Je recommanderai peut-être cet hôtel à certains amis. »

Hartmann ôta sa veste et s'assit. Une nappe avait été mise, il y avait des bougies, des assiettes chaudes étaient déjà en place et, sur un chariot près d'eux, des plats couverts dégageaient divers arômes très appétissants.

Perez resta debout pour faire le service, il proposa des légumes, versa le vin et, lorsqu'il fut également assis, il déplia une serviette et la posa sur ses cuisses.

« J'ai considéré votre proposition, dit-il doucement, et bien que je sois reconnaissant au procureur général et au directeur du FBI de se faire tant de souci pour ma santé, j'ai décidé, après mûre réflexion, de décliner leur offre.

– Mûre réflexion ? fit Hartmann avec un sourire entendu. Vous connaissiez la réponse à la question avant même que je l'aie posée.

– Peut-être ma réflexion n'avait-elle d'autre but que de nous permettre de passer un peu de temps ensemble ce soir, monsieur Hartmann. Nous ne pourrions ni l'un ni l'autre rêver meilleure compagnie à ce stade précis de nos vies, et il m'a semblé qu'il valait mieux en profiter. Je pense que nous sommes tous deux suffisamment humbles pour comprendre que nous pouvons chacun tirer quelque chose d'instructif et de bénéfique de cette relation.

– J'ai appris quelque chose », convint Hartmann.

Perez leva les yeux.

« Je vous en prie, dites-moi.

– Que quelle que soit la situation dans laquelle on se trouve, il y a toujours un choix et, en fonction de ce choix, notre vie avancera ou déclinera.

« – Vous estimez, naturellement, que j'ai perpétuellement pris les mauvaises décisions ?

– Oui. Je conçois que vous les ayez prises en fonction de ce en quoi vous croyiez sur le moment, mais j'estime que vous étiez fondamentalement dans l'erreur. Le recul est un outil extraordinairement efficace pour déterminer le bien-fondé d'une décision, malheureusement, il est alors toujours trop tard.

– Vous êtes un philosophe refoulé, monsieur Hartmann.

– Je suis un réaliste refoulé, monsieur Perez. »

Perez sourit. Il piqua un morceau de viande et le mangea.

« Et maintenant ? »

Hartmann lui lança un regard interrogateur.

« Vous avez décidé de la tournure que prendra votre vie à partir de maintenant ?

– Oui.

– Laquelle ? »

Hartmann demeura une seconde silencieux.

« J'en suis arrivé à la conclusion que les réponses parfaites n'existent pas, monsieur Perez. Je ne crois pas que l'homme soit capable de toujours choisir la réponse parfaite. Ce qui est parfait à un moment précis ne le sera pas nécessairement cinq minutes plus tard. Il y a toujours la variable ultime.

– La variable ?

– Les gens, répondit Hartmann. La variable des gens. Les choix que vous avez faits ont été, de par leur nature même, étroitement liés aux gens qui peuplaient votre vie. Vous croyez les comprendre suffisamment bien, surtout si vous vivez avec eux, et vous faites vos choix non seulement en fonction de ce qui vous

511

semble le meilleur pour vous, mais aussi pour eux. Le problème, c'est que les gens changent, ils sont imprévisibles, et eux aussi voient leur opinion et leur point de vue changer sous l'influence de divers facteurs. Les liens entre les gens sont ténus et inconstants, monsieur Perez, et c'est pourquoi je ne crois pas qu'il existe une solution adaptée à toutes les personnes simultanément impliquées.

— Avez-vous pris une décision concernant votre famille ? demanda Perez.

— Oui.

— Et ?

— Faire en sorte que ça marche… faire tout ce qui est en mon pouvoir pour que ça marche.

— Et vous pensez pouvoir y parvenir ?

— Il *faut* que j'y croie, sinon tout devient plus ou moins vain.

— Et concrètement, qu'est-ce que vous pouvez faire ? »

Hartmann ne répondit rien.

« Monsieur Hartmann ? »

Hartmann leva les yeux.

« Il y avait une chose que je comptais faire, mais les événements ont conspiré pour peut-être la rendre impossible.

— Dites-moi.

— J'étais censé voir ma femme et ma fille.

— Ici ?

— Non, à New York.

— Quand ?

— Samedi, à midi. »

Perez se pencha en arrière. Il posa son couteau, attrapa la serviette et s'essuya la bouche.

« Et cet événement qui a conspiré contre vous, c'est moi, dit-il d'un ton presque compatissant.

– Oui… même si je comprends que tout cela est important, et que nos rencontres sont utiles. Bien entendu, ces événements sont peut-être moins importants pour moi que pour vous, mais je me suis néanmoins engagé et je respecterai mon engagement.

– Le voilà le réaliste en vous, monsieur Hartmann, cet homme que vous avez peur de devenir.

– Peur ? Comment ça ?

– Accepter le fait que vous ne pouvez rien faire à cause de moi, c'est être fataliste. Un réaliste prendrait des mesures sans se soucier d'autres causes.

– Je vais prendre des mesures.

– Des mesures suffisantes pour réparer les dégâts que pourrait occasionner votre absence à New York samedi ?

– Je le pense, oui. »

Perez acquiesça. Il reposa la serviette sur ses cuisses et souleva ses couverts.

« Soit, dit-il. Je crois que vous prendrez les mesures nécessaires et que vous gérerez efficacement la situation. »

Hartmann regarda Perez et vit que cette conversation n'irait pas plus loin. Il continua de manger sans appétit et, lorsqu'il eut fini, ils parlèrent – de musique, d'art, de philosophie –, mais Hartmann savait que tout cela n'était que comédie, un visage que Perez montrait au monde, un moyen pour lui de parler sans rien dire. Il réservait ses révélations pour le bureau du FBI. Tel était son désir, et il agissait en fonction.

Hartmann s'en alla peu avant 20 h 30. Il retrouva Woodroffe et Schaeffer dans le hall. Ils avaient tout entendu de ce qui s'était dit dans la chambre de Perez, et la réponse de ce dernier avait déjà été transmise au procureur général et au directeur du FBI.

« Toujours rien sur la femme, annonça Woodroffe. Nous ne pouvons que supposer que les deux noms sont bidons car aucune Angelina Tiacoli ou Perez n'apparaît sur le moindre registre à travers le pays. Mais nous continuons de chercher, ajouta-t-il, et nous continuerons jusqu'à ce que nous ayons une meilleure piste à suivre.

– Les équipes scientifiques n'ont rien trouvé de neuf qui pourrait nous aider ? Et les agents que vous avez envoyés ratisser les routes qui mènent à la ville ? demanda Hartmann. Rien qui donne la moindre indication de l'endroit où il pourrait la retenir ?

– Absolument que dalle, répondit Woodroffe en secouant la tête.

– Ils doivent s'arracher les cheveux.

– C'est moi qui m'arrache les cheveux », répliqua Woodroffe.

Et pour la première fois, Hartmann vit à quel point ces hommes étaient épuisés – mentalement, physiquement, émotionnellement. De l'issue de cette affaire pouvait dépendre leur avenir, et c'était une chose que Hartmann n'avait jamais vraiment prise en considération. Il n'avait songé qu'à la manière dont elle l'affectait lui. Peut-être y avait-il là une autre leçon à tirer.

« J'y vais, annonça Hartmann. Faut que je me repose.

– Je n'étais pas au courant de cette histoire avec votre femme, commenta Schaeffer.

– Qu'est-ce que vous voulez que je vous dise ? J'ai merdé... à moi de faire mon possible pour arranger les choses.

« – Bonne chance, dit Schaeffer.

– Il va m'en falloir un paquet.

– N'est-ce pas notre cas à tous ? » répliqua Schaeffer, puis il sourit et, tandis que Hartmann se tournait vers la porte, il lança : « Dormez bien, hein ? » et Hartmann comprit à cet instant que, lorsqu'il verrait Schaeffer le lendemain matin, ce dernier n'aurait probablement pas fermé l'œil de la nuit.

Il roula depuis le Royal Sonesta jusqu'au commissariat de Verlaine. Ce dernier n'était pas de service, mais le sergent au guichet l'appela sur son portable et lui passa Hartmann.

« Vous êtes prêt ? demanda Hartmann.

– Plus que jamais, répondit Verlaine. Vous voulez me retrouver quelque part ?

– Où ?

– Vous connaissez l'Orleans Star ? Un bar du Vieux Carré près du restaurant Tortorici.

– Oui, je peux le trouver.

– Je vous y retrouve dans environ vingt minutes. Je peux l'appeler depuis mon portable… comme ça elle ne pourra pas remonter la provenance de l'appel jusqu'à La Nouvelle-Orléans.

– À tout de suite », répondit Hartmann et il raccrocha.

« Alors, qu'est-ce que vous voulez que je dise ? » demanda Verlaine.

Ils étaient assis dans la voiture de celui-ci, garée face au bar, de l'autre côté de la rue. Hartmann n'avait pas voulu y entrer, *primo*, parce que Carol aurait entendu la musique en fond sonore et aurait deviné qu'il était dans un endroit où il n'était pas censé être, *secundo*, parce qu'il ne voulait pas se laisser tenter par l'alcool. Qu'avait dit Perez : une tentation à laquelle on résiste est la vraie mesure du caractère ? Quelque chose comme ça.

« Dites-lui que vous êtes agent fédéral, que vous n'êtes pas de New York, qu'une enquête fédérale est en cours à laquelle je dois absolument prendre part. Dites-lui que je suis assez loin et qu'il est fort possible que je ne puisse pas rentrer à New York à temps pour samedi.

— Vous allez vouloir lui parler ? demanda Verlaine.

— Je ne pense pas qu'elle voudra me parler, répliqua Hartmann.

— Donnez-moi le numéro. »

Hartmann s'exécuta. Verlaine appela.

Hartmann sentait la sueur perler sur son front. Ses mains tremblaient, son cœur cognait dans sa poitrine. Il avait l'impression d'être un adolescent.

« Carol Hartmann ? Bonjour, mon nom est John. Je suis inspecteur de police… Non, madame, il n'y a pas de problème, j'appelle en fait pour des raisons personnelles… Oui, il s'agit de votre mari. Il n'est pas à New York en ce moment, il est assez loin, et il participe à une enquête fédérale très importante, et… »

Verlaine jeta un coup d'œil à Hartmann.

« Oui, madame. »

Il acquiesça, regarda de nouveau Hartmann.

« Elle veut vous parler. »

Hartmann ne put dissimuler sa surprise. Verlaine lui tendit le téléphone et Hartmann le saisit d'une main tremblante.

« Carol ?

516

– Non, Ray, c'est le foutu archange Gabriel. Qu'est-ce que c'est que cette histoire ?

– Comme a dit John. Je suis retenu ici…

– Où ça ici ?

– Je ne peux pas te le dire, Carol… mais il y a une enquête fédérale en cours…

– Depuis quand ?

– Depuis quelques jours… je ne suis pas à New York en ce moment et je voulais t'appeler pour te dire que je ne pourrais peut-être pas rentrer avant samedi.

– Alors, pourquoi ce n'est pas toi qui m'as appelée ? Pourquoi tu as demandé à un type dont je n'ai jamais entendu parler de le faire ?

– Parce que j'avais peur que tu ne me croies pas, Carol.

– Ah, arrête, Ray, tu me connais mieux que ça. Tu es peut-être alcoolique…

– Étais, Carol… j'étais alcoolique…

– Eh bien, ça reste à prouver. Quoi qu'il en soit, tu étais peut-être alcoolique, mais tu n'as jamais été un menteur. Nous avons été mariés un bon paquet d'années, Ray, et tu es la personne que je connais le mieux sur terre. Alors, qu'est-ce qui se passe ? Tu reviens quand ?

– Je ne sais pas.

– Tu dois avoir une idée… une semaine, un mois, deux ?

– Non, aucune idée… je ne crois pas que ce sera aussi long que ça, mais pour le moment je n'en sais rien.

– Et tu ne peux pas me dire de quoi il s'agit, évidemment.

– Exact.

– Bon, très bien… je n'en saurai pas plus. Fais ce que tu as à faire et, quand tu seras rentré à New York, appelle-moi et je verrai ce que je veux faire. J'avais des doutes à propos de ce rendez-vous de toute manière…

– Des doutes? demanda Hartmann avec une pointe d'anxiété dans la voix. Quels doutes?

– On ne va pas discuter de ça maintenant, Ray… pas au téléphone alors que tu es avec ce type. Appelle-moi quand tu seras à New York et si on se voit… eh bien, on verra ce qui se passera quand tu appelleras, OK? Tu veux parler à Jess? »

Hartmann faillit lâcher le téléphone. « Bon sang, oui… mince, Carol… merci.

– Bon Dieu, Ray, qu'est-ce qui t'arrive? Tu te comportes comme si j'avais oublié que tu étais son père. Attends une seconde… je vais la chercher. »

Hartmann regarda Verlaine.

« Ma fille, expliqua-t-il, et Verlaine acquiesça et sourit.

– Papa?

– Bonjour, ma puce… comment vas-tu?

– Je vais bien, papa. Et toi?

– Ça va, chérie… Tu t'occupes de maman pour moi?

– Ce n'est pas mon travail, papa, c'est le tien. Alors, tu rentres quand à la maison?

– Bientôt, j'espère, Jess, très bientôt. J'appelais pour dire que je ne pourrai pas être là samedi, mais j'appellerai maman dès que je serai rentré à New York et on se verra, d'accord?

– Tu ne viens pas samedi?

– Je ne peux pas, chérie. »

Hartmann sentit sa voix se briser.

« Oh, papa, on allait pique-niquer et tout.

— Je sais, ma puce, mais j'ai quelque chose à faire et je ne crois pas que ça prendra longtemps et, quand ce sera fini, je rentrerai à New York et on pourra se voir.

— Dis à je ne sais qui qu'ils pourraient te donner un jour de congé pour que tu puisses venir nous voir.

— Je le ferais si je pouvais, tu le sais, Jess… mais pour le moment, j'ai cette chose à finir et je rentrerai juste après, OK ?

— Tu me manques, papa.

— Tu me manques aussi, mon ange, mais je n'en ai pas pour longtemps, je le promets.

— Tu le penses cette fois ?

— Oui, Jess… je le pense vraiment.

— OK, papa. Dépêche-toi, d'accord ? Je te repasse maman.

— OK, Jess… Je t'aime, ma chérie ! Papa t'aime très, très fort.

— Ray ?

— Carol.

— Faut qu'on te laisse… Je dois la coucher.

— OK, Carol… et merci.

— Laisse tomber…

— Je t'aime, Carol.

— Je n'en doute pas, Ray, et je n'en ai jamais douté… mais le vieux proverbe est vrai.

— Le vieux proverbe ?

— Oui, Ray, celui qui affirme que les actes en disent plus long que les mots. Quelle que soit la manière dont tu vois les choses, nous avions passé un accord pour samedi, et maintenant tout tombe à l'eau. Je t'en veux et je sais que Jess est déçue. Ce qui me fait t'en vouloir doublement. Je sais que tout ce que je peux dire ne changera rien à ce que tu as décidé de faire, et le fait est que plus j'y pense, plus je me dis que notre vie conjugale a toujours été ainsi. Réfléchis-y, et si tu décides que notre histoire vaut la peine d'être sauvée, alors je suis sûre que tu seras ici samedi. Et si tu décides que non, eh bien, ne viens pas, d'accord ? »

Hartmann était stupéfait.

« Je vais souhaiter une bonne nuit à Jess de ta part, OK ?

– Carol…

– Je vais la mettre au lit, Ray… je n'ai plus rien à dire. »

Elle raccrocha et Hartmann resta quelques secondes avec le téléphone portable collé à son oreille. Il avait les larmes aux yeux, une boule dans la gorge et, lorsqu'il rendit le téléphone à Verlaine, il ne prononça pas un mot.

« Ça va aller, dit Verlaine. Elle vous a laissé parler à la petite, non ? »

Hartmann fit signe que oui. Il s'essuya les yeux et ouvrit la portière.

« Merci, John, dit-il en commençant à descendre de la voiture.

– Hé ! » lança Verlaine.

Hartmann regarda par-dessus son épaule.

« Vous allez vous en sortir, dit Verlaine. Croyez-moi, j'ai vu pire. L'astuce, c'est de continuer à respirer, pas vrai ?

– Si, fit Hartmann avec un sourire. L'astuce, c'est de continuer à respirer. »

Il dormit mieux. C'était au moins ça. Et il ne rêva pas. Et lorsque Ross vint le chercher le matin, Ray

Hartmann se raccrocha au souvenir de la voix de sa fille. Dans sa situation présente – avec toute cette folie, ces meurtres, ces horreurs qu'il entendait, tout ce dont il était le témoin –, ce souvenir semblait être son seul point d'ancrage au milieu de la tempête.

Schaeffer et Woodroffe n'étaient pas plus avancés que la veille pour ce qui concernait l'identification de la femme et des enfants de Perez, et même s'ils ne l'avouaient pas, ils savaient l'un comme l'autre que cette piste était un cul-de-sac. Ni l'un ni l'autre ne le disaient car ils voulaient continuer d'espérer. Et puis ils n'avaient pas grand-chose d'autre. Les premières vingt-quatre heures étaient les plus importantes dans les affaires de disparition, ils le savaient pertinemment, et ça faisait près de deux semaines que Catherine Ducane avait disparu.

Son temps était compté.

Peut-être n'en avait-elle déjà plus.

Perez arriva alors avec son escorte, qui le mena au bureau où Ray l'attendait. Il ôta son manteau et le tendit à Sheldon Ross, qui referma doucement la porte derrière lui.

« Monsieur Hartmann, dit calmement Perez en s'asseyant. Servez-vous un café et laissez-moi vous raconter ce qui s'est passé à Chicago.

– J'en ai déjà bu deux, monsieur Perez.

– Pour rester éveillé ? »

Hartmann ignora la question.

« Vous devez nous dire ce qui se passe ici, monsieur Perez, dit-il.

– Ce qui se passe ici, monsieur Hartmann ? demanda Perez en plissant les yeux. Ce qui se passe ici, c'est que je vais vous parler de Chicago…

« – Vous comprenez ce que je veux dire... » commença Hartmann.

Perez se pencha en avant. Il avait une expression froide et distante.

« Vous allez m'écouter, déclara-t-il calmement. Vous allez écouter ce que j'ai à dire et après je vous dirai où elle est.

– Nous devons au moins être sûrs qu'elle est toujours en vie, monsieur Perez.

– "Nous"? demanda Perez. Qui ça, "nous"? S'agit-il simplement de votre propre situation...

– Assez », coupa Hartmann.

Il sentait la présence de Schaeffer derrière la porte. Et il savait qu'il n'avait aucun moyen de faire pleinement comprendre à Perez la frustration et la colère qu'il éprouvait. Il se sentait à bout de nerfs et fébrile, et il savait que, quoi qu'il dise, ça ne servirait à rien. Ils dépendaient du bon vouloir de Perez, un point, c'est tout.

« Alors, dites-moi, reprit Hartmann. Dites-moi ce qui s'est passé à Chicago.

– D'accord », répondit Perez en se laissant aller contre le dossier de sa chaise, et il ferma un moment les yeux comme s'il se concentrait.

Lorsqu'il les rouvrit, il regarda Ray Hartmann et, pour la toute première fois, ce dernier crut percevoir une réelle émotion chez Perez, comme si quelque chose était monté en lui et était sur le point d'exploser.

« La famille, commença-t-il. La famille a toujours été, et elle le sera toujours, au centre de tout. »

21

« Ici, a déclaré Don Calligaris, *ici* nous avons une putain d'histoire. »

Il riait. Il semblait de bonne humeur. Trois jours qu'Angelina, les gamins et moi étions à Chicago, installés dans une maison d'Admundson Street. Don Calligaris, Dix Cents et deux autres types qui faisaient partie de l'équipe de natation d'Alcatraz originale, à l'époque de Miami, habitaient dans une maison de l'autre côté de la rue. « On a notre petit quartier à nous », n'arrêtait pas de dire Don Calligaris, comme s'il essayait de se convaincre que ce qu'il avait laissé derrière lui à New York était moins bien que ce qu'il avait maintenant. Je ne lui ai jamais demandé pourquoi il était parti ; je ne voulais pas savoir ; tout ce qui comptait, c'était que ma famille ne soit plus à Los Angeles, et Chicago – avec son froid glacial, son vent mauvais qui cinglait depuis les rives du lac Michigan et semblait vous trouver où que vous vous cachiez – valait beaucoup mieux que vivre en regardant constamment pardessus son épaule.

« C'est donc ici, ici à Chicago, a poursuivi Don Calligaris, que bon nombre d'Américains se sont fait leur idée de la famille. Toute cette histoire de prohibition et les magouilles politiques au début du siècle, tu sais ? Big Bill Thompson et Mont Tennes, et puis, venu de New York, le plus grand d'entre tous, Al Capone. Tu as entendu parler d'Al Capone ?

– Bien sûr que j'ai entendu parler d'Al Capone », ai-je répondu.

Don Calligaris a souri.

Je pensais à Angelina et aux enfants. Elle était sortie, partie se promener au parc ou quelque chose comme ça. Et moi, j'étais ici, dans la maison de Don Calligaris, alors que j'aurais voulu être avec eux. J'avais de plus en plus l'impression de mener deux vies distinctes et inconciliables.

« Capone est né à Brooklyn, il faisait partie d'un gang appelé les Five Pointers, a expliqué Don Calligaris. L'un des chefs du gang à l'époque, un type nommé Frankie Yale, a perçu une certaine qualité chez Al et il l'a engagé comme videur dans son club miteux, le Harvard Inn à Coney Island. Alors, ça donne des idées à Al. Il commence à agir en dehors de son autorité et il tue l'un des membres de la Main blanche, le gang de Wild Bill Lovett. Il sait qu'il doit décamper avant que Frankie Yale le fasse descendre, alors il quitte New York. Il a 20 ans, peut-être 21, et il vient à Chicago pour travailler pour Big Jim Colosimo. Big Jim était le plus gros maquereau de Chicago, il se faisait un paquet de pognon, mais il ne voulait pas se lancer dans le business de l'alcool. Quelqu'un l'a descendu dans le Wabash Avenue Cafe, et d'aucuns affirment que c'est peut-être Capone qui a fait le coup. »

Je regardais Don Calligaris. Il parlait de ses ancêtres, pas par le sang, mais par le métier et la réputation. Fabio Calligaris voulait avoir sa place parmi ces gens ; je le devinais à la fierté qui perçait dans sa voix. Il voulait qu'on se souvienne de lui, pourquoi, je n'en savais rien, mais il voulait que son nom figure à côté de ceux de Capone, Luciano et Giancana. Don Calligaris ne serait jamais rien qu'un sous-chef, puissant à sa manière, réputé et reconnu, mais il n'avait pas la férocité nécessaire pour le porter au sommet.

« Johnny Torrio a repris les activités de Colosimo et, avec l'aide de Capone, ils ont installé des brasseries en préparation de la grande soif. Ils savaient ce qui allait se passer, ils voyaient une occasion, et ils l'ont saisie à deux mains. Un malin, Johnny Torrio… il a mis un terme aux luttes qui opposaient les gangs de Chicago et leur a accordé à chacun un territoire. Il a donné le nord à Dion O'Banion, mais la majorité de la ville appartenait à Torrio et Capone et, en 1924, ils se partageaient tous les deux quasiment cent mille dollars chaque foutue semaine. »

Don Calligaris s'est mis à rire. J'avais envie d'aller aux toilettes mais je ne voulais pas l'interrompre sur sa lancée. Il était dans son élément ; il semblait plus à l'aise que je ne l'avais jamais vu. Peut-être y avait-il à New York une chose qui lui faisait de l'ombre et à laquelle il avait échappé, tout comme moi à Los Angeles.

« Capone a fait élire un complice à la mairie de la ville de Cicero, et Cicero est devenue le centre du trafic d'alcool. Les relations n'avaient jamais été trop bonnes entre Torrio, Capone et O'Banion et, à la fin de 1924, O'Banion a dévoilé l'existence de l'une des brasseries. La police a fait une descente et arrêté Torrio, qui a reçu une amende de cinq mille dollars et a été condamné à neuf mois de prison. O'Banion s'est fait buter dans sa boutique de fleurs peu de temps après.

Le gang des quartiers nord s'est trouvé un nouveau chef, un Polack nommé Hymie Weiss, qui a aussitôt cherché à buter Capone et Torrio. Ils ont réussi à en réchapper, mais Weiss n'était pas homme à baisser les bras et il a de nouveau traqué Torrio, qui a fini par se prendre cinq balles. Il n'est pas mort, mais il était dans un sale état et, quand il est allé en taule pour tirer ses neuf mois, il ressemblait au putain d'homme invisible. Deux semaines après la sortie de Torrio, Weiss se faisait abattre. Un type nommé Bugs Moran a pris le gang du nord en main après le meurtre de Weiss. Il gérait les affaires depuis un garage dans Clark Street. Capone y a envoyé deux de ses hommes, des types nommés Albert Anselmi et John Scalisi, déguisés en policiers. Ils ont aligné sept hommes de l'équipe de Moran contre le mur et les ont descendus. Le massacre de la Saint-Valentin qu'ils ont appelé ça et, plus tard, Capone a fait abattre Anselmi et Scalisi. Une poignée d'hommes d'affaires sont allés voir le président Hoover à la fin des années 1920 pour lui demander d'abroger la prohibition et de faire tomber Capone. Hoover a affecté un certain Eliot Ness à la police de Chicago. Ness était du département du Trésor, mais c'était au dire de tous un sacré coriace. Il s'est mis à traquer Capone, mais il n'a jamais réussi à l'avoir. Ils ont alors eu l'idée de le poursuivre pour fraude fiscale et ils l'ont finalement arrêté en 1931. Capone a purgé deux ans à Atlanta avant d'être transféré à Alcatraz. »

Don Calligaris a bu une gorgée de café et allumé une nouvelle cigarette. La pièce était complètement enfumée et, chaque fois que je regardais vers la fenêtre, je pensais à Angelina et aux enfants. Je voulais être loin d'ici, en compagnie des gens qui comptaient pour moi, pas pris au piège dans cette maison à écouter de vieux récits de guerre.

« Le gang de Capone… un sacré gang, tu sais ? C'est de là que venaient des gens comme les frères Fischetti, Frank Nitti et Sam Giancana. C'est Nitti qui a pris le contrôle quand Capone est tombé, mais il s'est fait inculper avec quelques autres pour avoir extorqué de l'argent à des studios de Hollywood. Frank ne voulait pas tomber, il ne voulait pas témoigner contre sa famille, alors il s'est tiré une putain de balle de 9 mm dans la tête. Après ça, Tony Accardo a pris les choses en main et a transféré les intérêts de Chicago vers Vegas et Reno, et il est resté en poste jusqu'en 1957 avant de laisser la place à Giancana. Giancana a été le patron jusqu'en 1966, il a fait un an de prison, puis il est sorti et a mené la grande vie jusqu'en 1975, quand tout le monde en a eu ras le bol de ses conneries. Il s'est fait buter et, après, une bande d'abrutis ont commencé à se battre pour savoir qui serait le chef, alors Tony Accardo est revenu. C'est lui le patron ici maintenant, et c'est avec lui qu'on va travailler. C'est un vieux de la vieille, un type très intelligent, et il veut qu'on s'occupe de certaines de ses affaires pour lui laisser le temps de se faire de nouveaux amis et de gagner des territoires. Voilà pourquoi nous sommes ici toi et moi. Il fallait que je vienne, et je voulais être accompagné par des gens sûrs, d'accord ?

– D'accord, ai-je répondu.

– Alors, a-t-il repris avec un sourire, comment ça se passe pour toi et Angelina ? Qu'est-ce que ça fait d'être père, Ernesto ? »

Je lui ai retourné son sourire. Chaque fois que je pensais à Angelina et aux enfants, j'étais envahi par une sensation de chaleur et de certitude.

« Ça fait du bien, beaucoup de bien. C'est un sacré changement.

– Je te le fais pas dire. Rien de plus important que la famille, tu sais ? Rien dans ce monde n'est plus important que la famille, mais il faut avoir ses priorités, il faut garder la tête froide et ne pas se disperser. Il faut se rappeler comment on a obtenu ce qu'on a et se souvenir de ses dettes. »

Il parlait de Don Alessandro, Don Giacalone et Tony Provenzano, les gens qui m'avaient accordé leur bénédiction pour que je me marie dans la famille ; certes, Angelina Tiacoli était née d'une relation qui avait causé la mort de ses parents et avait fait honte au clan Alessandro, mais elle était tout de même de la famille.

Don Calligaris m'avertissait que ce qui m'avait été donné pouvait m'être tout aussi facilement repris. J'entendais ce qu'il disait et je le comprenais. Je n'avais aucune intention de déplaire à ces gens ; ils étaient beaucoup plus puissants que moi, et quel que soit l'endroit où je m'enfuirais, où j'emmènerais Angelina et les gosses, ils nous retrouveraient, car cette famille avait de l'influence et des relations sur la totalité du pays, jusqu'aux Keys de Floride et Cuba. Si j'avais été seul, peut-être aurais-je pu disparaître. Mais avec une femme et deux enfants en bas âge, je n'avais pas une chance. La vérité était que je ne ferais rien pour mettre en péril ce que j'avais créé avec Angelina et les enfants. Ils étaient tout ; ils étaient ma vie.

« Je connais la musique, Don Calligaris… Je sais comment ça se passe. Ce boulot à L. A. a mal tourné, mais il a été fait.

– Il a été fait, Ernesto, c'est le principal, et je t'en suis reconnaissant. Tout ça, c'est derrière nous. Nous avons tous des choses que nous changerions si nous le pouvions, mais de l'eau coule sous les ponts, tu sais ? On fait ce qu'on a à faire, puis on passe à autre chose. C'est pourquoi venir ici à Chicago est une bonne chose. C'est pour nous deux une occasion de faire mieux. Il se passe des choses importantes ici. C'est un nouveau départ. On fait en sorte que tout se passe bien pour nous et pour la famille, et on fait notre boulot. »

Une fois encore je lisais entre les lignes. Il était arrivé quelque chose à New York qui avait provoqué son départ. Mais il ne voulait pas me dire quoi ; Don Calligaris était un homme qui ne communiquait les informations qu'en cas de besoin. Je n'ai pas demandé, ce n'était pas mon rôle et, si je l'avais fait, il aurait été à la fois offensé et agacé.

Dix Cents est entré dans la pièce. Ça m'a fait plaisir de le revoir. Nous nous connaissions depuis des années, et même s'il faisait beaucoup plus partie de la famille que moi, j'avais néanmoins le sentiment que je pouvais lui faire confiance. Il me traitait d'égal à égal, et je me disais que quoi qu'il arrive, je pourrais toujours compter sur lui.

« Alors, on se repose quelques jours, a poursuivi Don Calligaris. On se la coule douce. Je vais voir quelques personnes, on s'organise, et puis on attend de voir le genre de travail qu'on va nous demander de faire. »

Après quoi, je suis resté un peu à discuter de choses sans conséquence. Dix Cents m'a demandé comment se portaient les enfants et il m'a dit qu'il passerait plus tard dans la journée et dînerait avec nous. J'étais heureux qu'il vienne. Angelina l'appréciait, les enfants semblaient rire tout le temps en sa présence et, lorsqu'il était à la maison, je me sentais en sécurité, comme si rien ne pouvait nous arriver. C'était comme ça à l'époque – nous devions savoir qui serait à nos côtés, qui se tiendrait derrière nous. Et nous gardions toujours à l'esprit, même durant notre sommeil, la certitude que personne n'était parfaitement défendable, que personne n'était hors de portée. Ces gens se tuaient entre eux si c'était bénéfique à la famille et, même si j'avais mes relations, même si je leur avais accordé ma loyauté et mon soutien pendant près de vingt-cinq ans, ma vie pouvait être anéantie en une seconde si je déviais du droit chemin. Je ne comptais rien faire de tel. C'était la dernière de mes intentions. Mais je n'étais pas naïf, je connaissais parfaitement les us et coutumes du milieu. Les affaires étaient les affaires, et descendre quelqu'un n'avait pas plus d'importance que lui couper les cheveux lorsque la situation l'exigeait.

Le premier appel est arrivé le lundi 22 novembre, trois jours avant Thanksgiving.

« C'est le moment, a annoncé Dix Cents. Viens à la maison. »

Je suis allé retrouver Angelina et les enfants dans la cuisine. Ils avaient alors six mois, ils semblaient grandir chaque jour, et Lucia avait prononcé son premier mot à peine identifiable la veille seulement.

« Pa… pa… pa… », avait-elle bredouillé en tendant les bras vers moi, et ce simple geste, et le son qui l'avait accompagné, m'avait fait monter les larmes aux yeux.

« Tu pars longtemps ? m'a demandé Angelina.

– Je ne sais pas. »

Elle semblait peinée.

« Dis à Fabio Calligaris de ma part que tu es maintenant un mari et un père, et qu'il ne devrait pas t'impliquer dans des histoires qui risquent de te causer des soucis. »

Ce qu'elle voulait dire, sans pouvoir se résoudre à le faire, c'était que je devais demander à Don Calligaris de m'affecter dans un bureau où je compterais des piles de dollars, qu'il ne devait plus m'envoyer effectuer des missions au cours desquelles je risquais ma vie.

Je lui ai dit que je transmettrais le message, même si je savais, et elle aussi, qu'un tel message ne l'atteindrait jamais.

Je lui ai touché la joue, elle a tourné la tête et embrassé la paume de ma main.

« Ça va aller, ai-je murmuré.

— Vraiment ? Tu me le jures ?

— Je te le jure.

— Sur la vie de tes enfants, Ernesto ?

— Ne me demande pas ça, Ange.

— Alors, donne-moi ta parole, en tant que mari et père.

— Je te donne ma parole.

— Maintenant, pars, fais ce que tu as à faire… je te verrai à ton retour. »

J'ai embrassé mes enfants, suis monté à l'étage. J'ai mis une chemise propre et une cravate, un costume, un pardessus. J'ai attrapé mon 9 mm qui était caché parmi des paires de chaussettes au fond de la commode et l'ai enfoncé sous la taille de mon pantalon. J'ai allumé une cigarette et suis resté un moment à regarder par la fenêtre. Des voitures passaient, transportant des gens qui ne savaient rien de mon monde et de tout ce qu'il supposait. Ils étaient heureux dans leur ignorance, et je la leur enviais.

En redescendant, je me suis arrêté sur la dernière marche d'où je pouvais voir dans la cuisine. Angelina s'occupait des enfants, leur donnant à manger, nettoyant derrière eux, et j'ai ressenti une émotion indéfinissable. Quelque chose qui allait au-delà de l'amour. Au-delà du physique et de l'émotionnel. Je crois que ça relevait du spirituel. Et quand j'ai songé que tout cela pouvait un jour m'être repris, j'ai éprouvé une panique si intense que j'ai dû me retenir à la rampe pour ne pas perdre l'équilibre. J'ai fermé les yeux, inspiré profondément et me suis efforcé de chasser ces pensées négatives.

J'ai lancé un dernier regard dans la cuisine. Angelina n'était plus visible, mais les enfants étaient là, ouvrant tous deux de grands yeux et souriant. Ni l'un ni l'autre ne me voyaient, mais il y avait dans leur expression une chose dont je me disais que je ne l'atteindrais jamais moi-même. Une sorte de bonheur pur, de paix peut-être, et je me suis demandé si je parviendrais un jour à changer de vie et à les protéger de mon passé.

J'ai inspiré profondément. J'ai descendu la dernière marche et longé le couloir jusqu'à la porte d'entrée, puis je suis sorti en silence et ai refermé la porte derrière moi.

Don Calligaris m'attendait dans la cuisine de sa maison. Avec lui se trouvaient deux hommes que je n'avais jamais vus. Le plus âgé avait des cheveux roux mouchetés de gris au niveau des tempes, l'autre, des yeux noir de jais qui ressemblaient aux charbons dont on se servait pour faire les yeux des bonshommes de neige.

Dix Cents est entré dans la pièce derrière moi et nous nous sommes tous assis autour de la table près de la fenêtre.

« Il y a beaucoup d'histoire ici, a déclaré Don Calligaris, une histoire qui remonte en grande partie à

Dion O'Banion. Il y avait de l'animosité pendant la prohibition, mais avec le temps, les rancœurs s'estompent, et le nord de la ville, le territoire que Johnny Torrio a donné à O'Banion et aux gangs irlandais, est toujours pour l'essentiel irlandais. Nous sommes ici pour régler quelques questions, car Tony Accardo veut que nous travaillions avec les Irlandais afin de rendre les quartiers nord plus profitables. Vous avez des prostituées là-bas, exact ? »

Le plus vieux, le roux, a répondu par un hochement de tête affirmatif.

« Et il y a les narcotiques et le jeu, même les machines à sous appartiennent aux Irlandais. Mais ils ont besoin d'aide pour s'occuper de quelques détails qui mettent leur territoire en danger. »

Les deux hommes ont hoché la tête mais sont restés silencieux.

« Cet homme, a poursuivi Don Calligaris en désignant le plus vieux des deux, c'est Gerry McGowan, et lui, c'est son gendre, Daniel Ryan. M. McGowan...

– Gerry, coupa l'homme. Personne ne m'appelle McGowan à part le foutu prêtre. »

Il a éclaté de rire. Il avait un fort accent irlandais et, quand il souriait, je voyais que trois de ses dents de devant avaient des couronnes en or.

« Gerry travaille pour un homme nommé Kyle Brennan, et M. Brennan est le chef de la famille irlandaise.

– Aussi connue sous le nom de gang de Cicero, est intervenu McGowan, vu que la famille de M. Brennan vient de Cicero, vous voyez.

– M. Brennan possède la plupart des terrains qui bordent le quartier des affaires, a expliqué Don

Calligaris, et certains hommes d'affaires de Chicago ont fait appel à la mairie pour que ces terrains soient restitués à la municipalité. Ils veulent y développer des complexes, raser les vieux bâtiments où M. Brennan traite ses affaires, et M. Brennan a besoin d'un coup de main. On nous a demandé, en signe de bonne foi et d'amitié, d'intervenir et de régler ces problèmes.

— Qui est derrière tout ça ? ai-je demandé.

— Un connard du nom de Paul Kaufman, a répondu McGowan sur un ton venimeux. Un enfoiré de juif débarqué de la côte Est pour faire des vagues ici. Une espèce de grand manitou des affaires, pas de femme, pas de gosses, dans les 45 ans, et il a autant de pognon qu'il veut pour le soutenir. Il est dans la finance et il croit pouvoir forcer le conseil municipal de Chicago à démolir une partie des quartiers nord pour y faire construire tout un tas d'immeubles de bureaux et d'habitation.

— Et qui est son contact à la mairie ?

— Le responsable du développement... un certain David Hackley. Les plans que Kaufman a soumis doivent passer par lui, mais ce n'est pas lui qui a le dernier mot. La décision sera prise pendant une réunion du conseil municipal en janvier prochain. Mais Hackley a le bras long, et ses recommandations seront adoptées par le conseil. S'il dit allez-y, alors ils iront, et on ne pourra plus rien faire.

— Donc, Hackley est notre homme, ai-je dit. Si on coupe le lien entre Kaufman et la ville, il retourne à la case départ.

— Eh bien, peut-être, a lancé Daniel Ryan. Mais il s'agit pas simplement de buter Hackley. Si vous le supprimez, ils auront vite fait de trouver quelqu'un d'autre pour prendre sa place. Ce qu'il faut, c'est être sûr que Hackley émettra un avis négatif sur les plans de réaménagement… et il faut *vraiment* qu'il soit contre, qu'il persuade le conseil que le réaménagement de la zone serait une mauvaise chose pour Chicago.

— Mais il ne va pas faire ça, si ? » ai-je demandé ; une question purement rhétorique.

Gerry McGowan a souri.

« À moins qu'il ait une très bonne raison de faire ce que nous voulons, pas vrai ?

— Si, dis-je. Mais je ne crois pas que débarquer chez lui et lui flanquer une raclée suffira… la méthode musclée ne fonctionnera pas. Il s'agit de politique, n'est-ce pas ? C'est la politique qui a fait de lui ce qu'il est, et il faut que ce soit la politique qui cause sa perte.

— Quelle que soit la manière utilisée, nous avons besoin que Hackley soit réduit au silence avant le milieu du mois prochain, car c'est à ce moment qu'il présentera son dossier final au conseil. Ils ne seront pas là pendant la période de Noël, bien sûr, mais quand ils se réuniront en janvier, ils auront eu tout le temps de considérer sa proposition, et je suis sûr que le juif saura remercier généreusement ces gens.

— Nous savons quoi que ce soit d'utile sur Hackley ? a demandé Don Calligaris.

— Il a l'air blanc comme la putain de neige. Une femme, trois gamins, marié une seule fois. Il ne se drogue pas et ne va pas aux putes, il ne joue pas, ne boit apparemment jamais d'alcool. Un putain de génie dingue de travail pour autant que je sache.

— Tout le monde a un talon d'Achille », ai-je observé.

McGowan a souri, dévoilant ses dents en or.

« Pour sûr, mais ça fait près de trois mois qu'on s'intéresse à ce type et on a trouvé que dalle.

– S'il n'a pas de talon d'Achille, alors il suffit de lui en inventer un, ai-je répliqué d'un air indifférent.

– Eh bien, c'est pour ça qu'on est ici, et si vous réglez ce problème, alors les Irlandais et les Italiens vont bien s'entendre.

– Retournez voir M. Brennan, ai-je dit. Donnez-lui notre bénédiction et faites-lui part de notre bonne volonté. Dites-lui que vous vous êtes adressés aux bonnes personnes, que nous allons régler ce problème pour vous et que, le mois prochain, Hackley se présentera devant le conseil municipal et leur expliquera que réaménager les quartiers nord serait ce qu'ils pourraient faire de pire. »

McGowan a souri.

« J'ai votre parole ? »

Je me suis levé, ai tendu la main. McGowan s'est levé à son tour et nous avons échangé une poignée de main.

« Vous avez ma parole. Vous avez la parole de la famille de Don Calligaris. »

McGowan s'est fendu d'un large sourire.

« Voilà une affaire rondement menée, a-t-il déclaré.

– Alors, allons manger », a suggéré Don Calligaris en se levant.

Ce soir-là, alors que McGowan et Ryan étaient depuis longtemps partis, Don Calligaris et moi sommes restés à discuter dans l'arrière-salle.

« Tu as donné la parole de la famille, a-t-il dit. Je comprends pourquoi tu l'as fait, et c'est ce qu'ils voulaient entendre, mais maintenant, tu ne peux plus reculer.

– Le travail sera fait, Don Calligaris.

– Tu en es sûr ?

– Oui.

– Comment ? Comment peux-tu en être si sûr, Ernesto ?

– Si je dis que je vais le faire, c'est que je vais le faire.

– Je vais devoir te faire confiance, observa Don Calligaris.

– Oui, vous allez devoir me faire confiance… mais est-ce que je vous ai déjà laissé tomber ?

– Non, tu ne m'as jamais laissé tomber.

– C'est important, n'est-ce pas ? »

Don Calligaris s'est penché en arrière.

« J'ai quitté New York pour une raison précise. Je ne vais pas te dire laquelle car ça n'a plus d'importance, mais le fait est que quelque chose aurait dû être fait mais n'a pas été fait, ce qui a causé des problèmes à la famille. Dans un sens, j'ai de la chance d'être encore en vie… mais bon, je n'ai jamais cru à la chance. Je suis en vie car j'ai de la valeur, car je suis un des leurs et, une fois qu'on est l'un des leurs, on ne peut pas être éliminé sans la permission expresse du chef de la famille. Tony l'Esquive, Don Corallo, ne voulait pas que je sorte de la famille, mais il m'a envoyé ici pour que je me rachète, que je paye mes dettes. » Don Calligaris a regardé un moment au loin, puis il a posé les yeux sur moi. « Parfois, nous arrivons tous à un stade où nous devons nous racheter, payer nos dettes, tu sais. Enfin, bref, nous résolvons cette affaire avec la famille irlandaise, et j'aurai payé mes dettes, j'aurai achevé ma traversée du désert si tu veux. Si tu dis que tu peux le faire, alors j'ai besoin que tu le fasses. J'ai besoin que tu respectes ta parole et celle de la famille. Et après je te devrai la vie en un sens, et le jour où tu auras besoin de moi, je serai là. Tu comprends, Ernesto ?

– Oui, je comprends et je vais y arriver. La famille irlandaise conservera les quartiers nord, et vous pourrez rentrer chez vous. »

Don Calligaris s'est levé en écartant les bras. Je me suis également levé et il m'a étreint fermement.

« Fais-le et, à mes yeux, tu seras l'un des nôtres, cinglé de Cubain ou non. »

Il s'est esclaffé. Moi aussi.

Je suis parti peu après, et même si j'allais devoir m'évertuer à anéantir la réputation de quelqu'un, à anéantir plus que probablement sa vie, j'éprouvais une sorte d'euphorie. Je n'aurais pas à tuer qui que ce soit, et c'était pour ça que j'avais donné ma parole. Je ne l'aurais avoué à personne, pas même à Don Calligaris, mais le fait était que je *voulais* accomplir ce travail, le mener à bien, car je voulais m'en sortir sans avoir de sang sur les mains.

Cette nuit-là, j'ai dormi comme une souche. Je n'ai pas rêvé. Je n'avais plus peur pour ma famille. Et lorsque je me suis levé le lendemain matin, même Angelina a remarqué une différence dans ma façon d'être.

« Ça s'est bien passé hier ? m'a-t-elle demandé.

– Oui, Angelina, ça s'est bien passé.

– Tu as du travail ?

– Oui.

– Mais c'est un travail sûr, déclara-t-elle d'une voix neutre.

– Oui… inutile de t'en faire pour toi ou pour les enfants.

– Et pour toi, Ernesto ? Est-ce que je dois m'en faire pour toi, Ernesto ?

– Non, pour moi non plus. J'ai des choses à faire, mais c'est un travail qui peut s'accomplir avec des paroles. Tu comprends ?

– Je comprends. »

Elle n'en a plus parlé ; elle n'a plus posé de questions. Le sujet était clos, et je sentais chez elle un soulagement et la certitude que tout, absolument *tout*, se passerait bien. Ce qu'elle ne saurait jamais, et ne pourrait jamais espérer comprendre, c'était l'importance que revêtait la situation à mes yeux. J'allais résoudre cette affaire, et personne n'allait mourir. Moi, Ernesto Cabrera Perez, j'allais régler un problème sans tuer personne.

Gerry McGowan semblait avoir dit vrai. J'ai passé près d'une semaine à espionner les allées et venues de David Hackley, et il avait l'air d'être le citoyen américain modèle. Ce qui me faisait le détester. J'avais donné ma parole. Il me restait un peu plus de deux semaines, et je me demandais déjà ce que j'allais bien pouvoir faire.

Je me suis alors souvenu du jour où Don Ceriano m'avait dit, de nombreuses années auparavant, que si l'on cherchait la vengeance on devait creuser deux tombes.

Il n'était ici pas question de vengeance, mais de territoire, et maintenant que j'avais donné la parole de la famille, et étant donné la position de Don Calligaris, je ne pouvais pas échouer. Si David Hackley n'avait pas de talon d'Achille, alors peut-être que son fils en avait un.

J'ai commencé à m'intéresser au jeune homme, à surveiller son bureau et son appartement. Je le voyais quitter le travail tard le soir et rentrer chez lui. J'ai pendant un moment cru qu'il était une version plus jeune de son père car il ne semblait pas y avoir le moindre point faible dans sa vie.

Nous étions début décembre. J'étais assis dans ma voiture à proximité de chez James Hackley et j'étais sur le point de mettre le contact et de rentrer chez moi lorsque la porte de l'immeuble s'est ouverte et que le jeune homme est apparu. Il était habillé chaudement et portait un long pardessus, une écharpe et des gants. Il a traversé la rue à la hâte et grimpé dans sa voiture.

Je l'ai suivi pendant trois bons kilomètres en direction du centre-ville puis à travers les zones moins aisées en bordure des quartiers nord. Il s'est alors garé dans Machin Street et, après avoir passé quelques instants à chercher quelque chose dans sa voiture, il en est descendu et s'est mis à marcher dans la rue. Je l'ai suivi à une quinzaine de mètres de distance, toujours sur le qui-vive au cas où il se retournerait pour jeter un coup d'œil par-dessus son épaule. Il ne l'a pas fait, et je l'ai vu traverser le carrefour et entrer par une porte latérale dans un cinéma porno de Penn Street. Il était sur le territoire du gang de Cicero, en plein cœur de la zone que son père entendait démolir, et il fréquentait un cinéma qui appartenait plus que probablement à Kyle Brennan. Cette ironie m'a fait sourire. Ça ne me donnait pas ce que je voulais – bon Dieu, la moitié des citoyens américains modèles fréquentait les cinémas porno et les clubs de strip-tease, et il n'y avait absolument rien d'illégal là-dedans – mais c'était un début, et un début, aussi minime fût-il, valait mieux que rien du tout.

Je suis entré dans le cinéma à sa suite et ai demandé au guichet où était le jeune homme qui venait d'arriver.

« Et qu'est-ce que ça peut vous foutre ? a répliqué un homme obèse dans un débardeur taché de graisse.

– Une affaire importante. C'est Gerry McGowan qui m'envoie, et j'ai besoin de votre assistance.

– Oh, merde, qu'il a lâché. Oh, merde, je suis désolé, monsieur… je savais pas que M. McGowan nous envoyait quelqu'un ce soir. Je croyais qu'on avait tout payé… en fait, j'en suis certain… laissez-moi appeler le boss et vous pourrez vous adresser à lui. Bon sang, qu'est-ce que je fabrique ? Venez avec moi, passez de ce côté et on va monter à l'étage pour que vous puissiez lui parler en personne. »

J'ai suivi le type obèse tandis qu'il hissait sa silhouette énorme dans l'étroit escalier. Une fois en haut, nous avons tourné à droite, et il a frappé à une porte.

« Entrez ! » a crié quelqu'un.

Le gros type est entré. Je l'ai suivi. Nous nous sommes retrouvés dans une pièce, petite mais soigneusement décorée, dotée de murs nus et d'un large bureau en acajou derrière lequel était assis un homme élégamment habillé qui avait les mêmes cheveux sombres et les mêmes yeux vifs que Daniel Ryan.

« Julie, qu'est-ce que tu fous ici ? a-t-il demandé. Je suis occupé… tu devrais être au guichet en bas à t'assurer que ces abrutis de gamins n'entrent pas sans payer.

– Il y a quelqu'un, a répondu le gros. Quelqu'un qui vient de la part de M. McGowan. »

J'ai contourné Julie et fait face à l'homme derrière le bureau. Il m'a souri et s'est approché de moi en tendant la main.

« Salut, comment ça va ? a-t-il demandé. Je m'appelle Michael Doyle… qu'est-ce que je peux faire pour vous et M. McGowan ?

– Je lui ai dit qu'on avait tout payé, monsieur Doyle... dès qu'il a dit que c'était M. McGowan qui l'envoyait, je le lui ai dit, a insisté le gros type avec une nervosité évidente dans la voix.

– C'est bon, Julie, c'est bon... t'occupe pas de ça, redescends et occupe-toi du guichet, OK?

– OK, monsieur Doyle. »

Il a difficilement franchi la porte et dévalé les escaliers.

« Pas facile de trouver de bons employés de nos jours, hein? » a observé Michael Doyle.

Il a désigné une chaise de l'autre côté du bureau et m'a demandé de m'asseoir. Ce que j'ai fait, et il a regagné son fauteuil.

« Alors, qu'est-ce qu'on peut faire pour vous et M. McGowan? a-t-il demandé.

– Vous avez un client, un certain James Hackley. »

Doyle a haussé les épaules.

« Doux Jésus, j'en sais rien... Je peux vous dire que j'évite de me mêler aux gens qui viennent ici pour regarder ces trucs.

– C'est le fils d'un très important promoteur immobilier de Chicago nommé David Hackley. M. McGowan a besoin que vous l'aidiez, et il y a de grandes possibilités pour que ça implique de placer son fils dans une situation embarrassante. »

Doyle a éclaté de rire.

« Eh bien, il me semble qu'être découvert avec son pantalon aux chevilles dans un établissement de ce genre est quelque peu embarrassant. »

J'ai secoué la tête.

« Quelque chose d'un peu plus compromettant, ai-je dit.

– Une chose à laquelle il ne pourrait pas échapper sans salir un peu le nom de sa famille ?

– Beaucoup. Quelque chose que nous pourrions garder pour nous et dévoiler au grand jour si le promoteur ne voit pas les choses du même œil que M. McGowan.

– Et si c'était faisable, alors je suppose que vous glisseriez un mot en ma faveur auprès de M. McGowan, exact ?

– Et ce mot à McGowan remonterait jusqu'à Kyle Brennan, ai-je dit. Je suppose que vous pourriez vous retrouver à travailler dans un endroit un peu plus sélect si tout se passe comme nous le voulons. »

Doyle a fait un grand sourire.

« Je pense que nous pouvons arranger quelque chose, monsieur… ?

– Perez. Mon nom est Perez.

– Je crois que M. Hackley va recevoir une invitation polie à assister à quelque chose d'un peu plus coloré que ce qu'il regarde ce soir. »

C'était aussi simple que ça.

Trois jours plus tard, James Hackley se faisait arrêter dans l'arrière-salle d'un petit cinéma de Penn Street en compagnie de trois autres « clients ». Ils étaient inculpés pour avoir assisté à « des actes sexuels illégaux entre mineurs ». Michael Doyle avait en effet organisé une projection privée d'un film pédophile. James Hackley était traduit en justice, puis remis en liberté conditionnelle contre une caution de trente mille dollars, et un nouvel interrogatoire était prévu pour le 11 décembre.

Le 9 décembre, une brève conversation se tenait entre le capitaine du commissariat où Hackley avait été inculpé et deux fidèles *consiglieri* de Kyle Brennan. Un marché était conclu. Une somme gardée secrète serait versée dans la semaine au fonds des veuves et des orphelins du 13ᵉ commissariat pourvu que les charges contre Hackley soient abandonnées pour manque de preuves.

Deux heures plus tard, l'un de ces mêmes *consiglieri* rencontrait un éminent membre du conseil pour le rajeunissement de Chicago sur le banc d'un parc près de Howard Street. Après une conversation d'à peine quinze minutes, les deux hommes, dont un David Hackley à l'air déconfit et abattu, s'éloignaient sans un mot.

Le jeudi 16 décembre 1982, David Hackley présentait son dossier au conseil municipal de Chicago et recommandait dans des termes aussi déterminés qu'excessifs que la permission de réaménager les quartiers nord de Chicago soit pour le moment refusée. Son dossier était solide, et il avait même prévu un document de onze pages expliquant pourquoi de tels travaux seraient au détriment de l'histoire et du caractère de la ville.

Le 22 décembre, soit trois semaines avant la date prévue, le conseil faisait part de sa décision unanime. La permission de réaménager était refusée, et Paul Kaufman était renvoyé dans ses pénates la queue entre les jambes.

Le lendemain, le 23 décembre, juste à temps pour Noël, toutes les charges contre James Hackley étaient abandonnées faute de preuves.

Le gang de Cicero était ravi, de même que Don Calligaris, et une fête irlando-italienne était organisée dans une boîte de Plymouth Street, au nord de la ville, au cours de laquelle j'ai rencontré Kyle Brennan. Il a donné cinq cents dollars à Angelina « pour acheter des jouets et des choses pour les bébés, vous savez ? » et je me suis dit que, ici, à Chicago – en dépit du vent glacial et de la pluie souvent féroce en provenance du lac Michigan, au milieu des itinérants et des vagabonds, des gangsters irlandais avec leur fort accent et leurs manières impertinentes –, nous avions peut-être trouvé un endroit où nous serions chez nous.

Nous avons passé les huit années suivantes à Chicago, à regarder nos enfants grandir, prononcer leurs premiers mots, apprendre l'alphabet et écrire leurs premières phrases. Nous avons gardé la même maison, dans la même rue que Don Calligaris et sa « grande » famille. Je ne peux pas dire qu'on ne m'ait pas parfois demandé de revenir à mon premier métier, de me servir de mes muscles et d'expédier quelque scélérat dans l'au-delà, mais ces occasions ont été rares et espacées. La décennie touchait à sa fin, le monde avait lui aussi grandi, j'ai fêté mes 53 ans en août 1990, et un jour que, debout à la porte de la maison, je regardais Victor et Lucia, désormais âgés de 8 ans, rentrer en courant après avoir été déposés par le bus scolaire, j'ai commencé à me demander où j'irais quand je serais trop vieux pour une telle vie. Le monde changeait. Des groupes d'Europe de l'Est empiétaient sur les plates-bandes de la famille en Amérique. De jeunes membres de gangs s'entre-tuaient sans plus de pitié que s'ils avaient été des insectes. Les Russes, les Polonais et les Jamaïcains fournissaient armes, drogues et prostituées, et ils disposaient d'assez de main-d'œuvre et d'artillerie pour maintenir leur place à la table. Nous avions conscience de ce qui était en train de se produire et nous songions que la génération qui viendrait après la nôtre allait devoir se battre salement plus que nous pour conserver certaines de nos activités. Mais nous savions aussi que quand on menait une telle vie, on ne pouvait ni démissionner ni prendre sa retraite. On vous autorisait à finir vos vieux jours en Floride, ou alors en Californie près des montagnes, mais vous étiez toujours là, on se souvenait toujours de vous, et si votre présence était nécessaire à quelque opération, alors on venait vous chercher.

Don Calligaris avait lui-même près de 65 ans, et même si Chicago lui avait été bien utile, je voyais qu'il commençait à se demander où il pourrait aller et ce qu'il deviendrait lorsque travailler ne lui serait plus possible.

« Le temps nous a rattrapés, m'a-t-il dit un jour. Ça vient, puis on dirait que ça s'en va en un instant. Je me revois gamin, courant dans la rue, certain que cette journée durerait éternellement. Maintenant, je n'ai pas le temps de finir mon petit déjeuner que la journée touche à sa fin. »

Nous étions assis dans la cuisine de sa maison. Dix Cents regardait la télé dans le salon.

« Grâce à mes enfants, je continue de voir les choses comme un adolescent, ai-je observé.

– Quel âge ça leur fait maintenant ?

– 8 ans en juin dernier.

– 8 ans… a soupiré Calligaris en secouant la tête. Je me rappelle quand Dix Cents les portait tous les deux d'un seul bras.

– Maintenant, ai-je répliqué en riant, c'est probablement mon fils Victor qui le mettrait par terre. C'est un petit costaud et il a tendance à se croire à la tête de la famille.

546

– Mais sa sœur, elle est intelligente, comme la plupart des filles, a déclaré Don Calligaris. Les hommes sont la tête de la famille, mais les filles en sont le cou et elles peuvent faire tourner la tête dans la direction qui leur plaît. »

J'ai alors entendu le téléphone sonner et j'ai eu un mauvais pressentiment. Les affaires avaient bien marché dernièrement, et nous n'avions pas reçu de coup de fil depuis près d'un mois.

J'ai entendu Dix Cents éteindre la télé et se rendre dans le vestibule.

« *Si* », l'ai-je entendu dire, puis il a posé le combiné et nous a rejoints dans la cuisine.

« Don Calligaris, c'est pour vous, de là-haut. »

« Là-haut » était l'expression que nous utilisions pour désigner le chef et ses hommes ; « là-haut » signifiait que quelque chose allait se passer, qu'on allait faire appel à nous.

J'ai essayé de saisir quelques mots de la brève conversation qu'a eue Don Calligaris, mais malgré toutes mes années passées avec ces gens, je n'avais jamais pris le temps d'apprendre l'italien. J'essayais de parler espagnol aussi souvent que possible, même tout seul, mais l'italien, en dépit de ses nombreuses similitudes, m'avait toujours paru trop difficile.

Don Calligaris ne s'est pas absenté plus d'une minute, puis il est revenu dans la cuisine et m'a regardé.

« Nous sommes convoqués, a-t-il annoncé.

– Maintenant ? ai-je demandé.

– Ce soir. »

Il a jeté un coup d'œil à sa montre. « Dans trois heures au restaurant de Don Accardo. Il nous attend tous les trois, et je pense qu'il y en aura un paquet d'autres. »

Je lui ai lancé un regard interrogateur.

« Je ne sais pas, Ernesto, alors ne me pose pas de questions. Nous ne discutons pas des détails au téléphone. Tout ce que je sais, c'est que nous le rencontrons à 19 heures à la trattoria. »

Je suis retourné à la maison pour m'habiller. J'ai dit à Ange de ne pas m'attendre pour aller se coucher. Les enfants étaient chez des amis et rentreraient plus tard. Je lui ai demandé de leur souhaiter une bonne nuit de ma part et de leur dire que je les verrais dans la matinée.

Puis je l'ai regardée. Elle avait maintenant 44 ans, mais je voyais toujours dans ses yeux la jeune femme difficile et farouche que j'avais rencontrée à New York.

« Tu as fait de ma vie une chose dont je suis fier, lui ai-je dit.

— De quoi ? Pourquoi parles-tu comme ça ?

— Je ne sais pas. Depuis quelques jours, je me dis que je suis en train de devenir un vieil homme... »

Elle a éclaté de rire.

« Si tous les vieux avaient ton énergie, Ernesto Perez.

— Sérieusement, l'ai-je interrompue en levant la main. Je pense qu'il va bientôt falloir procéder à quelques changements, aller vivre dans un endroit où les enfants seront éloignés de tout ça. »

Elle m'a alors dévisagé, et j'ai compris à l'expression de ses yeux qu'elle attendait d'entendre ces mots depuis qu'elle me connaissait. Elle a secoué la tête, peut-être par incrédulité.

« Va à ta réunion, Ernesto. Nous en parlerons une autre fois. »

Je me suis penché en avant, ai pris son visage entre mes mains et l'ai embrassée.

« Je t'aime, Angelina.

– Moi aussi, je t'aime, Ernesto. Maintenant, va-t'en… »

J'ai alors vu des larmes s'accumuler au coin de ses yeux. J'ai écarté les cheveux de ses joues et l'ai dévisagée en fronçant les sourcils.

« Quoi ? » ai-je demandé.

Elle a fermé les yeux, baissé la tête.

Je lui ai soulevé le menton. Elle a rouvert les yeux et m'a retourné mon regard.

« Quoi ? ai-je de nouveau demandé. Qu'est-ce qu'il y a ? »

Une expression de colère a furtivement traversé son visage, puis elle a secoué la tête et répété : « Va-t'en, Ernesto. Va-t'en maintenant. J'ai des choses à faire avant que les enfants ne rentrent. »

Je n'ai pas bougé. J'ai attendu qu'elle pose une fois de plus les yeux sur moi et j'ai ouvert la bouche pour lui demander ce qui se passait.

Elle s'est déportée sur la gauche et s'est levée. J'ai fait un pas en arrière, perplexe, et c'est alors que j'ai reconnu ce feu qui brûlait en elle.

« Tu sais de quoi il s'agit, Ernesto, a-t-elle déclaré avec ce ton provocant et indépendant qui m'avait tant attiré quand j'avais fait sa connaissance. Va à ta réunion maintenant. Je ne te pose pas de questions. Tu es un homme bon, Ernesto. Je le sais et, si je n'étais pas persuadée qu'il y a plus de bien en toi que de mal, je ne serais pas restée. Tu es comme tu es, et je suis assez intelligente pour savoir que je ne te changerai jamais… mais je ne te laisserai pas non plus mettre en danger ni ma vie ni celle des enfants… »

J'ai levé la main. J'étais stupéfait, non par ce qu'elle disait, car je m'attendais sans doute à ces paroles depuis de nombreuses années, mais par la véhémence et la violence avec lesquelles elle les prononçait.

« Ne me demande pas de baisser le ton, a-t-elle poursuivi. Je ne veux rien entendre de ta part, Ernesto, rien du tout. Je ne veux pas que tu t'expliques, ni que tu te défendes ou prennes la défense des gens pour qui tu travailles. Va les voir. Fais ce que tu as à faire et, quand tu auras fini, je serai toujours ici avec tes enfants. Je te demande de ne pas laisser la folie de l'extérieur franchir le seuil de notre maison, car s'il arrive quoi que ce soit à notre famille, je te tuerai de mes mains. »

Je ne pouvais pas parler, je n'osais dire un mot.

Elle a traversé la pièce et attrapé mon manteau sur le dossier d'une chaise. Elle l'a tendu dans ma direction, je me suis approché d'elle, et elle m'a aidé à l'enfiler.

Lorsque je me suis retourné pour lui faire face, elle a posé un doigt sur mes lèvres.

« Pars. J'ai dit tout ce que j'avais à dire. Je suis vidée, Ernesto. »

Je me demandais quoi répondre, mais elle a lu mes pensées.

« Non, a-t-elle murmuré. Finis ce que tu as à finir et, après, nous parlerons de l'avenir. »

J'ai quitté la maison et traversé la rue. J'avais la tête complètement vide.

Don Calligaris et moi avons discuté un peu ; nous avons émis des hypothèses sur le mobile de la réunion, mais la vérité était que nous ne savions rien. Je n'arrivais pas à me concentrer. Je revoyais le visage d'Angelina, la colère dans ses yeux, sa peur pour nos enfants.

À 18 h 30, nous sommes partis et, lorsque nous avons atteint le bout de la rue, je me suis tourné vers ma maison, vers l'endroit où ma femme et mes enfants m'attendraient pendant que je serais dans le restaurant de Don Accardo, et j'aurais voulu pouvoir descendre de voiture et rebrousser chemin.

J'avais une prémonition, comme si une ombre avait arpenté le trottoir et s'était arrêtée devant chez moi. J'ai écarté ces idées de mon esprit, tentant de me persuader que ma femme et mes enfants étaient en sécurité, et que je n'avais aucun souci à me faire.

Le restaurant était plein à craquer. Nous nous sommes frayé un chemin entre les chaises et les tables, laissant passer les serveurs qui accomplissaient de véritables numéros d'équilibre avec les *antipasti* et les assiettes fumantes de pâtes à la carbonara, et nous avons fini par atteindre l'arrière-salle, où nous avons été accueillis par les hommes de Don Accardo, des Siciliens costauds aux visages de marbre qui nous ont indiqué une table à laquelle étaient assis une bonne douzaine d'hommes.

Nous n'avons pas eu à attendre longtemps avant que Don Accardo ne fasse son apparition et, lorsqu'il est entré dans la pièce, tout le monde s'est levé et a applaudi. Il a imposé le silence d'un geste de la main et s'est assis à son tour. Quelques minutes se sont écoulées, durant lesquelles des cigarettes ont été allumées et des présentations faites, puis Don Accardo a pris la parole.

« Je vous remercie de tous être venus malgré un délai aussi bref. Je sais que vous êtes des hommes occupés, que vous avez des familles et des choses à faire, et le fait que toutes les personnes convoquées soient venues est bien noté. »

Il s'est interrompu un moment pour attraper un verre sur sa droite et boire une gorgée d'eau.

« S'il ne s'agissait pas d'une question d'importance, je ne vous aurais pas appelés, mais l'affaire est sérieuse, aussi bien pour moi que pour d'autres, et elle exige notre attention immédiate. »

Don Accardo a observé les visages des hommes assis autour de la table. Personne ne disait un mot.

« Il y a quelques années de cela, nous nous sommes occupés d'une affaire au profit de nos cousins irlandais. Don Calligaris a ainsi permis d'ouvrir la voie à une relation qui n'a fait que croître au cours de ces dernières années, et nous lui en sommes reconnaissants, ainsi qu'à ses hommes. »

Un murmure d'approbation a parcouru la table.

« Mais il semblerait que nos cousins irlandais soient maintenant confrontés à une menace beaucoup plus sérieuse, pas ici à Chicago, mais à New York, et ils ont fait appel à nous. »

La pièce était silencieuse.

« Depuis plusieurs années, les familles à New York, particulièrement les Lucchese, entretiennent des relations avec un homme de La Nouvelle-Orléans nommé Antoine Feraud. »

J'ai soudain levé les yeux, croyant pendant un moment avoir rêvé.

« Vous avez tous entendu parler de lui. Vous savez tous ce dont il est capable. Nous l'avons aidé à régler un petit problème il y a quelque temps, un petit souci que nous avions avec le syndicat des routiers. »

Tous les yeux se sont tournés vers moi. Quelques hochements de tête respectueux m'ont été adressés, que j'ai retournés. Je ne m'étais jamais rendu compte que tant de gens savaient qui j'étais et connaissaient mon histoire.

« Nous avons donc un souci avec ce Feraud. Il est très lié aux Français et aux Hispaniques ici à Chicago et il commence à s'immiscer sur les territoires de Brennan au nord de la ville. Brennan est un homme fort, et il ne tolérera pas ça, mais avec le soutien des Français et des Hispaniques, Feraud est lui aussi fort dans certaines zones. Il est prêt à travailler avec n'importe qui… Polonais, Européens de l'Est, et à les utiliser pour parvenir à ses fins. Brennan nous a demandé une fois de plus de l'aider, et nous sommes ici pour effectuer un vote local sur cette question.

– Ça va être la guerre, a observé un homme sur la droite d'Accardo.

– C'est en effet une chose dont nous devons avoir conscience, a consenti Don Accardo. Ça peut devenir une guerre et, bien que je sois le dernier homme sur terre à vouloir la guerre en ce moment, il est néanmoins question de loyauté et d'honneur. Au cours de ces dernières années, nous avons étroitement travaillé avec les Irlandais. Ils ne sont pas aussi forts que nous, et nous avons donc le dessus. Certaines concessions sont faites en notre faveur, et nous bénéficions aussi du fait que la grande majorité des officiers supérieurs de la police sont irlandais. Il s'agit d'un lien fort, un lien que nous n'avons ni avec les Français ni avec les Hispaniques, et je serais très chagriné de nous voir perdre notre emprise sur la ville. Il s'agit après tout de la ville de Big Jim Colosimo, et nous voulons qu'elle le reste. »

Nouveau murmure d'approbation autour de la table.

« Je vous laisse donc un peu de temps pour en discuter entre vous. Après quoi, nous voterons et, lorsque notre décision aura été prise, nous avertirons Brennan et les siens et attendrons qu'une stratégie soit définie. » Don Accardo a levé la main. « À vous », a-t-il déclaré.

Je me suis tourné vers Don Calligaris.

« Je n'en reviens pas… après toutes ces années, les mêmes gens.

— C'est comme ça, a-t-il répondu en souriant. Ils se confient mutuellement des postes de pouvoir, puis ils font leur possible pour que tous leurs amis restent en place. C'est un arrangement politique qui existe depuis Machiavel.

— Il n'y a pas à hésiter, ai-je déclaré. Nos liens avec les Irlandais sont tellement plus forts qu'avec Feraud et les siens.

— Mais Feraud a des hommes à Vegas, et aussi à New York. Ils ne sont pas nombreux, mais il n'est pas nécessaire d'avoir une armée pour remporter une guerre.

— Je sais envers qui va ma loyauté, ai-je répliqué en secouant la tête. Et j'ai ma propre opinion sur Feraud et son ami politicien.

— Je pense que tout le monde ici sera d'accord avec toi. »

Don Accardo a levé la main et le brouhaha a cessé.

« Nous avons donc un vote à effectuer. Que tous ceux qui souhaitent s'allier à Brennan et au gang de Cicero pour évincer ces Français et ces Hispaniques lèvent la main. »

Le vote a été unanime. Aucune hésitation. Ces gens savaient de qui ils voulaient être proches, et ce n'était pas de l'organisation de Feraud.

Nous sommes restés deux heures. Nous avons bien mangé, bu de nombreuses bouteilles de rioja et, lorsque nous sommes repartis, nous avions l'impression d'avoir eu notre mot à dire. Lorsque j'en ai fait part à Don Calligaris, celui-ci a écarté ma réflexion d'un geste de la main et répliqué : « Cette affaire est sans grande conséquence… j'imagine que nous en entendrons un peu parler au cours des semaines à venir, puis on l'oubliera. Les Irlandais vont être fidèles à leur réputation et ils régleront ça entre eux. »

Les paroles de Don Calligaris n'auraient pas pu être plus éloignées de la vérité.

En une semaine, trente-sept hommes avaient été tués, dont onze membres de la famille de Chicago, parmi lesquels un jeune homme qui était le fils du cousin de Don Accardo. Et même si les batailles qui faisaient rage dans les quartiers nord ne nous impliquaient pas directement, nous savions que, à tout moment, le téléphone pouvait sonner et qu'on pouvait nous confier une mission.

Lorsque septembre est arrivé, le calme était revenu à Chicago. Le coup de fil que nous avions craint n'était jamais arrivé. Nous continuions d'attendre, mais le conflit entre les Irlandais et Feraud semblait résolu, d'autant que ce dernier avait renvoyé chez eux ses soldats français et hispaniques.

Pour Don Calligaris, l'affaire était réglée.

Noël s'est déroulé sans incident.

Nous sommes allés célébrer la nouvelle année aux chutes du Niagara – Angelina, moi, Victor et Lucia, comme une vraie famille américaine. Nous n'en étions pas une, n'en serions jamais une, mais nous en avions toutes les apparences.

J'ai une fois de plus abordé le sujet de l'endroit où nous irions quand je cesserais de travailler et, une fois de plus, Angelina a changé de sujet avec tact. Elle ne semblait pas vouloir en parler, comme si quitter Chicago signalerait aussi la fin d'autre chose. Peut-être estimait-elle que nous avions atteint un équilibre et elle ne voulait pas tenter le sort en le perturbant. Peut-être essayait-elle juste de voir ce qu'elle voulait vraiment, car elle savait que les décisions que nous prendrions détermineraient le restant de nos vies. Je ne savais pas ce qui se passait dans sa tête ; je supposais juste qu'elle viendrait me voir quand elle serait prête et qu'elle m'annoncerait alors ce qu'elle voulait faire.

En mars 1991, Don Accardo est mort. Pendant un bref moment, la famille a été en proie au désarroi. Don Calligaris passait de plus en plus de temps hors de la maison, et rares étaient les occasions où je le voyais.

Le 16 du même mois, Dix Cents est passé chez moi.

« Don Calligaris rentre ce soir, a-t-il expliqué. Il était parti régler des histoires de famille, mais il rentre ce soir et il veut vous emmener dîner toi et ta famille. Habillez-vous et préparez-vous. Il aura des cadeaux pour Angelina et les enfants. Il est très heureux. Les choses se sont très bien passées pour lui. »

J'ai prévenu Angelina. Elle semblait excitée, et les enfants aussi, car tout ce qu'ils savaient de Don Calligaris, c'était qu'il leur parlait comme à des adultes mais les gâtait comme des enfants.

Lorsque Don Calligaris est arrivé, nous étions habillés comme pour aller à l'église. Les enfants étaient surexcités, et nous avons dû les enfermer dans la cuisine jusqu'à ce que Don Calligaris soit prêt à les voir dans le salon.

Nous nous sommes tous entassés dans une voiture – Don Calligaris et Dix Cents à l'avant, Angelina, les enfants et moi à l'arrière. La soirée était douce pour la saison et nous avons roulé jusqu'au meilleur restaurant de la ville, en plein cœur de Chicago. Par égard pour Angelina et les enfants, Don Calligaris avait choisi un endroit qui n'avait aucun lien avec la famille. Je lui en étais reconnaissant ; je savais que mes enfants étaient assez grands et intelligents pour entendre ce qu'on disait autour d'eux.

Nous avons bien mangé, discuté de choses sans conséquence. Les enfants ont raconté leur voyage aux chutes du Niagara, et Don Calligaris a évoqué une visite qu'il avait faite à Naples quand il était enfant.

Mes enfants étaient sages et polis, intéressés par tout ce que Don Calligaris avait à dire et, plus d'une fois, ce dernier m'a regardé en souriant. Il savait ce que représentait ma famille ; il comprenait plus que tout l'importance de la famille, et comme il leur parlait, comme Angelina se penchait en avant pour remplir les verres, je les regardais tous trois – ma femme, mon fils, ma fille – en songeant à la chance que j'avais. Ils étaient tout pour moi, absolument *tout*, et je croyais alors m'être enfin débarrassé du poids du passé – les décès de ma mère et de mon père, les choses qui s'étaient passées à La Nouvelle-Orléans et à La Havane. J'étais maintenant un homme. Je contrôlais ma vie. J'étais quelqu'un, ne serait-ce qu'un père et un époux, et être quelqu'un était tout ce que j'avais jamais désiré.

La soirée avançait. Les enfants étaient fatigués, et nous avons bientôt demandé l'addition, rassemblé nos manteaux et nos chapeaux, et nous nous sommes préparés à partir.

Don Calligaris a confié les clés de sa voiture à Dix Cents.

« Emmène Angelina et les enfants, a-t-il dit. Gare la voiture devant. Ernesto et moi n'en avons pas pour plus d'une minute. »

Puis, lorsque nous avons été seuls : « Il va y avoir des changements maintenant que Don Accardo est décédé. Nous avons élu un nouveau chef, un homme bon, un ami de Don Alessandro, un homme nommé Tomas Giovannetti. Tu t'entendras bien avec lui. » Don Calligaris s'est penché en arrière sur sa chaise et a souri. « Et pour moi aussi les choses vont changer. Je retourne définitivement en Italie à la fin du mois. »

J'ai ouvert la bouche pour parler, mais Don Calligaris m'a fait taire d'un geste de la main.

« Je suis un vieil homme maintenant, beaucoup plus vieux que toi. Je n'ai eu ni femme ni enfants pour me faire rester jeune... une femme comme la tienne, Ernesto, et tes enfants ! » Il a levé les mains en serrant les poings et s'est mis à rire. « Tu as une famille extraordinaire et, même si ce ne sont pas mes enfants, je suis fier d'eux. » Il m'a alors saisi l'avant-bras. « Le temps est venu pour moi de changer d'horizon. Reste ici avec Dix Cents, et Don Giovannetti s'assurera que tu ne manques de rien... comme j'ai dit, c'est un homme bon, il croit beaucoup à l'importance de la famille, et il sait tout ce que tu as fait pour nous aider, aussi bien ici à Chicago qu'à New York et Miami. Je lui ai dit du bien de toi, mais il connaissait déjà ta réputation. »

J'ai secoué la tête, ne sachant que répondre.

« Le changement est inévitable, a-t-il continué. Tout change. On accepte les changements, et on change avec eux, ou alors nous perdons tout. »

J'ai entendu Victor m'appeler. Je me suis retourné et l'ai vu qui se tenait à la porte à côté de Dix Cents. Ils ont traversé la salle dans notre direction.

« Angelina et Lucia sont dans la voiture, a annoncé Dix Cents. Nous sommes prêts à y aller. Les enfants veulent rentrer à la maison et jouer avec leurs jouets.

– Plutôt aller se coucher », ai-je objecté en me levant de ma chaise.

Victor m'a fait une grimace, la moue de l'enfant gâté qu'il maîtrisait à la perfection.

« Peut-être dix minutes, ai-je concédé. Dix minutes et puis au lit, jeune homme.

– Vingt », a-t-il répliqué.

Don Calligaris s'est mis à rire et a passé la main dans les cheveux de Victor.

« Aussi têtu que son père, hein, Ernesto ?

– On verra, ai-je dit. Maintenant, on y va… allez. »

J'ai pris la main de Victor et ai tourné le dos à la table.

« On restera en contact quand je serai rentré au pays, m'a lancé Don Calligaris, et, peut-être que quand tu seras trop vieux pour garder un boulot en ville, tu viendras me voir. »

J'ai ri. L'idée était plaisante. Je nous voyais, Don Calligaris et moi, deux vieillards assis sous les oliviers dans la chaleur de la fin de journée.

J'ai regardé Victor et Dix Cents. Victor ne lui arrivait pas au coude, mais Dix Cents était penché et écoutait ce que lui disait mon fils. J'entendais des rires, des gens partager la compagnie des uns des autres, l'atmosphère était chaleureuse, et je sentais que les choses allaient changer, mais changer en mieux; en dépit de tout ce qui s'était passé, nous étions toujours en vie, nous étions arrivés jusqu'ici et nous irions jusqu'au bout du chemin. Peut-être éprouvais-je un sentiment d'accomplissement; une certaine fierté; la certitude que tout allait pour le mieux.

Par la suite, je ne me souviendrais que de la lumière. La manière dont la pièce avait soudain semblé s'illuminer. Le son n'est arrivé que bien plus tard ou, du moins, c'est ce qui m'a semblé sur le coup, mais quand il est arrivé, ça a été comme un raz-de-marée féroce dans ma tête, puis il y a eu les éclats de verre, les hurlements, et c'est alors que j'ai lentement compris ce qui était arrivé.

J'avais la sensation que quelque chose cherchait à s'échapper par mes oreilles et mes yeux, comme si la pression dans ma tête était telle qu'elle ne pouvait qu'exploser.

Je me rappelle avoir enjambé des gens qui gisaient bras et jambes écartés tandis que je me précipitais vers la porte.

Je me rappelle avoir hurlé à Dix Cents de ne pas lâcher Victor.

Je me rappelle m'être demandé si les enfants seraient trop excités pour dormir lorsque nous rentrerions à la maison.

Les couleurs se mêlaient confusément et je n'y voyais plus clair. Je suis tombé sur le flanc et ai ressenti une vive douleur dans la partie supérieure de ma jambe. Ma main a instinctivement cherché à attraper le pistolet sous ma ceinture, mais il n'était pas là. Nous passions une soirée en famille. Rien de plus. Quelque chose devait clocher ; ces sons, ces sensations, la douleur et la destruction – tout cela devait appartenir à la vie d'un autre.

Je me souviens d'un homme qui avait la tête en sang, un tesson de verre aiguisé lui ressortant de la joue, et qui implorait à tue-tête qu'on vienne à son secours. Je me souviens de toutes ces choses, mais elles se sont évanouies lorsque j'ai franchi la porte en titubant et que j'ai vu l'épave carbonisée et désagrégée de la voiture de Don Calligaris.

Le métal noir et tordu, l'odeur de cordite et de peinture calcinée. La vague d'incrédulité qui m'a submergé lorsque je me suis aperçu que j'avais été projeté dans la réalité d'un autre, car ceci ne pouvait pas être réel, la soirée n'était pas censée s'achever ainsi, c'était impossible… absolument impossible…

La chaleur était insupportable et, alors même que je tentais de m'approcher de ce qui restait du véhicule, je savais que je ne pouvais rien faire.

Mon sentiment d'impuissance était accablant. Ma vie s'écroulait dans un rugissement.

Ma femme et ma fille.

Angelina et Lucia.

Je suis tombé à genoux sur le trottoir, et un son inhumain a jailli de ma gorge.

Un son qui a duré une éternité.

Il me semble n'avoir entendu que lui des heures durant.

Même aujourd'hui je ne me rappelle pas comment j'ai quitté cet endroit, ni ce qui m'est arrivé ce soir-là.

« Je suis désolé, disait Don Calligaris. Je les ai implorés. Je leur ai dit que c'était moi la cible de cet horrible attentat, mais je ne peux rien faire. »

J'ai la tête dans les mains, les coudes sur les genoux, Dix Cents se tient derrière moi, une main posée sur mon épaule, Don Calligaris devant moi, pâle et les traits tirés, les larmes aux yeux, ses mains tremblant tandis qu'il les tend vers moi.

« Je sais que tu as été avec nous durant toutes ces années et je ne doute pas de ta loyauté, et peut-être que si Don Accardo était toujours en vie, il ferait quelque chose… mais les temps ont changé. C'est Don Giovannetti qui a désormais le contrôle. Et il estime ne pas pouvoir prendre de mesures si tôt… »

Don Calligaris s'est penché en avant et a enfoncé son visage entre ses mains.

« Je souffre pour toi, Ernesto. J'ai fait tout ce que j'ai pu. J'ai parlé à Don Giovannetti, et même s'il comprend que tu as été un membre loyal de cette famille, il estime ne pas pouvoir déroger à la tradition. Il est le nouveau chef. Lui aussi doit se faire une réputation et gagner des fidèles. La tradition dit que nous ne pouvons venger quelqu'un qui n'est pas du même sang que nous. Tu es cubain, Ernesto, et ta femme était la fille de quelqu'un qui n'était pas de notre famille, et j'ai eu beau plaider ta cause pendant des heures, je ne peux rien faire de plus. »

J'ai levé la tête.

« J'ai fait tout ce que j'ai pu, Ernesto… tout. »

J'ai regardé Don Calligaris comme s'il était un étranger.

« Et moi ? Et moi et Victor ? ai-je demandé.

– J'ai de l'argent… nous avons de l'argent, plus d'argent qu'il ne t'en faut, mais il est temps de changer de vie, Ernesto, et tu dois prendre la décision qui te semblera la meilleure pour toi et ton fils. »

J'entendais ses paroles, mais elles étaient avalées par le vaste silence obscur qui avait envahi mon esprit. Je n'ai rien répondu, car il n'y avait rien à répondre.

Quelques jours plus tard, j'enterrais ma femme et ma fille. À côté de moi, se tenait mon fils, si choqué qu'il n'avait pas prononcé un mot depuis l'explosion. Sa sœur et sa mère avaient été assassinées, par qui, nous ne le savions pas, mais l'assassin avait eu l'intention de tuer Don Fabio Calligaris et il avait raté son coup. Si Don Calligaris était mort, il y aurait eu des représailles. Si Don Accardo avait toujours été le chef, peut-être aurait-il rétabli l'équilibre, car il savait qui j'étais et il aurait plaidé ma cause devant le conseil de la *Cosa nostra*. Mais les temps avaient changé ; il y avait un nouveau parrain, et celui-ci estimait que justice serait rendue en temps et en heure. C'était un homme réfléchi ; un stratège, un politicien, et il a jugé inopportun de me venger alors qu'il était depuis si peu de temps en poste.

Je n'ai jamais vu Don Giovannetti. Mais j'étais persuadé, et je le reste, qu'il n'aurait pas été capable de me regarder dans les yeux et de me dire que la vie de ma femme et celle de ma fille ne signifiaient rien.

Le lendemain, deux jours avant que Don Calligaris – craignant pour sa vie – ne parte pour l'Italie, j'embarquais à bord d'un navire appartenant à la famille et mettais les voiles vers La Havane. J'emportais avec moi une valise pleine à craquer de billets de cinquante dollars, combien en tout, je n'en savais rien, et mon fils de 8 ans se tenait à mes côtés.

Il ne m'a posé qu'une seule question tandis que nous regardions la terre disparaître derrière nous.

« Est-ce qu'on va rentrer un jour à la maison ? »

Je me suis tourné vers lui. J'ai tendu la main et essuyé du bout des doigts les larmes qui lui sillonnaient les joues.

« Un jour, Victor, ai-je murmuré. Un jour, nous rentrerons à la maison. »

22

« Et ça, déclara Hartmann, c'est probablement la raison pour laquelle nous n'avons pas été en mesure de retrouver la femme. Maintenant, nous savons que non seulement elle est morte, mais la fille aussi.

— En revanche, le fils, objecta Woodroffe, lui, est toujours en vie. C'est du moins ce que nous pouvons supposer. Il aurait quoi, né en juin 1982... il aurait 21 ans aujourd'hui ?

— Vous pensez à la même chose que moi ? demanda Hartmann.

— Que Perez n'a pas pu tuer Gerard McCahill seul, du moins qu'il n'a pas pu le soulever seul ?

— Exact. J'ai toujours trouvé bizarre que tout ait pu être organisé et exécuté par un seul homme... Maintenant, il y a une bonne possibilité qu'ils aient été deux.

— Spéculations, intervint Schaeffer. C'est juste une nouvelle supposition de notre part. Nous ignorons tout du fils. Pour ce que nous en savons, lui aussi pourrait être mort.

— Je vous le concède, consentit Hartmann, mais pour le moment nous avons une piste à suivre. Nous pouvons supposer d'après ce que nous ont dit les services criminalistique et scientifique que le corps de McCahill n'a pas pu être déposé à l'arrière de la voiture, puis transféré dans le coffre par une personne seule.

— Nous pouvons le *supposer*, oui, déclara Woodroffe.

— Et il y a ces éraflures sur l'aile arrière du véhicule. Où est le rapport ? »

Schaeffer se leva et traversa la pièce principale jusqu'à une pile de casiers dressée contre le mur. Il en ouvrit un, parcourut la liasse de papiers à l'intérieur et revint avec le rapport de Cipliano.

« Tenez, dit-il. Cipliano affirme qu'il y a des éraflures sur l'aile arrière de la voiture. Il affirme qu'elles pourraient provenir de rivets de jean... Vous voyez Ernesto Perez porter un jean ?

— Bizarrement, non, répondit Woodroffe avec un sourire.

— Et la taille ? demanda Hartmann.

— Il dit que la personne qui a porté le corps s'est appuyée contre l'aile arrière, et que si elle se tenait droite, alors elle devait mesurer entre un mètre soixante-dix-sept et un mètre quatre-vingts.

— Combien mesure Perez ? demanda Woodroffe.

— Dans ces eaux-là... mais son fils pourrait aussi faire la même taille.

— Peut-être, peut-être pas, répliqua Schaeffer. Je mesure un mètre soixante-quinze et mon fils, un mètre quatre-vingt-six.

— C'est quelque chose, insista Hartmann. Ça me pousse dans la direction du fils... Bon, au moins nous avons une autre personne impliquée, et le fils semble la proposition la plus probable.

— La vérité, c'est que tout ça reste à vérifier, rétorqua Schaeffer.

– Et nous avons toujours un faux nom – ou ce que nous pouvons considérer comme un faux nom. Si la femme et la fille s'appelaient Perez, alors ce nom aurait donné quelque chose, ajouta Woodroffe.

– J'ai des hommes qui se penchent sur une voiture piégée à Chicago, en mars 1991. Si ça s'est produit, il y aura des détails – des noms, des rapports, des documents auxquels nous aurons accès. Je suppose qu'on aura du neuf sur ce sujet dans l'heure. »

Schaeffer se pencha en arrière et étira les bras derrière lui. Il semblait épuisé.

« Je ne sais pas pour vous, mais je mangerais bien un steak. J'ai l'impression de ne pas avoir fait un repas digne de ce nom depuis une semaine.

– Bonne idée », convint Woodroffe, qui se leva et attrapa sa veste sur le dossier de sa chaise.

Hartmann se leva également. Il se dit que ça ne lui ferait pas de mal. Que pouvait-il faire d'autre ? Retourner au Marriott, regarder la télé, s'endormir tout habillé en pensant à Jess et Carol et se réveiller au petit matin avec un mal de tête monstrueux ?

« Des suggestions ? demanda Schaeffer. C'est plus votre ville la nôtre.

– Vieux Carré… du côté de la vieille ville. Il y a quelques restaurants excellents.

– Ça me va, déclara Woodroffe. Ross va rester ici. Je vais m'assurer qu'il a tous les numéros et lui demander de nous appeler dès qu'il y aura du neuf sur cette bombe à Chicago. »

Ils sortirent tous les trois par l'entrée principale. Ross avait été localisé, mis au courant de la situation et prévenu qu'ils attendaient une information. Lui et trois autres agents resteraient au bureau pour prendre les appels et informer Schaeffer et Woodroffe au cas où il se présenterait quoi que ce soit qui nécessiterait leur attention. Une fois de plus, en voyant le bâtiment quasi désert, Hartmann songea à l'importance des sommes d'argent et des effectifs consacrés à cette affaire. Ça faisait des jours que ces équipes arpentaient la région et revenaient bredouilles.

« Rapportez-moi un plat à emporter ou quelque chose, hein ? lança Sheldon Ross à Hartmann, qui se retourna et leva la main.

— La prochaine fois, vous nous accompagnez, répliqua celui-ci depuis la porte. Et on discutera du moyen de vous trouver une fille du FBI qui ressemble à Meg Ryan ! »

Ross éclata de rire et agita la main tandis que Hartmann disparaissait. Il se retourna et prit la direction du bureau central.

Ils prirent la berline banalisée grise de Schaeffer, qui était à peu près aussi discrète qu'une Pontiac Firebird rouge, mais ils continuaient néanmoins à s'en servir. Hartmann s'assit à l'avant, Woodroffe à l'arrière, et Hartmann indiqua à Schaeffer le chemin de la vieille ville.

Son passé était partout, même s'il faisait son possible pour l'ignorer. Les pensées lui venaient, denses et rapides, accompagnées d'images : lui et Danny, sa mère, même un souvenir de son père qu'il croyait avoir oublié. Des réminiscences qui le touchaient intimement, qui l'avaient peut-être toujours touché, mais qu'il s'était arrangé pour enterrer sous des faux-semblants. Les racines étaient les racines, n'est-ce pas. *Tout le monde a des racines*, pensa-t-il, et il se rappela alors qu'il s'agissait d'un vers d'un poème de William

Carlos Williams dont Carol raffolait. Il estimait qu'il restait un fragment d'espoir pour son mariage, et il ne faisait aucun doute que sa fille l'aimait. Il lui manquait. Elle le lui avait dit, clair comme le jour. Il lui manquait. Son cœur se serra lorsqu'il pensa à elle, le son de sa voix résonnant encore dans sa tête. Mais Carol avait des *doutes*. C'est ce qu'elle avait dit. Qu'elle avait des *doutes*. Et elle lui avait dit de l'appeler quand il serait rentré à New York, et qu'elle verrait alors ce qu'elle ferait. En regardant à travers la vitre les rues de son passé, il entendait sa voix comme si elle avait été assise juste à côté de lui, presque comme s'il avait pu se retourner et la regarder à cet instant même...

Le souvenir de sa voix et l'image de son visage se désagrégèrent alors, et il se crut en proie à une hallucination. Ils venaient de tourner à gauche en direction d'Iberville et Treme, et le son qui avait retenti derrière eux était comme un raz-de-marée. Impossible de le décrire, mais il prit Hartmann par surprise, et celui-ci se retourna soudain malgré lui pour regarder par la lunette arrière.

Woodroffe regardait également et ils virent la même chose. Et même s'il devait exister des mots pour décrire cette vision, aucun d'entre eux ne fut jamais prononcé.

De la fumée semblait se précipiter vers le ciel comme une tornade inversée. Puis il y eut un autre bruit, comme mille canons explosant simultanément, et Schaeffer enfonça la pédale de frein et la voiture percuta violemment le rebord du trottoir.

« Qu'est-ce que c'est que ce bor... », commença-t-il, puis il reprit lentement ses esprits et eut bientôt conscience que quelque chose venait de se produire dont aucun d'eux n'avait encore saisi la portée. « Ross », prononça Schaeffer d'une voix blanche.

Il ralentit, passa la marche arrière, fit un dérapage à cent quatre-vingts degrés et repartit en sens inverse. Il roulait à cent ou cent dix lorsqu'il atteignit le croisement au bout de la rue. Hartmann, penché en avant, tentait d'y voir clair à travers le pare-brise. Derrière lui, Woodroffe était agrippé à son siège, et plus ils se rapprochaient d'Arsenault, plus ils comprenaient qu'ils n'avaient aucune envie de voir ce qui les y attendait.

À cent mètres des locaux du FBI, la fumée obscurcissait tout. Schaeffer se gara, ouvrit la porte et se mit à courir dès que ses pieds touchèrent le sol. Hartmann se précipita à sa suite, suivi de Woodroffe, mais au bout de quinze mètres, un voile de fumée noire et acre les empêcha d'aller plus loin. La chaleur était insupportable, un véritable brasier, et la seule chose à laquelle Hartmann pensait, c'était qu'ils auraient été à l'intérieur s'ils étaient partis ne fût-ce que dix minutes plus tard.

Au bord de la route, Schaeffer, plié en deux, suffoquait. Woodroffe le tira en arrière, hurlant des paroles inintelligibles dans le rugissement des flammes et, lorsqu'il se retourna, Hartmann comprit qu'il avait besoin d'aide pour ramener Schaeffer à la voiture.

« Radio ! hurlait-il à pleins poumons. Faut retourner à la putain de radio ! »

Hartmann arrivait à peine à coordonner ses mouvements. Il avait la nausée, non seulement à cause de la fumée et de la chaleur, mais aussi à cause de ce qui se produisait autour de lui. C'est alors qu'il se souvint de Ross et des autres hommes, ceux qui étaient restés pour prendre les messages pendant qu'ils allaient au restaurant. Sa première impulsion fut de se ruer en direction de la source de chaleur, mais son instinct de survie le retint. Il savait qu'il ne pourrait pas faire plus de cinq mètres en direction du bâtiment.

Soudain, un autre bruit retentit, comme si quelque chose d'énorme était arraché du sol, et Hartmann entendit du verre se briser tout autour de lui, et lorsqu'il sentit une deuxième vague de chaleur, il se jeta au sol et se couvrit la tête. On aurait dit qu'un ouragan lui passait dessus ; il était certain que les cheveux à l'arrière de sa tête étaient roussis. Il resta un moment étendu, puis il entendit la voix de Woodroffe, qui lui hurlait de se lever, de retourner à la voiture et d'appeler des renforts.

Hartmann roula sur lui-même. Le ciel était noir. Il resta une seconde allongé sur le flanc, puis, rassemblant toute son énergie, s'efforça de se lever et de courir vers la berline.

Les trois hommes regagnèrent la voiture en quelques secondes, et à l'instant même où Woodroffe attrapait le combiné sur le tableau de bord et se mettait à hurler dedans, Hartmann entendit les sirènes. Elles provenaient de sa gauche et, en se retournant, il distingua des gyrophares rouge et bleu à travers la fumée. Le tonnerre de flammes rugissait derrière lui, implacable et assourdissant, et il s'assit par terre, le dos contre la voiture, les mains sur les oreilles. Ses yeux ruisselaient de larmes, il avait les poumons en feu, et lorsqu'il se mit à inspirer profondément, il sentit la fumée acide lui enflammer la gorge et le nez.

Plus tard, en l'absence de tout témoin oculaire, les indices prélevés sur les lieux de l'explosion laisseraient supposer qu'une valise avait été lancée par la porte de l'antenne du FBI située dans Arsenault Street. La police scientifique et les équipes de déminage estimaient que la valise était bourrée de quatre ou cinq kilos de plastic C4. Le système de détonation était simple. L'impact de la valise atterrissant dans le hall avait suffi à le déclencher, et la force de la déflagration avait pulvérisé la majorité du rez-de-chaussée et une bonne partie du premier étage. Elle avait aussi entraîné la mort de Sheldon Ross, Michael Kanelli, Ron Sawyer et James Landreth. Toutes les pièces à conviction, tous les rapports, tous les documents, toutes les cassettes et transcriptions, tout le matériel d'enregistrement étaient également détruits, mais sur le coup – tandis que Hartmann, Schaeffer et Woodroffe regardaient les flammes jaillir à l'arrière du bâtiment –, ils ne pensaient qu'aux hommes qu'ils avaient laissés derrière eux.

Personne ne disait rien. Le dîner était oublié. Des secouristes arrivèrent du New Orleans City Hospital et les examinèrent. Hartmann ne souffrait d'aucune brûlure ni écorchure, mais Woodroffe, qui avait été malmené dans la voiture, avait une bonne partie du flanc gauche contusionné. Schaeffer était simplement en état de choc et, lorsque les secouristes tentèrent de l'éloigner de la scène de l'explosion, il leur demanda de lui foutre la paix. Il était le chef de section responsable de l'antenne du FBI de La Nouvelle-Orléans. Ce bâtiment avait été son territoire, ces agents avaient été ses hommes, et son petit monde venait de s'écrouler. Les motifs de leur présence ici – l'enquête, la disparition de Catherine Ducane, l'illustre histoire d'Ernesto Perez – n'étaient rien comparés à l'horreur qui venait d'être perpétrée.

Plus d'une heure s'écoulerait avant que les flammes ne soient finalement éteintes, avant que les équipes scientifiques ne puissent accéder au site, avant que quiconque ne commence à poser des questions sur ce qui s'était passé et pourquoi.

« Feraud », fut le premier mot que prononça Hartmann.

Ils avaient alors quitté les lieux de l'explosion et approchaient du Sonesta. Woodroffe était d'accord, Schaeffer aussi, mais ils savaient que l'enquête prendrait des semaines, et qu'il leur faudrait passer plusieurs jours à prélever les indices avant de commencer à comprendre ne serait-ce que le déroulement des événements, sans parler du commanditaire.

Hartmann était furieux, dans une rage sans nom, mais il ne s'opposa pas à Schaeffer lorsque celui-ci recommença à invoquer le protocole. Hartmann aurait voulu une riposte dure et rapide, mais Schaeffer n'arrêtait pas de lui objecter qu'une telle chose était hors de question tant qu'ils n'auraient pas reçu l'autorisation formelle d'agir. C'était ce même monde de règles et de régulations, ces mêmes chaînes de commandement, cette même discipline rigide qui les avaient empêchés de lancer une enquête sur Ducane. Et le fait que ce que Perez leur avait dit avait en grande partie été corroboré, le fait que ses actes semblaient tous avoir un mobile clair et incontesté, tout cela ne comptait pour rien face au protocole fédéral.

Hartmann avait dépassé le stade de la contestation, aussi ne dit-il rien.

Ils ne prononcèrent plus un mot jusqu'à avoir atteint le Sonesta. Le deuxième étage de l'hôtel avait été ouvert et tous les agents sur le terrain avaient été rappelés. L'ambiance était à l'incrédulité et à la stupéfaction; certains hommes posaient des questions auxquelles personne n'avait la réponse, d'autres se tenaient là, abasourdis et silencieux, le visage blême, les yeux écarquillés. Schaeffer se posta face à eux et, à la grande surprise de Hartmann, il eut quelques mots pour les quatre hommes qui avaient été tués, puis il récita un Notre-Père avec les agents présents. Il y avait ceux qui n'avaient pas honte de montrer leur émotion, ceux qui, incapables de se tenir debout, étaient assis le visage enfoui dans les mains, et tous tentaient d'accepter le fait que ce genre d'événement était presque dans l'ordre des choses, car telle était la vie qu'ils avaient choisie, tel était le monde dans lequel ils s'étaient engagés, et certains... eh bien, certains y laissaient leur peau.

Plus tard – après deux, peut-être trois heures –, Hartmann monta voir Perez.

Celui-ci semblait sincèrement bouleversé.

« Combien? ne cessait-il de demander. Quatre hommes... tous jeunes. Des familles et aussi des enfants? Ah, quel gâchis, quel gâchis inutile. »

Il dit alors une chose que Hartmann ne comprit pas et qu'il ne comprendrait peut-être pas tant que toute cette histoire ne serait pas élucidée.

« Cette chose, dit-il. Cette chose que Feraud a faite... et je suis sûr que c'était lui, aussi sûr que deux et deux font quatre... cette chose qu'il a faite ne fait que confirmer que j'ai pris la bonne décision. »

Hartmann eut beau le questionner, lui demander de s'expliquer, Perez refusa de divulguer quoi que ce soit.

« Attendez, se contentait-il de répondre. Attendez, monsieur Hartmann, et vous verrez ce que j'ai fait. »

Hartmann, Schaeffer et Woodroffe ne retournèrent pas au Marriott. Ils restèrent au Sonesta car c'était là qu'ils établiraient désormais leur quartier général, et tandis qu'ils étaient couchés, agités et inquiets, se demandant si Feraud tenterait aussi de tuer Ernesto Perez dans l'hôtel où ils logeaient maintenant, Lester Kubis passa presque toute la nuit du vendredi au samedi à préparer une nouvelle pièce qui pourrait accueillir les entretiens entre Hartmann et Perez.

Le lendemain matin, des agents fédéraux seraient postés en masse dans le hall et autour de l'hôtel Royal Sonesta. À moins d'un kilomètre et demi de là, trois équipes de police scientifique passeraient à la loupe les débris du rez-de-chaussée du bâtiment du FBI et, dans les ruines encore fumantes, ils sauveraient ce qu'ils pourraient dans l'espoir de comprendre ce qui s'était passé. Schaeffer faisait preuve de maîtrise de soi et d'une précision militaire dans tous ses agissements, et il ne cesserait de répéter qu'ils ne pouvaient se permettre de perdre de vue leur objectif. L'enquête sur l'explosion n'était pas leur problème ; leur mission était toujours de retrouver Catherine Ducane.

Un rapport arriverait de Quantico concernant la voiture piégée à Chicago en mars 1991. De toute évidence, la personne qui avait supervisé l'enquête était à la solde des familles irlandaises, et il avait suffi d'un mot des acolytes italiens pour que les détails soient « égarés ». Les documents officiels confirmeraient qu'une voiture avait en effet explosé, mais il n'avait jamais été établi s'il s'agissait d'une tentative de meurtre ou d'un « accident » de la circulation. Deux cadavres avaient été retrouvés, mais il n'y avait pas de noms, et rien qui pût indiquer qui se trouvait dans le véhicule quand il avait explosé.

À son réveil, la mère de Sheldon Ross découvrirait un représentant du FBI sur le pas de sa porte, de même que les épouses de Michael Kanelli et Ron Sawyer. James Landreth était orphelin depuis l'âge de 9 ans, mais sa sœur était toujours en vie et résidait à Providence, Rhode Island. Elle s'appelait Gillian, son mari s'appelait Eric, et ils avaient appris trois semaines plus tôt qu'il y avait 95 % de risques pour qu'ils n'aient jamais d'enfants. Gillian accueillerait l'agent, un homme nommé Tom Hardwicke, et tandis qu'il lui annoncerait la mort de son frère, elle préparerait du café et pleurerait sans verser de larmes.

« Quel gâchis, ne cessait de répéter Ernesto Perez tandis qu'il était assis face à Hartmann le samedi matin. Un gâchis absolu de vies humaines, n'est-ce pas ? »

Et Hartmann – toujours abasourdi et horrifié par ce qui s'était produit juste quelques heures plus tôt, harassé de ne pas avoir assez dormi ni trouvé l'appétit pour avaler son petit déjeuner – regardait Ernesto Perez en se demandant quand ce cauchemar s'achèverait.

L'astuce, ne cessait-il de penser, *c'est de continuer à respirer*.

Ross, Kanelli, Sawyer et Landreth ne connaissaient apparemment pas cette astuce, et Catherine Ducane risquait de l'oublier si cette affaire se prolongeait trop longtemps.

« Dites-moi, déclara finalement Hartmann. Dites-moi ce qui s'est passé quand vous êtes rentré à La Havane. Dites-moi ce qui est arrivé à votre fils. »

Et Perez, assis dans cette pièce au deuxième étage du Royal Sonesta, cerné de toutes parts par des agents du FBI, se pencha en arrière sur sa chaise et poussa un soupir.

« OK, répondit-il calmement. Je vais vous dire exactement ce qui s'est passé. »

23

La Havane. La ville de mon père.

Trente-deux ans que nous y étions venus pour la première fois. Et quelle ironie terriblement implacable : lui aussi était en fuite après le meurtre de sa femme.

La Havane. Un sanctuaire imaginaire peut-être. La ville commençait à paraître son âge, à perdre de son charme et de sa passion, mais pour moi, elle n'avait pas perdu ses souvenirs.

Elle avait aussi perdu ses soutiens soviétiques, néanmoins Castro était partout où je posais les yeux. La finance et l'influence américaines commençaient déjà à s'imposer, et tandis que je promenais mon fils de 8 ans dans les rues de *La Habana Vieja*, je voyais les endroits où le temps avait laissé sa marque sur la ville.

J'avais été absent trois décennies, trois décennies de vie avec ses angles coupants et ses aspérités, mais les sons et les odeurs du lieu me sont revenus comme si j'étais parti la veille.

J'ai retrouvé la maison où j'avais vécu jeune homme avec mon ami, Ruben Cienfuegos, et pour la première fois, j'ai mesuré combien j'avais changé. À l'époque, j'avais tué Ruben pour la promesse de quelque chose. Maintenant, il me semblait que je ne pourrais tuer que pour deux raisons : venger ma femme et ma fille, et protéger la vie de mon fils.

N'étant pas à court d'argent, j'ai loué une petite maison dans l'Avenida Belgica, près des ruines du vieux rempart. J'ai aussi engagé une femme, une vieille Cubaine nommée Claudia Vivó, qui était censée vivre avec nous pour cuisiner, faire le ménage et s'occuper de l'éducation de Victor.

J'étais un homme perdu, un homme sans âme et, souvent, je me retrouvais à errer l'après-midi, sans but ni direction. Parfois, j'entendais les voix d'Angelina et de Lucia, le son de leurs rires quand elles couraient dans la rue derrière moi, et je me retournais en ouvrant de grands yeux pour découvrir un autre enfant, une autre mère. Alors, je m'appuyais contre le mur, haletant, le souffle court, des larmes me brûlant les yeux.

Mon cœur brisé était irréparable. Je savais que rien ne le guérirait.

Je me souviens d'un jour, peut-être une semaine ou deux après notre arrivée. Victor était à la maison avec Claudia Vivó ; il apprenait une leçon sur Cuba et son histoire, car je lui avais expliqué que c'était le pays de son grand-père, ce qui avait attisé sa curiosité. C'était le milieu de l'après-midi, le matin avait irrémédiablement été englouti dans le flot vague de l'oubli, et le ciel était devenu d'un gris-vert solide. L'air était épais, difficile à respirer, et il me semblait que je ne le supporterais pas longtemps. J'ai erré dans les ruelles, ma chemise déboutonnée jusqu'à la taille, sandales aux pieds et, à un moment, je suis tombé sur une maison faite de planches avec une véranda qui courait le long de sa façade. Je me suis laissé tomber dans un fauteuil en osier, ai ôté ma chemise et m'en suis servi pour essuyer la sueur sur mon front et ma poitrine. J'ai entendu des voix derrière moi, quelqu'un qui commandait une limonade. Quelque part de la musique jaillissait d'un antique phonographe, un lourd disque de bakélite rayé, comme un orchestre de chambre entendu à travers un dédale de tunnels.

Parfois, j'étais en colère. À d'autres moments, je me sentais triste, seul, désespéré, calme. Parfois, j'avais l'impression que je pourrais mettre le feu au monde et regarder brûler les gens. Mais à cet instant, je ne ressentais rien. J'étais malade, faible, maigre. J'avais 53 ans, mais j'avais l'impression d'en avoir 80. Tant de choses avaient changé, mais toujours en pire, semblait-il. Les gens comme moi nous n'étions personne, des moins-que-rien, moins que zéro, et nous devions nous frayer notre chemin dans la vie à coups de hache.

Souvent, je regrettais de ne pas être quelqu'un d'autre. Quelqu'un de grand et de fort. N'importe qui. Au moins tout aurait été différent.

La chaleur, l'air meurtri et lourd me donnaient la nausée. J'ai renfilé ma chemise.

La motivation est venue un peu plus tard, quand le ciel a été plus sombre, quand une promesse d'orage a écrasé l'après-midi telle une invasion impitoyable, et je me suis levé et ai repris ma marche à travers les rues.

J'entendais l'absence de musique. Elle avait disparu un peu plus tôt. Je ne me rappelais pas quand. J'avais un goût rance et amer dans la bouche, mes muscles me faisaient souffrir et j'avais faim.

Quand je me suis remis à penser, j'ai pensé à Angelina. L'amour véritable signifiait toucher sans faire mal, pleurer sans douleur, conserver un cœur au fond de soi. Nous étions tous des enfants, semblait-il, et ceux d'entre nous qui apprenaient quelque chose en tant qu'adultes en payaient le prix en oubliant ce que c'était que d'être un enfant. Nous grandissions, et l'enfance appartenait à un passé qui n'avait jamais existé, et quand je songeais à ces choses, quand je me rappelais ce que j'éprouvais quand le monde me semblait si vaste, je sentais que ce que j'avais perdu, c'était l'espoir : je comprenais que ceux qui m'avaient appris la vie ne l'avaient eux-mêmes jamais vraiment comprise. Ils avaient fait semblant. Ils m'avaient trompé. Quand un enfant est intelligent, il obtient ce qu'il veut. Quand un adulte est intelligent, il se fait exploiter. Trahir. Abuser.

Et après ça, je me suis demandé où aller maintenant, que faire. J'étais en sécurité à La Havane, mais ce n'était pas l'endroit où j'avais envie d'être. Je voulais retourner chez moi. En Amérique. Je voulais être avec ma famille. Je ne pouvais pas croupir ici, me dissoudre et mourir dans ce coin désolé du monde, mais je ne pouvais pas non plus rentrer.

Je pensais à l'hiver en Amérique, aux arbres perdant leurs feuilles, aux couleurs qui auraient dû avoir des noms comme « crémone » et « angoisse » et « eldorado », à la neige éparpillée qu'on sentait dans l'air, au vent glacial qui hantait les avant-toits au-dessus des fenêtres des maisons, aux fantômes de fumée des feux qui couvaient lorsque les gens faisaient brûler les feuilles dans les jardins…

Et la douleur recommençait.

J'ai rebroussé chemin jusqu'à la maison, où mon fils étudiait. Je me suis tenu à la porte de derrière, attendant que le rugissement de la pluie éventre le ciel. Elle a fini par venir, comme je l'avais prévu et, hors de la maison, j'ai entendu la végétation luxuriante s'étirer, s'ouvrir, gonfler ses feuilles, ses tiges, ses racines. La pluie s'est abattue comme un torrent, assourdissante, aveuglante, chacun de mes sens faisant écho au crescendo de la nature qui éclatait, se brisait, saignait. C'était vaste, immense, majestueux. C'était à la fois tout et rien, et il y avait tant de choses que je ne comprenais pas.

Plus tard, alors que l'odeur de la végétation humide et détruite emplissait l'air rafraîchi, je suis rentré dans la maison. À l'étage, j'ai pénétré dans une petite pièce immaculée dont le mobilier n'était pas de ce siècle et dont l'antique couvre-lit avait perdu sa couleur à force d'années de lavage. J'ai farfouillé dans ma commode et trouvé une chemise blanche ornée d'un monogramme. J'ai attrapé un costume et d'autres articles dans la garde-robe, de la soie et du coton doux, un pantalon de gabardine plissé, des chaussures dotées de boucles et de lacets, et au-dessus des lacets, un rabat de cuir fait main destiné à éviter l'usure des revers de pantalon. De sous mon oreiller j'ai tiré mon 9 mm, lourd et solide, à crosse perlée, aux ornements de bois de gaïac semblables à du marbre. Je l'ai soupesé, ai glissé l'index derrière la sous-garde et l'ai fait tournoyer tel un as de la gâchette, j'ai reculé d'un pas et visé le miroir, puis j'ai pivoté sur moi-même, ma ligne de mire suivant la partie inférieure du rebord de fenêtre. J'ai souri, me suis assis au bord du lit. J'ai alors retourné le pistolet, placé mon pouce contre la détente, levé l'arme, ouvert la bouche, et j'ai senti le bout du canon derrière mes dents. J'ai senti l'odeur de l'huile, de la cordite, du salpêtre – du sang, ai-je pensé – et, en appuyant plus fermement sur la détente, j'ai senti le mécanisme sur le point de se déclencher.

Le son du marteau heurtant la chambre vide a résonné de façon presque assourdissante, comme s'il s'était répercuté contre la voûte de mon palais et m'avait empli la tête avant de ressortir par mes oreilles. J'ai souri et retourné le pistolet entre mes mains avant de le replacer sous l'oreiller et de me rendre dans la petite salle de bains. Le carrelage en porcelaine et la baignoire avaient une teinte verdâtre dans la lumière cireuse qui provenait de la fenêtre. J'ai ouvert la vitre inférieure, regardé en direction de la rue, et je suis resté là pendant une petite éternité à épier le moindre son dans la maison.

Le soir approchait. Quelque part dans la maison, Victor faisait la lecture à Claudia Vivó. J'entendais la pluie dehors, qui martelait sans répit une autre partie du monde. Je ne me doutais pas qu'il pleuvait aussi en Louisiane. Trois heures plus tard, le lac Bienvenue déborderait, l'affluent qui reliait le Mississippi au lac Borgne pulvériserait ses remblais de béton et inonderait une ville nommée Violet sur la route 39 ; le canal entre le golfe et la rivière gonflerait et menacerait la sécurité de la voie navigable intérieure qui partait vers le nord-est en direction de Gulfport... et un homme nommé Duchaunak, un parfait inconnu pour moi, traverserait les marécages en bordure du territoire de Feraud. Il ne rentrerait jamais chez lui. Il s'enfoncerait dans la boue et se noierait, et son corps reposerait à jamais auprès de celui de Carryl Chevron.

Je comprenais la profondeur de la perte. Je percevais le puits de désespoir dans lequel j'étais tombé, mais la seule chose qui flotte est l'espoir. La foi peut-être. Mais quelle foi, si ce n'est la foi en soi ? Nous pensons nous comprendre, mais c'est faux ; et peut-être que si nous nous comprenions, nous passerions moins de temps à dissimuler aux autres que nous ne sommes pas ce que nous prétendons être. Nous sommes des acteurs, voyez-vous, nous assumons un rôle à l'intention du monde ; nous transportons une valise pleine de visages, de mots, de scènes et d'actes différents, de rappels, et nous prions pour que le monde ne voie jamais ce qui se cache derrière le spectacle que nous lui avons concocté.

Je me suis tourné vers le miroir. Mon visage était vieux et ridé, comme sillonné de douleur.

Qui étais-tu ? me suis-je demandé. *Que croyais-tu, ou espérais-tu ou faisais-tu semblant d'être ? Qui penses-tu être devenu ?*

J'ai tendu la main et touché mon reflet frais et lisse.

Ma dépression s'aggravait, le besoin de vengeance me rongeait et, quelque part dans les tréfonds de mon âme, je commençais à comprendre que ma femme et ma fille étaient mortes, que Victor et moi étions seuls au monde, et que rien ne serait plus jamais comme avant.

Je suis ensuite redescendu pour dîner. Je me suis assis à côté de mon fils tandis que Claudia nous servait à manger. Je l'ai écouté me raconter d'un ton animé ce qu'il avait appris dans la journée, et j'ai senti son désir absolu de devenir un homme.

On ne possède pas sa vie. Voilà ce que j'aurais voulu lui dire. On l'emprunte, et si on ne paye pas le prix, alors on doit la rendre. Il en va toujours ainsi.

Mais je n'ai rien dit ; je l'ai écouté. Je ne voyais pas ; je percevais. Je ne cherchais pas à faire entendre à grands cris ma voix par-dessus celle de mon fils.

Il était ce qu'il était, et c'était parfait ainsi.

Pour ce qui était de ma vie, j'avais peut-être eu de trop grandes espérances.

Lorsque mon fils s'est endormi, j'ai une fois de plus quitté la maison.

Je sentais que je devenais quelque chose. Je m'étais débarrassé des pensées qui m'avaient fait revêtir mes beaux habits, mes chaussures à boucles, qui m'avaient mis le pistolet dans la main, et je me tenais sous la pluie, l'eau ruisselant sur mon visage, une lueur brûlant en moi.

Je ne sais pas la vérité, seulement les mots du cœur, car ça, c'est tout ce que j'entends*.

Une voix dans ma tête, une voix de La Nouvelle-Orléans peut-être, cernée d'échos ondulants tel un caillou tombant dans une eau fraîche et lisse, se répandant partout. Les mots du cœur : c'était tout ce que j'entendais.

L'obscurité et la pluie et des ponctuations de silence, rien que des vagues d'eau intermittentes fendant la terre, inondant les rives… la nature déversant toutes les larmes de son corps…

Je muais comme un serpent, et si je croyais, si je respirais et croyais en tout ce que j'étais, alors je finirais par avaler ma propre queue et disparaître. C'était divin, réglé d'avance, d'une parfaite simplicité.

Il y avait de la fluidité, de la grâce dans mes mouvements. Comme la naissance douloureuse de quelque créature – mystérieuse, arcane, se glissant à travers les parois de la chrysalide, fendant le cocon et le sentant tomber au sol. J'étais tout, et pourtant je n'étais rien, et il n'y avait dans mes yeux que le reflet de tout ce que j'étais, tout ce que je deviendrais. Ne serait-ce que pour mon fils, je respirerais éternellement.

J'ai fait un pas de côté, me suis laissé tomber par terre et ai roulé dans la boue douce et élastique, l'eau me rafraîchissant, rinçant la sueur de ma peau et, lorsque je me suis redressé, j'étais noir. Je me suis agenouillé, j'ai formé une coupe avec mes mains et prélevé un peu de liquide obscur qui formait des ruisseaux dansants entre les broussailles. J'ai plongé mon visage dans la douceur clémente du liquide, et le bruit et le silence, l'ombre et la lumière, n'ont plus fait qu'un, et lorsque je me suis passé les doigts dans les cheveux, sentant la boue sur mon cuir chevelu, j'ai compris que j'étais en effet devenu un être qui voyait tout, sensuel et sublime.

Je me suis alors mis en mouvement, sur la pointe des pieds, d'un pas léger, gagnant de la vitesse, et bientôt je courais, à bout de souffle, fouetté par le vent entre les arbres, dansant entre les troncs vêtus de mousse, les feuilles claquant contre mon visage, contre ma peau. Un fantôme, un spectre, un esprit.

Depuis le cœur de cette terre, depuis ses frontières et ses limites, j'allais telle une apparition, ma peau se mêlant si parfaitement à la nature que j'étais invisible. J'étais silencieux, et c'était comme si je n'existais que dans mon esprit.

Pendant ce qui m'a semblé des kilomètres, je glissais dans la nuit, sous la pluie, dans le silence, jusqu'à atteindre une clôture qui s'étirait à perte de vue sur ma gauche comme sur ma droite. J'ai reculé et l'ai franchie d'un bond, fléchissant les genoux comme j'atterrissais de l'autre côté, la pluie ricochant sur mes épaules en sueur, me penchant une fois de plus pour me rafraîchir le visage dans les flaques qui s'étaient formées.

Je retrouvais la créature qui avait jailli des marécages mille ans plus tôt, qui avait gagné à pas de loup une chambre de motel, qui avait exorcisé le péché de corps pâles et faibles.

La poésie en mouvement, bénie et belle.

J'étais maître de mon imagination, de ma foi et de ma croyance, et je savais que je pouvais devenir tout ce que je voulais, et que tout ce que je voulais, je pouvais l'obtenir.

Je savais qu'elles étaient toujours en vie – ma femme et ma fille. Qu'elles m'attendaient, et que ce n'était qu'une question de temps avant que nous soyons réunis.

J'y croyais de toute mon âme, car croire le contraire m'aurait fait perdre la tête. C'était comme une roue qui tournait sur elle-même, qui revenait au commencement, et qui nous réunirait tous une fois de plus.

En retournant à la maison, j'ai trouvé un chien qui dormait sous un arbre au bord de la route. Je l'ai étranglé à mains nues, puis j'ai porté son corps inerte jusqu'à la lisière de la forêt et l'ai balancé dans l'obscurité.

Je me suis agenouillé dans la boue et j'ai pleuré jusqu'à être complètement vide.

De retour entre les murs de la maison, je me suis tenu immobile devant la porte de la chambre de Victor. Je l'entendais respirer, murmurer dans son sommeil, et j'ai fermé les yeux et prié un Dieu qui, je le savais, ne pouvait pas exister pour que mon fils survive à tout ça.

Je suis retourné dans ma chambre ; je me suis étendu sur mon lit ; j'ai fermé les yeux.

J'ai dormi comme un mort, car – du moins à l'intérieur – c'est ce que j'étais devenu.

De ces choses – ces réflexions et ces sensations – je
n'ai jamais parlé à Victor. C'était un enfant intelligent ;
8 ans, ouvrant de grands yeux sur le monde et tout ce
qu'il avait à offrir. Mme Vivó l'éduquait bien, allant
jusqu'à lui enseigner des bases d'espagnol et l'histoire
de la patrie de son grand-père. J'observais tel un homme
à l'écart. J'aimais cet enfant, je l'aimais plus que tout,
mais il y avait toujours quelque chose dans ses yeux,
quelque chose qui me disait qu'il me tenait pour responsable de la mort de sa mère et de sa sœur. Peut-être
me faisais-je des idées, peut-être était-ce une projection
de mon propre sentiment de culpabilité, mais chaque
fois que je le regardais, je devinais sa solitude et sa
confusion. Il avait perdu sa famille de la même manière
que j'avais perdu la mienne, à cause de la sauvagerie
des hommes, et si je n'avais pas emprunté un tel chemin, si j'avais été un homme d'érudition et de culture,
si des gens comme Fabio Calligaris et Don Alessandro
n'avaient pas fait partie de ma vie, alors rien de tout ça
ne serait arrivé.

Un jour, il m'a parlé de Dieu et m'a demandé si je
croyais.

J'ai souri, l'ai attiré contre moi, ai enfoui mon visage
dans ses cheveux et lui ai dit la vérité :

« Certains croient en Dieu, Victor, et d'autres non.

– Et toi ? Est-ce que tu crois en Dieu, papa ?

– Je crois qu'il y a quelque chose, ai-je répondu
après un moment de silence, mais je ne suis pas sûr de
ce que c'est.

— Claudia croit en Dieu… elle prie chaque jour avant les leçons, et puis aussi avant de partir.

— C'est une bonne chose que les gens aient la foi. La foi les aide à affronter la vie sans peur.

— Peur de quoi ? »

J'ai poussé un soupir.

« Peur des hommes, des choses dont les hommes sont capables.

— Comme ceux qui ont tué maman et Lucia ? »

Ma gorge s'est serrée. J'avais du mal à respirer et j'ai senti les larmes commencer à me piquer les yeux.

« Oui, Victor, comme les gens qui ont tué maman et Lucia.

— Est-ce que tu as la foi, papa ?

— Oui.

— En quoi ? En quoi as-tu la foi ?

— En toi, Victor. J'ai foi en toi. Et je crois aussi qu'un jour, nous reverrons maman et Lucia.

— Bientôt ?

— Non, Victor, pas bientôt, mais elles nous attendront.

— Je veux prier, papa. Je veux prier avec Claudia… pour toi et maman et Lucia, et pour que nous les revoyions bientôt. Tu es d'accord ? »

Je l'ai attiré plus près de moi.

« Oui, Victor, je suis d'accord. Tu peux prier avec Claudia et avoir foi en ces choses.

— Et qu'est-ce qui va arriver aux hommes qui les ont tuées ?

— Peut-être Dieu les fera-t-il aussi souffrir, ai-je répondu.

— Il le fera… oui, il le fera », a dit Victor avant de redevenir silencieux.

Je l'ai étendu sur le lit et me suis pelotonné contre lui jusqu'à ce que sa respiration ralentisse et qu'il se soit endormi.

Je n'avais pas besoin de travailler. L'argent que j'avais apporté avec moi aurait pu suffire à nous faire vivre confortablement pendant un temps considérable, mais je n'ai pas tardé à tourner en rond, à m'agiter pour un oui ou pour un non, et j'ai compris que je ne pouvais pas vivre sans but.

Durant la journée, tandis que Claudia s'occupait de Victor, j'allais marcher parmi les gens de *La Habana Vieja*. Je les écoutais, les regardais vaquer à leurs occupations, tentant de trouver quelque chose qui m'intéresserait. À l'angle de Bernaza et de Murala, j'avais découvert une boutique vieillotte spécialisée dans les cigares et les livres anciens. J'y passais du temps à discuter avec le propriétaire, un homme de plus de 70 ans nommé Raúl Brito, et il me parlait de la *revolución*, du temps où Batista était au pouvoir, et du fait que, à deux reprises, il avait parlé à Castro en personne.

Raúl était un homme éduqué et lettré, et même s'il avait débuté son affaire en ne vendant que du tabac fin et des cigares, il n'avait pas tardé à apporter ses propres livres au travail afin d'avoir de quoi s'occuper l'esprit. Les clients avaient commencé à s'intéresser à ses lectures et, bientôt, il s'était mis à faire aussi le commerce de livres. La boutique, simplement connue sous le nom de Chez Brito, était devenue un lieu de rassemblement pour les anciens de *La Habana Vieja*, un lieu où l'on fumait le cigare, où l'on achetait, vendait, lisait des livres, où l'on tuait le temps avant de rentrer chez soi.

Je fréquentais la boutique de plus en plus souvent, jusqu'à ce jour de juin, alors que Victor était sur le point de fêter son neuvième anniversaire, où Brito m'a demandé si ça m'intéresserait de prendre en charge la boutique une fois qu'il aurait pris sa retraite.

« Je vais avoir 74 ans le mois prochain, a-t-il dit, et il s'est adossé à une pile de volumes cabossés et reliés de cuir qui semblait à peine capable de soutenir son poids. Je vais avoir 74 ans et, chaque semaine qui passe, je me demande si je suis encore capable de descendre jusqu'ici. » Il a souri, les plis autour de ses yeux les faisant presque disparaître dans l'origami chaleureux de son visage. « Vous êtes un homme bon, Ernesto Perez, un homme de caractère, et je pense que vous installer et gagner votre vie ici vous conviendraient. »

Je n'ai pas donné ma réponse à Raúl Brito ce jour-là, ni le lendemain. J'ai attendu jusqu'au mois d'août, et lui ai alors expliqué que je serais disposé à diriger la boutique, mais qu'il me semblait que nous devrions mettre en place un partenariat, que le nom de la boutique devrait rester le même, et que je devrais lui payer ma part de l'affaire.

« De l'argent ? s'est-il récrié. Je ne vous ai pas fait cette proposition pour avoir votre argent. »

Il semblait légèrement offensé, comme si j'avais fait une suggestion indécente. J'ai levé la main en signe de conciliation.

« Je le sais, Raúl, je le sais bien, mais je suis un homme de principes et d'honneur, et il me semblerait injuste d'entrer dans cette affaire sans contribuer à l'entreprise. J'insiste pour qu'il en soit ainsi, quoi que vous en pensiez. »

Il m'a souri, fait un clin d'œil.

« Soit, a-t-il répondu. S'il en est ainsi, nous embaucherons un avocat qui rédigera un contrat, un accord de coopération si vous préférez, et nous le ferons certifier pour que tout soit légal. »

Nous avons échangé une poignée de main. J'étais censé donner dix mille dollars américains à Raúl Brito et je deviendrais son partenaire.

Mais c'est alors que les difficultés ont commencé. Mon argent était bien caché dans ma maison. Je n'avais pas de compte bancaire, pas de papiers officiels, pas de biens répertoriés. Lors de l'organisation de notre partenariat, on m'a demandé de fournir un passeport ou une quelconque pièce d'identité. Je n'en avais pas, du moins rien qui aurait pu passer dans un cabinet d'avocat cubain, et lorsque l'avocat a suggéré que je fasse enregistrer mon nom et mon lieu de naissance au siège de la police, j'étais fait comme un rat. J'avais conclu un accord avec Raúl, mais ne pouvais fournir ce qu'on me demandait, et j'avais beau insister pour que nous nous contentions d'une poignée de main et d'une promesse orale, Raúl rétorquait que si nous devions établir un partenariat, alors nous devions le faire dans les règles de l'art. C'était, après tout, mon idée, n'est-ce pas ?

Lorsque je ne me suis pas présenté au siège de la police, non seulement une fois, mais deux, l'avocat – un homme soupçonneux et envahissant nommé Jorge Delgado – s'en est allé dire à la police que le vieil homme qui vivait dans l'Avenida Belgica avait quelque chose de louche. L'officier, un homme qui avait la carte du Comité pour la défense de la révolution, une organisation qui n'était ni plus ni moins que les yeux et les oreilles de la police secrète de Castro, s'est suffisamment intéressé à mon cas pour aller interroger Claudia

Vivó qui – loyale et réticente à sa manière – n'a fait qu'attiser encore plus sa curiosité.

La deuxième semaine de septembre, il s'est présenté à la boutique, où il m'a trouvé assis près de la fenêtre, fumant un cigare et lisant un magazine.

« Monsieur Perez », a-t-il dit doucement avant de s'asseoir à côté de moi à l'étroite table.

Je l'ai regardé, et tout en moi me disait que les difficultés ne faisaient que commencer.

« Mon nom est Luis Hernández, a-t-il repris. Je suis l'officier de ce secteur.

– Ravi de vous rencontrer », ai-je répondu en tendant la main.

Hernández ne l'a pas serrée et je l'ai retirée lentement.

« Je crois savoir que vous êtes à Cuba depuis quelques mois ?

– Oui, en effet… moi et mon fils Victor.

– Et quel âge a votre fils, monsieur Perez ?

– 9 ans, ai-je répondu avec un sourire.

– Et je crois savoir qu'il reçoit des leçons de Claudia Vivó ?

– En effet, oui.

– Je lui ai parlé et elle m'a dit que c'était un garçon très intelligent.

– C'est vrai, oui.

– Et sa mère ?

– Sa mère n'est plus en vie.

– Je suis désolé, a-t-il dit en secouant la tête. Elle est morte depuis longtemps ?

– En mars de cette année.

– Et elle est morte ici à Cuba ?

– Non, elle n'est pas morte à Cuba. »

Hernández est resté silencieux. Il m'a regardé en haussant les sourcils d'un air interrogateur.

« En Amérique. Elle est morte en Amérique, ai-je ajouté.

– Ah, qu'il a fait, comme s'il comprenait soudain quelque chose d'important. Et puis-je vous demander comment elle est morte, monsieur Perez ?

– Dans un accident de voiture, avec ma fille, la sœur de Victor.

– Et son nom ?

– Angelina », ai-je répondu à contrecœur.

Je savais ce qui se passait. J'étais pris dans un dilemme. Hernández m'arrachait autant d'informations qu'il pouvait en faisant mine de s'intéresser à moi.

« Quelle tragédie, monsieur Perez... toutes mes condoléances.

– Merci, ai-je répondu, et je suis retourné à mon magazine.

– Et je crois savoir que vous comptez maintenant rester à Cuba ?

– Peut-être, je ne suis sûr de rien. Après la mort de ma femme, j'ai voulu quitter l'Amérique pendant un temps. Un tel drame est difficile à accepter, et j'ai pensé qu'il vaudrait mieux pour mon fils qu'il soit éloigné de tout ce qui pourrait le lui rappeler.

– Bien entendu, a concédé Hernández. Si c'était moi, je suis sûr que je ressentirais la même chose. »

Je me suis tourné vers la fenêtre. Je sentais des perles de sueur poindre sous mes cheveux.

« Et vous êtes entré avec un visa de visiteur ou en tant que citoyen cubain ? a demandé Hernández.

– En tant que citoyen, ai-je répondu. Mon père est né à Cuba et je possède la nationalité cubaine par droit héréditaire.

– En effet, monsieur. En effet. »

Il m'a regardé de travers, puis il s'est penché en arrière sur sa chaise et a tendu les jambes.

« J'ai une question », a-t-il repris avant de sourire tel un homme posant un piège à l'intention d'une bête qu'il savait sans défense.

Je lui ai retourné son regard en tentant de conserver un visage de marbre.

« Je crois savoir que vous envisagez d'entrer en affaires avec Raúl Brito ?

– Nous en avons discuté, ai-je répondu.

– Mais votre accord n'a pas pu être finalisé ? »

J'ai fait signe que non.

« Voulez-vous toujours le faire ? Ou bien peut-être avez-vous changé d'avis ?

– Non. Je n'ai simplement pas eu le temps de m'occuper des papiers.

– C'est ce que j'ai cru comprendre, a répliqué Hernández en acquiesçant. Il s'avère que je suis en contact avec l'avocat chargé de cette affaire, un certain Jorge Delgado, et il m'a dit que vous ne vous étiez pas présenté à deux rendez-vous qu'il avait organisés avec M. Brito et vous-même en vue de finaliser le dossier.

– C'est correct. J'ai été très occupé par l'éducation de mon fils.

– Mais vous avez du temps libre en ce moment, a-t-il observé et, une fois de plus, il a esquissé son sourire de reptile en me regardant de ses yeux plissés.

– Oui, en effet, ai-je répondu, ne pouvant nier l'évidence.

– Alors, je crois que ce serait une bonne idée, ne serait-ce que pour la tranquillité de M. Brito, que nous concluions cette affaire cet après-midi. Je crois que ce serait juste, afin d'éviter tout désagrément aussi bien pour lui que pour vous, que nous allions chez vous récupérer vos papiers d'identité, puis que vous signiez ce partenariat.

– Bien entendu, suis-je convenu avec un sourire. Cela me semble une excellente idée. »

Hernández s'est aussitôt levé, visiblement très content de lui. J'ai attrapé mon manteau, l'ai passé autour de mes épaules et, sans montrer la moindre inquiétude, je l'ai accompagné jusqu'à la porte et suivi dans la rue.

Nous avons discuté tout en marchant de choses sans importance – le temps qu'il faisait, la négligence honteuse dont étaient victimes certains des plus beaux bâtiments historiques de La Havane – et, un gros quart d'heure plus tard, nous avons atteint l'Avenida Belgica et la maison que je louais.

Rétrospectivement, je songeais à l'erreur que j'avais commise. J'avais envisagé d'entrer à Cuba sous un faux nom en quittant l'Amérique, mais j'étais si pressé de quitter ce pays, si réticent à m'impliquer dans la moindre enquête officielle sur le meurtre de ma femme et ma fille, que j'avais fui dès que possible. Bien entendu, je possédais un passeport cubain, qui était à mon nom de naissance, mais ce passeport avait été acheté sept cent cinquante dollars quelques années auparavant à un habile faussaire. En Amérique, je n'avais pas de numéro de Sécurité sociale, pas de pièce d'identité, et les employés des douanes et des services d'immigration aux docks de La Havane avaient à peine jeté un coup d'œil à mes papiers à mon entrée. Ressortir serait une autre paire de manches, une entreprise bien plus difficile, comme je l'avais appris avec mon père des années auparavant. Lorsque je lui montrerais mon passeport, Hernández verrait au premier coup d'œil que c'était un faux, et je ne souhaitais pas en arriver là.

Je l'ai gracieusement accueilli chez moi. J'avais prié pour que Claudia et Victor soient sortis, et ma prière avait été exaucée. La maison était parfaitement silencieuse. J'ai mené Hernández à la pièce principale, où les livres de cours de Victor étaient éparpillés sur la table, la pièce où il s'installait avec sa préceptrice et apprenait tout ce qu'il pouvait sur le monde. J'ai demandé à Hernández s'il voulait boire quelque chose, et il a accepté.

Je suis allé à la cuisine et ai préparé du café. Il me lançait des questions par la porte entrouverte. Combien de temps avais-je vécu en Amérique ? Quel avait été mon métier ? Avais-je de la famille à Cuba ? Je lui répondais avec tact, diplomatie, mais je m'apercevais en même temps que ce que je lui disais n'avait plus aucune importance.

Je suis réapparu en portant un plateau sur lequel étaient posées deux tasses de café fumant. Je lui ai proposé du pain chaud, peut-être un peu de fromage avec son café. Il a poliment décliné, saisi sa tasse, puis il m'a demandé s'il pouvait voir mes papiers.

J'ai souri et répondu : « Bien sûr, Señor Hernández », et j'ai une fois de plus quitté la pièce.

À mon retour, il était assis sur une chaise, parfaitement décontracté, tenant à la main sa tasse de café.

J'ai marché vers lui, mon faux passeport à la main, et lorsqu'il a tendu le bras pour l'attraper, lorsque ses doigts se sont refermés dessus, j'ai soudainement bondi en avant et lui ai planté un couteau à steak dans l'œil droit. J'ai tortillé le couteau vers le haut, puis vers le bas. Il semblait paralysé d'horreur, son autre œil me regardant avec une telle expression de surprise que je n'ai pas pu me retenir. J'ai éclaté de rire, et on aurait dit que Hernández souriait, comme s'il s'agissait d'une farce, comme si je l'avais placé face à sa mort imminente mais étais sur le point de l'arracher à son sort. Le sourire n'a pas duré longtemps. Une seconde, voire deux, et peut-être n'était-ce rien d'autre qu'un rictus provoqué par l'intrusion de la lame. Ou bien, ce qui est sans doute plus proche de la réalité, peut-être n'était-ce que mon imagination qui me jouait des tours.

Hernández s'est penché en avant lorsque j'ai lâché le manche du couteau. Ses mains ont agrippé son visage d'une façon presque incontrôlable, puis il a basculé de la chaise et est tombé à genoux.

Il n'y avait presque pas de sang, ce dont j'étais heureux. L'image de Carryl Chevron baignant dans une large mare de sang sur le linoléum sale de la cuisine m'est revenue. Je me suis écarté et ai observé Hernández qui luttait contre la douleur, le choc, l'atroce dérèglement de toutes ses fonctions corporelles, et de sa gorge a alors jailli un grondement spasmodique et sauvage semblable à celui d'un animal blessé aux affres de la mort. Puis il s'est immobilisé. Je me suis penché au-dessus de son corps, ai placé la main droite contre sa gorge. Rien. L'officier Hernández était mort.

J'ai ôté ma cravate et ma veste, retroussé mes manches. J'ai traîné son corps jusqu'au bord du tapis puis ai entrepris de l'enrouler dedans. J'ai placé mon pied sur son torse et tiré à deux mains pour ôter le couteau. Les muscles s'étaient déjà resserrés autour de la lame et j'ai dû tirer sèchement à deux ou trois reprises pour y parvenir. Je me suis rendu à la cuisine et ai abondamment rincé le couteau avec le reste du café. J'ai pris une bouteille d'eau de Javel dans le placard, l'ai vidée dans l'évier à moitié rempli d'eau et y ai plongé le couteau. Puis je suis retourné au salon et ai regardé le cadavre enveloppé qui gisait par terre.

J'étais à l'affût du moindre bruit à l'avant de la maison, craignant le retour de Claudia et Victor. Je ne savais ni où ils étaient partis ni quand ils reviendraient. J'analysais la situation. Un cadavre ne disparaît pas comme ça. Un cadavre, c'est un cadavre. Soixante-quinze kilos de poids mort, jusqu'à ce que ça se transforme en autre chose. La maison ne comportait pas de poêle, elle n'était pas située en bord de mer et, contrairement à la Louisiane, il n'y avait pas de marécages à proximité où un tel cadavre pouvait être englouti et oublié en quelques instants.

Je me suis assis sur la chaise où avait pris place Hernández. Elle était toujours un peu chaude. Je voyais le côté de son visage qui ressortait au bout du tapis, l'unique œil ouvert qui semblait me regarder de travers. Je me suis penché en avant et l'ai refermé. Même dans la mort il semblait accusateur et soupçonneux.

« Tu aurais mieux fait de ne pas t'intéresser à ce qui ne te regardait pas, lui ai-je dit. Tu aurais mieux fait de t'occuper d'affaires plus importantes. Ça t'apprendra à fouiner dans la vie des autres. » J'ai songé à la parfaite ironie de la situation. Après tout ce que j'avais fait, toutes les vies que j'avais brusquement abrégées de ma main, cet homme avait sans doute été plus proche que n'importe quel autre de découvrir qui j'étais, et tout ça à cause de quelques paperasses.

Mais mes admonestations – qui au fond n'étaient rien qu'une piètre tentative de justifier sa mort – ne changeaient rien à la sinistre réalité : sur le sol de mon salon, enveloppé dans un tapis, se trouvait un officier mort, et tant que je n'aurais pas pris une décision, il resterait là.

Quinze minutes plus tard, je me suis levé et me suis mis à arpenter la pièce. J'ai fait le tour de Hernández dans le sens des aiguilles d'une montre, puis dans le sens inverse. À un moment, je me suis arrêté près de sa tête, me suis penché pour regarder dans le trou où se trouvait son visage et lui ai lancé « *¡ Hijo de puta !* » avec tant de fiel que des postillons ont jailli de ma bouche.

J'étais vexé, exaspéré par sa présence silencieuse, et même si mon premier instinct avait été d'attraper un objet lourd – peut-être un marteau, ou une grosse pierre – et de lui réduire la tête en bouillie, je m'étais retenu. J'avais assez de soucis comme ça, inutile de compliquer les choses en salissant tout. Et cette réaction cachait aussi un certain regret, un léger sentiment de culpabilité. J'ai éprouvé une brève panique en songeant que Victor risquait de rentrer et de trouver un cadavre chez lui. Je ne craignais rien pour moi, mais lorsque je pensais à mon fils, je voyais les choses différemment. Je voulais laisser le passé derrière moi, et pourtant, à cet instant, tandis que je me tenais au-dessus du cadavre de l'officier, le passé s'insinuait insidieusement dans le présent.

J'ai jeté un coup d'œil à ma montre. Il était un peu plus de 14 heures. Je suis sorti et ai reculé ma voiture aussi près que possible de la maison sans trop attirer l'attention. J'ai débloqué le coffre et l'ai maintenu entrouvert en coinçant le rebord de la couverture qui se trouvait à l'intérieur. Je suis retourné dans la maison, ai découpé deux morceaux d'une ficelle solide trouvée dans un tiroir de la cuisine et m'en suis servi pour attacher chaque extrémité du tapis. Hernández n'était pas aussi lourd que je me l'étais imaginé, et j'ai été surpris par la facilité avec laquelle je l'ai hissé sur mon épaule. Je me suis tenu dans l'entrebâillement de la porte jusqu'à être certain que personne ne passait dans la rue ni ne se tenait sur son perron, puis j'ai franchi à la hâte les quelques mètres de l'allée, soulevé le coffre avec mon genou et j'y ai déposé le corps de Hernández. J'ai été forcé de lui replier les genoux pour le faire entrer, puis j'ai claqué le coffre et l'ai verrouillé. J'ai garé la voiture au bord du trottoir. Des images de Carryl Chevron revenaient me hanter. Je me rappelais que c'était la mort du représentant de commerce qui m'avait fait faire mes premiers pas sur ce chemin, et que, comme Victor, j'étais alors encore un enfant, et cette coïncidence avait quelque chose de presque douloureux.

Claudia et Victor sont revenus moins d'une demi-heure plus tard. Je les ai accueillis chaleureusement. J'avais retiré le couteau à steak de l'évier, l'avais minutieusement essuyé et replacé dans le tiroir. Je m'étais fait chauffer un peu de pain, coupé quelques tranches de viande séchée et avais avalé un sandwich. J'avais repris mon sang-froid, me contrôlais parfaitement et, tandis que Claudia préparait notre dîner, je me suis assis avec Victor dans le salon et l'ai écouté me faire la lecture.

Plus tard, alors que le soir approchait, j'ai demandé à Claudia si elle accepterait de rester une heure de plus avec Victor car j'avais une petite course à faire. Celle-ci a été plus que ravie de me rendre service. J'ai songé qu'elle se sentait peut-être seule, vu que son mari était mort depuis plus de trois ans et que le temps qu'elle passait dans ma maison à s'occuper de Victor, à nous préparer à manger, semblait lui donner un but dans la vie et lui faire oublier temporairement un monde dans lequel elle n'avait plus guère envie d'habiter. J'ai attrapé mes clés de voiture et quitté la maison. J'ai desserré le frein à main et laissé la voiture rouler jusqu'au bas de la route avant de mettre le contact. J'ai attendu d'atteindre le carrefour avant d'allumer les phares, puis j'ai longé l'Avenida Belgica et l'Avenida de los Misiones vers le nord. J'ai pris la direction de la mer, jusqu'au Castillo de San Salvador de la Punta, et me suis garé au-dessus d'une rigole sombre qui descendait le long de la paroi jusqu'au bord de l'eau.

J'ai tiré du coffre le tapis dans lequel était enveloppé le corps de Hernández et l'ai porté jusqu'au bord du précipice. J'ai sorti le corps, replié le tapis et l'ai replacé dans le coffre. J'ai saisi un petit bidon d'essence à l'arrière de la voiture et généreusement aspergé le cadavre de Hernández. J'ai fait un pas en arrière et craqué une allumette, puis l'ai jetée sur son corps. Il s'est enflammé dans un chuintement soudain, et des flammes se sont élevées. J'ai éprouvé un moment de panique. Un tel feu serait visible depuis la côte, mais il était maintenant trop tard. J'ai regagné ma voiture à la hâte, démarré sans allumer les phares, fait demi-tour et repris la direction de la route. Au sommet de la côte, à peut-être trois ou quatre cents mètres du feu, j'ai coupé le moteur et suis resté là à observer. Personne n'est venu. L'alarme n'a pas été donnée. C'était comme si les yeux de Cuba étaient tournés dans la direction opposée. Je ne sais pas pendant combien de temps le corps a brûlé. Après trente ou quarante minutes, j'ai redémarré et je suis parti. J'étais à huit cents mètres du cadavre de Hernández quand j'ai allumé les phares et, lorsque j'ai atteint la maison, j'avais presque oublié son existence.

Il a fallu attendre trois jours avant que le cadavre ne soit identifié, plus d'une semaine avant qu'un autre officier ne vienne à la boutique de Raúl Brito pour demander si Hernández y avait été vu au cours des jours précédents. Raúl, qui avait la mémoire courte, a répondu qu'il ne se souvenait pas de la dernière fois qu'il l'avait vu. Quant à moi, j'ai fait preuve de patience et feint l'ignorance, prétendant ne m'intéresser qu'aux livres et aux cigares. J'avais déjà discuté avec Raúl, prétendu que tous les documents nécessaires avaient été signés, et lui avais donné les mille premiers dollars des dix que je lui devais. Raúl ne m'a pas posé de questions. J'étais son ami, et il n'y avait rien à redire. J'ai de nouveau entendu parler de Luis Hernández la semaine suivante, puis plus rien. Il semblait avoir été un homme de peu d'importance, vivant comme mort. L'avocat n'a jamais contacté Raúl Brito à propos de documents incomplets, et l'affaire est tombée aux oubliettes. Pendant les neuf mois qui ont suivi, j'ai donné à Raúl mille dollars de plus par mois, et Raúl – un homme qui fonctionnait à l'ancienne – n'a jamais éprouvé le besoin de porter l'argent à la banque. J'étais un partenaire en esprit, pas sur papier, et cet arrangement me convenait à merveille.

Pendant trois ans, ma vie avec Victor a été simple, les jours s'enchaînant sans complications. Il apprenait bien ses leçons, et lorsqu'il a atteint ses 13 ans, j'ai perçu en lui la soif de découvrir le monde qu'il avait eue enfant. Il m'interrogeait fréquemment sur l'Amérique, sur les choses que j'avais faites, la vie que j'avais menée dans le Nouveau Monde. Je lui mentais sur de petits faits. Il ne me semblait pas nécessaire de lui dire des choses qu'il n'aurait pas pu comprendre, et il a donc entendu ce qu'il voulait entendre et imaginé le reste. Environ un an plus tard, alors que nous entrions dans l'automne 1996 et que j'approchais de mon cinquante-neuvième anniversaire, Victor est venu me voir un soir et s'est assis face à moi dans la cuisine. Claudia était depuis longtemps rentrée chez elle, et la maison était silencieuse. Il avait apporté un livre plein d'images, des paysages et des horizons nocturnes, et il m'a montré une photo des tours de New York se détachant sur un coucher de soleil éclatant.

« Tu es allé à New York, a-t-il déclaré d'une voix qui était presque un murmure.

— Oui. J'y ai vécu quelques années.

— Avant ma naissance.

— Oui, avant ta naissance. J'ai quitté New York au printemps 1982 et tu es né pendant l'été, alors que nous avions déménagé à Los Angeles.

— Et c'est là-bas que tu as rencontré maman ?

— Oui, je l'ai rencontrée au début de 1974 et nous nous sommes mariés en mai 1977.

— Où habitiez-vous ? »

J'ai souri. Je me rappelais les sons et les odeurs, le visage des gens dans la rue. Je me rappelais presque mot pour mot la discussion que nous avions eue à propos d'un homme nommé Jimmy Hoffa.

« Nous habitions dans un petit quartier appelé Little Italy.

— Italy ? Comme le pays ?

— Oui, comme le pays. »

Victor est resté un moment silencieux, presque pensif, puis il a levé les yeux vers moi et m'a demandé :

« Comment c'était, papa… comment c'était, l'Amérique ? J'ai du mal à me souvenir de quoi que ce soit. »

Je me suis penché en avant et lui ai pris la main, l'ai serrée comme si elle était mon lien avec une chose précieuse et éternelle.

« C'est un pays vaste, ai-je répondu. Bien, bien, bien plus grand que Cuba. Cuba n'est rien qu'une petite île au large de la côte américaine. Il y a des millions de gens, des gratte-ciel, de larges rues, des centres commerciaux plus grands que les ruines du vieux rempart. Parfois, il est difficile de marcher dans la rue tant il y a de monde qui vient en sens inverse. On peut y trouver le meilleur et le pire que le monde a à offrir.

– Le pire ? a demandé Victor. Comme quoi ? »

J'ai secoué la tête.

« Il est parfois difficile de comprendre les agissements des hommes. Certains tuent, certains prennent de la drogue et volent le bien des autres. Certains, peut-être par désespoir, se disent qu'ils ne peuvent pas vivre autrement. Mais malgré ça, tout le monde peut être heureux en Amérique. Il y a assez de tout pour satisfaire chacun, et si un homme travaille dur et tient parole, alors le monde entier peut lui appartenir. »

Victor est resté silencieux. J'ai observé son visage et, en voyant la lueur dans ses yeux, j'ai su ce qu'il allait dire.

« Je veux retourner en Amérique, papa. Je veux vraiment y retourner. Je veux aller à New York et voir les gratte-ciel et les gens. Est-ce qu'on pourrait le faire ? »

J'ai poussé un soupir et répondu non de la tête.

« Je suis vieux, Victor. Je suis venu ici pour y finir mes jours. Toi, tu es jeune, et quand je serai parti, tu auras tout le temps de voir l'Amérique… tout le temps d'aller n'importe où dans le monde, et tu ne seras pas ralenti par ton vieux père.

– Je ne veux pas y aller seul, je veux que ce soit *toi* qui m'emmènes. Je veux que tu m'emmènes partout où tu es allé, que tu me montres tous les endroits et tous les gens… »

J'ai lâché la main de Victor et levé la mienne, puis j'ai secoué la tête lentement.

« Victor… même si je t'expliquais, je ne suis pas sûr que tu comprendrais, mais je ne peux pas retourner en Amérique. Je suis un vieil homme maintenant. J'ai presque 60 ans, et il y a beaucoup de choses en Amérique que je souhaite oublier. Nous allons rester ici quelques années de plus, et quand tu auras 18 ans, tu seras libre de faire ce qui te plaît et d'aller là où tu voudras. Je ne t'en empêcherai pas. Tu pourras faire ce que tu voudras…

– Alors, ne m'en empêche pas maintenant ! » s'est écrié Victor, et j'ai reconnu dans sa voix la même détermination enflammée que celle que j'avais eue jeune homme.

Il me ressemblait tant à bien des égards et, pourtant, il était innocent et ne voyait pas la violence du monde qu'il désirait.

« Je ne peux pas… ai-je commencé.

– Tu veux dire que tu ne *veux* pas, a-t-il rétorqué et il a brusquement attrapé son livre et l'a refermé sèchement.

– Victor ! » me suis-je exclamé d'une voix sévère, implacable.

Il m'a lancé un regard noir de défi.

« Le sujet est clos pour ce soir, ai-je dit.

– Le sujet serait clos à jamais si je t'écoutais, a-t-il répliqué.

– Victor, je suis ton père.

– Et moi, je suis ton fils. Et j'ai aussi perdu ma sœur et ma mère. Je me sens seul ici. Je passe tout mon temps avec Claudia, à étudier chaque heure de la journée, et je ne peux pas passer le restant de ma vie comme ça.

– Personne ne te demande de rester comme ça pour le restant de ta vie… juste quelques années de plus.

– Quelques jours de plus seraient de trop », a-t-il répliqué et il s'est levé de sa chaise.

Il a baissé les yeux vers moi, un jeune homme défiant son père. À un autre moment j'aurais élevé la voix et l'aurais renvoyé dans sa chambre pour sa désobéissance et son mauvais comportement, mais sur le coup, je ne pouvais rien faire d'autre que l'observer en silence tandis qu'il parlait.

« J'ai 14 ans… je suis assez grand pour savoir ce que je veux, père, et ce que je veux, c'est aller en Amérique. Oui, le sujet est clos pour ce soir. Mais nous en reparlerons, et nous continuerons d'en reparler jusqu'à ce que tu sois disposé à voir les choses de mon point de vue. Alors, tu prendras une décision, et si ta décision est de ne pas m'emmener, alors je trouverai un moyen d'y aller tout seul. »

Il a repoussé sa chaise avec l'arrière de ses genoux, celle-ci a produit un grincement abominable en glissant sur les carreaux de céramique, puis il a marché en direction de la porte. Il s'est retourné alors qu'il était dans l'entrebâillement.

« Bonne nuit, père, a-t-il lancé d'un ton cassant. À demain matin. »

Je l'ai écouté gravir les marches jusqu'à sa chambre, puis je me suis penché en avant, bras croisés sur la table, et ai posé mon front sur mes mains.

Je m'imaginais Victor allant en Amérique seul. Je l'imaginais arrivant à New York et errant seul dans les rues. Je m'imaginais ce qui pourrait lui arriver, qui il pourrait rencontrer et ce qu'il adviendrait de lui.

J'ai senti les larmes me monter aux yeux, j'avais la gorge serrée et, pendant une seconde, j'ai songé que s'il y allait, il deviendrait la même chose que moi. Soit ça, soit il mourrait.

Je n'ai pas fermé l'œil cette nuit-là et, lorsque je l'ai entendu se lever le lendemain matin, lorsque je l'ai entendu préparer son petit déjeuner dans la cuisine en dessous, l'idée qu'il risquait de me regarder encore avec un tel air de défi m'a semblé insupportable.

J'ai attendu l'arrivée de Claudia et le début de ses leçons, puis je me suis levé et ai pris une douche, je me suis habillé en vitesse et sans bruit, je suis sorti par la porte de derrière et me suis rendu à la boutique.

Sans m'éviter directement, Victor a semblé doucement disparaître. Je le voyais de moins en moins, et je crois que c'était ce qu'il voulait. Il se préparait ses propres repas et se cloîtrait dans sa chambre jusqu'à l'arrivée de Claudia. Il allait alors la rejoindre dans le salon et refermait la porte derrière lui. Même si elle n'était pas fermée à clé, il ne faisait aucun doute qu'il ne souhaitait pas que j'entre, aussi ne le faisais-je pas. Je croyais ainsi lui accorder une certaine autonomie, mais tout ce que je faisais, c'était lui permettre de s'éloigner de moi. Le soir, quand je rentrais de la boutique, il était à l'étage dans sa chambre. Et j'ai très vite compris qu'il s'arrangeait pour que le dîner soit préparé avant mon retour afin de manger avec Claudia. C'était lui qui avait manigancé ce stratagème, et il était évident qu'il considérait que je ne faisais plus partie de sa vie. Je lui avais refusé une chose qu'il désirait ardemment et avais donc été sommairement excommunié.

En de nombreuses occasions, trop nombreuses pour que je me les rappelle toutes, j'ai tenté de regagner son affection, mais il était entêté, et alors que nous entrions dans le mois d'octobre 1996, j'ai compris qu'il avait choisi sa voie, comme je l'avais fait avant lui. Peut-être me consolais-je en me disant que j'avais dû tuer un homme pour commencer à connaître le monde, alors que tout ce que mon fils souhaitait, c'était visiter l'Amérique, son pays natal, le pays de sa mère.

Le dernier samedi de ce même mois, un jour qui à bien des égards marquerait le début de la fin, je suis allé dans la chambre de mon fils et me suis assis au bord de son lit. Il ne m'a pas regardé et s'est juste tourné sur le côté sans décoller les yeux de son livre.

« Victor, écoute-moi », ai-je dit calmement.

Pas de réponse.

« Victor, écoute-moi maintenant. Je vais te dire quelque chose et tu vas écouter. »

Une fois de plus, il n'a ni bougé ni tourné la tête vers moi.

« Tu veux aller en Amérique ? »

L'ombre d'un mouvement a traversé son visage.

« Si tu veux en parler, alors tourne-toi face à moi et parle-moi comme un homme. »

Victor s'est décalé sur le côté. Il m'a fait face, ses yeux étaient presque dénués d'expression.

« Nous irons en Amérique, ai-je doucement déclaré. Nous exaucerons ton souhait et irons en Amérique, mais tu dois comprendre quelque chose. »

Victor s'est redressé. Il a commencé à tendre la main vers moi, mais j'ai levé la mienne et me suis reculé.

« Écoute-moi, Victor, et écoute-moi bien. Je vais t'emmener en Amérique, mais tu dois comprendre que j'avais une vie là-bas avant que tu naisses, et il y a eu des choses faites et dites que tu ne pourras jamais comprendre, je crois. S'il s'avère que tu entends ces choses, alors viens m'en parler avant de les croire et de me juger. Je suis ton père. Je suis la personne que tu as de plus proche, et je t'aime plus que tout au monde. Mais je ne te laisserai pas me juger, Victor. Je ne te laisserai pas me juger. »

La peur était là, tout au fond de moi, presque une partie intégrante de mon être. La peur de la personne que j'étais, la peur que mon fils ne découvre la vérité sur son père. Elle était là, l'avait toujours été, mais j'avais été trop lâche pour l'affronter.

Victor s'est penché en avant et m'a passé les bras autour du cou. Il m'a attiré contre lui et serré fort. J'ai inspiré lentement. Fermé les yeux. Je l'ai serré pendant une petite éternité, refusant de le lâcher.

Je ne voulais pas que mon fils me voie pleurer.

Le lendemain, j'ai passé quelques coups de fil à Chicago et découvert que Don Calligaris, Dix Cents et quelques autres étaient retournés à New York pendant l'été 1994. Je n'ai eu aucune difficulté à retrouver Dix Cents et, lorsque je lui ai annoncé que je prévoyais de rentrer à New York, il m'a dit qu'il pouvait affréter un vol privé de La Havane à la Floride, d'où je pourrais regagner New York en train ou en voiture. Je n'aurais pas besoin de papiers. Aucun membre de l'équipe de natation d'Alcatraz ne saurait qu'Ernesto Cabrera Perez revenait une fois de plus en Amérique.

Cinq ans et demi que j'étais parti. Mon fils, qui avait 8 ans à notre départ, était maintenant un adolescent avec son opinion, son caractère, sa vision des choses bien à lui. New York serait pleine de souvenirs douloureux, et je savais que j'allais devoir arpenter les mêmes rues que celles que j'avais arpentées avec Angelina Maria Tiacoli tant d'années auparavant.

Mais ma vie avait changé. J'étais un tout autre homme et je me jurais que cette fois, *cette fois*, ce serait différent.

Je n'aurais pas pu me tromper plus, mais tandis que nous embarquions à bord du petit avion, tandis que nous roulions sur la piste étroite, puis que nous regardions à travers les hublots le sol englouti par l'obscurité en dessous de nous, je m'imaginais que je pouvais revenir et m'arranger pour garder mes distances avec le passé.

En vérité, le passé avait toujours été là et il attendait juste mon retour.

24

Hartmann n'était pas sûr. Peut-être était-il toujours abasourdi par les événements de la veille au soir, peut-être était-il furieux que la plupart de leurs indices aient été détruits, et il sentait aussi que les investigations qui avaient été menées n'avaient abouti à rien, comme si tout leur travail, tous leurs progrès, avaient été anéantis en un clin d'œil.

À ce stade précoce de l'enquête, tout ce qu'ils savaient sur l'explosion de l'antenne du FBI, c'était que le responsable était quelqu'un qui connaissait l'existence de Perez, quelqu'un qui voulait le faire disparaître et se fichait que d'autres disparaissent avec lui. Hartmann pour sa part soupçonnait Feraud. L'homme avait l'autorité, les ressources et les hommes nécessaires pour perpétrer une telle attaque, et il pensait aussi que Feraud considérerait la mort de passants innocents et d'agents fédéraux comme de simples dégâts collatéraux, voire comme une sorte de bonus. Et puis il y avait Ducane – Charles Ducane, le gouverneur de Louisiane. À en croire Perez, cet homme avait travaillé main dans la main avec le crime organisé pendant au moins quarante ans. Ducane avait maintenant une soixantaine d'années, peut-être le même âge que Perez, mais il avait toujours officiellement été du bon côté de la loi, là où les choses n'étaient pas ce qu'elles semblaient. Au moins avec des gens comme Perez, vous saviez à quoi vous en tenir. Leurs agissements étaient clairs : meurtre, extorsion, chantage, violence, trafic de drogue, commerce d'armes, pornographie, prostitution, racket. Alors que, en politique, on parlait plutôt de relations publiques, de levées de fonds, d'influence, de lobbying, de renforcer le vote et de « se livrer à des peccadilles ». C'était blanc bonnet et bonnet blanc, et Hartmann n'était pas naïf au point de croire que des gens comme Ducane n'étaient pas capables des mêmes actes que Perez et son équipe de natation d'Alcatraz. Les actes n'étaient pas différents, seule la terminologie changeait.

Ce soir-là, le soir du samedi 6 septembre, jour qui marquait la deuxième semaine de la disparition de Catherine Ducane, jour au cours duquel il aurait dû se trouver au parc de Tompkins Square avec sa femme et sa fille, Ray Hartmann – homme au cœur meurtri et à l'âme brisée – était étendu sur son lit à l'hôtel Marriott. Il aurait pu se faire transférer au Royal Sonesta tout comme Schaeffer et Woodroffe, et ce n'était pas la crainte d'une autre bombe qui l'avait retenu. C'était simplement le fait qu'il tentait, même si cela semblait impossible, de maintenir une certaine distance entre lui et les événements. S'il avait dû se réveiller, se doucher, se raser et s'habiller dans l'hôtel où il devrait ensuite s'entretenir avec Perez, alors il aurait eu le sentiment de n'avoir que ça dans sa vie. Il ne se sentait pas chez lui au Marriott, loin de là, mais il avait au moins l'impression qu'il existait une séparation entre lui et son travail. Il se disait désormais que, même si on lui avait laissé la possibilité de partir, il n'aurait pas pu le faire. Même si on l'avait appelé pour lui dire qu'il n'y avait pas de problème, qu'il pouvait rentrer à New York et voir sa femme et sa fille ce jour même, il se serait demandé si c'était la bonne ligne de conduite.

Dix-neuf meurtres. Ernesto Perez leur avait décrit dans le détail dix-neuf meurtres. Depuis le vendeur d'encyclopédies jusqu'à l'officier cubain qu'il avait poignardé avant de mettre le feu à son cadavre en septembre 1991, il y avait eu dix-neuf vies, dix-neuf personnes qui ne marchaient plus, ne parlaient plus, qui ne voyaient plus leurs maris, femmes, petites amies, frères, sœurs, parents, enfants. Dix-neuf personnes qui avaient disparu du monde physique, qui ne reviendraient jamais, qui n'auraient plus jamais la moindre pensée, ni sensation, ni émotion, ni passion. Outre celles-là, il y avait les onze victimes sans nom qui avaient été sommairement éliminées quand Perez travaillait pour Giancarlo Ceriano. Toutes tuées par un seul homme. Ernesto Cabrera Perez. Un psychopathe, un homophobe même, mais en même temps, un homme étrangement éloquent et cultivé, attentionné et conscient de la nécessité de la famille, du pouvoir de la loyauté et de la parole donnée. Un paradoxe. Un anachronisme. Un mystère.

Hartmann s'apercevait que tout ce en quoi il croyait avait été dans un sens remis en cause. L'importance de son boulot, de sa prétendue carrière. La valeur de l'amitié. La nécessité de gagner la confiance des autres, d'avoir soi-même confiance en eux, de tenir ses promesses. C'était ce que Jessica lui avait demandé – tiendrait-il ses promesses ? Il pensait que oui. La mort de Ross et des autres, même celle des victimes de Perez, ne faisait que mettre en exergue l'importance qu'il y avait à faire en sorte que chaque moment compte, aussi futile semblât-il sur le coup.

Il s'était comporté comme un connard, et ce n'était pas la faute de son père, ni de la génétique ou de quelque caractère héréditaire ; c'était de sa faute à lui, à lui seul.

Perez lui avait demandé si c'étaient les circonstances qui dictaient les choix, ou les choix qui dictaient les circonstances. Dorénavant – et c'était peut-être le changement le plus significatif qui s'était produit en lui depuis que Carol et Jess l'avaient quitté –, Hartmann croyait en la seconde possibilité. Il avait fait des choix : travailler, rentrer tard, accorder peu de foi et de poids aux choses que Carol et Jess estimaient importantes ; et il avait choisi de boire, que ce soit avec Luca Visceglia ou seul. Il lui avait toujours été possible de dire non. Mais il ne l'avait pas fait. En dépit de sa parole, il ne l'avait pas fait. Et maintenant, il en payait le prix. Les choix dictaient les circonstances, de cela il était certain, et il savait que dorénavant, après tout ça, ses choix seraient différents.

Durant ces premières heures du matin, tandis que la vie à La Nouvelle-Orléans suivait son cours ; tandis que les gens marchaient, riaient, dansaient dans Gravier et à travers les districts d'Arabi et Chalmette ; tandis qu'ils mangeaient chez Tortorici et Ursuline ; tandis qu'ils roulaient le long de la Chef Menteur Highway et sur le pont de South Claiborne Avenue ; tandis qu'ils discutaient à l'infini, épanchant tout ce qu'ils avaient sur le cœur ; tandis qu'ils couraient pieds nus dans le parc Louis-Armstrong, ralentissant lorsqu'ils passaient devant l'église Notre-Dame de Guadalupe car ils ne pouvaient être sûrs, ils ne pouvaient *jamais* être sûrs que Dieu n'existait pas, un Dieu qui Se moquait qu'ils boivent, mais que le blasphème et le chahut aux alentours de Sa maison foutraient suffisamment en rogne pour qu'Il vous transperce le cœur d'un éclair ; tandis qu'ils vivaient avec le vague espoir que quelque chose de mieux les attendait au coin de la rue, et si ce n'était pas ce coin-ci, alors ce serait le prochain, car tout arrivait à qui savait tenir sa langue et faire preuve de patience, à qui avait des pensées pures et propres et simples ; tandis que partout à travers la ville vaquaient des gens fragiles et incertains, impulsifs et prudents, impétueux, passionnés, infidèles, honnêtes, loyaux, puérils, innocents et blessés... tandis que toutes ces choses se déroulaient dans l'obscurité autour de lui, Ray Hartmann songeait que peut-être, dans une vague mesure, ce qui s'était passé ici à La Nouvelle-Orléans avait été une seconde chance. Et s'il s'en sortait vivant, s'il n'oubliait pas de respirer, alors il aurait peut-être une chance de sauver sa vie des profondeurs dans lesquelles elle avait sombré.

Il l'espérait. Bon Dieu, il l'espérait vraiment.

Et c'est sur cette pensée que finalement, avec gratitude, il s'endormit.

Le dimanche matin, Sheldon Ross ne vint pas le chercher au Marriott, et pour cause, Sheldon Ross était mort.

Ce qui, plus que tout le reste, rappela à Ray Hartmann le caractère éphémère et fragile de tout.

Il arriva seul au Royal Sonesta, mais amplement en avance pour son rendez-vous avec Perez. Pourtant, en approchant du bâtiment, il sentit que quelque chose était différent. Il y avait des voitures qu'il n'avait encore jamais vues, des hommes aussi – deux, en costume sombre, l'un portant des lunettes de soleil –, mais quelque chose dans leurs manières disait à Hartmann qu'ils ne faisaient pas partie de la petite famille de Schaeffer. Il marqua une pause de l'autre côté de la rue, sentant intuitivement que quelque chose ne tournait vraiment pas rond. Le plus grand des deux hommes le regarda attentivement lorsqu'il traversa la rue et s'engagea sur le trottoir. Quand il atteignit l'entrée principale de l'hôtel, un agent fédéral sortit et adressa un signe de la main aux deux hommes, et Hartmann entra.

« Des petits nouveaux ? » demanda Hartmann.

L'agent sourit d'un air méfiant.

« Si vous saviez… », répondit-il, presque à voix basse.

Puis il indiqua à Hartmann qu'il ferait bien d'aller parler à un deuxième agent qui se trouvait à la réception.

« Premier étage, deuxième porte à droite, dit le second agent à Hartmann. M. Schaeffer et M. Woodroffe vous y attendent. »

Hartmann marqua une nouvelle pause. Il dévisagea l'homme derrière le guichet, mais de toute évidence, ce dernier n'avait rien à ajouter.

Il traversa le hall et s'engagea dans l'escalier. Lorsqu'il atteignit le premier étage, il entendit des voix. Le couloir était désert et il hésita à annoncer sa présence.

« … sais pas. La vérité, c'est que… nous ne savons rien pour le moment. »

C'était la voix de Schaeffer – parfaitement claire.

« Mais, agent Schaeffer, répondit une autre voix. Vous êtes payé pour savoir. C'est votre raison d'être… savoir des choses que personne d'autre ne sait. »

Hartmann fronça les sourcils et fit un pas de plus en direction de la porte de la chambre.

La deuxième voix retentit, le genre de voix qui appartenait à quelqu'un qui adorait s'entendre parler.

« Vous avez laissé toutes nos chances de succès entre les mains d'un alcoolique lessivé de New York... »

Hartmann sentit les poils se dresser sur sa nuque.

« ... et cet homme, ce Ray Hartmann, a déjà échoué à conclure un marché avec ce cinglé de Perez. Je ne comprends pas, agent Schaeffer. Je ne comprends vraiment pas comment un homme avec votre passé et votre expérience a pu confier une affaire aussi importante et délicate à quelqu'un comme Hartmann.

– Parce que Ray a gagné la confiance de Perez, gouverneur... »

Hartmann, debout dans l'étroit couloir, à trois pas à peine de la pièce où parlaient ces hommes, comprit alors que c'était Ducane qui se trouvait à l'intérieur. Le gouverneur Charles Ducane.

« Et quand vous avez affaire à un homme comme Ernesto Perez, poursuivit Schaeffer, vous utilisez ce que vous pouvez. Ce n'est pas un homme rationnel, gouverneur. Nous avons affaire à un assassin en série, un psychopathe meurtrier. Les lois et les règles qui régissent la manière dont on traite les affaires à la Cour suprême ne s'appliquent pas à une telle situation. Ce que nous avons ici, c'est un monde totalement différent...

– Je n'apprécie pas votre attitude facétieuse, agent Schaeffer. Je suis ici parce que ma fille a été enlevée, et je suis personnellement en contact avec le procureur général, ainsi qu'avec le directeur du FBI. Je peux vous assurer qu'il ne sera fait aucun quartier s'il s'avère que cette opération a été menée de travers par vous-même ou par les hommes sous votre commandement...

– Et je peux vous assurer, gouverneur Ducane, que nous faisons absolument *tout* ce que nous pouvons. »

Hartmann, serrant les poings et les dents, fit trois pas en avant et apparut dans l'entrebâillement de la porte de la chambre où Schaeffer, Woodroffe et Ducane avaient eu leur petite discussion.

Ducane faisait face à Schaeffer. Woodroffe était assis. Schaeffer semblait vexé et agité au plus haut point. Il avait des cernes sombres sous les yeux, et ses cheveux n'étaient pas peignés. Ducane, quant à lui, semblait d'un calme olympien. Il avait des yeux perçants et impitoyables. Ses cheveux – gris argent et abondants –, son costume taillé sur mesure, son pardessus et même l'écharpe bordeaux qu'il avait autour du cou, tout dénotait un homme qui n'avait jamais été privé de rien. Et aux yeux de Hartmann, il ne semblait pas profondément perturbé ni bouleversé par l'absence de sa fille unique.

Il se retourna lorsque Hartmann entra dans la chambre.

« Monsieur Hartmann, dit-il lentement.

– Gouverneur Ducane.

– Je suis venu m'assurer que tous les efforts possibles sont faits…

– Je comprends », coupa Hartmann.

La dernière chose qu'il voulait, c'était un sermon. Mais Ducane secoua la tête.

« Je crains, monsieur Hartmann, de ne pas être sûr que vous compreniez *vraiment*. »

Hartmann voulut répliquer mais Ducane le fit taire d'un geste de la main.

« Vous avez une fille, n'est-ce pas, monsieur Hartmann ? »

Hartmann répondit par un signe de tête affirmatif.

« Quel âge a-t-elle ? 11 ? 12 ans ? »

Ducane regarda Hartmann dans l'attente d'une réponse, puis il reprit la parole avant qu'elle ne soit arrivée.

« Alors, vous comprendrez peut-être un peu ce que je ressens. Ma fille a 19 ans. C'est à peine plus qu'une enfant. Cet homme… » Ducane leva les yeux vers le plafond ; il savait que Perez se trouvait à un étage supérieur du bâtiment. « Cet animal… ce fou psychopathe et meurtrier que vous gardez bien à l'abri dans cet hôtel… il a enlevé ma fille. *Ma* fille, monsieur Hartmann, et je suis dans une position où tout ce que je peux faire, c'est attendre que vous vous décidiez à découvrir ce qu'il a fait d'elle. Qu'est-ce que ça vous ferait s'il s'agissait de votre enfant, monsieur Hartmann ? Que ressentiriez-vous ? Je suis certain que beaucoup plus de progrès auraient été faits pour la retrouver. Où est-elle ? Personne ne le sait sauf cet homme. Est-elle vivante ou morte ? Hein ? Est-elle morte, monsieur Hartmann ? Alors, vous en dites quoi… la seule personne qui sache est ce Perez. »

Ducane lança un regard noir à Hartmann, puis il se retourna et fixa tour à tour Schaeffer et Woodroffe.

« Et puis merde ! s'écria-t-il soudain. Je vais aller moi-même m'occuper de cet homme. »

Il se dirigea vers la porte. Hartmann recula d'un pas et bloqua la sortie.

« Écartez-vous ! » ordonna sèchement Ducane.

Hartmann ne répondit rien.

Schaeffer semblait sur le point d'imploser. Woodroffe se leva et rejoignit Hartmann à la porte.

« Vous ne pouvez pas monter, gouverneur, déclara calmement Hartmann.

— Je peux faire ce qui me chante, rétorqua Ducane en grimaçant. Maintenant, écartez-vous. »

Schaeffer s'approcha, se plaça derrière Ducane et lui saisit le coude.

Ducane se retourna brusquement. Il libéra vivement son bras et repoussa Schaeffer contre le bureau. Puis il se mit à gueuler dans une explosion de postillons.

« Vous autres ! hurla-t-il. Vous croyez pouvoir venir ici et jouer avec la vie de ma fille comme si elle n'avait pas la moindre importance ? Vous croyez que vous pouvez me faire ça ? Je suis Charles Ducane, gouverneur de Louisiane… »

Ducane s'interrompit soudain. Il se tourna vers Hartmann.

« Vous… Écartez-vous sur-le-champ !

— Non, gouverneur. Je ne m'écarterai pas. Vous n'allez nulle part sauf à Shreveport. Vous allez nous laisser gérer la situation comme l'exigent le protocole et la procédure. Le directeur du FBI a dépêché les gens qu'il estime le plus à même de mener cette tâche, ils ont fait tout ce qui est en leur pouvoir, et ils vont continuer de le faire jusqu'à ce qu'ils aient retrouvé votre fille et vous l'aient rendue. Nous avons ici soixante hommes. Des hommes honnêtes et capables. Ils passent chaque heure que Dieu fait à chercher le moindre indice de l'endroit où est retenue votre fille. Nous avons déjà vu quatre de nos hommes mourir à cause de cette enquête et nous n'avons aucune intention d'ajouter votre fille à la liste des victimes. Je ne connais pas la procédure standard du FBI dans ce genre d'affaire. Je ne suis pas en mesure de juger si tout a été fait au pied de la lettre, mais je peux vous garantir que de toutes les années que j'ai passées à travailler dans de telles situations, je n'ai jamais vu un groupe d'hommes plus dévoués et zélés. Ces hommes ont mis de côté leur propre vie pour la durée de l'enquête, et rien, absolument rien, ne les a dissuadés de faire ce qui leur semblait approprié. Maintenant, vous devez partir, car si je vous laisse monter, je peux vous garantir qu'Ernesto Perez ne dira plus rien et laissera mourir votre fille. »

Ducane resta un moment silencieux, puis il recula d'un pas et baissa les yeux vers le sol.

Il se retourna et regarda Schaeffer. Y avait-il une lueur d'excuse dans son expression ? Hartmann n'en était pas sûr. Il doutait que Charles Ducane s'abaisserait à s'excuser.

Mais ce qui était clair pour Hartmann, c'étaient les choses que Perez avait dites au sujet de Ducane. Le jeune comparse d'Antoine Feraud issu de la vieille bourgeoisie de La Nouvelle-Orléans. Charles Ducane avait-il une petite idée de qui Perez était vraiment et de ses mobiles ? Le gouverneur Charles Ducane savait-il en fait précisément pourquoi Perez avait enlevé sa fille ? Était-il ici pour les raisons qu'il alléguait – vérifier que tout était fait en vue de la retrouver – ou pour s'assurer que les choses qu'il voulait garder secrètes le resteraient ?

Hartmann était éreinté – mentalement, émotionnellement, spirituellement. Et alors même qu'il songeait qu'il ne voulait pas se battre contre cet homme, Ducane reprit la parole d'un ton froid et direct, d'une voix qui n'avait rien d'humain, et à cet instant, Hartmann comprit que ce que Perez leur avait dit pouvait très bien être vrai.

« Je fais ce que je veux, monsieur Hartmann, et ce que je veux, c'est voir cet homme… »

Hartmann ferma les yeux. Il serra les poings.

« Gouverneur Ducane », dit-il calmement. Il releva la tête et rouvrit les yeux. « Il y a beaucoup de zones d'ombre à propos de cet homme. Il a dit beaucoup de choses, et votre nom a été cité à de nombreuses occasions. »

Un éclat illumina soudain les yeux de Ducane. Était-ce de l'anxiété ?

« Il a évoqué des choses qui se sont passées il y a bien des années, en Floride et à La Havane, des choses impliquant certaines des familles criminelles les plus importantes qu'ait connues le pays au cours des cinquante dernières années. Il a parlé d'un certain Antoine Feraud… »

Une nouvelle lueur d'anxiété dans les yeux de Ducane.

« … et du meurtre de Jimmy Hoffa… »

Hartmann sentit Schaeffer se crisper. Woodroffe fit un pas en avant.

« Hartmann… », commença-t-il, mais celui-ci leva la main et l'agent redevint silencieux.

« Le meurtre de Jimmy Hoffa… »

Ducane pointa le doigt en direction de Hartmann. Ce dernier sentit tout son corps se relâcher, comme si toute tension avait soudain quitté ses muscles. Et s'il se trompait ? Et si ce que Perez leur avait dit était une complète invention ?

« Ne songez pas à me menacer », déclara Ducane.

Hartmann s'efforça de conserver son calme.

Ducane fit un nouveau pas en avant, bien qu'il n'y eût presque plus d'espace entre eux.

« Je ne sais pas pour qui vous vous prenez, siffla-t-il d'une voix de plus en plus insistante et furieuse, mais…

— Mais rien », coupa Hartmann.

Son cœur battait à se rompre dans sa poitrine. Une fine pellicule de sueur lui recouvrait le front. Il se sentait nauséeux et avait peur.

« Nous faisons notre travail, gouverneur, et notre travail consiste à écouter tout ce que cet homme nous dit pour essayer d'y trouver un indice, un fil qui nous mènera à votre fille. Et si ça implique de poser des questions sur Hoffa et Feraud et cette histoire de Gémeaux… »

Hartmann continuait de parler, mais même lui ne prêtait plus attention à ce qu'il disait car le changement de couleur et d'attitude de Ducane était saisissant. Il semblait avoir reculé sans pour autant avoir bougé d'un centimètre. Ou, plus précisément, il semblait s'être replié sur lui-même, et Hartmann comprit alors que cet homme ne viendrait plus leur chercher des noises. Le gouverneur Charles Ducane n'irait pas rendre visite à Ernesto Perez aujourd'hui.

Il y eut quelques instants de silence lorsque Hartmann eut fini de parler, et Charles Ducane – totalement crispé, le visage blême, les yeux écarquillés tel un homme en état de choc – acquiesça lentement et dit :

« Retrouvez ma fille, messieurs… retrouvez-la et ramenez-la-moi, et lorsque ce sera fait, trouvez un moyen de tuer cet animal pour ce qu'il m'a fait. »

Hartmann aurait voulu dire quelque chose mais aucun mot ne semblait approprié. Il observa Ducane tandis que celui-ci se retournait et regardait tour à tour Schaeffer et Woodroffe, puis il s'écarta lorsque le gouverneur quitta la pièce, Schaeffer le talonnant pour s'assurer qu'il n'essaierait pas de monter voir Perez.

Hartmann alla s'asseoir au bureau. Ses mains tremblaient. Son corps était intégralement couvert de sueur. Il regarda Woodroffe, qui lui rendit son regard. Ni l'un ni l'autre ne prononcèrent un mot.

Schaeffer revint au bout d'un moment. Il était à bout de souffle, avait le visage rouge ; il avait l'air d'un homme sur le point de s'effondrer.

« Je ne savais pas… je n'avais pas la moindre idée qu'il viendrait, commença-t-il, mais Hartmann leva la main et Schaeffer redevint silencieux.

– Peu importe, dit Hartmann d'une voix dans laquelle étaient audibles sa tension et sa peur. C'est comme ça. »

Il ne dit rien de ses réflexions quant aux véritables mobiles de la venue à La Nouvelle-Orléans de Ducane. Il n'évoqua pas sa certitude que le gouverneur n'avait pas franchement l'air d'un père éploré et affligé. Il garda ces choses pour lui car les exprimer n'aurait servi à rien.

Hartmann dévisagea Woodroffe et Schaeffer ; ni l'un ni l'autre ne diraient un mot de ce qui s'était passé dans cette pièce.

Un agent apparut à la porte et fit un signe de tête à Schaeffer. Schaeffer lui rendit son geste.

« Il est parti, dit-il d'un ton manifestement soulagé. Allons-y. »

Hartmann se leva et quitta la pièce. Ils montèrent tous les trois et il y eut un moment de silence lorsqu'ils atteignirent la chambre de Perez.

Hartmann frappa, s'identifia, et la porte fut déverrouillée. Il entra et attendit que la porte soit refermée à clé derrière lui, puis il traversa l'antichambre et, sans hésiter, ouvrit la porte intérieure et pénétra dans la pièce.

« Monsieur Hartmann », dit Perez.

Il se leva d'une chaise placée près de la fenêtre. La pièce était embrumée de fumée et Hartmann remarqua que Perez semblait exténué.

« Nous arrivons au bout, déclara Perez tandis que Hartmann marchait vers lui. Aujourd'hui, je vais vous parler de New York, demain, je vous raconterai mon retour à La Nouvelle-Orléans, et alors nous en aurons fini. »

Hartmann ne répondit rien. Il se contenta d'acquiescer et s'assit à la table face à Perez.

« Ça a été un long voyage pour nous deux, n'est-ce pas ? Et nous arrivons à une fin que vous n'auriez peut-être pas entendue si la tentative d'assassinat contre moi avait réussi. J'ai contrarié quelques personnes, semble-t-il. »

Hartmann tenta de sourire, mais son visage était comme paralysé. Il avait l'impression qu'on lui avait arraché tout ce qu'il avait en lui. Peut-être le récupérerait-il, peut-être pas : personne ne le lui avait encore dit.

« Ça a été une certaine vie, reprit Perez, et il rit doucement. Peut-être pas la vie que je m'étais imaginée, mais bon, je suppose qu'il en va ainsi pour la plupart d'entre nous, ne croyez-vous pas, monsieur Hartmann ?

– Je suppose. »

Hartmann tira ses cigarettes de sa poche de veste. Il en alluma une, posa le paquet sur la table et se laissa aller en arrière sur sa chaise. Il aurait voulu dire à Perez que Ducane s'était trouvé en bas à peine quelques minutes plus tôt, mais il ne le fit pas. Chaque muscle de son corps était douloureux. Il avait la tête comme une citrouille trop mûre, gonflée d'un fluide acide et prête à exploser à la moindre provocation.

« Vous ne vous sentez pas bien, monsieur Hartmann ? demanda Perez.

– Fatigué, répondit-il.

– Et ce souci avec votre femme et votre fille ?

– C'est compliqué.

– Je suis sûr que tout se passera bien, dit Perez d'un ton encourageant. Il y a toujours une solution à ces choses, j'en suis certain.

– J'espère que vous avez raison.

– Bon, si on commençait », déclara Perez, qui lui aussi alluma une cigarette et se relaxa sur sa chaise.

Depuis l'autre bout de la pièce, ils auraient pu ressembler à deux vieux amis qui ne se seraient pas vus depuis des années et qui se rappelleraient le passé, de vagues souvenirs nostalgiques s'insinuant dans le présent à mesure que chacun racontait sa vie. Peut-être, en dépit de tout, auraient-ils pu être père et fils, car une génération les séparait, et dans la chambre d'hôtel faiblement éclairée, il était difficile de distinguer clairement leurs traits.

Ils n'avaient absolument pas l'air d'un agent questionnant un suspect. Leurs manières étaient trop détendues, trop amicales, bien trop familières.

C'était sans doute ça. Ils étaient de vieux, vieux amis, et après tout ce temps, ils étaient tombés l'un sur l'autre dans quelque coin inconnu du monde, et pendant quelques heures, pas plus, ils auraient la chance de se raconter leur vie et de repartir chacun plus riche qu'il n'était arrivé.

« Retourner à New York après toutes ces années, commença doucement Ernesto Perez, a été comme remonter le temps. »

25

Tout avait changé, et pourtant tout était comme avant. La maison dans Mulberry, le Blue Flame dans Kenmare Street, Salvatore's Diner à l'angle d'Elizabeth et Hester. Tous ces endroits m'étaient familiers, mais l'atmosphère était différente. J'avais pris autant d'années que la ville, mais la ville avait perdu son âme.

Nous étions en octobre 1996. J'avais quitté cet endroit en novembre 1982, avec une femme et deux bébés, presque quatorze ans plus tôt ; quitté cet endroit pour une ville nommée Los Angeles, croyant que ce que j'avais trouvé ici, à New York, m'appartiendrait toujours.

J'avais pris mes désirs pour la réalité.

Les gens que je connaissais ici étaient eux aussi partis. Angelo Cova, Giovanni, le fils de Don Alessandro, Matteo Rossi et Michael Luciano. Carlo Gambino était parti, de même que Frank Tieri et Anthony Corallo. Thomas DiBella, le chef de la famille Colombo, avait été déposé par Carmine Persico, et Caesar Bonaventre, le jeune chef de la famille Bonanno, avait été remplacé par Philip Rastelli après que celui-ci avait été libéré de prison. Stefano Cagnotto était mort, bien entendu, puisque c'était moi qui l'avais tué.

Dix Cents était là pour m'accueillir à la gare, et je l'ai présenté à Victor comme l'oncle Sammy. Dix Cents a fait un grand sourire, il m'a étreint et embrassé sur les deux joues, puis il a fait de même avec Victor. Il avait apporté un ours en peluche, et quand il a vu la taille de Victor et s'est aperçu qu'il n'était plus un enfant, il s'est moqué de sa bévue. Nous avons tous ri et, pendant un moment, j'ai cru que tout se passerait bien.

La maison de Mulberry Street était toujours là, et Dix Cents nous a conduits jusqu'à Don Calligaris. Pendant que sa gouvernante donnait à manger à Victor dans la cuisine, Don Calligaris m'a pris à part et s'est assis avec moi près de la fenêtre du salon.

« Nous sommes désormais vieux, a-t-il dit d'une voix lasse et désabusée. Je suis revenu en Amérique. Je ne peux pas mourir éloigné de ma famille. Et cette histoire... ce qui est arrivé à Angelina et Lucia...

– Ces choses appartiennent au passé », l'ai-je coupé, simplement parce qu'il m'était insupportable d'en parler.

Malgré les années qui s'étaient écoulées, leur mort flottait toujours au-dessus de moi comme une ombre noire.

« C'est le passé, oui, Ernesto, mais durant toutes ces années où tu as été éloigné, j'ai porté le poids de la culpabilité à cause de cette nuit-là. Jusqu'à ce jour, nous n'avons entendu que des rumeurs sur ce qui s'est passé. Il est clair que la personne qui a tué ta femme et ta fille cherchait à me tuer moi. Certains hommes ont perdu la vie en tentant de découvrir la vérité, et nous continuons de la chercher. C'était il y a plus de cinq ans, mais les gens comme nous n'oublient jamais les injustices dont ils sont victimes. Maintenant que tu es de retour, nous pouvons travailler sur cette affaire ensemble, nous trouverons qui était derrière et nous nous vengerons.

– Je suis un vieil homme, je suis venu pour que mon fils voie l'Amérique, ai-je répondu. Je vais lui faire visiter le pays, lui montrer certaines des choses que j'ai vues, et après, plus que probablement, je rentrerai à Cuba pour y mourir. »

Don Calligaris s'est esclaffé. Il a semblé un moment à bout de souffle et a pris quelques secondes pour s'éclaircir la voix. Les lignes et les rides de son visage disaient tout ce qu'il y avait à dire. Il était plus vieux que moi de quelques années, et alors qu'un homme ordinaire aurait pris sa retraite – déménagé en Floride et passé son temps à pêcher et à se promener et à s'occuper de ses petits-enfants quand ils lui rendraient visite en été –, Fabio Calligaris s'accrochait tenacement à sa vie. Le territoire était tout ce qu'il avait, et l'abandonner aurait été pour lui la fin de tout. C'était un homme coriace, il l'avait toujours été, et il aurait préféré mourir ici dans Mulberry Street plutôt que voir l'œuvre de sa vie passer aux mains de quelqu'un de plus jeune.

« Ne parlons pas de mourir, a-t-il dit calmement, et il a souri. Ne parlons pas de mourir, et ne parlons pas d'abandonner. Ces sujets de conversation sont pour les faibles et les lâches. Nous sommes peut-être vieux, mais nous pouvons toujours avoir ce que nous voulons pendant les années qui nous restent. Tu as un fils, et il aura besoin de son père auprès de lui jusqu'à ce qu'il soit lui-même un homme. Il a perdu sa mère et sa sœur, et te perdre le briserait avant qu'il ait eu une chance de s'en sortir.

– Je resterai quelques années, ai-je dit. Ça va de soi. Mais avec mon fils à mes côtés, il est impossible que je reprenne cette vie. »

Don Calligaris s'est calé profondément sur sa chaise. Il m'a regardé droit dans les yeux, et même s'il y avait de la chaleur et de l'amitié dans son regard, j'y ai aussi décelé la détermination froide qui faisait sa réputation.

« Cette vie… cette chose qui nous appartient, cette *Cosa nostra*, nous ne pouvons pas la laisser derrière nous, Ernesto. Tu fais des choix, tu laisses une trace, et cette trace sera toujours ta signature. Tu as vécu la vie que tu as choisi de vivre, et même si un homme a toujours des regrets, il faut qu'il soit un imbécile pour croire qu'il peut défaire ce qu'il est, ce qu'il est devenu à cause de ses actes. Je regarde la télé maintenant, je vois des films sur les gens comme nous, a-t-il ajouté en riant. On nous décrit comme une bande de petits truands, des voyous en costume de soie qui tuent pour le plaisir. On nous voit comme des hommes sans foi ni loi, sans cœur, mais rien ne pourrait être plus éloigné de la vérité. La plupart du temps, nous avons tué parce que c'était une question de vie ou de mort. C'était soit eux soit nous. Et puis il y a la question de l'honneur et du pacte. Les hommes font des promesses sur la vie de leur famille, puis ils trahissent non seulement leurs proches, mais aussi eux-mêmes. Tels sont les hommes qui meurent, et ils ne méritent rien de mieux. »

J'écoutais Don Calligaris, et je savais au fond de mon cœur qu'il disait vrai. Alors même que j'avais vu mon fils s'éloigner petit à petit de moi et envisagé la possibilité de revenir en Amérique, je savais que mon retour ne serait pas seulement motivé par ses désirs. Mes choix avaient impliqué la vie et la mort de tant de personnes au fil des années. Je savais que si je retournais à New York, si je renouais les vieilles amitiés et relations, je devrais revêtir une fois de plus mes vieux habits. J'étais devenu ce que j'étais à cause de mes actes, et ces actes ne pouvaient être effacés. J'étais, et serais peut-être toujours, un membre de cette grande famille. Le fait que j'avais un fils n'y changeait rien.

Je me disais alors que les atermoiements que j'avais eus quant à mon retour ne venaient pas de ma crainte de ce que Victor risquait de découvrir, de ce qu'il verrait et entendrait, mais de ma propre réticence à retrouver ma position dans le grand ordre de l'univers. J'avais une place, que j'avais laissée vacante en partant. Personne n'était venu pour me remplacer et assumer mes responsabilités, et personne ne le ferait jamais. Personne sauf moi. Et maintenant j'étais là, assis près de la fenêtre dans la maison de Mulberry Street ; mon fils dans la cuisine ; Dix Cents dans la pièce du fond en train de regarder un match de base-ball à la télé ; Don Fabio Calligaris, vieux, les cheveux blancs, ridé, face à moi sur sa chaise, et je m'apercevais que les choses que j'avais laissées derrière moi m'avaient attendu avec la patience de Job. Mes habits avaient été taillés sur mesure. Je les avais usés. J'avais cru pouvoir les ôter et les remiser à jamais au fond de quelque tiroir. Mais c'était faux. Ils étaient les seuls habits qui m'allaient vraiment.

« Donc, tu vois, a repris Don Calligaris, nous sommes ce que nous sommes, qu'importe ce que le monde et tous ses causeurs disent de nous. Les choses que nous avons faites font autant partie de nous que nos empreintes digitales, elles ne peuvent pas être échangées contre autre chose. Je te connais bien, Ernesto... » Il a souri, s'est penché en avant et m'a pris la main. J'ai posé les yeux sur sa peau couverte de taches brunes et ai remarqué que sa main et la mienne étaient presque identiques. « Je te connais assez bien pour savoir que tu ne serais pas heureux en allant t'enterrer dans un trou à Cuba et mourir comme un homme de rien. Tu es ici. Tu es revenu chez toi. La maison où tu as vécu avec Dix Cents est toujours là. Les chambres ne sont plus les mêmes… » Il s'est esclaffé. « Au moins, nous avons pris la peine de repeindre les murs ! Mais ces chambres sont là pour toi et ton fils, et pendant qu'il ira à l'école, pendant qu'il apprendra à être un bon citoyen américain, tu pourras être ici auprès de moi et m'aider à remettre de l'ordre dans le bordel que ces gamins ont mis dans notre ville. Les familles étaient ici. Elles se font peut-être plus discrètes maintenant, elles ont peut-être moins d'influence qu'il y a trente ans, mais elles sont toujours bel et bien vivantes. L'Amérique était notre pays, et elle le restera jusqu'à mon dernier souffle si je peux y faire quoi que ce soit. »

Il a serré ma main plus fort. Il me demandait de rester, de reprendre ma place dans la famille. Je retrouverais une vie que je croyais avoir laissée derrière moi. Cette fois, j'avais un fils de 14 ans, et il ne devrait en aucun cas apprendre ce que j'avais fait – ni ce que je risquais de faire. C'était ça, plus que tout, le grand défi. Quelles autres options s'offraient à moi ? Visiter New York et l'Amérique pendant quelques semaines, puis rentrer à Cuba avec un fils qui serait peut-être malheureux et regretterait le vaste monde fabuleux qu'il aurait aperçu, puis attendre de mourir ?

J'ai baissé les yeux vers le sol. Fermé les yeux.

Je me disais que j'avais déjà pris ma décision le soir où je m'étais assis au bord du lit de Victor et lui avais annoncé que nous rentrerions.

« Oui », ai-je prononcé d'une voix à peine audible. J'ai relevé les yeux et me suis éclairci la voix. « Oui,

Don Calligaris. Je vais rester. C'est ici chez moi, et je suis revenu. »

Don Calligaris a applaudi.

« Ha ! » s'est-il exclamé avec un large sourire. Il s'est levé. Moi aussi. Il a placé ses mains sur mes épaules, m'a attiré à lui et étreint. « Mon frère. Ernesto Perez, mon cinglé de frère cubain… Bienvenue à la maison ! »

Ça a commencé par de petites choses ; comme toujours.

Nous avons pris des dispositions pour dissocier ma vie avec Victor de ma vie avec Dix Cents et Don Calligaris. Nous l'avons inscrit dans une bonne école, une école catholique qui avait des liens avec la famille. De l'argent a changé de main et Victor n'a eu besoin de fournir ni pièce d'identité ni numéro de Sécurité sociale. Il arrivait à l'heure, travaillait dur, laissait entrevoir des études très prometteuses, et il semblait heureux. Après l'école, il rentrait à la maison située dans Baxter, à environ un demi-pâté de maisons de Mulberry, et il regardait la télé et s'occupait à sa guise quand je n'étais pas là. Dix Cents y habitait aussi, et j'employais une femme tout comme j'avais employé Claudia Vivó à La Havane. Son nom était Rosa Martinelli, c'était une veuve italienne d'une cinquantaine d'années, mère de deux adolescents avec qui Victor s'est lié d'amitié, de bons garçons, honnêtes et studieux, et il restait souvent chez eux ou les accompagnait au cinéma. Je ne m'en faisais pas pour Victor, il était en bonne compagnie, ce dont j'étais heureux.

Ça a donc commencé par de petites choses.

« Va voir Bracco, disait Don Calligaris. Dis-lui qu'il nous faut l'argent des paris pour ce soir. Dis-lui que c'est la troisième semaine d'affilée qu'il est en retard et que nous ne tolérerons plus ça. »

Et Dix Cents et moi allions voir Bracco, tous les deux – de vieux quinquagénaires –, et nous fichions la trouille aux gens du quartier et leur rappelions qui nous étions.

« C'est vous, qu'ils disaient. C'est vous qui avez descendu Jimmy Hoffa. »

Je souriais sans rien répondre, et ils lisaient ce qu'ils voulaient sur mon visage.

Parfois, nous nous retrouvions chez Salvatore pour parler affaires et, durant ces moments, j'aurais pu avoir vingt ans de moins, lorsque je sentais l'impatience monter en moi à l'idée que deux heures plus tard je serais dehors, dans la rue, et que j'irais voir Angelina Maria Tiacoli.

« Encore vous ?

– Oui.

– Vous n'allez pas abandonner, hein ? Comment était le concert ?

– Je n'y suis pas allé.

– Vous voulez que je vous rembourse les billets, c'est ça ?

– Non, je ne veux pas que vous me remboursiez les billets.

– Alors, qu'est-ce que vous voulez exactement ?

– Je veux vous emmener dans un endroit agréable, peut-être au cinéma… »

Et alors, le souvenir se dissipait, je regardais en direction de la rue et m'apercevais que, même si le passé m'avait attendu ici, je ne pourrais plus jamais le retrouver.

Puis les petites choses sont devenues des choses plus conséquentes.

« Ce Bracco, il a un fils nommé Giacomo ou je ne sais quoi. Il passe son temps à l'ouvrir et à se vanter de faire ceci ou cela pour la famille. Va avec Dix Cents, trouve-le, brise-lui les doigts ou ce que tu veux, et dis-lui qu'il ferait mieux de la boucler ou la prochaine fois tu lui fais un trou dans le crâne. »

Alors, Dix Cents et moi nous rendions dans quelque entrepôt délabré de l'extrémité sud de Bowery, et je maintenais Giacomo sur une chaise pendant que Dix Cents lui cassait trois ou quatre doigts de la main droite avec une clé anglaise. On lui fourrait un chiffon plein d'huile dans la bouche pour le faire taire, et vous pouviez être sûr que, à partir de là, il la fermait et qu'on n'entendait plus parler de lui.

Je n'ai tué personne jusqu'à l'hiver 1998. C'était quelques semaines avant Noël, et la neige était épaisse et lourde sur les trottoirs. Je me rappelle que j'étais affreusement sensible au froid alors qu'il ne m'avait jamais dérangé auparavant et j'ai alors songé que j'aurais peut-être été mieux à me prélasser sur une chaise longue au bord d'une piscine dans une maison de retraite de Tampa Bay. Cette idée m'a fait sourire tandis que je quittais la maison de Baxter Street, longeais un demi-pâté de maisons et grimpais dans la voiture où m'attendait Dix Cents.

« Tu parles d'un sacré bordel, qu'il a dit, et il a frappé ses mains gantées l'une contre l'autre et exhalé une vapeur blanche en direction du pare-brise. Tu es prêt ?

– Comme jamais », ai-je répondu malgré la sensation que mes tripes se nouaient.

C'était le soir, un peu après 21 heures. Victor dormait chez Mme Martinelli, croyant peut-être que son vieux père était déjà au lit avec une tasse de chocolat. Mais non… j'étais là, dans une voiture à l'angle de Canal Street avec son oncle Sammy, et moi et l'oncle Sammy allions traverser le Lower East Side et buter un connard nommé Benny Wheland. Benny était un petit usurier de seconde zone, un de ces crétins qui font payer vingt-cinq cents par semaine pour chaque dollar emprunté. Vous lui empruntiez mille billets et, trois semaines plus tard, il vous en réclamait mille sept cent cinquante en s'attendant à vous voir tout poli et reconnaissant quand vous le remboursiez. Il n'avait pas vraiment de gros bras avec lui, juste deux cogneurs d'Irlandais qui combattaient dans les salles autour de Water Street et Vladek Park. C'étaient des brutes épaisses, rien de plus, mais ils étaient assez costauds pour intimider le genre de personnes à qui Benny Wheland prêtait du fric. Le problème avec Benny – aussi adorable fût-il –, c'était qu'il avait une sacrée grande gueule et, que quand il l'ouvrait, plus moyen de l'arrêter. Il avait conclu un marché avec un organisateur de combats nommé Mordi Metz, un homme d'affaires juif résolument malhonnête, aussi connu sous le nom de Momo. Momo gérait les questions financières liées à tous les combats du Lower East Side. Il avait une solide relation de travail avec les nôtres, et quand il avait besoin d'un coup de main pour récupérer ses sous, nous étions toujours ravis de lui rendre service. Nous prélevions 10 %, tendions le reste de l'argent à Momo, et tout le monde était content. Benny Wheland devait du fric à Momo, dans les trente mille dollars, et Momo avait rappelé aux Lucchese qu'ils avaient une dette envers lui.

Ces derniers avaient refilé le boulot à Don Calligaris, qui nous l'avait refilé à son tour.

« Une affaire toute simple, qu'il m'a dit. Il aura l'argent, aucun doute là-dessus, et le marché, c'est qu'on garde tout sauf un dollar symbolique qu'on donnera à Momo.

– Un dollar ? ai-je demandé. Pourquoi on lui donne un dollar ?

– C'est la tradition, a répondu Don Calligaris avec un sourire. Un truc juif. Il leur faut leur kilo de viande fraîche. »

Puis il a éclaté de rire, écarté ma question d'un geste de la main et est revenu à l'affaire en cours.

« C'est bon pour nous de garder Momo dans notre poche, a-t-il repris. Ce Wheland, c'est un empêcheur de tourner en rond, et il est à peu près aussi insignifiant qu'une merde de chien sur le trottoir. Ça ne nous coûte rien de le descendre, et c'est ce que Momo veut. En plus, on sait que Benny Wheland a eu tendance à l'ouvrir un peu trop souvent, et les choses seraient beaucoup plus tranquilles si on ne l'avait pas dans les pattes. »

Je suis resté quelques instants silencieux.

« Bon sang, Ernesto, si j'avais quelqu'un d'autre à envoyer, quelqu'un de confiance, je le ferais. Tu le sais. Ça n'a peut-être pas l'air d'être la fin du monde, trente mille billets dus à un juif qui dirige le circuit des combats, mais je reçois mes ordres, et un ordre, c'est un ordre comme tu le sais bien. Alors, tu vas le faire ou est-ce qu'il faut que je fasse appel à un ado frimeur et boutonneux qui va tout faire foirer ?

– Bien sûr que je vais y aller », ai-je répondu en souriant.

Je n'aurais pas remis en cause la requête de Don Calligaris. Il n'était pas dans ma nature de m'élever contre lui. Il était dans le pétrin. Il avait besoin de quelqu'un pour faire le boulot. J'ai accepté de m'en charger.

Aussi nous trouvions-nous dans cette voiture tandis que la neige de New York s'abattait sur nous, Dix Cents et moi, emmitouflés dans nos pardessus et nos gants, et quand il a démarré, je l'ai regardé et me suis aperçu qu'il ferait ces choses jusqu'à sa mort. Dix Cents était un soldat, pas un penseur. C'était un homme intelligent, aucun doute là-dessus, mais il avait accepté le fait qu'il n'était pas un meneur. Il était de ceux qui faisaient les rois, mais pas un roi lui-même, alors que moi, j'avais toujours tout remis en question. Je ne voulais pas être roi, je ne voulais pas être assis sur mon trône et ordonner la mort d'autres hommes, mais à ce stade de ma vie, je ne voulais pas non plus être un émissaire. Ce que je voulais, je n'en savais rien, mais j'avais accepté une mission et, une fois que je l'avais acceptée, il n'y avait pas de retour en arrière possible. Ce refus de trahir ma parole avait peut-être été la seule chose qui m'avait maintenu en vie aussi longtemps.

Nous avons roulé vers le sud en direction de Chinatown, puis nous nous sommes enfoncés dans le Lower East Side au niveau de Broadway. On nous avait donné l'adresse de Benny Wheland, et nous savions qu'il vivait seul. Apparemment, Benny n'avait jamais suffisamment fait confiance à une femme pour l'épouser, et le fric qu'il avait, il le gardait sous le plancher.

« Tu vas le faire ? m'a demandé Dix Cents en garant la voiture dans la rue. Je peux m'en charger si tu veux pas le faire, tu sais ? Tu as un gosse et tout, et je sais que ça doit changer ta façon de voir les choses. Moi, ça me pose pas de problème si t'as pas envie de buter ce type. »

J'ai haussé les épaules.

« On prendra les choses comme elles viendront, ai-je répondu. Allons parler à Benny et voir ce qu'il a à dire pour sa défense, hein ? »

Dix Cents a acquiescé et ouvert la portière. Une rafale glaciale de vent et de neige nous a accueillis, et Dix Cents a lâché un juron. Il est sorti et a claqué la portière.

Je suis descendu de l'autre côté de la voiture et l'ai contournée pour le rejoindre. Nous avons scruté la rue à droite et à gauche. Les gens intelligents étaient chez eux, bien au chaud sous des couvertures à regarder la télé. Nous seuls – deux vieux bonshommes affublés de pardessus et d'écharpes – étions assez idiots pour être dehors par une telle nuit.

Benny a ouvert la porte, mais elle était bloquée par deux chaînes de sécurité. Il nous a inspectés à travers l'entrebâillement de dix centimètres, grimaçant dans le vent froid qui se faufilait à l'intérieur histoire de l'emmerder.

« Benny, a commencé Dix Cents. Comment va ? Tu vas ouvrir cette putain de porte ou tu vas nous laisser nous geler les couilles dehors comme deux abrutis ? »

Benny a hésité une seconde. Ça me sidérait, ça n'avait jamais cessé de me sidérer, que, en de telles situations, ces gens ne devinaient pas ce qui allait arriver. Ou peut-être qu'ils le devinaient et que, conscients que c'était inévitable, ils s'en remettaient au destin. Peut-être qu'ils survivraient. Peut-être qu'ils croyaient que Dieu serait de leur côté et les tirerait de là. Mais je savais pertinemment que Dieu était le pire lâcheur qui ait jamais existé.

« Vous voulez quoi ? a grogné Benny à travers l'interstice de plus en plus étroit qui séparait la porte de son montant.

— Ah, allez, nom de Dieu, Benny. Faut qu'on cause argent avec toi. On a un moyen de régler cette histoire avec Momo et ça prendra pas plus de deux minutes, et après on se tire. »

Je ne sais pas ce qu'a alors pensé Benny Wheland, mais son expression a changé. Peut-être qu'il croyait que ni Momo ni aucune de ses relations n'auraient envoyé deux hommes pour lui régler son compte. Peut-être qu'il croyait que s'il devait se faire descendre, alors ce serait par des petits branleurs qui entreraient de force et lui tireraient une balle en pleine tronche.

Il a hésité un peu plus longtemps, puis il a claqué la porte. J'ai entendu qu'il détachait les chaînes, toutes les deux, et la porte s'est ouverte en grand. Dix Cents et moi sommes entrés chez Benny Wheland avec gratitude et un 9 mm.

Ils se sont mis à palabrer, principalement Benny, un peu Dix Cents, et quand j'en ai eu ma claque de les écouter, j'ai abattu Wheland d'une balle en pleine face.

Dix Cents a eu l'air totalement ahuri.

« Putain, Ernesto... qu'est-ce que tu fous ?

— Comment ça, qu'est-ce que je fous ?

— Merde, mon vieux, tu aurais pu me prévenir que tu allais faire ça.

— Comment ça, j'aurais pu te prévenir ? Pourquoi on est venus ici ? Pour boire le thé et discuter avec ce connard ? »

Il a secoué la tête, levé la main droite et s'est massé l'oreille.

« Non, c'est pas ce que je veux dire. Mais tu aurais pu me dire que tu allais le descendre. J'aurais pu me boucher les oreilles. Bon Dieu, je crois que je vais être sourd pendant une semaine. »

J'ai souri et Dix Cents a éclaté de rire.

« Tu en avais assez d'écouter ses conneries, non ?

— Ce type, c'était une putain de radio à lui tout seul, a répondu Dix Cents en secouant la tête. Maintenant, trouvons le fric, d'accord ? »

Nous avons fouillé chaque pièce de la maison. Nous avons soulevé le plancher, éventré les dossiers des fauteuils et du canapé. Nous trouvions des emballages de nourriture et de la vaisselle sale presque partout où nous cherchions. Nous avons même trouvé dans le four des vestiges de nourriture calcinée qui étaient restés là simplement parce que Benny n'avait pas pris la peine de nettoyer derrière lui. Ce type avait vécu comme un animal. Cela dit, hormis son hygiène personnelle et ses talents ménagers, nous avons récupéré près de cent dix mille dollars, principalement en billets de cinquante et de cent. C'était une bonne prise, meilleure que ce à quoi s'attendait Don Calligaris, et en signe de bonne foi, il a envoyé un dollar à Momo, plus trente mille billets dans une enveloppe matelassée.

« Ça a été facile ? m'a-t-il demandé quand nous avons regagné Mulberry Street.

— Un jeu d'enfant, ai-je répondu.

— Bon travail, Ernesto. Ça fait du bien de reprendre du service, hein ? »

J'ai souri. Comme je ne savais pas quoi dire, je me suis tu. J'avais fait ce qu'il fallait, ce qu'on m'avait demandé et, lorsque je me suis trouvé dans ma chambre, une tasse de café dans une main, une cigarette dans l'autre, les pieds sur la table et un film à la télé, ce qui s'était passé me semblait si loin que je ne ressentais absolument plus rien. J'étais engourdi, indifférent à Benny Wheland et à Momo et à tous ceux qui pouvaient avoir une dent contre l'un ou l'autre, et tout ce que je voulais, c'était un peu de temps pour moi histoire de me remettre les idées en place.

C'est alors que j'ai repensé à Angelina et Lucia. Je ne m'étais pas autorisé le luxe de réels souvenirs depuis leur mort. Après le choc, l'horreur, la douleur et le chagrin et les accès de larmes qui m'avaient tourmenté tant de nuits durant mes premières semaines à La Havane, je m'étais dissocié de tout ce qui s'était passé et avais tenté de repartir de zéro. Du moins mentalement et émotionnellement, enfin, je le croyais. Mais c'était faux. Je n'avais pas surmonté la rage et le désespoir provoqués par leur perte, et même si Don Calligaris m'avait plusieurs fois assuré que des gens continuaient d'essayer de comprendre ce qui s'était passé et pourquoi, de découvrir qui avait cherché à l'éliminer et avait tué ma femme et ma fille, je connaissais suffisamment bien le fonctionnement de cette famille pour savoir qu'il cherchait juste à m'apaiser. Dans cette vie qui était la nôtre, des choses se produisaient, puis on les oubliait. Dans une heure, une journée tout au plus, Benny Wheland serait oublié. La police le trouverait dans quinze jours après qu'un voisin aurait signalé l'odeur de son corps en décomposition, et il y aurait une enquête pour la forme. Un gamin fraîchement sorti de l'école de police en viendrait à la conclusion que c'était un cambriolage qui avait mal tourné, et ça n'irait pas plus loin. Benny Wheland serait enterré ou incinéré ou Dieu sait ce qui était prévu pour lui, et il n'y aurait plus rien à dire. Sa mort serait aussi insignifiante que sa vie. Comme ça avait été le cas pour mon père.

C'était la même chose pour Angelina et Lucia. Quelqu'un quelque part avait ordonné la mort de Don Calligaris, une bombe avait été placée dans sa voiture, et Don Calligaris s'en était tiré sans une égratignure. Il avait dû suffire d'un coup de fil pour que le différend soit résolu en quelques minutes, et l'affaire avait été classée. Fin de l'histoire. De toute évidence, la personne qui avait commandité le meurtre ne souhaitait plus la mort de Don Calligaris, ou alors elle aurait de nouveau tenté sa chance, autant de fois qu'il le fallait, sans se soucier des innocents qui se seraient trouvés sur son chemin. Angelina et Lucia, eh bien, elles s'étaient trouvées sur son chemin, et si j'avais été uni à la famille par les liens du sang, si j'en avais réellement été un membre à part entière, alors peut-être que quelqu'un aurait fait quelque chose. Mais j'étais cubain, et Angelina était le produit indésirable d'une union indésirable qui avait embarrassé la famille, et il n'était donc pas nécessaire que quiconque rétablisse l'équilibre en ma faveur. Mes liens avec Don Calligaris avaient suffi à placer ma famille dans la ligne de feu, et même si je ne lui en gardais pas rancune, même si je comprenais qu'il ne pouvait lui-même rien faire pour m'aider, je savais aussi que quelqu'un quelque part était responsable et devait payer.

Cette idée m'a hanté jusqu'à ce que je m'endorme, mais quand je me suis réveillé, elle avait quitté mon esprit. Je n'oubliais pas, je changeais simplement l'ordre de mes priorités. Elle était là, ne disparaîtrait jamais, et le moment viendrait de m'en occuper.

L'été 1999, et le dix-septième anniversaire de Victor en juin. C'est alors que j'ai rencontré la première fille qu'il a amenée à la maison. C'était une Italienne, une camarade de classe, et dans ses yeux d'un marron profond, j'ai deviné à la fois l'innocence de la jeunesse et l'éclosion de l'âge adulte. Son nom était Elizabetta Pertini, mais Victor l'appelait Liza car c'était ainsi qu'on la surnommait. Dans une certaine mesure, elle n'était pas si différente de la mère de Victor, et lorsqu'elle riait, chose qu'elle faisait souvent, elle avait une manière ravissante de lever la main et de se couvrir à demi la bouche. Ses cheveux noir corbeau étaient longs, souvent noués à l'arrière au moyen d'un ruban, et j'ai su au bout de quelques semaines que, bonne catholique ou non, elle avait montré à mon fils ce que Sabina, la cousine de Ruben Cienfuegos, m'avait montré à moi. Il a changé après ça, comme tous les jeunes hommes, et il est devenu plus indépendant. Parfois, il disparaissait pendant trois ou quatre jours, me téléphonant juste pour me dire qu'il allait bien, qu'il était avec des amis, qu'il rentrerait avant la fin de la semaine. Je ne protestais pas, il avait de bonnes notes, et il me semblait que Liza apportait dans sa vie une chose qui lui avait manqué. Mon fils ne se sentait plus seul. Et rien que pour ça, j'aurais été éternellement reconnaissant envers Elizabetta Pertini.

En revanche, la conversation que j'ai eue avec son père au printemps de l'année suivante ne s'est pas bien passée. Apparemment, M. Pertini, le propriétaire d'une boulangerie bien connue de Soho, avait découvert que sa fille, sous prétexte d'aller voir des amies ou de réviser ses examens, passait en fait son temps avec Victor. Ce subterfuge, orchestré sans aucun doute par mon fils, s'était poursuivi pendant près de huit mois, et même si j'ai été tenté de demander à M. Pertini comment il avait fait pour être à ce point aveugle quant aux allées et venues de sa fille, j'ai tenu ma langue. Il était furieux et inconsolable. Apparemment, à l'insu de sa fille, il comptait la marier au fils d'un ami de la famille, un jeune homme nommé Albert de Mita qui était – à l'époque de cette conversation – étudiant en architecture.

Je l'ai patiemment écouté. Assis dans le salon de ma propre maison de Baxter Street où il était venu me trouver, j'ai entendu chaque parole qu'il a prononcée. Il était aveugle, ignorant et cupide, et il ne m'a pas fallu longtemps pour comprendre que son entreprise battait de l'aile financièrement depuis de nombreuses années, et qu'il tirerait du mariage espéré de sa fille dans la famille de Mita un bénéfice suffisant pour le sauver d'une ruine potentielle. Il se souciait plus de son statut social que du bonheur de sa fille, chose que je ne pouvais lui pardonner.

Mais une difficulté m'empêchait de m'opposer aux objections qu'il soulevait concernant le fait que mon fils fréquentait sa fille. Pertini était un homme de renom. Ce n'était pas un gangster, il n'appartenait pas à la famille de New York, et la question de la loyauté envers Don Calligaris n'avait donc aucun poids. Trente ans plus tôt, il aurait peut-être reçu une visite de Dix Cents et Michael Luciano. Ils auraient bu un verre de vin avec lui et lui auraient expliqué qu'il se mêlait à des affaires de cœur, puis une somme suffisamment conséquente pour compenser la perte de la « dot » de sa fille aurait

été livrée dans un discret paquet brun à sa boulangerie. Mais maintenant, en cette fin de XXe siècle, de tels
problèmes ne pouvaient plus être résolus à l'ancienne.
Toute proposition d'argent que j'aurais pu lui faire
aurait été prise comme une offense. Qu'importaient ses
idées ou ses intentions, qu'importait le fait qu'il savait
que je comprenais ses mobiles, il se serait senti insulté.
Tel était son rôle, et il l'aurait joué avec conviction.
Il se targuait de savoir ce qui était dans l'intérêt de sa
famille. Il ne le savait en fait pas plus qu'il ne savait ce
que je faisais dans la vie. Si j'avais insisté pour qu'il
modifie ses plans, tenté de le persuader de reconsidérer
le mariage de sa fille, alors Pertini – j'en étais certain –
aurait fait tout ce qui était en son pouvoir pour ternir
ma réputation et ma crédibilité. Ce chemin aurait inéluc-
tablement mené à sa mort, et j'avais beau aimer Victor
et me soucier de son bonheur, je me disais aussi que je
ne pouvais pas priver Liza de son père.

La liaison a pris brutalement fin en avril 2000. Victor,
qui n'avait pas encore 18 ans, était inconsolable. Pendant des jours, il n'est sorti de sa chambre que pour
aller à la salle de bains ou dans la cuisine, et même
alors il ne mangeait presque rien.

« Mais pourquoi ? » ne cessait-il de me demander. Et
j'avais beau essayer de lui expliquer encore et encore
que ce genre de chose était souvent plus une question
de politique que d'amour, il refusait de comprendre.
Il ne m'en voulait pas mais regrettait simplement que
j'aie fourni si peu d'efforts pour prévenir ce qui s'était
passé. Liza a passé ces semaines séquestrée chez elle,
et la seule fois où Victor a essayé de l'appeler, sa tentative a été coupée au bout de quelques secondes par
le père. Quelques instants plus tard, M. Pertini m'appe-

lait chez moi pour me dire sans ambages que j'étais responsable de mon fils, que si je ne faisais pas en sorte qu'il ne cherche plus à contacter sa fille, il irait porter plainte contre lui pour harcèlement. Il ne faisait pour moi aucun doute qu'une telle chose devait être évitée, mais il m'était impossible de l'expliquer à Victor. Une fois de plus, il a estimé que je manquais à défendre ce qu'il considérait comme son droit inaliénable.

Ce n'était pas la seule chose qui contribuait à rendre ma position à New York intenable, mais elle a pu marquer un tournant. L'affaire qui a finalement précipité notre départ était à vrai dire beaucoup plus sérieuse, pas pour Victor, mais pour moi, et même si nous avions fait le choix de rester, des questions auraient été soulevées auxquelles il m'aurait été impossible de répondre. Les événements de ce début d'année montrent mon implacable détermination à tenter de trouver un sens à ma vie. Derrière tout ça, il y avait le fantôme de ma femme, et aussi celui de ma fille, et même si elles n'étaient jamais très loin de mes pensées, c'était dans mes actes que je devinais à quel point je deviendrais insensible et brutal si je n'apaisais pas le sentiment de culpabilité qui me taraudait depuis leur mort. Cette culpabilité ne pouvait être tempérée que par la vengeance, je le savais aussi sûrement que je savais comment je m'appelais, et c'est au cours de ces semaines que la rage impitoyable que j'éprouvais s'est précisément manifestée.

Alors que nous avions possédé de solides liens avec les Irlandais à Chicago – les membres du gang de Cicero comme Kyle Brennan, Gerry McGowan et Daniel Ryan –, il n'en allait pas de même à New York. New York, Manhattan en particulier, était devenue le terrain de jeu de tous ceux qui voulaient un morceau du territoire et des richesses qu'il avait à offrir. Des gangs de Portoricains et d'Hispaniques affrontaient les Noirs et les Mexicains dans des batailles rangées ; les Polonais et les juifs tentaient d'exploiter au maximum le Lower East Side et Bowery ; l'East Village, le sud de Soho et Little Italy nous avaient toujours appartenu, une tradition aussi vieille que la Bible elle-même, mais vers la fin des années 1990, les Irlandais, dont les meneurs étaient soutenus par les millions de gens qui avaient investi dans l'industrie du bâtiment, ont commencé à nous marcher sur les pieds et à demander leur place à la table. Don Calligaris ne pouvait pas les sentir – il n'aimait déjà pas trop leurs manières et leurs inquiétudes à Chicago –, mais ici, ils ne faisaient que lui rappeler que les temps changeaient, que les choses ne pouvaient rester immuables, qu'il ne servait plus à grand-chose, et que sa vie touchait donc peut-être à son terme.

Il y avait principalement deux factions dans la communauté irlandaise qui avaient un peu d'influence : les Brannigan et les O'Neill. Les Brannigan venaient du milieu du bâtiment, leurs ancêtres ayant construit l'essentiel de cette partie de la ville au tournant du siècle précédent, mais les O'Neill étaient nouveaux, et le fondateur de leur lignée, un homme nommé Callum O'Neill, était un immigrant du Midwest qui pensait pouvoir peser de sa présence sur la capitale du monde. Les deux familles et leur descendance bâtarde ne pouvaient pas se sentir. Ils se chicanaient pour savoir à qui appartenaient bars, maisons de paris et clubs de boxe. Ils proclamaient haut et fort leur dévotion au catholicisme irlandais ; ils bâtissaient leurs propres églises et s'y rendaient dans leurs habits du dimanche pour être aussi hypocrites que possible devant leur Dieu et la Vierge Marie. Après la messe, ils buvaient jusqu'à s'effondrer dans la rue et, alors, ils se relevaient pour se coller des raclées entre eux juste histoire de rigoler. C'étaient de vrais gamins, toujours à se chamailler dans le bac à sable pour savoir qui gagnerait ou perdrait telle moitié de telle rue, mais ils n'en étaient pas moins dangereux. Ils étaient consanguins et vicieux, ils n'avaient ni la classe ni l'intellect des Siciliens et des Génois, et ils semblaient se moquer de savoir sur quelles plates-bandes ils empiétaient pour obtenir ce qu'ils voulaient.

Un jour, Don Calligaris a envoyé Dix Cents me chercher chez moi. Victor était toujours meurtri, mais ses blessures de cœur guérissaient et il trouvait plus de temps à consacrer à ses amis et aux fils Martinelli.

« Assieds-toi », m'a dit Don Calligaris lorsque je suis entré dans la cuisine. La pièce était emplie de fumée de cigarette, comme s'il y avait passé plusieurs heures penché sur quelque difficulté. « Nous avons un problème, a-t-il doucement poursuivi, et si j'avais le moyen de m'en occuper sans faire appel à toi, alors c'est la voie que je choisirais, mais la question est d'importance et elle doit être réglée de façon expéditive et professionnelle. »

Quelqu'un devait mourir ; c'était évident à son attitude et au ton de sa voix. Quelqu'un devait mourir et il voulait que ce soit moi qui m'en charge.

Je respectais assez Don Calligaris pour le laisser parler, pour l'écouter jusqu'au bout, avant de lui expliquer pourquoi je ne pouvais pas le faire.

« Le problème irlandais vient frapper à notre porte et nous devons leur envoyer un message », a-t-il dit.

Dix Cents est entré dans la pièce, il a refermé la porte et s'est assis à côté de moi.

« Ce doit être un message très clair et concis, un message qui ne puisse pas être mal interprété ou pris pour autre chose, et il a été décidé que c'était à nous de livrer le message.

– De qui s'agit-il ? ai-je demandé.

– Nous avons une histoire avec les Brannigan, a repris Don Calligaris. Ils appartiennent au vieux New York. Ils sont ici depuis cent ans ou plus, mais ce nouveau gang, ces O'Neill, ils ont débarqué le week-end dernier et ils commencent à nous fatiguer. Les nôtres ont parlé aux Brannigan, nous avons tracé quelques lignes pour délimiter les territoires et ce qui était dû, et il a été convenu que nous nous occuperions du problème O'Neill de sorte à éviter une guerre totale entre les factions irlandaises.

– Alors, de qui s'agit-il ? ai-je répété, sachant avant qu'il ne le dise le nom qu'allait prononcer Don Calligaris.

– De James O'Neill en personne. »

J'ai poussé un lent soupir. James O'Neill était le parrain, le patriarche, le fils de Callum O'Neill et l'homme qui avait apporté pouvoir et argent à cette partie du quartier irlandais de Manhattan. C'était un homme sous bonne garde, un homme traité avec les mêmes égards que le pape, et être responsable de sa mort serait signer l'arrêt de la mienne. Tuer James O'Neill signifierait que quelqu'un devrait le payer de sa vie et, pour se protéger, la famille Lucchese serait obligée de me laisser tomber. Ce ne serait pas ce qu'ils souhaiteraient, mais ainsi allait le monde, et comme la vie de Victor serait en danger, nous devrions disparaître une fois de plus, disparaître quelque part où ils ne viendraient pas me chercher.

« Tu comprends ce que ça signifie, Ernesto ?

– Oui, je comprends, Don Calligaris.

– Et tu comprends ce que tu devras faire après ?

– Oui, je vais devoir disparaître et ne plus jamais me montrer.

– Et cette chose… serais-tu disposé à la faire pour nous ?

– Il n'y a personne d'autre ? ai-je demandé, mais ma question était purement rhétorique.

– Personne qui pourrait disparaître aussi facilement que toi, a répondu Don Calligaris en secouant la tête. D'autres hommes pourraient s'en charger, des hommes qui seraient ravis de le faire, mais ils ont des familles ici, des parents et des grands-parents, des femmes et des enfants et des sœurs. Les faire disparaître serait trop compliqué, et ce n'est pas comme si nous pouvions les placer sous la protection du FBI. »

Don Calligaris a souri, mais sa plaisanterie n'allégeait en rien mon fardeau. Ce qu'il attendait de moi était peut-être la chose la plus difficile qu'on m'ait jamais demandée. Tuer O'Neill serait très difficile. Ce serait comme tuer Don Calligaris… Non, plus difficile, car Don Calligaris n'avait que deux personnes pour le surveiller, Dix Cents et moi, et bien souvent, nous étions dans la maison de Baxter Street tandis que Don Calligaris était seul chez lui. James O'Neill avait au moins deux ou trois hommes en permanence à ses côtés, des hommes qui n'hésiteraient pas à se prendre une balle à sa place et qui me traqueraient sans relâche jusqu'à me voir mort. Si j'acceptais, je ne devrais pas faire d'erreur et, une fois le travail fait, il me faudrait disparaître immédiatement de New York et aller quelque part où on ne me trouverait pas. Je devais non seulement penser à moi, mais aussi à Victor, et risquer sa vie après tout ce qui s'était passé serait un prix trop élevé.

« Je ne pourrai jamais revenir, ai-je dit. Je devrai quitter New York et aller quelque part... dans un endroit que même vous ne connaîtrez pas, et je ne pourrai plus jamais vous parler. Si j'étais jeune, je pourrais partir dix ans, peut-être plus, et puis revenir, mais à mon âge... » J'ai secoué la tête. « Ce sera la fin de ma vie dans cette famille.

– On m'a demandé de te dire que tu auras tout ce que tu voudras. On m'a dit que tu serais payé un demi-million de dollars, que tu serais respectueusement et gracieusement mis à la retraite, et que personne ne viendrait plus jamais te demander quoi que ce soit. Tu seras traité comme un membre de la famille à part entière, peut-être le premier membre de la famille non italien de toute l'histoire des Lucchese. C'est en soi un grand honneur, mais je te connais suffisamment pour comprendre que l'argent et le statut n'ont pas d'importance à tes yeux. Je sais que la seule chose qui compte pour toi, c'est la vie de ton fils, et c'est là que tu peux tirer un avantage de tout ça. Une fois ta mission accomplie, tu pars avec Victor. Tu peux aller là où tu veux, et toute l'aide dont tu auras besoin te sera fournie. Où que tu décides d'aller, tu pourras commencer une nouvelle vie, Ernesto, une vie sans violence ni meurtres... où les gens ne nuiront pas au bonheur de Victor ; une vie où il ne risquera de découvrir ni ce que tu as fait ni les choses qui se sont produites par le passé. »

Don Calligaris me comprenait. Il savait que la seule manière de me convaincre était de présenter l'affaire comme bénéfique pour Victor. Il avait raison. La décision était claire. Il ne faisait pour moi aucun doute que, à un moment ou un autre, Victor finirait par voir des choses que je ne voulais pas qu'il voie, peut-être par entendre accidentellement des choses et recoller les pièces du puzzle, et ça, je voulais l'éviter à tout prix. Tuer O'Neill mettrait complètement fin à une telle éventualité. Il y avait un choix à faire, bien sûr. Toutes les situations dans la vie impliquaient de faire des choix. Mais cette fois, et pour la raison qui m'avait été donnée, une raison qui me semblait valable, ce choix me paraissait simple.

« Je vais le faire », ai-je tranquillement déclaré.

J'ai senti la tension dans la pièce se relâcher. Comme un ballon qui se dégonflerait. Don Calligaris avait été chargé de cette tâche, et même si Dix Cents aurait donné sa vie pour honorer la requête de Don Calligaris, même s'il aurait été capable de prendre le bus et de débarquer chez O'Neill en faisant feu de toutes parts au mépris de sa propre vie, je comprenais pourquoi Don Calligaris voulait que ce soit moi. En dépit du passé, en dépit de toutes les années que nous avions partagées, je demeurais un étranger, un immigrant cubain venu du trou du cul du monde. Je pouvais accomplir ma tâche, puis on n'en entendrait plus parler une fois que je serais parti. Voilà pourquoi ça devait être moi.

Don Calligaris a saisi ma main.

« Tu comprends ce que ça signifie pour moi ? a-t-il demandé.

— Oui, Don Calligaris. Je comprends ce que ça signifie.

— Tu vas devoir tout préparer à fond. Et une fois que cette affaire sera réglée, tu devras partir sans délai. Il serait sage d'envoyer Victor avant toi, en invoquant je ne sais quelle raison, dans un endroit où il serait heureux d'aller, et tu pourrais le rejoindre après.

— Je vais m'occuper de tous les détails, ai-je répondu. Je ne vous les dirai pas, ni à Dix Cents, pour que vous ne vous retrouviez jamais dans une situation où vous seriez obligés de donner des informations que vous ne voulez pas donner. Vous pouvez m'avoir l'argent ? »

Don Calligaris a souri.

« L'argent est déjà à ta disposition. »

J'ai incliné la tête et froncé les sourcils.

« Vous étiez si sûr que j'accepterais ? »

Don Calligaris a acquiescé. Il a posé une main sur mon épaule.

« Ernesto, toi et moi sommes frères depuis près de trente ans. Je te connais mieux que n'importe qui d'autre et je sais que, une fois que tu as donné ta parole, rien ne t'en fera dévier. En qui d'autre pourrais-je avoir assez confiance pour lui confier un demi-million de dollars et ma réputation ? »

Je me suis levé. J'ai contourné la table en écartant les bras. Don Calligaris s'est levé à son tour et nous nous sommes étreints.

« Quelle vie nous avons eue ensemble », a-t-il déclaré en me lâchant.

J'ai fait un pas en arrière. L'émotion me faisait comme un poing serré dans la poitrine et j'avais du mal à parler. J'ai regardé le vieil homme qui me faisait face, un vieil homme qui avait jadis été effronté et arrogant, et qui avait cru qu'il serait un jour le maître du monde, et je me suis aperçu que, dans un sens, il avait plus été un père pour moi que n'importe qui d'autre.

« Don Calligaris... » ai-je commencé, mais je n'ai pas pu continuer.

Il a souri et hoché la tête.

« Je comprends, a-t-il dit, et il n'est pas utile de parler. Nous avons vécu cette vie, toi et moi, et où que nous soyons, nous ne serons pas de ceux qui se demandent ce qui se serait passé s'ils avaient recherché l'aventure. Nous l'avons cherchée, nous l'avons vécue, et maintenant que nous sommes vieux, nous devons prendre soin de nous, hein ? Il y a des gens qui sont morts à cause de nous... mais il y en a d'autres qui ne seraient pas en vie si nous ne les avions pas protégés. *Cosa nostra*, hein ? Cette chose qui nous appartient. Notre chose... »

J'ai tendu la main et serré fermement son bras, puis j'ai fermé les yeux.

Don Calligaris a refermé sa main au-dessus de la mienne.

« Pour le restant de vos vies, a-t-il murmuré, je vous bénis toi et ton fils. »

Il m'a lâché, et je me suis alors tourné vers Dix Cents. Il ne disait rien, mais je voyais dans ses yeux qu'il se rappellerait ce jour comme un moment important et lourd de sens.

Je me suis attardé quelques minutes supplémentaires. Don Calligaris m'a dit de lui faire savoir quand j'aurais besoin de l'argent et informé qu'il serait livré à la maison de Baxter Street.

Je suis resté un moment sur le perron, l'odeur du printemps flottant dans l'air, une brise fraîche glissant dans Mulberry Street, une rue où il y avait si longtemps de cela j'avais marché main dans la main avec Angelina Maria Tiacoli, puis je me suis retourné et j'ai levé les yeux vers le ciel.

« Pour ton fils, Angelina, ai-je murmuré, et pour ton frère, Lucia... pour vous, je vais faire cette chose afin qu'il puisse commencer sa propre vie libéré du passé. »

Puis j'ai relevé mon col et repris le chemin de la maison.

Ce soir-là, j'ai pris ma décision. Retourner à Cuba aurait été de la folie. Chicago était également hors de question, car qu'y avait-il là-bas si ce n'était le souvenir d'une vie que j'avais choisi de quitter ? Los Angeles, Las Vegas, même Miami – toutes ces villes avaient leurs fantômes. Et c'est en repensant à une chose que Don Giancarlo Ceriano m'avait dite un jour, bien des années auparavant, que ça m'est venu.

La chose qu'un homme craint le plus sera celle qui le tuera au bout du compte.

Et j'ai pris ma décision.

Ma vie s'achèverait là où elle avait commencé : à La Nouvelle-Orléans, en Louisiane.

J'ai abordé le sujet d'un voyage avec Victor, qui a semblé immédiatement enthousiaste.

« La Nouvelle-Orléans ? a-t-il dit. Mais pourquoi ?

– Nous sommes en Amérique, ai-je répondu avec un sourire. Tu as dit que tu voulais voir les choses que j'avais vues. J'ai passé quelques années à La Nouvelle-Orléans quand j'étais petit garçon et j'y ai vu le mardi gras. C'est comme voir le pape s'adresser à la foule sur la place Saint-Pierre, comme être à Times Square au changement d'année... il y a des choses qu'il faut voir pour les croire.

– Et quand partirions-nous ? a-t-il demandé d'un ton excité.

– Incessamment sous peu… deux ou trois jours peut-être. J'ai prévu que tu partirais sans moi… »

Victor a froncé les sourcils. « Tu ne viens pas ?

– Bien sûr que si, ai-je répondu en riant. Ce sera des vacances en famille. Mais j'ai une chose à faire qui me prendra quelques jours, et après je te rejoindrai. Nous nous retrouverons là-bas et nous y resterons environ une semaine, puis nous reviendrons. En plus, il y a tant de choses à faire et à voir, tant d'endroits où aller, que je ne pense pas que je trouverai l'énergie de te suivre. »

Victor acquiesçait d'un air enthousiaste.

« Alors, cette idée te fait plaisir ?

– Plaisir ? Je pense que c'est une idée fantastique. Faut que j'aille raconter ça aux Martinelli.

– Non. Laisse-moi tout organiser, ai-je répliqué. Tant que tout n'est pas prêt, je te demande de n'en parler à personne, pas même à tes amis les Martinelli.

– Mais… »

J'ai levé la main pour l'interrompre.

« Tu te souviens de tous les soucis que tu m'as causés à La Havane quand tu voulais venir ici ? »

Victor a souri d'un air un peu embarrassé.

« Eh bien, nous avons exaucé tes désirs. Nous sommes venus ici. Je l'ai fait pour toi alors que je ne voulais pas venir, et maintenant je te demande une chose. Je ne veux pas que tu dises à qui que ce soit où nous allons, OK ? »

Victor a semblé confus.

« Est-ce qu'on a des ennuis ?

– Non. Nous n'avons pas d'ennuis, mais j'ai mes raisons de vouloir que ça reste entre toi et moi, et je veux que tu me donnes ta parole que tu garderas ça secret. »

Il a ouvert la bouche pour objecter mais je l'ai une fois de plus interrompu :

« Ta parole, Victor ?

— Je ne comprends pas, mais si c'est ce que tu veux…

— C'est ce que je veux, Victor.

— Alors, tu as ma parole.

— Bien, ai-je dit. Maintenant, va préparer quelques affaires pour ton voyage. »

Et c'est donc ce que nous avons fait. J'ai mis Victor dans le train pour La Nouvelle-Orléans. Il a emporté avec lui des vêtements et de l'argent, mille cinq cents dollars en espèces. Je lui avais réservé une chambre dans un hôtel du centre-ville. Il y serait à temps pour le début du mardi gras. Je priais un Dieu auquel je ne croyais pas d'y être aussi.

J'ai regardé le train disparaître depuis le quai, puis je suis retourné à ma voiture. J'ai regagné la maison de Baxter Street pour récupérer mes affaires, dont une valise qui contenait un demi-million de dollars en billets de cent. J'ai déposé le tout dans le coffre de ma voiture, puis j'ai traversé Soho jusqu'au West Village, où j'ai loué sous un faux nom une chambre dans un hôtel bon marché et réglé la note *cash*.

Je suis resté dans la chambre froide et humide pendant un peu plus de deux heures, attendant qu'il fasse nuit, puis je suis retourné dans le quartier de Bowery.

À 21 h 17 ce soir-là, devant une petite trattoria italienne à la mode de Chrystie Street, les témoins oculaires affirmeraient avoir vu un homme d'une cinquantaine d'années aux cheveux grisonnants et portant un long manteau sortir de l'allée derrière le bâtiment et ouvrir le feu avec deux pistolets. Dans une implacable pluie de balles trois hommes s'étaient effondrés – James O'Neill, un deuxième nommé Liam Flaherty et un troisième nommé Lonnie Duggan. Flaherty et Duggan étaient des boxeurs célèbres du circuit du Lower East Side. O'Neill était un poids lourd multimillionnaire du bâtiment qui se rendait au théâtre.

L'homme, celui aux cheveux grisonnants et au long manteau, au lieu de s'enfuir en courant, s'était habilement faufilé parmi la circulation avant de disparaître dans une allée de l'autre côté de la rue. Personne ne pouvait en donner une description précise, certains prétendaient qu'il avait le type italien, d'autres disaient qu'il avait plutôt l'air grec ou chypriote. Les pistolets n'ont jamais été retrouvés malgré trois jours d'un ratissage minutieux de la zone par plus de trente policiers épaulés par une équipe de la police scientifique du 7ᵉ commissariat de Manhattan. L'homme aussi avait disparu, tel un fantôme, tel un vague souvenir de lui-même, et les personnes qui pleuraient la perte d'O'Neill, Flaherty et Duggan ne pesaient pas lourd dans le vacarme qu'était Manhattan.

Si vous m'aviez suivi ce soir-là, vous m'auriez vu héler un taxi trois rues plus loin. Ce taxi m'a ramené à l'hôtel, où j'ai récupéré mes affaires avant de repartir immédiatement pour prendre un taxi qui a franchi le pont de Williamsburg jusqu'à Brooklyn. De là, j'ai pris un train pour Trenton, New Jersey, où je suis resté deux jours de plus avant de partir pour La Nouvelle-Orléans.

En partant, j'ai essayé de ne pas penser à l'endroit où je me rendais ni à ce qu'il signifiait pour moi. Je m'en allais, j'avais fait ce que j'avais promis de faire et en avais réchappé. Victor était à l'abri. Personne sauf moi ne savait où il était, et ça me suffisait. Je savais que j'entrais dans le dernier chapitre de ma vie, mais je le faisais sans peur, sans ce sentiment de violence imminente qui m'avait si souvent accompagné, et avec la certitude que mon fils me survivrait et ne saurait rien du passé de son père.

Pour moi, c'était le plus important.

C'était ce qu'aurait voulu sa mère.

26

C'est le fils », déclara Woodroffe, affirmant une fois de plus sa certitude que Perez n'avait pas agi seul.

Hartmann se retourna en entendant quelqu'un franchir la porte de la chambre d'hôtel. Ils avaient établi leur camp au deuxième étage, dans une suite de quatre pièces – une pour Schaeffer, Woodroffe et Hartmann, une pour Kubis et son matériel d'enregistrement, une troisième pour que Hartmann s'entretienne avec Perez, la quatrième pour accueillir la douzaine de fédéraux qui semblaient toujours dans les parages.

Schaeffer marqua une pause dans l'entrebâillement de la porte. Il avait l'air troublé, fatigué, usé.

« Que ce soit le fils ou l'archange Gabriel est le dernier de nos soucis pour le moment, dit-il.

– Quoi ? fit Woodroffe.

– Le procureur général Richard Seidler s'est arrangé pour convaincre le directeur Dohring de s'attaquer à Feraud.

– Quoi ? s'exclama Hartmann.

– L'attaquer ? demanda Woodroffe. C'est-à-dire, mener une enquête sur lui, ou l'arrêter et l'embarquer ?

– La seconde proposition, répondit Schaeffer, et il traversa alors la pièce pour s'asseoir dans un fauteuil contre le mur.

— Un bain de sang, a déclaré Woodroffe. Ça va être un putain de bain de sang.

— Rien, et je dis bien *rien*, ne sort de cette pièce, pigé ? reprit Schaeffer, et il regarda Hartmann comme si ce dernier n'était pas totalement digne de confiance.

— Je n'arrive pas à le croire, dit Woodroffe. Je croyais que la décision de principe avait été de lui foutre la paix, de laisser le vieux salopard casser sa pipe puis de démanteler la famille. »

Schaeffer jeta un regard noir à Woodroffe et secoua la tête aussi discrètement que possible.

« Messieurs, fit Hartmann. Je suis ici depuis le début de l'affaire. J'ai bien conscience du fait que Feraud n'était pas un parfait inconnu… Enfin quoi, nom de Dieu, vous savez combien de fois je suis tombé sur son nom au fil des années ? La seule chose qui m'ait surpris est sa connexion avec Ducane. »

Schaeffer détourna un moment le regard, puis il se retourna pour faire face à Hartmann et Woodroffe. Ses yeux dirent tout avant même qu'il eût prononcé un mot.

« Pas Ducane », annonça-t-il.

Woodroffe se leva et se mit à arpenter la pièce.

« Tu te fous de nous ! s'écria-t-il. Tu ne peux pas être sérieux. Seidler ne s'en prend pas à Ducane ?

— Seidler veut Feraud et Perez, mais plus que tout, il veut la fille, morte ou vive.

— Alors, Ducane va s'en tirer comme ça ? demanda Hartmann. Malgré tout ce que Perez a révélé ?

— Le procureur général Seidler a reçu une transcription de chaque mot échangé entre vous et Perez, expliqua Schaeffer. Il a suivi l'affaire à chaque étape, principalement parce que c'est sa responsabilité, mais aussi parce qu'il s'agit de la fille d'un gouverneur des États-Unis. Ce n'est que récemment qu'il a commencé à comprendre jusqu'où ça risquait d'aller et que, si ce que dit Perez est vrai, alors ils ont au sein même de leur système quelqu'un qui pourrait leur causer un sacré paquet d'ennuis.

— Ducane va démolir Feraud afin de sauver sa peau, dit Hartmann. Personne, absolument personne n'a été disposé à témoigner contre Feraud, mais Ducane le fera... je vous le garantis. C'est pourquoi ils ne vont pas s'en prendre à lui officiellement. Ils vont le faire témoigner confidentiellement devant le grand jury...

— Je ne veux même pas connaître l'arrangement qu'ils vont trouver, coupa Schaeffer, et si c'est ce qui se passe, alors très bien, mais le fait est que la fille de Ducane est toujours manquante à l'appel et, quoi qu'ait fait son père, nous avons toujours pour mission de la retrouver. Ça doit rester notre préoccupation numéro un, quoi qu'il arrive.

— Demain matin, dit Hartmann. Perez a dit que tout serait fini demain matin. Le marché était que nous écouterions tout ce qu'il aurait à dire, puis qu'il nous dirait où il retient la fille.

— Et j'espère de tout cœur qu'elle est vivante, acquiesça Schaeffer.

— Mais pourquoi? demanda Woodroffe. Pourquoi tout ce cirque? Qu'est-ce que Perez a bien pu y gagner?

— Je crois qu'il voulait mettre Ducane et Feraud hors d'état de nuire, répondit Hartmann avec un sourire.

— Pour quelle raison? demanda Woodroffe. Qu'est-ce que ça lui rapporterait de se débarrasser d'eux? Ce sont des gens pour qui Perez a tué. Enfin quoi, pour l'amour de Dieu, il a tué deux personnes ici en Louisiane en 1962 sur ordre de Feraud et Ducane, et puis il semble que la mort de Jimmy Hoffa, même si elle n'a peut-être pas été organisée ni commanditée par Feraud, ait été sanctionnée et approuvée par les deux. Ce motif dessiné sur le dos de McCahill. Ce n'était sûrement pas juste pour rappeler Hoffa au bon souvenir de Ducane. Ducane comptait envoyer McCahill pour exécuter Hoffa, vous vous rappelez ? Perez n'était qu'un employé, c'est la vérité. Ce sont eux qui l'ont payé. Qu'est-ce qu'il a bien pu gagner en faisant ça ?

— Je crois que nous ne le découvrirons que demain », a répondu Hartmann en secouant la tête.

Il y eut un moment de silence, puis Woodroffe aborda de nouveau le sujet du fils.

« Qu'est-ce que c'est que cette foutue obsession que tu as avec le fils ? interrogea Schaeffer.

— C'est cette histoire de famille, répondit Woodroffe. Perez a toujours été un étranger. Certes, il a travaillé et vécu avec ces gens la plus grande partie de sa vie, mais le fait est qu'il n'a jamais été l'un d'eux. Sa femme et sa fille ont été assassinées et les familles n'ont rien fait. Elles ne pouvaient rien faire, à cause de la nature de leur relation avec la femme de Perez, mais surtout parce que Perez n'était pas italien. Il était cubain, c'était un étranger, et il n'était jamais qu'un homme de main. S'il avait été italien, ils l'auraient vengé. Ça, j'en suis sûr.

— Mais ils ne l'ont pas fait, ajouta Hartmann. Alors, peut-être qu'il a décidé de le faire tout seul. »

Ni Schaeffer ni Woodroffe ne prononcèrent un mot. Un silence lourd s'installa dans la pièce et, lorsque Hartmann reprit la parole, c'était comme s'il était la seule personne présente.

« Peut-être toute cette histoire ne concernait-elle que Feraud et Ducane. Peut-être que la fille est morte. C'est le pire scénario, d'accord ? Elle est morte quelque part, elle a eu le cœur arraché, ou son corps a été découpé en morceaux et jeté aux alligators. Peut-être que le fils n'a jamais rien eu à voir avec tout ça. Peut-être qu'il a ignoré pendant toutes ces années quel genre d'homme était son père. La vérité, c'est que la seule personne à savoir est Ernesto Perez et, demain – s'il nous dit tout –, nous aussi nous saurons.

— Vous croyez qu'elle est morte ? demanda Woodroffe.

— Oui, acquiesça Schaeffer. Statistiquement, lorsqu'une disparition est signalée, les pistes restent valables vingt-quatre heures. Après ça, elles sont perdues à cause des gens qui laissent leurs marques partout. Traces de pas, empreintes digitales, cheveux et fibres et Dieu sait quoi d'autre. Trois jours de plus et il est probable que la personne sera morte. Au bout de dix, il y a environ 4 % de chances qu'elle soit toujours en vie. Ce sont des statistiques basées sur des centaines de milliers de disparitions, enlèvements, kidnappings, toutes sortes d'affaires où une personne sort de chez elle et ne revient jamais. Celles qu'on retrouve, celles qui s'en sortent vivantes… eh bien, elles sont chez elles au bout de quarante-huit heures. Telle est la dure réalité des faits.

— Mais pourquoi la tuer, puis faire tout ça ? demanda Woodroffe, conscient alors même qu'il posait la question que la réponse était évidente, mais la posant tout de même juste pour se raccrocher à un fragile semblant d'espoir.

« — Pour qu'on reste patiemment ici et qu'on l'écoute nous raconter sa vie, répondit Hartmann.

— Et tout ça juste pour nous faire entendre la vérité sur Feraud et Ducane, ajouta Schaeffer.

— Peut-être, répliqua Hartmann.

— D'accord, fit Woodroffe. Tout ça, c'est des peut-être. »

Hartmann leva les yeux et regarda les deux hommes. « Jusqu'à demain », dit-il.

Il se leva, quitta la pièce et longea le couloir jusqu'à l'escalier, puis il descendit dans le hall. Il pensait n'avoir jamais été aussi fatigué de sa vie.

Il était dans la rue, devant l'hôtel, lorsque les escortes du FBI arrivèrent. Ils étaient deux : un homme assez âgé, grand et costaud, presque trop vieux pour être en service actif, et un autre beaucoup plus jeune avec des cheveux bruns, et s'il avait eu juste quelques années de plus, ils auraient pu faire office de doublures à Hartmann et Perez. Ce genre d'agents était spécialement chargé de transférer des gens comme Ernesto Perez à Quantico, le quartier général du FBI, où, tandis qu'il attendrait de savoir quelle procédure judiciaire le Bureau lui avait réservée, une centaine de profileurs armés d'une centaine de tests chercheraient à mettre en évidence le dénominateur commun qui reliait tous ces genres de criminels. Mais il n'y en avait pas qu'un seul : Hartmann le savait à force d'avoir étudié des centaines de dossiers comportant tous les types de meurtres possibles et imaginables. Ces gens étaient des êtres humains comme les autres, et Hartmann estimait que tout le monde avait la capacité et le désir de tuer ; c'était juste une question d'environnement, de conditionnement, de « dynamiques situationnelles », comme on les appelait si souvent, qui précipitaient le moment, l'infime fraction de seconde où l'esprit commandait à la main d'appuyer sur la détente, de planter le couteau ou de serrer la corde autour du cou d'une victime sans méfiance. Ce n'était pas compliqué ; ça ne pouvait pas être étiqueté ni classifié, ni catalogué, ni comparé ; c'était comme ça, et ça le resterait. Les pistolets n'étaient jamais la cause du décès ; les pensées, les émotions, les réactions étaient la *force majeure**. Les gens s'entre-tuaient, et ça s'arrêtait là.

Ray Hartmann resta donc assis à fumer sa cigarette pendant que les deux agents discutaient de tout et de rien avec les autres agents présents, et tous semblaient avoir perdu leur motivation pour cette affaire. Peut-être savaient-ils inconsciemment qu'elle touchait à sa fin. Peut-être croyaient-ils tous que Catherine Ducane était morte et qu'ils n'avaient donc plus de raison de se battre.

Devant l'hôtel, était garé un 4 × 4 Hummer blindé. Vitres gris foncé réfléchissantes, pneus pare-balles, jupes entre les roues pour empêcher que quoi que ce soit ne soit glissé sous le châssis. C'était dans ce véhicule que Perez quitterait pour la dernière fois la Louisiane. Une fois à l'intérieur, il ne reviendrait jamais. Hartmann en était certain. Et lui-même ? Reviendrait-il ? Il ne le pensait pas, car si tout ça avait été non seulement une terrible épreuve, ça avait aussi été une sorte d'exorcisme et de catharsis. Peut-être la Louisiane renfermerait-elle en elle à jamais son passé, à la fois son enfance et ce rite de passage particulier.

Il se leva et traversa le hall. Il échangea quelques mots avec les deux agents – le plus âgé, Warren McCormack, et le plus jeune, David Van Buren. Ils étaient froids et professionnels ; ils étaient ici pour une tâche spécifique, une mission officielle bien précise. Ils avaient déjà fait ce genre de chose mille fois – escorter les pires criminels jusqu'à leur ultime destination –, c'étaient des hommes endurcis, insensibles, et ils avaient hâte d'être en route.

Hartmann quitta le Royal Sonesta et fit un détour pour regagner le Marriott. Il avait l'impression de respirer l'air de La Nouvelle-Orléans pour la dernière fois. Demain, il serait parti. Demain, il prendrait l'avion pour New York et appellerait Carol. Il songea une fois de plus à ce qu'elle avait dit quand il avait demandé à Verlaine de l'appeler. Au fait qu'elle avait exprimé des doutes. « Les actes en disent plus long que les mots », avait-elle dit, et il était certain de pouvoir accomplir les actes nécessaires si seulement elle lui laissait une nouvelle chance. Mais combien de chances lui avait-elle déjà laissées ? Et combien de fois lui avait-il fait faux bond ? Il reparlerait à Jessica, il le savait, et son impatience était telle qu'il la ressentait presque physiquement. Il désirait tant ce rendez-vous, un rendez-vous qui pourrait signifier un nouveau départ pour leur couple. C'est alors qu'il sentit le conflit : le tiraillement entre le désir de savoir ce qui était arrivé à Catherine Ducane et celui de ne plus rien savoir. Peut-être est-ce à cet instant qu'il songea qu'il pouvait laisser tomber ce travail. Même s'il faisait intrinsèquement partie de lui, autant que ses empreintes digitales, que le son de sa voix, que son visage lorsqu'il se regardait dans le miroir. Peut-être plus rien ne le retenait-il – enfin, pour de bon. Peut-être. Le temps le dirait.

Dans sa chambre, il regarda la télé. Des dessins animés, dix minutes d'un affreux téléfilm, un bref flash

d'informations qui lui rappela que le monde avait continué de tourner sans lui. Il avait passé huit jours ici et, si
une semaine lui aurait glissé entre les doigts sans qu'il
la voie passer à New York, celle-ci avait semblé durer
un siècle sans lui laisser le temps de respirer.

Il alluma la radio de l'hôtel et s'étendit sur le lit. Dr.
John interprétant *Jump Sturdy*, puis Van Morrison chan-
tant *Slipstream*. Il se souvenait de ce disque, l'album
que Carol et lui avaient acheté il y avait tant d'années
de cela. « Le meilleur disque pour s'envoyer en l'air »,
avait-elle dit, elle avait éclaté de rire et ajouté que le
sillon serait complètement usé lorsqu'ils en auraient fini.
Tout était là, derrière son front – les visages, les noms,
les couleurs, les sons, les lieux –, tout ce qu'ils avaient
partagé ensemble pendant près d'une décennie et demie.
Et puis il y avait Jess, 12 ans, une vraie petite femme, et
rien que pour elle tous les efforts consentis semblaient
véritablement et éternellement valoir la peine.

Il pensait que tout était là, chaque instant partagé, et
que maintenant, tout ce qu'il avait à faire, c'était trouver les bons mots au bon moment pour récupérer tout
ce qu'il avait perdu.

Il s'endormit, une fois de plus tout habillé à part ses
chaussures, et lorsqu'il se réveilla, il était un peu plus
de 6 heures. Il alla se poster sur le balcon de sa chambre
pour regarder le soleil se lever, se réchauffer, puis illuminer le paysage d'ombres. C'était la ville facile, la
briseuse de cœurs. La Nouvelle-Orléans, où ils enterraient les morts au-dessus du sol, où les guides touristiques recommandaient de marcher en groupe, où tout
coulait en douceur, comme dans du beurre, où quand
vous jouiez à pile ou face, la pièce retombait neuf fois
sur dix du bon côté.

C'était le cœur de tout, le rêve américain, et les rêves ne changeaient jamais vraiment, ils s'estompaient juste et étaient oubliés dans le lent glissement frénétique du temps.

Parfois, ici, il était plus facile d'étouffer que de respirer.

« Alors, prêt pour le clou du spectacle ? » demanda Schaeffer quand Hartmann apparut à la porte de la suite.

Hartmann regarda Woodroffe et Schaeffer ; ils semblaient aussi épuisés que lui.

« Qu'est-ce qui va se passer quand il aura fini ? demanda-t-il.

— On a deux escortes qui sont arrivées, répondit Woodroffe. Je n'ai pas saisi leurs noms mais ils viennent de Quantico. C'est là-bas qu'il ira.

— Vous saviez que c'était ce qui était prévu ? demanda Hartmann.

— On a été informés que des gens allaient venir, bien sûr, expliqua Schaeffer. On n'avait pas de noms ni de dates ni rien, on savait juste que des gens viendraient chercher Perez. »

Hartmann fit une moue dubitative. Schaeffer lâcha un éclat de rire sec.

« Vous ne travaillez pas pour le FBI, reprit-il. On ne nous informe toujours, et je dis bien *toujours*, que du strict minimum. On est les baby-sitters. On est juste là pour s'assurer qu'il vide son sac sans s'enfuir de sa cage. Quand on aura fini notre boulot, on rentrera chez nous et quelqu'un d'autre emmènera Perez là où il est censé aller.

– Vous l'accompagnez à Quantico ? demanda Hartmann.

– Évidemment, répondit Woodroffe. Je vais pas laisser ce type disparaître de ma vie sans lui dire au revoir.

– Woodroffe et moi allons les accompagner, ajouta Schaeffer, et vous, monsieur Hartmann, vous pouvez retourner dans le monde réel et résoudre cette histoire avec votre femme.

– Du neuf sur Feraud et Ducane ? demanda Hartmann.

– Rien, répondit Schaeffer. Mais je suppose qu'on en aura tôt ou tard.

– Il y aura un communiqué du bureau de Ducane annonçant qu'il est tombé malade et que son médecin lui a interdit de quitter son lit pendant un mois. À la fin de ce mois, un nouveau communiqué sera publié pour expliquer que la guérison est lente et que cette situation infortunée l'oblige à présenter gracieusement sa démission du poste de gouverneur de Louisiane.

– Tu es un sinistre cynique, Woodroffe, objecta Schaeffer.

– Non, je suis réaliste, répliqua ce dernier. Même dans une telle situation ces gens protégeront un des leurs. Indirectement, naturellement, c'est eux-mêmes qu'ils protégeront.

– Ces gens, comme tu les appelles avec tant de diplomatie, déclara Schaeffer, sont les mêmes qui signent ton chèque à la fin du mois. »

Woodroffe secoua la tête et poussa un soupir.

« J'en ai eu ma dose pour la semaine, dit-il doucement. Je veux rentrer chez moi et voir ma femme, manger un vrai repas, regarder un match à la télé, boire trois bières et dormir dans mon lit. »

Schaeffer sourit. Il se tourna vers Hartmann.

« Appelez-moi dans quinze jours, dit-il. Appelez-moi au bureau et je vous dirai ce que je sais sur ce qui est arrivé à Perez, OK ?

— Merci, répondit Hartmann.

— Et c'est parti », fit Schaeffer lorsque des voix et du vacarme s'élevèrent dans le couloir.

Hartmann se leva lentement de sa chaise. Il avait l'impression que chaque muscle, chaque os, chaque tendon, chaque nerf de son corps lui hurlait d'aller se coucher. Il résista à la tentation, mit un pied devant l'autre. Il atteignit la porte, longea le couloir et tourna à gauche.

Il s'arrêta un moment, ferma les yeux pendant juste une fraction de seconde, puis il pénétra dans la chambre.

« Monsieur Hartmann, dit calmement Perez.

— Monsieur Perez, répondit Hartmann.

— Je crois que c'est la toute dernière fois que nous nous parlons face à face.

— En effet.

— Ça a été une semaine fascinante, non ?

— Ce ne sont pas les mots que j'aurais choisis, mais je vois ce que vous voulez dire. »

Perez sourit et attrapa une cigarette. Il l'alluma, tira une bouffée, puis il laissa les volutes de fumée s'échapper par ses narines.

« Et vous... vous allez retourner à New York ?

— Oui. J'ai l'intention de rentrer chez moi dès que nous en aurons fini.

– Chez vous ? fit Perez. Je vous ai demandé si vous aviez réussi à vous convaincre que vous étiez chez vous à New York, n'est-ce pas ?

– En effet. On est chez soi là où on a son cœur, monsieur Perez… et mon cœur est à New York. »

Perez baissa les yeux, puis il se tourna lentement vers la gauche.

« L'âge est un juge, déclara-t-il sans regarder directement Hartmann, comme s'il parlait à quelqu'un que lui seul voyait. L'âge est un juge et une cour et un jury. Vous vous tenez face à vous-même et vous voyez votre vie comme si elle était une pièce à conviction dans un procès. Vous vous interrogez, vous posez des questions et attendez les réponses, et quand vous avez fini, vous délivrez votre verdict. »

Hartmann resta silencieux, attendant que Perez poursuive. Il le regardait presque sans respirer pour ne pas l'interrompre. Perez semblait plongé dans une rêverie, comme s'il voyait tout ce qu'il avait fait, toutes les choses dont il avait parlé, et laissait maintenant les conclusions naturelles s'imposer.

« Je ne peux pas dire que j'ai eu raison, et je ne peux pas dire non plus que j'ai eu tort, déclara-t-il finalement. Je suis quelque part au milieu et, depuis cet endroit, je vois comment les choses auraient pu être différentes. Le recul est lui aussi un juge, mais il est biaisé et ne montre pas les choses telles qu'elles étaient sur le moment. C'est un paradoxe, monsieur Hartmann, c'est un paradoxe. »

Il se tourna face à Hartmann.

« Nous voyons tout si clairement après coup, n'est-ce pas ? Je suis sûr que vous avez pris une centaine de décisions sur lesquelles vous aimeriez revenir si on vous en donnait la possibilité. Ai-je raison ? »

Hartmann acquiesça.

« Il semblerait donc que nous vivions nos vies pour l'instant et que nous basions nos décisions sur les informations dont nous disposons, mais que la moitié de ces informations sont incorrectes, voire fausses, ou fondées sur l'opinion de quelqu'un d'autre, quelqu'un avec un mobile particulier ou un intérêt précis. La vie n'est pas juste, monsieur Hartmann. Elle n'est ni juste ni équitable, et on ne nous fournit malheureusement pas de manuel nous expliquant comment la vivre. Quel dommage, non, que, après cinquante mille ans d'histoire, nous ne soyons toujours pas fichus de comprendre ne serait-ce que les aspects les plus élémentaires de ce que nous sommes ? »

Hartmann détourna alors le regard à son tour. Perez disait vrai et, malgré les horreurs que Hartmann avait écoutées, malgré la violence et le sang versé par Perez, il y avait quelque chose en lui qui semblait commander une certaine dose de respect. L'aversion et la répulsion avaient d'une certaine manière été supplantées par de l'acceptation. Malgré tout ce qu'il avait fait, Perez n'avait jamais prétendu être autre chose que lui-même. Contrairement à Ducane, contrairement même à Feraud, Perez avait dévoilé son cœur au grand jour ; il avait montré ses couleurs ; il avait triché, trompé, tué, mais n'avait jamais manqué de reconnaître que c'était ce qu'il faisait. Même sa femme savait l'homme qu'il était et, même s'il ne lui avait jamais ouvertement parlé de sa vie, il ne lui avait jamais délibérément menti.

Perez regarda Hartmann par-dessus la table. Hartmann lui retourna son regard. Il y eut un silence qui dura quelques secondes, mais ce silence n'était ni embarrassé ni tendu. Les deux hommes semblaient, au bout du compte, s'être mutuellement acceptés. Cette idée ne troublait aucunement Hartmann. Il ne doutait ni de ses allégeances ni de ses sentiments. C'était comme ça. Perez avait parlé franchement et, pour ça, peut-être rien que pour ça, il avait gagné le respect de Hartmann.

« Donc, finit par dire Perez d'une voix claire et précise, laissez-moi vous raconter ce qui s'est passé quand *moi*, je suis rentré chez moi à La Nouvelle-Orléans. »

27

Et donc j'avais enfin bouclé la boucle.

Ourobouros : le serpent qui se mord la queue, pour finalement disparaître.

Ici était tout ce que j'étais, tout ce que j'étais devenu, tout ce que je serais en définitive. Ici était le commencement de chaque pensée et acte, chaque rêve qui avait mal tourné et était mort d'une mort douce et solitaire dans les tréfonds obscurs de mon esprit.

Je suis arrivé à La Nouvelle-Orléans au début de l'année 2000. Le mardi gras faisait déborder les rues. Le Vieux Carré était vivant et vibrait au son de la musique et des voix, des feux d'artifice de couleurs dans les rues d'Orléans, de Toulouse, de Chartres, de Sainte-Anne, de Saint-Philippe, de Bourbon et de Bourgogne ; dans les salles du Preservation Hall et de Dixieland : les syncopes ondulantes du jazz mêlées au blues gospel du Sud profond, et parmi tout ça, mes souvenirs...

Saint Jacques le Majeur, Ougou Feray, l'esprit africain de la guerre et de l'acier. Le serpent et la croix dans le même cimetière à la Toussaint, le festival animé de Vyèj Mirak, la Vierge des Miracles, et sa contrepartie vaudoue Ezili, la déesse de l'amour. Ils buvaient pour nourrir l'esprit. Sacrifiant des pigeons blancs au *loa* Petro. Le jour des morts, le Baron Samedi, *loa* des morts…

Carryl Chevron, de l'or et des diamants dans les dents, une voiture remplie de sagesse – de Aardvark à Cantaloupe en passant par Aix-la-Chapelle –, et quelque part, peut-être même maintenant, une délurée à talons hauts avec trop de fard et pas assez de classe qui l'avait attendu pendant des heures se demandait ce qui était arrivé au client qui ne s'était jamais pointé…

L'odeur des marécages, les intersections des canaux, la glycine et l'hickory et le chêne noir ; le district de Chalmette, la limite des territoires, la limite du monde peut-être…

Et elle, dont même maintenant, je pouvais à peine prononcer le nom sans sentir la tension du chagrin dans ma gorge…

Et quelque part dehors, dans un monde que j'avais quitté en croyant ne jamais y revenir, se trouvait mon fils.

Là – dans un hôtel de Lafayette Street, debout sur la loggia du premier étage, les vêtements de Victor éparpillés sur le lit derrière moi comme s'il s'était hâté de s'habiller, de partir, de se remplir des images et des sons de ce lieu –, je me tenais en silence, seul avec des pensées qui n'appartenaient qu'à moi, et je me demandais comment tout cela s'achèverait. Il me semblait m'être enfui de tous les endroits où j'étais allé ; j'avais toujours eu une raison de m'échapper, de laisser derrière moi les cadavres de gens que j'avais connus ou non. Pietro Silvino, Giancarlo Ceriano, Jimmy Hoffa, l'officier Luis Hernández ; les dealers et les camés, les maquereaux, les assassins, les violeurs, les psychopathes. Ceux dont la vie avait eu de l'importance et les autres dont la vie n'avait rien signifié du tout.

Je m'interrogeais sur ma propre vie : avait-elle eu quelque valeur, ou n'avais-je réellement pas mieux valu que ceux qui avaient été expéditivement et opportunément éliminés ? Je n'avais jamais été porté sur les rationalisations ni sur l'introspection et, comprenant que je n'avais rien à gagner de telles pensées, je les ai refermées et remisées à l'écart. Peut-être referaient-elles surface à un autre moment, peut-être pas. Ça n'avait aucune importance, ce qui était fait était fait, et on ne pouvait plus rien y changer.

Je suis allé chercher une cigarette dans la chambre puis suis retourné fumer sur la loggia. J'ai regardé l'abondante foule de gens, les corps pressés les uns contre les autres sans le moindre espace entre eux, et je savais que je ne verrais pas Victor tant qu'il ne serait pas disposé à rentrer. C'était un jeune homme maintenant, 18 ans, têtu et déterminé et plein de vie. Je ne pouvais rien faire pour contenir son énergie et sa fougue et n'avais aucune intention d'essayer. C'était *mon* fils, et il devait donc y avoir un peu de moi en lui, mais je priais – une fois encore un Dieu en lequel je croyais à peine – pour qu'il n'ait hérité de moi que mes quelques qualités. Un certain sens de la loyauté, le respect envers ceux qui comprenaient mieux la vie que moi, la reconnaissance de l'importance de la famille et la certitude que la vérité pouvait être découverte, qu'importe qu'elle fasse mal.

J'ai fermé les yeux. Ma tête s'est emplie de musique, des bruits du monde et tout ce qu'il avait à offrir, et j'ai souri. J'avais été *quelqu'un*. Plus que tout : j'avais été *quelqu'un*.

J'ai dormi comme une masse cette nuit-là, malgré le bruit, la chaleur et les sons du monde réel dans la rue et, lorsque je me suis réveillé, j'ai enfilé mon peignoir et marché jusqu'à la pièce adjacente. J'ai vu Victor étendu sur son lit, tout habillé, et à côté de lui, une jeune fille, sa jupe relevée autour de ses cuisses, son tee-shirt entortillé presque jusqu'à son cou. Ils étaient absents du monde, le visage rougi, leurs cheveux emmêlés par la sueur, et je suis resté un moment à les regarder en silence. Victor n'était pas rentré seul et, même si j'étais de tout cœur avec lui et dans un sens heureux qu'il se soit trouvé quelqu'un ici, je savais aussi que ça signifiait que j'allais commencer à le perdre. Il était presque adulte et il aurait ses propres rêves et aspirations, sa propre vision de ce que sa vie serait. Et une fois qu'il aurait découvert cette vie, inévitablement, il ne ferait plus partie de la mienne.

J'ai doucement refermé la porte derrière moi et gagné la salle de bains. J'ai pris une douche, me suis rasé et, après avoir demandé qu'on nous monte le petit déjeuner, je suis retourné dans la chambre de Victor pour voir si lui et son amie étaient réveillés.

Mon fils était toujours écroulé sur le lit, mais la jeune fille était assise sur une chaise près de la fenêtre. À l'instant où elle s'est retournée, la façon dont ses cheveux retombaient sur ses épaules et la lueur vive de ses yeux m'ont rappelé Angelina. Pendant une fraction de seconde, elle a semblé surprise, voire effrayée, mais sa stupeur a disparu en un éclair et elle a souri. C'était une jeune femme différente, et je me suis demandé comment j'avais pu m'imaginer qu'elle ressemblait à quelqu'un que j'avais connu.

« Bonjour, a-t-elle dit. Vous devez être le père de Victor. »

J'ai souri et suis entré dans la chambre.

« En effet, oui, ai-je répondu. Et vous êtes ? »

Elle s'est levée et a marché vers moi. Elle portait sa jupe et son tee-shirt mais ses pieds étaient nus et couverts de la crasse des rues dans lesquelles elle avait marché, peut-être dansé, croquant la vie à belles dents, embrassant tout ce que La Nouvelle-Orléans représentait en cette saison pleine de passion.

« Émilie, a-t-elle dit avant de me l'épeler. Émilie Devereau. » Elle a semblé un moment quelque peu embarrassée. « J'ai rencontré Victor hier soir. Nous étions un peu soûls. » Elle a éclaté d'un rire magnifique, le genre de son que je n'avais peut-être pas assez entendu au cours de ma vie. « J'habite assez loin d'ici. J'allais me prendre une chambre d'hôtel... nous sommes allés partout, mais ils étaient tous pleins à craquer. Alors, Victor a dit que je pouvais dormir ici... »

J'ai levé la main ; souri une fois de plus.

« Pas besoin d'explications, Émilie. Vous êtes ici avec Victor et vous êtes plus que bienvenue. Voulez-vous un petit déjeuner ?

– Oh, bon sang, oui, je pourrais manger un chien mort pourvu qu'il y ait du ketchup. »

J'ai ri. Elle aussi. Elle était extrêmement jolie, avait un maintien élégant et gracieux. Elle devait être à peu près de l'âge de Victor, un peu plus jeune peut-être, et quelque chose en elle me disait qu'elle pourrait lui ravir son cœur en un clin d'œil et lui faire oublier Elizabetta Pertini.

Je suis retourné dans ma chambre. Elle m'a suivi. Après une minute ou deux, on nous a apporté le petit déjeuner – fruits frais, pain chaud, un peu de fromage et de jambon au four, œufs Bénédicte, jus d'orange et café. Nous nous sommes assis l'un en face de l'autre à la petite table près de la fenêtre, la brise du dehors soulevant et écartant les fins rideaux d'organdi et charriant avec elle une odeur de bougainvillée et de mimosa.

« Alors, que faites-vous ? m'a-t-elle demandé en versant du jus d'orange dans mon verre.

— Je suis maintenant retraité, ai-je répondu avec un haussement d'épaules.

— Et avant d'être retraité ?

— J'ai travaillé à travers tout le pays, j'ai beaucoup voyagé.

— Vous étiez représentant ou quelque chose comme ça ?

— Non, je n'étais pas représentant. » Je me suis interrompu un moment.

« J'étais plutôt quelqu'un qui résolvait les problèmes, dans le business, vous savez ?

— Alors, genre, vous alliez quelque part et si quelque chose clochait dans le business de quelqu'un, vous le régliez ?

— Oui, je réglais les choses, je faisais en sorte qu'elles fonctionnent de nouveau.

— Cool, a-t-elle lâché, acquiesçant d'un air approbateur avant de regarder par-dessus son épaule en direction de la porte qui donnait sur la chambre contiguë. Vous croyez que je ferais bien d'aller voir Victor ?

— C'est bon... laissez-le dormir. Il semblerait que vous l'ayez épuisé, jeune demoiselle. »

Elle m'a regardé de travers, puis elle a rougi.

« Nous n'avons pas... nous n'avons pas... enfin, vous savez...

— Victor n'a pas l'habitude de danser pendant des heures, ai-je observé en riant. Il vient d'un endroit où danser n'était pas sa priorité.

– Mais il est cool… c'est un chouette type.

– Je crois, oui. »

Émilie m'a regardé un moment d'un air pensif.

« Où est sa mère ? Elle va venir aussi pour le mardi gras ?

– Non, Émilie, elle ne va pas venir. La mère de Victor est morte quand il était petit.

– Oh, mince, c'est horrible. Qu'est-ce qui lui est arrivé ?

– Accident de voiture, ai-je répondu. Sa mère et sa sœur sont mortes dans un accident de voiture. C'était il y a bien des années.

– Mince, je suis désolée, monsieur Perry.

– Perez, l'ai-je reprise avec un sourire. Mon nom est Ernesto Perez. »

Je le lui ai épelé, ce qu'elle a trouvé très amusant, et sa tristesse passagère s'est envolée.

« Alors, qu'est-ce que vous faites ici ?

– Nous sommes venus pour le mardi gras.

– Oui, oui, qu'elle a fait. Moi aussi. Vous êtes déjà venu ?

– Je suis né ici, ai-je expliqué. Je suis né ici, il y a mille ans de cela, dans une petite ville toute proche de La Nouvelle-Orléans.

– Et Victor est aussi né ici ?

– Non, à Los Angeles.

– Los Angeles en Californie ?

– Ce Los Angeles-là, ai-je acquiescé.

– Ouah, c'est cool. Alors, il est, genre, californien, comme les Beach Boys ?

– Oui, comme les Beach Boys. »

Elle a hoché la tête, marqué une pause pour manger ses œufs. Elle s'est retournée pour regarder par la porte entrouverte Victor qui était toujours écroulé sur le lit.

« Allez-y, ai-je dit. Allez le réveiller. Dites-lui de venir prendre son petit déjeuner en famille. »

Elle a fait un grand sourire, s'est levée d'un bond et précipitée dans la pièce adjacente. Elle a eu un mal de chien à le réveiller, mais il a fini par bafouiller à contre-cœur dans un demi-sommeil et, lorsqu'il s'est aperçu qu'elle était déjà levée, que j'étais dans la pièce d'à côté assis devant mon petit déjeuner, il s'est roulé sur le flanc et a posé les pieds par terre. Elle riait alors, le tirant par les pieds, le traînant à travers la pièce jusqu'à la table, où il s'est assis lourdement. On aurait dit qu'il venait de combattre dix rounds contre Maxie la Claque Rosenbloom.

« Papa, m'a-t-il salué d'un ton neutre.

— Victor, ai-je répondu, et j'ai souri. Je crois que tu ferais bien de boire ça. »

Je lui ai tendu un bol de café noir bien chaud. Il l'a pris à deux mains, puis a lancé un regard en coin à Émilie et souri d'un air penaud.

« Donc, tu as fait la connaissance d'Émilie ? m'a-t-il demandé.

— J'ai en effet eu ce plaisir. »

Victor a hoché la tête, me regardant comme si j'avais besoin d'une explication. Je lui ai souri et l'ai senti qui se détendait.

« Je vais aller prendre une douche, a-t-il déclaré. Enfin, si ça ne vous dérange pas.

— Pas de problème, ai-je répondu. Émilie et moi en profiterons pour discuter un peu. »

J'ai regardé Victor retourner dans sa chambre. À la porte, il a jeté un coup d'œil en arrière et souri à Émilie.

Elle lui a fait signe de s'en aller et s'est tournée vers moi.

« Nous avons cherché un hôtel partout, a-t-elle dit. Tout était complètement réservé et je n'avais nulle part où rester. Mon oncle va s'arracher les cheveux.

— Votre oncle ? ai-je demandé.

— Oui, mon oncle. Il m'amène ici chaque année.

— Et où est-il ? »

Elle a haussé les épaules.

« À l'hôtel à jurer comme un putois… Il a probablement appelé les flics à l'heure qu'il est ou fait quelque autre stupidité.

— Il est à l'hôtel ? »

Émilie a semblé embarrassée.

« Eh bien, heu, oui… à l'hôtel. Mais c'est assez loin de là où on était, et à cette heure-là, pas moyen d'appeler un taxi.

— Je vois, ai-je répliqué. Je comprends. »

Un silence gêné s'est installé entre nous.

« Vous devriez l'appeler », ai-je déclaré, sentant les premiers signes de tension me gagner.

La dernière chose dont j'avais besoin, c'était d'être lié à une affaire de disparition.

Oh, bien sûr, m'sieur l'agent, J'étais à l'hôtel avec Victor et son père. J'ai dormi là-bas, et après, on a pris le petit déjeuner. Bien sûr que je dis la vérité… vous avez qu'à leur demander.

Émilie m'a regardé de travers. Elle a souri d'un air faussement timide.

« Je fais une sacrée menteuse, hein ? »

Je suis resté un moment silencieux, attendant une explication.

« OK, OK, qu'elle a fait. J'aurais pu appeler mon oncle et il serait venu me chercher, mais… j'aime bien

Victor, il est cool et tout, et je me suis dit : "Et puis merde !", vous savez ?

– *Chi se ne frega*, ai-je dit.

– Qui signifie quoi ?

– C'est une expression italienne, ai-je expliqué en riant. Ça signifie et puis merde, qu'est-ce que ça peut foutre, ce genre de chose.

– Exactement ! s'est-elle écriée. C'est tout à fait ce que j'ai pensé… c'est pas comme si je me disais qu'on allait… »

Je l'ai interrompue d'un geste de la main.

« Je suis certain que vos intentions étaient tout à fait honorables, Émilie. »

Elle a souri.

« Oui, monsieur Perez, mes intentions étaient honorables.

– Ernesto. »

Elle a hoché la tête.

« D'accord, Ernesto. »

Elle a saisi la cafetière et rempli ma tasse. Elle était charmante, bourrée à craquer de vie et d'énergie, et j'étais heureux que Victor se soit si vite trouvé quelqu'un de son âge à La Nouvelle-Orléans.

« Vous devriez appeler votre oncle, lui ai-je rappelé. Utilisez le téléphone. Appelez-le. Il va se faire du souci. »

Émilie a hésité un moment avant d'acquiescer.

« Je peux utiliser votre téléphone ?

– Bien sûr… là-bas, sur le guéridon. »

Elle s'est levée et, pieds nus, elle a marché sur la moquette d'un pas léger. Elle a appelé les renseignements et demandé le numéro de l'hôtel Toulouse. Elle a griffonné le numéro sur le carnet avant de le composer.

« M. Carlyle, s'il vous plaît. » Elle a attendu un moment. « Oncle David ? C'est moi, Émilie. »

Pendant un moment, elle a paru surprise, puis elle a tenu le combiné à quelques centimètres de son oreille et m'a regardé.

Je sentais l'explosion à l'autre bout de la ligne et j'ai souri intérieurement.

« Je sais, je sais, et tu ne sais pas combien je suis désolée, mais c'est bon… je vais bien, et c'est l'essentiel… »

Nouvel éclat de l'oncle.

« OK, assez, oncle David. Je sais que tu es fou de rage, mais le fait est que je vais bien et que ça ne changera rien. Tu me lâches la grappe et je ne dirai pas à papa que tu m'as laissée partir seule, OK ? »

Il y a eu un moment de silence. Émilie marchandait sa liberté.

« OK, je te le promets. »

Quelques paroles supplémentaires de l'oncle David.

« Non, je promets, vraiment. Croix de bois, croix de fer, si je mens, je vais en enfer… plus jamais, OK ? »

L'oncle David semblait apaisé.

« OK, je le ferai. Peut-être dans une heure environ. Je prendrai un taxi et on pourra déjeuner ensemble, d'accord ? »

Ils ont échangé quelques mots supplémentaires, puis Émilie lui a dit au revoir et a raccroché.

« Vous aviez raison, a-t-elle dit. Il allait attendre une heure de plus et appeler les flics. » Elle a repris place à la table, calant ses jambes sous son corps. « Je vais rentrer dans un moment et me prendre un savon. Où j'étais ? Avec qui ? Ce genre de conneries. »

J'ai acquiescé. Je comprenais ce genre de conneries.

« Et votre père ? ai-je demandé. Il ne vient pas ici avec vous ?

– C'est le type le plus occupé de la planète, a répondu Émilie en secouant la tête. Tout le temps des réunions, tout un tas de trucs importants. Je crois qu'il est en train d'acheter huit milliards de sociétés et que s'il quitte son bureau, ne serait-ce que onze secondes, ce sera la fin du monde.

– Un dingue de travail.

– Plutôt un dingue de fric. »

Émilie a arraché une fine part d'une viennoiserie et l'a trempée dans son café.

J'ai regardé en direction de la porte et me suis demandé ce qui prenait si longtemps à Victor.

« Alors, vous êtes ici pour quelques jours ? a-t-elle demandé.

– Oui, nous restons quelque temps. Si ça plaît à Victor, nous resterons peut-être quelques mois.

– Ce serait cool. Peut-être que je pourrais passer vous voir.

– Oui, ce serait parfait », ai-je répondu, et je le pensais, car je croyais voir en elle quelqu'un qui donnerait à Victor tout ce qui lui avait manqué à Cuba.

La porte s'est ouverte et Victor est réapparu. Ses cheveux étaient mouillés, peignés en arrière. Il portait un jean, un tee-shirt blanc. Bizarrement, il semblait plus vieux, comme s'il avait pris quelques années en une nuit.

« Est-ce que je pourrais prendre une douche avant de partir ? a demandé Émilie.

– *Mi casa es su casa*, ai-je acquiescé. Allez-y, prenez une douche, et puis nous appellerons un taxi pour que vous retrouviez votre oncle. »

Émilie s'est levée. Elle a touché le bras de Victor en passant devant lui.

« Ton père est cool, a-t-elle dit. Mince, j'aimerais bien que mon père ressemble au tien au lieu de se prendre pour Donald Trump. »

Victor a souri. Il semblait content. Il s'est retourné pour la regarder s'en aller, puis il m'a rejoint à la table.

« Rien ne s'est passé, a-t-il annoncé en s'asseyant. Je veux dire que rien ne s'est passé entre moi et Émilie.

– Mais un de ces jours, quelque chose va se passer, ai-je dit. Et si ce n'est pas avec Émilie, alors ce sera avec quelqu'un d'autre, et je veux que tu comprennes qu'un tel événement sera important et on ne peut plus naturel et normal. Ma première petite amie était la cousine d'un de mes amis. Elle s'appelait Sabina et je n'avais jamais vu quelqu'un avec les cheveux aussi longs. Ça a peut-être été le moment le plus important de ma jeune vie, et ça m'a rendu très heureux. »

Victor a semblé un moment embarrassé.

« Tu m'en veux pas ? »

J'ai tendu le bras par-dessus la table et lui ai pris la main.

« Es-tu heureux ?

– Heureux ? Oui, je suis heureux. J'ai passé une super soirée hier soir et j'aime vraiment beaucoup Émilie.

– Alors, moi aussi, je suis heureux, et elle a dit que, si on restait quelque temps ici, elle viendrait nous rendre visite.

– On pourrait rester quelque temps ?

– Oui, si c'est ce que tu veux.

– Pour de vrai ? On pourrait rester ? »

— Eh bien, ai-je fait en souriant, peut-être pas ici dans cet hôtel, mais on pourrait louer une maison quelque part en périphérie de la ville et rester quelques mois. »

Victor a souri, visiblement ravi. Il y avait une lueur dans ses yeux, une lueur neuve et pleine de jeunesse, chose que je n'avais pas vue de tout le temps où nous avions vécu à Cuba. Il était américain, peut-être plus que je ne l'avais jamais été, et il semblait tellement plus dans son élément ici. Peut-être, à vrai dire, avais-je commencé à m'apercevoir que, tandis que ma vie touchait à son terme, la sienne commençait véritablement. Peut-être était-ce désormais mon but : contribuer à la vie des autres au lieu de contribuer à leur mort.

Émilie est réapparue. Elle avait les cheveux mouillés, attachés en arrière au moyen d'un élastique coloré, et elle portait ses tennis.

« Taxi, ai-je déclaré. Vous allez retourner auprès de votre oncle et écouter ce qu'il aura à vous dire, d'accord ? »

Elle a semblé un moment irritée.

« Si vous vous comportez humblement et lui dites que vous êtes désolée, alors il vous laissera revenir ce soir pour dîner avec nous. Dites-lui qu'il est plus que bienvenu s'il le souhaite. »

Nous avons donc procédé comme convenu. Émilie Devereau a été renvoyée aux bons soins de son oncle et, moins d'une heure plus tard, elle téléphonait pour annoncer que son oncle désirait me parler. Je me suis présenté, lui ai expliqué que j'étais à La Nouvelle-Orléans pour le mardi gras avec mon fils et que sa nièce était invitée à dîner avec nous le soir même. Il a semblé satisfait qu'il ne s'agisse pas d'une invention d'Émilie destinée à la débarrasser une fois de plus de son oncle. Il s'est excusé de ne pas pouvoir se joindre à nous mais a autorisé Émilie à venir. M'assurerais-je qu'elle rentrerait bien à l'hôtel, et pas après 23 heures ? Je lui ai donné ma parole et la conversation en est restée là.

Émilie est revenue. Nous avons passé quelques heures ensemble, tous les trois, et il semblait évident que ces deux jeunes gens, dont l'un était mon fils, étaient attirés l'un par l'autre, qu'ils aimaient être en compagnie l'un de l'autre et que peut-être, juste peut-être, ils étaient sur le point de tomber amoureux. Je me reconnaissais dans Victor, et en Émilie je voyais Angelina, et je me suis juré de faire tout ce qui serait en mon pouvoir pour m'assurer que cette histoire durerait aussi longtemps qu'elle le mériterait.

Émilie est restée encore une semaine à La Nouvelle-Orléans. Nous l'avons vue presque chaque jour et, à deux occasions, je suis allé la chercher à l'hôtel Toulouse avec Victor. J'y ai rencontré l'oncle David, un homme remarquablement sérieux, et bien qu'il n'ait exprimé aucune objection au fait que sa nièce nous rende visite, j'ai senti un certain soupçon. Je n'y ai pas prêté attention. Il me semblait que certaines personnes étaient nées avec ce genre de rapport biaisé au monde et elles étaient plus que libres d'avoir leurs peurs et leurs anxiétés. Émilie ne courait aucun danger car, grâce à elle, mon fils était plus heureux que je ne l'avais jamais vu, ce dont je lui serai éternellement reconnaissant.

Ils sont restés en contact lorsqu'elle est rentrée chez elle. Il lui écrivait souvent et elle lui répondait. À plusieurs reprises, ils se sont parlés au téléphone, et nous nous sommes arrangés pour qu'Émilie revienne nous voir vers Noël.

J'ai loué une maison à la périphérie ouest de La Nouvelle-Orléans. Je passais mes journées sans me soucier de rien, ce qui m'a semblé suffisant pendant plusieurs mois. Victor finissait ses études dans une université où il étudiait l'architecture. Je le soutenais de tout cœur, et il apprenait vite et bien.

Le temps s'est écoulé paisiblement et sans incident jusqu'au début 2001. C'est alors que j'ai pris conscience d'une chose qui a contribué à me ramener à mon ancienne vie.

J'étais seul un après-midi. C'était la deuxième ou la troisième semaine de janvier. Victor était à la fac et je déjeunais dans un petit restaurant. Je n'avais prêté aucune attention particulière aux personnes assises à la table voisine, mais à la mention d'un nom, j'ai aussitôt tendu l'oreille.

« Bien sûr que Ducane va remettre de l'ordre là-dedans. Il n'a jamais été du genre à laisser passer ce genre de chose... »

Je me suis tourné vers eux, me demandant s'il s'agissait d'une simple coïncidence ou s'ils parlaient du Ducane que j'avais rencontré tant d'années auparavant.

En les regardant, j'ai vu la une du journal que l'homme tenait à la main. Le visage de Charles Ducane – beaucoup plus vieux, mais incontestablement le même homme – me retournait mon regard. Et le titre au-dessus, VICTOIRE ÉCRASANTE DE DUCANE ÉLU GOUVERNEUR, m'a quasiment coupé le souffle.

Je n'ai plus rien avalé, mais j'ai demandé la note, payé mon repas et quitté le restaurant. J'ai acheté le journal à un vendeur de rue, et là, en première page, dans un noir et blanc saisissant, ce même visage m'a souri. Charles Ducane, l'homme qui s'était tenu à côté d'Antoine Feraud près de quarante ans plus tôt, l'homme qui avait orchestré l'assassinat de deux personnes que *moi* j'avais exécutées, était maintenant gouverneur de Louisiane. La sombre ironie de la situation m'a arraché un sourire, mais en même temps cette nouvelle me perturbait grandement. Je n'avais pas apprécié Ducane, il avait quelque chose de véritablement sinistre et troublant dans sa manière d'être, et je supposais qu'il n'avait pu atteindre une telle position que grâce à son argent.

J'ai arpenté les rues, incapable de mettre le doigt sur ce qui me dérangeait tant à propos de cet homme ; ses manières, son attitude suffisante, le sentiment que c'était là un homme qui s'était frayé son chemin dans la vie et élevé jusqu'au poste de gouverneur à force de tromperies machiavéliques et de meurtres. Et c'était lui, avec la complicité de Feraud, qui m'avait collé des assassinats sur le dos. Cette histoire de cœur découpé : c'était Ducane et Feraud. J'étais fou de rage à l'idée que je vivais maintenant caché quelque part en périphérie de La Nouvelle-Orléans, incapable de vivre ma vie telle que je l'entendais, tandis que cet homme – coupable des mêmes actes que moi – souriait fièrement en une d'un journal et avait conservé sa réputation intacte.

À un moment, j'ai déchiré le journal et l'ai jeté sur le trottoir. Je suis rentré chez moi. Je me suis assis dans la cuisine, envisageant ma riposte, mais ai fini par décider que je ne pouvais rien faire. Qu'y avait-il à faire ? L'exposer n'aurait servi à rien. Pour y parvenir, j'aurais été obligé de dévoiler ma propre âme, et qu'est-ce que cela m'aurait apporté ? Ducane était gouverneur. J'étais un mafieux immigré de Cuba responsable de la mort d'un nombre incalculable d'hommes. J'ai songé à mon fils et à la disgrâce que ça lui vaudrait. Le bonheur qu'il avait découvert ici en Amérique serait anéanti par une simple action de ma part. Je ne pouvais pas faire ça.

Je me suis finalement calmé. J'ai bu un verre et senti mes nerfs s'apaiser. Certes, j'étais ici dans cette petite maison à vivre une vie paisible, mais je n'avais néanmoins peur de rien. Ducane, en revanche, était là-haut dans sa résidence de gouverneur avec, à chaque instant, la possibilité que quelqu'un se penche avec un peu trop de curiosité sur son passé. Il y aurait toujours des ennemis, toujours des gens qui ne trouveraient pas de plus grand plaisir qu'exposer les détails sordides du passé d'un chef de file politique, et tout son argent ne le protégerait pas longtemps. Quelqu'un d'autre, concluais-je, ferait tomber Ducane.

Je me suis néanmoins intéressé à l'homme. Je l'observais quand il passait à la télé. Je suis allé à la bibliothèque de La Nouvelle-Orléans et en ai appris plus sur le chemin qui l'avait mené au poste de gouverneur. Il avait été impliqué dans la politique de la ville et de l'État tout au long de sa vie d'adulte. Il avait travaillé avec et dans les bureaux qui géraient les acquisitions de terrain et les fusions de droit de propriété, les litiges civils, la législation de l'État et les affiliations syndicales pour l'industrie et les usines de produits manufacturés. À un moment, il avait passé six mois en tant que conseiller juridique auprès de l'agence de lutte contre les stupéfiants de La Nouvelle-Orléans sous les auspices du FBI. Ça avait été un homme occupé. Il avait utilisé son argent et son influence pour se tailler une position dans le milieu politique de Louisiane, et tous ses efforts, ses indéniables contributions généreuses à de nombreux fonds et campagnes d'importance, lui avaient valu d'obtenir son titre actuel en guise de récompense. À certains égards, il n'était pas si différent de moi ; il s'était servi de ce qu'il avait pour faire quelque chose de sa vie, mais alors que je venais de nulle part et n'étais arrivé nulle part, lui avait commencé quelque part et fini dans une position encore plus élevée.

Je collectionnais les articles sur Ducane. Je faisais l'effort d'aller le voir quand il apparaissait en public et, bien que je l'aie même un jour approché lors de l'ouverture d'une nouvelle galerie d'art et lui aie serré la main avec enthousiasme, il n'a pas semblé me reconnaître. Je savais qui il était, je savais d'où il venait et ce qu'il avait fait, mais lui ne savait rien de moi. J'avais été pour lui un moyen de parvenir à ses fins quarante ans plus tôt et, outre cela, il m'avait rendu responsable de plusieurs meurtres en se servant de mon nom. Alors qu'il était dans la lumière des projecteurs, je demeurais anonyme, ce qui en soi est devenu une source particulière de plaisir.

L'année suivante, Émilie est revenue pour mardi gras. Les rues de La Nouvelle-Orléans étaient une explosion de vie, de couleurs, de sons. C'est une fois de plus son oncle David qui l'avait amenée et, une fois de plus, il s'est arrangé pour être là sans vraiment y être. C'était un homme étrange, silencieux et distant, et il semblait pourtant n'avoir aucune difficulté à autoriser Émilie à passer l'essentiel de ses vacances avec nous. Je supposais qu'Émilie était en grande partie responsable de ce manque de résistance. Nous l'avions brièvement vue un peu avant Noël, mais une année s'était écoulée depuis le dernier mardi gras, et durant cette période elle semblait avoir mûri. Victor aurait 19 ans quelques mois plus tard, et en septembre, Émilie en aurait 18. C'était une jeune femme pleine d'entrain et indépendante, et même si je reconnaissais sa passion pour la vie et tout ce qu'elle avait à offrir, elle paraissait néanmoins affectée par la relation tendue qu'elle semblait entretenir avec son père. Quand elle était avec nous, elle ne l'appelait jamais, et lui – apparemment – ne tentait jamais de la contacter. Je l'ai interrogée un jour, avec prudence, diplomatie, et elle a répondu en termes secs et laconiques.

« Donc, votre père gère sa propre affaire ?

– Et il essaie aussi de gérer celle des autres, a-t-elle répliqué avec dans les yeux une expression d'acerbe désapprobation.

– C'est un homme qui a des impératifs, semble-t-il.

– L'argent, oui. Le reste, non. »

Je suis resté un moment à la regarder en silence. Elle semblait des plus malheureuses quand la conversation abordait le sujet de sa famille.

« Mais je suis sûr qu'il tient beaucoup à vous, Émilie. »

Elle a haussé les épaules.

« C'est votre père, et en dépit du fait qu'il soit très occupé, je suis certain qu'il vous aime énormément.

– Qui sait ? »

Une fois de plus l'expression acerbe, la lueur d'irritation dans ses yeux.

« Tous les pères aiment leurs enfants, ai-je poursuivi.

– Vraiment ? a-t-elle fait en me regardant.

– Oui, et même s'il est des gens qui ont des difficultés à exprimer leurs sentiments, ça ne change rien à ce qu'ils ressentent envers leur famille.

696

– Eh bien, peut-être que mon père est l'exception qui confirme la règle, hein ? »

J'ai secoué la tête. Elle se contentait de me donner des réponses évasives.

« Et votre mère ?

– Elle l'a quitté, a répondu Émilie avec un sourire amer, elle n'en pouvait plus.

– Et où est-elle maintenant ?

– Ici et là.

– Vous la voyez ?

– De temps en temps.

– Elle est peut-être un peu plus démonstrative dans son affection envers vous ?

– Elle est aussi cinglée que lui, mais dans un genre différent. Elle passe tout son temps à s'inquiéter de ce que les autres risquent de penser d'elle. Elle est peut-être la personne la plus repliée sur elle-même et la plus égocentrique que je connaisse. »

J'ai souri.

« Dites-moi une chose ? ai-je demandé.

– Quoi ?

– Si vos parents sont si cinglés, s'ils passent tout leur temps soit à gagner de l'argent, soit à se soucier de ce que le monde pense d'eux, alors comment se fait-il que vous vous en soyez si bien tirée ? »

Elle a éclaté de rire et a semblé un moment un peu embarrassée.

« Ernesto… arrêtez ! »

J'ai ri avec elle. Elle s'est détendue et m'a demandé si nous pouvions sortir, peut-être pour aller au cinéma ou autre chose, tous les trois, et dîner après au restaurant.

Et c'est ce que nous avons fait, et nous n'avons plus parlé de ses cinglés de parents car je savais que mieux valait ne plus aborder le sujet. Elle était heureuse comme ça, à passer son temps avec Victor, tels deux adolescents morts d'amour, ce qu'ils étaient d'ailleurs, et j'étais heureux pour eux.

Elle est repartie la semaine suivante et, pendant un temps, il a semblé que, dès qu'il n'était plus à la fac, Victor était au téléphone avec Émilie. Un jour, j'ai entendu par accident une conversation. C'était vers la dernière semaine de mai, et j'étais au rez-de-chaussée en train de lire le journal. Je suis monté pour aller à la salle de bains et, en passant devant la chambre de Victor, je l'ai entendu parler.

« ... comme fuguer ou quelque chose comme ça, exact ? »

Il a ri en entendant sa réponse.

« Et tu pourrais dévaliser son coffre-fort et venir à La Nouvelle-Orléans, et on pourrait s'enfuir et se marier au Mexique, et tu ne serais plus jamais obligée de les voir ni l'un ni l'autre. »

Victor est devenu silencieux et il a ri une fois de plus.

« Je sais, je sais, je sais, a-t-il dit. Pas la peine de me le dire. Je comprends exactement ce que tu veux dire. »

Je me suis écarté de la porte pour m'assurer qu'il ne me verrait pas.

« Ah, allez, je sais qu'ils ne travaillent pas dans le même milieu, mais tu imagines comment c'était pour moi ? Mon père était dans la mafia. Il était gangster dans la mafia, bon Dieu. »

J'ai senti le sang quitter mon visage, mon pouls s'accélérer. La sueur s'est mise à perler sur mon front.

« Je suis sérieux... Non, c'est pas une plaisanterie. C'est la vérité. Bon sang, pourquoi tu crois qu'on était tout le temps obligés de déménager d'une ville à l'autre ? Il était tueur à gages pour la mafia, Émilie, je suis sérieux. Il a peut-être l'air d'un brave petit vieux maintenant, mais c'est parce qu'il a pris sa retraite. Bon Dieu, on est allés de Los Angeles à Chicago puis à La Havane, et après, on a atterri à New York avant de venir ici. Je crois que quelque chose de sérieux s'est produit à New York car on a dû décamper si vite que j'ai pas eu le temps de reprendre mon souffle. Je crois qu'il a tué quelqu'un d'important. Je crois qu'il a tué quelqu'un de très important pour la mafia, et qu'ils lui ont filé un paquet de fric, et qu'il est venu à La Nouvelle-Orléans parce qu'il pensait que personne ne le retrouverait ici... »

Je sentais mon monde s'écrouler. Des souvenirs oubliés depuis des années me revenaient à l'esprit. Mes poings se serraient et se desserraient. Mon cœur cognait de façon incontrôlable dans ma poitrine et, l'espace d'une seconde, j'ai cru que j'allais tourner de l'œil. J'ai fait un pas en arrière et me suis appuyé contre le mur pour retrouver mon équilibre. Je n'arrivais pas à croire ce que j'entendais. M'étais-je réellement, honnêtement, imaginé que Victor avait été aveugle à tout ce qui s'était passé autour de lui lorsqu'il était enfant ? M'étais-je imaginé que ma vie avait eu si peu d'importance pour lui qu'il ne découvrirait jamais rien ? De qui m'étais-je moqué ? Certainement pas de Victor – et à cet instant, je m'apercevais que je ne m'étais moqué que de moi-même. J'étais sans mots, abasourdi, accablé par un sentiment de culpabilité tel que je n'en avais jamais connu.

« Je veux dire, il m'a fallu du temps, mais j'ai finalement compris que ma mère et ma sœur n'étaient pas mortes dans un accident. Elles ont été tuées dans l'explosion d'une voiture qui était censée tuer l'homme pour qui travaillait mon père, un poids lourd de la mafia nommé Fabio Calligaris. » Victor a lâché un éclat de rire. « J'avais une espèce d'oncle, un type que j'appelais oncle Sammy, mais tous les autres l'appelaient Dix Cents. Dis-moi qui va se faire appeler Dix Cents à part un porte-flingue de la mafia ? Où on irait chercher un surnom comme ça, hein ? »

J'ai fait un pas de côté et saisi la rampe d'escalier. J'ai fait deux pas supplémentaires et, en tâtonnant derrière moi avec ma main gauche, j'ai trouvé la porte de la salle de bains. Je l'ai ouverte et suis entré, puis j'ai refermé la porte à clé. Je me suis assis sur le rebord de la baignoire et ai inspiré profondément. Une vague d'anxiété me terrassait et, avant de savoir ce que je faisais, j'ai attrapé une serviette et y ai enfoui mon visage. Je me suis mis à sangloter, une sensation de nausée me comprimant la poitrine et me retournant l'estomac. Pendant un moment, je n'ai plus rien vu que d'épaisses vagues grises et écarlates devant mes yeux. Les larmes coulaient sur mon visage. J'avais envie de vomir mais ne semblais rien avoir en moi. Je me sentais vide. Brisé, anéanti et, lorsque j'ai tenté de me relever, il m'a fallu toute ma force et ma concentration pour ne pas tomber à la renverse dans la baignoire.

Je suis resté un moment planté là. Combien de temps, je ne saurais le dire, mais lorsque je suis enfin parvenu à reprendre des forces, je me suis lavé le visage et peigné. J'ai regardé mon reflet et ai vu un vieil homme amer et difforme. J'étais face à la vérité, et la vérité était laide et distordue. Depuis combien de temps savait-il ? Avait-ce été une accumulation progressive de petites choses, comme les pièces d'un puzzle qu'il avait finalement réussi à assembler en un tout clair et évident ? Ou bien un simple événement avait-il suffi à faire la lumière dans son esprit ? La mort d'Angelina et Lucia ? Quel âge avait-il alors ? 9 ans, à trois mois près. Avait-il alors su ? Avait-il alors déjà conscience que quelque chose clochait vraiment dans ce que faisait son père ? Je ne pouvais supporter d'affronter la vérité. Mon fils, mon seul enfant, savait tout sur moi. J'étais humilié et affolé, écrasé – tout comme mon père avait dû l'être en s'apercevant qu'il avait tué sa propre femme.

Je suis resté une minute de plus, puis j'ai lentement tourné la clé et ouvert la porte de la salle de bains. Je suis resté là sans un bruit, retenant mon souffle. La maison était silencieuse. J'ai doucement longé le couloir jusqu'à la porte entrouverte de la chambre de Victor. Le lit sur lequel il était assis lorsqu'il était au téléphone était désormais vide. J'ai entendu du bruit en bas. Il avait dû raccrocher et descendre. Je ne savais pas comment lui faire face. Je ne savais pas comment il me verrait. Mais s'il savait tout cela depuis une éternité et continuait de me traiter comme il l'avait toujours fait, alors quelque chose avait-il réellement changé ? La seule chose qui avait changé, c'était que maintenant je savais. Maintenant, j'avais conscience qu'il connaissait mon passé. Pas les détails, car il n'aurait jamais pu les deviner, mais il en savait assez pour raconter que j'avais tué des gens, que j'avais trempé dans le crime organisé, et que cette implication avait été à l'origine de la mort de sa mère et de sa sœur.

J'ai lentement descendu l'escalier. J'avais retrouvé mon équilibre, mais j'avais toujours la poitrine lourde et le souffle court. J'ai atteint le couloir du rez-de-chaussée et entendu Victor dans la cuisine. Il avait allumé la télé et regardait un feuilleton tout en se préparant un sandwich et, lorsque je suis entré et qu'il m'a vu, il s'est contenté de sourire.

« Je me fais un sandwich, a-t-il dit joyeusement. Tu en veux un ? »

J'ai souri autant que possible. Je sentais la tension de chaque muscle de mon visage et j'imaginais que mon sourire devait ressembler à une grimace.

« Non, merci, ai-je répliqué en secouant la tête. Je n'ai pas faim.

— Faut que j'aille à la bibliothèque, a poursuivi Victor. J'ai un travail à faire, un devoir que je dois finir avant la fin de la semaine. On a besoin de quelque chose ? Je pourrais m'arrêter au marché. »

J'ai secoué la tête.

« C'est bon. Nous n'avons besoin de rien, Victor. Nous avons tout ce qu'il nous faut ici. »

Je l'ai regardé manger son sandwich, zapper, boire un verre de lait, puis je suis resté assis longtemps après son départ à me demander ce que je ressentais. Ressentais-je d'ailleurs quoi que ce soit ? Je n'en étais pas sûr, et même aujourd'hui, je ne me rappelle pas quelle décision j'ai prise, pour autant que j'en aie pris une. Je croyais avoir coupé les ponts avec mon ancienne vie. Je croyais que Fabio Calligaris, et Dix Cents, Maxie la Claque, Jimmy l'Aspirine, l'équipe de natation d'Alcatraz et tous ceux qui avaient traversé ces années... je croyais les avoir laissés derrière moi. Mais c'était faux : ils étaient dans mon esprit, et aussi – à ma grande horreur – dans les souvenirs de mon fils.

Il est revenu plus tard. Il faisait nuit. J'avais en partie retrouvé mon calme, accepté dans une certaine mesure ma découverte. Je m'imaginais que nous pourrions tous les deux survivre à ça, que, avec le temps, nous pourrions vivre dans le présent et non dans le passé.

Je n'aurais pas pu me tromper plus. Je n'aurais pas pu me tromper plus, même si j'avais essayé.

Je n'ai pas parlé à Victor de son coup de fil à Émilie. Je ne l'ai pas interrogé sur ce qu'il savait, ce qu'il *croyait* savoir, mais je ne pouvais nier le fait que c'était là, présent à chaque instant au fond de mon esprit. C'était comme s'il y avait une boîte fermée, une boîte fermée qui contenait tout ce que j'avais été, tout ce que je craignais qu'il n'arrive ; et je n'osais ouvrir cette boîte et regarder dedans que quand j'étais seul et que Victor était sorti. Pendant les mois qui ont suivi, alors que Victor fêtait son dix-neuvième anniversaire, que l'automne passait et Noël approchait, je montrais au monde un visage qui n'était qu'à moitié vrai. L'homme que j'avais été était là, il le serait toujours, mais je ne le laissais pas s'exprimer librement. Je n'osais le faire par crainte de ce qui pourrait arriver.

Émilie est revenue après Thanksgiving. Elle et Victor passaient beaucoup de temps hors de la maison, et je n'ai eu qu'une seule fois conscience que leur amour adolescent n'était pas la seule chose qui les préoccupait. C'était un soir, vers 20 ou 21 heures, et ils étaient dans la cuisine. J'étais en train de lire à l'étage et suis sorti de ma chambre pour descendre car j'avais faim. Je me suis arrêté dans le couloir du rez-de-chaussée en entendant leurs voix. Peut-être étais-je curieux de savoir de quoi ils parlaient quand je n'étais pas dans les parages, peut-être craignais-je que Victor ne raconte dans le détail des souvenirs de son passé qui m'impli-

703

queraient ; quelle qu'ait été la cause, je me suis arrêté et ai attendu d'entendre ce qu'ils disaient.

« David a une liaison, expliquait Émilie. Il a quelqu'un ici, une femme qu'il voit, j'en suis sûre, alors il ne peut pas vraiment se plaindre de ce que je fais.

— Mais il doit appeler ton père ?

— Bien sûr qu'il l'appelle, mais ce qui se passe et ce qu'il lui raconte ne sont pas nécessairement la même chose. Il dit à mon père ce que mon père veut entendre, et ça s'arrête là. David et moi, on a un arrangement. Il sait que je suis assez grande pour prendre soin de moi et il ne veut pas qu'on vienne perturber ses plans. C'est pour ça qu'il est toujours si disposé à m'amener ici.

— Et ta mère ?

— Parfois, on lui dit qu'on vient, genre pour quelques jours, et on reste deux semaines. Je la vois assez comme ça. Enfin quoi, pour l'amour de Dieu, tout ce qu'elle fait, c'est qu'elle passe son temps à me dire que mon père est un connard, et au bout d'un moment, j'en ai ma dose. Je suis venue ici pour me débarrasser de toute cette merde. »

Émilie a éclaté de rire.

« Alors, David dit qu'on est avec ma mère et ainsi de suite, et mon père s'en satisfait vu que je ne suis pas là à l'emmerder pendant qu'il essaie de travailler, et pour ce qui est de ma mère, tant qu'elle me voit quelques jours par an elle ne se plaint pas. Elle est trop occupée à arranger la vie des autres pour se soucier de ce que je fais.

— Et ton père ne sait pas que j'existe ? » a demandé Victor.

Il y a eu un silence ; je supposais qu'Emilie avait répondu par un geste de tête négatif.

« Comment ça se fait que tu ne lui aies rien dit ?

— Parce qu'il ne te lâcherait pas la grappe, Victor. Il ferait mener une enquête sur ton compte. Il découvrirait pour ton père. En moins d'une semaine, il saurait tout ce qu'il y a à savoir sur toi et ce serait la fin de mes voyages à La Nouvelle-Orléans. »

Ils sont restés un moment silencieux, puis Victor a dit :

« On pourrait se tirer quelque part. Je sais où mon père planque son argent… Enfin quoi, c'est pas comme s'il allait le mettre à la banque. On pourrait en prendre un peu et disparaître, nous volatiliser en Amérique centrale et personne ne nous trouverait.

— Tu ne sais pas à qui tu as affaire, a rétorqué Émilie. Mon père, c'est genre le type super-riche avec toutes sortes de contacts, et ton père est un putain de tueur à gages de la mafia… tu crois que, à eux deux, ils n'auraient pas les ressources pour nous retrouver s'ils le voulaient ? »

Victor n'a pas répondu.

« Victor, tu dois voir les faits. Si mon père savait ce que je fais ici, il aurait une putain d'attaque cardiaque. Je suis sa chère petite fille adolescente qui a de bonnes notes, qui joue au tennis, qui fait les courses au centre commercial avec la carte de crédit de papa… S'il savait que je suis ici à La Nouvelle-Orléans à me taper le fils d'un tueur à gages de la mafia, il m'isolerait de la famille et m'internerait dans un hôpital psychiatrique. On doit juste accepter le fait que ça va être comme ça, que ça nous plaise ou non. On doit faire avec. On se voit aussi souvent que possible, et quand il y aura du changement, on pourra faire ce qu'on veut.

— Du changement ? Comment ça du changement ?

705

– Genre quand mon père mourra ou quelque chose comme ça.

– Mourir ? Pourquoi il mourrait ? Tu vas le tuer ou quoi ?

– Merde, a fait Émilie en éclatant de rire, peut-être que je pourrais piquer de l'argent à mon père et payer le tien pour qu'il le bute !

– Non, Em, je suis sérieux. Tu es en train de dire que, pour qu'on fasse ce qu'on veut, pour qu'on arrête de se cacher, alors il va falloir attendre que ton père meure ? Bon Dieu, ça pourrait prendre des années et des années. »

Émilie a poussé un soupir.

« C'est comme ça… c'est du putain de Shakespeare, pas vrai ? Les Montaigu et les Capulet… les deux familles qui ne peuvent pas être unies. Roméo et cette foutue Juliette, tu sais ? »

Je me suis écarté de la porte et ai regagné le bas de l'escalier. Mon cœur était froid et calme, comme une pierre dans ma poitrine. J'avais les mains moites, et une profonde douleur lancinante dans la tête qui me volait mon énergie et m'empêchait de réfléchir clairement.

Mon fils et sa petite amie, rien que deux adolescents, étaient devenus les amants meurtriers maudits par le sort. Je ne croyais pas une seconde que l'un ou l'autre avaient sérieusement envisagé ce dont ils venaient de parler, mais là n'était pas la question. Le fait était qu'ils en parlaient, et donc ces pensées devaient leur avoir traversé l'esprit. Émilie était une jeune fille opiniâtre, férocement indépendante, et Victor était amoureux. Ce fait était indéniable, et je savais combien il pouvait se laisser influencer par une personne comme elle. Elle était, à sa façon, doucement dangereuse, et pour la première fois de ma vie, j'ai eu peur pour lui. Non pas à cause d'une chose que j'avais faite ni de quelque élément de mon passé qui aurait refait surface, mais à cause d'une chose que *lui* avait faite. Il connaissait cette fille depuis environ deux ans et demi, mais leurs séparations semblaient avoir exacerbé leur désir d'être ensemble. J'étais certain que c'était le fait qu'ils ne pouvaient être ensemble tout le temps qui les faisait se désirer autant.

Je suis remonté à l'étage, me suis assis au bord de mon lit. Je me suis demandé ce que j'allais faire, ce que je *pouvais* faire, et après quelques minutes, je me suis aperçu que je n'en avais pas la moindre idée.

Émilie est restée jusqu'à la semaine avant Noël, et puis elle est rentrée chez son père. Elle a promis de revenir pour le mardi gras, et Victor le lui a fait jurer. Ils sont restés ensemble dans le couloir pendant une petite éternité, Émilie a versé quelques larmes, et je crois que Victor aussi. J'avais le sentiment de regarder deux personnes déchirées par de cruelles circonstances et je me suis demandé pourquoi ça avait toujours été si dur. Payions-nous finalement pour ce que nous avions fait ? Et, par défaut, le simple fait que nous étions liés à des gens qui avaient fait le mal nous condamnait-il à payer pour les péchés de nos pères, de nos mères, de nos frères et sœurs ? Sur le coup, je me suis dit que j'allais tuer le père d'Émilie. Sans une pensée, sans pitié, sans remords, je l'aurais suivie jusque chez elle, j'aurais attendu en silence qu'elle ressorte, et alors je serais entré pour l'assassiner. Il aurait été effacé de l'équation, et Émilie aurait été libre de choisir ce qu'elle voulait faire. Peut-être Victor irait-il quelque part avec elle, peut-être iraient-ils en Amérique centrale pour se perdre. Ou peut-être qu'elle serait venue ici, et qu'ils auraient passé sous ce toit les quelques années qui me restaient à vivre, conscients du fait que personne – absolument personne – ne leur barrerait le chemin du bonheur.

C'était une idée folle, une idée qui appartenait au passé, mais le simple fait que je l'avais envisagée me hantait.

Victor a laissé partir Émilie, moi aussi, et nous avons survécu à Noël ensemble. Jadis, le simple fait que Victor était avec moi me suffisait, mais maintenant que je savais combien il était malheureux sans elle, je me suis promis que si je pouvais faire quoi que ce soit pour rétablir l'équilibre, je le ferais.

Quand Émilie est revenue après la nouvelle année quelque chose avait changé. Il y avait eu quelques problèmes entre ses parents, quelque chose avait déteint sur Émilie, et au cours des premiers jours, elle semblait tendue et silencieuse.

Ce n'est qu'au début de la deuxième semaine que Victor et moi avons compris ce qui s'était passé, et que cela nous concernait beaucoup plus que l'un ou l'autre ne l'avions imaginé.

« Il ne veut plus que je vienne », a-t-elle annoncé.

Nous étions assis à table, dînant ensemble comme nous l'avions si souvent fait, et c'est après un commentaire de ma part qu'elle a finalement craqué et expliqué ce qui se passait.

« J'ai pensé à l'été prochain, avais-je déclaré. Nous pourrions peut-être nous arranger avec tes parents pour que tu nous retrouves ailleurs qu'à La Nouvelle-Orléans, pourquoi pas en Californie ? »

Émilie était restée silencieuse, elle n'avait pas dit un mot.

« Émilie ? Qu'est-ce que tu en dis ?

— Je crois que c'est une idée géniale, était intervenu Victor. On pourrait aller en Californie et voir Los Angeles. »

Il s'était tourné vers Émilie, qui avait cessé de manger. Elle avait une expression distante et absente.

« Em ? »

C'est alors qu'elle avait annoncé : « Il ne veut plus que je vienne. »

Nous sommes restés silencieux près d'une minute, et Victor a alors demandé :

« Qui ça ? Ton père ?

— Mon père », a-t-elle acquiescé.

Je me suis penché en avant. J'étais inquiet et anxieux.

« Qu'est-ce qu'il t'a dit ? Pourquoi ne veut-il plus que tu viennes ? »

Elle a lentement secoué la tête et regardé par la fenêtre.

« Il prétend que je passe trop de temps loin de la maison, que j'arrive à la fin de mes études et que je devrais travailler plus et prendre moins de vacances. Il a dit qu'il en avait parlé à ma mère et qu'ils estiment tous les deux qu'il est temps que je grandisse. » Elle a esquissé un sourire amer. Elle avait les larmes aux yeux.

« Je les vois à peine, et pourtant ils estiment avoir le droit de me dire ce que je dois faire de ma vie.

— Ce sont tes parents, Émilie, ai-je répliqué, et alors même que ces mots franchissaient mes lèvres, je savais que je n'acceptais ni ne pardonnais ce qu'ils lui avaient dit.

— Bien sûr que ce sont mes parents. Mais ça ne m'empêche pas d'être furieuse après eux. Qu'est-ce qu'ils savent? Quel droit ont-ils de me dire ce que je peux et ne peux pas faire? J'ai presque 19 ans, pour l'amour de Dieu! Je suis adulte. J'ai de bons résultats à la fac. J'obtiens les diplômes qu'ils veulent, des diplômes que je n'ai jamais voulus mais que j'ai passés parce qu'ils ont insisté. J'ai toujours fait tout ce qu'ils voulaient, et le simple fait qu'ils aient fait des erreurs ne signifie pas qu'ils peuvent m'imposer leur opinion et me faire faire ce qui leur chante. »

Elle a attrapé sa serviette sur ses cuisses, l'a roulée en boule et jetée sur la table.

J'ai regardé Victor. Sa stupéfaction le laissait sans mot. J'aurais voulu dire quelque chose, n'importe quoi pour arranger la situation, revenir en arrière et nous donner une chance de repartir de zéro, mais il n'y avait rien à dire. Aucun mot ne me venait à l'esprit ni ne franchissait mes lèvres.

« Il a dit que c'était la dernière fois que je pouvais venir jusqu'à ce que j'aie fini mes études, a expliqué Émilie, puis elle s'est tournée vers la fenêtre et est devenue silencieuse.

— Ça va aller », l'ai-je rassurée tout en pensant aussitôt le contraire.

Dans un sens, j'aurais préféré qu'elle ne dise rien. J'aurais peut-être préféré qu'elle garde ça pour elle jusqu'à son départ. Alors, au moins, le temps que nous allions passer ensemble n'aurait pas été assombri par cette révélation.

« Il ne peut pas faire ça », a déclaré Victor, mais ses yeux trahissaient qu'il savait pertinemment que le père d'Émilie pouvait faire tout ce qu'il voulait.

C'était un homme riche et plein de ressources, il pouvait embaucher des gens pour la retrouver, il pouvait

la cantonner à la maison indéfiniment, et même s'il risquait alors de perdre le peu d'amour que sa fille avait
pour lui, le fait était qu'il pouvait faire tout ce qu'il
voulait et que ni Victor ni moi ne pourrions rien y changer. Le père d'Émilie contrôlait la situation. Elle faisait partie de notre vie, mais nous ne contrôlions pas la
situation.

« Je ne sais pas quoi faire », a-t-elle repris, et elle
s'est tournée vers moi. Elle a saisi la main de Victor.
« Je vous demanderais bien de venir avec moi, mais
votre vie est ici. Toi aussi tu dois finir tes études, et
je sais que mon père n'approuverait pas votre présence. »

Elle m'a lancé un regard nerveux, puis elle a souri
comme pour tenter d'alléger l'atmosphère.

Je savais ce qui arrivait. Je savais ce qu'elle allait
dire et, au fond de mon cœur, j'ai ressenti une vague
d'horreur en songeant où ça nous mènerait.

« Je sais que mon père découvrirait tout sur vous »,
a-t-elle repris. Elle m'a regardé. Ses yeux étaient froids
et dénués d'émotion. « Je ne suis pas en position de
juger, mais je connais la vérité, Ernesto. Victor m'a
dit…

— Émilie ! l'a sèchement coupée Victor, mais elle
s'est tournée vers lui et a levé la main, l'interrompant
net.

— Je vais dire ce que j'ai à dire », a-t-elle poursuivi,
et une fois de plus, elle avait cette détermination enflammée dans les yeux.

C'était là la Émilie Devereau férocement indivi-
duelle ; la jeune femme que la force de caractère rendait
aussitôt si attirante et faisait aussi qu'elle n'était pas de
celles qu'on pouvait berner ou tromper.

« Je vais dire ce que j'ai à dire, et que ce soit la vérité ou non n'a aucune importance. » Elle m'a regardé une fois de plus. « Vous pourriez être l'homme le plus riche de Louisiane. Vous pourriez posséder mille entreprises et donner des millions de dollars à des bonnes œuvres. Vous pourriez avoir une réputation sans tache et les meilleures relations publiques du monde, mon père n'approuverait tout de même pas que je sois avec Victor. »

J'ai froncé les sourcils. Je ne voyais pas où elle voulait en venir.

« Mais nous savons tous que vous n'avez pas d'entreprise, a-t-elle poursuivi avec un sourire, et que vous n'êtes pas l'homme le plus riche de Louisiane, n'est-ce pas ? Nous savons que des événements se sont déroulés par le passé dont aucun de nous ne souhaite connaître les détails. Nous savons que votre femme et votre fille n'ont pas été tuées dans un accident. Je ne vais pas prétendre tout savoir, et je suis sûre qu'il y a beaucoup d'autres choses que Victor ne m'a pas dites, mais tout cela ne compte pas. La vérité, c'est que mon père est un bigot et un raciste et un stupide ignorant. Le simple fait que vous ne soyez pas américain, que vous soyez cubain, le convaincrait de ne jamais me laisser revoir Victor. Comme j'ai dit un jour, c'est du Shakespeare. Roméo et Juliette, les Montaigu et les Capulet. Nous sommes destinés à ne jamais être ensemble si mon père apprend quoi que ce soit. »

Émilie s'est tournée vers Victor.

« Il y a des choses que je n'ai pas été capable de te dire. Des choses que je ne te dirais même pas maintenant. Je t'aime. Je veux être avec toi. Mais quelque chose nous dépasse et nous ne pouvons rien y faire. »

Victor était pâle et crispé. Il avait la bouche entrouverte, comme s'il cherchait quelque chose à répondre mais que rien ne venait.

Émilie lui a touché le visage.

« Je ne voulais pas en parler. Je voulais attendre jusqu'à mon départ, mais je ne supporte plus l'idée de porter seule ce fardeau. Mon père m'a interdit de revenir et il semble que je ne puisse rien y faire. »

Victor m'a regardé. Il attendait que je dise quelque chose, que je trouve une solution à ce terrible problème, mais j'étais impuissant.

Ce n'est que plus tard, lorsque Émilie a été endormie, que Victor est venu me voir dans ma chambre.

« Tu dois le tuer, a-t-il déclaré d'un ton neutre.

– Nous n'allons pas… »

Il a fait un pas en avant.

« Tu crois que je ne suis pas au courant ? a-t-il demandé. Tu crois que je ne sais pas qui tu es, ce que tu as fait ? Tu crois que j'ai vécu toutes ces années sans m'apercevoir de ce que tu faisais quand j'étais petit ? Je sais qui étaient ces gens, l'oncle Sammy et Fabio Calligaris. Je sais que maman et Lucia ont été tuées par une bombe qui était destinée à Calligaris, et plus que probablement à toi. »

Je suis demeuré silencieux. J'ai regardé mon fils décharger sa colère et sa douleur. Je ne pouvais rien dire ni faire. Comment nier la vérité ?

« Tu crois que je ne sais pas de quoi tu es capable ? a poursuivi Victor. Je ne connais pas tous les détails, et je ne prétends pas les connaître. D'ailleurs, je ne veux *pas* les connaître. Mais je sais que des hommes sont morts à cause de toi, et maintenant… maintenant que j'ai besoin que tu fasses quelque chose pour moi, tu ne peux pas. Je suis ton fils, le seul membre de ta famille qui te reste. J'aime Émilie. Je l'aime plus que tout et, maintenant que j'ai besoin de toi, tu vas me dire que ce n'est pas possible. Le père d'Emilie n'est rien. C'est un dingue, quelqu'un qui tient moins à sa famille que toi. Bon sang, il mérite probablement plus de mourir que toutes les personnes que tu as tuées…

– Assez! ai-je dit. Victor, ça suffit! Assieds-toi. Assieds-toi et écoute-moi. »

Victor est resté debout, provocant et furieux. Je ne l'avais jamais vu animé d'une telle rage. Il semblait sur le point d'exploser.

« Victor… assieds-toi! » ai-je crié en espérant que je ne réveillerais pas Émilie.

Il a attendu un instant, puis s'est assis sur une chaise près du mur.

« Tu ne peux pas me demander de faire ça, ai-je commencé. Je ne vais pas nier ce que tu affirmes. Je t'ai entendu parler à Émilie au téléphone il y a longtemps. J'ai entendu ce que tu lui as dit sur mon compte. Je ne vais pas gaspiller ma salive à essayer de me défendre ou de justifier ma vie, le passé est le passé. J'ai laissé tout ça derrière moi. J'ai commis des erreurs, de grosses erreurs et, si j'avais une seconde chance, je ne prendrais pas les mêmes décisions. J'ai perdu ta mère et ta sœur à cause de ces décisions et je sais d'expérience que, si je faisais ce que tu me demandes, alors je te perdrais aussi. Pas seulement ça, mais tu perdrais également Émilie. Il ne suffit pas de tuer quelqu'un qui se tient sur ton chemin pour que tout soit fini. Quand on emprunte cette route, quelqu'un finit toujours par en payer le prix. Regarde ce que j'ai perdu. La seule femme que j'aie jamais aimée et l'un de mes enfants. Tu crois que le père d'Émilie ne se battra pas pour elle ? Et qui te dit que, une fois que son père sera parti, sa mère n'éprouvera pas la même chose ? Ces gens, ces gens avec trop d'argent et pas assez de bon sens, ils sont peut-être les plus dangereux de tous. Écoute ce que j'ai à te dire, écoute-moi bien. Je suis ton père. Je t'aime plus que tout, mais je ne tuerai pas quelqu'un pour toi. »

Victor m'a regardé. De toutes les années que nous avions passées ensemble, c'était peut-être la première fois que nous étions honnêtes, véritablement honnêtes, et quelque chose avait changé.

Il s'est penché en avant, s'est mis à pleurer. J'ai traversé la pièce et me suis agenouillé devant lui. Il a posé la tête sur mon épaule. Je l'ai enlacé et l'ai tenu pendant que son corps se tordait de chagrin.

« Alors, qu'est-ce que je fais ? a-t-il fini par demander. Qu'est-ce que je fais ? Je l'aime, père, je l'aime plus que tout au monde. J'ai perdu assez de choses… je crois que je ne supporterais pas de la perdre à son tour.

— Je sais, je sais, ai-je murmuré. Ça va s'arranger. Nous allons trouver une solution, Victor. Nous allons trouver une solution et régler ça.

— Vraiment ? a-t-il demandé d'une voix brisée. On va régler ça ?

— Oui », ai-je doucement répondu, et j'en étais absolument certain.

Les deux semaines qu'Émilie a passées avec nous se sont déroulées sans plus d'événements. Je n'ai plus abordé le sujet, Victor non plus, et Emilie ne m'a rien demandé. Ils vaquaient à leurs occupations, allaient ici et là. Ils passaient beaucoup de temps dans la chambre de Victor et je respectais leur désir de vivre leurs derniers jours ensemble sans être dérangés. Je ne m'immisçais pas dans leur vie et je sais qu'ils m'en étaient reconnaissants. Je songeais sans cesse au problème. Je l'étudiais sous toutes les coutures et, malgré toutes les heures passées à l'analyser, je ne voyais aucune solution.

Le temps est enfin venu pour Émilie de partir. Il y a eu des larmes, bien entendu, et tous deux se sont promis de se parler et de s'écrire au moins une fois par jour. Je pensais que leurs sentiments étaient assez forts pour qu'ils survivent à cette épreuve, que le moment viendrait où Émilie serait en âge de prendre indépendamment ses décisions, lorsque ses études seraient derrière elle, qu'elle aurait peut-être une carrière et sa propre maison, et alors Victor et elle seraient de nouveau ensemble. Mais je n'étais pas non plus naïf au point de rejeter la possibilité que, une fois séparée de Victor, le lien physique finirait par lui manquer, qu'elle deviendrait une femme pleine de ressources et de méthodes, que peut-être elle se trouverait quelqu'un que son père approuverait, et que, alors, Victor se retrouverait sans rien. La loyauté de mon fils ne faisait aucun doute. Émilie Devereau était son premier véritable amour, peut-être le seul qu'il aurait jamais, et c'était une chose que je connaissais. Après Angelina, je n'avais jamais pu envisager de me trouver une autre femme. Ça n'était pas dû à mon âge, ni à la façon dont elle était morte ; c'était simplement que, pour ce qui me concernait, personne ne lui serait arrivé à la cheville. Elle était vivante dans mes pensées, de même que Lucia, et maintenant qu'elles étaient parties, il ne me venait même pas à l'esprit qu'elles pouvaient être remplacées.

La semaine suivante a vu Victor se perdre dans ses études. Il parlait régulièrement à Émilie, et je sais qu'elle écrivait fréquemment car j'étais toujours là pour voir le courrier arriver. Mais il manquait quelque chose. L'espoir de sa prochaine visite, l'anticipation dans notre maison à mesure que les semaines qui séparaient ces visites se dissolvaient – cette promesse s'était volatilisée. Victor était fort et il ne m'a plus jamais demandé ce qu'il m'avait demandé cette nuit-là. Et il ne me questionnait pas non plus sur mon passé. C'était comme si nous avions tous accepté la vérité, et que cette vérité – aussi douloureuse fût-elle – avait été libérée. Elle s'était évaporée, et il semblait inutile de la rappeler.

Vers la fin de l'année, mon soixante-cinquième anniversaire me rappelant une fois de plus que le temps semblait disparaître en un clin d'œil, de plus en plus vite chaque mois, je me suis résigné au fait que l'avenir de la liaison entre Victor et Émilie était entre les mains du destin. Nous avons passé Noël tous les deux, Victor et moi, tout en ayant constamment à l'esprit le fait que c'était notre premier Noël à La Nouvelle-Orléans sans elle. C'était différent, mais Victor semblait de bonne humeur et il paraissait tenir raisonnablement bien le coup. Le jour de Noël, elle l'a appelé, et Victor a passé plus d'une heure à lui parler. Je n'ai pas espionné leur conversation, mais de temps à autre, je l'entendais rire et ça me faisait plaisir. Elle n'avait rencontré personne d'autre, de toute évidence, et peut-être sa patience et sa loyauté étaient-elles aussi solides que celles de Victor.

Je croyais que tout s'apaiserait alors. La nouvelle année est arrivée, nous étions en 2003 ; je commençais à sentir le poids des ans, à accepter le fait que la vie que j'avais vécue n'aurait pu me convenir mieux. Je m'imaginais que je m'éteindrais progressivement comme une

bougie fondue, que je serais oublié dans le lent glissement du temps, et que Victor continuerait sans moi
et trouverait sa propre voie. Il avait remarquablement
réussi ses études. Il faisait preuve d'un talent et d'une
vision exceptionnels dans le domaine de l'architecture,
et déjà des possibilités s'ouvraient à lui. Il parlait de
se rendre sur la côte Est, où des projets l'intéressaient
à Boston et à Rhode Island, et je l'encourageais à le
faire et à laisser sa trace, à faire sentir au monde son
individualité. Il n'était pas devenu son père, ce dont
j'étais reconnaissant, et le fait qu'il en savait plus sur
moi que je ne l'avais souhaité ne changeait rien au fait
qu'il m'aimait et me respectait. Quelles qu'aient été
mes activités passées, Victor ne m'avait jamais considéré autrement que comme son père.

C'est alors, au début du mois de juin, que les fantômes sont venus me retrouver.

J'étais seul ce soir-là, Victor était au cinéma avec
des amis, et je n'attendais pas son retour avant une
heure tardive.

Je fumais une cigarette dans la pièce du fond, et je
ne me rappelle plus aujourd'hui à quoi je pensais. J'ai
entendu une voiture passer dans la rue, puis la voiture
a ralenti et est passée en marche arrière. Je ne sais pas
ce qui m'a fait me lever et me rendre à l'avant de la
maison, peut-être une prémonition surnaturelle, mais je
me suis levé, j'ai traversé la maison, puis j'ai écarté le
rideau et regardé dans la rue.

Mon souffle s'est coupé dans ma poitrine. Je ne pouvais pas croire que j'étais éveillé, qu'il ne s'agissait pas
de quelque horrible rêve, quelque cauchemar venu me
hanter pour me punir. Devant ma maison, une voiture

était immobilisée, une voiture d'un bordeaux intense, une Mercury Turnpike Cruiser de 1957 qui avait jadis appartenu à Don Pietro Silvino et qui avait été remisée dans un hangar à Miami en juillet 1968. Un souvenir vieux de trente-cinq ans a refait surface tel un cadavre turgide dans une eau noire.

La portière du conducteur s'est ouverte. J'ai plissé les yeux pour distinguer la personne qui sortait du véhicule et j'ai failli chanceler en la reconnaissant. Je me suis appuyé au rebord de la fenêtre et ai inspiré profondément. Là, sur le trottoir, à pas plus de dix mètres de l'endroit où je m'efforçais de conserver l'équilibre, se trouvait Samuel Pagliaro, un homme que je n'avais connu que sous le nom de Dix Cents.

Il s'est retourné, et même s'il ne pouvait pas me voir derrière le rideau, j'ai eu l'impression que ses yeux étaient fixés sur moi. J'ai senti une peur froide m'envahir et, pendant un instant, j'ai été incapable de bouger.

Il a pris la direction de la maison. Je me suis écarté de la fenêtre et suis allé à la porte. Je l'ai ouverte avant qu'il n'atteigne le bout de l'allée. Il s'est arrêté net. Ce vieil homme, un homme qui me montrait combien de chemin nous avions parcouru, s'est tenu un moment immobile, puis il a écarté les bras et a souri.

« Ernesto ! a-t-il lancé fièrement. Ernesto, mon ami ! »

J'ai senti les larmes me monter aux yeux. Je me suis engagé dans l'allée et ai marché dans sa direction. Je l'ai étreint, le serrant pendant une petite éternité avant de le lâcher et de faire un pas en arrière.

« Dix Cents, ai-je dit. Dix Cents… tu es ici.

— Pour sûr, a-t-il répliqué. Et comme il s'agit d'une occasion spéciale, je t'ai apporté ta voiture ! »

Il s'est tourné et a désigné la Cruiser. Elle n'avait pas changé. Cinq kilomètres de peinture satinée et de chromes polis. Le cadeau que m'avait offert Don Giancarlo Ceriano après la mort de Pietro Silvino et Ruben Cienfuegos. Je me souvenais de tout, le passé, les choses qui m'avaient amené jusqu'ici, et j'étais submergé par l'émotion.

J'oscillais entre rire et larmes, puis nous sommes entrés dans la maison et avons refermé la porte sur le monde extérieur.

Nous avons dîné ensemble, bu du vin, parlé du passé, un peu de l'avenir. Dix Cents m'a demandé comment se portait Victor ; je lui ai montré quelques-uns de ses projets et Dix Cents a été heureux et fier, tel un oncle dont le neveu serait talentueux et intelligent. Dix Cents faisait partie de la famille, depuis toujours, à jamais, mais il représentait en même temps tout ce que j'avais tant voulu laisser derrière moi. J'ai alors compris que c'était impossible. Ces choses étaient toujours là, et c'était juste une question de temps avant qu'elles ne vous rattrapent. Le présent, l'avenir même, ne seraient éternellement que le reflet du passé. L'image de l'homme que j'avais été m'apparaissait et, en dépit du temps écoulé, en dépit de l'ancienneté du miroir, des déformations et des décolorations qui le mouchetaient, c'était toujours le même homme qui me regardait : Ernesto Cabrera Perez, assassin, père absent, indirectement coupable de la mort de deux des personnes qu'il avait le plus aimées.

Plus tard, alors que nous discutions depuis trois ou quatre heures, Dix Cents est resté un moment silencieux. Il m'a regardé sérieusement et je lui ai demandé ce qui n'allait pas.

« Il y a une raison à ma venue, a-t-il répondu. Je voulais te voir, certes, et t'apporter la voiture. Mais il y a une autre raison. »

Une sensation de calme m'a envahi. Je sentais mon cœur battre dans ma poitrine.

« Don Calligaris est mort, a-t-il annoncé. Il est mort il y a trois semaines. »

J'ai ouvert la bouche pour demander ce qui s'était passé.

« C'était un vieil homme, et il a survécu envers et contre tout à toutes les attaques que le monde a lancées contre lui. Il est mort dans son lit, entouré des gens qui l'aimaient. Il m'a fallu tout ce temps et beaucoup d'argent pour te dénicher, Ernesto, mais dans ses derniers instants, Don Calligaris a souhaité que je te retrouve et que je te dise la vérité.

— La vérité ? ai-je demandé, la peur bouillonnant en moi telle une tornade.

— La vérité sur Angelina et Lucia… sur le soir où elles sont mortes. »

J'ai senti mes yeux s'ouvrir en grand.

« La bombe, comme tu le sais, était destinée à Don Calligaris, et il ne t'a pas tout dit par crainte de ta réaction. Mais maintenant il est mort, et avant de mourir, il a voulu être sûr que tu saurais qui était responsable de leur décès. » Dix Cents a secoué la tête. « Ça remonte à Chicago, aux amis que nous nous sommes faits là-bas, aux gens avec qui nous avons travaillé. Il y a eu des désaccords, des gens à New York insatisfaits de la manière dont les choses se passaient, et Don Calligaris a été chargé de résoudre les différends.

— Différends ? Quels différends ?

— Les différends entre les membres de la famille et les gens de l'extérieur avec qui nous étions impliqués.

– Quels gens ? ai-je demandé.

– Don Calligaris a été chargé de mettre un terme à tous les accords que nous avions passés avec Antoine Feraud. »

J'ai regardé Dix Cents. Je peinais à comprendre ce qu'il me disait.

« Don Calligaris, en mourant, a voulu que je te dise qui était responsable de la tentative de meurtre contre lui… qui était responsable du meurtre de ta femme et de ta fille.

– Feraud ? ai-je demandé. C'est Feraud qui a ordonné qu'une bombe soit placée dans la voiture ? »

Dix Cents a acquiescé, puis il a baissé les yeux vers ses mains.

« Don Calligaris ne te l'a pas dit, et il m'a fait jurer de ne pas te le dire parce qu'il craignait que ta vengeance ne provoque une guerre entre les familles dont on l'aurait jugé responsable. Maintenant qu'il est mort, il se fiche des conséquences et il t'aimait assez pour vouloir que tu saches la vérité. Il m'a demandé de te dire que tu pouvais prendre n'importe quelle mesure qui te semblerait juste pour venger la mort de ta femme et de ton enfant. »

Je me suis laissé aller en arrière sur ma chaise. J'étais émotionnellement et mentalement submergé. Comme je ne trouvais pas les mots pour décrire ce que je ressentais, je n'ai rien dit. J'ai retourné son regard à Dix Cents. Il me fixait sans ciller, et j'ai alors acquiescé lentement et baissé la tête.

« Tu comprends que je ferai ce que j'ai à faire, ai-je déclaré calmement.

– Oui, a répondu Dix Cents.

– Et si je meurs en le faisant, tu n'y seras pour rien.

722

– Tu ne mourras pas, Ernesto Perez. Tu es invincible.

– Peut-être, mais ma vengeance sera la fin de tout. Elle me vaudra de perdre Victor et elle sera source d'ennuis pour les familles.

– Je sais.

– Et tu es prêt à accepter les conséquences ?

– Oui. »

J'ai attrapé la main de Dix Cents, levé la tête et vu ses yeux d'un bleu pâle et délavé : les yeux d'un homme fatigué.

« Tu as fait ce que Don Calligaris attendait de toi, ai-je repris, et je t'en suis reconnaissant. Maintenant, je crois que tu ferais bien de partir, de nous oublier Victor et moi et de ne pas te soucier de ce qui va arriver. Cette *Cosa nostra*, cette chose qui était à nous, est désormais finie. »

Dix Cents a acquiescé. Il s'est levé de sa chaise.

« Donne-moi tes clés de voiture, a-t-il demandé. Je te laisse la voiture dans laquelle je suis venu et je vais prendre la tienne. Fais ce que tu as à faire, tu as la bénédiction de Don Calligaris.

– Oui, ai-je répondu doucement, d'une voix qui n'était qu'un murmure brisé. Je le ferai, et ce sera la fin. »

Je l'ai regardé repartir. Avec lui, c'est tout ce que je m'étais acharné à préserver qui s'en allait ; la fausseté de ma situation présente se dissolvait sous le poids de ce que j'avais appris.

Je me sentais sans âge et indestructible. Je sentais les années me quitter et s'évaporer. J'ai fait les cent pas dans ma maison, mon esprit tournant en rond, et je me suis retrouvé à renier tout ce que je m'étais efforcé de devenir.

J'étais Ernesto Cabrera Perez. J'étais un assassin. J'avais atteint la fin de ma vie, mais il me restait une chose à faire. J'irais dans ma tombe avec la certitude que justice avait été faite.

Comme me l'avaient dit les Siciliens il y avait tant d'années de cela : *Quando fai i piani per la vendetta, scava due tombe – una per la tua vittima e una per te stesso.*

Oui, je creuserais deux tombes – une pour Antoine Feraud, et une pour moi.

J'ai bien dormi cette nuit-là, rassuré par la certitude que j'avais bouclé la boucle. Je mordrais ma propre queue, et finalement, silencieusement, irrévocablement, tout ce que j'avais été, tout ce que j'étais devenu, disparaîtrait comme par magie.

Je retrouverais Angelina et Lucia, et tout serait fini.

28

Lorsque Perez eut fini de parler, Hartmann se pencha en arrière sur sa chaise et croisa les bras.

« Quel est ce proverbe que vous avez utilisé ? Celui qui parlait de vengeance ? » demanda-t-il.

Perez sourit.

« *Quando fai i piani per la vendetta, scava due tombe – una per la tua vittima e una per te stesso.*

— Mais dans votre cas, l'autre tombe n'était pas pour vous, n'est-ce pas ? »

Perez acquiesça.

« Une pour Feraud et une pour Charles Ducane… car ces hommes sont en fin de compte responsables de la mort de votre femme et de votre fille. »

Perez ne répondit rien ; il attrapa simplement une cigarette et l'alluma. Il avait l'air satisfait, peut-être éprouvait-il un sentiment d'aboutissement, comme s'il avait dit tout ce qu'il avait à dire et que ce dossier était clos.

« Vous avez eu une sacrée vie, remarqua Hartmann.

— Elle n'est pas encore terminée, répliqua Perez.

— Vous comprenez que vous allez passer vos dernières années dans un établissement pénitentiaire haute sécurité.

– J'imagine. »

Hartmann resta un moment silencieux, puis il posa les yeux sur Perez.

« J'ai une question. »

Perez lui fit signe de la poser.

« Votre fils.

– Quoi, mon fils ?

– Où est-il, que fait-il… a-t-il la moindre idée de ce qui s'est passé ici ? »

Perez haussa les épaules.

« Victor sait-il où vous êtes, que vous avez kidnappé la fille du gouverneur de Louisiane ? »

Perez répondit par un geste négatif.

« Mais il en sait assez sur la vie que vous avez menée…

– Victor sait que je n'étais pas disposé à tuer le père d'Émilie Devereau, coupa Perez, et même s'il pensait l'aimer suffisamment pour supporter le poids d'un tel acte, il est encore naïf à certains égards. Il en savait assez sur moi pour comprendre que j'aurais été capable de le faire, mais quand il s'est finalement aperçu que je ne commettrais pas ce meurtre, il a décidé qu'il n'aurait plus rien à faire avec moi. »

Perez s'interrompit et secoua la tête.

« Il s'est persuadé que je l'avais trahi.

– Savez-vous où il est maintenant ?

– Il est quelque part, monsieur Hartmann, et bien que je l'aime plus que n'importe quelle autre personne au monde, je suis capable de le laisser partir. Il trouvera sa voie, j'en suis certain, et même si je ne le revois jamais, je sais qu'il ne deviendra jamais ce que moi je suis devenu.

– Vous en êtes sûr ?

– Oui, j'en suis sûr.

– Vous avez évoqué Shakespeare, les deux familles qui ne pouvaient pas être unies.

– En effet.

– Et c'est ce que vous vouliez dire… Victor et Émilie Devereau ?

– Oui, acquiesça Perez.

– Et en voyant que vous ne pouviez pas donner à votre fils ce qu'il voulait, vous avez décidé de venger la mort de votre femme et de votre fille.

– Exact.

– Tout en sachant que, en refermant ce chapitre précis de votre existence, vous mettiez un terme à votre propre vie ? »

L'esquisse d'un sourire apparut sur le visage de Perez, puis il ferma les yeux pendant un bref instant. Il se pencha en avant, écrasa sa cigarette et en attrapa une nouvelle.

« Ils vont requérir la peine de mort, vous savez ?

– Je le sais, répondit Perez, mais je suis sûr qu'il y aura des années d'appels et de querelles d'avocats, et que je mourrai de vieillesse avant qu'ils aient le temps de préparer mon injection létale. »

Il tira sur sa cigarette ; des volutes de fumée s'échappèrent de ses narines.

« Et maintenant ? demanda Hartmann.

– Maintenant, je vais vous dire où elle est, n'est-ce pas ? »

Hartmann acquiesça.

« Et qu'est-ce qui m'attend ? demanda Perez.

– Deux hommes sont venus de Quantico. Ils vont vous emmener au département de Science comportementale du FBI, où au moins trois douzaines de profileurs criminels attendent de vous disséquer le cerveau.

« – On mange bien là-bas ?

– Aucune idée, répondit Hartmann en secouant la tête.

– Peut-être que je commanderai des plats à emporter, répliqua Perez avec un sourire.

– Peut-être. Et maintenant, s'il vous plaît, dites-nous où est Catherine Ducane.

– Vous vous souvenez de l'endroit où vous avez trouvé la voiture ?

– Gravier Street.

– Tout près de là, vous trouverez un endroit nommé le motel Shell Beach. »

Hartmann ouvrit de grands yeux.

« Le Shell Beach… ce n'est pas à plus de quatre ou cinq kilomètres d'ici.

– Gardez vos amis près de vous, et vos ennemis encore plus près, voilà ce qu'on m'a appris, déclara Ernesto Perez. Bungalow numéro onze, motel Shell Beach. Allez chercher Catherine Ducane et dites-lui que tout est fini. »

Hartmann se leva. Il traversa la pièce jusqu'à la porte, l'ouvrit et, derrière, il trouva Stanley Schaeffer qui attendait dans le couloir.

Schaeffer fit un signe de tête à l'intention de Perez.

Ce dernier se leva lentement. Il tira une fois de plus sur sa cigarette et l'écrasa dans le cendrier. Il y avait quelque chose d'irrévocable dans ses gestes, comme s'il comprenait que tout avait atteint sa conclusion naturelle. Il marcha vers Hartmann, puis s'arrêta au niveau de la porte. Il tendit la main. Hartmann la lui serra. Puis Perez se pencha en avant et, posant les mains sur les épaules de Hartmann, il l'embrassa sur les joues.

« Vivez bien votre vie, Ray Hartmann… retournez à New York et faites comme si rien de tout ça n'était

728

arrivé. Réglez les différends que vous pouvez avoir avec votre femme et essayez de recoller les pots cassés, ne serait-ce que pour votre enfant. »

Hartmann acquiesça.

« Adieu, Ray Hartmann, ajouta doucement Perez, puis il se tourna vers Schaeffer et sourit. Allons-y », dit-il, et lorsque Schaeffer se mit à marcher dans le couloir, Ernesto Cabrera Perez le suivit lentement sans jamais regarder en arrière.

L'unité du FBI chargée de récupérer Catherine Ducane était déjà partie lorsque Schaeffer et Perez atteignirent la rue. Le Hummer était garé au bord du trottoir, les deux agents de Quantico, McCormack et Van Buren, se tenaient à côté. Van Buren contourna le véhicule et menotta Perez. Il l'escorta jusqu'à la portière, que McCormack ouvrit. Van Buren grimpa avec Perez et utilisa une autre paire de menottes pour l'attacher à l'accoudoir de son siège. McCormack s'installa derrière le volant et Schaeffer prit place à côté de lui. Lorsque le moteur démarra, Hartmann et Woodroffe se tenaient devant l'hôtel. Ils regardèrent le Hummer s'éloigner et, lorsqu'il franchit le carrefour, Hartmann vit Perez se retourner et le regarder. Il avait une expression implacable et dénuée d'émotion.

Hartmann baissa la tête et regarda ses chaussures. Il avait la sensation d'avoir un trou au milieu du corps et que tout en lui était silencieusement aspiré par ce vide.

« Le fils, déclara Woodroffe. Je n'arrive toujours pas à me l'ôter de l'esprit.

— Vous avez écouté depuis le couloir? demanda Hartmann.

– Oui. Je sais ce qu'a dit Perez, que son fils était furax parce qu'il n'a pas voulu tuer le père de la fille, mais j'ai toujours le sentiment qu'il y a autre chose. Je vais retourner à l'intérieur et appeler Quantico… leur demander d'effectuer une recherche sur cette Émilie Devereau dans la base de données. Si on arrive à la trouver, on aura peut-être une chance de découvrir où Victor Perez était pendant que son père nous parlait.

– Vous continuez de penser qu'il est impliqué, n'est-ce pas ? »

Hartmann se tourna vers Woodroffe. De fait, il se foutait de ce que pensait Woodroffe ; en ce moment, il se foutait de ce que n'importe qui pensait. Il ne songeait qu'à Carol et Jess, au fait qu'il allait retourner au Royal Sonesta et les appeler, leur annoncer qu'il rentrait à la maison, qu'il les rencontrerait quand elles voudraient, à l'endroit qu'elles choisiraient, et qu'il avait tant de choses à leur dire.

« Je crois que *quelqu'un* est impliqué, reprit Woodroffe. Le rapport était formel… il était peu probable qu'un seul homme parvienne à soulever le corps de Gerard McCahill sur la banquette arrière et à le balancer dans le coffre cette nuit-là dans Gravier Street.

– Allez-y », dit Hartmann.

Woodroffe reprit la direction de l'hôtel. Il s'arrêta et se retourna avant d'avoir atteint la porte.

« Vous ne voulez pas aller chercher la fille au motel ?

– Je veux appeler ma femme, répondit Hartmann. C'est tout ce que je veux pour le moment.

– Je viendrai vous informer quand ils l'auront récupérée, OK ?

– Bien sûr… bien sûr », répondit Hartmann, et il regarda Bill Woodroffe pivoter les talons et pénétrer dans l'hôtel.

Cinq bonnes minutes s'écoulèrent avant que Hartmann ne fût assis devant un téléphone dans le hall du Royal Sonesta. L'un des fédéraux avait connecté une ligne extérieure afin de contourner le standard principal. Hartmann composa son propre numéro, le numéro qui le mettrait en relation avec l'autre côté de l'East River, avec un appartement de trois pièces situé dans un immeuble de trois étages dans Stuyvesant Town. Il visualisait l'endroit où était posé le téléphone, juste là sur la petite table dans l'entrée. Quelle heure était-il ? Hartmann jeta un coup d'œil à sa montre : 14 heures passées. Carol serait à la maison ; elle n'irait pas chercher Jess à l'école avant environ une heure. Le bruit de la ligne bourdonna dans son oreille, puis la connexion fut établie et il écouta la sonnerie. Il entendait presque les pas de Carol tandis qu'elle arrivait de la chambre ou de la salle de bains. Deux fois, trois fois, quatre fois… Qu'est-ce qu'elle foutait ? Pourquoi ne décrochait-elle pas ? Peut-être qu'elle était dans la cuisine avec la télé allumée et qu'elle n'entendait pas.

Hartmann tenta de forcer mentalement sa femme à décrocher le foutu téléphone. Combien de fois avait-il sonné maintenant ? Huit ? Dix ? Il ressentit une tension dans le bas des tripes. Il avait peur, peur qu'elle ait changé d'avis, le pire scénario possible ; peur qu'elle ait décidé que son incapacité à venir au rendez-vous du parc de Tompkins Square quatre jours plus tôt ait été pour elle le signe que rien n'avait changé. Ray avait brisé un pacte supplémentaire. Quelle qu'ait été la raison de son absence, la vérité, c'était que Ray Hartmann avait ajouté une nouvelle promesse trahie au vaste catalogue de promesses trahies qu'il avait déjà accumulées.

Peut-être Ray Hartmann aurait-il raccroché ; peut-être aurait-il laissé le téléphone sonner pendant une heure de plus, restant assis là avec la patience de Job jusqu'à ce que Carol entende enfin le téléphone ou jusqu'à ce que Jess revienne de l'école et décroche... peut-être, mais ses plans furent soudain brusquement interrompus par des agents fédéraux qui déboulèrent dans le hall de l'hôtel et se mirent à crier.

Ce fut aussitôt un désordre sans nom. Il se répandit comme un feu de forêt à travers le rez-de-chaussée du bâtiment, et plusieurs minutes semblèrent s'écouler avant que Bill Woodroffe – l'agent le plus gradé en l'absence de Schaeffer – apparaisse dans le hall, le visage pâle et crispé, avec une expression totalement stupéfaite et confuse.

« Ils l'ont eu ! hurlait-il à pleins poumons. Oh, mon Dieu, ils l'ont eu ! »

Hartmann se leva soudain. Sa chaise bascula en arrière et il faillit se prendre les pieds dedans lorsqu'il se mit à marcher en direction de Woodroffe.

« Quoi ? cria-t-il. Qu'est-ce qui s'est passé ?

– Ils l'ont abattu... nom de Dieu, ils l'ont abattu, répondit Woodroffe en hurlant.

– Qui ? demanda Hartmann, hurlant à son tour. Ils ont abattu *qui* ?

– Ducane ! Quelqu'un vient d'abattre Charles Ducane ! »

Et dans la confusion, personne ne vit que la radio posée sur le guichet clignotait. Personne – dans le remue-ménage et la panique qui agitaient le Royal Sonesta – ne vit le clignotement ni ne s'arrêta pour attraper l'écouteur.

Si quelqu'un l'avait fait, il aurait entendu la voix du chef de l'unité chargée de récupérer Catherine Ducane, et celui-ci lui aurait dit d'appeler Schaeffer dans le fourgon pour qu'il ramène Perez à l'hôtel.

Durant le quart d'heure qui suivit, Bill Woodroffe parvint à glaner quelques détails sur l'attentat qui avait visé le gouverneur Charles Ducane. En même temps, l'équipe de récupération rebroussait chemin vers le Sonesta, tandis que, en Virginie, on recherchait les noms d'Émilie Devereau et de David Carlyle dans la base de données d'identification du FBI.

Un homme avait été arrêté alors qu'il s'enfuyait à travers la foule massée à Shreveport, la ville de Ducane. Ce dernier faisait un discours pour l'ouverture d'un nouveau centre d'art dans une banlieue du coin lorsqu'un homme avait jailli de l'assistance et lui avait tiré trois balles dans la poitrine. Alors même que les détails leur parvenaient, Ducane était emmené en urgence à l'hôpital le plus proche. Il était toujours en vie, mais son état était sérieux. On pensait qu'une des balles avait effleuré le cœur. L'homme qui avait été arrêté avait d'ores et déjà été identifié comme le fils aîné d'Antoine Feraud, et alors que Hartmann commençait à apprendre ce qui s'était passé, Dohring, le directeur du FBI, mettait en place une unité spéciale chargée de faire une descente à la propriété de Feraud et de l'embarquer.

Peut-être à cause de la simultanéité de tous ces événements, ou parce que personne n'avait été officiellement désigné pour prendre les choses en main en cas d'imprévu, le Royal Sonesta devint l'œil de l'ouragan, et Ray Hartmann n'eut plus l'occasion de joindre Carol.

L'arrivée de l'unité de récupération devant le bâtiment provoqua une nouvelle vague de confusion.

Hartmann les vit s'arrêter contre le trottoir dans un dérapage et, lorsque le chef de l'unité descendit du véhicule avec simplement une poignée de vêtements entre les mains, Hartmann comprit que la situation, qui était déjà catastrophique, avait viré au cauchemar.

Woodroffe apparut et, lorsqu'il comprit que Catherine Ducane n'avait pas été localisée, il retourna en courant dans l'hôtel pour contacter par radio l'escorte de Perez. Hartmann était à ses côtés tandis qu'il essayait en vain d'obtenir un signal.

« Déconnecté, ne cessait de répéter Woodroffe. Ils ont déconnecté leur foutue radio, bordel de merde ! »

Et Hartmann mit un moment à lui faire comprendre que la radio avait été déconnectée intentionnellement.

« Oh, bon Dieu… Schaeffer ! » s'écria-t-il.

Woodroffe entendit alors quelqu'un appeler son nom et vit un agent qui se tenait près de l'escalier en agitant les bras au-dessus de sa tête pour attirer son attention. Il se fraya de force un chemin à travers la foule et le rejoignit.

« Quantico, disait l'homme. J'ai une communication avec Quantico. Ils ont une réponse pour votre demande d'identification. »

Woodroffe lui passa devant sans ménagement et grimpa quatre à quatre les marches jusqu'au deuxième étage, où Kubis avait installé une rangée d'ordinateurs équipés d'une ligne directe et sécurisée avec Quantico.

Hartmann le suivait au pas de course, ne cessant de hurler pour se faire entendre par-dessus le vacarme du rez-de-chaussée.

« Schaeffer ! Qu'est-ce que vous allez faire pour Schaeffer et Perez ? »

Woodroffe atteignit le palier du deuxième étage et s'engagea dans le couloir en direction de la chambre.

« Woodroffe… bordel, qu'est-ce que vous allez faire ? criait Hartmann. Catherine Ducane n'était pas là… vous comprenez ce que je dis ? Catherine Ducane n'était pas dans le putain de bungalow ! »

Woodroffe s'arrêta soudain et tourna les talons.

« Retournez dans la rue, dit-il. Allez voir le chef de l'unité de récupération et dites-lui de prendre en chasse le fourgon. Prenez les vêtements et donnez-les aux équipes scientifiques, et montrez ceci au chef. »

Woodroffe tendit à Hartmann une simple feuille de papier. Elle était à l'en-tête du FBI et, sous le logo, était décrit de façon concise l'itinéraire que le fourgon devait emprunter pour retourner en Virginie.

Hartmann redescendit l'escalier au pas de course.

Woodroffe entra dans la pièce où le système informatique avait été installé et trouva Lester Kubis qui regardait fixement un écran.

« Qu'est-ce que c'est ? Qu'est-ce qu'ils disent ? »

Kubis se retourna lentement et regarda Woodroffe par-dessus la monture de ses lunettes.

« Ceci, dit-il doucement, ça ne va pas vous plaire. »

Hartmann regagna la rue et trouva le chef de l'unité de récupération.

« Prenez ceci, dit-il en lui fourrant le papier entre les mains. C'est l'itinéraire du fourgon qui conduit

Perez à Quantico. Suivez-les et ramenez Schaeffer et Perez. »

L'homme se retourna et reprit la direction de son véhicule au pas de course.

« Attendez ! lança Hartmann à sa suite. Où sont les vêtements que vous avez trouvés ? »

Le chef désigna un agent qui se tenait sur le trottoir et portait un sac en plastique contenant un jean, des chaussures et d'autres affaires retrouvées dans le bungalow.

Hartmann leva la main et le chef se hâta de regagner son véhicule.

Hartmann prit les vêtements et pénétra dans le Sonesta. Il trouva un agent de l'équipe scientifique.

« Prenez ceci, dit-il. Portez-le au bureau du coroner du comté. Mettez la main sur le coroner, un certain Michael Cipliano, et trouvez le légiste adjoint, Jim Emerson. Emmenez qui vous voulez avec vous et faites analyser ces vêtements. Il nous faut les résultats le plus tôt possible. Dites-leur que c'est pour Ray Hartmann, OK ? »

L'agent acquiesça et s'éloigna rapidement avec le sac qui contenait tout ce qui restait du séjour de Catherine Ducane au motel Shell Beach.

Hartmann se tint sur le trottoir, tentant de reprendre son souffle. Woodroffe était au deuxième étage, l'équipe de récupération fonçait à travers la ville pour rattraper Schaeffer et Perez, et Hartmann secoua la tête en se demandant ce que signifiait tout ce bordel.

Il retourna dans le hall de l'hôtel alors même que les premiers appels radio arrivaient, ordonnant aux fédéraux qui étaient restés de prendre la direction de la propriété de Feraud. Des unités de La Nouvelle-Orléans,

« Appelez l'unité de récupération, dit Hartmann d'une voix brusque, manifestement désespéré. Appelez l'unité de récupération et découvrez ce qui est arrivé à Perez.

– La fille était de mèche, pas vrai ? demanda Woodroffe. Catherine Ducane était de mèche depuis le début, pas vrai ? Pas vrai ?

– Je ne sais pas ce qui s'est passé ici, répliqua Hartmann en secouant la tête. Pour le moment, je veux juste savoir ce qu'ils ont fait de Schaeffer. Qui a envoyé ces deux agents ? Quel était leur nom ?

– McCormack et Van je sais pas quoi…

– Van Buren », dit Hartmann.

Il se tourna vers Kubis.

« Contactez Quantico et demandez-leur s'ils ont envoyé ces gens pour qu'ils emmènent Perez en Virginie.

– Personne ne l'a encore vérifié ? demanda Kubis en fronçant les sourcils. Personne n'a vérifié les documents de réquisition ?

– Vous avez vu le nombre d'agents que nous avions ici, répliqua Woodroffe. Vous avez vu le nombre de gens qui entraient et sortaient de ce bâtiment ? C'est une foirade complète, je vous le dis. Quelqu'un va y laisser un paquet de plumes…

– Eh bien, prions Dieu que ce ne soit pas Schaeffer », répliqua Hartmann, et il demanda une fois de plus à Kubis de contacter le FBI pour connaître le nom des agents qu'ils avaient envoyés chercher Perez.

Moins d'une minute plus tard, Kubis se retourna en secouant la tête.

« Ils n'ont encore envoyé personne », dit-il doucement, et il se détourna une fois de plus de Woodroffe et Hartmann comme s'il refusait d'être impliqué plus longtemps dans cette affaire.

Hartmann regarda Woodroffe. Celui-ci lui retourna un regard inexpressif, puis lança :

« Schaeffer est mort, n'est-ce pas ?

— J'y vais, dit Hartmann. Je vais les rattraper.

— Je vous accompagne, répliqua Woodroffe, et il se tourna vers Kubis. Nous allons prendre en chasse l'unité de récupération… s'il y a quoi que ce soit de neuf, appelez-moi sur ma radio, OK ? »

Kubis acquiesça sans un mot, et il regarda en silence Hartmann et Woodroffe quitter la pièce et s'engager dans l'escalier.

« Je n'y comprends rien », disait Woodroffe, mais alors même qu'il prononçait ces mots, il savait que c'était faux.

Ils s'étaient tous laissé captiver par le numéro de Perez, et il y avait la fille, toujours la fille… la promesse que, s'ils écoutaient, ils retrouveraient la fille vivante et que quelques heures plus tard, elle serait rendue à son père.

Mais il n'avait jamais été question d'enlèvement. Il avait été question de vengeance. Perez avait creusé deux tombes, et il semblait qu'elles seraient toutes deux remplies d'une manière ou d'une autre.

Ils retrouvèrent le véhicule de l'escorte et l'unité de récupération à moins de cinq kilomètres du Royal Sonesta, à la périphérie d'une petite ville nommée Violet sur l'autoroute 39. Hartmann s'arrêta dans un dérapage et Woodroffe se dirigea en courant vers les véhicules.

Le chef de l'unité de récupération était penché au-dessus de quelqu'un et, l'espace d'un instant, Hartmann crut qu'il allait trouver Schaeffer étendu au bord de la route avec un trou derrière la tête, mais lorsqu'il contourna le véhicule, il découvrit Schaeffer debout, bien vivant, sans voix mais bien vivant, qui regardait un objet qu'il tenait dans sa main.

Hartmann s'approcha lentement. Par terre, aux pieds de Schaeffer, se trouvaient des bandes de ruban adhésif déchirées, le ruban qui avait servi à le ligoter, et à côté, gisait le sac en toile qui – plus que probablement – lui avait été placé sur la tête.

Schaeffer vit Hartmann arriver et il tendit la main.

Hartmann approcha, craignant presque ce qu'il allait voir.

La main de Schaeffer s'ouvrit, et il vit une petite pièce de monnaie argentée qui réfléchissait le peu de lumière qui restait dans le ciel.

« Dix Cents, fit Hartmann.

– Le plus vieux des deux, confirma Schaeffer d'un ton presque incrédule, et le plus jeune…

– C'était Victor Perez », conclut Hartmann.

Il se tourna vers Woodroffe. Celui-ci secoua lentement la tête et baissa les yeux vers le sol.

« Quelqu'un les attendait ici, expliqua Schaeffer. Il y avait une voiture. Ils m'ont ligoté les mains et les pieds, ils m'ont mis un sac sur la tête. Je ne les ai pas vus, mais je suis catégorique, c'était une fille… je suis absolument catégorique, c'était une fille…

– Catherine Ducane, dit Woodroffe. Ils nous ont eus, pas vrai ? Perez et son fils, et aussi la fille… ils nous ont bien eus. »

Hartmann était immobile, son cœur comme une pierre froide au milieu de sa poitrine. Il inspira profondément. Il se sentait sur le point de vaciller et alla s'asseoir au bord de la route. Il se couvrit le visage des deux mains, ferma les yeux, et un long moment s'écoula avant qu'il pût même envisager ce qu'il allait faire désormais.

Les rapports arrivèrent plus tard, inconsistants, peu probants – seule une chose était certaine : les agents du FBI, et d'autres agences, avaient fait une descente dans la propriété d'Antoine Feraud.

Papa Toujours.

Des hommes avaient été tués des deux côtés, et il y avait eu de nombreux blessés. Alors même que ces rapports arrivaient, alors même que Hartmann écoutait les paroles qui étaient relayées au Royal Sonesta par l'intermédiaire de Lester Kubis, des hommes touchés par balle étaient transférés aux services d'urgences de La Nouvelle-Orléans. Mais ils étaient certains d'une chose.

Papa Toujours était mort. Posté en haut de l'escalier de sa maison, il avait ouvert le feu sur les agents du FBI au moment où ceux-ci avaient franchi la porte. Il était tombé sous une pluie de balles. Il était tombé en se battant et, tandis que son corps dégringolait deux volées de marches, tandis que sa vieille forme brisée gisait bras et jambes écartés au pied de l'escalier, le sang se répandant depuis sa tête à travers le plancher d'acajou impeccablement ciré, le gouverneur Charles Ducane avait succombé, alors même que des chirurgiens tentaient d'extraire une troisième balle d'un canal artériel près du cœur.

Ils étaient morts à quelques secondes l'un de l'autre, et s'ils l'avaient su, l'ironie de la coïncidence les aurait peut-être amusés. Tout comme elle aurait, sans aucun doute, amusé Ernesto Perez tandis qu'il franchissait la frontière qui séparait la Louisiane du Mississippi à proximité d'un affluent de la rivière Amite.

La nuit approchait. Les lumières du Royal Sonesta étaient toutes allumées. Les agents de retour de la propriété de Feraud étaient réunis pour un débriefing. Même Verlaine était là, conscient que ça avait été un sacré foutoir et désireux de comprendre ce qui s'était passé sur son territoire.

Et c'était lui qui se tenait auprès de Ray Hartmann lorsque Michael Cipliano arriva en compagnie de Jim Emerson, tenant à la main le rapport sur les vêtements retrouvés au motel Shell Beach.

« Ce sont bien les vêtements de la fille, expliqua Cipliano à Hartmann. Rien qui sorte de l'ordinaire, sauf un petit détail. »

Hartmann, trop préoccupé par ce qui venait d'arriver pour encaisser une nouvelle surprise, se contenta de regarder Cipliano.

« À l'arrière de son jean nous avons trouvé du sang… de minuscules taches de sang sur les rivets… »

Hartmann sut ce que Cipliano allait dire avant même qu'il ait prononcé un mot.

« Sauf que ce n'était pas du sang, monsieur Hartmann… c'était de la peinture bordeaux, la même que celle de la Mercury Turnpike Cruiser. »

Cipliano souriait, comme si tous les éléments du puzzle avaient enfin trouvé leur place.

« Nous avions estimé la taille de la personne qui a soulevé le corps entre un mètre soixante-dix-sept et un mètre quatre-vingts, mais en même temps que son jean, vous nous avez fait parvenir une paire de chaussures avec des talons de huit centimètres… »

Hartmann ferma les yeux. Il passa devant Cipliano et Emerson et sortit. Il se tint silencieux sur le trottoir.

Il inspira, expira, inspira une fois de plus… et c'est alors qu'il le trouva : ce mélange fétide et malodorant de parfums, de sons, de rythmes humains ; le laurier et l'origan et le court-bouillon et les pâtes à la carbonara de chez Tortorici ; les parfums réunis de mille millions de vies entrecroisées, toutes reliées les unes aux autres, mille millions de cœurs battants, tous ici, sous le toit du même ciel où les étoiles étaient comme des yeux sombres qui voyaient tout… qui voyaient et se souvenaient…

Il pensa à Danny lorsqu'ils regardaient par-dessus les arbres, au-delà du Mississippi jusqu'au golfe du Mexique, une bande nette de bleu sombre, une ligne traversant la terre, une veine. Ils rêvaient de prendre la mer dans un bateau de papier assez grand pour deux, aux voiles calfatées avec de la cire et du beurre, leurs poches pleines de pièces de cinq et dix cents et de un dollar à l'effigie de Susan B. Anthony gagnées en nettoyant des passages de roues et des enjoliveurs, en lessivant des pare-brise, des vitres et des perrons pour les Rousseau, les Buie, les Jerome. Fuir, fuir ensemble Dumaine, les carrefours où des gamins plus grands leur cherchaient des noises, leur tiraient les cheveux, leur enfonçaient des doigts aiguisés dans le torse en les traitant de tordus, et ils détalaient, courant jusqu'à ce que leur souffle s'échappe de leurs poumons en énormes quintes de toux asthmatiques, s'engageant dans des allées, se cachant dans l'ombre, la réalité du monde cherchant à briser la coquille qu'ils s'étaient construite pour se protéger de l'extérieur. Danny et Ray, Ray et Danny, un écho qui se répétait à l'infini ; un écho de l'enfance.

Ray Hartmann éprouva une sensation vague et indéfinissable… songea que, chaque fois qu'il repensait à ces choses, il se sentait plus jeune.

Et puis il vit le visage de sa mère, celui de son père aussi, et bientôt, il dut essuyer les larmes salées qui lui piquaient les yeux.

« Ça a toujours été ici, se murmura-t-il. Tout ce que j'ai été. Ça a toujours été ici. »

Et alors, il se retourna. Paisiblement, pas à pas, il s'en alla. Il marcha lentement, prudemment, plongé dans ses réflexions, et il atteignit le carrefour.

Il y trouva une cabine téléphonique et, tenant dans sa main ses pièces de vingt-cinq cents, il composa le numéro, un numéro qu'il n'aurait pas pu oublier même au prix de sa vie.

Et il fondit presque en larmes lorsqu'il entendit sa voix.

« Ray ? Ray, c'est toi ?
— Oui, Carol, c'est moi. »

29

New York ne serait plus jamais pareille. Du moins à travers les yeux de Ray Hartmann. Car les yeux qui regardaient par-dessus les gratte-ciel tandis que l'avion virait en direction de l'aéroport étaient désormais des yeux différents. C'était le début de l'après-midi, le mardi 9 septembre. Onze jours s'étaient écoulés, au cours desquels Hartmann avait vécu deux vies, la sienne et celle d'Ernesto Cabrera Perez.

Le monde s'était écroulé derrière lui lorsqu'il avait quitté la Louisiane. Ducane était mort, Feraud aussi ; et malgré tous les efforts conjugués des services fédéraux et de renseignements du pays, Hartmann était persuadé que Perez, son fils Victor, Catherine Ducane et Samuel « Dix Cents » Pagliaro avaient déjà quitté les États-Unis. Peut-être étaient-ils à Cuba ou en Amérique du Sud – qu'importait. Ce qui comptait, c'était qu'ils étaient partis. Et Ducane était mort en conservant une réputation intacte. On le commémorait dans les journaux, à la télé ; il était applaudi comme un homme de vision, un homme de l'avenir. Il irait en terre sans que son image ne soit ternie par l'abjecte vérité, car il y avait des gens au-dessus de lui et derrière lui qui savaient qu'il n'y avait rien à gagner à la révéler au monde. Charles

Ducane avait été assassiné sur ordre d'Antoine Feraud, et maintenant, Feraud était lui aussi mort. Son fils serait rapidement livré au système judiciaire, et il disparaîtrait irrévocablement. C'était la politique, cette même politique qui avait donné à l'Amérique le Watergate et le Vietnam, la mort de deux Kennedy et de Martin Luther King. Le monde ne verrait de Charles Ducane que son image publique : mari, père, gouverneur, martyr.

Mais Ray Hartmann ne se souciait pas de tout ça. La seule et unique chose qui le préoccupait était son rendez-vous à 16 heures dans le parc de Tompkins Square. Un peu plus de huit mois qu'il était séparé de sa famille. Jess serait différente. Il était toujours sidéré de voir avec quelle rapidité les enfants cessaient d'être des enfants pour devenir de jeunes hommes et de jeunes femmes. Carol aussi aurait changé. On ne passe pas les deux tiers d'une année loin de son mari, loin du confort de sa famille, sans changer. Mais lui aussi avait changé ; Ray Hartmann le savait, et il espérait – malgré tout ce que ses expériences passées lui avaient appris – que ce changement serait suffisant.

Il avait appelé Carol plus tôt, de La Nouvelle-Orléans. Elle n'avait rien dit pendant trois ou quatre bonnes minutes tandis qu'il vidait son cœur et lui exposait ses raisons de croire qu'ils feraient bien de se revoir. Il s'était excusé dix, douze, peut-être vingt fois pour le rendez-vous manqué, et enfin, peut-être par épuisement, elle avait dit : « OK, Ray... pour Jess. Même lieu, parc de Tompkins Square, à 16 heures. Et ne fais pas tout foirer cette fois, Ray... s'il te plaît, ne fais pas tout foirer. Pour le moment, je me contrefous de mes sentiments, mais je ne veux plus que Jess souffre, d'accord ? »

Plus tard, alors qu'il était toujours dans l'avion, Hartmann avait consulté sa montre : il était 14 h 20 passées. Encore un quart d'heure et le vol intérieur La Nouvelle-Orléans-New York atterrirait ; il passerait les contrôles de sécurité sur le coup de 15 heures et se mettrait en route. Il avait embarqué à bord du premier vol disponible. Il avait dû répondre à des questions, en poser encore plus, et lorsque John Verlaine avait reçu l'autorisation de conduire Hartmann à l'aéroport, ce dernier avait les nerfs en lambeaux.

« Vous allez régler ça pour de bon ? » lui avait demandé Verlaine.

Hartmann avait acquiescé sans dire un mot.

L'inspecteur n'avait pas insisté. Tout ce qu'il y avait à dire serait dit à New York. Et Verlaine s'était donc mis à parler de Perez, de la fille, du fait que tout ce qu'ils s'étaient imaginé n'avait été qu'une mascarade. Ils avaient été malins, ils avaient tout planifié dans le moindre détail, et Perez avait su profiter de chaque erreur du FBI.

« Vous croyez que ce sont eux qui ont lancé la bombe sur le bureau du FBI ? avait demandé Verlaine. Vous croyez que le vieux bonhomme et le fils ont attendu que Perez en soit sorti avant de lancer la bombe, histoire de rendre la situation aussi confuse que possible ? »

Hartmann avait haussé les épaules tout en gardant les yeux rivés sur les panneaux de l'autoroute qui lui disaient que l'aéroport n'était plus très loin.

« Ça n'aurait aucun sens que ce soit Feraud, avait continué Verlaine. Ses espions l'auraient informé que Perez devait quitter le bureau pour retourner au Sonesta. »

Une fois de plus, Hartmann avait donné une réponse évasive.

« D'après moi, c'est le fils qui a lancé la bombe, avait conclu Verlaine. Le fils et l'autre type… c'était quoi son nom déjà ?

— Dix Cents », avait répondu Hartmann et, en prononçant son nom, il avait eu l'impression de le connaître, comme si ce personnage du passé de Perez faisait désormais aussi partie du sien.

Peut-être garderait-il éternellement en lui chacun d'entre eux. Ça avait été un voyage ; c'était le moins qu'on puisse dire ; il avait fait ce qu'on lui avait demandé et ni sa coopération ni sa bonne volonté ne pouvaient être remises en question. Mais maintenant, c'était terminé. Fini. Et s'ils retrouvaient Ernesto Perez, ils prendraient les mesures nécessaires sans qu'ils aient besoin d'impliquer Hartmann.

Verlaine s'était alors engagé sur la bretelle de l'aéroport et presque aussitôt ils s'étaient retrouvés au terminal international Moisant. Verlaine disait à Hartmann qu'il fallait qu'il revienne un jour à La Nouvelle-Orléans, que ça avait été un plaisir de le rencontrer, qu'il devait garder le contact, l'appeler…

Et Ray Hartmann, éprouvant une sorte d'affinité et de fraternité envers cet homme, avait regardé John Verlaine et souri.

« Je ne reviendrai pas, avait-il déclaré.

— Je le sais, avait répondu Verlaine. Mais on est bien obligé de dire ces choses, pas vrai ?

— Si. »

Hartmann avait alors fermement serré la main de Verlaine, avant de lui saisir l'épaule et d'ajouter :

« Ça m'a fait plaisir de travailler avec vous, et bon Dieu… ça vous fera quelque chose à raconter à vos petits-enfants.

– Ben voyons », avait-il répliqué en riant, puis il avait lâché la main de Hartmann et repris la direction de sa voiture.

« Souvenez-vous de l'astuce », avait lancé Hartmann dans son dos.

Verlaine s'était arrêté, retourné.

« L'astuce ?

– L'astuce, John Verlaine, avait répondu Hartmann avec un sourire, c'est de continuer de respirer. »

Le vol avait été bref. De La Nouvelle-Orléans à New York. Une poignée d'heures au-dessus de l'Alabama, la Géorgie, la Caroline du Sud et du Nord, et puis la côte Est par la Virginie et le Maryland, et Hartmann avait alors vu l'Atlantique sur sa droite, et les hôtesses leur avaient communiqué l'heure estimée de leur arrivée.

Ray Hartmann essayait de se rappeler ce qu'il avait éprouvé lorsqu'il était retourné à La Nouvelle-Orléans. Il essayait de se convaincre que maintenant il rentrait *vraiment* chez lui, mais il savait que c'était faux. La Louisiane était là, enracinée au plus profond de lui, et même s'il croyait sincèrement qu'il n'y retournerait jamais par choix, il savait aussi qu'il y avait ses racines. Même en son absence, les traces de ces racines resteraient dans la terre telles des empreintes digitales. La terre se souvenait, elle vous rappelait votre héritage aussi loin que vous alliez. Il tentait de se convaincre que chez lui n'était pas un lieu, mais un état d'esprit, il essayait d'envisager la question de cent manières différentes, mais il en revenait toujours au même point. Perez avait vu juste. La Nouvelle-Orléans ferait toujours partie de lui, où qu'il aille.

Lorsqu'il eut récupéré son sac sur le tapis roulant et pris la direction de la sortie, il était plus de 15 h 15. Il se hâta de sortir et héla un taxi, l'informant qu'il devait avoir franchi le pont de Williamsburg et atteint le parc de Tompkins Square dans l'East Village à 15 h 50 au plus tard. Le chauffeur, un certain Max, poussa un soupir.

« Alors, c'est un hélicoptère qu'il vous faut, répliqua-t-il. Le pont est complètement bloqué. Un camion s'est renversé aux trois quarts de la descente et il m'a fallu près d'une heure pour le traverser la dernière fois que j'ai essayé. Vaudrait peut-être mieux passer par Queensboro et redescendre la 2ᵉ Avenue par Stuyvesant. » Max secoua alors la tête. « Non, si on passe par là, on est sûrs que ça va nous prendre plus d'une heure. On prend le risque, hein ? Espérons que vous ayez les faveurs de la Vierge Marie aujourd'hui.

— Emmenez-moi là-bas, par quelque chemin que ce soit, dit Hartmann. Déposez-moi avant 16 heures et vous gagnez cent billets. »

Max fit un large sourire.

« Pour cent billets, je vous y déposerais mardi dernier ! »

La route était dégagée jusqu'au pont, et Hartmann regardait sa montre toutes les trois ou quatre minutes. Lorsqu'ils atteignirent le premier ralentissement, il était 15 h 25. Il était déjà nerveux, et le fait de devoir courir contre la montre ne faisait qu'empirer les choses.

Max n'arrangeait rien. Il insistait pour décrire par le menu toutes les particularités et excentricités d'à peu près chaque passager qu'il avait transporté la semaine précédente.

Ray Hartmann entendait les mots se télescoper tandis qu'ils franchissaient les lèvres de Max, mais il ne savait ni de quoi il parlait ni si ça présentait le moindre intérêt. C'était juste un bruit de fond, comme les klaxons qui retentirent lorsque le trafic s'immobilisa à l'entrée du pont de Williamsburg.

Hartmann consulta sa montre pour la centième fois : 15 h 39. Il jura à voix basse.

« Je vous demande pardon ? Vous dites quelque chose, monsieur ? demanda Max.

– Cette foutue circulation ! lâcha sèchement Hartmann.

– Je vous avais prévenu. Il m'a fallu près d'une heure pour passer le pont la dernière fois. »

Hartmann aurait voulu attraper Max par la gorge et le secouer jusqu'à ce qu'il tombe dans les pommes. Il serra les poings et les dents. Il s'efforça de se persuader que la circulation allait soudain repartir, qu'ils traverseraient le pont et n'auraient plus qu'à prendre Baruch sur la droite, East Houston sur la gauche, puis l'Avenue B sur la droite et qu'ils y seraient, qu'ils se gareraient en bordure du parc de Tompkins Square et qu'il remplirait les mains de Max de billets de dix dollars crasseux avant de partir en courant, et il aurait même quelques minutes d'avance, et Carol saurait qu'il avait changé parce que cette fois... *cette* fois, il n'avait pas manqué à sa parole...

Les voitures devant eux semblaient avoir décidé de passer l'après-midi là.

Hartmann baissa la vitre et prit plusieurs inspirations profondes. Il serra et desserra les mains. Une fine pellicule de sueur vernissait son visage et, sous sa veste, il éprouvait une sensation de chaud et froid. Il crut qu'il allait vomir. Il n'arrivait à penser à rien, son impatience, sa nervosité, son quasi-désespoir semblaient avoir pris le contrôle de son esprit et de son corps. Il voulait sortir du taxi et se mettre à courir. Se faufiler à toute allure entre les voitures et parcourir le reste du chemin à pied…

À 15 h 49, les voitures recommencèrent à avancer. Lorsqu'ils atteignirent le bout du pont et tournèrent à droite dans Baruch, il était 16 h 04.

Hartmann avait allumé quatre cigarettes, bien que Max insistât pour qu'il ne fume pas dans son taxi, et il les avait toutes laissées se consumer entre ses doigts avant de les jeter par la fenêtre.

Combien d'argent il donna à Max lorsque le taxi s'immobilisa enfin près du portail du parc, Hartmann n'en savait rien. Même si ça avait été toutes ses économies, il s'en serait foutu. Il oublia même son sac derrière lui et Max le rattrapa, le lui fourra entre les mains, puis il resta là à regarder Hartmann traverser la pelouse au pas de charge en direction du kiosque à musique.

Lorsque Ray Hartmann atteignit le lieu du rendez-vous avec sa femme et sa fille, il était 16 h 13.

Le kiosque était désert.

Hartmann resta planté là, le visage pâle et tiré, couvert de sueur, son sac à ses pieds, ses entrailles nouées comme un poing, prêt à exploser à la moindre provocation.

Il jura à trois ou quatre reprises, passa en revue les gens à proximité. Il se mit à marcher dans une direction, puis il se retourna et repartit dans la direction opposée. Il vit un enfant avec une femme, ouvrit la bouche pour parler et s'aperçut alors que l'enfant était un garçon et que la femme était âgée et marchait avec une canne.

Il s'adossa au béton froid du kiosque, sentant ses genoux se dérober sous lui. Les larmes lui piquaient les yeux. Il n'arrivait plus à respirer. Son cœur cognait comme s'il allait passer en surrégime, s'arrêter, le terrasser... et un peu plus tard, quelqu'un le trouverait et appellerait la police, et la police appellerait les secours, et à leur arrivée, ils le retrouveraient raide mort et...

Ray Hartmann fondit en larmes. Il s'agenouilla, le visage entre les mains.

Voilà ce que tout ce que tu n'as pas fait te rapporte, lui disait une voix intérieure. *Voilà ce que ça te rapporte d'avoir été un père minable, jamais attentionné, de ne jamais avoir aidé Jess à faire ses devoirs, et de boire quand tu avais promis d'arrêter. Voilà ce que ça te rapporte d'avoir été un raté, depuis toujours, et quoi que tu fasses maintenant, tu repenseras toujours à cet instant et tu te maudiras à jamais, telle sera ta vie, et tu ne peux rien, absolument rien y faire...*

Il entendit alors des pas, le bruit de quelqu'un qui courait, et il s'immobilisa, analysant tel un radar tous les sons qui l'entouraient, puis Ray Hartmann leva la tête et, à travers ses yeux pleins de larmes, il la vit...

« Papaaaaa ! »

Épilogue

Il se leva lentement.

Il examina les visages devant lui, fit un pas en avant et agrippa le bord du pupitre.

Ce pupitre n'est pas là pour qu'on y place ses notes, pensa-t-il. *Personne n'apporte de notes pour dire ce qu'il a à dire. Il est là pour créer une séparation entre nous et eux... quelque chose à quoi se raccrocher si on sent qu'on va craquer. Si on se sent comme je me sens en ce moment...*

« Bonjour », commença-t-il.

Un murmure s'échappa de l'assemblée. Des hommes, des femmes, jeunes et vieux, habillés de manière variée. Ils n'avaient rien de semblable, hormis une chose, et cette chose on ne la voyait jamais, dans la plupart des cas, on ne la devinait même pas, mais ils étaient tous là pour la même raison.

« Bonjour, répéta-t-il. Mon nom est Ray... Ray Hartmann. »

Et par moments, il a du mal à croire qu'il a mis en danger tout ce qu'il possédait, comme si seul un fou avait pu ne pas voir ce qu'il avait sous le nez.

L'assistance réagit par une salve d'applaudissements et quelques hochements de tête approbateurs.

« Mon nom est Ray Hartmann. Je suis père. Je suis marié. Je suis alcoolique, et j'ai bu jusqu'à il y a quelques mois de cela. »

Nouveau murmure de sympathie, ponctué de quelques applaudissements, et Ray Hartmann se tenait là, le cœur battant, attendant que le silence soit revenu pour poursuivre.

« Je rejetais la responsabilité sur ma femme, sur mon travail. Sur mon père parce qu'il était lui aussi alcoolique. Je rejetais la responsabilité sur le fait que j'ai perdu mon frère quand j'avais 14 ans… mais la vérité, et c'est ça le plus dur, c'est que j'étais le seul responsable. »

Le temps, il le sait désormais, ne guérit rien. Le temps n'est qu'une fenêtre par laquelle on peut voir ses erreurs, car ce sont semble-t-il les seules choses dont on se souvient clairement.

Il y eut de nouveaux murmures d'assentiment, et une nouvelle vague d'applaudissements parcourut l'assistance.

« Il y a quelque temps je suis retourné chez moi à La Nouvelle-Orléans, et là, encore une fois à cause de mon travail, j'ai rencontré un homme qui avait passé sa vie à tuer des gens.

Jess lui parle et, dans sa voix, il entend le même sentiment, la même émotion qu'elle a toujours eue. Elle ne veut pas se rappeler le temps où il a été loin, comme si c'était juste un petit sursaut sur un électrocardiogramme qui faisait maintenant partie du passé et pouvait facilement être oublié.

Ray Hartmann marqua une pause et dévisagea les personnes qui l'observaient. Il aurait voulu être dehors, dans la voiture avec Carol et Jess. Il aurait voulu être n'importe où sauf ici, mais il savait, il le savait au plus profond de lui, que cette fois il respecterait sa part du pacte.

« Va jusqu'au bout, Ray, lui avait dit Carol. Va jusqu'au bout cette fois... fais-le du début à la fin, coûte que coûte, OK ? »

Et il regarde Carol. C'est la fille dont il est tombé amoureux, la fille qu'il a épousée, il trouve en elle tout ce qu'il a toujours voulu et, dans un sens, il croit qu'il passera le restant de sa vie à se montrer à la hauteur.

« J'ai écouté cet homme et, en dépit de toutes les horreurs qu'il a commises, toutes les vies qu'il a détruites, il m'a appris une chose. Il m'a appris que la force de la famille est la seule chose qui puisse vous aider à vous en sortir. »

Aux premières heures du matin, il se réveillera et il entendra un son en lui, un son comme un cœur qui bat, mais ce ne sera plus le cœur d'un homme effrayé et désespéré ; ce sera le cœur d'un homme qui croyait avoir tout perdu et qui était parvenu à le récupérer.

Plus tard. Veille de Noël.

Ray Hartmann se tient dans l'entrebâillement de la porte de la cuisine.

Le téléphone sonne.

Dehors, Carol sort les courses du coffre.

« Jess ! lance Hartmann. Tu peux répondre, Jess ?

— Oh, papa, je suis occupée.

— Jess, s'il te plaît... faut que j'aille aider ta mère avec les courses. »

Il écoute ses pas dans l'escalier et, lorsque le téléphone cesse de sonner, Ray Hartmann sort de la cuisine par la porte de derrière et prend un sac de courses des bras de Carol. Il le pose sur le plan de travail et marque une pause en entendant la voix de Jess dans le couloir.

Et son cœur bat prudemment, comme s'il avait encore bien des leçons à apprendre, mais ses yeux sont ouverts, il est plein de bonne volonté et, au moins, il a appris la plus grande leçon de toutes : celle de l'humilité. Il a appris qu'il n'avait pas toujours raison, que les complexités de la vie ne peuvent être ni évitées, ni négligées, ni reniées.

« Jess ? Qui c'est, ma chérie ? »

Jess ne répond pas.

Il quitte la cuisine et marche vers l'avant de la maison, puis il ralentit le pas en entendant ce qu'elle dit.

C'est toujours le même monde, et pourtant étrangement différent.

« Je ne sais pas… bien sûr que je ne sais pas. C'est censé être une surprise. »

Elle est un moment silencieuse.

« Ce qui me ferait plaisir ? Oh, je ne sais pas. J'aimerais bien un peu plus de maquillage, et j'ai besoin d'un nouveau sac à main, et il y a deux ou trois CD que j'aimerais bien. J'y ai souvent fait allusion, alors si je ne les ai pas, je saurai que ma mère débloque vraiment.

– Jess ? demande Hartmann. Qui est au téléphone, chérie ? »

Jessica se retourne et sourit.

« Un ami à toi, répond-elle, et elle ajoute : Je vous passe mon père… ça m'a fait plaisir de vous parler, joyeux Noël à vous aussi, OK ? »

Jessica tend le combiné, il s'approche d'elle et le saisit.

« Allô ! dit Hartmann. Qui est à l'appareil ? »

Il voit les choses telles qu'elles sont ; un flot continu de circonstances, de coïncidences, de décisions et de choix.

« Monsieur Hartmann. »

Ray Hartmann sent son sang se figer, comme si quelqu'un l'avait arrosé d'eau glacée. Ses poils se dressent sur sa nuque et il sait que son visage est blême.

« Perez ?

– Vous avez une fille intelligente, monsieur Hartmann, répond Perez. Je suis sûr que, avec votre attention et vos conseils, elle deviendra une jeune femme formidable, monsieur Hartmann.

– Qu...

– Inutile de dire quoi que ce soit, monsieur Hartmann... vraiment inutile. Je voulais juste m'assurer que vous alliez bien et que vous aviez résolu vos problèmes avec votre famille. On dirait que oui, et voilà, c'est Noël, et vous êtes tous ensemble.

– Si vous croyez...

– Assez, monsieur Hartmann. C'était simplement un appel de politesse. Un appel pour vous souhaiter mes meilleurs vœux et vous donner ma bénédiction en cette période particulière de l'année. Je voulais que vous sachiez que j'ai apprécié tout ce que vous avez fait pour moi, la façon dont vous m'avez écouté, le temps que nous avons passé ensemble, et aussi m'assurer que vous étiez de nouveau sur la bonne voie. Je peux maintenant avoir l'esprit en paix, car je pense que vous comprenez aussi bien que moi que si vous ne pouvez pas donner à vos enfants ce qu'ils veulent, alors à quoi bon vivre ? »

Hartmann ne répond rien ; il est incapable de prononcer un mot.

« J'appelais pour m'assurer que quelque chose de positif était ressorti de toute cette histoire. Hormis la mort de vos hommes... ça n'était pas censé arriver. Il n'était pas censé y avoir d'autres morts, monsieur Hartmann, mais les hommes qui sont morts à La Nouvelle-Orléans l'ont été à cause d'une erreur de jugement. Il restait des gens dans le bâtiment alors qu'il était censé être vide... »

Hartmann ferme les yeux ; il voit le visage de Sheldon Ross.

« La guerre est ainsi, monsieur Hartmann, mais je suis désolé qu'ils soient morts, désolé pour leurs familles et le chagrin qu'elles ont dû éprouver. Et peut-être ai-je aussi appelé pour répondre à une question... une question que vous m'avez posée il y a très longtemps. »

Perez marque une nouvelle pause comme pour accentuer son effet et c'est presque comme si Hartmann pouvait l'*entendre* sourire à l'autre bout du fil.

« Vous m'avez demandé pourquoi je vous avais choisi, vous vous rappelez ? »

Hartmann produit un son, comme un murmure.

« Il y a eu une affaire, continue Perez. Une affaire très intéressante, et vous aviez un témoin. C'était le mois de novembre si je me souviens bien, un mois de novembre froid il y a quelques années. La nuit avant que la femme qui devait témoigner ne soit présentée devant le grand jury, celle-ci a été retrouvée morte dans un motel de Hunters Point Avenue près du cimetière Calvary. »

Hartmann sent la tension monter dans sa poitrine. Alors que Perez parle, il voit la scène se dérouler devant ses yeux, l'état de la femme lorsqu'elle avait été retrouvée, le désespoir total que lui et Visceglia avaient ressenti en s'apercevant que toute leur enquête était à l'eau.

« Il y avait une certaine créativité dans la manière dont elle est morte, ne trouvez-vous pas, monsieur Hartmann ? Je peux vous assurer que j'en étais conscient, et même si je n'avais directement rien à voir avec votre enquête, j'ai néanmoins suivi cette affaire avec intérêt. Disons qu'on a fait appel à mes conseils sur la façon de résoudre ce problème particulier. »

Hartmann revoit la femme gisant sur le lit miteux du motel, ses bras et ses jambes contusionnés, la cocaïne autour de son nez et de sa bouche, sa main attachée et l'autre libre pour laisser penser qu'elle a pu s'administrer elle-même la quantité mortelle de drogue.

Et alors, après ça, Hartmann se rappelle l'instant précis où il a trahi la promesse qu'il avait faite à Carol et à Jess, il se revoit apaisant dans une maigre mesure sa rage et sa frustration en compagnie de Jack Daniel's, titubant jusqu'à chez lui et s'écroulant à la porte de son appartement de Stuyvesant Town, aussi soûl qu'il était possible de l'être tout en restant conscient, s'effondrant comme une masse sur le sol de la cuisine et gisant là jusqu'à ce que Jess le trouve.

Perez parle encore, et Hartmann bande tous les muscles de son corps. C'est la seule chose qu'il puisse faire pour se retenir de balancer le combiné contre le mur.

« Il est remarquable de constater que, en dépit de la vie qu'elle a menée, en dépit du fait qu'elle était respectable et bien élevée, on se souviendra toujours d'elle comme d'une femme avec un penchant pour les partouzes et la coke. »

Hartmann est incapable de prononcer un mot.

« J'étais là, monsieur Hartmann... dans une voiture garée de l'autre côté de la rue à vous regarder vous et votre ami sortir de ce motel. Je me rappelle, presque comme si c'était hier, l'expression sur votre visage, l'horreur absolue et la désillusion que vous ressentiez en vous éloignant de ce bâtiment. Ça m'a interpellé, monsieur Hartmann. Ça m'a fait réfléchir à des choses auxquelles je n'avais jamais songé... et, curieusement, après tout ce que j'avais fait, après la vie que j'avais menée, suite à cet incident, j'ai eu le sentiment d'avoir une dette envers vous. »

Il y a une seconde de silence. Hartmann veut dire quelque chose – *n'importe quoi* – mais il ne trouve absolument rien.

« Je vous souhaite un joyeux Noël, monsieur Hartmann, à vous et à votre famille très spéciale, déclare doucement Perez. Ainsi s'achève cette *Cosa nostra*... cette chose qui nous appartient. »

La ligne est coupée.

Ray Hartmann se tient quelques instants immobile avant de reposer doucement le combiné sur son support.

Il regagne la cuisine et regarde un moment sa femme et sa fille déballer les courses.

Il voit les choses dans une lumière différente et, cette fois, ses yeux sont ouverts.

Carol lève la tête et lui lance un regard interrogateur.

« Qu'est-ce qu'il y a ? » demande-t-elle.

Hartmann sourit et secoue la tête.

« Joyeux Noël, dit-il.

– Joyeux Noël à toi aussi.

– Je t'aime, Carol. »

762

Carol Hartmann se fige, une pastèque à la main. Elle regarde Jess. Celle-ci fronce les sourcils tout en souriant.

« Qu'est-ce qui te prend ? demande-t-elle. Tu deviens gâteux ou quoi ? »

Hartmann fait signe que non. Il baisse les yeux puis les pose sur sa femme et sa fille.

« Bon, tu vas rester là comme un débile ou tu vas nous filer un coup de main avec les courses ?

— Je vais vous filer un coup de main, répond Ray Hartmann, et après, on ira voir un film ensemble et on rapportera des pizzas à la maison.

— Ça marche, dit Jess.

— Ça marche », répète son père tout en songeant que la vie avance en cercle, que notre point de départ est aussi l'endroit où nous trouvons nos propres conclusions, et que telle est la nature du monde.

Il entre dans la cuisine et soulève un sac de courses.

Il regarde sa femme, lorsqu'elle se tourne vers lui, il détourne le regard. Il sourit intérieurement. Il éprouve un sentiment d'aboutissement ; peut-être pour la première fois de sa vie.

Il y a les choses que l'on fait, et les choses que l'on dit, mais d'une manière ou d'une autre, toutes ces choses se perdent dans le lent glissement frénétique du temps. Elles se perdent, mais ne sont jamais véritablement oubliées.

Ray Hartmann croit en la foi, et la foi – peut-être, après tout ce temps – croit enfin, de façon inconditionnelle, en lui.

REMERCIEMENTS

À toute l'équipe d'Orion : Malcolm Edwards, Peter Roche, Jane Wood, Gaby Young, Juliet Ewers, Helen Richardson, Dallas Manderson, Debbie Holmes, Kelly Falconer, Kate Mills, Sara O'Keeffe, Genevieve Pegg, Susan Lamb, Susan Howe, Jo Carpenter, Andrew Taylor, Ian Diment, Mark Streatfeild, Michael Goff, Anthony Keates, Mark Stay, Jenny Page, Katherine West et Frances Wollen. Ainsi qu'à Mark Rusher de Weidenfeld & Nicholson, Robyn Karney et ma chère Thelma Schoonmaker – l'incarnation de la patience et de l'attention.

À Jon Wood, éditeur et *consigliere*.

À mon agent et ami, Euan Thorneycroft.

À Ali Karim de *Shots Magazine* et Steve Warns de CHC Books.

À Dave Griffiths de Creative Rights Digital Registry ; à l'équipe de BBC Radio WM ; à Maris Ross de Publishing News ; à la Crime Writers Association britannique ; à Richard Reynolds de Heffers à Cambridge et à Paul Blezard de One Word Radio.

Au sergent Steve Miller, du laboratoire criminel de Metro-Dade à Miami, Floride, pour les heures supplémentaires passées à répondre à mes questions sur les parties du corps et la fragilité des êtres humains.

À Léonore, Marie, Arnaud et François de chez Sonatine Éditions, et à Marie-France au *Nouvel Observateur* pour leur amitié, leur soutien et leur travail exceptionnel. J'ai eu la chance de bénéficier de leur enthousiasme sans faille.

Roger Jon Ellory
dans Le Livre de Poche

Seul le silence   n° 31494

Joseph a douze ans lorsqu'il découvre dans son village de Géorgie le corps d'une fillette assassinée. Une des premières victimes d'une longue série de crimes. Des années plus tard, alors que l'affaire semble enfin élucidée, Joseph s'installe à New York. Mais, de nouveau, les meurtres d'enfants se multiplient… Pour exorciser ses démons, Joseph part à la recherche de ce tueur qui le hante. Avec ce récit crépusculaire à la noirceur absolue, R. J. Ellory évoque autant William Styron que Truman Capote, par la puissance de son écriture et la complexité des émotions qu'il met en jeu.

Du même auteur :

Seul le silence
Les Anonymes

Composition réalisée par ASIATYPE

Achevé d'imprimer en août 2010, en France sur Presse Offset par
Maury-Imprimeur - 45330 Malesherbes
N° d'imprimeur : 157824
Dépôt légal 1re publication : octobre 2010
Librairie Générale Française - 31, rue de Fleurus - 75278 Paris Cedex 06

31/2526/7

R. J. Ellory

Les Anonymes

Un véritable aboutissement du genre. Des fanfares devraient saluer l'arrivée d'un thriller de cette ambition, de cette puissance et de cette maîtrise.

The Guardian.

Après *Seul le silence* et *Vendetta*, le nouveau chef-d'œuvre de R. J. Ellory.

Washington. Quatre meurtres. Quatre modes opératoires identiques. Tout laisse à penser qu'un *serial killer* est à l'œuvre. Enquête presque classique pour l'inspecteur Miller. Jusqu'au moment où il découvre qu'une des victimes vivait sous une fausse identité, fabriquée de toutes pièces. Qui était-elle réellement ? Ce qui semblait être une banale enquête de police prend alors une ampleur toute différente, et va conduire Miller jusqu'aux secrets les mieux gardés du gouvernement américain.

Une fois encore, R. J. Ellory pousse le thriller dans ses retranchements et lui donne une nouvelle dimension, loin de tous les stéréotypes du genre. Entre Robert Littell et James Ellroy, sur un arrière-plan historique qu'il serait criminel de divulguer ici, il mène une intrigue magistrale, jusqu'au cœur du système politique américain. Alliant un sens de la polémique à une tension digne des polars les plus captivants, l'auteur, servi par une écriture remarquable, invente le thriller du siècle nouveau.